FERRAILLE A VENDRE

DU MÊME AUTEUR

Aux Éditions Bernard Grasset

LE ROYAUME DES MÉCRÉANTS, roman.
HOMMAGE À QWERT YUIOP.
PIANISTES
D. H. LAWRENCE OU LE FEU AU CŒUR

Aux Éditions Fayard

CE SACRÉ HEMINGWAY, essai

Aux Éditions Acropole

DU MIEL POUR LES OURS, roman
LES PUISSANCES DES TÉNÈBRES, roman
MONSIEUR ENDERBY, roman
DERNIÈRES NOUVELLES DU MONDE, roman

Aux Éditions Robert Laffont

L'ORANGE MÉCANIQUE, roman
LA FOLLE SEMENCE, roman
LE TESTAMENT DE L'ORANGE, roman
LA SYMPHONIE NAPOLÉON, roman
L'HOMME DE NAZARETH, roman

Aux Éditions Seghers

ROME SOUS LA PLUIE, roman

Aux Éditions Time-Life

NEW YORK

Aux Éditions Gallimard

LE PAYS OÙ POUSSENT LES GLACES
UN AGENT QUI VOUS VEUT DU BIEN

Aux Éditions Buchet-Chastel

SHAKESPEARE

ANTHONY BURGESS

FERRAILLE A VENDRE

roman

traduit de l'anglais par

GEORGES BELMONT

BERNARD GRASSET
PARIS

Ce livre a été publié pour la première fois en Grande-Bretagne
par les éditions Century Hutchinson sous le titre :

ANY OLD IRON

À la mémoire de

Richard Ellmann

1918-1987

Eisen, Lumpen, Papier!

(Cri de la rue arabe à Tel-Aviv).

Cette folie nous a frappés pour prix de nos péchés.

(Tennyson, *Les Idylles du roi*)

Un passant bien élevé — *Monsieur Jones, je crois bien?*
Le duc de Wellington — *Si vous croyez cela, vous croirez n'importe quoi.*

UN

L'acier, est-il besoin de le rappeler, est un alliage à base de fer. Il présente, au minimum, de 0,1 à 0,7 pour cent de carbone, ainsi que des traces de soufre, de phosphore, de manganèse, de nickel et de chrome. Il est à la fois très résistant et malléable, et se prête donc à la fabrication d'armes blanches. C'est l'alliage martial type. Son seul ennui est qu'il se détériore à l'air. L'hypothèse profane est d'en attribuer la cause à des acides. En réalité, le dommage est dû à l'action d'agents électrolytiques, et les électrolytes se passent d'acidité. Des sels naturels tels que le chlorure de sodium et le sel d'ammoniac peuvent s'en prendre à l'acier et le ravager. Je ne suis pas un spécialiste des métaux — rien qu'un retraité du terrorisme et de l'enseignement de la philosophie. Je n'en comprends pas moins ce qui incite les savants en la matière à rejeter la prétention selon laquelle Excalibur, l'épée légendaire du roi Arthur, serait encore de ce monde en notre XXe siècle. Avec tous les sels qui habitent l'air, le sol, les eaux et ne demandent qu'à la dévorer, elle que l'on qualifiait de vorace ! Car le nom d'Excalibur vient du gallois *Caledvwlch*, directement apparenté à l'irlandais *Caladbolg*, celui-ci signifiant : estomac de fer, capable d'absorber même des pierres.

A Cardiff et ailleurs, il s'est trouvé des bonnets d'âne pour en appeler à la datation par le carbone 14 afin de confirmer que l'épée plutôt mitée qu'ils manipulaient avec une vénération et un émerveillement religieux appartenait bien à l'époque arthurienne. Mais ce procédé de datation appliqué à une substance inorganique telle que l'acier est inefficace ; il peut donner l'âge d'une bille de bois, parce que le radio-isotope 14C de l'atmosphère pénètre dans la matière ligneuse, du vivant de l'arbre, avant de s'altérer et de se changer en isotope de nitrogène 14N, d'une demi-vie de 5 730 années. Le fourreau de bois de la supposée Caledvwlch-Excalibur, réputé mis à l'abri dans les caves du couvent du mont

Cassin avec son fameux morceau d'authentique métal, a été daté, je crois, de temps aussi reculés que le VIe siècle après la mort du Christ, à l'aide de la technique du carbone 14 ; mais il n'existe aucun moyen de définir l'âge dudit métal.

Je n'ai jamais vu l'épée en question. Toutefois, à ce que je comprends, elle était du type large, à la pointe acérée et au double tranchant — arme offensive, par conséquent, et non simple ornement symbolique. La poignée et la garde avaient disparu depuis très longtemps, la pointe et le fil étaient émoussés ; néanmoins, la lame gardait l'éclat de ses défis passés et l'on y voyait, gravé au pointillé, un A ou Alpha majuscule. La piqûre dans le métal était serrée et superficielle, probablement faite au clou et au marteau. Il s'agissait clairement d'une initiale, marque de propriété. Des feuilles de hêtre stylisées figuraient aux empattements du A, tandis que, de son sommet, rejetait sur la gauche une fioriture feuillue, de quelque trois centimètres et demi ou deux tiers. L'initiale ne dénotait pas en premier l'appartenance au roi Arthur (sur l'existence duquel persiste d'ailleurs un doute) — celui qu'elle désignait était un personnage autrement plus formidable : Attila le Hun qui, lui, a sans conteste existé.

La fable qui voudrait que l'épée ait été trouvée par le principal lieutenant d'Attila, Scotta, dans la plaine hongroise, est, penserais-je, fort connue. Conscient de saigner à une cheville, Scotta, baissant les yeux, vit la pointe d'un glaive qui saillait du sol. Il déterra l'arme et fut certain de tenir la légendaire Épée de Mars, qui donnait la victoire à quiconque la possédait. Il la remit à Attila, lequel commanda que l'on y gravât l'initiale A (ou Alpha, sa connaissance du grec égalant celle du latin). L'Épée de Mars ne lui accorda pas la victoire dans sa campagne d'Italie septentrionale et, avant de battre en retraite clopin-clopant jusqu'au Danube, il la légua au général romain Aetius, son ami autant que son ennemi. Après l'assassinat d'Aetius sur ordre impérial mandé de Ravenne, elle passa aux mains d'Ambrosius Aurelianus, roi de ce qui s'appelait encore la Bretagne. On pourra lire cette histoire dans Giraldus Cambrensis, qui la prit à Christianus Piger, lequel la devait à un document intitulé *Notitia Dignitatum*, du moins à ce que j'ai compris, vu mon peu de goût pour les lectures frivoles.

La continuité de l'appartenance alphaïque fut, à mon humble avis, affaire de pure coïncidence. Je rejette l'idée que, par ordonnance divine, le glaive du Fléau de Dieu ait pu être transmis à un défenseur de la foi qui se trouvât être britannique, et ce par une ironie se résolvant, à la lettre, en ce que Dieu Se désigne Lui-Même comme étant l'Alpha (bien qu'Il soit aussi l'Oméga), à la fois destructeur et salvateur, comme on le voit dans la mythologie hindoue. Le tout n'étant que superstition et fable d'une suprême invraisemblance.

Cela dit, revenons-en à l'affaire de la préservation du glaive. Un des premiers biographes d'Attila, Achthophoros de Constantinople, assure que ce grand conquérant, voulant fixer une limite orientale à ses plans de conquête de l'immense continent eurasien, projeta de rencontrer l'empereur de Chine afin de conclure un pacte mutuel de non-agression. Au cours de sa traversée de ce qui est aujourd'hui la steppe russe, il fit la même remarque que, des siècles plus tard, Marco Polo, à savoir que, du sol, jaillissait une huile minérale. Les sages chinois, dont les annales rapportaient que des forages en profondeur pour atteindre cette huile dataient déjà, dirions-nous aujourd'hui, de 330 avant Jésus-Christ, apprirent au roi des Huns que cette substance était souveraine pour la préservation de la vie des armes. L'Épée de Mars, autrement dit Excalibur, reposa peut-être dans un bain d'huile riche en naphtènes russes. Je ne crois pas qu'Ambrosius Aurelianus ait rapporté à Rome ou à Ravenne une provision de ce produit spécifique ; mais il me paraît possible que l'huile d'olive ou de noix ait servi, même en Bretagne, à la conservation d'Excalibur, puisque n'importe quelle substance oléagineuse met à l'abri de la morsure des agents électrolytiques. Mais je tiens pour irrecevable l'idée que le glaive brandi par les Fils d'Arthur, pour employer le nom qu'ils se sont donné, ait jamais été Excalibur. Il datait au plus tôt de la fin du Moyen Age et c'était probablement un *claidheamh mor* irlandais, sans haute noblesse d'origine. Et puis, au diable les bougres ! J'ai eu mon saoul de terrorisme.

L'invraisemblance de cette fable dont s'auréole Excalibur est liée à l'homme qui, à l'entendre, ramena l'épée de Russie soviétique, à ses risques et périls. Je veux parler de Reginald Morrow Jones, nom déjà invraisemblable en soi pour un Gallois — mais non moins que ne l'était son propre père, cela dit. J'ai très bien connu Reg Jones et j'ai rencontré son père, tout comme sa Russe de mère. Et, de ce couple, il me faut toucher deux mots.

David (ou plus exactement Dafydd) Jones fut baptisé de ce nom selon le rite calviniste méthodiste, en la chapelle Tredegar, dans le comté dit alors Monmouthshire. Son père, Elis Wyn Jones, ne donnait guère dans la religion, bien qu'il entrât une forte part de déterminisme calviniste dans l'espèce particulière de socialisme qu'il découvrit, à la faveur des pauses pour le casse-croûte, au fond du puits de mine d'anthracite où il peina de nombreuses années et eut le moral d'abord ébranlé par deux explosions de grisou, puis définitivement démoli par une troisième. Sa femme, Florence Marie, née Evans, souffrait d'une faiblesse cardiaque, que les mois de grossesse et la naissance de leur unique enfant aggravèrent. Elle venait de Caernarvon, donc de Galles du Nord, et était regardée dans le Sud comme une étrangère. Une méchante langue ayant rapporté que son mari avait eu le crâne broyé sous un madrier dans la troisième explosion, elle en eut un infarctus qui lui fut fatal. Elis Wyn Jones versa des pleurs amers et maudit Dieu.

A la suite de quoi, il se prit d'éthylisme, à force de s'adonner, le soir, à une consommation excessive de bière galloise, si peu alcoolisée qu'en soit l'amertume. Une nuit, il corrigea brutalement le jeune David, pour l'avoir surpris à sacrifier à Onan devant la bible familiale, ouverte sur une gravure du festin de Balthazar. David Jones s'enfuit de la maison et s'engagea comme matelot de pont sur un caboteur de Cardiff. On l'affecta à la cuisine — pluches, hachages divers et infusion du thé. Quand le coq, qui avait un penchant pour la rhétorique de l'évangélisation des masses, finit par succomber au delirium tremens au large de Newcastle, l'adolescent de quinze ans lui succéda dans la simplicité de son art, sans que l'équipage s'en plaignît notablement. Par bonheur, il jouissait lui-même d'un estomac à toute épreuve : par les mers les plus grosses, jamais il ne blêmit, fût-ce en faisant frire la morue aux oignons.

Peu après le départ du fils, Jones père fit un rêve : il y voyait son propre père exécuter des sauts de kangourou pour s'efforcer d'allumer une bougie en haut d'un candélabre en or géant. Sans nouvelles du vieux depuis quelque temps, il n'en croyait pas moins comprendre qu'il ne se débrouillait pas trop mal en Australie — bien que, à se fier au rêve, il se pût que la chance eût tourné maintenant. Comme Elis Wyn Jones n'avait plus rien à gagner à moisir dans sa vieille Galles du Sud, il racla ses maigres économies et, au guichet d'une agence maritime de Cardiff, s'acheta un billet pour l'autre Galles, la Nouvelle. Arrivé à Sydney, il ne s'étonna pas de trouver le vieillard à l'article de la mort. Haydn Mozart Jones — ainsi s'appelait le mourant — était, au contraire du maître de chapelle qui l'avait conçu avec une de ses contraltos, musicalement sourd. Il avait abandonné sa femme à Bangor pour s'en aller prospecter l'or en Australie, à Ballarat, dans le Victoria. Sur le tard, il passait pour être le vivant portrait de Karl Marx, mais ni plus ni moins que nombre de victoriens barbus. Après une vie aussi remplie que le permettait la colonie, il était mort dans une opulence modeste. Quant à Elis Wyn Jones, il s'en retourna au Monmouthshire natal, nanti de l'héritage, et vécut dans le péché avec une fille originaire d'Ebbw Vale, dans l'une des deux villas jumelles sises route de Sunnybank, à Blackwell — appellations où perce la part d'acquêts anglais héritée par le comté : on ne l'a jamais tenu comme étant vraiment une partie de la Galles du Sud, jusqu'à ce qu'on lui ait restitué son antique nom de Gwent.

David, le descendant, aimait par la suite à conter des souvenirs de sa vie sur les mers, que nul n'avait l'obligation de croire, l'esprit de poésie et de romanesque faisant bon ménage avec les Gallois. Par exemple, il jurait avoir tenu la cambuse d'un navire de charge dénommé la *Campanule*, dont le second était un Polonais au parler gras qui s'appelait Korzeniowski. Lequel Korzeniowski avait écrit, sous le nom de Joseph Conrad, des sottises sur la fin dramatique du paquebot *Titanic* :

Vous construisez un hôtel de 45 000 tonnes, fait de minces plaques d'acier, afin de vous assurer la clientèle de, mettons, deux milliers de gens riches; vous y adjoignez une décoration de style pharaonique ou Louis XV, peu importe, et, pour complaire à ladite poignée d'individus imbéciles, mais qui ont de l'argent à ne savoir qu'en faire, vous lancez, aux applaudissements de deux continents, cette masse et ses 2 000 passagers à bord à la vitesse de 21 nœuds à travers les mers, en une parfaite démonstration de l'aveuglement des temps modernes, dans leur foi en la seule matière et aux seules apparences.

David Jones avait conservé cette coupure de journal jusqu'à ce qu'elle fût tombée en miettes. « Quarante-six mille tonnes, pour être exact », aimait-il à préciser. Il ajoutait que, si l'on avait écouté ce Korzeniowski, il n'y eût jamais eu de *Titanic*, ou alors le maître à bord se fût nommé Korzeniowski, marin à qui son expérience des mers du Sud avait appris à tenir la barre en évitant les icebergs en balade. A en croire le même, la catastrophe était un jugement d'en haut, frappant les riches. Il passait à l'as la foule des pauvres hères entassés dans l'entrepont, avec leurs rêves de vie nouvelle, et les hommes intrépides qui étaient allés jusqu'au bout de leur devoir, commandant, officiers, matelots. Et David Jones qui, dans sa prime jeunesse, avait entendu à Newport, à un concert, la *Symphonie de la mer* de Vaughan Williams, en fredonnait — faux — un passage adéquat.

Lui-même, il avait embarqué sur le paquebot *Titanic*, à Southampton, le 10 avril, à midi. Ce sont bien le jour et l'heure où le navire prit la mer. Quant à savoir si David Jones était vraiment à bord, la postérité n'a que sa parole. Plus de trente ans après, il me raconta la chose.

— « C'est une sacrée chance, fiston, que tu t' soyes dégoté ste putain d' place », qu'ils m' disaient, les collègues, moi qui dans l' métier n'étais jamais monté plus haut que ces bananiers qui chargent en sus une douzaine de passagers sans regarder s'ils sont treize, sauf une fois que, sur un bateau d'une des lignes orientales de la P and O, la plus minable de toutes celles de cette compagnie, on m'avait pris aux cuisines, pour aider aux légumes. Mais, pour en revenir à ce putain de *Titanic*, avant d'être mis sur cale, il disait déjà rien d' bon à tous ceux qui savent, tous les vulgaires gens de mer comme moi qu'ont étudié leur putain d' bible. Rien ni personne, même pas Dieu, n' pourrait lui couler son putain d' bateau, que s'était vanté Bruce Ismay, le patron de la White Star. Il répandait partout ce blasphème, que c'en était provoquer le sort et les emmerdes, *boy bach* ! L' plus grand transatlantique à flot, onze étages de haut sur pas loin d' trois cents mètres de long, et si insubmersible que, pour preuve, y avait moitié pas assez d' putains d' canotes de sauvetage à bord.

» Bref, moi, j'étais à mes chaudrons, à bouillir et rebouillir du chou pour ceux d' l'entrepont, une majorité d'Irlandèches que, eux, plus le chou est cuit, plus ils aiment ça, et d' ma cambuse, tout juste si d' temps à aut' on pouvait s' rincer l'œil à apercevoir les rupins et les gandins : les Astor, les Morgan et — j'ai jamais vérifié mais sauf erreur — les putains d' Rothschild, oui, et aussi une fille, une Amerloche, garce, vulgaire, grande gueule, qui se faisait appeler l'Insubmersible Molly Brown, tous nippés et lingés copurchic, plumes et tout, pendant que les trois collègues et moi on était les uns sur les autres dans notre trou d' rat, qu' ça puait là-d'dans l' pétrole et l' vomi. Au total, on pouvait dire qu' ça faisait comme un concentré de société capitalisto-microcosmopolitaine, pour reprendre les mots mêmes de Ianto Pritchard, qu'avait d' l'instruction.

» Et puis, au bout de cinq jours en mer, en pleine nuit, y a eu un grand coup d'odeur de glace verte qu'est entré par le hublot ouvert, comme une gifle en travers d' la gueule ça était, et tout d' suite on a su qu'y avait un pépin. Ianto, qu'était d' Newport, m'a dit : « Fiston, nous sommes bons, ça sent l' jugement dernier. » On s'est donc vêtus et on a grimpé sur le pont, et ce qu'on a vu d'abord, c'était notre bande de baladins d'Irlandèches, la casquette jusqu'aux yeux, mais pas de pardingue, vu qu'ils n'en avaient pas, et qui jouaient au foot avec des gros blocs de glace verte détachés de Papa Berg. Et ce qui a suivi était incroyable, vous pouvez m'en croire. Y avait ce p'tit bonhomme de Ianto qui pleurait et criait en invoquant le Grand Jésus Blanc, et on se serait cru dans un conte de fées avec ste putain d'énorme tour de glace verte, plus longue qu'une rue, qu'étincelait et grésillait sous une mince rognure de lune. Une beauté ça était, qu'on aurait dit qu'il en montait tout un chœur de putains d' grands alléluias à la louange du Seigneur Dieu Destructeur de not' putain d'Humanité dans ses Œuvres. Et voilà que, sans dire gare ni pardon, ste masse se frotte cont' nous bord à bord, et crac ! Ça fait une déchirure d'une soixantaine de mètres au moins au-dessous d' la ligne de flottaison. Sur l' coup, tout l' monde a commencé par en rire, tellement ça était du beau travail : net comme au rasoir, *bachgen* ! Ceux des premières, où ça jouait ferme et gros au poker, rigolaient : « Bah ! on en s'ra quittes pour un p'tit retard d' deux, trois heures », qu'ils calculaient au pif, vu qu'on était alors à trente-six heures d' l'arrivée à New York, d'après le temps d'estime, comme on dit.

» Mais ça n'a pas traîné avant que l' capitalisme sorte ses crocs pourris — sitôt qu'on a découvert qu'on coulait et qu'on manquait de canotes. « Les femmes et les enfants d'abord ! » D'accord, pas de question. Personne n'a songé à demander pourquoi et au nom de quoi. Personnellement, avec le recul, j' pense qu' c'est une putain de question qu'elle méritait qu'on s' la pose. Que j' l'aie rêvé ou pas, je n' saurais dire, mais dans mon imagination ou mon souvenir y a eu un homme qu'a sombré avec le bateau, un passager d' l'entrepont, plus pauvre qu' les plus pauvres, qu'il avait l'air d'un d' ces levantins d' fortune qu'on racole en bouche-trou dans les ports — à première vue j' l'avais pris pour un Gallois, à cause qu'il avait une sacrée voix, mais il avait lu tous les livres de la sagesse et il avait l' don d' guérison : il faisait passer les maux d' tête et d' dents rien qu'à l'application d' ses doigts bruns et sales. Eh bien, lui, il a sombré très dignement avec le bateau, pendant qu'on sauvait des femmes de la haute, des bonn' à rien, qu'en ont réchappé et pour quoi ? Pour donner des grands dîners à d'aut' riches et raconter : « Quelle aventure, ma chère ! Tterrible... » *Boy bach!*

» Y a des nuits où j'en ai 'core l' cauchemar de voir mett' à la mer un d' leurs canotes plein d' ces putes de rien, l'ordure à la bouche, qu'on aurait dit une espèce de bordel flottant, avec les clients se pressant au balcon du bordage et regardant gravement se creuser toute seule au-d'ssous d'eux leur putain d' tombe liquide. Et pourtant, c'était pas ce genre de clientèle qui s' penchait là ; non, c'étaient tous des grands leaders ouvriers, sérieux comme des papes, et des grands musiciens et penseurs et ingénieurs, et des ministres importants du réveil de la foi, avec des barbes qui s' rebroussaient sous l' vent d' mer et sa chanson moqueuse, mais qu'avaient tous leur utilité en ce monde ; même qu'on a entendu tout à coup une voix crier, par-d'ssus la chanson du vent, les grandes orgues d' la tempête, les coups de canon des chaudières qu'explosaient et les hurlements des gars ébouillantés : « Et la justice, foutre, où est-elle, la justice ? »

» Où elle était ? Avec les capitalistes rupins et leurs éhontées de femmes, qu'ils achetaient les officiers et les quartiers-maîtres chargés des canotes, sauve qui peut tous unis pour le salut de notre heureuse et immortelle famille, Rothschild et putains d' Rothschiards, tenez, mon brave, voilà un chèque de deux livres, non mettons deux guinées, voyez c'est écrit au dos du menu du dîner d'hier, j'y colle même un timbre de deux pence pour qu' ça soit plus légal. Amenez-moi ce canote ! Arrière la canaille ! Encore un chargement d' notables, le dernier — parés à amener ? Et la racaille d' l'entrepont, direz-vous, les Irlandèches pétant les gaz d' mes choux bouillis et rebouillis ? Eux, une salope d'officier, un Écossais s'il vous plaît, du nom d' Murdoch, leur tirait d'ssus, tout en veillant au chargement des canotes à tribord, aux accents de « Plus près de toi, mon Dieu », qu' ça est une hymne de l'Église d'Angleterre et d' la classe dominante, et qu' ça était l'orchestre du bord qui l' jouait, alors qu' la racaille, elle, était réduite à chanter « Je suis chrétien, c'est là ma gloire » avec le père Byles, j' crois bien qu'il s'appelait, en attendant de couler, et ça sans putain d'orchestre, *boy bach* !

» Je suis monté dans l' canote C, un des Englehardt repliables, avec trois gars d' la chauffe, l' coiffeur d' l'entrepont, vingt-sept femmes et enfants, et quat' matelots chinois de Londres blottis sous les sièges, dans la peur qu' le Murdoch n' les repère et n' leur tire d'ssus parce qu'ils étaient qu' des Chinetoques ; mais Murdoch, ce salaud d'Écossais et d'assassin, n'a rien vu. Après nous, il a laissé monter Ismay, qu'est resté debout dans l' canote à grelotter au milieu de toutes ces femmes d' l'entrepont, lui, l'aristo, l' grand patron, qu'en droit il aurait dû couler avec le navire comme le commandant. Enfin bref, on a mis à la mer et, à quelques mètres de distance, on a vu l' bateau commencer déjà à s'enfoncer. Ensuite, à des centaines d' mètres plus loin, un demi-mille je dirais, on a 'core vu la mer s'ouvrir pour l'engloutir, avec les gens accrochés comme une vermine aux rambardes, aux cabestans, aux guindeaux, et les cinquante derniers mètres de la coque se sont dressés tout debout, qu'on aurait dit un putain d' monument défiant l'éternité des étoiles, et puis fini. Tout l' monde pleurait, qu' c'était un deuil — même les Chinetoques. A sa montre, l'un d'eux a lu 2 h 20 du matin quand c'est arrivé — une montre Ingersoll ça était, qu'il en était pas peu fier comme d'un triomphe de la science occidentale. Moins d' trois heures après la collision ça faisait donc. Puis le *Carpathia* a repéré not' Englehardt C vers les 4 heures du matin. On grelottait de tout not' corps en grimpant à l'échelle et on n' pensait qu'à une grande tasse de qué'qu' chose de bien brûlant, avec plus d' rhum que d' thé dedans.

Quand David Jones débarqua à New York, il se montra, à l'en croire, d'une grande loquacité devant la presse. Mais quand quelqu'un voulut savoir comment il se sentait d'être sain et sauf alors que tant de gens avaient péri au fond des abîmes, soudain il fut frappé de mutisme et, tel Jacob avec l'Ange, dut lutter avec son Dieu personnel, qui lui demandait à quel titre particulier il continuait à vivre, autrement dit de quelle valeur exceptionnelle pouvait bien être sa contribution à ce monde. David Jones se déclara par la suite convaincu d'avoir vu, dans le *New York Universal Record* (publication qui semble n'avoir jamais existé), un dessin fantaisiste caricaturant les périls qu'entraînait la foi aveugle de l'époque en la technologie. Le dessin représentait un paquebot, portant le nom *Colossus*, en train de couler avec, à bord, le roi George V et sa reine Mary, des écrivains, Shaw, Kipling, Arnold Bennett, Wells, Korzeniowski, des politiques, Asquith, Lloyd George, et même des compositeurs, sir Edward Elgar et sir Hubert Parry. Adressant un pied de nez à l'épave qui s'enfonçait, un petit bonhomme insignifiant et commun flottait sur un radeau. Dans ses cauchemars teintés de remords, David Jones se voyait dans ce personnage, lui le petit coq de cambuse gallois.

Il opta alors pour la cuisine terrienne et décrocha une place dans un « service rapide », une gargote de la 35e Rue Ouest, sa qualité de survivant du *Titanic* lui conférant un certain cachet. Quoi, ça vous plaît pas, ces œufs comme ils sont cuits ? Vous savez donc pas qu'il était chef sur le *Titanic* ? La réplique attendue étant : « Alors, moi, j' vous l' dis, il aurait mieux fait d' sombrer avec, œufs, poêle et tout. »

Il logeait dans un garni décrépi de la 12e Rue, que lui avait recommandé un autre Gallois expatrié, un David aussi, ou Dafydd, ou Dai, mais un Williams de son patronyme, nanti d'un coffre bourré de bouquins piqués de moisi sur l'histoire de leur principauté natale. Ce Dai Williams était un adepte d'une sorte de nationalisme gallois, mouvement loin d'être populaire en ce temps-là, et même virtuellement inconnu aux États-Unis, ce vaste champ de départ dans la vie où, à la différence des Fenians irlandais, il semblait n'avoir ni sa place ni aucune raison d'être. En revanche, il n'était pas inconnu en Argentine, tout en n'y ayant pas plus de raison d'être ; mais, là, quelques Indiennes au nez camus avaient appris le gallois d'un mari épousé selon le droit coutumier, et ce jusqu'à en oublier leur rugueux dialecte. D'Amérique latine, un mince pactole finirait par venir alimenter de son filet régulier, à travers l'Atlantique, la cause d'une Galles indépendante. Ce fut Dai Williams qui enseigna à Dai Jones des rudiments de la longue et tumultueuse histoire de Cymru, que les Anglais, ou *Saeson*, baptisèrent Galles, ou Pays de l'Étranger.

— Fils, lui disait-il, les Celtes étaient déjà des putains d' chrétiens deux cents ans après la mort du Grand Jésus Blanc, paix à ses os par la grâce du Seigneur, et ils n'ont pas cessé de s'époumoner à souffler sur les braises de la Vraie Foi pendant qu' cette île qu'on appelait la Bretagne, et qui leur appartenait de droit, adorait des faux dieux, Odin, Thor et aut' putains d'idoles sourdes et bornées comme le bois dont elles étaient faites. C'était le temps du christianisme romain : toges de laine blanche, bains chauds et temples de marbre dédiés au seul et unique vrai Dieu, jusqu'à l'arrivée des putains d' Saeson, les Saxons assassins, qui nous chassèrent et nous repoussèrent en Cornouailles et au Cumberland, jusque dans nos montagnes — not' forteresse et not' berceau, qu'on les appelle —, non sans dévaster la Bretagne romano-chrétienne, comme ils avaient dévasté la sainte mère du grand empire lui-même, eux ou leurs frères, leurs oncles, leurs cousins, tous plus poilus et sales que des bêtes. Mais les princes de Cymru ont relevé la flamme — Cadwallon aux Longues Mains et son fils, Maelgwyn Gwynedd, puis l'autre Cadwallon, l'arrière-petit-fils du premier. Ils ont lutté contre les salauds de barbares et leur chef, le roi des Angles du Northumberland, Ethelfrith, nom immonde digne du porc qu'il était —, lutté, oui, jusqu'à ce que on nous eût ravi par la force brute et la trahison le Strathclyde et toute la Bretagne du Nord, après nous avoir écrasés à la bataille de Chester, une infamie et une boucherie ce fut. Et Cadwallon périt dans son dernier et noble mais vain effort pour briser le pouvoir du Malin et reprendre la couronne de Bretagne. Le pays qu'il laissait à son fils, Cadwaladr, n'était que ruines, affliction et fléaux — la malédiction de Dieu soit sur ces salauds venus d'ailleurs qui eurent l' putain d' front de traiter d' sales étrangers les Gallois sur le sol même qu'était le leur. Hélas oui, malheureux Cadwaladr, roi de Gwynedd, qui mourut rongé de rage impuissante, six cents et trente-cinq sanglantes années après que le Grand Sauveur Blanc de l'humanité eut rendu l'âme sur sa putain d' croix !

Ce Dai Williams était natif de Pembroke. Il avait soixante ans et travaillait comme tailleur à New York, dans le quartier de la façon, devenu par tradition (relativement récente alors, soit dit) une réserve pour les Juifs, contraints à une nouvelle diaspora par la fureur meurtrière de vauriens de chrétiens russes. Dai Williams ne savait pas plus le gallois que l'hébreu, mais une espèce de fou d'alcoolique et d'érudit à la manque lui avait raconté que les deux langues étaient apparentées, que les Gallois étaient à l'origine une tribu perdue d'Israël qui, miraculeusement ou par quelque caprice climatique, avait pâli de peau, grandi et blondi. Il considérait donc les ashkénazes comme autant de cousins, de frères et de sœurs, quand il s'efforçait d'encourager les ouvriers et ouvrières de la confection à lutter pour leurs droits contre l'exploitation ; mais on ne lui rendait pas ses protestations de parenté. C'était lui-même un petit homme au dos voûté, à l'œil noir, à la barbe grise et au visage biblique, comme disent les Gallois. Il avait pris aux Juifs le geste et les inflexions de voix apeurés. Il n'était pas marié et vivait presque exclusivement de la potée de soupe de mouton dont, à renfort d'additions intermittentes et de mijotement constant, il nourrissait ses trente années d'exil. Il jurait que jamais il ne retournerait au pays de Galles, tant y puaient la corruption, l'hypocrisie et la luxure, mais qu'il garderait toujours vivante dans son cœur la mémoire des torts abominables faits à la terre de ses aïeux, et s'efforcerait de son mieux de répandre la bonne parole que peut-être un jour une génération nouvelle se lèverait pour redresser sans pitié lesdits torts.

— ... et avec l'amertume de cette mort de Cadwaladr fils, l'espoir de recouvrer le nord de la Bretagne fut à jamais perdu, hélas oui ! Six cents années de lutte entre les princes de nos clans et les rois qui juraient porter la couronne dont les avaient investis les césars de Constantinople. Il y eut donc Rhodri le Grand, qui batailla contre les envahisseurs danois, ces païens, mais fut brutalement massacré par ces sales brutes de Merciens ; et Howel Dda, qui s'assura la maîtrise du pays, mais fit hommage à Athelstan et se prosterna aux pieds de ce sanglant usurpateur pour en baiser les ongles crasseux.

La nuit de la Saint-David, Dai Williams saoula à mort Dai Jones au whisky écossais et irlandais. Au milieu de cette longue réjouissance, il se prit à se lamenter, déplorant que les Saxons, ces hypocrites, ronds comme des barriques après leurs beuveries d'hydromel, eussent, en ravageant cuves et alambics, tué la tradition autochtone d'une eau de feu, ou de vie, cymrique. Après quoi, en revanche, il porta aux nues les Celtes brittoniques pour leur sobriété et leur paillardise, vertus inconnues parmi leurs cousins écossais et irlandais.

— Vois-tu, p'tit gars, Owen à la Barbe Rousse et son fils Dafydd, notre putain d'homonyme, qu'étaient suzerains des chefs de Gwynedd, jamais une goutte de vin ne souilla leur gosier. Seule l'eau pure de nos montagnes étanchait leur soif après le feu des batailles, et l'éclat salubre du désir illuminait leurs yeux lorsqu'ils gagnaient la couche de leurs concubines. Par la suite, l'ennemi de tous les Celtes, Henri II d'Angleterre, voulut en finir une bonne fois avec les princes gallois, et avec ceux d'Irlande du même coup. Mais il dut compter avec Rhys ap Griffith, seigneur de la vallée de Towy. Il faut savoir que, même si c'est honteux à dire, l'honnêteté est de le reconnaître : le Celte a dans le sang une faiblesse, le sens d' la putain d' réalité, que d'autres appellent ça, autrement dit le flair qui lui dit quel est l' bon côté beurré du pain. En sorte que Rhys ap Griffith refila à Llewelyn ap Iorwerth le Grand un secret de sa sagesse : qu'on ne bat pas l'Anglais en jouant le jeu. La solution était de réussir à entrer dans la famille régnante de l'ennemi. Ce que fit Llewelyn en épousant la fille du roi Jean sans Terre, une laideronne avec une bosse dans le dos et des verrues au menton. Et alors commença la hideuse pourriture de l'alliance et de la dépendance féodale, qui se termina par l'Acte d'Union, en vertu duquel les rois gallois héritèrent du trône d'Angleterre, mais en qualité, dorénavant, d'Anglais, avec tout ce qui s'ensuivit : l'application de l'Acte confiée à un salaud et un traître d'Anglais, Thomas Cromwell, et l'interdiction du gallois comme langue juridique, ainsi que la conversion des seigneuries des marches en administrations de districts ruraux : Brecknock, Denbigh, Monmouth, Montgomery, Radnor... Maudits soient les fauteurs de ces œuvres du Diable, et Dieu vienne en aide à ceux qui ont reçu en héritage ce chagrin et cette honte éternels !

Sur quoi David Jones, remonté par cinq bonnes doses de whisky, dit :

— Ah, la ferme !

Et Dai Williams, se redressant au comptoir de la taverne de Fulton Street, chancela sous le coup d'une telle interjection venant de ce petit morveux à qui on aurait encore tendu sa sucette ou peu s'en fallait, ce petit merdeux, cet ingrat à qui il avait essayé d'ouvrir les yeux sur les torts faits à la terre de ses pères et sur les périls de cette vaste cité de tours de Babel pour un malheureux *plentyn*, un pauvre gosse, mal remis de sa terrible aventure sur un océan pareil à un monstre écumant et cabré.

— *Boy bach*, t'es salement saoul, fit-il observer.

— Que non pas, et tant s'en faut. J'en ai seulement marre d'entendre ressasser tous les torts et méfaits de l'ancien temps. L'eau a recouvert tout ça ; ce qu'il nous faut, c'est repartir de zéro.

Dai Williams opina de la tête avec indulgence.

— Sûr, sûr, dit-il. Ça, c'est la voix de la jeunesse. T'as tout l'avenir devant toi, pas comme moi, et t'as une foutue chance d'être en vie. Mais on s' débarrasse pas comme ça des torts d' l'Histoire, *boy bach*. Quant tu mettras les pieds dans l'avenir, ça s'ra pour patauger dans la boue et la merde du passé, et y aura pas d' grattoir qui tienne, toute ta vie ça t' collera aux s'melles.

— Moi, l' bain que j'ai pris m'a lavé. Jamais j' ne retournerai en mer.

Il avait appris par les journaux la publication du rapport Mersey sur la fin du *Titanic*, et la rigueur des nouvelles règles de la navigation. Il avait lu aussi un article d'un certain W. P. Doomster déclarant que l'on ne reverrait jamais « ver de mer ramper sur des glaces destinées à refléter les opulents de ce monde », quoi que cela pût bien signifier. Mais c'était, pensait-il, en toute sincérité qu'il ajouta :

— Bon, alors, je reste ici ou quoi ?

C'était toute la question et il n'avait aucune idée de la réponse. Il n'était pas qu'un survivant du *Titanic*, un matelot ayant, non sans raison, abandonné la profession. Si les autorités de l'Immigration s'abstenaient de le harceler pour le moment, bientôt il devrait choisir entre solliciter officiellement un permis de séjour aux États-Unis, remonter vers le nord pour retrouver au Canada l'Empire britannique, ou alors s'en remettre encore une dernière fois à la mer pour le long voyage de retour au pays de ses pères. Et sur mer comme sur terre régnaient des capitalistes et des Saxons dont il avait soupé — bien qu'il ne dût pas oublier qu'un tas de Saxons et de capitalistes avaient sombré corps et biens, tandis que lui, le Celte porté par nature aux idées extrémistes, avait eu droit au salut.

Le barman s'appelait Art, et Dai Williams, en entendant un buveur commander : « Art, remets-nous ça pour cinq ! », repartit de plus belle dans son antienne de l'injustice.

— Quand j' te disais ! Voilà comment qu'on moque et qu'on dénature le plus noble de tous les noms. Arthur ! C'est d' lui qu' je parle. Arcturus l'Ours, le Gallois, restera un grand mystère jusqu'à la fin des temps. Et cependant il est là, qui attend, l'épée Caledvwlch au fourreau, mais toute prête à jaillir pour le combat... un combat qu'est plus d' mon âge, mais qu'est du tien, *bachgen*. Oui, à toi d' t'y coller ; avec ta jeunesse et ta vigueur, c'est ta tournée maintenant...

A présent, passons à la parenté russe.

Il y avait cinq jours que David Jones travaillait dans une gargote allemande qui s'appelait *Chez Steiner*. C'était sa quatrième place et, après sa bamboche de la Saint-David, il avait été dans l'incapacité de se présenter au travail avant la fin de l'après-midi. Il trouva la cuisine occupée par un Calabrais qui louchait d'un œil, son remplaçant évident, en train d'essayer de frire des hamburgers dans la graisse tiède. S'ensuivit un rude échange verbal avec le patron, le réduisant à se mettre en quête d'une cinquième place sur le plancher des vaches.

Il alla voir dans le district de Brooklyn et, à la longue, trouva quelque chose dans le périmètre de Flatbush. Il y avait là un restaurant, *A la Perspective Nevski*, propriété d'un certain Peter ou Piotr Likhoutine. L'homme était un Russe athée, ancien professionnel du vol maintenant revenu dans le droit chemin. Il avait fui Saint-Pétersbourg en 1907, non pour des raisons de persécution politique ou de pauvreté, mais pour avoir été contraint, en état de légitime défense, de rosser, en la laissant pour presque morte, une prêteuse sur gages, après avoir pénétré tard, une nuit, dans sa boutique. Un individu qui avait tout d'un indic l'avait vu, et il avait dû changer d'air en sautant, avec sa femme et sa fille, à bord d'un cargo finlandais qui transportait du bois, puis en débarquant à Tilbury pour gagner Londres.

Là, il prit une participation dans un restaurant tenu par un cousin germain, Gregor Petrovitch Prishvine. L'établissement, *Le Sutky* (ainsi nommé parce qu'il était ouvert jour et nuit), était sis non loin de Saint Giles Circus. Dans leur logis de Clipstone Street, l'épouse de Likhoutine, Sonia, fière de ses dents solides et carrées comme des marbres funéraires, un jour où elle s'était mis en tête de casser avec ses molaires une noix du Brésil, s'étouffa en avalant un fragment de la coque. Comme elle se trouvait seule à la maison, elle n'eut personne pour lui taper dans le dos. Des larmes sincères l'accompagnèrent au cimetière de Highgate, où on l'enterra non loin de l'excentrique Dr Karl Marx, bien connu pour son libertinage. Son veuf, point trop mal nanti entre le produit de ses larcins mis à l'abri et ses gains licites, embarqua peu après sur le paquebot *Empress*, en compagnie d'une sacoche de souverains sonnants et trébuchants, et de sa fille, joli brin de blonde aussi dorée que les pièces du magot. Une traversée sans histoire les déposa à Brooklyn.

Par le second mari de la mère de sa défunte, il avait de la parenté dans cette grosse agglomération : des anarchistes russes — bien que, lui-même, il ne donnât pas dans la politique et se contentât d'un activisme d'ordre culturel, plutôt tiède et limité à la propagation de l'athéisme pour le bien de l'humanité et du progrès. En réalité, il n'avait jamais eu le cœur ni l'âme au crime et n'avait exercé le vol qu'en raison d'une paresse foncière. En 1910, il avait ouvert son propre restaurant à une clientèle d'expatriés d'Europe de l'Est comme lui, en laissant le plus gros du travail à sa fille et à un personnel salarié. La nourriture n'y était pas kasher, mais les ashkénazes du voisinage ravalaient sans s'étrangler le rigorisme rituel, ou alors, dans leur conviction chauvine que la cuisine russe et polonaise était de leur invention, considéraient que leur régal du bortsch, des blinis et des œufs de saumon présupposait l'orthodoxie de ces mets. Peter avait si bien prospéré que, en 1913, il eut besoin d'un second cuisinier. C'est à cette place que David Jones se porta candidat.

Les Likhoutine étaient de souche viking : forte ossature et poil blond. David Jones trouva le propriétaire occupé à boire, derrière son comptoir, de la vodka de Brooklyn — de la Cholokov, cent pour cent McCoy —, et se sentit petit, noiraud et silurien en présence de cette montagne de virilité à la chevelure d'or grisonnant. Car les grands Celtes blonds avaient eu beau, dans les temps préhistoriques, spolier de leurs terres cultivées les autochtones, des avortons bruns, en ne leur laissant d'autre ressource que de marmonner et ruminer vengeance tout en besognant à la mine et à la forge pour la production d'instruments agricoles ou guerriers, de voler des nouveau-nés blonds en leur substituant des enfants des fées bruns, de gagner par mer l'Irlande pour la peupler de farfadets et, en fin de parcours, de fournir en main-d'œuvre les fabriques de bicyclettes des Midlands anglaises, oui, malgré tout, le croisement par le mariage prouva que les petits hommes bruns étaient de nature plus coriace que les grands Celtes blonds, et destinés à une longue survivance. Tel était exactement le cas de David Jones. Il était petit, brun, sec et nerveux, alors que ce Viking était trop coloré et, avec son énorme panse, devait passer tout le jour assis sur un tabouret pour soulager d'atroces douleurs dans les mollets. Il fumait des *papirosi* d'importation, à la cadence de quatre paquets quotidiens. Il suffirait d'un grand coup de colère pour l'emporter net.

Sa fille, Ludmila Petrovna, entra au même moment pour achever de mettre les couverts du déjeuner. David Jones fut frappé en plein cœur. Les seins, ronds et hauts, étaient pareils — eût sans doute dit le poète Ubitiy — aux bulbes jumeaux de Saint-Isaac ; les cheveux, aux blés d'or d'une moisson d'Ukraine record ; les yeux, bleu-vert, telles deux Baltique bessonnes en hiver.

— D'où venir ? Angleterre ? s'enquit Peter Likhoutine.

— Galles.

— Fais pas noix, *tcheloviek*. J'aime pas noix. Mauvais souvenir.

David Jones s'offrit à montrer l'endroit sur une carte.

— Pas besoin cartes. Jamais voyage. Ici vivre, ici mourir. Amérique beau pays, pas d'autre. (L'Amérique s'arrêtant pour lui à Brooklyn.) Ai vu toi dévorer fille yeux grands comme soucoupes.

Moi dis non, défendu. Ceux regarder elle comme ça, moi foutre dehors, mais d'abord bing pan sur crâne. Toi regarder seulement casseroles. Bien, au boulot.

Il avait toujours eu autre chose à faire que d'apprendre l'anglais. En tout cas, David Jones, lui, apprit la cuisine russe, sous les ordres d'un chef bourru répondant au nom d'Ivan (aisément gallifiable en Ifan), qui avait lui-même servi sur des navires marchands sillonnant la Baltique, ensuite plus ou moins carbonisé des steaks dans une brasserie parisienne de bas étage, mis le feu à la cuisine à l'occasion d'une crise d'éthylisme dépressif et puis s'était assobri après un constat médical de l'état de son foie, pour faire une fin à Brooklyn en mariant abstinence et compétence à une mélancolie sans mélange, qu'aucune intempérance ne venait plus diluer. Il enseigna à David Jones les mets russes classiques dans leur translittération en français : *bortsch is riba, stschigreschenevakacha, Smolenski Kacha, rossolnick ç'agourtzami, filet po Neapolitanski c'izoume…*

David Jones brûlait d'un feu intermittent pour la jeune Ludmila ; mais elle restait insensible à l'entêtement de ses grands yeux humides d'ovin gallois et observait une distance altière. Son anglais était meilleur que celui de son père, tout en se limitant aux ordres et aux acrimonies. Ivan ne se départait pas de son attitude revêche, et son assistant en fût resté à ses sentiments de frustration sans une de ces surprises dont abonde toujours la vie. Ce fut Ivan qui, un beau jour, tenta de forcer dans ses retranchements la froideur de commande de la jeune fille, en prenant celle-ci dans ses bras. C'était l'heure du déjeuner ; la salle était bondée de clients chapeautés et barbus. Peter Likhoutine, derrière son comptoir, versait mesure après mesure de vodka Cholokov. On était en été, au début de juillet 1914, et, sans le moindre grognement de bestialité, le moindre signe que sa revêcherie fondît sous l'effet de la concupiscence, Ivan, à la cuisine, sauta sur Ludmila, alors que, debout là, dans l'éclat de sa beauté, elle réclamait impérieusement des portions de *Smolenski Kacha*, et il voulut lui rabattre sur les bras le haut de sa fine robe de mousseline. David Jones s'interposa et introduisit dans la mêlée l'espéranto métallique d'une casserole résonnant sur les os d'un crâne viril, cependant que la fille se répandait en invectives slaves.

Quand Ivan lâcha prise, elle apparut dans toute la gloire du rouge de sa colère, du vert de ses yeux outragés et de l'éclair rose de sa chair dans la déchirure de la mousseline. Ivan, chancelant sous la rudesse des coups, geignait. Au comptoir, le père, sur le moment, n'eut vent de rien. Le service suivit son cours, David Jones prenant en main la situation. Ivan porta ses gémissements jusqu'à un tabouret où il resta assis, sans paraître en vouloir à son assistant, lequel lui fit une grande tasse de thé noir très noir, en y délayant une cuillerée de gelée d'abricot.

Mais quand le vieux sut ce qu'il en était, plus tard, il approcha de l'apoplexie. Il saqua Ivan, en faisant mine de loin, dans le vide, de le boxer. Après quoi, respirant dangereusement trop fort, il but au goulot de grandes rasades de Cholokov, puis s'effondra telle une tour, faisant s'entrechoquer et grelotter dans un vacarme de xylophone les piles de vaisselle et la verrerie, tandis que Ludmila criait : « *Vratch! Vratch!* »

David Jones obéit et courut chercher le médecin du quartier. C'était un praticien juif ; la serviette encore nouée autour du cou, il appela une ambulance et, fouette cocher, Peter Likhoutine fut emporté au galop à l'hôpital de Flatbush, ronflant de toutes les orgues de l'enfer, mais toujours vivant. Puis, la vie poursuivant ses surprises, Ludmila dit à David Jones :

— Maintenant, tu viens maison avec moi.

— Chez vous ? Avec vous ? Pour quoi faire ?

Mais il sentait son cœur prendre le mors aux dents.

— Tu comprends quand nous sommes maison, répondit-elle. Pancarte qui dit FERMÉ, on pend et on ferme à clef. Ce soir, pas ouvrir.

La maison, c'étaient les deux étages supérieurs d'une construction de grès qui en comptait quatre, à Brooklyn Heights, avec vue de la statue de la Liberté à l'horizon. Peter Likhoutine était propriétaire du tout ; les deux étages du bas étaient loués à d'honnêtes occupants payant dans les règles et juifs, cela allait de soi. Ludmila avait sa *kliouche* ; elle ouvrit sur un salon de bourgeois russes : sièges de peluche écarlate, rebondis, ors ternis, odeur d'anis, relent discret de chou, remugle opiniâtre des *papirosi* de Peter Likhoutine. Par une seule et brève volée de marches tapissées d'orange et de pourpre fanés, elle le conduisit droit à sa chambre.

— Maintenant, dit-elle du même ton brusque qu'elle employait à la cuisine, tu ôtes tous les habits.

David avait beau être de petite taille, il tenait de son père une assez jolie musculature et un ventre plat. Sa peau tannée gardait un goût de sel. Comme il n'était jamais descendu dans la mine, rien ne lui avait gâté le physique et pas un grain de poussière de charbon n'incrustait ses pores. S'il eut honte de se dévêtir sous le regard des grands yeux bleu-vert Baltique, ce fut seulement à cause de l'érection qui lui arrivait au nombril. Nu, il voulut aussitôt la dissimuler en s'avançant vers la jeune fille, toujours entièrement vêtue — hormis le bout d'épaule dénudé par la déchirure — et en la prenant dans ses bras. Mais elle le repoussa et lui ordonna de pivoter sur lui-même, comme pour supputer sa valeur commerciale : fesses, nuque, clavicules. A la fin, satisfaite, elle dit : « *Khorocho* », se débarrassa en deux coups de pieds de ses chaussures et se mit au lit tout habillée. Elle se défit de sa robe et du reste sous le couvert du drap, à la manière d'une nonne ou d'une servante, la nudité n'ayant nulle raison d'être exposée aux yeux de Dieu, qui la modela et voit tout. Il n'y avait pas une icône, pas une image sainte aux murs — rien que, dans un mauvais cadre, une reproduction d'une peinture d'un artiste animalier de l'école américaine fondée par Tisch, lui-même disciple de Landseer : un troupeau de biches aux yeux pleins d'innocence liquide et regardant le voyeur.

— Maintenant tu viens dedans et tu fais amour, ordonna Ludmila.

L'invite parut superfétatoire à David Jones et, fixement observé par les biches peintes, il se coula dans le lit et obtempéra.

Ce fut une longue séance d'animalité pure, uniquement coupée par deux entractes où Ludmila se leva, d'abord pour faire du thé puissant, qu'elle servit dans des verres cerclés de *zarfim* terni, après l'avoir fortifié d'une grande cuillerée de confiture de pêches, puis pour préparer des blinis accompagnant du saumon fumé et des œufs du même poisson. Plus tard, et comme si l'idée lui en était revenue après coup (ce qui était probablement le cas), elle téléphona à l'hôpital pour savoir où en était son père. Elle écouta la réponse, fit : « *Da, da* », et reprit vigoureusement possession de David Jones.

Comment va-t-il ? Pas bien ; c'est le cœur ; il meurt avant le petit déjeuner. (Elle voulait dire demain, *zavtra* et *zavtrak*.) Comment peux-tu... pouvons-nous... peux-tu penser... tout de même, ce n'est pas très décent. Mais en un sens, si, ce l'était : la vie opposant son refus à la mort. Mieux : le refus venait de l'acte créateur de vie. Car il s'agissait bel et bien de la consommation anticipée d'un mariage sans proposition ni déclaration préliminaires. Ni préservatif d'aucune sorte, ni *coitus interruptus*. David Jones n'avait qu'une maigre expérience des femmes, mais il pouvait reconnaître une vierge, le cas échéant, et cette Ludmila, dont le père allait mourir pour la défense de sa vertu, n'était pas vierge. Peu importait. Avant le petit déjeuner, le restaurant lui reviendrait et elle aurait besoin d'un mari pour le tenir. Ludmila Jones. Jones — autrement dit, en russe, Ivanovitch, nom qui n'a rien d'un vrai patronyme.

C'est ainsi que, tout au début d'août 1914, ils s'épousèrent devant l'état civil, sans les secours de la religion. David Jones suggéra d'enrichir la carte des mets en y incluant le gigot de mouton gallois, la soupe au cognac du mineur, le pot au feu de navets de

Suède et de pommes de terre en purée, dénommé *potch*, le *buck rarebit*, — un *welsh rarebit* additionné d'un œuf poché. Non, trancha Ludmila, pas cochonneries de cuisine exotique. David Jones, bien qu'il travaillât très dur aux fourneaux, aidé d'un Polonais sur le retour qui avait dépassé l'âge de la concupiscence, avait un peu le sentiment d'être entretenu. Ludmila détenait tout le capital et donnait trop d'ordres, même si elle avait perdu de son autorité au lit. Comme beaucoup de Gallois, David Jones avait l'art de satisfaire les femmes. Le plus gros reproche des Galloises à l'égard des hommes de provenance non cymrique, à l'exception des Noirs de la baie des Tigres, est leur « manque de tendresse ».

Et puis, le 4 de ce même mois d'août, tel un abcès mûr qui crève, la Grande Guerre éclata sur l'Europe malade et les journaux new-yorkais firent écho aux manchettes de leurs confrères britanniques. David Jones éprouva du remords à ne pas se précipiter de l'autre côté de l'Atlantique pour se jeter dans la mêlée. Bien que l'Empire n'eût jamais rien fait pour lui et que son père lui eût souvent répété que ses copains férus de politique considéraient la puissance dudit Empire comme un instrument du capitalisme oppresseur, *boy bach*, il n'en était pas moins citoyen britannique et n'avait pas envisagé sérieusement, jusqu'ici, la naturalisation américaine. Il se souciait peu d'aller casser la gueule aux Boches pour venger le viol de la Belgique. Il songeait plutôt, mais confusément, qu'il avait échappé entier — voire pour ne s'en trouver pas si mal — au naufrage du *Titanic* et, partant, au devoir, en quelque sorte, d'accorder à la mort une autre chance de régler son compte avec lui. D'ailleurs, l'Amérique se vantait foutrement trop, *boy bach*, de ne pas être à feu et à sang comme cette putain d'Europe. Sans pouvoir le formuler exactement, il avait conscience d'être un Européen. C'était vrai de sa femme aussi. Et Brooklyn, tout en regorgeant d'émigrés de l'Ancien Continent, n'était pas l'Europe. Ah, les nuits blanches sur la Neva, les mineurs chantant en chœur à quatre voix, en rentrant au foyer après la mine. Et le couvert mis à table avec couteaux et fourchettes...

David Jones n'avait plus aucun rapport avec son père, bien qu'il eût écrit à une tante vivant à Tredegar pour annoncer qu'il avait épousé une jeune Russe, drôlement jolie même, et se débrouillait bien aux États, prière de passer l'information à p'pa, à qui il n'en voulait plus de l'avoir cogné étant saoul, comme il espérait être pardonné de lui, où qu'il fût, pour s'être enfui en mer. Pas de réponse. Bah !

De réponse, il y en eut tout de même une, tardive, pas avant la fin d'avril 1915. Le restaurant avait eu le temps de prospérer, David Jones, de parler et, non sans mal, de lire un peu le russe, de même que Ludmila, de faire des progrès en anglais et d'acquérir un brin de l'accent chantant de Galles. Malgré la vigueur de leurs amours nocturnes, l'indispensable spermatozoïde s'égarait en chemin. N'importe, ils avaient tout le temps de fonder une famille : lui-même, il n'avait que vingt et un ans, et sa femme, estimait-elle sans en être sûre, un peu plus de dix-neuf ans.

La lettre qui arriva de Tredegar était de cousine Iris, non de tante Gertie, qui avait la main meilleure pour la pâtisserie que pour la plume. Il y était dit que le père n'allait pas bien et avait une grosseur dans la poitrine ; selon le médecin, heureux s'il tenait encore trois mois. Il n'était pas au courant de la vérité du mal et pensait souffrir de bronchite. Quant à lui, Dai, le jeunot, le mieux qu'il eût à faire était d'arriver en vitesse au 2 Sunnybank Road, Blackwood, avec sa femme russe et tout — une Russe, ça alors, du jamais vu chez les Jones.

— Oui, dit Ludmila Jones, moi aussi je viens. Je ne fais pas confiance pour les femmes.

Ça lui apprendrait à être si bon au lit ! Un homme qui mettait tant d'ardeur à l'acte ne pouvait que courir le jupon.

— Mais qui tiendra *restoran* ? demanda-t-elle.

— Si tu t'imagines que je pars pour revenir ensuite en Amérique, tu te trompes, répondit David Jones. Non, pas question de retour ni de discussion ; c'est moi le patron et pas trop tôt. La boîte, la maison, on réalise tout et on garde le petit magot comme une poire pour la soif. Je vais m'engager. L'armée de terre, pas la marine, foutre non, pas de danger, soupé de la mer. Et, la guerre finie, nous penserons à l'avenir.

Cela n'alla pas sans débat ni dispute ; mais Ludmila, un jour où elle avait failli de justesse être ébouillantée par une marmite de bortsch renversée dans le feu de la querelle, consentit à vendre *A la Perspective Nevski* à un personnage trouble du Bronx, un certain Keller. Elle tira vingt-cinq mille dollars du tout, local, fonds, clientèle — somme assez coquette pour l'époque. Elle refusa de vendre la maison de grès, mais loua les étages supérieurs en garni et s'arrangea pour que les loyers fussent perçus et placés en banque par le cabinet Peyser, Reich, Koenig & Sharp. Elle avait envie de revoir Saint-Pétersbourg. Il y avait trop d'étrangers à New York.

David Jones se rendit à une agence maritime de Manhattan et y prit deux billets de seconde classe sur le paquebot *Lusitania*, dont le départ était prévu pour le début de mai. Mais, la veille de l'embarquement, Ludmila dut s'aliter avec une violente douleur dans la partie inférieure de l'abdomen. On diagnostiqua une appendicite. L'opération fut un succès ; le rétablissement, rapide — Ludmila était forte comme une jument. Mais ils durent retarder leur départ jusqu'au début de juin. Entre-temps survint la nouvelle du torpillage du *Lusitania*, le 7 mai, et de la perte de mille deux cents vies humaines, à la grande horreur de David Jones — il y avait du diabolique dans sa chance éhontée. Quittant la 42e Rue, ils embarquèrent pour Southampton à bord du paquebot *Monroe*, navire équipé avec abondance de canots de sauvetage et ne dissimulant pas de munitions illicites dans ses cales, protégé de plus contre les torpilles boches par les vigoureuses paroles d'avertissement du président Wilson.

— Nous restons petit peu en Angliya jusqu'à mort de ton père. Après, nous allons Pétersbourg ; rien ne vaut vraie patrie.

Pour la Russie nous verrons cela la guerre finie, ma ptite, il n'est pas question d'Anglia ni de l'Est, ni de l'Ouest, ni du Nord. Nous allons en Galles du Sud. Ce qu'ils ne firent pas réellement, le Monmouthshire faisant partie administrativement (sauf pour l'instruction publique) de l'Angleterre, et compte tenu de ce que l'on eût pu trouver difficilement adresse plus anglaise que 2 Sunnybank Road, Blackwood.

La chambre à coucher d'Elis Wyn Jones était pleine de l'odeur des médicaments et du bruit de son râle d'agonie. Il avait seulement cinquante-deux ans, mais en paraissait quatre-vingts, et il ne lui restait que la peau et les os, avec une belle tête de vieux prophète chevelu, moins la barbe. La créature d'Ebbw Vale avec laquelle il avait vécu dans le péché était depuis longtemps défunte. A sa place, une infirmière mercenaire de Cefn Fforest, installée au rez-de-chaussée, n'en revenait pas de voir une Russe aux cheveux d'or faire du thé fort et chercher partout de la confiture d'abricots. Le père demanda au fils une cigarette et eut droit à une Gold Flake qui, passé le paroxysme de toux préliminaire, parut faciliter la respiration. Alors il parla.

— Je me suis gardé en vie en attendant ta venue. Maintenant que tu es là, je peux partir en paix. Toujours eu une faiblesse aux poumons, à cause de l'anthracite de la mine. Suis fini, mais n'importe, bien vécu, normal, c'est que justice. Y a des tas d' jeunes gars qui crèvent sur le front sans même avoir eu le temps de goûter à la vie, les pauv' jeunes bougres.

— Parle pas si vite, p'pa, épargne ton souffle.

— Jolie fille que t'as ramenée, là en bas. Aime bien commander, mais ça ne fait rien. Se passe des tas de choses en Russie. Pays d'avenir, tu verras. Donne-moi 'core une de ces saletés, fils, ça aide un peu, ça ramone la cheminée, d'un sens, normal...

Le jeune David lui alluma une autre Gold Flake ; mais, après une ou deux bouffées qui ébranlèrent tout le lit, le mourant la lui rendit d'une main tremblante.

— Pas une bonne idée, hein ? (Il vomit un gros crachat couleur de rouille dans la bassine à pudding posée à son chevet.) Regarde-moi un peu ce morceau ; mieux vaut que ça sorte que de te rester sur l'estomac, comme on dit. Maintenant, écoute bien, *bachgen*. Dans le bas de l'armoire, tu vas trouver un paquet dans du papier brun avec de la corde autour. C'est lourd, alors t'étonne pas en le prenant. Tu me l'apporteras ici, fiston.

Ce que fit David, très surpris d'avoir à s'y prendre à deux mains.

— As-tu déjà entendu parler du gros caillou qu'on appelle le Bienvenu ? Extrait de la mine d'or de Ballarat, dans le Victoria que ça est, en 1858 sauf erreur. Ton grand-père en avait plein la bouche tout le temps. Il faisait plus près de cent quatre-vingts putains d' livres que d'une once, et valait pas loin de neuf mille guinées de l'époque. Imagine voir ce que ça peut représenter à présent. Toujours est-il que ça que tu tiens là est à toi et qu'y en a pour trente-quatre livres bon poids, vers les vingt kilos, quoi, aussi vrai que je l'ai lu de mes propres châsses sur la balance.

— Mais que diable as-tu... comment diable t'y es-tu pris ?

— Du calme, *bach*, y a pas de quoi s'énerver. Ton pépé me l'a donné sur son lit d'agonie, comme moi je te le donne sur le mien. A Wellengong ça était, là où il est mort et enterré... drôle de nom, cela dit. C'est juste à la sortie de Sydney. Jolie maison qu'il avait là, sauf que ça était en toute simplicité. Jusqu'au bout on aurait dit qu'il avait mauvaise conscience à cause du caillou. Mais il affirmait qu'il lui appartenait de droit, même s'il ne pouvait en apporter la preuve. Longue histoire, disons.

David palpa le bloc de minerai posé au bout des pieds du père, sur le couvre-lit qu'il pailletait de reflets métalliques. Malgré toutes les impuretés, plomb, cuivre, fer, dont il était incrusté, l'authenticité de son éclat, noble jusque dans sa discrétion sous la lumière pluvieuse de cet après-midi d'été gallois, ne faisait aucun doute.

— A toi de jouer pour vendre cette saloperie, ptit. Moi, j'ai jamais osé ; on posait trop de questions. Je remettais toujours à plus tard, et rien d'étonnant ; vu que j'ai toujours eu plus que j'avais besoin, normal, ça est justice. Jamais fait confiance aux banques ; mais, dans un sac, tu trouveras cent vingt-cinq souverains en bel or, des jaunets, comme on dit, nichés bien en sûreté sous le réservoir dans la soupente du grenier. Bon, voilà pour l'héritage légal, *boy bach*, et le tout sans problème, en règle avec le notaire. Quant à la maison, je l'ai payée comptant, même que c'est un bon placement, les choses étant ce qu'elles sont. Tu t'es enfui du foyer et c'est pas une chose à faire, à bien des égards. Cela dit, t'as eu du cran et t'es sorti indemne du *Titanic* alors que les autres se sont noyés, les pauv' bougres. C'est pas comme ta tante Gertie et le reste de la bande, que tout ce qu'ils voient de la vie, c'est de derrière leurs rideaux d' dentelle, et je parle même pas de l'aut' espèce de Jack Probert, que sans mentir c'est bien la créature du Bon Dieu la plus stupide qu'ait jamais marché sur deux pattes. Ah, et c'est pas tout...

Mais, là-dessus, il se mit à tousser comme un damné, en virant au cramoisi, et l'infirmière à gages qu'on avait fait venir de Cefn Fforest prit son temps pour monter du rez-de-chaussée, tout en mastiquant, la bouche pleine et ouverte.

Le lendemain, le vieux — pas tellement que cela à vrai dire — fut brusquement pris d'un appétit inconvenant. Il déclara à son fils que, avant de trépasser, il aimerait tâter d'un gigot de mouton gallois bouilli, accommodé à la sauce au porto et au cognac. Et le soir même, mais que ça ait du jus, un vrai dîner de rupin, histoire de partir en beauté.

— C'est drôle, le genre de chose qui te reste à l'esprit, *bachgen*, dit-il. Là-haut au grenier, tu verras, y a une encyclo-je-n'-sais-quoi, que, putain, j'ai oublié la fin du mot. Je la tiens de ton pépé ; il l'avait achetée à un marchand ambulant, dans King's Cross Road, qu' ça s'appelle comme à Londres, mais ça est à Sydney. Peut-êt' que ça vaut son pesant, aujourd'hui. Toujours est-il qu'y a là-dedans tout un long truc sur l' pays d' Galles, où ça dit qu'y a rien au monde de plus ESQUIS que l'agneau et le mouton gallois. J'ai jamais oublié ce mot, bien que je ne sois pas sûr de le prononcer comme il faut. Mais je veux en manger avant de m'en retourner dans le sein d'Abraham, vu que c'est pas une perspective si brillante que ça, quand on y pense.

David Jones n'osait pas se laisser éblouir par le mirage que la chance persisterait à lui sourire, alors que le simple hasard d'une balle ennemie risquerait bientôt d'y mettre le holà. Puisqu'il avait résolu de s'engager, c'était bien le moins d'accorder à la mort, une fois de plus, sa propre chance. Mais chaque chose en son temps. D'abord mettre en terre son pauvre père, dans le caveau de famille de Bedwellty. Il commença donc par mijoter pour le vieux un beau gigot de mouton gallois avec navets, poireaux, carottes, oignons, sans négliger d'y ajouter un grand verre de vin de Porto cinq minutes avant la fin de cuisson, plus un verre de Martell trois étoiles à la toute dernière minute. Le plat type du dîner de famille de week-end pour ceux de la mine, avec six ou sept fils travaillant au fond comme le père et ramenant donc beaucoup d'argent. Le sein d'Abraham, j' t'en fous, oui, pauvre vieux, va ! Pendant que cela mijotait, une partie de la parenté arriva par l'omnibus de Tredegar : tante Gertie, son mari Jack Probert, sa fille Iris et le mari de celle-ci, Owen Davies, que ses copains de l'aciérie où il était lamineur avaient surnommé Golly, abréviation de *golygus*, c'est-à-dire « beau », tant il était foutrement laid. Ils vivaient tous dans la même maison de Chwefrer Street, derrière des rideaux de dentelle très propres.

Ils sont là à guigner leur part du gâteau, pensa David Jones, en prenant place avec eux dans la pièce de devant et en observant la rapacité mal maîtrisée au fond de leurs yeux noirs et méchants. Après avoir examiné à satiété la forme décharnée de Elis Wyn assoupi sous les couvertures, assis maintenant ils attendaient que Ludmila — avec son drôle d'espèce de nom qu'on voyait bien qu'elle était pas d'ici — leur servît le thé et des tranches de cake gallois. Au lieu de quoi, ils eurent droit à un thé à la mode de ces sauvages d'Anglais, et à de ces pâtisseries indigestes que les Russes appellent sans ironie « zéphyrs », cependant que, de son côté, la jeune femme, fascinée, regardait fixement, de ses yeux bleu-vert Baltique, ces indigènes d'un autre monde.

— C'est pas l'anglais d' tout l' monde qu'elle parle, dit tante Gertie. On n'avait 'core jamais eu d'étrangers dans la famille, à part ta mère, qu'elle venait d' Galles du Nord. Et qu'est-ce qui sont durs, ses gâteaux ! Mon Jack, il mange que du tendre, rapport à ses dents. C'est pas les bons boulots qui manquent ; soit dit, à st' heure, avec la guerre ; mais Jack il est pas apte à rien.

— Ah bon, et qu'est-ce qu'il a qui n' va pas ? s'enquit David Jones.

— Question ed cœur.

— Edcœur, c'est quoi ? demanda Ludmila.

Son mari lui expliqua.

— Ah ! fit-elle. *Gart*.

Tante Gertie eut un reniflement de mépris, puis entama la litanie de tous ses propres maux : c'était elle qui eût dû être allongée là-haut, à la place de son frère, en train de reposer paisiblement.

— Et dire qu' ste ma'ame Evans, celle qui demeure au 3, est toujours à s' plaindre de son dos, que l'aut' jour l' Dr Cronin, qu' ça est un Écossais, il lui a pas envoyé dire : « Et ste pauv' 'tite ma'ame Probert, alors ? qu'il a dit. Qu'elle en est aux pilules roses, elle, quand vous n'en êtes qu'aux blanches... »

Avec force minauderies, elle retira délicatement de sa *ceg*, autrement dit : bouche, un morceau de zéphyr intact, et reprit :

— Mon Iris, elle avait justement mis au four ce jour-là, et avant d' partir l' Dr Cronin a dit : « Aah ah, et qui ça est qui a fait cuire ces tartes que j' vois là ? — Ma fille, docteur. — Eh bien, qu'il a dit, elles ont l'air fameuses. — Y n' tient qu'à vous d' rester pour en manger, docteur. — Non, non, tout d' suite là, je n'ai pas l' temps ; mais moi j' vous l' dis : des tartes pareilles, on n'en voit pas sur not' table à nous. »

Elle minauda de nouveau, satisfaite, comme une putain de chatte.

David Jones se sentit pris d'une grande lassitude. Qu'ils aillent se faire foutre, tous. Saleté de pays. Tas de fumiers et de crétins. Si étroits d'esprit qu'ils ne savent même pas que le monde existe. D'en haut parvint un faible appel du père. Une lueur sans éclat passa dans les yeux de tante Gertie : bientôt la fin, normal, qu' ça est justice.

— Ça est ma maison ici, dit le vieux à David Jones. Fous-les dehors, toute la bande, putains d'vautours qui viennent ronger les os du mort pendant qu'il est 'core en vie. Fous-les dehors et monte-moi mon dîner. J' crève de faim, *bach* !

La parenté fut donc expédiée dehors pour une longue attente pluvieuse à la gare de Blackwood, et son dîner fut servi à Elis Wyn, sur un plateau décoré d'un bouquet d'œillets de poète dans un pot de confiture — l'idée étant de Ludmila. L'agonisant mangea avec vigueur :

— Manque de poivre, *boy bach* !

Mais le poivre va te faire encore tousser, p'pa.

Ce qui fut le cas. Puis on eût dit que quelque chose craquait à l'intérieur du vieux. La toux cessa et il dut consacrer le reste de ses forces à respirer. Le fils veilla toute la nuit. Il entendit les hommes relevés de la mine s'en revenir en chantant *Le Val Rhondda, Cwm Rhondda* :

L'pain est d' chez Evan
L' thé d' chez Thomas
La bièr' d'Aux Armes des Mineurs...

Le vieux émergea du coma dyspnéique, fit claquer ses lèvres et dit d'une voix ferme :

— Sais-tu ce qui serait salement chouette, fiston ? Un grand demi !

Puis il rendit l'âme. A 8 heures et demie, l'infirmière arriva de Cefn Fforest, ferma les yeux rêveurs du défunt, tira le drap pour lui couvrir le visage et s'en alla chercher Mme Cadwallader, de Caerdydd Avenue, la spécialiste de la toilette des morts pour le quartier.

David Jones avait assisté au spectacle de la mort en public et à vaste échelle, mais jamais encore à cette proximité ni dans un cadre aussi familier. Cette mort domestique le révoltait. Il n'avait pas eu l'occasion, auparavant, de se rendre compte que mourir dans un lit est un acte sale et n'a rien de l'essor angélique de la petite Eva dans le film *la Case de l'oncle Tom*, qu'il avait vu à New York. Les intestins et la vessie se vident. On brûlerait les draps et le matelas au fond du jardin, derrière la maison. Le corps, après s'être grossièrement défait de ses déjections, en deviendrait bientôt une lui-même. Et cela, parce que l'âme l'avait déserté. Donc, l'âme était bien quelque chose qui existe ; les prédicateurs avaient raison. Cet amas de matière en voie de putréfaction que l'on apprêtait pour le cercueil n'était pas son père. Il avait foutu le camp, son père, quelque part où il n'y avait ni bière ni mouton gallois. Il était une âme libre, mais quant à savoir ce qu'il fabriquait à présent ! Des âmes libres, il y en avait des foules en ce moment, qui s'envolaient chacune de son paquet d'ordure dans une campagne boueuse de France. Et peut-être irait-il, sous peu, les rejoindre lui aussi, le fils encore en vie, l'héritier en pantoufles. C'était à se demander s'il n'était pas plus sain, c'est-à-dire plus propre, de mourir ainsi, que dans un lit souillé sitôt que l'âme a lâché les rênes aux muscles. Finir en mer est propre aussi, hormis que d'engraisser le sol de ses déchets est un bienfait, tandis que le corps d'un noyé donne seulement à manger aux poissons, lesquels ne manquent déjà de rien, probablement. Ame et humus — pas si mal comme antithèse.

— Bon, fifille, dit-il à Ludmila, le matin qui suivit les funérailles, demain je pars pour Newport. M'engager. Tu seras très bien ici. Un rien seule, mais il y a toujours les voisins — foutue bande de bornés, cela dit, à en juger par les gueules sur le pas des portes hier, au passage du corbillard. Tu toucheras comme femme de soldat, et il y a le paquet de dollars à la banque, que ça fait juste un peu plus de quatre shillings chaque au change... (Il se garda de toute allusion à l'or brut et au sac de souverains, qu'il avait fourrés dans une vieille sacoche double en cuir, héritée du père, pour les confier ensuite à un coffre-fort de banque. Tout homme a droit à sa petite réserve secrète.) La guerre ne sera pas éternelle, sans compter les permes qu'on vous accorde de temps à autre.

— Moi je vais Pétersbourg, dit-elle.

— Doux Jésus Seigneur ! s'écria-t-il, pris de détresse. Ce n'est pas possible, voyons, fifille. C'est la guerre là-bas aussi. Ces putains d'Allemands font la guerre au putain de monde entier. Tu ne ferais qu'ajouter à mes soucis. Je veux te savoir dans cette maison ; un foyer, faut y entretenir le feu.

— Climat trop chaud, pas besoin de feu.

— C'était seulement façon de parler, comme on dit. Et d'ailleurs, écoute : il y a un verbe être chez nous. Le climat *est*, tu entends ? *Est.* Tu ferais mieux de t'y mettre, sinon les voisins vont te rire au nez à s'en péter le ventre.

— En russe, est pas d'est. Et ici gens disent « ça est ».

— Ah, laisse tomber, dit-il en soupirant. De toute façon, pourquoi diable aurais-tu envie d'aller à Saint-Pétersbourg ?

Il la regarda, assise de l'autre côté de l'âtre vide, dans la salle à manger salon qui donnait sur le bout de jardin négligé, la pièce de devant avec son odeur de moisi étant réservée aux grandes occasions, Noël, décès... En réalité, elle était bien jeune — une vraie femme-enfant en un sens, selon l'expression. L'aimait-il ? Mais c'est quoi, l'amour ? Et elle, l'aimait-elle ? Se demandait-elle aussi ce que c'est que (quel était le mot, déjà ?) *lioubof* ? Il avait son idée sur les raisons pour lesquelles elle l'avait attiré dans une anticipation du lit conjugal ; toutefois, lesdites raisons — virilité musclée et autorité —, bonnes pour un restaurant de Flatbush, perdaient évidemment toute justification ici. A quoi bon revenir là-dessus ? Ils étaient mari et femme, unis dans la chair, dédoublés quant à l'âme (la mort est solitude : l'évidence venait de lui en être administrée), parents en puissance bien que la mécanique biologique, telle la machine à vapeur de Crawshay-Bailey, célébrée par la légende galloise, parût répugner à fonctionner dans leur cas.

— Tu ne connais personne là-bas, fifille, reprit-il.

— Si, tantine Aniya et oncle Boris. Lui enfermé prison. Nous écrivons lettres. Tu as vu.

— Jésus Marie, voilà que j'ai épousé une famille de criminels ! Tu ne m'avais jamais parlé de cette prison.

— Il raconte il veut tuer tsar ; les autres rient, mais ils le mettent tout de même prison.

— Rien ne presse, conseilla-t-il après un long soupir. Chaque chose à son heure. Ce n'est pas le temps qui manque. Saint-Pétersbourg ne va pas disparaître d'un bondieu de jour au lendemain !

Elle secoua sa jolie tête et l'or de ses cheveux brilla dans la lumière terne de ce matin d'été, comme le gros caillou qui n'était plus dans la soupente. L'autre trésor naguère caché là-haut était maintenant rangé dans la bibliothèque vitrée, à peu près vide à part cela — savoir, l'*Encyclopédie Kelly* en douze volumes. Grâce à quoi elle aurait tout loisir de travailler son anglais (autrement, la seule littérature disponible dans la maison était la bible familiale — devant laquelle il s'était masturbé jadis —, aujourd'hui trop démodée pour être utile à une jeune femme). Elle secoua donc sa jolie tête, de l'air de quelqu'un à qui, comme à l'Histoire, on ne la fait pas.

Bref, il prit le train pour Newport, où il demanda à s'engager dans le régiment du Royal Gwent. Il apparut qu'il était plus difficile d'entrer en guerre qu'il ne l'imaginait : on eût dit que vouloir rendre service à son roi et à son pays était une proposition qu'il fallait inverser, comme si la faveur était venue d'eux. « Métier ? » Sans — enfin pas vraiment, bricolé de droite et de gauche comme manœuvre plus ou moins. Pourtant, le tatouage bleu sur son avant-bras, une ancre marine surmontée d'une couronne, tout comme son teint imprégné de soleil et de sel, et ses paupières plissées contre le miroitement auraient vendu la mèche à quiconque y eût prêté attention. Mais qui s'en souciait ? « Parent ou parente le ou la plus proche ? » Ludmila Jones, née Petrovna Likhoutine. Russe, oui. Cela ne plut qu'à moitié, bien que la Russie tsariste repoussât vaillamment le Boche en Galicie. On ne le convoqua au dépôt d'entraînement de Chepstow qu'à la fin de l'été de 1915. Là, classé catégorie A 1, matricule 73386, sans profession bien définie, piétaille et chair à canon de deuxième classe, il rejoignit d'autres Jones aussi bien que des Williams, des Morgan et un saupoudrage de Pritchard. On lui grava son patronyme, accompagné des deux derniers chiffres du matricule, dans le métal d'une médaille pour chien : JONES 86.

Il n'y avait qu'un seul Cadwallader dans son unité et, au lieu de se réjouir de la facilité d'identification de cette singularité, l'adjudant de compagnie, un étranger originaire de Cadbury, demanda quelle sorte de blaze était-ce là. Cadwallader ne comprit pas, à cause de l'accent de l'adjudant. Sur quoi, Jones 86 dit, se souvenant de l'instruction qu'il avait reçue à Manhattan :

— C'est le nom d'un des rois de Gwynedd.

— C'est où, ce bled de merde ? Quéqu' part en Mésopotamie ? D'abord, qui t'a prié d' venir mett' ton grain d' sel là-d'dans ? Et commence par m' dire : monsieur*.

— Oui, monsieur.

Mais le lieutenant commandant la compagnie A intervint :

— Cadwallader, le zèbre aux chèvres, hé ? Ha, ha !

Le Royal Gwent comptait énormément d'étrangers, surtout parmi les officiers, dont aucun ne s'exprimait avec un honnête accent galloisant. Les gradés rappelaient à Jones 86 le *Titanic*, et la caserne, un paquebot à l'ancre par mer plate, aux quartiers distribués selon un système de ségrégations, des premières classes à l'entrepont, avec des pancartes ACCÈS INTERDIT partout. Pas de femmes, toutefois, sauf dans l'imagination et les glandes en feu des hommes réduits à eux-mêmes. Le capitaine du navire devenait le colonel, divinité ne descendant de son Olympe qu'en cas d'infrac-

* L'on a préféré conserver partout le « monsieur » réglementaire de l'armée anglaise, pour toute réponse de simple soldat à officier *(N.d.T.)*.

tion grave, et capitaine n'était pas un grade élevé dans la hiérarchie du commandement. Le deuxième classe Jones était un passager d'entrepont ; mais même les immigrants irlandais du *Titanic* auxquels il administrait ses choux bouillis et rebouillis n'eussent pas toléré la cuistance du cuistot. Pourtant, il se gardait de laisser entendre qu'il eût pu faire mieux que le caporal cuisinier (le sergent cuisinier n'étant là que pour le décorum et pour boire et sacrer, tandis que son second laissait choir des chandelles de morve et de cendre de mégot dans le chaudron de la bouillie d'avoine).

Ainsi se mit-il en rangs par quatre et fit-il l'exercice, une-deux, bordel à putes, tête haute, sk' vous croyez ? Qu' vous allez trouver des louis qu'ont poussé dans la nuit ? Dans le gris du matin, on leur braillait, à ceux de la section comme aux autres, d'avoir à sauter de leur page à branlette et de se magner le popotin. Debout là-d'dans, debout les morts, bas les pines et qu' ça saute, au rapport à 9 heures ! Et quand, las et sales — car ils n'avaient pour se laver qu'un unique robinet d'eau froide —, ils se fourraient sous les couvertures en obéissant au clairon qui sonnait, tonique et dominante, l'extinction des feux (« Tonique, dominante, c'est le nom de ces deux notes, fils », lui répétait chaque soir Evans 73, qui était maître de chœur), alors Morgan 02, un brun au teint bistre, de sa paillasse d'angle, éclairait la chambrée de ses lumières sur les gloires passées des Celtes brittoniques.

— Ils étaient déjà chrétiens deux cents ans après la mort du Grand Jésus Blanc ; paix à ses os dans le sein du Seigneur, et ils n'ont pas démordu de leur foi, tandis que toute l'île, nommée alors Bretagne et qui leur appartenait en droit, adorait de faux dieux, Odin, Thor et autres divinités de bois stupides et sourdes...

Ce genre de discours donnait à Jones 86 la nostalgie de New York, où la vie était belle et bonne. Mais, un soir, certains objectèrent dans le noir : « Pourquoi alors est-ce qu'on se bat pour ces putains d'Anglais, au lieu d'être du côté de ces enfoirés d'Allemands qui se vantent que leur *Gott Strafe England* ? » Une voix grave de prédicateur laïc s'éleva comme il se devait, dans les parages de la porte, pour fulminer contre les gros mots ; mais on cria : « Ferme ta putain de gueule ! »

— Ma foi, reprit Morgan, c'est là une objection que beaucoup qualifieraient de juste. Patience, le jour viendra, les gars. Que sont les Allemands sinon des Germains, et donc des cousins des Anglais ?

— Cousins germains, dit, sans que personne relevât la remarque, la voix lasse de Williams 39, le clerc de notaire.

— Une fois qu'on les aura balayés de notre route, poursuivit Morgan, qu'est-ce qui empêchera les Gallois de prendre les armes et de flanquer la raclée aux oppresseurs? On dit déjà qu'on a vu le fantôme d'Arthur le Roi galoper dans le ciel des collines sur son destrier, en brandissant très haut la bonne épée Caledvwlch. Les jours de gloire seront bientôt là et trouveront les Gallois prêts à se servir de leurs armes comme le leur auront appris les Anglais, alors que ceux-ci sont bien trop avachis pour lire dans les signes.

Il y avait des hommes de la section à qui le sens de ces paroles échappait — tout ça c'est des mots, mec, des grands mots difficiles.

— Ce sera comme jadis, quand les princes de Cymru se levaient comme la flamme, Cadwallon aux Longues Mains et son fils, Maelgwyn Gwynedd, et l'autre Cadwallon, l'arrière-petit-fils du premier. Et ils ont lutté contre les sauvages et les salauds et leur chef au nom immonde, ce porc d'Ethelfrith, roi des Angles de Northumbrie, jusqu'à ce que, par traîtrise et barbarie, nous ayons perdu Strathclyde avec la Bretagne du Nord tout entière, et que nous ayons été écrasés et massacrés à l'infâme bataille de Chester.

Là-dessus, il se trouva un homme, dans l'angle opposé, un nommé Evans 12, pour protester que c'était du nationalisme dépassé et soutenir que le vrai combat était entre les travailleurs et les capitalistes, et que, de cette guerre, qui engendrerait l'effondrement gigantesque de la grande industrie, naîtrait la révolution. Et, d'un autre coin de la chambrée, un troisième déclara que, de toute façon, aucun travailleur ne devait participer à cette guerre ; et d'abord ce n'était rien qu'un moyen de faire s'entre-tuer les prolétaires, pendant que les marchands de canons s'engraissaient ; lui-même, jamais il ne se serait engagé s'il n'avait pensé pouvoir faire œuvre utile en répandant l'évangile des travailleurs dans les rangs des combattants du prolétariat.

Pour finir, d'habitude, la dispute triangulaire, accompagnée par le bourdon protestataire du prédicateur laïc, était noyée sous le chœur des apolitiques :

Crawshay-Bailey fit un' machine
Qui r'fusait d' marcher la mâtine
Lors tout l' long jusqu'à Nantyglo
'vec un' cord' la tira tout d' go...

Le caporal, qui couchait dans son petit *cwb*, ou chenil, particulier, à l'extrémité de la chambrée, rentra un soir tard, plein de bière du mess des sous-off, et donna de la voix avec son accent épais d'Irlandais de Liverpool : « Fermez vos claque-merde, tas d' salauds d' Galloches ! » Le silence s'établit, à part des marmonnements contre ce fumier d'étranger et son arrogance, puis les ronflements et les gémissements jusqu'à la sonnerie du réveil :

tonique et dominante, là aussi, fils, la journée commence et finit avec, et ça te suit même sur ta tombe dans les plaines de Flandre.

A la fin de sa période d'instruction, le deuxième classe Jones reçut son affectation au 1er bataillon du Royal Gwent, caserné aux portes de Monmouth ; mais, auparavant, il eut droit à une permission.

— *Bore da. Dewch i mewn,* dit sa femme en lui ouvrant la porte.

Ce n'était pas du russe, il le savait.

— Au nom du Ciel, fifille, qu'est-ce que... ?

— Mme Jones du numéro 7, ça est mon *athrawes*, mon professeur.

— Seigneur Dieu tout-puissant !

— Ça est poids que tu as pris. Te voilà tout forci, *nghariad* — que ça est : chéri.

— Tu sais, la bouillie d'avoine, le rata, les patates... Et toi, tu as dit ça *est*. Tu as fait des progrès.

— Je lis gros livres. En ce moment je lis deuxième lettre, B. « Bendigo, nom sous lequel le pugiliste britannique William Thompson était connu. Aussi nom d'une ville du Victoria, en Australie. En mille huit cent cinquante et un, on y trouva de l'or alluvial et il en résulta une ruée. » Je suis allée à Cardiff, où il y a église russe avec pope : père Kiril. Il m'a vendu dictionnaire anglais-russe. Je fais aussi progrès en russe avec. Et maintenant nous allons au lit.

Ils y allèrent donc. Après quoi, chantant une comptine russe de son enfance, elle prépara un *high tea* substantiel à l'anglaise : œufs au jambon, fines tranches de pain beurré, gâteau aux raisins secs, pâtisseries à la crème et grande théière brune fumante — elle n'utilisait plus le samovar qu'elle avait apporté de Brooklyn. Dans l'attente du thé, en proie à ce sentiment de contentement et de culpabilité à la fois qui fait suite à l'acte d'amour pleinement réussi, le deuxième classe Jones remarqua, sur le guéridon à côté de l'un des deux fauteuils encadrant l'âtre, le tome de l'*Encyclopédie Kelly*. Le gros livre était ouvert à « Bénédictins (Les) », qui ou quoi que ce pût être. Le terme ne lui était connu qu'au singulier et avec un « e », en tant que nom d'une liqueur servie au bar du mess des officiers, lequel il avait eu l'honneur de nettoyer à la suite de deux petites fiestas (et quel travail, du propre, oui !). Il lut sans le moindre brin de curiosité :

... fondé par saint Benoît (480-547) à Subiaco, où il établit une

dizaine au moins de monastères. Au mont Cassin, qui devint le siège et le centre de l'ordre, Benoît rédigea sa règle de la vie monastique. Peu avant sa mort, il y reçut la visite du roi des Ostrogoths, Totila, qu'il convertit à la foi chrétienne. L'opinion commune selon laquelle l'ordre des Bénédictins devrait son introduction en Angleterre au missionnaire saint Augustin a été contredite, en 1889, par la découverte d'un manuscrit attribué au moine Roderigo et devenu, de nos jours, la propriété d'un particulier. Ce document contient une brève relation de l'évacuation d'une maison bénédictine sise dans l'ouest de l'Angleterre, en 577, peu après la bataille de Deorham et la reprise, par des Saxons venus de l'ouest, de leur poussée en avant. Dans leur fuite, les moines, à qui l'on avait confié la sauvegarde de plusieurs trésors de la maison royale britannique, descendirent jusqu'en Italie et au mont Cassin où, à en croire Roderigo, lesdits trésors furent mis en sûreté. Aucune trace d'eux n'a été, depuis lors, signalée...

Le thé était prêt a être bu, comme lui à le boire. La fin de la permission le trouva bien nourri, certes, mais quelque peu maigri, néanmoins, et les jambes plutôt molles. A la gare où elle l'accompagna, Ludmila pleura. Elle se sentait bien seule, pauvre petite Russe qu'elle était, malgré ses visites à Cardiff et au pope de l'humble église orthodoxe russe, près des docks. Dans les journaux de là-bas que recevait par la poste le prêtre, elle pouvait lire le récit des atrocités et des ravages perpétrés par le Boche sur le territoire de la patrie. Elle n'avait plus envie d'aller à Saint-Pétersbourg, à cause du danger. Elle ne voulait que son mari. L'athéisme que lui avait inculqué son père était mort avec les souvenirs, pourtant si longtemps vivaces, de celui-ci — c'était, quand elle y pensait maintenant, une personne de bien peu de vertu, en réalité. Pour l'heure, elle priait le Dieu des Russes de mettre fin à la guerre et de lui rendre son mari, sauf et prêt à la rejoindre au lit. *Amen*, disait de son côté le deuxième classe Jones.

A Monmouth, juste avant Noël, il apprit que le bataillon allait être tronçonné en vue de diverses affectations et qu'on le destinait lui-même à un détachement bon pour traverser l'eau et pour le service actif. En ordre de marche, on les passa en revue dans le noir de la nuit et, quand vint son tour, à la lueur d'un fanal qui éclairait son visage, il répondit à l'appel de son nom et de son numéro matricule. Puis, au pas cadencé, on les dirigea sur la gare de chemin de fer, musique en tête, sur l'air de *T'es-tu d'jà pris les balloches dans une ratière?* Dans les compartiments du train, ce fut bientôt la désorganisation générale, dont il prit sa part avec ses camarades — bouche fétide à force de cibiches, impression d'être prisonniers d'une spirale les vissant dans l'incertitude d'un vide sans fin (car le convoi, au lieu de filer droit sur Paddington *via* Newport, ramassa d'autres contingents, pour nourrir le concert de toux et de jurons, à Ross, Northleach, Hungerford) et d'un éclairage réduit au minimum. Déboutonnés et suçant des dents creuses, croquenots délacés en balade parmi les emballages souillés de cigarettes et de sandwiches et les exemplaires piétinés de *John Bull* et d'autres illustrés, ils se réfugièrent chacun dans leur petit oratoire, assez dégarni, de méditation privée.

Qu'est-ce qui l'avait pris de s'engager ? se demandait le deuxième classe Jones. De toute façon on l'aurait mobilisé ; le système du volontariat ne suffisait pas à compenser les pertes sur le front ouest, d'après le *Western Mail*, et lord Derby s'employait ferme à passer au crible la population active mâle en séparant, d'un côté, la chair à canon mobilisable et, de l'autre, les ouvriers, couverts par l'aile protectrice des syndicats et surpayés. Mais la vraie raison était une façon de permettre à la mort publique, la mort en gros, de tenter encore le coup contre lui, au lieu de lui laisser droit à son petit trépas privé, à se faire peut-être expédier de l'autre côté par les sabots d'un cheval de roulage ou par une arête de maquereau coincée dans le gosier. Superstition de marin, plus que probable. Trop de veine jusqu'à présent.

Et puis, à quoi rimait cette putain de guerre, en tout cas ? On les envoyait en France se battre contre les Boches qui, à ce qu'on lisait dans *John Bull*, fabriquaient leur corned-beef avec de la chair d'enfants belges, et qu'il fallait empêcher de continuer. Et pourquoi disait-on Boches quand eux-mêmes se disaient des Allemands ou l'équivalent d'Allemand en allemand, qui en anglais sonnait comme Dutch, faisant d'eux des Hollandais, d'une manière ? Le deuxième classe Jones en vint à concevoir l'image, sensible mais floue, d'un vaste champ de bataille carré crûment éclairé en son centre, cet éclairage devenant crépusculaire, puis obscur, au fur et à mesure qu'il se perdait vers la périphérie — le tout quadrillé, un peu comme une carte géographique, par la grille du temps et de l'espace européens. Des hordes féroces d'ogres moustachus, coiffés de casques à pointe, se ruaient en rugissant sur ce champ dédoublé par l'éclairage et embrochaient des petits enfants nus qui criaient, en pleurs — on eût dit une image de chasse au sanglier à l'épieu, entre autres sports favoris de la classe régnante. La population adulte, vêtue d'une diversité de costumes de fantaisie, s'enfuyait vers la partie sombre. Il discernait dans la foule des moines ployant sous des caisses de Bénédictine et arrachés à l'espèce de confort que sont l'ascétisme et l'idée du châtiment à venir. Toujours il y a le châtiment à venir, et sitôt venu de nouveau à venir.

De cahot en cahot, le convoi tortueux l'entraînait vers un rendez-vous avec l'Histoire dont il ignorait tout. L'Histoire n'était que ténèbres crûment éclairées, clameurs enragées, ventres étripés à la pointe des sabres ou des baïonnettes, tout cela remontant jusqu'à la nuit des temps, y compris ceux de Maelgwyn Gwynedd, de Cadwallon aux Longues Mains et de cet autre roi, Brothelbreath, Bordelbrême ou je ne sais quel putain de nom. Tous pareils, en fait ; à croire que c'était chaque fois la même grande gueule de barbu qui revenait mettre le monde à feu, à sang et à sac. Oui, c'était tout rapine et compagnie. Et cela, à travers la nuit des temps, oui. Et tout du même tenant, un train si long qu'on n'en voyait pas la tête et la locomotive, à force d'y ajouter des wagons à chaque arrêt ; et on devait grimper dans l'un d'eux déjà bondé — allons, ne tirez pas cette gueule, bande de petits veinards, quelle est votre religion, on aura besoin de le savoir, le jour venu, pour planter une putain de croix d' bois au-dessus de vous dans la grande plaine obscure de l'histoire de l'Europe, où poussent les coquelicots, ces petits pavots sauvages. Et pourquoi disant pavot pense-t-on sommeil ? A cause de l'opium. A bord du *Campanule*, il y avait un Chinetoque qui était plongeur à la cuisine, et il fumait régulièrement ses trois pipes quand il n'était pas de quart, et alors tantôt il dormait comme un bébé, tantôt il geignait et pleurnichait, tantôt encore il gueulait que le second, un Polonais, se changeait en dragon pour le dévorer tout cru.

Le deuxième classe Jones s'évada de la confusion de ses esprits pour tomber dans celle d'un sommeil pénible. Il pressait contre lui son havresac, comme un gros bébé carré tenu dans son giron, et les bretelles passées au blanc d'Espagne lui défonçaient la joue, de leurs attaches de métal frottées à ce produit qui avait l'odeur acide de la campanule. *De campanul' j' te f'rai un bouquet, Si d' m'être fidèle tu promets.* Un type avait joué cet air sur son concertina pour entraîner ceux de l'entrepont à le reprendre en chœur. Le concertina n'avait pas coulé tout de suite : les vagues, en appuyant sur le soufflet, lui arrachaient un petit lamento geignard, qui lui donnait l'air de s'improviser sa marche funèbre personnelle avant de s'engloutir dans les flots.

Avec les autres, il se réveilla en pleine nuit à la gare de Paddington, à Londres, au milieu de cris, de vapeurs d'haleine de locomotives et d'une odeur d'œufs pourris qui empuantissait la gare entière.

Ils se formèrent en rangs par quatre sous un hangar glacé, aux aboiements d'un adjudant-chef inconnu, puis, section par section, s'ébranlèrent sur des pavés glissants et prirent par Edgware Road. Les Gallois chantaient, mais sans donner de la voix, par déférence pour le repos des ouvriers des usines de munitions :

Crawshay-Bailey jouait au football
Pour Llanelly poussant la balle,
Mais un futé d'avant d' Clapton
D'un coup d'un seul lui démolit l' bidon.

Le sifflement de jars en colère du double « l » (prononcer *kll*) gallois réveilla l'air d'Oxford Street lorsqu'ils la traversèrent. Park Lane, Grosvenor Place, Buckingham Palace Road. « Peinarde repose la tête couronnée, lança Powell le mauvais esprit. Encore un putain d'Allemand çui-là. Cousin de leur Kaiser d' mes deux. Tout ça est des règlements de comptes entre membres d' la même famille, et aux pauvres cons comme nous de se battre pour ces fumiers ! » La gare Victoria et les trains de bateaux étaient parés aux départs incontinent à destination du continent. Un chariot de l'Armée du salut servait du thé, mais il n'y en avait pas assez pour tout le monde. Entassés de nouveau, ils somnolèrent jusqu'à Folkestone. Un vrai matin d'hiver se levait sur la Manche. Un transport de troupes les attendait — un des vieux petits paquebots de la malle régulière, désarmé pour être reconverti, mais où flottait dans l'air, tel un fantôme, un remugle de vomi de passagers. Il y avait aussi une meute de torpilleurs, le nez prêt à prendre le vent des sous-marins. Le deuxième classe Jones, l'estomac solide alors que certains des copains jouaient les gargouilles à la rambarde, au-dessus du vert écumant, resta planté dans ses godillots sur la bascule du pont, à renifler avec délice son vieil ami et ennemi, en laissant le vent galoper à travers la brousse noire et rase de sa boule à zéro — jusqu'à ce qu'il se prît à frissonner, en même temps que des griffes lui labouraient la gorge. Merde, attrapé froid. En prime, il y avait aussi la promesse d'une douleur aiguë dans le côté.

Au camp de repos de Boulogne, face à une mer malade, ils s'enfournèrent dans des tentes coniques, à raison d'une demi-section chaque, et le deuxième classe Jones allongea sa toux sur trois galettes de kapok sale qui feignaient de recouvrir des planches nues, riches en échardes, et sous sept couvertures grises et crasseuses, accumulées sur lui. Le clairon de la soupe sonna l'invitation au ragoût de bœuf ; mais il n'avait pas le cœur de manger. Il se leva et, pendant que les autres bâfraient, tituba jusqu'à la cabane en bois où l'on vendait les cibiches et le cirage. Il y trouva du Tonique Owbridge pour les voies respiratoires. Grosse demande, lui déclara-t-on, tandis qu'il sortait les sous de sa poche ; rien d'étonnant, ajouta-t-on, avec ce ciel qui annonçait la neige, pas d'erreur. Il sécha d'un trait le contenu, noir et sirupeux, du grand flacon ; après quoi, il dormit vingt-quatre heures d'un sommeil au laudanum et rata l'appel sans qu'on s'en aperçût. Il se réveilla, les jambes en coton et l'estomac vide, pour la distribution de casques, de fusils, de baïonnettes et de masques à gaz. Ensuite, il entonna des litres de thé très sucrés, sans cesser de grelotter. Il ne voulait pas se faire porter malade, de peur d'être pris pour un tire-au-flanc. Noël se présenta comme un jour ordinaire, à ceci près que le cuistot avait préparé un pudding aux raisins, spongieux et aqueux. La toux revint, très sèche ; la tête lui tournait. Il cassa de la glace pour avoir de l'eau et tenter de se raser. Il se coupa au menton et le sang gela. La douleur dans le côté ne passait pas, la salope.

Le jour de la Saint-Étienne, lendemain de Noël, le sergent de service leur annonça qu'ils allaient monter en ligne et que le train, un vieux machin français, une vraie merde ambulante, était tout prêt à les conduire au terminus du front, avec wagon-restaurant, nappes blanches comme neige et chrysanthèmes dans de jolis vases en argent à chaque table et tout, dommage qu'y avait plus de vitres aux fenêtres. Rassemblement après la soupe du soir pour toucher la part de rations du jour non périmées. Et bonne chance à tous, tas d' putains d' veinards.

Au dernier rang du rassemblement, le deuxième classe Jones 86 s'affala et entraîna dans sa chute l'homme placé devant lui. Il reprit connaissance au centre de triage de la base, dans la triste lumière d'un crépuscule d'hiver. Son système d'alarme intérieur l'avait averti d'avoir à se réveiller pour vomir — accident qui ne lui était encore jamais arrivé. Au bruit de ses efforts pour réagir conformément aux nausées, une infirmière tenant une bassine accourut d'urgence. Elle lui glissa sous l'aisselle un thermomètre qui marqua 39. Quand le médecin-major fit sa tournée, il déclara au deuxième classe Jones 86 qu'il avait une pneumonie bactérienne aiguë. Bouillottes, applications de glace sur le côté douloureux, oui ça fait mal là, inutile de le dire, on le sait. Le deuxième classe Jones 86 jeta un regard malheureux sur la salle et vit de vrais blessés. Il eut honte. Le médecin-major — son nom était Ferguson, il avait rang de capitaine dans le service de Santé des armées de Sa Majesté — l'observa de plus près et dit :

— J'ai remarqué le tatouage à votre bras. Z'étiez dans la marine ? Dans votre délire, vous marmonniez des trucs, une histoire de canot.

Ce qui fit que Jones lâcha le mot : *Titanic*.

— Ah, fit l'autre, vous m'en direz tant !

Et ce fut une compensation pour n'avoir pas la moitié du visage emportée comme le patient qui gémissait, trois lits plus loin.

— Rescapé, hein ? reprit le médecin. Z'avez eu de la veine. Z'en avez encore cette fois-ci. Un jour de plus et je n'aurais pas donné un sou vaillant de toute votre chance.

Il passa au lit suivant : moitié de bras et jambe entière envolés. David Jones était bourrelé de remords. Ce n'était pas bien pour un soldat, semblait-il, d'être atteint d'une maladie que n'importe quel idiot de pékin pouvait attraper dans la rue. Ce fut pire encore lorsque, huit jours plus tard, Evans 23 et Williams 68, de sa section, firent leur entrée sur des civières. Envoyés en renfort au deuxième bataillon du régiment du Glamorganshire. A peine sur le front, hop ! retour à l'envoyeur — enfin, merde, leurs débris, quoi : Evans 23 avait perdu l'œil droit, Williams 68 avait eu le côté gauche de la figure complètement ouvert, de la pommette au menton.

Puis, les Boches se mirent à bombarder la base. Tous ceux qui pouvaient supporter d'être évacués le seraient. Cela signifiait le rapatriement pour certains, dont le deuxième classe Jones 86.

Lorsqu'on le renvoya dans ses foyers, en permission de convalescence, et flottant dans son uniforme trop grand, Ludmila en était, dans le gros livre, à Breakspear (Nicolas) :

— Le seul Anglais qui soit jamais devenu grand pope de Rome. Les catholiques n'ont qu'un seul pope. Voir à Adrien IV. Mais j'avais déjà lu, à lettre A.

Elle regarda son mari nettoyer son assiette avec un morceau de pain et demanda :

— *Ydych chi eisiau rhagor?*

— Oui, j'en reprendrais bien un peu, si c'est ce que veut dire ta bouillie de mots.

— Espèce de sale Gallois qui n'est même pas capable de parler sa langue natale !

— Tu fais vraiment des progrès, fillette.

Avec Ludmila qui le gavait, mais pour mieux le vider ensuite au lit, l'uniforme était toujours trop grand à la fin de la permission. Il se présenta au rapport de la compagnie hors rang du Royal Gwent, ramassis de récupérés de toutes sortes, stationnée à Towyn ; cabanes en bois pour les hommes et, pour le QG, résidence campagnarde appartenant au comte de Barmouth. La guerre suivit son cours derrière son dos, pendant qu'il alimentait et surveillait l'incinérateur à ordures. Le 2 mars 1916 débuta la seconde phase de la bataille de Verdun ; les Français se replièrent derrière la côte de l'Oie ; les Boches échouèrent devant le fort de Vaux, gagnèrent quelques centaines de mètres aux abords de la route de Béthincourt à Cumières, sans parvenir à prendre aux Français le Mort-Homme. Cependant, chez eux, les Irlandais mettaient à mal les Britanniques, qui n'avaient pas besoin de cela. Mais les Sinn Feiners ratèrent leur rendez-vous dans les eaux d'Irlande avec le sous-marin allemand qui leur ramenait un de leurs principaux leaders, sir Roger Casement. Le matin du Vendredi Saint, sir Roger, débarqué tant bien que mal, fut arrêté et transféré en Angleterre. Le lundi de Pâques, à Dublin, la révolte éclata sans lui. Un des chefs rebelles, Pádraic Pearse, prononça des paroles historiques, sur fond des trois couleurs irlandaises de 1848 battant au vent : « Hommes et femmes d'Irlande, au nom de Dieu et des générations passées, de qui elle a reçu l'antique tradition d'exister comme nation, l'Irlande, par notre voix, appelle ses enfants à rallier son drapeau et combat pour sa liberté ! »

Le lieutenant-colonel Boyce, qui commandait la campagnie hors rang, souffrait d'une gêne d'élocution due à une névrose et chargea donc le commandant Feather, son second, d'annoncer au rapport que les hommes versés dans les catégories médicales A et B seraient immédiatement affectés à une unité de combat destinée à rétablir l'ordre à Dublin, aux côtés de troupes amenées du Curragh (Dieu seul savait où cela se trouvait ou ce que c'était). Le deuxième classe Jones 86, déclassé en B1, se retrouva de nouveau doté d'un casque et d'un fusil, mais (les Irlandais étant, que l'on sût, peu doués pour la chimie) sans masque à gaz. Ce soir-là, à la cantine de la troupe, le deuxième classe Pritchard 05, homme massif et sombre dont les manches montraient les fantômes de galons arrachés, prononça des paroles enflammées.

— Ne vous y trompez pas, camarades, frères, compatriotes gallois, ceci n'a rien à voir avec la guerre dans laquelle nous nous sommes librement engagés à combattre. On abuse de notre désir de servir la cause de la libération des peuples asservis, pour nous transformer en force de tyrannie et d'oppression. Car les Irlandais ne réclament rien de plus que ce que nous revendiquions, jusqu'au jour où une immense faiblesse étendit son pouvoir sur notre âme, paralysant en nous les muscles et les os qui, sinon, eussent renversé le despote anglais. Ils veulent se libérer de la domination injuste du Saxon, et le Saxon en armes est censé prendre pied sur leur sol et y semer la terreur de sa férocité assoiffée de sang, pour écraser la révolte des justes. Mais nous, nous ne sommes pas des Saxons ; nous sommes des putains de Gallois, des frères celtes, et nous ne serons pas les exécuteurs des quatre volontés d'une puissance d'oppression, quelles qu'en soient les conséquences. Honte aux Écossais en kilt, sous les balles de qui de jeunes fils et filles de l'Irlande tombent sur les pavés de Dublin ; qu'ils soient l'opprobre de l'héritage celte ! Mieux vaut affronter le peloton d'exécution. Oui, frères, je le sais, on qualifie cela de mutinerie. N'ayez pas peur de ce mot ! Demain, nous nous rassemblerons avec nos armes. Alors, au signal qui viendra de ma bouche, avec moi vous jetterez à terre vos fusils et, debout dans le vent froid de printemps, vous refuserez d'obéir aux ordres. J'ai parlé.

Un autre, moins éloquent, se dressa pour déclarer :

— Eh bien, moi, ske j'en dis, c'est au diable ces loches d'Irlandoches ! Les salauds, ils envahissent le pays comme des sauterelles, en juillet, pour faire la moisson à mi-tarif, et ils débarquent au grand complet, punaises, vermine, ivrognerie, prêtres et tout, dans nos belles campagnes toutes propres. Alors, s'ils ont envie d' se prendre une balle dans l' ventre, merde, pas volé, voilà c' que j'en dis, moi.

S'ensuivit un début de bagarre. Mais, au rassemblement du lendemain, le deuxième classe Pritchard 05 demeura invisible. Il s'était, à ce qu'on raconta, fait porter pâle : à cause d'une douleur dans les couilles, plié en deux qu'il était, pouvait pas s' tenir droit. Toujours est-il que l'unité prit la direction du nord, laissa à leur majesté les monts Cader Idris à l'est et traversa le comté de Gwynedd, où Cadwallader avait régné (son pauvre diable d'homonyme, à la section, n'était déjà plus qu'une purée de chairs et de tripes). De là, ils gagnèrent l'île d'Anglesey et le port de Holyhead. Puis vinrent les gémissements et les hoquets du mal de mer — sauf pour le deuxième classe Jones 86 — sur les flots rebelles de la mer d'Irlande, jusqu'à Kingstown. Dans un entrepôt de ce port, converti en dépôt militaire, une bonne partie des hommes, anéantis, durent être ressuscités aux sels anglais et à la bière, avant d'être en mesure de faire une entrée martiale dans la ville.

Aux fabriques de pain et de biscuits Boland, les Volontaires nationaux de la révolte, sous les ordres d'un professeur de mathématiques affublé du prénom celte Eamon et d'un nom espagnol (vestige d'une Armada jadis vaincue par la tempête), défendaient les approches de ce qui était le cœur saignant, mais battant encore, d'une nation injustement traitée. La troupe anglaise en piètre état fit mouvement en ordre de marche, pendant qu'une canonnière tirait à obus sur Sackville Street. Les flammes hautes que l'on voyait là-bas, c'était la Grande Poste, en feu. Des tireurs rebelles couchés étaient dissimulés parmi les arbustes du jardin public de Stephen's Green ; les canons des fusils britanniques étaient visibles aux baies éventrées de l'hôtel Shelbourne, tout près ; les pieds dans le caniveau plein d'éclats de verre, une vieille femme, folle et en loques, insultait et maudissait Cromwell. Tire-toi d' là, mémé ! De l'infanterie légère déboucha de Grafton Street en courant. Les détonations des fusils égrenèrent des chapelets d'échos dans la douceur de l'air. De la pièce d'eau d'un parc, des malards alarmés s'envolèrent. Une demi-section, le lieutenant Hoskins en tête, pistolet haut, pénétra dans le jardin public en enjambant des corps humains qui, l'instant d'avant, juraient par tous les putains d' bondieu d' merde. Le deuxième classe Jones 86, sur fond sonore de crépitements immodérés, sentit une de ses clavicules se désintégrer et vit de l'écarlate inonder le haut de sa manche gauche. Il s'assit bêtement sur un banc public, tandis que défilaient sous ses yeux des putains d'Irlandais prisonniers, dont les cheveux avaient grand besoin du coiffeur et que l'on poussait, traînait ou portait.

Ludmila en était à Chatham (William Pitt, 1er comte de, 1708-1778). Le deuxième classe Jones s'efforçait de l'aider — pas commode avec son plâtre — à dresser la table pour le thé. Elle dit :

— *Ewch chi allan i'r ardd i ddarllen neu ewch yn ôl i'r gwely i gysgu. Gadewch y cyfan i fi!*

Putain de Grand Jésus Blanc ! C'était une injonction ; il obéit et sortit par la porte de derrière, parmi l'été du jardin — elle y avait mis une sorte d'ordre et les œillets de poète y foisonnaient —, pour lire le *Star of Gwent* qui publiait la liste des gars du pays tombés sur les champs de bataille de la Somme. Il y avait aussi le *Daily Mail*, qui félicitait les Australiens pour la prise de Pozières. Quant à lui, eh bien il était là, dans son jardin et sa maison, vivant, sa clavicule en miettes maintenant ressoudée et s'améliorant gentiment de jour en jour. Et Ludmila, elle, était tout engrossée de gallois, d'anglais et de connaissances inutiles, puisées à cette encyclo de malheur achetée sur une charrette de foire à Sydney ; mais pour la progéniture, nib. Bah, il y avait encore le temps, pourquoi pas, si sa chance ne le lâchait pas. Il était curieux de savoir quelle sorte de descendance sortirait de leur couple. Le fruit de ta semence... tu parles ! Pure foutaise peut-être, après tout, va savoir. Ce papillon, dans sa livrée velue brun foncé tacheté de jaune acide et d'orange, il se moquait bien de procréer, lui, et il serait mort avant la fin du jour sans que la malice du Boche y fût pour rien.

Les Boches — au fait, il y avait dans son havresac un livre sur eux, qu'on lui avait donné à l'hôpital. Il l'avait reçu en cadeau de l'auteur lui-même, homme instruit qui n'avait jamais voulu devenir officier, dans la conviction que l'on avait plus de chances d'échapper à la mort en restant dans le rang. Après avoir fait fonction de caporal sans la solde, il n'était plus de nouveau que simple soldat. Mais maintenant il était bon pour rentrer dans ses foyers, rendu à la vie civile après avoir laissé la main et le poignet gauches sur la Somme. Il avait aussi le putain de tympan droit crevé. Maigres sacrifices, selon ses propres termes, aux dieux de la mort et de l'argent. Il pouvait encore entendre de la musique de l'oreille gauche et tenir sa plume d'écrivain de la main droite. Démobilisé avec une méchante pension, déjà dans sa maturité à trente-six ans, il avait résolu de dénoncer dans ses écrits l'infamie du monde. De tous les hommes que David Jones avait rencontrés, c'était le premier qu'il admirât sincèrement. Un jour il lirait son livre. Le nom de cet homme était Reginald Morrow, mais tout le pavillon l'avait baptisé Regimbard Morose. Il disait : « Je suis célibataire et je pense que je le demeurerai à jamais, à présent. Quelle femme voudrait d'un maladroit de manchot ? Je n'aurai d'autres enfants que mes livres. Toi l' Galleux, t'es marié et t'auras des gosses. Si t'as le moindre sens de tes devoirs envers l'humanité, t'élèveras tes mômes en leur apprenant à cracher à la gueule des gouvernants et à pisser dans l'œil de toutes les autorités. Oui, et à ne pas se laisser prendre aux grands mots. Pas question de jamais revoir pareille connerie ! »

Le deuxième classe Jones 86, sa permission de convalo terminée, rallia le dépôt du Royal Gwent, d'où on l'envoya se faire cisailler son plâtre à l'hosto militaire de Risca. On le déclara bon pour le service, mais sans être en mesure de soutenir le choc en recul d'une crosse de fusil. Tâches auxiliaires seulement. De se retrouver une fois de plus en mer le déboussola quelque peu ; mais il n'alla pas au-delà d'Osborne, sur l'île de Wight. Il s'y trouvait une maison de convalescence pour officiers. On l'y affecta aux cuisines : récurage des marmites et casseroles. Le sergent cuistot méprisait son métier autant que les officiers qu'il nourrissait. Il crachait dans le rata, liait les sauces à la cendre de cigarette. Le deuxième classe Jones protestait contre ces agissements, moins pour la défense des consommateurs qu'au nom de sa vocation secrète : « Tous galons mis à part, disait-il, permets-moi de te déclarer en toute liberté que tu es une honte pour la profession et que si ça était ici un restaurant et que je sois le chef, *wus* ! je t'en mettrais un à te faire gicler la crasse des oreilles, et ouste, dehors ! » L'aide-cuistot, un caporal qui rigolait des infamies du sergent, et le quatrième membre du personnel, un commotionné cérébral de la Marne, muet hormis des crises de sanglots intermittentes, considéraient le deuxième classe Jones avec un respect mêlé d'incrédulité et de crainte. Le sergent, lui, ne posait pas au gradé offensé. Au contraire, il dit un jour :

— Écoute, le Galleux, j' te collerais un motif si ça valait l' coup ; mais y a pas d' mitard ici, c'est pas une caserne, y a même pas d' piquet des punis... (Il cracha distraitement dans un ragoût qui mijotait et reprit :) Des gars comme toi qu'ont leurs nerfs, c'est pas ce qui manque. T'as qu'à voir ce pauv' bougre, là : il dit parfois tout haut des choses qu'il devrait pas, tout ça pasque cette guerre a déjà qu' trop duré. Alors, si tu penses qu' tu peux faire l'affaire mieux qu' moi et qu' la bande de tarés qui bouffent ste merde se foutent pas mal qu' la cuisine soit bonne ou mauvaise, t'as qu'à prendre la relève demain, tout l' jour, pendant qu' nous deux le caporal Borrowdale et moi on t' regardera faire. Un brin d' repos s'rait l' bienvenu.

Le deuxième classe Jones jeta la brosse métallique dont il se servait pour récurer une marmite à laquelle la bouillie d'avoine avait fortement attaché, et il prit la porte, rouge de fureur et sourd au sergent qui lui criait de revenir et plus vite que ça, 'spèce de salopard. Il sortit du parc de la maison de convalescence et se dirigea vers un groupe de bâtiments voisins, qui étaient ceux d'un monastère de bénédictins. Il ignorait pourquoi ces moines étaient là — faute de savoir qu'ils avaient été chassés de leur couvent de Solesmes par les lois anticléricales de 1906 en France. Il aimait bien venir s'asseoir parfois sur le tertre herbu situé non loin de la chapelle, pour écouter le plain-chant qui, trouvait-il, élevait et pacifiait l'âme parce qu'il semblait évoquer le meilleur côté de l'Histoire, celui que l'autre, le pire, est forcé, par diablerie, de gommer s'il le peut. Mais, à ce moment de la journée, il n'y avait pas de chant. Un moine, qui avançait à pas lents en lisant un petit livre, lui adressa un signe de tête au passage. Le deuxième classe Jones rendit ce salut et, à son grand étonnement, se prit à dire :

— « Dans leur fuite, les moines, à qui l'on avait confié la sauvegarde de plusieurs trésors de la maison royale britannique... » Pardonnez-moi, mais j'ai oublié la suite.

— Où avez-vous appris cela ? s'enquit le moine.

Il parlait avec un fort accent étranger et referma le petit livre, qui était un bréviaire.

— C'est quelque chose que ma femme lisait.

— Vous ne parlez pas l'anglais comme un Anglais.

— Je suis gallois, excusez, ça serait mieux si je m'aurais tu... Votre compagnie a un autre siège, plus important, quelque part ailleurs je ne sais où dans le monde, et c'est là que se trouvent les choses en question dans le livre.

— Le mont Cassin ? En Italie ?

— Ça se pourrait bien, monsieur, répondit le deuxième classe Jones.

— Vous pouvez vous dispenser du monsieur. Gardez les marques de respect pour vos officiers. Ainsi donc, il y a de précieux trésors d'origine britannique au mont Cassin ?

— Britannique, c'est-à-dire galloise, je pense. De nos jours, on dit des Britanniques quand on pense des Anglais. Les rois d'alors étaient gallois. Pardon encore d'avoir parlé. Il ne faut pas faire attention. Ça m'a échappé, pour ainsi dire. Ce sont des choses qui arrivent. Vaudrait mieux que je m'en retourne.

— Oui, dit le moine en hochant la tête.

C'était une façon de reconnaître les dérèglements de la guerre. Il reprit :

— Le monastère du mont Cassin est immense et très vieux. Plein de caves dont on a muré les portes avec des pierres. Personne ne sait tout ce que peut receler le mont Cassin.

Élevant deux doigts, il bénit le deuxième classe Jones 86, et celui-ci, comme si ce bref bain d'Histoire lui avait fait du bien, reprit, apaisé, le chemin de la maison de convalescence, tandis que le moine achevait de secouer la tête et revenait à son bréviaire.

Le lendemain, le deuxième classe Jones prépara une bouillie d'avoine sans grumeaux et rissola des croquettes de poisson à base de maquereaux et de sardines en boîte, pendant que le caporal le regardait faire en ricanant, puis ne ricanait plus. Si stupide qu'il fût, il savait discerner ce qui a, comme on dit, t' sais, tout d' la patte du professionnel. Le sergent se pointa alors que le deuxième classe Jones préparait le déjeuner de midi : potage léger, agrémenté de lait condensé non sucré et de persil frais, bœuf Stroganov accompagné de mousseline de pommes de terre, pudding au pain couronné de meringues, aérien comme un gâteau de Savoie.

— Tu m' paieras ça, jura le sergent. Par toutes les plaies du Christ, j' te f'rai foutre dehors d'ici.

Et il cracha dans le potage. Fou furieux, le deuxième classe Jones saisit une poêle à frire en fer et cogna. L'officier de jour, survenant en visite d'inspection, le trouva maltraitant du pied le sergent qui gisait, inondé d'un gâchis de soupe fichue. Il ne porta pas de motif au deuxième classe Jones, car il est rare que les officiers du service de Santé des armées de Sa Majesté aient une conception pédantesque des règlements régimentaires ; mais il lui assigna le poste de garçon de salle au pavillon des malades et recommanda qu'il fût muté. A la suite de quoi, le deuxième classe Jones 86 retourna au dépôt.

Avant la fin de l'année, on le reclassa A 2. Le deuxième bataillon du Royal Gwent, reconstitué entre-temps, comptait maintenant son plein d'effectifs. Le revenant fut affecté à la compagnie A, comme simple soldat toujours, mais avec un chevron sur la manche au titre de sa blessure. Il n'eut pas droit à une perme d'embarquement avant de repartir pour le front. En tête de la colonne, la musique jouait : « Balance pas la lampe dans la gueule à papa, Ça s'rait une honte de gâcher l' pétrole, ha... » Au camp de base de Harfleur, on les instruisit de la situation générale. Verdun avait réservé au Boche une mauvaise surprise. On avait repris les positions entre Fleury et le fort de Douaumont et, aux dernières nouvelles, les Mangeurs-de-Grenouilles s'étaient emparés de Vacherauville, de la côte du Poivre, du bois de Haudromont, de la ferme des Chambrettes et de Bezonvaux. Le Boche se repliait sur ce qu'il appelait sa ligne Siegfried qui, pour les Alliés se refusant aux fantaisies mythologiques, n'était que la ligne Hindenburg. Il fallait l'y clouer pour le moment et s'en tenir à un comportement purement défensif, le temps de reprendre haleine pour ce qui serait, espérait-on, l'offensive finale. Vu, les gars ? Mais, de sa forteresse, le Boche, réduit au désespoir, recourrait sûrement à des armes nouvelles terrifiantes, y compris des gaz toxiques, traîtrise ignoble et sans précédent.

Le bataillon dut passer, section après section, peloton après peloton, par un huis clos dans une cabane hermétique, en compagnie d'un caporal spécialisé qui libérait des effluves en boîte puant les matières fécales humaines, l'œuf de cane pourri, le foin fermenté et la fabrique de bonbons acidulés. Les hommes devaient s'emplir les poumons de cette abomination, à cru pour ainsi dire, afin de bien la reconnaître comme étant du G-12, avant d'avoir la permission de se démêler à l'aveuglette pour mettre leur masque. Certains de ces machins étaient vieux, endommagés, et laissaient entrer du gaz. Le deuxième classe Jones eut conscience que son poumon précédemment atteint, mais à présent officiellement guéri, protestait bruyamment au souvenir de l'ancienne affliction. Respirant du poison sous le masque, il se démena en toussant pour s'évader de la cabane, et il ne fut pas le seul, malgré les efforts du caporal instructeur, qui opposait à la mutinerie deux monstruosités d'yeux vitreux et talqués, au-dessus d'un groin de fer-blanc d'où sourdaient des jurons, sous forme de borborygmes parvenant, eût-on dit, du fond d'un long corridor capitonné.

A l'air libre, le deuxième classe Jones rendit son petit déjeuner, bouillie d'avoine, pain frit, thé complet, avec du sang en plus. La vue de ce sang l'affola. Malgré les menaces d'un sous-off de la section qui lui enjoignait de s'aligner dans une autre fournée, il prit le chemin de l'infirmerie. Il en avait plus que marre de ces putains d'histoires à la con : tire-au-flanc, mon cul, oui. *Wus!* Et ce putain de sang de merde, qui tachait rouge comme de la peinture fraîche le blanc propre de son putain de tire-jus de merde, il comptait pour du beurre alors ? On l'admit à l'hôpital de la base. Du coup, quand la section monta dans le train pour Arras, il rata le départ. Et quand, un mois après, il fut déclaré assez bien portant pour la boucherie, on l'envoya grossir un agrégat de bouche-trous hétéroclites, destinés à renforcer le Royal Gwent, l'effectif du régiment ayant fondu et ne comptant plus que deux cent cinquante combattants.

Au rapport du QG du bataillon, à trois ou quatre kilomètres à l'arrière du front, parmi les ruines du village de Mazentin, il reçut mission de jouer les agents de liaison entre le QG et une compagnie. Il s'agissait de la compagnie A, qui avait pour officier faisant fonction de commandant de compagnie en second le lieutenant Griffiths, jeune employé de banque de Swansea, émacié et agité par un tremblement ; sa moustache en forme de brosse à dents était d'un gris précoce. Quant à l'opération qui incombait à la compagnie dans l'immédiat, voici : le Boche s'était fortifié sur une hauteur d'où il surveillait la totalité des lignes britanniques ou ce qui en restait, et il fallait donner l'assaut à la position pour la troisième fois, mais qui devait être la bonne. Le lieutenant Griffiths, avec un caporal neurasthénique faisant fonction de sergent et, en intérim du caporal, un première classe tout neuf et tarte comme le dernier des péquenauds, prit la tête de son contingent de bouche-trous — l'équivalent d'une section et demie, en gros — sur la route éventrée par les obus qui menait de Mazentin aux premières lignes. C'était en février ; il avait beaucoup plu ; quand la boue n'était pas une patinoire, des fondrières se faisaient un délice d'aspirer les brodequins comme des bouches gourmandes.

— C'est là, dit le lieutenant, pointant du doigt. Nous ne savons pas quel nom lui donnent les gens d'ici. Pour nous, c'est la côte de Merde.

La colline dressait, à six ou sept cents mètres d'eux environ, une couronne de fayards, qu'on devait atteindre en grimpant à quatre pattes une pente marneuse, raide et détrempée, en pleine vue de l'ennemi. Bref, du suicide à la con.

Qu'il s'agissait bien de cela et de rien d'autre, tel fut le message, dans la blasphémologie militaire d'usage, que le deuxième classe Jones 86 reçut mission, du capitaine par intérim Perry, qui commandait la compagnie, de porter au QG du bataillon. Le message en retour fut que le reste du Royal Gwent assurerait le soutien. Les hommes du Midlothian et du 3e Fusiliers calédoniens devaient attaquer d'abord ; le Gwent, lui, se tiendrait prêt à intervenir. La grimpette de la côte sur un lit de cadavres serait presque un jeu. Du velours.

La compagnie du deuxième classe Jones 86 attendit parmi les tombes, les ossements déterrés et les décombres d'un clocher et d'un cimetière. Le coq rouillé qui avait servi de girouette au clocher était intact ; le caporal faisant fonction de sergent le revendiqua comme souvenir. Plutôt lourd et encombrant, soit dit, sergent. Il était 11 heures à la montre de ce matin bruineux de février. Le Boche les savait là ; il déclencha son artillerie. Le deuxième classe Jones 86 eut plein les oreilles d'un vacarme incroyable, et les yeux, d'une apocalypse de gerbes de métal rejointes, dans la basse atmosphère, par des corps volant de droite et de gauche, avant que le tout retombât en pluie d'éclats et de lambeaux de cadavres. Les survivants se passèrent d'ordres pour battre en retraite derrière les ruines de l'église, sous un tourbillon de corneilles protestataires. Le deuxième classe Jones se mit à courir. Il reconnut le sifflement de l'arrivée, puis le fracas de l'explosion d'une marmite, vit une dalle tombale se désintégrer devant lui, eut la sensation que sa cervelle implosait, et il s'envola comme une partie des autres débris.

Ludmila apprit son veuvage par quelques lignes au-dessus d'une signature illisible et des mots « Commandant, Service des Effectifs ». La notification du ministère de la Guerre, précisait-on, suivrait en temps voulu. La lettre était à l'encre violette, décollée de la gélatine glycérinée d'un appareil à polycopier et, hormis le Jones complétant au crayon le blanc laissé après le « Mme » de la polycopie, parfaitement impersonnelle. Avec un regret infini. Tombé au champ d'honneur comme, hélas, tant d'autres. Très lourdes pertes, terrible conséquence de la récente offensive. Excellent soldat et parfait camarade.

Elle ne pleura pas, pour commencer. Après tout, cela faisait un bout de temps qu'elle vivait dans l'attente de ce veuvage. L'avenir devant elle était un vaste espace vide ; mais ce qu'elle comptait de passé partagé avec son défunt mari avait été satisfaisant, parfois même plus, surtout lorsqu'ils étaient ensemble au lit. Elle s'était montrée épouse fidèle. Qu'elle ne fût pas arrivée vierge au mariage n'avait pas grandement déconcerté son homme, contrairement à d'autres. Son dépucelage, qu'elle avait été trop jeune pour reconnaître comme tel, avait eu lieu un soir de sortie à Coney Island, aire bruyante de plaisirs vulgaires où, en compagnie d'une autre fille, Sandra, serveuse à l'essai trop effrontée pour qu'on la gardât au restaurant, elle avait bu du Coca-Cola, additionné de Dieu savait quoi, à même une gourde plate en métal fournie par l'un des deux jeunes gens dont elles avaient fait la connaissance. Sous la lune américaine, l'exercice de l'amour, d'abord brutal, s'était attendri par la suite. Le tout n'avait pas grand sens. Il y en avait eu un peu plus dans une rencontre éphémère avec un jeune Canadien français, au cours d'une brève livraison de viande au restaurant et alors que son père s'était alité avec un refroidissement au foie. Cela s'était traduit par des baisers et quelques passes de lutte libre sur le sol de la cuisine, avant l'arrivée du cuisinier Ivan. Mais sans comparaison possible avec son pauvre défunt. Et là, elle se prit à pleurer.

Elle se sécha les yeux pour déjeuner d'un bifteck nerveux.

L'alimentation devenait plus difficile, à cause des destructions de navires marchands par les sous-marins allemands. Elle but deux tasses de thé noir très fort et recommença à pleurer. Mais à quoi bon les larmes ? Il fallait agir. La maison lui appartenait. La vendre et retourner au pays, à Saint-Pétersbourg, maintenant appelé Petrograd ? Mais était-ce tellement pour elle une patrie, mis à part les ancêtres ? Elle parlait le gallois à présent et, en faisant des courses Grand-Rue, elle avait bavardé dans cette langue avec des ménagères, veuves avant elle et tout de noir vêtues pour que nul ne l'ignorât. Elle conversait aussi en anglais avec d'autres qui ne parlaient pas le gallois, et avait constaté qu'elle ne s'exprimait pas plus mal que ces femmes. Le mieux était de se rendre auprès de sa parenté de Petrograd, s'il se trouvait des bateaux pour aller dans ces eaux, par les temps terribles que l'on vivait. Là, elle réfléchirait à la façon de prendre l'avenir. Faute de partir d'ici, elle verrait tourner autour d'elle, comme des vautours, toute la famille du défunt. Ils étaient déjà venus rôder deux fois, à quatre, dans l'espoir de cette mort, supputant le mobilier et disant, lorsque, selon les lois de l'hospitalité, elle avait proposé en gallois : « *Ydych chil eisiau te?* », qu'ils ne parlaient pas le russe, ma fille. Oui, boucler cette maison, la planter là et prendre le large pour quelque temps. Peut-être même pour toujours. Elle n'en savait rien encore.

Elle s'essuya bravement les yeux, les baigna, se poudra le visage à la poudre Tokalon, mit un chapeau noir à bord étroit, tout simple, et le manteau de zibeline usé qui avait appartenu à sa mère, puis, très droite sous la petite bruine galloise, souriant au passage à la cadette de Mme Evans et ne manifestant aucun signe apparent de chagrin, se rendit à la gare du chemin de fer. Aller retour Cardiff avec changement à Newport pour une personne. Assise dans le compartiment, elle eut soudain la sensation honteuse d'une liberté totale : compte en banque à son nom, chéquier dans son sac à main à côté d'un passeport britannique, garantissant que le roi d'Angleterre la protégerait où que l'entraînassent ses voyages. Le tsar de toutes les Russies ressemblait beaucoup au roi d'Angleterre, mais sa protection serait probablement moins efficace. Toute jeune qu'elle fût, elle connaissait bien les Russes. Elle était russe elle-même, toute jeune qu'elle était.

Le pope de Cardiff, le père Kiril, prononça des paroles de commisération à travers une broussaille de barbe noire et admit que la sagesse était sans doute pour elle de passer son chagrin dans un voyage à Petrograd, si l'idée d'y rester pour de bon était moins évidente. Des vents de tempête soufflaient sur la mère patrie et une grande clameur s'élevait du peuple pour réclamer du pain et protester contre la mauvaise conduite de la guerre, tout à la fois. Pour lui, il avait trouvé dans cette Galles du Sud un asile aussi sûr qu'humain, et d'ailleurs les Gallois n'étaient pas si éloignés des Russes, ne fût-ce que pour la manie dépressive et le mensonge, par exemple. Il lui conseilla une agence maritime norvégienne, près des docks. Sous des affiches en lambeaux, pendant à des murs jaune clair aux lambris chocolat et représentant des navires depuis longtemps à la retraite, un Norvégien marié en Galles du Sud dénicha divers indicateurs, enfouis parmi les bordereaux de chargement qui encombraient son bureau. Il avait la joue gauche tiraillée par un tic d'une régularité de métronome. Il existait, expliqua cet homme pendant que le muscle de sa joue battait la mesure, un cargo, le *Hellige Gral*, qui devait quitter Newcastle la semaine suivante, avec divers chargements à destination de Copenhague, Stockholm et Petrograd. Il y avait de la place pour douze passagers et assez peu de candidats se présentaient en général ; il pouvait faire une réservation tout de suite par télégramme et établir le billet. Elle paya par chèque, en s'appliquant à tracer les caractères romains. L. Jones. Rien de russe là-dedans, et ce nom, Jones, pareil à une sorte de pierre tombale.

De retour à Blackwood, elle alla à la poste et prit toutes dispositions pour que son courrier suivît aux bons soins de sa tante, Aniya Gregorovna Likhoutina, n° 32 Ulitsa Mizintchikova, Petrograd, Russie. Ça est un drôle de nom, fit observer la receveuse, et pas commode à épeler en plus. Ludmila l'écrivit elle-même sur une grande enveloppe, à titre de spécimen, en caractères d'imprimerie romains, puis cyrilliques. Quel genre de lettres attendait-elle encore ? Une lettre d'adieu du soldat Jones : « Au moment d'aller au combat, je pense à ton amour et à ta beauté et mon cœur se serre » ? Un testament qu'il aurait rédigé sur son livret de solde ? Un document officiel spécifiant que l'annonce de cette mort n'était qu'une tragique erreur ? Une compensation financière de la part du gouvernement qui avait envoyé son homme à l'abattoir ?

Elle accomplit le voyage de Newcastle dans un omnibus sale et un compartiment bondé de soldats trop fatigués pour lui faire même de l'œil. Un seul, un marin avec l'inscription « HMS Hero » sur le ruban de son béret, claqua de la langue en la regardant, comme si elle avait été de la volaille. Elle ne comprit rien à l'anglais que l'on parlait dans cette ville, mais finit par trouver les docks, à la tombée de la nuit, et fut conduite à sa cabine à bord du *Hellige Gral* par un steward si blond qu'il en semblait décoloré. Ce fut une traversée lente et secouée, nourrie de poisson salé, de ragoûts (apparemment de gibier), et arrosée de force akvavit. En plus d'elle, il y avait deux passagers russes, lugubres, l'un d'eux accompagné d'un fils larmoyant et sans doute orphelin de mère récent ; mais ni le père ni le fils ne lui adressèrent la parole. Le capitaine avait une barbe jaune et fourchue ; il mangeait surtout avec les doigts. Une nuit, très tard, on l'entendit rugir devant la porte de Ludmila. Ils entrèrent dans le port de Petrograd à la pointe d'une aube froide, le 6 mars 1917.

Un tacot déglingué la conduisit Ulitsa Mizintchikova. C'était une rue non loin du canal Fontanka et de la perspective Nevski. De la cité de son enfance de fillette, elle gardait des souvenirs de neige recouvrant tout ou de lumière du jour refusant de mourir. Un soleil de fin d'hiver éclairait une mince couche blanche, que foulaient des gens emmitouflés contre le froid et traçant dans l'air d'éphémères compositions d'haleine vaporeuse. D'autres faisaient la queue devant des boulangeries, bien qu'il ne parût pas y avoir de pain. Rares étaient les cheminées qui fumaient. Manque de combustible, lui expliqua son chauffeur à grosse moustache. En Galles du Sud, jamais le charbon n'avait manqué.

— Ça va barder, et salement, ma ptite dame, poursuivit l'homme. Tel quel, ça commence à bien faire, comme dit l'âne à son maître. On a déclaré Peters région militaire, sous l'autorité d'une espèce de général Khabalof, qu'il a une tronche en cul de canard, si vous m' passez l'expression, et qu'il raconte qu'il pendra tous les fauteurs de troubles comme des oies de Noël. Ma femme, elle passe tout le jour à faire la queue pour le pain, assise sur une caisse à savon, à tricoter. Vu qu'on est région militaire, on devrait avoir droit à des rations, mais zéro. Vous choisissez le mauvais moment pour rentrer au pays, ma ptite dame.

Tante Aniya, qui vivait au numéro 32, au dernier étage d'un immeuble de rapport, l'inonda d'épanchements à la russe et de larmes de compassion. Il faisait froid dans l'appartement et elle alimentait le poêle avec de vieux exemplaires de *Den* et de la *Russkaya Voliya*. Surtout ne jette jamais rien, disait ce pauvre Boris ; on ne sait jamais, ça peut se retrouver un jour que ça pourrait servir — il était toujours à la prison Kresti, le malheureux. Ludmila fit voir les roubles dans son sac à main et tira de sa valise des boîtes de corned-beef. Que la petite mère de l'Enfant Jésus, béni soit-il, fasse que tes pieds soient couverts de baisers, doux ange. Et les torrents de tendresse recommencèrent à tremper les joues de la visiteuse. C'est que nous n'avons pas su nous débrouiller. Nous ? Eh oui, vu qu'elle avait pris chez elle Yourotchka, le fils de la sœur de Boris, parce que la pauvre, en plus d'être déjà veuve, avait été blessée en servant comme sœur de miséricorde — *sestra miloserdiya* — dans la *Sanita*. Tante Aniya prépara le thé dans le samovar avec du Lyon's. Ici, ce n'est plus que de la poudre qu'on nous vend, par les temps qui courent ; fasse le Ciel que tu reçoives l'auréole des saintes, ma douce enfant.

Le jeudi 8 mars, Ludmila et sa tante remontaient la perspective Nevski, après être allées à la recherche de pain, quand surgit un escadron de cosaques. A leur surprise, elles le virent se lancer au grand galop, les sabots des montures faisant voler la neige, dans la direction du quai de l'Amirauté. Un gaillard à forte poitrine et large carrure sous un pardessus en loques leur déclara :

— Ça sent pas bon par là-bas, y a pas d' doute, mes bonnes dames, comme dit l' goupil en flairant la meute dans l'air. C'est les ouvriers qu'en sont la cause, et pourtant les torts sont pas d' leur côté ; j'en sais quéqu' chose vu qu' j'en suis un. Qu'est-ce qu'elle fout, la douma, depuis une semaine ? Et ce Rittitch, qu' c'est lui l' ministre d' l'Agriculture, et qu'il vient dire qu' c'est bien d' laisser le peup' crever d' faim. Oui, crever d' faim comme des levrauts sans mère, pendant qu'on fiche en l'air cinquante millions d' roubles pour monter un vague truc d' Lermontov au théâtre Alexandre, qu' c'est là qu' je travaillais comme machiniste jusqu'à tant que l' régisseur et vot' serf qui vous parle aient une prise de bec. Mais ça peut pas durer comme ça, c'est moi qui vous l' dis. L'orage couve, l' tonnerre et les éclairs n' sont plus loin, mes bonn' dames.

Il s'inclina avec une courtoisie bourrue avant de s'éloigner à grands pas. A leur retour à la maison, le petit Yourotchka leur raconta qu'il avait assisté au pillage de la boulangerie, celle à côté de l'école tenue par les religieuses, et que la miche de pain noir, là sur la table, il l'avait chipée dans le panier d'une grosse femme pas contente du tout. Ah, le bon petit que ce Yourka, Dieu bénisse le cher enfant ! Tous trois se jetèrent sur la miche, coupèrent des tranches et y étalèrent parcimonieusement du corned-beef, le tout passant avec force thé faible.

Le jour suivant, les journaux ne parurent pas, mais la rumeur courut d'une bataille à coups de poing à la douma, après que le gouvernement eut dénié toute responsabilité de sa part dans l'approvisionnement alimentaire de Petrograd, en ajoutant qu'il avait remis les pouvoirs à cet effet au service des Affaires publiques de la ville. Des patrouilles de cosaques parcouraient les rues sous les applaudissements de la population. C'était une journée splendide d'un hiver tirant à sa fin ; l'air se buvait comme du champagne, le seul auquel goûterait jamais ce bon peuple.

— Écoutez bien, mes amis ! cria un des cosaques, tandis que son cheval exécutait un pas de danse contenu. N'allez pas croire une seule seconde que nous pourrions tirer dans le tas. Tous dans le même bain, voilà ce qu'on est, comme disent les œufs dans le panier. Ce ne serait pas la première fois que nous désobéirions aux ordres, et nous sommes prêts à recommencer. La police, c'est une autre espèce de bortsch que nous : de la viande froide que c'est, ceux-là.

Un chou blanc bien compact (et diablement cher) dans le cabas emprunté à sa tante, Ludmila, passant devant Notre-Dame-de-Kazan, vit des pierres, des bouteilles, des paquets d'ordures ménagères mal enveloppées voler dans les airs contre la police. Un officier monté brandit son revolver vers cette bénédiction qu'était le pâle soleil d'hiver et tira quatre coups de semonce. Ses hommes avaient colleté deux ou trois ouvriers en bleu de travail, qui protestaient, et les poussaient à coups de pied vers une taule de la Kazanskaïa. La foule, dans laquelle il n'y avait pas que des hommes, gronda et se jeta en avant. Une escouade de soldats l'arrêta devant la cour extérieure du bâtiment de la police, prête à tirer, mais visant le sol pour l'instant. L'officier qui commandait leva son sabre, d'une main mal assurée, comme pour avertir qu'il allait ordonner de faire feu. Puis il y eut le tonnerre d'une charge de cosaques et, devant les chevaux, les fantassins se débandèrent et s'enfuirent. Les cosaques se saisirent des ouvriers arrêtés pour les remettre gracieusement à la foule qui, dans le délire de sa joie, arracha presque aux hommes délivrés leur bleu de travail.

Ludmila n'avait rien perdu de la scène. « Oui, oui, lui dit sa tante un peu plus tard, ce même jour, c'est la *levorutsia*. » Elle hochait la tête, dans la satisfaction de connaître ce mot difficile, et son triple menton écrasait des fanons mous, sous la guipure du col montant de sa robe noire, luisante d'usure. Le petit Yourotchka, pauvre orphelin avec son père mort à Tarnopol et sa mère hospitalisée dans un pavillon d'orthopédie, le pauvre Yourotchka, donc, qui, son maigre corps flottant sous des guenilles, lisait le feuilleton d'un vieux numéro de *Den* avant de le bourrer dans le poêle, releva la tête et dit :

— C'est *revolutsia* qu'il faut dire.

— Et quelle sorte de mot est-ce là ? Le tsar est à droite, les ouvriers à gauche, et gauche c'est *levo* ; alors, c'est forcément *levorutsia*, du moment que la Russie tourne à gauche. Et puis d'abord, on ne contredit pas les plus âgés que soi.

— Yourotchka, intervint Ludmila, tu as besoin d'un manteau neuf. Je crois en avoir aperçu un dans une vitrine, à l'angle en venant de l'Astoria, tu sais ? Allons y faire un petit tour tous les deux pendant qu'on y voit encore.

Mais le manteau était trop petit et trop cher ; d'ailleurs, l'homme n'avait qu'une hâte : fermer sa boutique. On se battait dans les rues avoisinantes et la foule était là, à badauder, les yeux écarquillés comme à un film de Tcharlie Tchapline. Au milieu de la perspective Nevski, ils virent un ouvrier qui, grimpé sur un grand baquet renversé, haranguait les gens :

— A la porte les Stürmer, les Galitzine et les Protopopof, les maudits ! C'est du pain qu'il nous faut, et moi j' dis : sans pain, pas de travail !...

Une clameur s'éleva contre la guerre :

— Assez d' se battre et d'être saignés à blanc ; c'est le tsar qu' ça regarde, cette dispute, pas nous !

— Oui, c'est la vérité ! cria l'ouvrier (les pointes de sa moustache étaient retroussées : c'était plus qu'un simple travailleur). Mais n'oubliez pas ceci : il ne faut pas que le sang de nos fils et de nos frères ait été versé en vain. Débarrassons-nous de ce gouvernement, puis concluons une paix honorable qui nous permette de garder la tête haute. Et quant à nous autres, ici, pas de violences, surtout ! Il y a des agents provocateurs, comme on appelle ça, qui rôdent partout parce qu'on voudrait qu'il y ait des émeutes, afin que le gouvernement puisse jouer de la trique et rosser le peuple. Rester calmes, voilà ce qu'il faut. Faites comme moi : rentrons chacun chez nous maintenant, et en chantant !

Sur les chevaux qui rongeaient doucement leur frein, il y avait autour de la foule une centaine de cosaques qui ne s'en mêlaient pas. Ils regardèrent avec bienveillance les gens se disperser. Certains chantaient *Dans la forêt y avait un grand sapin* ; d'autres, une version slave et déformée de *It's a long way to Tipperary*.

Le lendemain était samedi, jour de paie. Les ouvriers, salaire en poche, mais sans grand-chose à acheter, formaient un flot humain tranquille sur les bords de la Neva. Ni traîneaux ni trams. Des automobiles crachant leurs gaz essayaient de pénétrer cette foule, qui faisait gentiment mur. A la nuit tombante, il y eut des coups de feu, tirés, semblait-il, par des soldats, bien que les gens fussent convaincus qu'il s'agissait de policiers camouflés sous des uniformes militaires. Les queues devant les cinémas fournissaient l'occasion de tenir de petits meetings ouvriers. Il y était fortement question d'une grève de vingt-quatre heures — ce qui signifiait que l'on aurait tout le lundi pour soigner les gueules de bois de la fin de semaine. « A la douma, disait un chaudronnier gras et vulgaire, ils font dans leur culotte, de trouille. Demain sera peut-être le Grand Jour. » Sur quoi, il allongea ses dix kopecks au guichet, pour voir un film *amerikanski* sur la *levorutsia* française.

Dans la lumière aveuglante du dimanche glacé qui suivit, les cloches carillonnèrent. Avant l'aube, on avait placardé des affiches signées de Khabalof, le gouverneur militaire : tout travailleur qui ne serait pas à son poste, ce lundi, serait envoyé aussitôt sur le front ; tout rassemblement public était interdit ; la police et l'armée avaient ordre de disperser, par tous les moyens à leur disposition, tout attroupement illégal. Cela n'empêcha pas des foules encore plus grosses de s'assembler, avec les enfants, dans leurs habits du dimanche usés, se cramponnant de leurs mains poisseuses aux mères emmitouflées qui galopaient, comme dans la crainte de rater une attraction d'une foire de Mardi gras, d'une possibilité d'émeute à une autre. « A manger, c'est tout ce qu'on veut ! clamait un ouvrier, du haut de trois casiers à bière empilés et branlants. Le gouvernement a ce qu'il faut ; mais il ne veut pas lâcher ses stocks, il préfère les laisser pourrir ! » Puis, le détachement des élèves sous-officiers du régiment Pavlovsk tira au-dessus de la foule, qui s'éparpilla. Sur quoi, une compagnie du même régiment se mutina, pour être aussitôt désarmée par les hommes du régiment Preobrajenski — du moins à en croire les rumeurs. Au coucher du soleil, une fusillade éclata du côté de l'hôtel Europa et devant le palais Anitchkof. La perspective fut nettoyée et l'on y posta des gardes. A ces nouvelles et à celle du massacre de deux mille personnes, qui se réduisirent en fait à deux cents, Ludmila se prit à regretter le Monmouthshire.

Le bruit transpira que Rodzianko, le président de la douma, avait expédié un télégramme au tsar : Capitale sombrant dans anarchie, transports et approvisionnements en vivres et en carburants désorganisés, mécontentement général, usage désordonné des armes à feu, unités de l'armée se tirant les unes sur les autres, nécessité absolue d'investir personnalité jouissant de la confiance populaire de tous pouvoirs former nouveau gouvernement, pas une minute à perdre, Dieu fît que, en ces heures périlleuses, tout ne retombât pas sur le porteur de la couronne. Signé Rodzianko. Autres bruits : prorogation de la douma refusée par certains de ses membres et constitution d'un gouvernement provisoire ou croupion.

Le lundi 1er mars, des unités du régiment Preobrajenski refusèrent d'ouvrir le feu sur des travailleurs contrevenants et préférèrent se retourner contre leurs officiers et leur tirer dessus. Des éléments du régiment Volinski, envoyés d'urgence pour réprimer cette mutinerie, n'eurent rien de plus pressé que de la rejoindre. Ouvriers et enseignants révolutionnaires, renforcés de ratés du journalisme, parurent mettre un peu d'ordre civil dans la confusion d'esprit des militaires en criant : « Tous à l'Arsenal ! » Les travailleurs se retrouvèrent bientôt avec leurs grosses pattes maladroites embarrassées de fusils et de grenades, et ne sachant trop comment verrouiller une culasse. On dépêcha des régiments de plus pour écraser les mutins : tous les rallièrent — le Litovski, le Kekcholmski, les sapeurs du génie, environ vingt-cinq mille soldats en tout.

De ces événements-là, Ludmila, la tante Aniya et le petit Yourotchka ne virent rien. De leur fenêtre, ils n'avaient vue que sur le canal Fontanka et ses patineurs. Mais la tante comptait, au marché au poisson, une vieille amie qui grimpa les étages en soufflant pour apporter quelques maquereaux puants et une betterave défraîchie, avec la nouvelle que le palais de justice était en flammes et qu'on avait dressé une barricade. Plus important encore : soldats, ouvriers et étudiants ouvraient les portes des geôles. On lui avait dit aussi qu'une foule énorme marchait sur Viborg pour y mettre le feu à la prison Kresti. Quoi, pour griller vif les prisonniers ? se récria la tante. Non, non, d'abord pour les délivrer ; ensuite seulement on réduirait le bâtiment en cendres.

— Vite, Ludmila ! cria tante Aniya. Courons là-bas ! Oh, mon cher Boris !

Elles eurent du mal à se frayer passage parmi la presse. Un cosaque qui vacillait sur sa selle, un mouchoir rouge au colback et le sabre brandi haut vers le ciel de cristal pur, vociférait : « Citoyens ! Ne laissez pas tout le boulot à la troupe ! Ce qui se passe est la même chose qu'en France autrefois ! Vive notre glorieuse révolution ! » Une mitrailleuse cracha une rafale, puis se mit à bavarder longuement.

— Courez, courez ! haleta Ludmila.

La seconde suivante, elle s'affala dans la neige sale, projetée par la privauté grossière et la rudesse d'un coup de poing d'acier dans sa fesse droite. Elle comprit qu'elle avait reçu une balle. C'était donc cela, recevoir une balle ? Elle entendait sa tante se lamenter en implorant le Ciel. Quelqu'un lui avait tiré dessus et elle avait reçu la balle. Elle restait étendue, les narines pleines de l'odeur âpre et sale de la neige foulée aux pieds. Des sabots de cheval volaient autour d'elle. Elle palpa, mais ne trouva pas de sang. Il y avait aussi dans l'air l'odeur de lard fumé grillé que laisse la poudre. Puis, des bras vigoureux la soulevèrent parmi une autre odeur, âcre, de sueur et de *papirosi*. Hurlements et clameurs. Place, place ! Écartez de là les femmes et les enfants ! Tintamarre d'une ambulance attelée de deux chevaux pie qui renâclaient. On la souleva de nouveau pour l'allonger à côté des geignements d'autres blessés. Puis, l'ambulance les emporta au trot pour les déposer à la Rievskaïa Bolitsa.

Là, un certain Dr Karaulof s'occupa de la fesse malmenée. Brève injection de cocaïne, exploration acérée, après quoi l'homme blanc fit doucement valser, dans la paume de sa main velue, des bribes de métal luisant. Impossible de tout extraire, était-il forcé de dire à son grand regret ; jusqu'au jour de sa mort elle garderait des fragments noyés dans le gras de la chair, en commémoration d'une révolution manquée. Soit dit sans vous offenser, les fesses féminines sont plus généreuses en graisse que leurs pendants masculins, plus maigres, plus tendineux, plus musclés. Le dommage est donc minime dans votre cas, *gospoda*. Reposez sur l'autre hémisphère pendant que celui-ci guérit. Vous ne tarderez pas à sortir d'ici.

— Bientôt, on ne dira plus à personne *gospod* ou *gospodin*, conclut-il. Le grand mot sera : *tovarichtch*.

Cela pour montrer de quel bord il était.

Tante Aniya, avec oncle Boris libéré, rendit visite à la blessée. Vérificateur de poids, Boris n'avait pas encore repris son emploi. Petit, énergique, c'était un violent, assez comparable à ce pauvre feu David, en bien plus âgé naturellement. Il serra Ludmila dans ses bras, à lui faire mal. Il lui apprit les nouvelles. La garnison de la forteresse des Saints-Pierre-et-Paul s'était soulevée ; des commissariats de police brûlaient avec leurs archives. Il jubilait.

— Mais le gros coup, c'est qu'on a forcé les portes du bâtiment de la police politique et qu'on a fait un grand feu de joie de tous les documents enfermés là. Tu aurais dû voir cela, ma chère nièce ; on aurait cru la prise de la Bastille ! Et les seuls dossiers qu'on a brûlés étaient ceux des malheureux réputés ennemis de l'État. Le reste, on l'a conservé, pour bien étaler au grand jour la saleté, la pourriture et le despotisme qu'entretenait le gouvernement.

— Et le tsar, dans tout cela, *diyadiya?*

— Il profère des menaces, l'imbécile, le sot, incapable qu'il est, là-bas au diable vauvert avec son *Stafka*, de se rendre compte de ce qui se passe. Il dit que les régiments qui ont trahi le serment de fidélité à l'empereur doivent être punis. Heureusement, Kerenski et Tchééidzé ont posté de la troupe pour protéger la douma, en remplacement de la garde régulière, qu'ils ont renvoyée. En ce moment même, un gouvernement exécutif est en voie de constitution... Il y a aussi ce salaud de Cheglovitof, excuse le langage — celui, tu sais, qui était ministre de la prétendue Justice —, eh bien, il est en taule, bouclé, et il s'attend au pire... Ah, j'allais oublier : le pauvre petit Yourek a perdu un pouce.

— Yourotchka, mon petit Yourotchka ! s'écria la tante, en pleurs. Je lui avais pourtant bien dit de ne pas jouer avec les fusils des autres !

— Oh, non ! se récria également Ludmila. Pauvre petit Yourotchka, est-ce qu'on l'a amené comme moi à cet hôpital ?

— Non, pas à celui-ci. Chez les rougeoleux, près de Pierre-et-Paul. Il n'a pas la rougeole, mais on l'a pris quand même. Il y sera bien et se remettra. En fait, à vrai dire, c'est seulement l'extrémité du pouce, le gauche, du bout de l'ongle à la phalange. Manges-tu au moins à ta faim, ici ?

— On sert surtout de la soupe, mais le pain est en suffisance.

Un instant, elle rêva d'une tranche de mouton gallois avec de la purée de navets de Suède et de pommes de terre. L'oncle et la tante partis, le boiteux squelettique qui était passé en agitant une cloche pour signifier la fin des visites réapparut en vendeur, pour dix kopecks, d'un journal. Ludmila en acheta un exemplaire en prenant des kopecks dans son porte-monnaie caché sous l'oreiller. Le journal consistait en une seule feuille pliée et mal imprimée, publiée par les ouvriers et intitulée *Russkaya Pekhota*, ce qui signifiait « Front russe ». Dans ce pavillon réservé aux femmes, presque personne ne savait lire. Ludmila dut hurler les nouvelles, couchées sur sa fesse intacte, et assaillie des protestations de celles qui, installées dans son dos à cause de l'autre moitié de postérieur blessée, se plaignaient de ne pas entendre. Le ministre de l'Intérieur, Protopopof, s'était rendu. Des unités de l'armée, arrivées d'Orianenbaum, de Streina et d'autres lieux, s'étaient ralliées aux révolutionnaires. Le drapeau rouge flottait sur la douma. Il y avait de la dissension entre le Comité exécutif de cette assemblée et l'association social-démocrate des travailleurs. Goutchkof, Strube et le prince Lvof étaient à la tête de l'exécutif de la douma. « Dieu bénisse le prince ! » lança une vieille, édentée et souffrant d'une fracture de l'épaule. « Amen », répondirent d'autres. Tout cela n'avait pas grand sens pour elles et en avait fort peu pour Ludmila, qui était devenue une sorte d'étrangère. Flots de régiments déferlant sur Petrograd, en brandissant des drapeaux rouges improvisés au petit bonheur la chance (vieille chemise trempée dans du sang humain). Pléthore de comités, y compris ceux nommés pour fixer les règles de procédure des autres, précédemment créés. Désignation du colonel Englehart comme président du Comité militaire de la douma — lequel avait déjà commencé à se quereller sur la procédure arrêtée par le Comité pour la définition des procédures. Bruits selon lesquels le tsar était en route à la tête de troupes loyalistes parties de Finlande. « Dieu bénisse le tsar, notre petit père ! » s'exclama la vieille édentée et d'autres, en écho : « Amen ! »

Cette dernière nouvelle était contredite dans la *Russkaya Pekhota* du 15 mars. Déclaration du tsar : consent à abdiquer, en son propre nom comme en celui du prince héritier. A Tsarskoïe Selo, la tsarine, en se rendant aux troupes révolutionnaires, déclare : Je ne suis plus l'impératrice, je ne suis qu'une sœur de la charité veillant sur mes enfants malades. « Dieu la bénisse, la pauvre chérie, notre sainte mère ! » pria la vieille. « Amen ! » dit le chœur.

Discours de Kerenski : Camarades, je viens d'être nommé ministre de la Justice. Il n'est pas de républicain plus ardent que moi ; mais à chaque chose son heure. Nous l'aurons, notre république ; seulement, il nous reste à gagner d'abord la guerre. Loyauté envers le prince Lvof, qui cumule l'Intérieur avec le poste de Premier ministre. Soutien des démocrates au gouvernement provisoire jusqu'à la fin de la guerre. Dispositions adoptées ; mille voix pour, quinze contre...

Autant de nouvelles lues à voix haute par Ludmila. La révolution semblait achevée. C'était le crépuscule. La lumière électrique s'alluma dans le pavillon. Instant historique pour un certain nombre des patientes : signes de la croix comme devant un miracle. « *Liktritchestvo!* » s'extasia l'édentée. Ludmila soupira, mais se tut. C'était *elektritchestvo* que voulaient dire ces femmes ; mais *lik* signifiait une image religieuse, comme celle de la Vierge Marie — que l'on confondait souvent avec la tsarine. La même vieille accolait à l'hôpital le mot *boublik*, petit pain — compagnon obligé, en principe, de son thé. Une autre commère, grossière, ignare, borgne sous un couvre-œil, pensait que *kommounist* était en réalité *koumanist*, mot qu'elle rapportait plus ou moins à *koumanika* (framboise sauvage). Elle voyait l'âge d'or, qui lui-même ne verrait jamais le jour, comme une gigantesque corne d'abondance déversant des tonnes de fruits sur les masses. Pauvres chères créatures qui n'avaient jamais eu la moindre chance de s'instruire!

Le 16 mars, tante Aniya vint seule. Les rues étaient tranquilles, annonça-t-elle, avec quelques boutiques ouvertes : mais les trams ne roulaient toujours pas. Oh, et aussi, oui, il était arrivé une lettre, avec, sur le timbre, le tsar Youri d'Angleterre — mon Dieu, c'était fou comme il ressemblait au tsar de toutes les Russies... enfin, celui qui ne l'était plus. Le cœur de Ludmila ne fit qu'un bond jusqu'à sa gorge, puis retomba dans la cavité adéquate, où il se changea en tambour. Elle reconnaissait bien sa propre écriture sur la grande enveloppe, mais non l'autre, sur l'enveloppe plus petite, à l'intérieur de la première. Sans doute un camarade ou un autre de feu ce pauvre David, qui envoyait des condoléances. Elle ouvrit et lut :

17e HÔPITAL MILITAIRE
BLACKPOOL, LANCASHIRE

Ma très chère femme,

Ce n'est pas moi, c'est un ami qui écrit cette lettre, Dan Tetlow, dicté par moi, vu que j'ai un pansement sur les yeux. Mais ne t'inquiète pas, je ne vais pas devenir aveugle. J'ai encaissé tout un tas de bouts d'éclats de pierre et de métal et d'ossements humains, et on m'a laissé pour mort jusqu'à tant qu'on a vu que je respirais. Le commandant a fait un peu vite pour envoyer les lettres comme s'il aurait voulu qu'on y soit tous passés, ça simplifiait le travail pour lui. On m'a retiré la plupart des morceaux et je dois demeurer ici encore un peu. On dirait bien que mon temps de combattant est fini. On motorise de la visite, alors s'il te plaît viens me voir, Kariad, si c'est comme ça que ça s'épèle. Des tas de tendresse de ton mari qui t'aime.

Sous la dernière ligne, du fond de sa nuit, il avait tant bien que mal tracé son nom et, plus bas, des croix pour des baisers. Ludmila pleura et dit en sanglotant :

— Il est vivant. C'était une erreur. Il n'est pas mort.

— Alors, c'est comme ça, l'écriture, en Angliya? dit la tante, en examinant la lettre. Drôle de sorte d'alphabet qu'on a, là-bas. En tout cas, voilà une bonne nouvelle pour toi. Tu ne vas plus rester avec nous bien longtemps.

En deux jours, Ludmila obtint sa sortie d'hôpital. Sa fesse lui faisait mal et n'était qu'une large ecchymose pourpre. Elle boitait, blessée de guerre. De la poste centrale, elle expédia un télégramme rédigé en majuscules romaines : JE SUIS PETROGRAD MAIS AUSSITÔT J'ARRIVE. Puis elle fit une visite au petit Youra Petrovitch Choulguine, tout fier de son bout de pouce perdu, lui dit au revoir sur son lit d'hôpital en l'embrassant et en ajoutant qu'ils se reverraient un jour, camaraderie de soldats blessés oblige. De retour près de l'oncle et de la tante, elle se rendit soudain compte qu'elle n'avait pas assez de roubles pour prendre le bateau qui la ramènerait à la maison — chez elle. Le chéquier ne lui servait à rien ici. L'oncle Boris lui dit alors :

— Tu as sur toi ce passeport *angliski*, jamais rien vu de pareil : un petit livre où il y a écrit que tu es bien qui tu es, ce que personne n'a besoin de t'apprendre. Je dirais donc que c'est au gouvernement *angliski* d'être responsable de toi, ma douce petite rose chérie de tous. Ses gens ont beau jeu de se dire les amis des Russes, ils n'en ont pas fait lourd, durant les journées cruciales, à rester encagnardés dans leurs bureaux comme un ours dans son lard. Quai de l'Amirauté, il y a cet endroit qui porte le nom de Bureau Angliski-Russki. C'est à eux de te mettre sur un bateau. Non que nous soyons pressés de te voir de dos, ma mignonne, même si c'est un amour de petit dos, bien droit et découplé comme celui de ta mère, la pauvre. Vivement qu'on en finisse avec cette guerre, que tu puisses vivre dans une Russie républicaine, libre et glorieuse !

Ludmila poussa jusqu'au quai de l'Amirauté. Elle prit un ascenseur et pénétra dans un bureau plein de cliquetis de machines à écrire et d'images d'une Angleterre rurale. Il y avait aussi un grand plan du métro de Londres. Un fonctionnaire rougeaud, jovial et vêtu de tweed, lui souffla au nez une bouffée de fumée de sa cigarette à bout de liège et dit :

— Encaisser un chèque? Et anglais, de plus? Sérieusement? Ce n'est pas une banque, ici, vous savez ; mais, bon, vous voyez la porte du fond? Entrez, et vous demanderez M. Walpole. Notre chef. Très gentil. Poches si pleines de roubles qu'il en sème partout. Avec ce genre d'idiot, ça ne devrait pas poser de problème.

Ludmila renifla l'ambiance. Absolument rien de russe : cigarettes Gold Flake et parquets frottés à la cire à la lavande. M. Walpole était un jeune homme flou, à grosse tête et pince-nez. Il lui dit :

— Russe, hein, et mariée à quelqu'un de chez nous. Sympathique, ça. Justement, tenez, j'ai là une lettre d'un Russe qui est fatigué de ses six gosses ; il aimerait les échanger contre six petits Anglais. Du moins est-ce bien ce que je crois lire ? (Ludmila confirma.) Merci infiniment. Dites donc, vous êtes un rudement joli brin de fille. Alors, envie de retourner au Royaume-Uni ? Pas moi qui vous le reprocherai. Et voudriez encaisser un chèque ? Voyons un peu ce que nous pouvons faire...

La solution n'était pas de partir de Petrograd : le port était congestionné de bateaux condamnés à l'oisiveté par une grève de dockers ou de travailleurs qui avaient un poil dans la main. Il fallait aller à Romanof — autant dire une semaine par train, au-delà des lacs Ladoga et Onega, en traversant la Carélie jusqu'au golfe d'Onega, à la baie d'Onega et à la mer Blanche.

Ludmila franchit douloureusement, sur une seule fesse, des espaces parsemés de cabanes en rondins, de caillebotis, de loups et de ptarmigans. Elle finit par embarquer à bord d'un cargo qui n'avait pas encore changé de nom : le *Tsar*. Elle s'enfonça dans l'Arctique, contournant la presqu'île de Kola et longeant la côte de Mourmansk, les yeux pleins d'une mer lisse comme une vitre incrustée d'une mosaïque d'arc-en-ciel à l'infini. Fjord de Varanger, Vadsø, Vazdø, tout en haut de la Norvège, là où la terre montre les dents. Elle pignochait dans les ragoûts grossiers, dont les officiers s'empiffraient tout en ricanant et la lorgnant avec des regards obscènes, jusqu'au jour où elle lança d'une voix sifflante : « Où étiez-vous pendant la révolution, camarades ? » Les sous-marins allemands étaient, eux, à ce qu'elle comprit, trop affairés dans l'Atlantique et la Manche pour se soucier de ces eaux de bout du monde pour le moment ; elle dormait donc solidement sur sa bonne fesse, porte de cabine verrouillée contre les instances de l'équipage affamé de femmes. Ils se faufilèrent dans l'Atlantique Nord en serrant au plus près la côte norvégienne. A Stavanger, ils chargèrent des balles de marchandises anonymes et prirent à l'ouest en direction des Orcades. Puis, la côte ouest de l'Écosse défila par bâbord et la Galles du Sud fut dans l'air. Elle débarqua à Liverpool, portant une valise pleine de sous-vêtements sales.

Là, elle découvrit, à son enchantement, que Blackpool n'était pas loin. Ville de plaisir pour la classe laborieuse, sur la mer d'Irlande, l'endroit était aéré, mouvementé, bourré de soldats, nargué par une grande roue genre Luna Park dont on avait suspendu les révolutions pour la durée de la guerre, et dominé par une espèce de tour Eiffel. Elle prit une chambre à l'hôtel Impérial, qui donnait sur la mer, puis alla voir son mari. L'hôpital était plus à l'intérieur, mais assez près, derrière le parc d'attractions de la côte Sud. L'air était râpeux de sable volant et le charbon maritime poussait parmi l'herbe parcimonieuse des talus.

Les deux blessés de guerre tombèrent dans les bras l'un de l'autre, non sans grimacer un peu de douleur. Libres de tout pansement, les yeux de David avaient tout leur éclat farouche. Il raconta :

— Ça qui s'est passé, fillette, ça est simple : l'espèce de dalle funéraire m'a comme qui dirait explosé dessus, en me logeant des bouts de granit un peu partout dans le corps, pendant qu'un éclat de shrapnell me transperçait la cage thoracique pour ressortir aussi sec par le dos, et qu'une pluie de trucs me criblait les fesses comme des plombs de chasse.

— Même chose pour moi, sauf que c'est à une seule.

David Jones reprit en baissant la voix :

— Ça est pas exactement le moment ni l'endroit où parler de lui, vu qu'il est justement aux toilettes. Mais ça est lui qui s'est aperçu que j'étais pas mort et qui m'a fait brancarder tout de suite au poste de secours. Dan Tetlow, je veux dire. Celui qui a écrit la lettre pour moi. Le pauvre bougre, juste après moi il a été blessé ; il y a laissé ses montgolfières et tout, le lendemain. Comme il n'a jamais eu de gosses, ça tire un trait définitif, dans son cas. Mais je suis pas près d'oublier ce qu'il a fait. Gai comme un pinson, et perdu tous ses bijoux ! Marchait comme ça, le nez en l'air, en sifflotant, et, hop, d'un seul coup, emballés ! Moi, poursuivit-il, regard ardent et blessé tourné vers l'avenir, moi, sitôt sorti, je me porte illico candidat à des cours de cuisine. Genre sélect, pour mess des officiers. M'a tout l'air que cette putain de genre n'en finira jamais. J'ai fait ma part, non ? Serait temps de me remettre au métier et de penser au futur. Ça était comment, à Saint-Pétersbourg ? Comprenais pas grand-chose à ce qu'on me lisait dans cette saleté de canard de *John Bull*.

Il l'écouta lui raconter Petrograd, puis hocha la tête et dit :

— Je vois. Panne de courant, mais ils essaieront encore avant la fin de l'année. Sorte de répétition générale, mettons. Qui aurait cru que les choses tourneraient de cette façon ? Qu'on nous tirerait dessus à tous les deux ? Qu'on se retrouverait mêlés à cette putain d'Histoire, quand nous ne devrions en avoir rien à foutre ? J'ai avec moi le livre de ce type, tu sais : Regimbard Morose, comme les autres l'appelaient, l'homme le mieux que j'aie jamais rencontré. J'ai eu le temps de me le faire lire tout haut par Dan Tetlow — le meilleur des types après lui, et dire qu'on lui a pris sa virilité ! Il y parle d'une grande épée de feu avec un « A » écrit dessus. « A » pour Attila le Hun, venu de l'est comme les Boches, mais rien à voir avec eux, et aussi pour Arthur, qui fut roi de Galles. Différents, mais pareils aussi, tous les deux — à preuve l'épée ; car, après tout, l'Histoire, est-ce que ça n'est pas tout simplement sabrer à tort et à travers des innocents ? L'important est de nous sortir de ce pétrin pour en venir à l'essentiel. Autrement dit la nourriture. Oui, la nourriture, voilà l'essentiel. Les gens continueront à manger comme toujours, chaque fois que l'Histoire a eu la bonté de le leur permettre. Jeter l'épée à la fonte pour la changer en couteaux et en fourchettes. Retourne-t'en à la maison, fillette, je ne veux pas que tu t'englues ici à dépenser de l'argent en hôtellerie. Nous aurons besoin de tous nos sous jusqu'au plus petit, avant d'en avoir fini. Et soigne-moi cette fesse.

Ce fut le 3 mars 1918, jour de la signature du traité de Brest-Litovsk, que le sergent Jones et Madame eurent leur premier enfant, une fille, qu'ils nommèrent Béatrice, sans lui accorder le bénéfice du baptême chrétien. Il semblait que le prénom fût venu de nulle part. Personne de leurs deux familles ne l'avait jamais porté, pas plus qu'il ne s'était logé dans l'esprit de l'un ou de l'autre à la suite de la lecture d'un poème ou d'un journal. Ludmila, tenant dans ses amours de bras blancs le bébé tout bigleux et ridé, avait simplement déclaré : « Nous l'appelons Béatrice. »

Il est un phénomène dit de pénétration subliminale. Au Bureau anglo-russe de Petrograd, on pouvait voir une petite exposition en l'honneur de telle ou telle gloire de la littérature anglaise et qui changeait chaque semaine de thème. Or, le jour où Ludmila s'y était rendue, l'exposition célébrait dix-sept années de triomphe de Peter Rabbit auprès des petits Anglais, sous les espèces d'un lapin en peluche géant, obèse et avachi, et de la photographie de sa *créatrice* occupée à désherber un jardin anglais. Le sergent Jones approuva de la tête le choix de sa femme : « A ton aise, m'amour ; ça sonne joliment et j'aime bien le béa, ça fait scout. »

En qualité de sergent cuisinier chargé de l'approvisionnement du mess des officiers auprès du dépôt régimentaire, il n'avait pas de mal à rentrer chez lui pour les fins de semaine — on lui avait donné pour subalterne un bon caporal, qui avait la manie de vouloir prouver qu'il valait bien son supérieur. Le sergent Jones était donc en mesure de voir souvent sa femme et de regarder pousser son enfant. C'était plus que l'on ne pouvait en dire des malheureux bougres emboués dans les tranchées, en attendant la grande offensive boche sur la Somme. Oui, veinards, ils l'étaient tous deux. L'or, naguère niché sous les toiles d'araignée de la soupente et maintenant dormant et couvant sa braise jaune dans le coffre de la banque, en était un signe. Pourtant, le sergent Jones tremblait déjà pour le ravissant bébé que faisait taire le sein adorablement veiné de bleu de son adorable mère. La chance ne figure pas parmi les caractères acquis.

La mécanique à procréer, si longtemps oisive sans raison, fonctionnait maintenant. Le 18 janvier 1919, pendant que les délégués à la conférence de la paix se chamaillaient furieusement à Paris, Reginald Morrow Jones vit le jour. Son père attendait encore sa démobilisation ; mais, à la faveur d'une perme spéciale, debout au comptoir des *Armes du Mineur*, à Blackwood, il fut à même de justifier la provocation du Reginald anglo-normand et la tonicité du Morrow, qui, outre sa promesse de matin d'avenir, s'imposait à l'oreille comme un complément de Jones pour en faire un patronyme à rallonge. Il expliqua à ses cobuveurs socialistes conservateurs que sa famille et lui s'apprêtaient à entrer dans un nouvel ordre des choses humaines. Dai, Jones, Ianto Pritchard, Ifan Evans, tous ces noms étaient des symboles invétérés d'insularité et d'humiliation. Les enfants de ce Dai Jones qu'ils avaient devant eux hériteraient d'un monde plus libre et plus large. Le Dr A. J. Cronin, en visite médicale à Blackwood, de Tredegar où il avait son cabinet, leva son verre à ce discours et dévoila, quant à lui, son ambition secrète : devenir un romancier populaire. C'étaient des jours où l'avenir semblait briller aux yeux de certains. David Jones, avec femme, fils et fille, comptait s'installer dans cette partie du pays appelée Lloegr par les Gallois, et plus particulièrement à Manchester, cité natale de Lloyd George, ce grand Gallois, oui, grand, même en toute duplicité.

Un officier d'intendance en tournée des popotes — sans affectation spéciale, il était de ceux à qui la troupe attribuait le régiment Cross & Blackwell, à cause de l'insigne de la couronne royale perchée toute seule sur leur manche comme sur les pots de confiture de cette marque —, cet officier, donc, avait exprimé sa haute satisfaction du soufflé au citron du sergent Jones pour sa légèreté. C'était un capitaine du nom de Zimmerman ; cependant la franc-maçonnerie culinaire le fit passer par-dessus son grade pour trinquer au Grand Marnier à la cuisine du mess.

— Et quelle sorte d'activité envisagez-vous, du jour où vous aurez quitté l'uniforme ? s'enquit-il.

Il avait ce ton de voix qui semble dû à des végétations adénoïdes et qui est celui de la communauté juive de Manchester et, de lui-même, il précisa :

— Au fait, j'ai l'accent du cru natal, mais je vous signale que je m'appelle Harry Wolfson.

Cette parenthèse refermée, le sergent Jones répondit :

— D'abord je compte ne plus jamais dire monsieur... et ce, à personne, monsieur, sauf pour la civilité courante. C'est-à-dire devenir mon propre maître, par conséquent tenir un petit restaurant. Monsieur.

— Vous avez de l'argent, alors ?

— Un brin, oui, à l'abri à la banque. Plus quelques loyers venant d'une maison bourgeoise à New York.

— Hum... Bourlingueur, hein ? Cosmopolite ? Écoutez... Mon frère et moi, nous avons un restaurant très coté, à Manchester — à Deansgate exactement. *Le Trianon.* Plutôt prétentieux, mais n'importe. Mon frère est exempté de service militaire à cause de son asthme. Il gère seul l'endroit pour le moment ; mais il prétend que l'humidité du climat le tue. Quand je rentrerai, il aura envie de filer vers le sud. Savez-vous ce qui rapporte ? Le restaurant lui-même n'est qu'une façade. Le vrai rapport est dans la livraison à domicile, à une clientèle maçonnique. Marmites norvégiennes, récipients isothermes, dîners de sept plats. Mariages, enterrements, bar-mitsva. Bien entendu, les temps n'ont pas été drôles, avec le rationnement, et il y a des chances que nous ne sortions pas tout de suite de l'auberge ; les Allemands ont faim et il faudra les nourrir. Mais cela s'arrangera. Et d'ailleurs, pour les riches, les denrées rationnées sont le cadet des soucis. Parlez-leur d'huîtres, de homards, de truites fumées, de langoustines de la baie de Morecambe. En matière de produits de luxe, le seul rationnement, c'est le prix.

— Dois-je comprendre que vous m'offrez une place, monsieur ?

— Mieux que cela, le fait est, si vous pouvez apporter un peu d'argent. C'est un truc plein d'avenir, vous savez, et je ne vous vends pas de boniment. Z'êtes marié ? Très bien, discutez-en avec votre femme.

— Ma femme, dit le sergent Jones, est russe. Son père était le patron du restaurant *A la Perspective Nevski*, à Brooklyn, dans l'État de New York.

— Ma foi, ce ne sont pas les Russes qui nous manquent, à Manchester. Juifs ou de l'autre espèce : goyim, Russes orthodoxes. Et l'arrivage continue avec cette révolution ! Je vois de grandes choses à venir. Parlez-en à votre dame.

Le troisième et dernier enfant, un autre fils, naquit le 22 février 1920, au n° 231, Dickinson Road, Rusholme, Manchester. Ils le dénommèrent Daniel Tetlow Jones. Ce n'était ni le plus brillant des trois ni le plus beau. La fille et l'aîné des garçons avaient hérité, du côté slave, les qualités propres aux Vikings et devinrent très grands et très blonds. Dan était de petite taille et noiraud de poil et de teint, comme son père. Il semblait parfois n'avoir pas toute sa tête à lui, ce qui, pour David Jones, était une consolation perverse ; cela lui permettait de voir en ce fils une manière de tempérer la chance qui s'obstinait d'autre part. Hormis quoi, la passion principale de Daniel Tetlow Jones semblait être le poisson.

DAU

— Dommage que tu n'aies pas connu ça, dit Reginald Morrow Jones. Après tout, vous autres, Juifs, vous passez pour être plus qu'adonnés aux raffinements de la table.

Nous prenions le thé au salon Kardomah de Deansgate, lequel était encore, il y avait peu, le restaurant, *Le Trianon*.

— Fameux endroit, poursuivit-il. Comme sa clientèle. Des acteurs et des musiciens pour la plupart. Noel Coward, John Gielgud, Artur Schnabel... Les murs étaient couverts de leurs photographies signées ou dédicacées. Et regarde un peu ce que c'est devenu.

Ce n'était plus que feuillage de saule grossièrement stylisé, agrandi, multiplié.

— Le vrai problème n'était pas la toux de ma mère à cause de l'air de Manchester. Il est venu de la police ; elle a fait des histoires pour le renouvellement de la licence. De toute façon, les parents avaient ramassé leur pelote. Maintenant, ils ont un chouette petit bistro à la sortie d'Abergavenny. Tout de même, c'est vraiment dommage. C'était le meilleur restaurant de Manchester...

Il reprit après un silence :

— Je regrette ce que j'ai dit... au sujet des Juifs, s'entend.

— On dit bien pire de nous. Et puis, c'est la vérité pour les raffinements de la table. Des raffinements qui ne vont pas sans lourdeur.

Moi-même, je n'avais pas connu *Le Trianon*, d'autant que je ne connaissais presque pas du tout Manchester, tout en étant né dans le quartier de Cheetham Hill. J'ai passé une grande partie de ma jeunesse loin de cette ville, loin de l'Angleterre. J'étais à l'étranger pour la raison que mon père, ingénieur, était appelé outre-mer par ses contrats. Ingénieur était une vocation insolite pour un Juif en ce temps-là. Un Juif pouvait donner dans la création artistique, non dans la construction de ponts. Les études de mon père au collège technique de Manchester avaient été encouragées par nul autre, s'il vous plaît, que le célèbre Dr Chaïm Weizmann en personne, qui, lui-même enfant du Cercle de Motol à Grodno, en Biélorussie, et diplômé de Berlin et de Fribourg, était devenu en 1904 professeur de biochimie à l'université de Manchester et ami de mon grand-père, athée juif d'une certaine distinction en son temps. Weizmann devait devenir le premier président de l'État juif d'Israël, en 1949, après s'être employé toute sa vie à sa fondation. Il avait aussi travaillé pour le compte du ministère de la Guerre britannique durant la guerre de David Jones, et sa découverte d'un procédé de fabrication de l'acétone, composant essentiel des explosifs de grande puissance, lui avait valu en récompense le droit de créer en Palestine la Colonie de David. Il devint la grande voix du sionisme mondial. Sa conviction était que les juifs de la diaspora devaient se préparer à construire eux-mêmes, littéralement, leur État — routes, villes, ponts, flotte de guerre, armement lourd — en cultivant les sciences appliquées. Comme l'athéisme professé par mon grand-père n'était pas un métier lucratif, ce fut encore Weizmann qui aida mon père à poursuivre ses études d'ingénieur civil, et celui-ci devint un membre marquant, malgré un caractère quelque peu difficile, de la corporation.

De 1917 à 1920, année de ma naissance, l'administration militaire britannique de la Palestine déboursa de l'argent, également britannique, pour l'aménagement d'agréments nécessaires à ce territoire, dont le lancement d'un pont en acier sur le Jourdain, ouvrage dans lequel mon père eut sa part. Pas mal d'argent sioniste rentra, envoyé surtout d'Amérique, pour financer d'autres projets. Mais le développement pacifique d'une Palestine moderne se heurta, comme toujours, à l'obstacle arabe. Mon enfance à Jaffa fut pleine du bruit et de la poussière des émeutes et du terrorisme. La firme de mon père, dont le siège était à Trafford Park, le sortit des périls palestiniens pour l'utiliser à des travaux de construction en Argentine et au Pérou (voies de chemin de fer, essentiellement). Toutefois, nous étions de retour en Palestine en 1928, pour la mise en route du projet Schofin Letsipren qui, censé être un triomphe de la résistance du métal et l'édifice le plus gracile du monde, se solda par un échec. Je me rappelle, en 1929, l'explosion des émeutes à propos du mur des Lamentations et, parallèlement, l'éveil de ma conscience, malgré ma jeunesse, à l'idée que l'avenir était au terrorisme.

Le mur des Lamentations, sans doute le lecteur le sait-il, est ainsi désigné (par les goyim sinon par les juifs) parce qu'il est le lieu d'une récitation publique et bruyante du livre du même nom. Les juifs, eux, l'appellent Kotel Ma'arabi (ou mur occidental) et le revendiquent comme le sanctuaire le plus ancien de leur foi, érigé longtemps avant que Mahomet conduisît son premier chameau. Les musulmans contestent ce point de vue et affirment que le mur et le paysage qui l'entoure sont des monuments sacrés de leur propre religion (laquelle est une parvenue de récente date). D'où les émeutes. J'ai pu voir les poings brandis, les bouches vociférantes, et puis, à l'œuvre, l'acétone cher à Weizmann. J'en reçus la visitation amère d'une réflexion philosophique d'une matutrité relative pour un garçon de neuf ans — savoir que les prétendues bonnes ou grandes causes politiques et religieuses ne sont que prétextes à détruire choses et gens : ce qui importe, c'est l'acte de destruction. Les êtres humains sont des boules d'énergie, des blocs d'acétone incarné, et rien n'enflamme mieux l'énergie que de l'exciter à détruire, tant est ardue la création, tant elle réclame d'intelligence et d'imagination. Mais l'homme étant créature d'esprit autant que de nerf et de muscle, il faut fabriquer une cause au nom de quoi justifier la destruction. La destruction, dont, en ces temps où j'écris ceci, la meilleure forme d'expression est le terrorisme, trouve en vérité sa seule raison d'être en elle-même ; mais le simulacre du patriotisme religieux ou séculier lui fournit une apparence d'agent créateur.

Reg régla l'addition de notre thé — collation très manchestérienne, œufs sur le plat et pommes chips comme mets de résistance. Il était plus argenté que moi. Puis, nous descendîmes à pied Deansgate en direction de Piccadilly. Nous étions, dirais-je, deux jeunes Anglais de bonne facture, bien de leur temps, quoique nous ne fussions ni l'un ni l'autre anglais, pour ce que signifie ce mot. Pour moi, s'il a un sens, ce devrait être : qui possède l'anglais comme première langue. Reg était un Viking, et moi, un Juif, quoi que cela aussi puisse être. Bon, oui, l'on m'avait circoncis, mais ni plus ni moins que nombre de gentils. Depuis mon grand-père athée, il n'y avait jamais eu de religion dans la famille. J'étais de la Méditerranée ; Reg, de la Baltique. Il avait le front très haut et la finesse de ses cheveux blonds annonçait une calvitie précoce. Pour moi, je tendais très fort à être noir de poil et devais me raser deux fois par jour. Je m'en voulais de ce côté velu. A vrai dire, j'avais, de tout excès, une horreur touchant à la névrose.

Comme, dans Piccadilly, nous passions devant un magasin de phonographes, qui criait sa marchandise en jouant un disque de *A l'ombre du grand marronnier*, cette rengaine, popularisée par le roi George VI en sa capacité de chef de troupe scout, me remit en mémoire le personnage romanesque de Roquentin et je dis :

— As-tu lu *la Nausée* ?

— Connais pas. Français ?

— D'un Français, oui. Du nom de Sartre. Tout récent. Pas encore traduit ici. Colin Smith, le prof, tu sais, délire à son sujet. L'a rapporté de Paris et nous en dicte des morceaux. Il y est question d'un type qui est effrayé par la fécondité d'un marronnier. Tout ce débordement, ce terrible foisonnement de vie qui s'inscrit en contradiction du désir humain de simplicité réfrigérée. Je conçois très bien cela. Regarde cette débauche d'éclosions autour de nous. (Je montrais Piccadilly avec sa foule de boutiques, de chalands, d'autobus rouges.) Je comprends très bien ce qu'il entend par « nausée ».

— Qui ça, il ?

— Le héros du roman : Roquentin. C'est en nous aussi bien que hors de nous. Une complexité abominable de boyaux et de glandes, une psyché qui se perd dans les contradictions de ses identités.

— Oh ! là ! là ! dit Reg. Tu aimerais bien qu'une bombe ferait sauter le tout, hein ?

Parfois, en me parlant, il affectait la syntaxe yiddish, quoique personne dans ma famille ne connût ce parler. Il n'y mettait pas de méchanceté. Nous prîmes un autobus 44. Reg allait à Fallowfield, à un rendez-vous avec Jorge Lewis, son maître assistant de catalan. Et moi qui venais de prendre le thé, je me rendais à un thé du séminaire de philosophie — sorte de réunion organisée régulièrement, pour le rapprochement de ses élèves, par le professeur Pears. Rien de surprenant, j'imagine, à me voir étudier la philosophie avec le français et l'allemand comme matières complémentaires, malgré les exhortations de mon père, qui me poussait à percer dans le monde par la poursuite d'une formation pratique. Les cours de métaphysique du professeur Nussbaumer m'offraient la consolation de la réalité des monades, avec la vision, pour finir, d'un état qui, après les turbulences inquiètes de la vie dans sa quête de perpétuation, offrirait la simplicité hors du temps d'un mouvement perpétuel véritable, que rien n'empêchait d'appeler Dieu — un Dieu indifférent à toute création, voire à soi-même.

Je n'en devais pas moins assister à des cours de philosophie morale et politique, et m'ouvrir l'esprit à l'ahurissant gâchis résultant des efforts de l'humanité pour s'imposer une sorte d'ordre. Enfin, aux thés du professeur Pears naissait en général une discussion sans façon à propos de l'État idéal ou bien de l'éthique de la polygamie sur un îlot perdu où se retrouvent onze naufragés, dont un seul homme pour dix femmes. La présence assidue à ces assauts d'éloquence aux petits fours n'était pas obligatoire ; elle jouait cependant son rôle dans les notes trimestrielles des élèves. En vérité, j'y allais parce que la sœur de Reg, d'ordinaire, les fréquentait.

J'éprouvais pour elle une attraction comme peu de femmes en avaient exercé sur moi. Celles que j'avais rencontrées dans les endroits courus du monde ressemblaient à ma mère et à ma sœur dans leur analogie au marronnier de Roquentin : créées par les dieux de la biologie pour ajouter encore à la pléthore — riches en chair, fortes de hanches et de poitrine, débordantes à l'excès, déesses mères de ce bas monde, prêtes à étouffer tout, sauf les ardeurs procréatrices d'un mâle noyé dans une forêt de poils, noire comme un four. Elles sentaient vaguement la génisse. Béatrice Jones, elle, était blonde ; elle avait les yeux bleu-vert Baltique de son frère, et sa peau était la plus fine jamais tendue sur la saillie de pommettes slaves. Son corps, de forme exquise, n'avait rien en trop. Elle portait des robes toutes droites et simples, dans des teintes pastel unies, et détestait les bracelets et les boucles d'oreilles. Elle était loin d'être froide, mais les chaleurs du sexe semblaient gouvernées en elle par une sorte de thermostat intellectuel. J'ai découvert ensuite que le sang-froid de son approche sexuelle, à mon égard, était la copie de celle de sa mère face à son père. Toutefois, elle n'avait pas le mariage en tête. Elle avait devant elle une carrière.

Sur l'impériale de l'autobus, Reg ouvrit une boîte neuve de Player's, mais ne la tendit pas. Chez lui, c'était moins manque de générosité qu'irréflexion. J'allumai ma dernière Gold Flake et dit :

— Ce rendez-vous avec ton monsieur ou señor Lewis n'est probablement pas, je suppose, sans rapport avec la guerre civile d'Espagne ?

— Si l'on se bat pour la Catalogne, on est assuré d'avoir sa licence de catalan. Quitte à y laisser sa peau.

— Penser qu'un tas de putains de Gallois vont se battre pour la République espagnole. C'est dingue !

De vrai, la faculté d'études hispaniques comptait une forte majorité d'étudiants gallois — l'espagnol jouant le rôle de substitut du gallois : système de voyelles identique, etc. Et ce Jorge Lewis était originaire du Chili, où l'on trouve nombre de patronymes gallois. Il s'était épris de la Catalogne et donnait des cours facultatifs de catalan, langue dont la littérature est, apparemment, très riche.

— Dingue, vraiment ? dit Reg. Cette guerre concerne tout le monde. Y compris toi. Si tu avais le moindre sens commun, cela te crèverait les yeux. Les Juifs ont intérêt à liquider le fascisme.

— Cela viendra en son temps, répliquai-je. Malgré la trahison de Munich, cette dégueulasserie.

C'était en octobre 1938 ; et le trimestre universitaire venait juste de commencer. A l'heure du déjeuner s'était tenu le premier débat de l'Association masculine. Nous nous étions affrontés tous les deux à propos de la motion débattue : « Marx pour Marx, la présente assemblée préfère Groucho à Karl », qui avait été adoptée, mais de justesse. Reg avait défendu Karl avec bien plus d'esprit que moi Groucho. J'avais loué ce dernier pour sa philosophie du langage ; Reg avait exalté Karl en tant que pourvoyeur d'amusements tumultueux, avec l'invention de son jeu fabuleux : le matérialisme dialectique. Il avait conclu par deux vers de *la Danse de mort* de Auden, chantés sur l'air de la *Marche nuptiale* de Mendelssohn :

Oh! monsieur Marx, maintenant que nous tenons les faits essentiels,
Claires sont pour nous les causes économiques de nos actes.

Après quoi, il s'était mis une fausse barbe ressemblant à un nid d'oiseaux et avait fait une sortie à un pas d'enterrement solennel, pendant que quelqu'un tapait sur un piano la *Marche funèbre* de Chopin. Puis, ensemble, nous avions fait un saut à Deansgate, chez Steuermann, où il désirait s'acheter une gourde à cognac extra-plate. Il toucherait le reste de son équipement de combat en débarquant à Barcelone, comme les autres volontaires de la petite bande emmenée par Jorge Lewis. Je demandai :

— Et que pense le professeur Pulga de cette désertion temporaire ou définitive de sa faculté ?

Pulga était bien connu pour ses opinions fascistes.

— Que nous allons combattre pour l'Église catholique. Même Lewis. Pulga n'est qu'un crétin. Cela va de soi, étant donné ses sentiments. Il pense que nous allons nous battre en castillan. Lequel fait légitimement partie de notre éducation. Dingue !

— C'est bien ce que je te disais. Dingue.

— Personnellement, c'est au sujet de ma mère et de mon père que je m'inquiète, poursuivit Reg. Mon père n'a jamais cessé de nous chanter sa chance. Et c'est vrai qu'il en a toujours eu, et beaucoup. Il a dans l'esprit qu'un flot de catastrophes doit forcément s'abattre, en échange, sur ses enfants. Superstitieux comme un Gallois. Quelle absurdité ! On nous a gâtés pourris tous les deux. Trop bien nourris. Gavés à mort, même, d'argent de poche.

— Tu n'aurais pas, dis-je, une Player's de trop pour moi ?

— Deux... trois... tiens, prends tout.

Il me tendit la boîte. Je le répète : il ne manquait pas de générosité. Et du moins pourrais-je offrir des cigarettes à sa sœur, au concours d'éloquence aux petits fours. L'autobus approchait de Lime Grove ; je dégringolai l'escalier en colimaçon de l'impériale. Reg continuait sur Fallowfield.

Béatrice — Béa — versait le thé et l'un de ses adorateurs boutonneux passait les petits fours. Elle avait vingt ans ; mais, me semblait-il, à voir ses cheveux d'or rassemblés sur le haut, sa robe verte toute simple, ses bas couleur bronze et ses hauts talons, une vingtaine qui faisait très mûr. Tant de filles de son âge se laissaient aller, avaient le geste et l'allure gauches, sentaient la sueur et l'encre studieuse. Béatrice était parfaitement maîtresse des mouvements de son corps, incapable de soulever le couvercle de la théière sans que ce fût gracieux. Pour ce qui allait de sa vie érotique, elle jouissait d'une réputation probablement sans précédent. Elle était aussi imperméable aux assiduités des garçons que rétive elle-même à flirter ; pourtant, on savait qu'elle couchait. Les étudiants en médecine, dont la réaction aux révélations de l'amphithéâtre de dissection se traduisait par le rire gras et la vulgarité de l'attitude devant les choses du sexe, n'avaient jamais de sourire obscène et entendu en prononçant son nom. Son entrée à la cantine de l'université ne soulevait ni gémissements théâtraux ni ouaous appréciatifs. Elle n'était pas ouverte à la séduction ; c'était elle qui séduisait. Les hommes qu'elle avait séduits n'usaient pas des tropes du triomphe sexuel : ils n'en soufflaient mot, comme si une déesse était descendue sur eux et leur avait enjoint le silence sur une extase ineffable.

Elle était en dernière année de ses études à la faculté d'histoire, mais, entre autres cours subsidiaires, suivait ceux de philosophie politique, en se spécialisant dans l'étude des annales encore brèves de la diplomatie soviétique. Le russe étant sa langue maternelle, elle n'avait aucune peine à lire le genre de documentation, qui, de Moscou, filtrait en Occident, et à traduire ces textes dans un anglais aussi précis, pur et élégant que son corps. Le professeur L. B. Namier la tenait en très haute estime. Il était vraisemblablement amoureux d'elle. La croyance générale voulait qu'elle n'eût pas entrepris de le séduire. Ce n'eût pas été de jeu. Séduire un homme n'avait d'autre avantage pour elle que l'assouvissement de son éros.

Le professeur Pears, pipe glougloutant doucement, promena sur l'assistance un sourire épanoui. La douzaine que nous étions s'assit pendant qu'il proposait pour thème de discussion : « Quel est le rapport entre réalité de l'État et philosophie du nationalisme ? »

Je m'étais tiré un siège à côté de celui de Béatrice. Je lui offris une des cigarettes de son frère et l'allumai pour elle avec une sorte de machin à réaction chimique, en forme de tube, qui présentait une faible incandescence lorsqu'on aspirait. Elle examina le phénomène et l'objet avec curiosité, puis me considéra avec intérêt, comme si elle ne m'avait encore jamais remarqué, bien que j'eusse passé l'année entière à l'université. Ce briquet chimique, récemment lancé sur le marché, ne devait pas durer : il imprégnait d'un goût acide la première bouffée.

Je ne sais plus quand, exactement, la discussion ayant abordé le sujet du racisme nazi, un jeune homme aux verres de lunettes sales et au col peu net fut assez malavisé pour défendre le maintien de la pureté de la race. Hitler était dans l'erreur à bien des égards, mais il avait raison, affirma ledit jeune homme, en insistant sur le principe d'homogénéité nationale et sur la nécessité d'interdire la souillure du croisement des races.

— Entendez-vous par là, demandai-je, qu'il faut chasser les Juifs ?

Notre ignorance, à ce moment-là, était convaincue que c'était là tout ce que voulaient les nazis.

— Pas seulement les Juifs, mais les Nègres, les Chinetoques, les Japs. Une nation ne doit pas être un salmigondis mis à toutes les sauces.

— Par salmigondis à toutes les sauces, intervint le professeur Pears, vous voulez parler, je pense, d'hétérogénéité ? De même que les termes injurieux dont vous avez usé visaient, je suppose, les Noirs, les Chinois, les Japonais ? Nous ne sommes pas à un meeting de coin de rue du parti fasciste britannique.

— Personnellement, dit Béatrice, je suis, beaucoup d'entre vous ne l'ignorent pas, le produit d'un croisement. Mère russe, père gallois.

Elle n'avait pas besoin d'en dire plus : l'acuité de son esprit et l'exquise beauté de son corps étaient un hymne au mélange des sangs. Je dis :

— Le sang est le sang, où que ce soit. La différence entre telle race et telle autre réside dans la langue et la culture. Or, l'Histoire montre que langage et culture sont transmis. Ils n'ont rien de chthonien, veux-je dire... (Le terme, je le sentis, me gagna le respect de Béatrice.) Ou encore : ils ne jaillissent pas de source de la terre natale de celui-ci ou de celui-là. Quand vous aurez dit que je suis un Juif, cela signifiera quoi ?

C'était la première fois que la judéité entrait dans un débat philosophique. J'eus la sensation du regard de Béatrice cherchant sur moi les traits qui me désignaient comme Juif. Je repris :

— Mes antécédents lointains font de moi un Méditerranéen, au même titre que les Arabes, les Espagnols, les Maltais, les Italiens. Je ne me sens pas lié par la religion hébraïque. Mes parents non plus. Par je ne sais quelle humeur de récidive, ma mère a tenu à ce que je fusse circoncis. Quant au régime alimentaire...

— C'est quoi, circoncis ? demanda une jeune fille de première année.

Le professeur Pears ôta sa pipe de ses lèvres pour les arrondir d'étonnement, révélant du même coup un revêtement dentaire de jus brun tout frais. Puis il poursuivit, toujours surpris :

— N'auriez-vous jamais lu la Bible ?

— Papa nous le défendait, répondit la jeune fille. Il nous défendait aussi d'aller à l'église.

— Je vois, dit le professeur Pears. Réfractaire au droit de libre pensée pour sa progéniture. Vous devriez l'amener à l'un de nos thés.

— Il ne boit pas de thé.

— La circoncision, expliquai-je, consiste à couper et ôter le prépuce... (J'en désignai *grosso modo* l'emplacement.) Simple mesure d'hygiène, mais élevée au rang de mythe en signe de l'alliance conclue entre Jéhovah et son peuple élu. Les musulmans, qui abritent en eux un peu du racisme de Hitler et, comme lui, haïssent les juifs, sont également circoncis.

— Moi, je suis presbytérien, dit un jeune type qui fumait une cigarette de pauvre, une Woodbine, coupée en deux. Je me le suis fait ôter aussi. Le médecin de la famille y croyait.

— Vous voyez bien, dis-je sans raison évidente.

Ou peut-être entendais-je signifier à la jeune ignorante que la circoncision était une évidence aussi patente que le cendrier qui, à côté d'elle, se remplissait rapidement. Je tendis à Béatrice une autre cigarette et lui dis que le briquet chimique était à elle si elle le voulait. Non, elle n'en voulait pas. La fin de la séance nous vit tous plus ou moins convenir qu'une nation ne se trouvait que mieux d'être multiraciale. Ensuite, Béatrice m'invita à venir prendre le thé dans sa turne de Rusholme. Semaine prochaine, même jour. J'étais un des élus. A la perspective, mon pénis circoncis se ratatina.

Ma sœur et moi, nous vivions chez notre tante Bérénice, dans sa villa moderne de Dickinson Road. Elle était juive, mais sans parenté sanguine avec nous. Veuve de notre oncle Ben, et aussi née en France. L'oncle Ben s'était enrichi en exportant dans ce dernier pays des sauces Escoffier « made in Great Britain » et avait fait la connaissance de sa future femme à Paris. Ramenée à Manchester, Bérénice avait contribué à la gallicisation de la cuisine indigène en tenant une chronique gastronomique hebdomadaire dans les colonnes du *Manchester Evening News*. Elle avait connu *Le Trianon*, mais le déclarait d'inspiration « trop Europe orientale » à son goût. Elle passait beaucoup de son temps avec son agent de change, à organiser son portefeuille de valeurs en prévision du jour proche qui verrait, comme tous les Juifs elle n'en doutait pas, se manifester la colère de Dieu. Elle était maigre, chic, économe, et nous comptait l'argent de poche. Nos parents continuaient d'être à l'étranger, non en Palestine toutefois. Mon père, au Venezuela, s'employait à jeter un pont sur l'Orénoque. Il envoyait les subsides nécessaires à notre entretien et à nos menus plaisirs ; mais tante Bérénice considérait que c'était péché que de ne pas placer l'argent, et une bonne part de nos allocations filait dans son portefeuille. Par ses soins, nous étions nourris avec une élégance parcimonieuse, à tel point que nous ne manquions jamais de torcher avec du pain les sauces brunes à la française au fond de notre assiette. A midi, mourant à demi de faim, nous engloutissions la boustifaille bourrative de la cantine. Ma sœur était étudiante à la Faculté royale de musique de Manchester. Mon aînée d'un an, elle avait le nez droit, le teint de crème. Je reviendrai plus loin sur son sujet.

Non sans mal, à force de cajoleries, j'arrachai à notre tante une avance sur mon pécule du mois suivant. J'en avais besoin pour acheter des préservatifs. Il y avait pour cela une boutique d'Oxford Road, dont la vitrine exhibait les œuvres d'Aristote. La femme à cheveux gris qui la tenait m'annonça, tout en enveloppant ma boîte de Durex, que le week-end, selon toutes apparences, serait mouillé.

Le thé que me servit Béatrice Jones eût eu les faveurs de ma tante — si le *five o'clock tea* avait figuré dans ses habitudes — tant il était austère : tranches de pain brun beurré, très fines, biscuits des plus ordinaires, Earl Grey, fort, sans sucre. La collation terminée, elle m'ordonna d'ôter tous mes vêtements. Cela me fit un coup, mais j'obéis — bien entendu en tremblant. Elle considéra mon système pileux et montra de l'intérêt pour la manifestation de la circoncision comme fait chirurgical, et non seulement comme fête de l'Église ou élément du folklore sémitique. Elle s'assura qu'aucun autre stigmate qu'une envie en forme de date, sur la clavicule gauche, ne déparait ma peau. Après un hochement approbateur de la tête, elle se dévêtit à son tour, c'est-à-dire qu'elle enleva une unique vêture de soie rouge. Son corps était, cela va sans dire, superbe, sa crinière pubique, une riche feuille d'or. Nous fîmes l'amour sur un épais tapis de laine feuille morte, dans la douce lueur d'un radiateur à gaz chauffant à mi-puissance en raison d'une petite fraîcheur automnale. Je n'étais pas sûr de moi, mais ne manquais pas d'expérience, malgré ma jeunesse, laquelle, après tout, s'était passée dans des régions du monde où le point critique de la sexualité n'est pas pressé de passer au rouge, et je m'en tirai assez bien — même si ce fut elle qui fit tout. Elle était dessus, me chevauchant, et se chargea elle-même de ses orgasmes. Je transpirais ; elle, non. A l'apogée de son plaisir, elle se redressa, cambra les reins et la nuque, et modula un cri harmonieux à l'adresse du plafond.

— Je t'aime, dis-je, en homme reconnaissant à bon compte du plaisir intense qu'on lui a donné.

— Ne dis pas d'âneries, répondit-elle.

Pourtant, c'était vrai que j'aimais, sous mes caresses, ce corps soyeux sans un millimètre de chair inutile, ces seins moqueurs, cette toison de copeaux d'or. Je repris :

— Je ne... J'aurais dû... mais je n'avais pas prévu...

Je mentais. Le fait était qu'elle ne m'avait laissé ni le loisir ni une chance de dérouler et d'enfiler un Durex.

— Ne t'inquiète pas, dit-elle. Moi, si.

Elle ne lâchait jamais les rênes, mais sans que l'on y sentît une impulsion dangereuse. Combien d'autres hommes ? Je ne posai pas la question. Elle avait deux ans de plus que moi et la maturité d'une vraie femme.

Donc, nous restâmes allongés sur le tapis, tandis que les rares feuilles pendant encore au marronnier du jardin faisaient signe à la fenêtre d'être discrète. J'inspectai du regard les murs nus, mis à part des livres en anglais et en russe, et, dans un cadre, la photographie du professeur et éminent historien L. B. Namier, griffée de son autographe. Il avait une face de grenouille boudeuse. Par la suite, elle devait le suivre au ministère des Affaires étrangères, officiellement en tant que principale assistante, en réalité comme son bras droit. Je dis :

— C'est terrible, mais je dois partir.

— Pourquoi terrible ?

Grand mot que « terrible ». S'applique aux actes des terroristes. Je répondis :

— Enfin, je veux dire... je n'en ai pas envie. C'est même la dernière des choses dont j'aurais envie. Mais il y a cette histoire de concert...

— Quel concert ?

— Celui de ma sœur. A la faculté de musique. Elle chante dans *Flos campi*.

— C'est quoi, *Flos campi* ?

— Du latin, cela signifie fleur des champs. C'est une sorte de...

— Idiot, je le sais, ce que cela signifie. Je te demande ce que c'est.

— J'allais te l'expliquer. C'est de Vaughan Williams et cela a rapport, prétendument, au fameux cantique dit de Salomon. Il y a un chœur, mais qui se contente de faire ooh et aah à n'en plus finir. On est censé savoir, aux titres des différents mouvements, que cela a entièrement à voir avec la sensualité juive. Le plus gros du boulot revient à l'alto solo. A mon sens, c'est une musique qui sonne beaucoup trop anglaise et typique.

— Et ta sœur fait ooh et aah là-dedans ?

— Oui, et elle est aussi dans un des autres morceaux du programme : *Rio Grande*, de Constant Lambert. Elle fait partie des percussionnistes. Ils sont cinq en tout, je crois bien.

— Est-ce que toutes les familles juives sont musiciennes ?

— En général, oui, il y a un membre de la famille qui y prend goût. Certains Juifs promènent leurs bijoux autour du monde ; d'autres, un violon. Zip, elle, s'est mis dans la tête de trimballer avec elle toute une charretée de percussionnistes. Ce qui est très peu juif.

— Comment l'as-tu appelée ?

— Zip. C'est l'abréviation de Zipporah, tu sais : la femme de Moïse.

— Non, je l'ignorais, dit-elle. Notre famille ne donne pas dans la Bible — même si, l'autre jour, je savais ce qu'est la circoncision. En théorie.

La fraîcheur tendrement ironique d'une main se posant sur mon bas-ventre eût été la bienvenue ; mais ses paroles sous-entendaient seulement que j'étais une sorte de manuel qui avait complété son instruction.

— Le nom de ma sœur comme ma petite visite au *moyil*, ou *mohel*, ou circonciseur, si tu veux, ne sont pas vraiment des traits fondamentaux de ma famille, dis-je. Ma mère avait parfois de ces accès de récidive.

— Dis donc, tu ne manques pas de vocabulaire. Même en hébreu, si je ne me trompe. Et tu ne m'as pas l'air si vieux que cela non plus.

— Dix-huit ans.

— Seigneur Dieu, voilà que je les prends au berceau !

— Je suis plus vieux que mon âge. Ajoutes-y l'éducation dans des régions barbares de ce monde. Plus Zip.

— Les promesses de la sensualité juive. Ce sont tes propres mots. Soit dit sans t'offenser, je n'ai pas eu de révélation qui m'ait changée de l'ordinaire manchestérien.

— Peut-être la prochaine fois, répliquai-je avec un rien de l'insolence du mâle.

— A ta place, je n'en jurerais pas.

Un sexologue français a écrit que, à n'importe quelle phase de l'habillage ou du déshabillage, l'homme paraît toujours ridicule, tandis que la femme reste toujours charmante. Et puis, les hommes portaient trop de choses en ce temps-là ; j'avais des fixe-chaussettes, des bretelles, une cravate à nouer... Je me vêtis aussi rapidement que possible pour m'épargner le grotesque. Mais elle, déjà rhabillée, m'observait et dit :

— Je crois que je vais venir avec toi. J'ai envie de voir ta Zip pousser ses aah et ses ooh, et taper sur son truc.

— Des tas de trucs, précisai-je tout en laçant mes chaussures. Xylophone, marimba, darbouka, timbale... C'est sur invitation, mais sois mon invitée par délégation.

— Et après, il y a le verre chez Reg, pour son départ.

— Je n'étais pas au courant. Je le croyais déjà parti, fis-je remarquer en laissant voir que j'étais blessé.

— Tu es invité. Il vient tout juste de rentrer de Galles du Sud. Il m'a priée de transmettre.

— Parce qu'il savait que je devais passer chez toi? demandai-je. Pour le thé.

— Pour le thé, oui... Papa était convaincu qu'il poursuivait ses études gentiment et dans une branche sans risque. Le commerce avec l'Argentine et l'intérêt de l'espagnol commercial. Maintenant, il n'a plus qu'à s'en prendre à lui-même. Reg a toujours été le chouchou qu'il fallait préserver dans la ouate, pour éviter le tracas d'avoir à se demander tout le temps si la chance jouait pour ou contre lui. La chance n'est pas quelque chose qu'on se passe en famille comme le sel ou le pain... (Elle glosait sur ce que Reg lui-même m'avait confié une semaine plus tôt.) Cela commence à quelle heure, ton histoire?

Nous prîmes l'autobus jusqu'à la Faculté royale de musique. Le concert débuta par *Portsmouth Point*, ouverture symphonique de Walton, jouée en gros dans le ton par l'orchestre des élèves, corsé et corseté par des professeurs — mais c'est, de toute façon, une œuvre sans finesse. Zip ne figurait pas parmi les percussionnistes, tous du genre masculin et moins nombreux que pour le morceau de Lambert. Suivit *Chants de la mer*, de Stanford, avec chœur, uniquement masculin aussi, et une voix professionnelle.

— C'est elle... là, dis-je quand enfin fit son entrée la chorale féminine, tout de blanc vêtue, pour *Flos campi*.

Avec la chaleur de la salle pleine à craquer, le parfum qui montait de la peau de Béatrice était à en perdre la tête. J'avais raillé la musique comme trop anglaise et typique, mais elle faisait passer un peu de la sensualité du cantique, enrichie par la présence si proche et la fraîcheur si calme de cette jeune Russo-Galloise.

— Elle est jolie, dit-elle.

Et il était vrai, supposais-je, que Zip était jolie, avec ses cheveux d'un noir intense et l'éclat chaud de ses bras nus, rehaussé par le blanc virginal de la robe. Lorsque l'orchestre attaqua l'œuvre de Lambert, dans un crescendo de timbales sous le pizzicato des cordes, je fus fier de ma sœur qui faisait tout ce bruit. Le professeur de piano à qui revenait le solo mettait une pointe de jazz dans son jeu. Le chœur chantait :

Du côté du Rio Grande
On ne danse pas de sarabande
Sur les rives rases comme un gazon où paresse un flot plat...

Le programme, composé entièrement de musique britannique, se terminait par *Jérusalem* de Parry, et toute la salle se leva pour se joindre aux chœurs. Le concert fini, Béatrice m'accompagna dans les coulisses pour y prendre Zip et la féliciter. En chemin, je lui dis :

— Les noires fabriques de Satan dont parle le chœur sont en réalité les églises, tu sais. Et Jérusalem symbolise les débordements de l'imagination et l'immodération des sens et de leurs voluptés.

— Où as-tu pris cela ?

— Les paroles sont de William Blake : « Et Jérusalem fut-elle bien ici bâtie, Parmi ces noires fabriques de Satan... ? » Je l'ai lu et étudié, dans la Ville sainte même, où règnent autant de contraintes qu'ici. J'ai compris Blake. Le seul monde vrai est celui des symboles.

Elle avait possédé mon corps et j'aurais voulu qu'elle recommençât. Obscurément, un mot m'échappa :

— *Guf*. (Qui, en hébreu, signifie corps et se prononce gouf.) Pouf ! ajoutai-je aussitôt, stupidement conscient que le premier mot était tombé à plat.

Puis Zip fut devant nous : jupe noire, sweater émeraude, robe virginale enveloppée dans du papier brun. Les présentations de fille à fille faites, j'observai le face-à-face de femme à femme.

— Si, si, bien sûr vous venez à ce verre chez Reg, disait Béatrice. Vous ne l'avez pas volé, après tout le mal que vous vous êtes donné avec vos petits maillets et le reste. Et vous étiez vraiment adorable, dans vos ooh et vos aah... Si, si, je vous jure...

Zip me considérait avec des yeux neufs : pas d'erreur, je m'étais déniché une perle, il y avait en moi plus de ressource qu'elle ne l'avait soupçonné. Elle agrippa mon bras d'une main possessive pendant le trajet à pied jusqu'à l'arrêt de l'autobus. J'étais déjà allé chez Reg ; il créchait non loin de l'université, dans deux grandes pièces d'une demeure de Ducie Grove, sorte d'hôtel particulier de style georgien XVIIIe siècle qui n'était plus que stucs pelés et décrépitude — digne, à y bien penser, de Dublin plutôt que de Manchester. Mais nous commençâmes par nous arrêter dans une friterie de poisson. C'était dans une petite rue et si l'endroit n'était pas connu de moi, il l'était de Béatrice. La salle était pleine de gens, de vapeurs grasses et d'une forte odeur de vinaigre de malt. A ma surprise, Béatrice alla droit à l'un des deux serveurs du comptoir et lui sauta au cou. Visiblement, Zip n'en revenait pas plus que moi et se demandait dans quoi on l'avait entraînée. A voir une jeune déesse blonde embrasser sur les joues cet être inférieur, noiraud, laid, juste bon à pelleter du poisson frit, à quoi ne pouvait-on s'attendre ? Béatrice dit :

— Je vous présente mon frère Dan.

Voilà qui méritait réflexion. Comment deux intellectuels, grands, beaux et blonds, pouvaient-ils avoir pour frère une espèce de troglodyte noiraud et laid, qui pêchait du poisson à l'écumoire dans une énorme marmite fumante et balançait à la louche des frites dans des sacs en papier ? Dan, qui s'appelait au complet, comme je le découvris par la suite, Daniel Tetlow Jones, en l'honneur du sauveteur émasculé de son père, dit :

— Il est déjà passé, Béa. Y a un monde fou ce soir ; mais je viendrai après la fermeture. Il a déjà pris le tout avec lui.

— Le tout ?

— Oui, y en a pour dix shillings au total. Il doit le garder au chaud au four.

Il parlait avec un franc accent de Manchester, assaisonné d'une pointe d'intonation galloise. Mais il ajouta : « *Do zvidaniya* », et Béatrice répondit par la même formule. Du coup, les yeux de Zip demandèrent vraiment ce que diable signifiait tout cela. Béatrice expliqua que, mon Dieu, il existe des gens dont la mère est russe.

A la crèche de Reg, quand nous y arrivâmes, la consommation de poisson frit, de pommes chips et de bière anglaise Threlfall allait bon train. La propriétaire de Reg s'était chargée de l'animation. Prostituée rangée des affaires, elle secouait sa tête grise en se lamentant sur la stupidité de la guerre — pensez : tant de sang jeune et chaud et de beaux corps gaspillés !

— Je voudrais bien savoir, se lamentait-elle, quelle mouche pique les hommes. D'un côté, y a cette espèce de Chamberlain qui raconte qu'il nous a ramené de Munich pour toute une vie de paix ; mais de l'autre, vous, les jeunes, ça ne vous suffit pas, oh non ! Il vous faut vous bourrer le mou pour une guerre de plus, peu importe contre qui. Notez bien, non que je ne sois pas d'avis que ces Espagnols qui mettent les nonnes toutes nues et le feu aux églises ne méritent pas la trempe qu'on va leur flanquer... même si c'est papistes contre papistes...

Je n'avais pas de mal à voir que Zip et Reg s'étaient tout de suite plu. Physiquement, c'étaient thèse et antithèse. Partant pour la guerre, Reg était d'humeur à se voir déjà mort, pleuré par de belles créatures. J'avais couché avec sa sœur, cet après-midi même, et, songeais-je, le cerveau un peu embrumé par ma troisième bouteille de bière, quel parfait quatuor, si Zip venait à passer la nuit avec lui ! Puis je chassai l'image de cette abomination : pilosités noire et blonde mêlées, la fille d'Israël avec l'incirconcis. Arrière, fantasme indigne d'un frère ! En même temps — pour quelle raison mystérieuse ? — je me pris à chanter l'air des noires fabriques de Satan et à en expliquer la signification.

Il n'y avait, pour toute présence féminine, que la vieille prostituée et les deux jeunes beautés. Mes transports de l'après-midi, à quoi se joignait cette histoire de contraste physique, faisaient que je me retrouvais équipé de l'appareil tactile d'un autre, n'importe quel autre que moi, dans les bras et sous les caresses duquel j'imaginais le beau corps de Zip. Mais, aussitôt, je voyais ce même personnage noyé sous une marée de cheveux, noire comme un minuit où luiraient les lunes pâles de deux seins, et j'en éprouvais une nausée comparable à celle de Roquentin. Par contrecoup, j'aurais voulu me jeter sur Béatrice et, sous les reproductions de Gauguin qui ornaient le palier de l'appartement et sa pénombre sentant la vieille soupe au chou, étreindre brutalement cette chair d'un sang-froid infernal. Non, mieux valait écouter ce que racontait le professeur de catalan de Reg, Jorge Lewis, docteur ès lettres. Il racontait — indiscrétion rare, de maître à étudiants — que ce vieil abruti de Pulga lui avait offert, en cadeau de départ, une petite croix en or qui faisait partie des bijoux ancestraux de sa famille, puisque, avait-il déclaré entre autres sottises, lui, Jorge Lewis, partait comme soldat du Christ. Un des invités et futurs camarades de combat de Reg, le teint visiblement décomposé — difficile d'éclaircir si c'était à cause du poisson-pommes chips et de la bière, ou de doutes de dernière minute sur le bien-fondé de l'engagement et de la mission —, entonna d'une voix mal assurée l'hymne national gallois et, presque tous étant gallois, d'autres voix se joignirent à la sienne :

Gwlad, gwlad, pleidiol wyf i'm gwlad
Tra môr yn fur i'r bur hoff bau
O bydded i'r hen iaith barhau...

Le professeur Lewis, en dépit de son nom et de ses aïeux, ne savait pas le gallois. Il tenta de substituer à ce chauvinisme sans raison un chant catalan. A la fin de l'hymne, Reg lui dit :

— C'était moins déplacé que vous ne le pensez, *wus*. Nous luttons pour défendre les droits des minorités opprimées.

— Avec l'aide de l'URSS, qui compte elle-même sa juste part d'oppression, dit sa sœur.

— Béa, tu as mieux à dire que cela, rétorqua Reg (mais le ton manquait de fermeté).

Presque tous étaient gallois, ai-je dit ; mais, de la quinzaine d'invités mâles, six seulement étaient partants pour la guerre ; les autres, pour la plupart étudiants en langues hispaniques, se montraient moins idéalistes, plus prudents. L'un d'eux, non gallois — il s'appelait Higgins —, poussait la prudence dans l'idéalisme jusqu'à attendre dans un fauteuil que la révolution se fît toute seule, en tout cas sans lui. Assis, il sirotait sa bière au goulot de la bouteille, surplombé par une affiche représentant l'Espagne sous les espèces d'un taureau ensanglanté et hérissé de banderilles fascistes. Il renchérit sur Reg :

— Oui, c'est elle, l'unique espoir… la Russie. *Notre* unique espoir.

— Ce n'est pas de la Russie que vous parlez, riposta Béatrice. C'est d'une idéologie loin de toute réalité et totalement dépassée, imposée à un peuple habitué depuis des siècles à la souffrance… Quant à l'Espagne, penses-tu sincèrement (elle s'adressait cette fois à Reg), oui, penses-tu que ton *tovarichtch* Staline ait envie de sauver l'anarchisme, le syndicalisme et le socialisme libéral catalans ? Cela ne m'étonnerait pas que l'or de Moscou aide au financement de Franco.

Hauts cris scandalisés, puis un tout jeune homme, du nom de Glendower Owen (ou inversement), lança :

— Eh bien, moi, je connais de l'or gallois qui va bientôt passer du bon côté.

Reg se tourna vivement vers lui, avec un geste de colère contenue, pour lui intimer d'avoir à la boucler. Mais Béatrice fut plus vive encore.

— Qu'est-ce que c'est que cette histoire ? dit-elle d'une voix sifflante. Espèce de sale menteur, poursuivit-elle en s'avançant vers son frère, tous ongles dehors (des ongles d'acier, j'en avais fait l'expérience). Sale voleur ! Sale traître ! Qu'en as-tu fait ?

Brusquement, lui tournant le dos, elle se précipita dans la chambre à coucher, qui communiquait avec le grand studio en désordre où nous nous tenions. Reg s'élança derrière elle. A la vue de la façon fort peu fraternelle dont il serrait les poings et me prévalant, à tort ou à raison, des droits que confère l'amour, je ne pus que me précipiter à sa suite.

J'eus la révélation d'une Béatrice capable de se changer en chatte sauvage. Devant la lourde sacoche en cuir brandie et tournoyant à bout de bras dont elle le menaçait, Reg battait en retraite à reculons en faisant : « Aïe, ouille ! » Il exécuta un bref numéro de patin à roulettes sur une bouteille de bière qui gisait là, pour s'étaler finalement de tout son long sur le dos, ébouriffé, écarlate, aux pieds de Zip dans le grand studio. Béatrice réapparut derrière lui, traînant par terre la sacoche. Elle l'ouvrit et dit :

— Et voilà !

Elle montrait l'objet qu'elle avait sorti et que j'ai décrit plus haut : le bloc de minerai de Wellengong. La propriétaire de Reg, qui avait la vue trouble, crut probablement à une tête coupée, ou à un cadavre de nouveau-né, et s'approcha pour mieux voir.

— Ça ressemble à un vieux morceau de pierre, dit-elle, déçue.

— C'est de l'or, proclama Béatrice. De l'or, et qu'on ne vendra pas pour payer des munitions aux républicains espagnols. Tu n'es qu'un sale voleur, Reg Jones, même si tu es convaincu que c'est pour la bonne cause. J'étais sûre que tu tenterais un coup tordu, du jour même où notre benêt de père a eu la naïveté de retirer ce truc de la banque pour l'installer à la maison dans une vitrine.

— Il ne servait à rien, protesta Reg, toujours allongé aux pieds de Zip. C'était du gâchis. Avec ça, on peut se procurer au moins deux mitrailleuses lourdes. Ou nourrir une centaine de familles de républicains qui crèvent de faim. Je l'emporte.

— Oh, non, certainement pas ! s'écria Béatrice, étincelante de colère. Demain, je prends le premier train du matin pour Abergavenny et je vais remettre ce caillou à sa vraie place. Tu ne comprends donc rien ? L'or, c'est un summum, quelque chose comme... comme l'oreille absolue... (Ces mots n'eurent de sens que pour Zip.) C'est une valeur absolue, du solide, du vrai, rien à voir avec votre fichu papier-monnaie. Papa s'est laissé persuader, de mauvais gré, de changer ses souverains d'or en livres papier ; mais il a eu l'esprit de ne pas lâcher ce gros lot. Cela vaudra une fortune le jour où le billet d'une livre permettra tout juste d'acheter un journal. L'or est l'or et restera toujours de l'or, espèce de sale voleur et de crétin que tu es !

A cet instant, Dan Tetlow Jones fit son entrée, apportant avec lui une autre sorte d'absolu : l'odeur de friture, puanteur impérissable. Il dit :

— Tiens ! Le caillou de papa. Quoi ça est qu'il fait ici ?

— Demande-le à ton grand frère et tranche-lui la tête, répondit Béatrice. Fourre-la dans une de tes cuves à friture, une où tu sois vraiment sûr que l'huile bout bien gentiment. Il a fait une chose qu'il n'aurait jamais dû faire, mais il ne l'emportera pas en paradis.

A ces paroles, Dan réagit non seulement avec force, mais avec vindicte. Son gros poing couturé d'entailles de couteau cogna, puis se rouvrit pour saisir Reg au collet, le soulever et le remettre sur ses pieds. Debout, Dan arrivait juste à la poitrine de son frère ; mais ce sont les petits et non les grands qui doivent apprendre, selon la dure loi de la cour d'école, à jouer des poings. Et Dan martela donc son frère jusqu'à ce que Béatrice lui commandât de s'arrêter. De son côté, la propriétaire de Reg dit alors :

— Je veux bien que j'aie jamais d'histoires avec le loyer et tout, mais je n'aime pas ce genre de manège chez moi, que j' suis en règle avec la loi, moi. Vous êtes donc tous priés de cesser avant que ça tourne au pire. Mais donnez d'abord une bière à ce petit Danny ;

il trime plus dur que n'importe qui de vot' bande. Et après, oust, tout le monde à la maison ! Y a ici des locataires qui doivent se lever de bonne heure.

Dan, un verre de bière mousseuse à la main, éprouva le besoin de répondre à ce discours :

— Ça est pas que j' dirais que j' travaille plus dur, comme Emmie vient d' l'expliquer. Non, j' travaille différemment. Comme mon paternel, qu'est également le leur, à mon frère et à elle — lui aussi, il bossait différemment. Cinq mille bouches à nourrir, qu'il aimait à dire. Je regrette que j'aie dû cabosser comme ça mon frangin, mais il l'a pas volé. D'ailleurs, j'ai jamais connu une seule fois qu'il l'ait pas mérité. Y a des occasions où il s' conduit qu'on croirait qu'il lui manque une case. Ça est à force d'apprendre dans les livres.

Reg avait encaissé le tout sans broncher. J'en déduisis qu'il s'agissait d'un modèle de comportement courant dans la famille. En fait, Reg se préoccupait surtout de glisser un bras autour de la taille de Zip. Mais Dan poursuivit :

— Le poisson... (Et le cours de sa pensée était moins illogique qu'il n'apparaissait, les poissons étant bien les dernières créatures que l'on imaginerait s'absorber dans les livres, quand même ces derniers seraient-ils à l'épreuve de l'eau, comme ceux que D'Annuzio prenait avec lui dans son bain.) Le poisson, ça est devenu moins que rien, dans ste boutique. Des bouts d' truc blanc noyés dans la pâte et puis jetés à dorer jusqu'au brun dans la friture. Vu comme ça, l' poisson n'a plus ni queue ni tête. Mais ça va changer. J' vais pas rester éternellement dans ste boîte. La ptite des Grimshaw, elle cesse pas de m' harceler pour coucher avec moi. Mais dormir au-d'ssus d'une boutique, non, j' vous le conseille pas, vaut pas l' coup. Moi, ske j' veux, ça est voir du beau poisson joliment présenté sur du marbre. Et ça sera pour bientôt.

— D'accord, Dan, dit Béatrice d'une voix apaisante. Finis de boire cette jolie brune, et ensuite bonsoir tout le monde et dodo. Quant à toi, prends cette sacoche, m'ordonna-t-elle, appelle un taxi et ramène-moi à la maison.

— Mon devoir envers ma sœur passe en premier, rétorquai-je d'un ton pincé.

— Je la raccompagnerai... (C'était Reg.) Si elle veut bien m'accorder cet honneur... Mais toi, continua-t-il à l'adresse de son frère, je t'étriperai, et c'est toi qu'on allongera sur le marbre. Tu m'as fait salement mal. Va te faire foutre.

— C'était voulu, répliqua Dan. Bordel, oui et comment !

— S'il vous plaît, surveillez votre langage ! dis-je, toujours pincé. Ma sœur n'est pas habituée à ce genre de grossièreté facile.

J'allai téléphoner sur le palier et commandai deux taxis Delux. Je déposai Béatrice chez elle avec l'or de sa famille, sans avoir droit à une invitation à prendre une tasse de cacao ou tout autre réconfort. Quand j'arrivai à la maison de notre tante, Zip et Reg n'étaient pas encore là ; je rôdai parmi les buissons de laurier en les attendant et, caché, restai à l'écoute de leurs baisers et des chuchotements de Reg. Je ne m'étais pas trompé : ils s'étaient plu.

Béatrice ne m'invita plus pour le thé. Cependant, je ne me laissai pas ronger par le chagrin. Pendant un peu plus d'une semaine, son odeur me hanta et j'enrageai chaque fois qu'elle feignait de ne pas me voir à la cantine ou dans les couloirs du pavillon des Beaux-Arts. Mais je finis par surmonter ces sentiments, bien qu'il ne me vînt pas à l'idée de rechercher la compagnie d'autres femmes quand j'en avais le loisir. Je jouai au rugby tout l'automne et tout l'hiver, fis de la boxe et, de temps en temps, au gymnase, m'exerçai au saut du cheval. Ces activités se chargeaient de mon corps ; mon esprit, lui, voguait dans la libre contemplation des universaux, des monades et des tourbillons de l'espace-temps du professeur Alexander. Quant à Reg, personne à l'université n'avait de ses nouvelles. Seule ma sœur Zipporah recevait à l'occasion une lettre, marquée au timbre dateur de la poste de Barcelone. Le texte en était lourdement censuré au crayon encre, pour interdire de localiser l'expéditeur. Reg y parlait d'amour et de l'ineffable bonheur de la tenir dans ses bras. Si bien que je me vis dans l'obligation de demander à Zip :

— C'est allé jusqu'où, votre affaire ?

— Quoi que tu entendes par affaire, ce n'est pas la tienne.

— Je n'aime pas cette impertinence. Je suis ton frère et j'ai le droit de poser des questions.

— Je me moque éperdument de ce que tu aimes ou n'aimes pas. Si tu veux le savoir, j'ai passé deux jours avec lui avant son départ ; mais c'était absolument chaste et en tout bien tout honneur... à part les trucs habituels.

— Quels trucs habituels ?

— Se bécoter. Se prendre dans les bras. Des petits riens, des petites douceurs. Et maintenant tais-toi, laisse-moi tranquille.

Elle s'essayait aux complexités rythmiques d'une œuvre de Béla Bartók, en tapant avec deux baguettes sur le bord de la table de la cuisine. Notre père commençait à se rendre compte que la vocation de Zip exigeait des subsides. Elle avait besoin de tambours, d'un glockenspiel, de cymbales, d'un gong chinois. Tout semblait indiquer qu'il lui faudrait en outre rien de moins qu'un camion pour trimballer de droite et de gauche ses instruments.

— L'aimes-tu ? demandai-je. T'a-t-il parlé de mariage ?

— Oh, fiche-moi la paix et ne dis pas de bêtises. Nous sommes trop jeunes.

— Beaucoup de jeunes se marieront, d'ici peu, tu verras. Une guerre se prépare, tu ne le sais pas ?

Zip posa ses baguettes.

— On nous a expliqué qu'il n'y aurait pas de guerre. Cette affaire espagnole, on dit qu'elle servira de leçon à tout le monde. A quoi bon se battre, rime à rien, etc. Sors de cette cuisine, je t'en prie, il faut que je travaille.

Je revins dans ma chambre et à mon propre travail. Je devais écrire une dissertation sur Spinoza : « Bien et mal correspondent à des intérêts bien définis et particuliers ; mais, dans l'absolu, la distinction entre l'un et l'autre est transcendée. Discutez cette pensée. »

Reg revint d'Espagne après la Noël. Il avait eu le nez cassé et mal réparé — cloison déformée, consonnes nasales dénasalisées comme sous l'effet d'un mauvais rhume. Une balle lui avait éraflé le haut de l'oreille droite et il boitait. Du moins était-il en vie, ce qui était plus que l'on ne pouvait dire de Jorge Lewis et de Morgan Philips, chopés tous les deux par le même tireur isolé, devant Tortosa. En vie, mais quelque peu hagard. Je n'aimais pas l'air de ses yeux, couleur de fumée trouble.

Après deux semaines seulement de classes du fantassin avec d'autres volontaires, des anarchistes du POUM, à Sitges, le contingent de l'université de Manchester avait rejoint une section envoyée en renfort à une compagnie très mal équipée et qui s'efforçait de tenir, autant que possible, un secteur du front de Reus à Caspe, juste au sud de l'Èbre. L'activité, pour l'heure, était presque nulle : les deux camps semblaient l'un et l'autre au point mort. Et puis, au début de décembre, les avions allemands de l'escadrille Kondor, et italiens, de l'Aviation légionnaire, ajoutèrent leurs bombes à un formidable tir de barrage de l'artillerie, et les rebelles franquistes passèrent à l'offensive sur un front de cent soixante-dix kilomètres. Le gouvernement Negrin parlait déjà d'abandonner Barcelone à son sort, pour se réfugier dans les monts du nord de la Catalogne. Le moral lâchait parmi les forces gouvernementales. Avec ses camarades, Reg se mêla aux troupes en loques qui se repliaient sur Gérone. A Sabadell, son esprit avait reçu le choc de sa vie ; mais les bombes italiennes qui pleuvaient n'y étaient pour rien. En compagnie d'un jeune gars du nom de Llewelyn Probert, il avait été arrêté. Et par les Russes ! Il ne pouvait encore y croire. Pourtant, c'était bel bien arrivé.

— A Sabadell, il y avait une sorte de sous-QG de la mission militaire soviétique, logé dans un couvent des sœurs de la Nativité que les républicains avaient dynamité, mais c'est une autre histoire. Tous les deux, Probert et moi, nous avions bu quelques coups d'un vin rouge épais, dans une bodega, et nous titubions vaguement en sortant. Nous étions les seuls dans la rue. Il se faisait tard et nous ignorions qu'il y avait le couvre-feu, encore que l'on se demandât qui avait bien pu l'imposer : il n'y avait apparemment ni commandant de place ni même trace de police. Nous avons été ramassés par deux types à peu près autant en uniforme que nous, vous voyez cela d'ici : godillots et leggings, mais, pour le reste, tenue de civil de la cloche.

» On nous a amenés à une espèce d'endroit, devant un officier, un commandant, penserais-je, qui, lui, était en tenue : uniforme de l'armée Rouge, tout ce qu'il y a de propre et de correct. Il nous a demandé nos passeports ; nous les avons donnés. Il avait avec lui une sorte de lieutenant qui parlait plus ou moins l'anglais, plutôt moins. J'avais le sentiment qu'il pouvait être risqué de m'adresser à eux en russe ; j'expliquai donc en anglais que nous étions des étudiants d'université, volontaires dans la lutte contre le fascisme, etc., sans que cela parût les impressionner beaucoup. Le lieutenant articula : « Reguinald Morrof Djonisse », ce qui n'était pas si mal, et un type derrière une petite machine à une petite table à part tapa le nom, en caractères cyrilliques, je suppose. Il était clair que l'on se préparait à faire un rapport sur Probert et sur moi, Dieu seul savait pourquoi. Quand ils en vinrent au prénom de mon compagnon, cela leur posa un problème. Le lieutenant n'était encore jamais tombé sur un prénom commençant par un double « l » ; il ne savait qu'en faire. Il demanda alors à Probert de prononcer cela et Probert lui sortit un Llewelyn dans la bonne prononciation, avec le « ll » dévoisé — ce qui donnait un genre de sifflement de jars furieux : *khhl*. Les deux officiers trouvèrent cela d'une grande drôlerie et firent recommencer Probert à n'en plus finir. Là-dessus, j'entrai dans une rage folle et je leur lâchai une bordée d'injures en russe, ce qui les a salement secoués, je vous le dis.

Nous étions toute une petite assemblée autour de lui, à la cantine de l'université, réunis pour l'écouter. Béatrice en était. Elle avait commencé le trimestre de printemps sur des bases d'amitié un peu froide à mon égard, et j'aurais aimé savoir si sa présence, ce jour-là, signifiait que, avec l'avènement des jonquilles succédant aux perce-neige, j'avais une chance d'être invité de nouveau à boire une tasse de Earl Grey, avant de recevoir l'ordre de me déshabiller.

— Quel fichu idiot ! dit-elle.

— Facile à dire pour toi, riposta Reg avec colère. J'aurais bien voulu te voir à ma putain de place. Et surtout ne viens pas la ramener avec tes je-te-l'avais-bien-dit, ou je te jure que je mets les bouts.

— Ça va, continue, dis-je.

— Bon, eh bien, le fait que je savais le russe éveilla tous leurs soupçons. Ils laissèrent filer Probert, après avoir découvert qu'il était du parti communiste britannique, non sans que cela les eût fait ricaner un bon coup. Ensuite, ils s'attelèrent à moi. Pourquoi savais-je le russe ? J'expliquai. Nom de jeune fille de ma mère ? J'en inventai un. Que fabriquais-je ici ? Pour qui travaillais-je ? Affiliations politiques ? Aucune, répondis-je, mais j'avouai être attiré par le coopératisme. Je combattais pour des raisons négatives, pour en finir avec quelque chose, plutôt que pour soutenir autre chose. Ils avaient l'air de ne pas croire une seule de mes paroles. Ils ont appelé une brute, un vrai cogneur, en gilet de corps crasseux, qui a commencé à me dérouiller. La vérité, répétaient les autres pendant ce temps, nous voulons la vérité. Je répondais que je l'avais dite, leur putain de vérité. Nouvelle dérouillée. Ils ont fini par me boucler dans une cellule pour la nuit. Je n'en suis pas encore revenu.... (Il secouait la tête — trop vite.) Le matin venu, ils ont recommencé à me travailler. Dieu sait ce qui serait arrivé s'ils n'avaient pas reçu l'ordre de faire mouvement. Ils ont ouvert la porte de la cellule et j'ai pu voir qu'ils étaient prêts à se tirer en camion, vers le nord. Mieux valait ne pas leur demander s'ils n'avaient pas une petite place pour moi. J'ai filé à mon cantonnement, où j'ai ramassé mon barda et mon fusil. J'ignorais où étaient passés Probert et les autres. J'étais livré à moi-même. J'ai fait du stop et, de camion militaire en camion militaire, j'ai fini par arriver à Figueras. Là, je me suis refait une élégance en volant un manteau de civil dans un bar, et j'ai franchi la frontière sans grand problème, sauf la neige partout. Une fois en France, c'est allé tout seul, par le train jusqu'à la Manche. J'avais une cinquantaine de livres anglaises cousues dans une doublure. Tout de même, quel putain d'été !

— Qu'est-ce que je disais, dit Béatrice.

— Mais alors, que faisons-nous de l'injustice de ce monde ? se récria Reg. Allons-nous rester assis sur notre cul, à lire le *Daily Worker*, comme ces autres salopards, là-bas dans le coin ?

Il désignait du menton des membres de la cellule communiste de l'université, qui buvaient des cafés et, comme des capitalistes, fumaient les Player's d'une boîte de vingt, le tout avec des mines de conspirateurs, à quelques tables de nous.

— L'ennui avec ces foutus putains de Russes, continua Reg, c'était qu'ils ne me donnaient pas le sentiment d'être en face d'ennemis. Je veux dire qu'ils parlaient la langue de ma mère. On aurait seulement dit une bande de fils de pute bourrés de soupçons et persuadés que le monde entier leur en voulait. Je ne sais plus où j'en suis, de ce merdier...

— A ceci : tu es revenu ici pour reprendre tes études d'espagnol, mais non, j'imagine, de catalan.

— La vie aura un goût de sang, dit Reg sombrement. Lope de Vega, ruisselant du sang des victimes.

— Oh, ça va, rideau !

C'était, bien entendu, Béatrice.

— Je n'ai pas encore vu Zip, reprit Reg. Il faut que je la voie. Ta sœur, ajouta-t-il à mon adresse, comme si cet élément d'identification s'était imposé.

— Elle est dans le secteur, dis-je. A faire son boucan du diable avec ses tambours et ses cloches tubulaires.

Donc, il avait envie de voir Zip. Conclusion : apparemment, il était amoureux de Zip. Mais question : pourquoi était-il amoureux de Zip ? Vouloir y épingler une formule physiologique ou métaphysique ne rimait à rien, supposais-je. L'attrait de la Méditerranée ? Car si quelqu'un semblait avoir trempé dans cette mer et en être tout imprégné, c'était bien Zip. L'antithèse même de sa sœur et, imaginais-je, de sa mère. Les Gallois, tribu perdue (entre autres) d'Israël, et leur apanage de gueules bibliques. Mais rien de biblique dans celle de Reg, avec son nez qui se rétablissait de travers et la fixité baltique trouble de son regard. Quel tas d'absurdités ! Le poisson, rien de tel ; s'en tenir là, pour ainsi dire. Dan avait quitté le caboulot poisson-frites ; il était maintenant dans le poisson froid, mouillé et entier, non étêté, non équeuté, à la poissonnerie Tussock de Princess Road, à Moss Side. Il avait la main pour trancher finement le saumon fumé. Son tablier bleu et blanc à raies était souillé de menues tripailles. Il était coiffé d'un chapeau de paille, ou pétase. Oui, s'en tenir à du solide : le poisson, l'or. (Personne, soit dit en passant, n'a jamais su ce que Probert était devenu.)

— Et l'or ? demandai-je à Béatrice en me tournant vers elle.

Nous n'avions pas eu de vrai dialogue depuis le jour de l'automne passé où je m'étais incliné devant elle pour prendre congé, à sa descente du taxi Delux. Elle me jeta un regard qui me signifiait que ce n'était pas mon affaire, et elle avait raison. Cela dit, elle n'avait pas communiqué non plus avec Reg depuis lors. Ce fut à lui qu'elle s'adressa :

— Papa savait que c'était toi. Voilà pourquoi il n'a pas appelé la police. Il a dit que tu n'ignores pas ce que tu mérites. Attends seulement que Dan s'occupe encore de toi. Attends qu'il te tape dessus avec un carrelet pas vidé, pour commencer.

— Ne mêle pas Dan à cela, gémit Reg. J'ai eu mon compte.

— Bien, bon retour ici, dis-je en me levant. J'ai un cours sur les impératifs kantiens. Je préviendrai Zip que tu es rentré et que tu es blessé. Mais fais gaffe.

— Gaffe à quoi ?

— Zip est du genre très romantique. Elle est aisément sujette aux emballements. Donc, gaffe.

Et je m'en allai.

Nos parents revinrent du Venezuela au début de l'été. Malgré les discours des politiciens britanniques, il était évident que la guerre approchait. Notre père et notre mère désiraient se retrouver chez eux, sous la protection de la forteresse insulaire. Ils étaient cuits par le soleil, maigris, et portaient chacune de leurs cinquante et quelques années. Le projet de construction du pont sur l'Orénoque s'était soldé, selon les prévisions paternelles, par un échec coûteux. Le gouvernement de Caracas avait décidé de ne pas honorer le contrat. Que les nazis fussent destinés à étendre leur emprise sur l'Europe entière était la conviction unanime en Amérique latine. La propagande hitlérienne était puissante au Venezuela comme ailleurs ; le respect pour les Britanniques, faible ; et on lançait des pierres aux Juifs. Cependant, si heureux fussent-ils d'être rentrés, nos parents n'avaient aucune intention de se fixer. Ils demeurèrent chez tante Bérénice, avec leur progéniture, jusqu'à ce qu'ils eussent trouvé un appartement, non loin de Trafford Park, où il n'y avait de place ni pour Zipporah ni pour moi. L'habitude de la séparation était tenace. Ils auraient aussi bien pu être encore à l'étranger, quoiqu'ils nous téléphonassent plus souvent, et vinssent même prendre le thé, à l'occasion, le dimanche. Zip ne soufflait mot à personne de la grande peur qui était en elle, pour évidente que fût, à voir la pâleur de son visage et à sentir l'odeur du gin dans son haleine, la nature de cette frayeur. Un matin, après le petit déjeuner, elle descendit, toujours aussi pâle, mais l'air soulagé. L'amour ne se tenait plus.

J'eus l'idée de l'emmener à Eastbourne, pour ce qui serait — tel était le sentiment général — d'ultimes vacances d'été. Il n'était pas dans mes plans que Reg la rejoignît. Il surgit à l'hôtel Ormond, sur la promenade, alors que, Zip et moi, assis dans le grand salon, nous digérions notre petit déjeuner : œufs, saucisses de porc, bacon et thé anglais très fort. Pas très kasher, mais nous ne ressentions pas le plus petit pincement de remords ancestral. Je lisais le *Daily Mail*, qui affirmait qu'il n'y aurait pas la guerre : notre véritable ennemi était l'Amérique. Reg se présenta en tenue de plage estivale : pantalon de flanelle blanche, blazer au blason de l'université. Sa parole n'était plus dénasalisée ; son nez mal réparé rehaussait plus qu'il ne déparait la beauté de ses traits. Il était très hâlé.

— M' suis dit que je ferais un saut jusqu'ici, expliqua-t-il. La vie à la maison n'est pas des plus coulantes. Papa a mis l'or sous clef quelque part.

Il s'installa dans un des gros fauteuils trapus couleur de biscuit et, promenant son regard autour de lui, poursuivit :

— C'est mieux que l'endroit où je suis descendu. Un petit truc miteux juste derrière la promenade. Je crois que je vais me transporter ici, s'il y a une chambre pour moi.

Zip était écarlate. Elle aurait pu avoir la bonne grâce de m'apprendre qu'elle était au moins pour moitié dans la situation.

— Suffit pour la comédie. Coup monté de A à Z, dis-je.

Je commençais à voir plus clair dans les raisons de mon irritation devant leur petite affaire. Si Béatrice était tombée dans mes bras en exigeant de faire l'amour avec moi et moi seul, mon sentiment eût été très différent. Mon irritation provenait du défaut de symétrie. Je dis :

— Sortons tous les deux. Allons faire un tour.

— Un bol d'air sur la promenade ? Bonne idée, répondit-il en opinant de la tête.

Mais il donna un baiser à Zip avant de me suivre. C'était un matin d'été britannique, mouillé. Mer de plomb, ciel bouillonnant à froid. Nous n'allâmes pas très loin. Jusqu'au premier salon de thé venu, où l'on nous servit du café faible.

— J'aimerais connaître tes intentions, dis-je.

— *In loco parentis?* répliqua-t-il après avoir bu une gorgée et fait la grimace (l'Espagne l'avait habitué à du café plus fort). Ce n'est pas ton rayon, que je sache ? C'est celui de son papa. J'ai déjà rédigé une lettre. Pas encore expédiée, mais vais le faire.

— C'est le mariage que tu as en tête ? Absurde, et tu le sais bien : les étudiants ne se marient pas.

— Mais les soldats, si. Et cela ne va plus traîner.

— Tu as déjà couché avec elle, hein ? Et cela, en te fichant plutôt du quart comme du reste, si je peux me permettre l'expression.

— Non, nous n'avons pas passé de nuit ensemble, pas encore, si c'est cela ton idée. Bougre d'idiot, je l'aime, entends-tu ?

— Et que diable sais-tu de l'amour, peux-tu me le dire ?

— Qu'attends-tu ? Une belle définition philosophique, bien civile et honnête ? Je l'aime, je te dis, imbécile ! Dès que je la vois, mon cœur se met à galoper. Je dois me mordre les ongles pour ne pas me précipiter sur elle et l'embrasser devant tout le monde. Je rêve d'elle et, au réveil... faut-il que je te dessine la carte ?

— Tu me dégoûtes. C'est purement physique, ce que tu dis.

— Oh, le corps y a sa part, d'accord ; mais l'âme également.

Chez elle comme chez moi. Son sentiment est exactement le même que le mien : que nous passions la vie ensemble. L'unité à deux pour la vie et à jamais... ou jusqu'à ce que le Boche nous réduise tous en miettes. C'est cela l'amour. Et cela entraîne le mariage.

— Mais que fais-tu de sa carrière? Une violoneuse professionnelle, bon, passe encore. Son genre de truc à elle est une autre paire de manches. Avec tout l'équipement, tout ce que cela coûte. Ce tas de xylophones et de timbales réduit à prendre la poussière au grenier...

— Je ne veux pas la gêner dans son art. Nous sommes d'accord tous les deux que c'est un péché de donner le jour à des enfants, dans l'espèce de monde où nous vivons. Je ne lui demande pas de devenir une bonne petite *Hausfrau*. J'ai le plus grand respect pour l'art, même celui qui ne consiste qu'à taper sur des machins à coups de maillet. Et d'ailleurs nous sommes fiancés, conclut-il.

— Je n'ai pas vu de bague.

— Elle la garde dans son sac à main. Joli petit bijou : platine, trois semences de diamant. Vient de Remington. N'ai eu pour cinq guinées. Il ne tient qu'à toi de lui permettre de la sortir au grand jour, ici..., de la porter. Non qu'elle ait besoin d'une autorisation, de toi ou de personne d'autre. D'abord, va te faire fiche, avec ton autorité! Tu n'es même pas l'aîné. Rien que le petit frère, espèce d'idiot. Zip est une fille bien. Elle n'a jamais eu envie que tu ailles jouer les importants. C'est à son père de décider si nous pouvons nous marier, même encore mineurs. Je vais envoyer ma lettre.

J'aurais voulu que la loi permît aux bars d'être ouverts à cette heure-là. Après un silence, je dis :

— As-tu songé à la... dénomination, disons? Zipporah Jones n'est pas un nom très plausible.

— Et Ludmila Petrovna Jones, donc? Zipporah Morrow Jones sonne comme une Société des nations au petit pied. A l'oreille, Zip conviendrait mieux, me semble-t-il, à une effeuilleuse : et zip! envolé le soutien-gorge... Soyons sérieux, je t'en prie; assez de grogne rabbinique et de petits tonitruements prophétiques, tu veux bien? Une fille d'Israël, une fleur des champs, va épouser un Russo-Gallois. C'est un poème qu'il faut, un comment dit-on déjà? Un épi-quelque-chose.

— Non, pas un épithalame. Trop tôt. Prothalame est le terme propre... Et, repris-je, si l'on pense à l'avenir — à supposer qu'il y en ait un pour nous —, tu as des projets? De carrière, veux-je dire?

— Une situation qui ait un lien avec l'espagnol, penserais-je, répondit-il sans se compromettre. L'enseignement... par exemple. Mais nous ne serons pas pauvres, se hâta-t-il d'ajouter avec chaleur. Comme traiteur, papa a fait son beurre. Nous n'aurons pas de problèmes.

— Au fait, pour ta première partie, pas de problème non plus ?

La « première partie » était l'examen spécial que passaient les candidats à une licence, après leur deuxième année. En cas d'échec, on se fermait l'accès aux études dans une branche spécialisée et l'on devait se rabattre sur une licence dite libre. Pour moi, j'avais décroché une mention bien.

— Je me suis payé un très bien, dit-il. C'était obligé, non ? Après m'être battu pour une langue destinée maintenant à être profanée par le fascisme... Béa s'est aussi tapé un très bien à son examen terminal.

— Je le sais. On devait s'y attendre. Où est-elle en ce moment ?

— Elle se cherche une turne à Londres. Elle va entrer aux Affaires étrangères, comme assistante de Namier. Ce n'est plus qu'une question de jours avant le coup d'envoi.

C'était le cas de le dire. Vingt et un jours à compter de ce dimanche-là, pour être exact. Nous nous pointâmes à la rentrée d'octobre et à la reprise des cours spécialisés, sans savoir vraiment si nous avions raison. Lope de Vega et Kant paraissaient totalement dépassés. Nous étions tous les deux, Reg et moi, bons dans les premiers pour la mobilisation. Nous pouvions nous présenter devant une sorte de tribunal pour solliciter un sursis jusqu'à la fin de nos études. Mais, nous firent remarquer les autorités académiques, si nous options pour la solution patriotique, il nous était loisible de réclamer la transformation de nos succès présents en licence libre. Une sorte de thèse en raccourci, quant au fond comme à la longueur, étant requise pour l'obtention de la qualification définitive aux études spécialisées, rien ne nous empêcherait, si nous survivions à la tourmente, d'allonger et d'approfondir ce travail pour en faire une thèse de maîtrise. Cela paraissait raisonnable. Tous les deux, sans attendre l'appel sous les drapeaux, nous signâmes un engagement volontaire. Reg, en Galles du Sud, où il s'enrôla dans le régiment qui avait été celui de son père autrefois. Quant à moi, je me présentai à un bureau de recrutement de Manchester et demandai l'entrée au corps des instructeurs d'éducation physique de l'armée.

Avant de partir pour ses premières classes d'infanterie, Reg épousa Zip devant l'état civil. Ses parents n'assistèrent pas au mariage : les nôtres, si. Mon père grincha d'avoir à continuer de financer les études de Zip, autrement dit l'achat d'un glockenspiel et de cloches tubulaires — à quoi diable servait donc un mari ? Reg transigea en offrant à sa jeune épousée des castagnettes et un tambourin. Il n'était qu'un simple soldat, rappela-t-il à cette espèce d'ingénieur prospère — c'est bon, ça va, soyez raisonnable, c'est la guerre, *wus*, ne l'oubliez pas, mon père, devrais-je dire ou, au choix, *av* en hébreu, si je ne m'abuse ; et, sauf erreur aussi, mère c'est *em*, qu'on retrouve même dans les langues aryennes. Puis, au restaurant *Trocadéro* de Piccadilly, il y eut un dîner : hors-d'œuvre variés, bouillon de poule, turbot poché, bœuf Stroganov, poulet rôti sauce au pain, pêche Melba, anges ou diables à cheval (autrement dit friture d'huîtres dans leurs bardes de lard fumé) et plusieurs bouteilles de médoc maison. Oui, c'était la guerre, mais qui l'eût dit ? Et de même à Scarborough, où le jeune couple passa trois jours d'une lune de miel épuisante.

Pourquoi, demandai-je à Reg après la cérémonie, ses parents n'avaient-ils pas fait un saut jusqu'à Manchester pour l'occasion ?

— Tu sais bien : ils ont ce bar tout près d'Abergavenny, et la législation sur les débits d'alcool leur interdit de fermer, même pour vingt-quatre heures, excepté le dimanche, qui, de ce fait et parce que les Gallois font tout à l'envers, est le jour où la maison travaille le plus, bien que l'on consomme, ce jour-là, exclusivement en privé, dans un petit salon de l'arrière-boutique.

J'insistai : ils n'auraient pas pu payer un remplaçant ?

— Non, car papa ne fait pas confiance aux Gallois, en étant lui-même un. Ils aiment trop la bagarre et se fichent éperdument de l'heure de la fermeture et du retrait de licence à la clef, en cas d'infraction.

Aucun de nous, même Béatrice, ne prit au sérieux l'excuse. Il y avait un certain fond d'antisémitisme chez Ludmila Jones, caractéristique du christianisme à la russe. Et David Jones était dégoûté de son fils aîné qui, en échange de la tendresse et des soins qu'on lui avait prodigués, présentait des symptômes de délinquance autodestructrice. Il eût pu s'opposer au mariage en invoquant la minorité de Reg (il n'aurait ses vingt et un ans qu'en avril 1940) ; mais il avait laissé filer, par lassitude. Il n'y avait pas eu de cadeaux de noce de leur côté, ce qui en disait long sur leur désapprobation. Ce mariage, avait dit David Jones, n'engendrerait que des ennuis. Il y avait là, le temps en ferait la preuve, du vrai.

Vers la fin de 1939, Reg était passé première classe faisant fonction de caporal (sans la solde) au 2ᵉ bataillon du régiment de Gwent. Qu'il eût choisi l'unité de son père m'intriguait. Vestige de piété filiale, peut-être ? Voire sorte de chauvinisme gallois (Gwlad, gwlad, pleidiol wyf i'm gwlad, etc.) ? Et pourquoi l'infanterie ? Reg avait combattu, à la lettre, et pour rien. Le fascisme l'avait emporté en Espagne ; mieux valait qu'il n'en fît pas autant en Europe. L'Allemagne et la Russie des soviets avaient conclu une alliance pleine de méfiance. Reg s'estimait engagé dans la lutte contre des tyrannies antithétiques en principe, mais au fond très semblables.

Dans l'infanterie, on se battait pour de bon — au fusil, à la baïonnette, avec des armes automatiques qui faisaient penser au crépitement de machines à écrire tapant la mort comme un texte rapide, moderne. Reg était un romantique. Moi, non.

Je n'avais pas envie de me battre ; mais je me refusais aussi à être secrétaire dans un bureau ou planton. Mon utilité dans cette guerre était de rendre des hommes aptes à être expédiés au front, puis *ad patres* par l'ennemi. Je passai sergent instructeur — trois sardines d'argent surmontées de deux sabres croisés (faussement interprétés par la férocité de certains civils comme un insigne de tailleur régimentaire). En qualité de rééducateur détaché dans des hôpitaux, je convainquais les patients de pavillons orthopédiques de shooter dans des ballons de football avec leur pied convalescent. De là, je fus promu sergent-major instructeur dans un centre d'instruction de l'infanterie. On m'envoya à Aldershot pour des classes de combat sans armes, bientôt suivies par d'autres à l'enseignement plus implacable, où entrait l'usage de couteaux, de pièges à homme et autres instruments de mort barbares. La métaphysique et l'éthique étaient bien loin. Je semais les graines de mon futur emploi : la formation de terroristes.

L'été de 1940 fut une splendeur, même à Manchester, et une ironie pour les hommes brisés rapatriés de Dunkerque. Reg était de ceux-ci. Il ressentait le besoin des bras consolateurs de Zip ; mais les bras de Zip étaient terriblement occupés à tenir la batterie de l'orchestre Hallé. Cette formation, de chasse gardée pour hommes qu'elle était à l'origine, s'était transformée sous l'impulsion de son nouveau chef, sir John Barbirolli, connu de ses exécutants sous le sobriquet de Bob O'Reilly, et s'était entrouverte à l'élément féminin. Le premier trombone était une femme. Zip était second timbalier. Si l'on considérait comme normal qu'elle battît la cloche et le triangle, le public de Manchester avait du mal à accepter que les bras blancs d'une jeune et jolie personne du sexe pussent déclencher les tonnerres des apogées wagnériens. Elle tenait donc les percussions d'appoint dans les œuvres qui le demandaient (jamais de Beethoven, sauf dans la *Neuvième*, ni de Brahms, excepté dans le troisième mouvement de la *Quatrième*, non plus que, au grand jamais, de Haydn ni de Mozart) ; mais quand Alfred Repton était malade, chose fréquente et de plus en plus, elle prenait les timbales. Ses bras y avaient gagné en force et étaient capables de protéger son guerrier traumatisé contre les cauchemars qui le hantaient ; mais elle n'était pas toujours disponible pour le réconfort conjugal en chambre, dans la pièce que sa tante avait réservée à leur couple. L'orchestre tournait pour dispenser de la beauté dans les grandes salles de concert municipales du Nord. Angleterre, mon foyer, ma patrie. Cela relevait de la trinité patriotique.

Moi-même, j'étais en permission lorsque Reg se retrouva vomi sur nos côtes, de l'enfer de Dunkerque. La folie que j'avais soupçonnée en lui — conséquence du traumatisme espagnol, mais peut-être aussi bien héritage génétique et amplification de cette manie dépressive que les Gallois sont censés partager avec les Russes — semblait bourgeonner dangereusement. Appelons cela neurasthénie, si l'on veut. Un matin où nous prenions le petit déjeuner, notre tante, Zip, lui et moi, il plissa les yeux et lança un regard mauvais à sa femme qui, en réalité, n'était toujours guère plus qu'une jeune épousée, et il dit :

— Je ne sais de quoi tu souris.

A quoi Zip répondit :

— Évidemment. Tu ne l'as pas encore lu.

Elle voulait parler du *Manchester Guardian* du jour, qui contenait un compte rendu du concert Hallé de la veille, dont une phrase, qui faisait allusion à ses bras « au galbe charmant et aux battements d'une allègre et intelligente précision », avait suscité sur ses lèvres un petit sourire satisfait. Reg reprit :

— C'est d'être entourée de ce tas de mâles, c'est ça, hein ?

C'était terriblement gallois et inattendu de sa part. Il poursuivit :

— Un tel choix que tu ne sais plus où donner de la tête, pas vrai ? Entre les trompettes pleins de bière, les violoneux ivrognes et les clarinettistes lubriques ! Et tu t'imagines peut-être que je ne vois pas clair ? Erreur ! La moitié des hommes de mon unité se rongeaient les sangs à cause de leur femme autant que de cette salope de Luftwaffe qui pouvait les réduire en compote l'instant d'après. *Semper infidelis*. Tout ça sort avec la guerre comme les exanthèmes avec la rougeole. Tu touches le cocuage en même temps que tes rations.

— Tu n'es qu'un crétin, dis-je. Accuse encore ma sœur d'infidélité et je te sors et te fais faire le tour du jardin à coups de pied dans le train.

— Ça va, ne la ramène pas avec tes trois sardines, tes biceps et ton foutu esprit de famille, riposta-t-il. Ce que Dieu a uni, aucun fils de pute n'a le droit de le défaire.

— C'est monstrrueux ! s'indigna tante Bérénice, laissant libre cours à l'énergie de son « r » français. Je ne tolérerai pas ce genre de langage et d'accusation sous mon toit.

Reg dit avec un sourire benêt :

— Il y a tout un livre à écrire sur le « r »... si, comme il est probable, ce n'est déjà fait. Le rhotique et l'arhotique. *Perro* et *pero*. Très différent. Opposition entre un double et un simple trille. Seul et unique cas dans toute la langue espagnole... Tu es très belle, ma chérie, poursuivit-il, souriant cette fois à Zip. Pardonne-moi et oublie mes paroles. Je ne sais plus tout à fait où j'en suis. Jaloux ? Soit, mais quoi de plus naturel ? Est-ce qu'aucun de vous n'a jamais été frappé par le fait que cette guerre n'a d'autre fondement que la jalousie ? Jalousie des nations privées d'empire pour les nations impériales. Jalousie au sein même de la hiérarchie des services : rang, privilèges, solde. C'est tout le sujet d'*Othello* : la jalousie du soldat, moteur de la jalousie conjugale. Bon, excusez-moi, il faut que j'aille me raser.

Il se leva, sans avoir touché au toast qu'il venait de beurrer, et donna à sa femme un baiser dont, manifestement, la vraie place eût été la chambre à coucher. Zip semblait désorientée. Inquiète. Emplie de pitié. D'amour aussi. Reg monta se raser. Nous nous regardâmes les uns les autres. La tante se mit à sangloter et, pour enfouir ses hoquets et ses larmes, tira d'une manche de sa robe un mouchoir de dentelle fleurant l'eau de Cologne et parfaitement insuffisant.

— Pauvre France, dit-elle entre les sanglots. Pauvre, pauvre France...

Là-dessus, il y eut les deux coups frappés à la porte et le colis postal. Zip alla ouvrir et revint, l'air intrigué, chargée d'un volumineux paquet enveloppé dans du papier brun, et évidemment très lourd, même pour des mains et des bras aussi vigoureux que les siens. Le cachet de la poste indiquait Abergavenny et l'adresse portait : *Caporal* (faussement, car la nomination de première classe et de caporal suppléant, à titre provisoire et local, avait été rapportée après Dunkerque) *et Mme Jones*.

Zip défit le paquet : il contenait la bible de famille des Jones. Pas de lettre d'accompagnement, pas d'inscription sur la page de garde. A la vue des illustrations, la tante cria de nouveau au scandale :

— C'est de la pornographie dans le style des scènes païennes d'Alma-Tadema ! Il suffit de voir ce festin de Balthazar. Les goyim ont le don de faire du vulgaire avec le sacré, quand encore ils ne le souillent pas. Regardez cela : on croirait qu'un escargot a bavé sur cette gravure. Quelle idée de nous envoyer cette chose ! Étrange cadeau. Peut-être est-ce pour symboliser l'union de notre foi et de la leur sous les couvertures du lit conjugal ? A moins que ce ne soit — à en croire les premières pages — pour que le baptême des futurs rejetons y soit dûment consigné ? Que de Jones ! Et tous avec de bons prénoms hébreux ! C'en est presque insultant... encore qu'on puisse se demander... Zipporah, range ça dans la petite armoire, celle du coin, et referme avec cette clef... (Telle une châtelaine, elle en avait tout un trousseau pendu à la ceinture.) Je n'en vois guère l'utilité pour nous.

Je commençais à me demander si la folie n'était pas un trait commun à toute cette fichue famille. L'éclectisme sexuel de Béatrice pouvait-il passer pour une preuve de santé d'esprit ? Quant à Dan, propulsé, Dieu savait pourquoi, au 1er bataillon du Royal Lancaster, il était — quitte à forger un néologisme — ichtyocentrique et avait de toute évidence comme un défaut quelque part. Reg, lui, venait de monter se raser en oubliant qu'il était descendu pour prendre le petit déjeuner, déjà rasé. Mais de quel droit parlais-je ainsi, moi qui avais eu la nausée devant ces pages et leur étalage de chairs bibliques réduites à des bras et des jambes nus ? Peut-être le monde entier était-il fou et la guerre n'était-elle qu'un formidable agent d'assainissement.

En juillet 1940, le ministère de la Guerre résolut tardivement de créer un service de Renseignements et Reg s'y fit affecter. Non qu'il cherchât à esquiver ses devoirs de destruction de l'ennemi : mais ses armes étaient restées derrière lui, sur les champs de deux batailles perdues, et il avait découvert que l'on peut faire la guerre en usant de son cerveau. Lames de rasoir dans la soupe à cochons. Bombes pour innocents. Espionnage. Et moi, bondieu ? Moi, je faisais la guerre à coups de flexions et d'extensions dans le froid des champs de manœuvre. De notre bande, Zip était la seule qui cognait à tour de bras sur des trucs et des machins. Elle martelait Beethoven et Wagner — lesquels, en leur temps, devaient être de braves Allemands. Dans une certaine mesure.

Le lecteur m'accordera, à ce stade, d'appuyer sur le bouton du déroulement accéléré. Qui n'est au courant de cette guerre déjà presque perdue dans les lointains ? Qui ne l'a vue à la télévision, réincarnée dans des acteurs pacifistes ? Je dois me hâter d'en venir aux Fils d'Arthur, autrement dit, si mon gallois est correct, *Meibion Arthur*, ainsi qu'aux rôles périphériques que jouèrent les membres de la famille Jones, en fournissant à cette organisation nationaliste un symbole de sa lutte. A l'origine, l'organisation en question s'était formée sur le rocher de Gibraltar.

Reg fut détaché dans cette colonie en 1943, sans référence spécifique à sa connaissance de l'espagnol. Les autres première classe (c'était le rang le plus bas dans son nouveau service, comme dans la police militaire) qui voyageaient sur le même bateau que lui étaient des professeurs de français, d'allemand et même de lituanien, bien qu'il y eût aussi le fils d'un imprésario d'opéra parlant la plupart des langues européennes, voire des rudiments d'arabe. On les avait tous promus sergents pour la traversée — et pour d'obscures raisons —, mais dès l'arrivée, on leur retira deux sardines. Cela dit, Reg devait terminer la guerre, en 1944, avec rang de sergent à part entière.

Les fonctions du service de Renseignements de Gibraltar étaient en majorité parfaitement risibles. Ses membres eussent dû, en bonne règle et en vêtements civils, se répandre à travers le sud de l'Espagne, l'oreille aux aguets pour recueillir des preuves d'infractions, de la part de Franco, à sa neutralité. En réalité, ils passaient la plupart du temps assis à la barrière des Quatre-Coins, à inspecter les musettes du casse-croûte des journaliers frontaliers espagnols, à leur entrée et à leur sortie, pour vérifier ce que ceux-ci apportaient et remportaient — sans que l'on eût jamais tout à fait expliqué à aucun d'entre eux ce que l'on attendait de ces fouilles. Ils devaient également se rendre à La Linea « en bourgeois » et en posant au simple soldat en permission de jour ou de nuit et en quête d'une prostituée, histoire de vérifier si les livres anglaises ne changeaient pas de mains contre trop de pesetas. Les hommes renvoyés en permission, en stage d'instruction ou dans leurs foyers, touchaient d'ordinaire des livres sterling de la métropole et non de l'espèce réservée à l'usage de Gibraltar, et, s'ils voulaient s'offrir une dernière java à La Línea avant de retrouver leur légitime, ils se laissaient souvent persuader d'échanger leurs beaux billets pour le double du cours officiel de la peseta. L'on était convaincu que les espions nazis rachetaient ensuite ces devises. Le service avait pour consigne de se contenter de tancer les hommes mêlés à ces transactions et de les signaler à leur unité. On était en territoire neutre et il n'était pas permis d'assommer un agent secret ennemi dans des toilettes, puis de le ramener, en le soutenant comme un camarade saoul perdu, du bon côté de la frontière, pour le remettre finalement aux mains des autorités. Reg, ainsi que l'on va le voir, se lassa du caractère débonnaire de ce genre de mission et outrepassa les consignes.

Dans deux pièces au-dessus d'une boutique de fruits et légumes de la Grand-Rue de Gibraltar, les membres d'un Club Gallois se retrouvaient, le soir. Ils pouvaient y lire le *Western Mail*, ou le *Merthyr Tydfil Chronicle*, ou encore le *Star of Gwent*, mais vieux de deux mois. Ils avaient le droit d'y boire des alcools, mais non de la bière. L'importation de la bière britannique était placée sous le contrôle du 4e Bureau (intendance) et la distribution en était réservée à la coopérative militaire et aux mess et cantines de la marine et de l'armée. Les Gallois, à la différence des Irlandais et des Écossais, ne s'adonnent guère aux alcools : un seul petit verre de goutte suffit à éveiller leur agressivité. L'un raille la province ou la ville de l'autre, qui lui retourne le compliment et, de la raillerie, l'on passe aux coups. Parfois, il y a grandes retrouvailles régionales pour mieux permettre au Nord et au Sud de se castagner.

Le local du Club était trop petit pour autoriser la bagarre. Son président, Aled Rhys, déplorait l'ensemble de cet état de choses. C'était un adjudant-chef des Services éducatifs de l'armée, professeur de mathématiques dans le civil. Il parlait le gallois et, malgré des lunettes, une bedaine et une calvitie très avancée, avait de l'autorité. « Tout Gallois est d'abord un Gallois, proclamait-il, et ces luttes intestines sont une putain d'indignité. Les Gallois doivent s'unir et se préparer en prévision du putain d'avenir qui sonne déjà à la porte. » Les légères grossièretés étaient là, comme c'est toujours le cas pour l'anglais parlé par un Gallois, pour suppléer à l'absence d'accent tonique.

Les Gallois adorent l'éloquence ; ceux de Gibraltar se plaisaient à écouter les harangues avec lesquelles, presque chaque soir, Aled Rhys leur embrasait le cœur. Il s'exprimait en anglais, son gallois natal n'étant guère aimé, sorti du comté de Glamorgan, et certains des adhérents du Club n'ayant jamais appris la langue de leurs pères et mères.

— Pourquoi, demandait-il, nous battons-nous dans cette putain de guerre ? Pour la libération de peuples sujets. Ce que sont les Gallois. Chassés dans les montagnes par les Anglo-Saxons, ces putains d'envahisseurs, ils portent leurs regards, du haut de la forteresse naturelle de leurs montagnes, sur les terres riches qui, jadis, bordel, étaient bel et bien leur putain de propriété. Les Anglo-Saxons et les Vikings, puis les Normands ont revendiqué le droit de la chose conquise, et les Gallois, dans leur putain de faiblesse, ont courbé la tête devant ces prétentions. Il est bougrement question de nationalisme gallois, ces temps-ci, et tout putain de vrai Gallois ne peut que souhaiter de voir du fond de son putain de cœur son pays libéré de l'ogre anglais, ce putain de *Lloegr* ! Mais, moi, je vois plus loin. Je réclame le retour de toute cette putain d'île de Bretagne sous la loi restaurée des Gallois. Du temps qu'il régnait, Arthur veillait sur des campagnes fertiles et de belles villes unies par la langue et la foi. C'est dans le sud de l'Écosse que Taliesin et Aneirin, ces barbes immortels, ont dénoncé dans leurs putains de chants les iniquités des envahisseurs saxons et la vaillance des Bretons qui les combattirent. C'était au VIe siècle, alors que les hordes germaniques grognaient leur dialecte barbare et courbaient leurs putains de têtes devant des idoles et des rois sans âme. Nous avons perdu de vue l'étendue, bordel, de notre héritage sacré ; les temps sont venus de nous en souvenir et de le recouvrer.

Un soir de 1943, Reginald Morrow Jones — il était toujours première classe — prit la parole pour protester :

— Mon père a entendu ce même discours pendant la dernière guerre, et cela n'a mené à rien. L'histoire ne se rembobine pas comme un film. La Galles dont vous parlez n'était pas libre. Elle était sous la domination de Rome. Et votre Arthur, qu'était-il ? Un *dux romanus*, un général romain parmi d'autres, recevant ses ordres de Ravenne. Jamais on ne reverra une Bretagne gallifiée, ni même une Galles indépendante. Gallois et Anglais se sont changés en fonctionnaires d'un royaume dit uni ; à Londres, le quartier de Paddington est peuplé de garçons laitiers gallois. Vous avez eu des rois sur le trône britannique, et même un dictateur gallois avec Oliver Cromwell. Et d'ailleurs, le temps des Gallois est passé. Il y a belle lurette que les Tudors sont finis, et Lloyd George était un homme de Manchester qui avait le don du *hwyl*, de l'éloquence hypnotique. Une rhétorique comme la vôtre est admissible si on la tourne en vers pour un *Eisteddfod*, un banquet de bardes ou de jeux floraux ; mais elle n'a pas une ombre de réalisme politique.

Un caporal, très brun, aux yeux d'un noir ardent, et ressemblant assez au père de Reg, se leva et dit :

— Dieu sait si tu nous as assez cassé les oreilles avec tes histoires de lutte pour une Catalogne libre, quand tu nous faisais la bonté de prendre un peu de tout le putain de temps que tu passes avec les putes espagnoles pour nous rendre une petite visite au Club. Et aujourd'hui, tu t'inclines lorsque ce traître de Franco assassine la liberté de cette même Catalogne ; tu appelles ça la marche de l'Histoire ou je ne sais quelle foutue sornette. Mais la Galles n'est pas la Catalogne et notre seul ennemi est un *Sais* diminué, un Anglais affaibli qui a eu la gentille attention de nous apprendre à nous servir de ses saloperies d'armes. Ce que notre Aled Rhys a dit est peut-être le discours d'un putain de visionnaire, si c'est bien le mot juste ; n'empêche que la fin de cette guerre sera vraiment le bon moment pour frapper. Et je ne veux pas parler d'une action du genre que prêchent les syndicats, c'est-à-dire pas question de poser nos outils, mais, au contraire, il faudra empoigner ceux de notre libération de la tyrannie anglaise. Voilà, et tiens-toi-le pour dit, ptit gars.

Ce caporal, qui était dans le service armé et s'appelait Ben Griffiths, se rassit. Reg répliqua :

— Je n'aime pas beaucoup que tu m'accuses de courir les putes espagnoles. Quand je passe la frontière, c'est dans la ligne de mon bondieu de devoir, comme disent les Ricains. Bref, tu m'offenses en me salissant de tes insinuations. Mais il est une question que je voudrais bien poser maintenant : où prendrez-vous l'argent ? Car, si tel est le cas, vous n'aurez même pas droit au plus petit kopeck en bois. Les Russes auront assez à faire, une fois rentrés chez eux, tas de va-nu-pieds qu'ils sont, sans s'amuser à aider les Gallois à foutre en l'air les capitalistes anglais. Une belle jambe que ça lui a faite, à la Catalogne, oui, les Russes ! Vous vous retrouverez seuls, *wus*.

Un simple soldat qui avait de la science se leva à son tour pour parler.

— Il y a toujours moyen de moyenner, dit-il, frère. Ce qu'il faut, ça est commencer par la subversion de la morale conventionnelle. Pour un peuple qui veut se libérer, ça n'est pas crime d'enlever ou de faire chanter des gens, ni de cambrioler les banques. Ça serait acte grandiose et vertueux, de kidnapper Hitler ou de s'annexer le compte en banque de Goering. Ça qui est juste dans la présente guerre le sera dans tout combat, de n'importe quel ordre, pour une Galles libérée. Je sais, il en est qui aimeraient voir une République galloise ou même une Galles communiste. Mais être communiste signifie s'incliner devant l'Union des soviets, qui est sans Dieu, matérialiste, et se moque bien du peuple gallois, à supposer qu'elle se doute même de son existence. La Galles a eu son temps de gloire sous ses rois et ses chefs de clan. Sous la domination anglaise, elle n'est plus qu'une principauté. Élevons-la au rang de royaume, voilà ce que je dis ! Fils du roi Arthur, nous méprisons l'idée de grossir le nombre des méprisables républiques de ce monde. *Meibion Arthur* — cela sonne infiniment plus noble que *Plaid Cymru* —, parti gallois, hah ! — ou autres appellations prétentieuses.

S'ensuivit l'inévitable chicane. Les syndicalistes gallois et les communistes porteurs de cartes de la Petite Moscou (diversement identifiée sous les noms de localités telles que Tonypandy, Pontypridd, Ebbw Vale) tinrent des discours aussi irréalistes que ceux des nationalistes rêveurs, et la soirée eût été sans fin, n'eût été l'intervention de l'ancien maître de chœur Owen Pritchard qui, ayant pris place devant le misérable piano droit espagnol (don au Club d'un certain Chris Hogado, citoyen de Gibraltar, lequel avait couché jadis avec une fille de Galles), se mit en devoir de taper comme un sourd les notes de l'hymne national gallois, *Mae hen wlad fy nhadau yn annwy li mi...*

Ce fut à peu près vers ce temps-là qu'une escadrille de bombardiers de la Luftwaffe reçut mission d'anéantir le centre minier et métallurgique d'Ebbw Vale, mais fut en grande partie frustrée de cette entreprise par la chasse britannique. Ce fut un de ces raids dits « du chat échaudé » qui, à cause de la concentration des forces aériennes allemandes sur le front russe, perdirent de leur fréquence, se révélèrent d'ordinaire peu efficaces et se rabattirent sur des cibles marginales. La décision de bombarder les charbonnages gallois fut peut-être dictée par les astres — à moins que le Génie de l'Histoire n'eût inspiré le haut commandement de la Luftwaffe, car certains des effets du raid se révélèrent d'un extrême intérêt historique. Un des bombardiers nazis, durement mis à mal par ses assaillants et qui s'en retournait en ne battant que d'une aile, pour ainsi dire, vers le canal de Bristol, se délesta de son chargement et lâcha bombe après bombe sur le paysage champêtre qui s'étend entre les rivières Usk et Gavenny. Le bistro de David et Ludmila Jones, *Au Lion Noir*, situé dans le village de Gilwern, à un kilomètre et demi ou deux du point d'impact le plus proche, eut toutes ses vitres de devant réduites en miettes. Deux bombes tombèrent sur la ville d'Abergavenny, l'une sans exploser (qu'une équipe de spécialistes désamorça délicatement), la seconde qui consomma un peu plus la ruine déjà avancée de l'antique prieuré bénédictin de l'endroit. Des moutons, après avoir voltigé au-dessus des prairies, atterrirent démembrés. Quand ce fut fini, des fermiers vinrent se lamenter au comptoir du *Lion Noir*. L'un deux montra un tesson de poterie et un fragment de pierre irrégulier, dans lequel était gravé un œil. Le Dr Lewis examina ce dernier objet et fut captivé.

— Voyez-vous, dit-il à la fin, dans les temps anciens, Abergavenny, ainsi que nous devrions tous le savoir si tel n'est pas le cas, Abergavenny, donc, s'appelait Gobanium. C'était un établissement romain fameux.

— Eh ben, vrai, docteur.

— Oui, et peut-être avons-nous là des vestiges d'un temple de Mithra, si ce n'est du dieu Jupiter lui-même.

— Ça, ça est intéressant, dit un voyageur de commerce très modérément intéressé.

— Extrêmement, dit le médecin. Et il est étrange que les Allemands, en essayant de détruire cette île, viennent, par hasard, nous fournir de nouveaux témoignages de son antique civilisation. Ils retournent le sol sans bêche ni charrue. Et de même les grandes villes. Car des temples anciens ont été ramenés au jour à Londres, avec une partie de l'enceinte de pierre qui entourait jadis Londinium.

— Eh ben, putain, vous nous en direz tant, docteur !

— Oui, fit le Dr Lewis en descendant son demi de bière blonde Rhymney. Mais laissons cela aux archéologues de Cardiff. Mon souci à moi, dans l'immédiat, c'est la coqueluche du petit dernier de Mme Pritchard. Là-dessus, bien le bonjour à tous.

— *Bore da, meddyg*, répondit Ludmila Jones de derrière le comptoir.

— Il sait-il donc tout, cet homme? dit quelqu'un.

— Forcé, vu qu'il est docteur, répliqua un autre.

Environ trois mois après cette tentative de destruction qui ne détruisit que des vitres et des moutons, j'étais en permission et je prenais mon petit déjeuner dans l'appartement de ma sœur, Wilmslow Road. C'était un petit déjeuner de misère, illustré par la reconstitution d'un œuf déshydraté. Je lisais à Zip une lettre de notre père : *Portsmouth est mal en point; mais la Luftwaffe est trop occupée ailleurs pour ne pas nous laisser en paix maintenant. Dieu sait quand la Série III de tu-sais-quoi quittera la planche à dessin. Ta mère et moi, nous n'allons pas trop mal. Nos affections à Harry quand tu le verras*. Zip, elle, lisait le *Manchester Guardian*. Elle s'exclama tout à coup :

— Tiens donc, apparemment ce ne serait donc pas un mythe!

Elle avait déménagé, renonçant à la maison de la tante, parce que celle-ci l'avait louée à un chef syndicaliste assurant la liaison ouvrière avec l'antenne du ministère du Commerce à Manchester. (Par ce que l'on qualifiait de liaison il convenait d'entendre en réalité obstruction.) La tante était à Londres, où elle avait la haute main sur la haute cuisine des Français libres. Elle n'avait aucune intention de regagner Manchester.

— Qu'est-ce qui ne serait pas un mythe?

— Il y a une équipe d'archéologues à l'œuvre, à cet endroit où sont tombées des bombes, tu sais. Je n'aurais jamais pensé que l'archéologie pourrait donner lieu à des affectations spéciales en temps de guerre. Pardon, erreur, en fait il s'agit d'un vieux prof de Cardiff et d'une bande de jeunes lycéennes et lycéens. Ils ont découvert par hasard des fragments de pierre sculptés, portant des inscriptions en latin. L'une d'elles dit : GLAD ART REG. Elle figure sur ce qui est décrit ici comme une sorte de plinthe en pierre dans laquelle on a ménagé une espèce de gaine. Quelque chose comme un fourreau qui ne se porterait pas à la ceinture. Et GLAD signifierait GLADIUM, glaive, épée. Quant à ART REG, ce serait pour Arthur Roi. L'auteur de l'article estime que le professeur Rhys Jones ferait mieux de ne pas se livrer à des conclusions hâtives. Ce n'est pas la capitale d'Arthur, qu'ils ont découverte : Camelot, écrit ce type, se trouvait à Cadbury. Il y a aussi tout un bla-bla d'un vague prof de littérature galloise, à propos d'une épée enfoncée dans la pierre. Le *Mabinogion*. Ça ne te dit rien?

— Non, pas que je sache.

— C'est le nom de la pierre, d'après ce type. A ce qu'il dit, si on coule de la cire fondue, par exemple, dans la fente et qu'on attende que ça durcisse, après, on pourra savoir à quoi ressemblait l'épée. Ça me semble un peu une perte de temps, non? Tout de même, on est en guerre!

— La vie doit continuer, fis-je observer. Et la vie inclut l'archéologie. Et aussi la musique, je suppose.

Tandis que je continuais à rechigner devant mon œuf reconstitué, mon toast à la margarine et mon thé faible, elle me lança un regard soupçonneux de ses beaux yeux noirs. Elle portait une robe de chambre de la tante, avec un accroc dans l'arc-en-ciel des couleurs qui laissait généreusement voir la blancheur adorable de son cou et une partie de son sein gauche. En ma qualité de frère, je n'étais pas censé m'émouvoir.

— Qu'entends-tu par « je suppose »? demanda-t-elle à son tour.

— Ton espèce de concert d'hier soir était lamentable. Étonne-toi qu'il n'y ait eu personne! Qui aurait envie d'aller écouter ton putain de Bruckner?

— Alliance du brut et de l'affiné, répondit-elle obscurément. Art de tristesse, art de jubilation. Et Reg par là-dessus. Curieux, très curieux. Reg m'a écrit une très étrange lettre. Je l'ai ici... (Elle voulait dire dans une poche de la robe de chambre.) Tiens, lis.

Je pris sans enthousiasme le feuillet de papier bleu de l'aérogramme et dis :

— Je n'aime pas me mettre entre mari et femme.

— Lis, je te dis.

Je lus donc. Seigneur Dieu! *Je crois en la franchise totale, ma très chère Zip. Peut-être, toi, peux-tu sublimer l'amour en cognant sur des tambours, des gongs et le reste. Moi, pas. Je m'étais rendu de l'autre côté, à La Línea, et j'ai chu. Appelle cela de l'infidélité, peu importe, c'était plus fort que moi. Elle te ressemblait tellement, vois-tu. Sans ton intelligence, sans ton talent, sans ta beauté, mais l'air d'une timide ébauche de toi en mantille; et j'ai succombé. Après, cela a été affreux. Mais n'aie aucune inquiétude quant à tu sais quoi, j'ai pris toutes les précautions. Maintenant, je suis torturé par l'immense désir de toi, la seule vraie, non pas une imitation qui pue l'ail...* Juste Ciel!

— La fin a été coupée; il y a un grand carré de papier qui manque, dis-je, tout rouge. Comme s'il avait fait cela avec une lame de rasoir.

— Non, ce doit être la censure, rétorqua-t-elle. Il faut avoir perdu le sens pour écrire une lettre pareille à sa femme, non?

— Au moins, c'est original. La plupart des maris se seraient gardés d'en souffler mot.

— J'aurais préféré cela. Pas vu pas pris. L'énormité d'un manque de discrétion pareil ! Quel dégoût !

— Nous devenons tous un peu anormaux, avec cette guerre, dis-je. Il faudra passer l'éponge sur pas mal de choses, une fois que ce sera fini. Pour un type comme Churchill, c'est toute sa vie, le sommet de sa putain de carrière. Pour le reste, pour nous, ce n'est qu'une parenthèse. Une incidence de folie. Renversons le sablier et prions que nous redevenions sains d'esprit.

— Nous ne serons jamais plus les mêmes, aucun de nous. Quel qu'ait pu être ce même. La jeunesse, ce sont les années de formation de l'existence ; la formation que nous recevons en ce moment est la mauvaise... Je me suis mariée trop jeune, poursuivit-elle après un silence. Lui aussi, sans doute. Nous n'avons guère eu le temps de regarder autour de nous.

— Est-ce que, demandai-je prudemment, tu le prends maintenant, ce temps ?

— Si tu tiens vraiment à le savoir, bien que tu n'en aies pas réellement le droit, c'est lui qui m'y a poussée. Cela s'est passé le dernier jour de sa permission d'embarquement, et ce n'était encore jamais arrivé. C'était après le concert au Gaumont. Mais aussi, sais-tu rien de plus idiot que d'aller dire à une femme de regarder autour d'elle ? C'est bon pour les hommes. C'était avec Geoff Thurston ; tu ne peux pas le connaître, il est second hautbois. Ce soir-là, il avait joué le solo de cor anglais du *Cygne de Tuonela*. Il m'a payé deux ou trois gins et nous sommes allés chez lui.

— Eh bien, maintenant tu es en mesure de répondre à Reg en lui retournant son absolue franchise.

— Est-ce que tu perds la tête ? Tu es bien le dernier à qui j'aurais dû raconter cela. Je te répète que c'est lui qui m'y a poussée.

— Comment cela ?

— Tu ne voudras pas le croire.

— L'armée a élargi l'horizon de ma crédulité.

— C'est encore leur fichue bible ! Elle a trouvé le moyen d'être emballée avec mes affaires et transportée ici. J'étais à la cuisine, occupée à lui faire un sandwich et une tasse de thé. Quand je suis revenue dans cette pièce, je l'ai pris à arroser de son sperme une des illustrations du livre. Il a relevé la tête et m'a regardée sans la moindre gêne. Il m'a raconté qu'il lui faudrait bien apprendre — ce sont ses mots exacts — des modes de décompression sortant de la norme. Il a ajouté que sa femme était sa main droite, mais que, désormais, ce serait celle-ci qui devrait lui servir de femme. Je lui ai crié de ficher le camp ; il a répondu qu'il s'en allait de toute façon, sinon il allait rater son train. Et il a voulu m'embrasser... tendrement ! Imagine un peu.

— Je vois, dis-je. Comment appelle-t-on cela ? Folie, sincérité, manque de discernement ?

— Je n'en sais fichtre rien, répondit-elle. Je crois qu'il devrait consulter un médecin.

— Il en voit tout le temps, des médecins. Visites médicales régulières et autres... Sur la bible, hein ? Exactement comme son père. Le grand-père avait surpris son fils à décharger sur le festin de Balthazar ; c'est même la raison pour laquelle ledit fils s'enfuit ensuite sur un bateau. Après avoir attrapé une raclée pour conduite sacrilège. Je tiens l'histoire de Reg.

— Lui aussi c'était sur le festin de Balthazar, dit-elle. J'ai dû nettoyer la page avec une lavette à vaisselle. Ce que les hommes peuvent être dégoûtants !

— À propos de train à ne pas rater..., dis-je en me levant de table. Écoute, ne te frappe pas trop, tu sais, dis-je encore. Reg est excentrique, c'est tout. J'irais même jusqu'à dire que certaines gens doivent te prendre pour une autre excentrique, à te voir taper sur des tambours et cogner des cymbales, au lieu de fabriquer pour les Russes des tanks, qu'ils se vantent ensuite de sortir de leurs usines. Mais peu importe... Où ai-je fourré mon calot ?

Je le découvris, coincé sous un coussin aux couleurs criardes, dans un angle du canapé élimé de la logeuse, sur lequel j'avais dormi. Je dis au revoir à ma sœur et l'embrassai, puis, avec mon barda, me hissai sur l'autobus 44 pour rejoindre la gare de London Road. Ma destination était Euston. Je trimballais le chargement complet, paquetage, musettes, etc. Le centre d'instruction de l'infanterie auquel j'étais affecté n'existait plus. Sa fermeture avait coïncidé avec le début de ma permission spéciale. Faute d'autre éventualité, je devais me présenter au rapport au dépôt d'Aldershot.

A Londres, j'allai droit au 62-64 Baker Street, siège des bureaux d'un organisme appelé DOS, ou Direction des opérations spéciales, qui avait à sa tête le célèbre général de brigade Colin Gubbins, croix de guerre. Un certain capitaine Soames, au long visage aigu, procéda à mon interrogatoire, en me qualifiant familièrement de « S F », sergent fourrier.

— C'est d'instructeurs que nous avons besoin, me déclara-t-il. Mais il faut commencer par instruire les instructeurs, n'est-ce pas ? Conditions *sine qua non* évidentes : forme physique excellente, promptitude des réflexes, niveau intellectuel correspondant à celui de vos diplômes. Mais, pour l'amour de Dieu, poursuivit-il en feuilletant mon dossier et fronçant les sourcils, pourquoi la philosophie ? N'étaient Kant et Hegel, peut-être ne serions-nous pas dans ce pétrin. Bon, passons. Vous aurez pour instructeurs des civils, dont très peu de Britanniques. Les matières comprendront : techniques d'efficacité de l'interrogatoire, techniques de la terreur, techniques du meurtre pur et simple, etc. Le tout, vous l'aurez deviné, en relation avec l'invasion de l'Europe.

— Techniques de la terreur, monsieur ?

— Oui, nous aurions dû être plus implacables. Nous avons essayé de nous battre en gens bien élevés. Sans rapport avec la manière des Frisés et des Rouges. Vos instructeurs ne seront pas des messieurs bien élevés, autant vous prévenir. Puis-je considérer votre candidature comme sérieuse ?

— Comme sérieuse, monsieur ?

— Comprenez-moi : libre à vous de la retirer et de retourner à vos flexions, extensions, et personne ne vous en voudra. Sinon, en sortant d'ici, vous irez vous présenter tout droit au rapport au dépôt de transit numéro 6, en attendant d'autres instructions. Alors ? Sérieux ?

— Oui, oui, monsieur. Diablement sérieux.

— Bravo, mon garçon.

Le dépôt de transit numéro 6 servait en quelque sorte de limbes à l'armée. Il y brûlait toute la nuit des lumières en veilleuse, se prêtant à de mystérieux départs et arrivées, et il y régnait le genre d'odeur d'exterritorialité que rappelleraient, beaucoup plus tard, les aéroports internationaux, bien que l'on n'y trouvât aucun équivalent d'un salon d'accueil pour personnalités de marque. Mieux : la hiérarchie militaire y était brutalement moquée. Un première classe en savates nous aligna d'une bourrade, un maître canonnier et moi, dans la queue devant l'espèce de guichet, au réfectoire, où l'on vous servait une espèce de repas intemporel, lui aussi analogue à ceux des futurs grands vols internationaux. La pelletée de ragoût que l'on jeta dans ma gamelle était si froide et atroce que j'en vidai la moitié sur les savates en tapisserie du première classe. Tandis que je me précipitais dehors, à la recherche d'un restaurant dans Soho, un adjudant-chef me brailla d'être de retour avant 23 h 59 pile.

Je dînai d'un bifteck de cheval et de pommes chips dans un bistro situé en face de la *Taverne Fitzroy* et appartenant à la mafia maltaise. Après quoi, à la *Taverne*, je découvris, sans aucun étonnement, Béatrice Jones en train de boire de la bière avec un personnage qui semblait le prototype même du simple soldat : trapu, sans cou, tenue de combat pochant de toutes parts, faciès de brute inapte à toute promotion. Ils parlaient entre eux un russe fluide. La surprise fut qu'elle me reconnut. Son frère Dan n'en donna pas signe. Je dis à Béatrice :

— J'ai eu le plaisir de voir ce monsieur casser la gueule de ton frère Reg, à sa fameuse soirée d'adieu. Et l'autre plaisir, plus tard, de le prier de bien vouloir me trancher la valeur d'une demi-livre de saumon fumé, pour ma tante.

Dan me jeta un regard noir, puis consulta de l'œil la pendule du lieu et dit :

— Ça est l'heure.

— Es-tu sûr de savoir trouver le métro de Tottenham Court Road ? demanda Béatrice d'une voix pleine de sollicitude.

Il estimait le savoir. Il venait de passer une perme de quarante-huit heures avec sa sœur et devait prendre le train de nuit de Glasgow. Elle l'embrassa sur les lèvres avec infiniment de chaleur, puis me dit :

— C'est un brave garçon, et si gentil.

Elle portait avec chic la mode de ce temps de guerre londonien : rouleau de cheveux blonds, tailleur deux pièces cannelle aux épaules carrées, chaussures « nationales », utilitaires, rationnelles. Elle suivit tendrement des yeux la silhouette massive et gauche qui poussait les portes tournantes avant de se perdre dans le black-out. Gentil n'était pas l'épithète que j'eusse choisie pour qualifier Dan — bien qu'il ne sentît plus ni l'huile ou la graisse de friture, ni le poisson frais. Il sentait plutôt la cigarette populaire et les couvertures renfermées.

— Tu lui es toute dévouée, n'est-ce pas ?

— C'est mon petit frère. Il a besoin que l'on veille sur lui et je ne crois pas que l'armée s'en acquitte très bien. Mais il survivra. Il est coriace. Il ne se laisse pas conter d'histoires.

J'étais sûr qu'il ne s'en laissait pas conter par les poissons, pour l'avoir vu s'en prendre au carrelet et à la merluche avec la même ardeur ravie que les harponneurs du capitaine Achab piquant la baleine. Après m'être battu pour arracher deux bières au comptoir, je revins au sujet :

— J'y ai souvent réfléchi. A lui, s'entend, et à toi comme à mon estimé beau-frère. Il n'a rien d'un intellectuel, à mon sens. Pour le moins. Et soit dit sans vouloir t'offenser.

— Il y a quelque chose comme une case qui lui manque ; mais cela ne compte pas. Un reste de tout l'alcool qui imbibait le grand-père russe, peut-être, et qui lui est monté au cerveau. Il a eu du mal à apprendre à parler, mais cela seulement pour l'anglais. Maman a essayé avec le gallois ; mais papa a dit que cela ne servait à rien à Manchester ; alors, aucun de nous ne s'y est vraiment mis. Maman l'a gavé de russe et là, apparemment, cela a marché. Elle nous en a gavés aussi, tant qu'à faire. Dan, lui, a ramassé son anglais dans les ruisseaux de Manchester. Le russe est sa vraie langue maternelle. Mais il n'a jamais voulu se laisser dorloter et chouchouter comme Reg par papa. Ça a toujours été un petit dur, qui n'en fait qu'à sa tête. Voilà pourquoi il faut veiller sur lui.

— Et le poisson ? dis-je. Pourquoi le poisson ?

— Oh, fit-elle avec un geste vague, tout le monde doit bien se sépcialiser dans une branche ou une autre. Toi-même, à propos, que fais-tu à Londres ?

Je le lui expliquai ; elle poursuivit :

— C'est vrai ; nous nous préparons. L'oncle Jo à Moscou n'y croit pas, naturellement ; une moitié de lui n'a pas réellement envie que cela se fasse. Il voit l'armée Rouge balayant tout devant elle jusqu'à la Manche...

Puis, les yeux brillants après m'avoir regardé :

— Il est un peu tard pour t'inviter à prendre le thé, mais j'ai une caisse d'authentique vodka russe. Cadeau de l'ambassade des soviets. Il semble que j'y ai une espèce de cousin.

Amen. J'étais bon pour recevoir une nouvelle fois l'ordre de me déshabiller. Elle découvrirait un corps plus musclé, plus hâlé. Mais je devais être rentré à 23 h 59. Au diable les consignes ! Je pouvais toujours prétendre, contre toute vraisemblance, n'avoir pas entendu distinctement celle-ci. De toute façon, il était déjà 11 heures et quart. Être en retard est question de principe et d'essence, non de degré. Si l'on se lève avant la diane, on peut être accusé de ne pas s'être couché après l'extinction des feux. La taverne était bourrée de Français libres, de Québécois et d'un semis de Ricains, en même temps que d'embusqués et de civils en vadrouille. L'atmosphère était enfumée, pleine de remugles de bière répandue, à quoi s'ajoutaient de faibles bouffées d'odeurs d'urine et de vomi venant de proches lointains. Il était difficile de concilier le black-out absolu avec un strict minimum d'aération. Je ramenai Béatrice à son appartement de Kensington Ouest.

Le trajet dans le métro, où l'on s'écrasait, fut interminable, avec son contingent de GI ivres faisant de l'œil à Béatrice et l'un d'eux lui disant : « Hé, beauté, t'as pas envie de t'engager dans la seule vraie armée du monde ? » A quoi elle riposta par une bordée de russe. Dans les stations les plus profondes, des Londoniens, dans la hantise du blitz — qui pouvait savoir si la Luftwaffe ne reviendrait pas cette nuit-ci ? —, s'apprêtaient à occuper les châlits à étages dressés sur les quais. L'appartement de Béatrice, en fait un petit studio, était situé au troisième étage d'un hôtel particulier bourgeois de l'époque victorienne. Le lit n'avait rien à envier, pour l'étroitesse, à celui de la turne de Manchester ; par terre et tout à côté gisaient en désordre les couvertures dans lesquelles Dan avait dormi. Il y avait un réchaud à gaz à un seul feu ; une étagère, où étaient posées une boîte de cacao et une autre à thé ; une commode marron, branlante. Elle me remplit une tasse à thé de bonne et rude vodka, et ne m'ordonna pas de me dévêtir. Je la pris dans mes bras. Les baisers que je lui donnai étaient âpres, rudes, et c'était bon, même si l'étreinte restait totalement habillée. Il y avait bien réciprocité de sa part, mais sans enthousiasme. Puis, je me surpris moi-même en disant :

— Je t'aime, tu sais.

— Non, justement je ne le sais pas. Cela sonne comme la voix de la tumescence.

A ma plus grande surprise encore, je repris :

— Je pense que nous devrions nous marier. Oui, bon, j'admets que cela peut avoir l'air d'une démangeaison de symétrie qui me prendrait, mais pourquoi pas ? Ils sont des tas à le faire. L'allocation aux femmes de soldats n'est pas à dédaigner... Non, je m'exprime mal. C'est une forme de stabilité, veux-je dire. Dans un monde d'une terrible instabilité.

Je parlais par phrases courtes, presque désinvoltes.

— L'oreille absolue... Ta sœur est la seule qui ait compris, quand j'ai dit cela. A propos de l'or, tu te rappelles ? Je ne pense pas que le mariage s'impose comme un tel absolu. Je ne veux pas me marier. Pas tant que Dan aura besoin de quelqu'un pour veiller sur lui.

J'étais dans la consternation. Je ne comprenais pas. Je ne suis pas plus avancé aujourd'hui.

— Nom de Dieu, mais c'est malsain. C'est de l'in...

Le mot avait failli m'échapper. Ce fut elle qui l'acheva.

— De l'inceste ? Ne dis pas de bêtises. Dan est un absolu.

Non, je n'y comprenais rien, n'y comprends toujours rien. Elle poursuivit :

— En tout cas, il passe avant tout. A présent, du moins. Si quoi que ce soit lui arrivait, je serais incapable de m'intéresser le moins du monde à un simple mari. Il n'y a pas un simple mari au monde capable de comprendre cela. Pas plus que tu ne le comprends. Alors, fais une croix sur ton idée. Merci tout de même de la proposition. Et maintenant, déshabille-toi.

J'obéis, mais comme un conscrit à la visite médicale. Je ne pus que constater mon inaptitude. Fripé comme une laitue confite dans la sauce. J'eus honte et je dis :

— C'est la faute de l'armée. Il y a plus d'une heure que je devrais être rentré. Le sentiment de culpabilité agit comme un puissant déturgescent, si le terme existe. Quoi qu'il en soit, je t'aime.

J'avais retrouvé un peu de hardiesse, n'ayant plus à apporter la preuve de cette affirmation. Au dépôt, on ne me porterait pas de motif ; l'endroit jouissait de bien trop d'exterritorialité pour laisser une place aux disciplines bureaucratiques.

Le centre d'instruction où l'on m'envoya était situé à Ty Morgannwg, à la frontière des comtés de Glamorgan et de Monmouth. C'était une grande demeure louée à l'armée par une des plus riches des familles Rhys : celle qui contrôlait la Société des thés du Glamorgan.

La propriété comprenait de vastes terrains et un bois de hêtres, les uns comme l'autre utiles à des exercices antipersonnels de plein air. Nous étions une vingtaine d'élèves, tous sous-officiers confirmés ou adjudants. L'encadrement militaire était maigre. Les instructeurs civils, eux, semblaient échapper à aucun recensement, tant ils se ressemblaient tous, sans exception : bruns, maigres, sombres, amers, durs. Bien qu'aucun d'eux ne dévoilât son nom ni son origine, tous semblaient venir de l'Europe centrale et, quoi que pût signifier être juif, j'imaginais que, pour un bon quart, c'est ce qu'ils étaient. Nous les connaissions sous de simples initiales que, parce qu'elles n'annonçaient pas la couleur, ne se hissaient pas comme le pavillon d'un véritable patronyme tel que Silbermann ou Virag, l'on avait du mal à retenir, au point de les confondre souvent.

Ces hommes nous apprirent à traiter l'ennemi de la manière dont, supposais-je, on les avait eux-mêmes traités. Ils connaissaient tous les points de pression du corps, de l'endroit du crâne qui, sous la bonne pesée, peut faire éclater la boîte en morceaux comme un vase fracassé dans sa chute, jusqu'au rapport entre le nombre de dents ou d'ongles arrachés et les renseignements extirpés de la victime avant son évanouissement. On nous montra des ciseaux de jardinier rouillés qui avaient réellement servi à des castrations. La démonstration de l'énucléation de l'œil nous fut faite sur un modèle qui donnait l'impression de l'opération sur le vif. Nous dûmes écouter des enregistrements de cris que l'on nous apprit à interpréter selon une échelle de *keevs* (d'abord je me demandai pourquoi ce choix d'un terme hébreu au lieu d'un mot grec, puis je cessai de me poser des questions). Il était capital de tarir en nous tout lait de sympathie humaine dans la confrontation avec l'ennemi, et nous eûmes à subir les films d'horreur d'interrogatoires nazis, que l'on nous passait et repassait à satiété, jusqu'à ce que nous finissions par bâiller en signe de protestation. Au bout de la première semaine, on eut la sagesse de reconnaître que nous avions tous besoin de l'entracte d'un week-end pour nous remettre de la nausée. Je ne retournai pas à Manchester : je retins une chambre à l'*Hôtel de l'Ange* à Abergavenny, louai une bicyclette et pédalai jusqu'au site des fouilles archéologiques, pour voir où elles en étaient.

Elles avançaient bien. Le mur septentrional d'un établissement romain tardif avait été mis au jour ainsi que, à en croire le puzzle reconstitué avec des bouts rapportés, ce qui semblait avoir été une chapelle chrétienne. Il y avait là, me dit-on, une mosaïque de style byzantin représentant la Vierge Marie, et aussi les vestiges d'un pied sculpté, avec sa sandale adhérant au socle et le bout — CTVS — du mot gravé en accompagnement d'un nom : SANCTUS Machin. Un professeur gallois, brun mais chauve, organisait le transfert à Cardiff, sur un camion à charbon dûment nettoyé, des articles transportables. La pierre faisant fourreau et portant, incisés très profond, les fragments de mots GLAD ART REG était en fait un contrefort du mur et ne pouvait donc être déplacée. Les lycéens et lycéennes qui jouaient les excavateurs obéirent au coup de sifflet d'arbitre du professeur annonçant la pause du déjeuner : sandwiches de pâté de foie de porc et de confiture. Je remontai sur ma bicyclette, zigzaguai à travers prés, puis me hâtai sur la route menant au *Lion Noir*. Il va de soi que c'était là le vrai but de mon excursion : voir les beaux-parents de ma sœur. Curiosité, souci (de quel droit se permettaient-ils de rejeter Zip ?), besoin de savoir quel était le cadre duquel Béatrice était sortie.

Le *Lion Noir* était un vieux petit bistro, avec un potager derrière et, devant, deux ormes abritant une paire de bancs fatigués. J'entrai. Comptoir, unique salle. Des ouvriers agricoles enseignaient le jeu de fléchettes à un jeune homme à l'air d'intellectuel — probablement un objecteur de conscience et, à cause de cela, versé dans l'agriculture. Deux ou trois ancêtres campagnards étaient assis, muets, devant leur chope de bière. Un homme, à chapeau de pêcheur sur la tête, un stéthoscope montrant le bout de l'oreille à une poche de son pardessus, était debout au comptoir, où il parlait au maître des lieux.

— Je ne suis pas ce que vous appelleriez un grand liseur, disait celui-ci. N'empêche que je sais ce que je sais.

C'était David Jones, rescapé du *Titanic* et de la Première Guerre mondiale, possesseur d'or et d'un solide dépôt bancaire, tenancier de bistro comme passe-temps de retraité plutôt que comme gagne-pain. Noiraud, petit, dans la vigueur d'un jeune âge mûr, cheveux abondants couleur de goudron, barbe d'une nuit (assez bon pour le commerce matinal), chemise pas nette et sans col sous un gilet déboutonné. Quand je demandai un demi, les yeux perçants repérèrent les couronnes sur mes manches et il dit :

— Tout de suite, mon adjudant.

— Sergent-chef en réalité, répliquai-je. Merci, monsieur Jones, ajoutai-je, une fois la bière tirée et posée devant moi.

— Tiens donc, vous connaissez mon nom ?

— Il pense qu'il n'y a pas de risque à donner du Jones à n'importe quel Gallois, dit le médecin pêcheur. Bien, bien, il faut que j'aille voir où en est le croup du petit dernier de Mme Pritchard.

Il vida le reste de son demi et sortit, sur un vague geste de la main à la ronde.

— Oui, répondis-je alors, je connais votre nom. Votre fils a épousé ma sœur.

J'eus l'honneur d'yeux ronds et d'une bouche bée.

— Je ne viens pas en mission, continuai-je. Le hasard fait que je suis cantonné près de Newport. J'espère que vous ne voyez pas d'objection à ce que j'aie fait un saut jusqu'ici.

David Jones appela : « Millie ! » Voilà donc ce qui restait de Ludmila. Il réitéra l'appel. Elle surgit des noires profondeurs derrière le comptoir. C'était une Béatrice mûre en tablier à fleurs — cheveux blonds grisonnants enroulés autour de bigoudis, beauté indéniable, mais enveloppée et s'efforçant de s'effacer, presque de s'enlaidir, sous une absence d'apprêt toute rurale. Ce que ne ferait jamais sa fille.

— Voici, dit David Jones, le frère de celle avec qui notre Reg s'est marié.

Et tous deux me considérèrent avec sévérité, comme si j'avais été le grand responsable. Puis Ludmila Jones parla. L'intonation de son anglais était plus russe que galloise.

— Ce n'est pas bon garçon, dit-elle.

— Parce qu'il a épousé ma sœur ? Tout amour fraternel mis à part, j'ai infiniment de respect pour ma sœur. C'est une professionnelle de la musique, douée, et qui travaille dur. Votre fils est tombé amoureux d'elle. Je les ai avertis tous les deux qu'ils étaient trop jeunes pour se marier, mais je n'avais aucun pouvoir de les en empêcher. Ma sœur a du mal à avaler que l'on semble ne pas vouloir d'elle. Elle croit, précisai-je, lâchant le paquet sans ménagements, que c'est lié au fait qu'elle est juive.

David Jones se hâta un peu trop de rétorquer :

— Non, ce n'est pas cela. Moi-même, j'ai travaillé avec des Juifs. J'ai tenu un restaurant qui avait une grosse clientèle juive. Je n'ai rien contre les Juifs.

Sa femme se taisait ; mais ses yeux couleur de Baltique s'étaient rétrécis, ses lèvres charnues de Slave, plissées. L'intellectuel qui travaillait la terre tourna la tête, oubliant ses fléchettes pour lancer :

— Personne n'a rien contre eux, n'était que, sans eux, nous ne serions pas en guerre.

— Où avez-vous pris cette connerie ? ripostai-je vivement.

— Vous n'avez qu'à lire *la Guerre juive* de R. C. Crampton, s'obstina le jeune homme. Et *le Serpent sémite* de J. Clark.

— Mêlez-vous de vos navets et foutez-nous la paix ! répliquai-je.

— C'est l'heure, on ferme ! dit David Jones. Videz les verres, pressons. Et vous, poursuivit-il à mon intention, vous feriez mieux de manger un morceau avec nous. Déballez votre histoire à ma femme pendant que je ferme ici ; passez là derrière et entrez à la cuisine.

Il releva le rabat du comptoir et s'effaça devant moi. Je suivis Ludmila Jones vers l'odeur réconfortante d'un mets en croûte mystérieux. La cuisine était vaste, paysanne ; des bouquets d'oignons pendaient ; un feu rougeoyait fort ; à côté, un seau à charbon plein. Un matou somnolait sur un grand carton qui paraissait bourré de vieux journaux. Deux fauteuils à bascule regardaient l'âtre, seuls sièges offrant quelque confort. Ludmila Jones s'installa dans l'un d'eux et, l'air toujours furieux, se berça pensivement en me regardant. L'autre fauteuil devait être le monopole sacré de son mari, car elle me fit signe de la main de prendre une des chaises de table gothiques. Le coucou d'une pendule sonna l'heure de la fermeture. Elle continua à me fixer de ses yeux de colère, le temps de trente bonnes secondes de balancement ; puis elle se leva, alla jusqu'à un meuble d'encoignure, l'ouvrit, revint, une bouteille de vodka Molniya à la main.

— Encore un cadeau du cousin de l'ambassade, dis-je, pendant qu'elle remplissait trois petits verres.

Elle me jeta un coup d'œil pénétrant.

— Et après ?

— Votre fille Béatrice avait la même marque, provenant de la même source.

— *Dvaiyourni brat*, dit-elle en opinant de la tête. Cousin, vous diriez.

Elle me tendit un des petits verres, leva le sien. Je retournai le geste.

— *Mir mirou*, dis-je.

— Vous êtes Juif russe ?

— Manchester, répondis-je.

Là-dessus, David Jones entra, saisit le troisième verre, l'éleva sombrement et dit :

— Finissons-en avec ste putain d'affaire.

Il but d'un trait la vodka — à son air, on eût cru que c'était d'elle qu'il parlait. Sa femme expliqua :

— Il dit il est juif de Manchester.

David Jones s'assit, se balança, puis déclara :

— Pas votre faute. Personne ne peut rien à celui qu'il est ni à ses origines.

— Je ne vois pas de raison particulière d'avoir honte de ce que je suis, répliquai-je avec un certain feu. Les Juifs de Manchester ont contribué à faire de cette ville ce qu'elle est devenue. Et ce n'est pas la seule dans ce cas. Mon père a bâti un pont sur le Jourdain. Mon grand-père était un athée de renommée européenne.

— Ça est bon, ça est bon, dit David Jones. Du moment que vous n'étiez pas dans le commerce. Les Juifs de Manchester m'ont volé à droite, à gauche et devant derrière. Ça que je vous en dis, ça est franc-parler sans mystère. Maintenant vous devez comprendre mon sentiment.

— Quant au mariage de Reg, c'est-à-dire ?

— J'ai fait de mon mieux pour tous les trois, continua David Jones, comme parlant à son verre. Et ce n'était pas facile. Il n'y a jamais eu autant d'argent qu'ils le croyaient, rapport à vos Juifs de Manchester. Mais ils ont reçu une bonne instruction, à part le cadet, qui n'y a jamais mordu. Il y avait une chose que j'attendais de leur instruction, et je n'y ai pas eu droit.

Il attendit aussi ma question sur ce qu'était cette chose. Je la posai et il reprit :

— Ça que j'attendais, ça était l'esplication... (Il prononça le mot lentement, à la galloise, en donnant la même valeur à chaque syllabe.)... de cette espèce de monde où nous vivons.

L'arôme de mets en croûte qui s'échappait du four tandis que ronflait le feu m'affriolait : j'étais jeune, plein de santé, j'avais un excellent appétit qui s'était contenté d'œufs lyophilisés pour le petit déjeuner. Mon ventre dut gronder, car David Jones dit à sa femme :

— A table maintenant, fifille.

— *Parod*, répondit-elle (autrement dit : prête).

C'était une tourte : agneau, oignons, carottes et pommes de terre, le tout, gallois, enveloppé d'une pâte feuilletée croustillante, et servi avec de la betterave au vinaigre, des cerneaux confits dans le vinaigre également et, en accompagnement, une mousseline de navets de Suède et de pommes de terre dorée au four. David Jones alla tirer deux grands demis de bière amère à la pression, pour lui-même et pour moi. Ludmila Jones se contentait d'eau, que les Russes nomment *vodka* sans *k*. Pendant cinq minutes, je m'affairai bien trop à manger pour être capable de réagir, si peu éloquemment que ce fût, aux protestations extravagantes de dénuement ou presque de David Jones. Pour ce qui était d'être bizarre, la famille l'était, et bien. Tous les deux, ils me regardaient jouer des mandibules, mais le cœur manquait à leur approbation.

— Ça est affamé que vous êtes, dit David Jones. Ça est de galoper de droite et de gauche, et d'être privé par l'armée, j'en sais quelque chose, de ma propre expérience. Il y a de la tarte aux pommes et une crème anglaise à venir.

Avec un regain de soupçon, sa femme demanda :

— Comment savez-vous Béatrice a même ?

— Vous parlez de la vodka ? Je l'ai rencontrée à Londres. Vieille amitié. Camarade d'université.

— Ça est vrai gâchis et compagnie, cette fille, dit David Jones.

— Comment ! C'est la fille la plus intelligente que j'aie jamais connue. La plus jolie aussi. Fait de l'excellent travail aux Affaires étrangères. Belle carrière devant elle, après la guerre. Gâchis !

— A cause vie d'amour, dit Ludmila Jones.

— Ça est bon, fifille, trancha David Jones en enfonçant son couteau dans la croûte comme dans le corps d'un ennemi. La tête tournée par les idées nouvelles, reprit-il à mon adresse. Tête de linotte. Ma fille, ça ? Fille de plaisir, oui, qu'on pourrait l'appeler. Pas comme ça qu'on m'a élevé. Et qu'elle en parle sans gêne, en plus, et en public. Ça n'est pourtant pas les claques qui lui ont manqué. Question examens, elle a bien réussi ; n'empêche qu'elle reste incapable de répondre à la grande question. Et Reg, lui, il y a tourné le dos, à la question, et pour quoi, je vous demande un peu ? Y a qu'à voir où ça l'a mené. Dérouillé par des gars de la nationalité de sa propre mère ! Et de là, devenu le voyou qu'il est. Voleur par-dessus le marché. Sauf qu'à ce point, stoppé qu'il a été.

— Écoutez, dis-je pendant que l'on me resservait. J'ai étudié la philosophie, ce qui est censé fournir les réponses à toutes les grandes questions. Eh bien, néant. Même pas la queue d'une. Ce que l'on apprend finalement, c'est qu'il n'existe pas de réponse.

David Jones me regarda, comme un homme qui se refuse à croire que la conscience d'avoir été l'objet d'une vaste tricherie est près de se faire jour en lui.

— Alors, à quoi bon tout ça ? dit-il.

— Toute sa valeur est censée tenir dans la découverte que l'on fait de cette réalité.

Il ne parut pas comprendre et reprit :

— Nous avons payé plutôt cent fois qu'une. Quatre années d'un putain d'enfer : moi, mêlé à toutes les grandes bagarres ou bien peu s'en faut, et leur mère coincée dans cette putain de révolution, là-bas, à Leningrad, comme on dit aujourd'hui. Une chance qu'on en soit sortis vivants tous les deux, quand tant d'autres n'ont pas eu cette veine. Ça est à ceux-là qu'on doit penser. J'ai gagné de l'argent et j'en ai mis de côté, et aussi, oui, je dirais, pour être honnête, j'ai hérité. Mais je vous le demande : quel intérêt ça a-t-il, l'argent ? Pas de se faire plaisir. Non. Mais de s'acheter de la science. Eh bien, pour moi, ça n'en a pas acheté *ça* !

— Parce que cela n'en achètera jamais, dis-je. Ce n'est pas un produit à vendre. Pas la vraie connaissance, en tout cas. Je veux parler de choses comme : Dieu existe-t-il ? Ou : pourquoi sommes-nous sur cette terre ? Pourquoi les gens passent-ils le temps à se battre entre eux ? L'instruction n'a d'autre raison d'être que de nous prouver que la connaissance dont nous rêvons tant ne peut s'obtenir.

Mon assiette à tourte fut enlevée par une Ludmila Jones d'un mutisme quasi farouche et remplacée par une assiette à dessert creuse à motifs floraux. La tarte aux pommes était faite avec les pommes du jardin cueillies par la main du vent ; elle était sucrée au miel d'un voisin (le ministère du Ravitaillement accordait une ration de sucre spéciale aux propriétaires de ruches) et nappée d'une crème anglaise généreuse où l'on goûtait la farine de maïs, mais non l'œuf. Je continuais à dévorer comme un affamé. David Jones dit :

— Alors comme ça vous êtes en perme ?

— Seulement pour le week-end. Je dois reprendre mon stage d'instruction lundi matin.

— Et ça est une instruction de quel genre ?

— Nouvelles techniques de torture et d'assassinat.

Il ne put retenir un frisson.

— Terrible. Putain d'histoire quand on y pense, dit-il. Il n'y a pas de raison, reprit-il en se tournant vers sa femme, qu'il ne reste pas ici jusqu'à lundi, s'il en a envie. Il y a toujours un lit de prêt pour l'un ou l'autre des deux qui vivent seuls... (Cela dit avec amertume.) Après tout, conclut-il, en un sens il est de la famille.

— Il peut rester, dit Ludmila Jones. Il est *glân*... (Elle entendait par là : propre et bien civil.) Il mange ce qu'on lui sert.

— C'était très bon, dis-je, et je ne demande pas mieux que de rester. Si je comprends, ajoutai-je, il y en a qui ne mangent pas ce qu'on leur sert ?

— La fille est une pignocheuse, répondit David Jones. Dan réclame chaque fois du poisson, et Reg laisse le gras sur le bord de l'assiette.

Il y avait quelque chose de terrible dans cette dernière accusation, tant elle évoquait d'affreux souvenirs d'enfance. Mais terrible aussi fut la question que me posa, l'instant d'après, Ludmila Jones :

— Vous avez été au lit avec notre fille ?

Je faillis m'étrangler avec un clou de girofle de la tarte, toussai et répondis :

— Je lui ai demandé de m'épouser. Il n'y a guère plus de deux semaines.

— Ça n'est pas ça que je veux savoir, répliqua-t-elle, ses yeux couleur de Baltique tout grands et fixes sur moi, pendant qu'elle versait de l'eau bouillante dans une grosse théière marron.

— Ah, ça est un genre de question embarrassante, oui, dit son mari... (Puis, à moi :) Vous n'êtes pas forcé de répondre.

— Ne pas répondre signifierait oui. Mettons qu'il y a toute probabilité que je sois amoureux d'elle. Et je n'ai pas besoin de vous expliquer jusqu'à quel point cela peut affecter un homme. Elle est adorable et très belle.

— Ça n'est pas ça que je veux savoir.

Sur quoi, David Jones poussa un grand soupir et dit à son tour :

— Nous connaissons notre fille. Ce qu'elle veut et ne veut pas. Plus d'hommes que de plats chauds le soir, dit un de nos proverbes. Mais elle ne vous épousera pas.

— Je le sais.

— Si la loi le permettait, ça est avec son foutu simplet de frère, Dan, qu'elle se marierait. Ça est le seul homme qui compte vraiment dans sa putain de vie.

Le ton de la voix était celui d'une angoisse extrême. Je dis :

— C'est ce que l'on m'a fait sentir. Et j'avoue que cela échappe à ma compréhension.

Ludmila Jones dit quelque chose.

— Je vous demande pardon ? demandai-je, car j'avais cru entendre : « Transfuge ».

— Transfusion, articula clairement David Jones. Elle veut dire que Dan lui a sauvé la vie en donnant son sang. On n'en gardait pas en bouteille en ce temps-là. Du moins pas dans le coin où nous nous trouvions : à Tenby. Nous y étions en vacances. Dan appartient au bon groupe sanguin — ce qui n'est pas toujours le cas, et pourtant les membres d'une famille devraient avoir le même sang, non ? Et bien, le mien ne valait rien ; bon sang de bon sang, quand j'y pense ! dit-il paradoxalement. Ça était en pleine Grande-Rue : une femme, une folle avec un couteau de cuisine, qu'elle coupait la tête à des chats, et qu'après elle s'est jetée sur Béatrice. Tout ce sang que la petite a perdu avant qu'on ait pu la transporter à l'hôpital ! Comme un goret qu'on égorge. Au ventre ça était.

— Je n'en ai pas vu trace, dis-je.

— Aaah ! s'exclama Ludmila Jones triomphalement. Ça est réponse que je voulais !

— Quand on a retiré les fils, ça a laissé une cicatrice. Et ensuite, plus rien, expliqua David Jones. Elle n'avait que onze ans. Une chair jeune, ça guérit proprement. Ça est après ça qu'elle s'est fourré dans l'idée que ça est à Dan qu'elle devait la vie. Et ça est vrai, d'un sens, sauf que ça est à son sang et pas à lui. Étrange, le genre de choses qu'on peut se mettre dans la cervelle, conclut-il sentencieusement, à st' âge-là.

— Je tiens réponse, répéta Ludmila Jones en posant sur la table, devant moi, une grande théière cylindrique, jaune primevère, de thé très fort.

— Il existe des piscines publiques, risquai-je platement, où l'on peut voir des tas de ventres exposés. *Spasibo*, ou est-ce *dioltch* que je devrais dire ? poursuivis-je, tandis qu'elle poussait vers moi le lait et du sucre de betterave non raffiné. Et la folle, qu'est-elle devenue ? dis-je encore.

— Dan l'a étranglée, répondit ou plutôt chanta David Jones.

Je faillis recracher la gorgée de thé brûlant que j'avais dans la bouche.

— Enfin, pas exactement, corrigea-t-il. On l'a rattrapée dans un bois, aux abords de Tenby. Dan était de la partie, on pourrait même dire qu'il menait la danse. Ils ont dû se mettre à plusieurs pour le forcer à la lâcher. Ça est son côté sauvage, il a toujours été comme ça. La femme avait encore assez de vie en elle pour qu'on l'enferme quelque part, dans un asile.

Le coucou jaillit quatre fois de son petit chalet et David Jones confirma gravement la vérité de ce signal en consultant sa montre de poche.

— Vous avez vu les trous qu'ils font dans le pré à Bowen, par là-bas ? demanda-t-il.

— En venant, oui.

— Je pensais bien que vous auriez peut-être fait le crochet. Ça est des tas de gens qui vont visiter. Autant vous dire franchement que, moi, ça ne me plaît pas du tout, ce travail-là. Ça est des choses de revenant qu'il en sort rien de bon. L'épée d'Attila le Hun... Oh, pas la peine de me regarder comme ça. J'ai beau ne pas être ce qu'on appelle un grand liseur, je sais ce que je sais. Qui aurait pensé que ça nous suivrait à travers les siècles ? Moi qui me suis battu dans une guerre, et Millie, là, qu'elle s'est trouvée prise dans une révolution, qu'on pouvait croire qu'on avait comme qui dirait gagné la paix pour tous, et voilà qu'en fin de compte on a nos deux fils partis pour une autre guerre et une fille qu'elle exhibe son corps à tout le monde, pendant que les Boches, que ça est des genres de Huns, envoient leurs bombes sur Londres.

— Plus pour l'instant, fis-je observer. La Luftwaffe a de quoi s'occuper ailleurs.

— Ça est mieux de ne plus penser qu'on a des enfants, dit-il avec tristesse. Comme ça, s'ils ne reviennent pas, l'angoisse est moins grande.

— Ils reviendront.

— Y en a déjà d'autres qui ne sont pas revenus. Je connais des hommes qu'ils viennent boire un verre ou deux ici et, quand ils ont un coup de trop dans le nez, ils pleurent à cause d'un fils tué en Afrique. Non, y a pas d'esplication.

Cette fois encore, les quatre syllabes s'étaient détachées avec une intonation égale. Devant l'évier, situé sous la fenêtre, Ludmila Jones faisait déjà la vaisselle en nous tournant, eût-on dit, sévèrement le dos. Le chat lui miaulait autour des chevilles, et elle lui parlait, sévèrement aussi, en gallois.

— Le chat est le seul à comprendre le gallois, dit David Jones. Le passé est mort et ses enfants avec lui, ajouta-t-il obscurément. Venez prendre encore un demi au bar.

Nous en prîmes plus d'un. Ludmila Jones était montée dans sa chambre pour sa sieste de l'après-midi, et David Jones me fit le récit de sa longue chance : son réchappage du *Titanic*, son mariage, l'argent, la bonne paix après *sa* guerre, d'où il était sorti gagnant, finalement, en dépit de la traîtrise de quelques Juifs de Manchester.

— Ça est que nous servions ce qu'il y a de mieux, mon garçon. Avec deux jeunes gars à la cuisine, que j'avais formés de mes propres mains, et Mme Jones, qu'elle se suffit comme attraction, qu'on peut dire. La maison était devenue célèbre dans le milieu des musiciens et des gens de théâtre. Nous restions ouverts tard ; nous avions la patente pour les vins et spiritueux — qu'on nous l'a retirée, mais à cause de la traîtrise de cette putain de police... Il aurait fallu leur graisser les deux pattes, vous me suivez ? Il y avait Chaliapine, le grand chanteur, un colosse, qu'il s'en mettait jusque-là de bortsch ; dix fois qu'il en reprenait, « pas son pareil en dehors de Moscou », qu'il disait. Et aussi Paderewski, le pianiste. Lui, il mangeait comme un oiseau, mais il ne se trompait pas sur ce qu'il aimait. Cela dit, il n'y en avait pas que pour la cuisine d'Europe orientale ; la française aussi était représentée : par peu de plats, mais tous de premier choix, *bachgen* ! Charles B. Cochran venait souvent, avec Evelyn Laye et Jessie Matthews. Sans parler de Noel Coward — quel esprit il avait, celui-là ! Tenez, passons au salon de derrière, que je vous montre mon livre d'or.

Nantis de deux chopes frais tirées, nous traversâmes la cuisine et, par un couloir sombre sentant l'humidité, gagnâmes le petit salon, où je discernai, dans une bibliothèque fermée à clef, son encyclopédie ainsi que le caillou d'or que j'avais déjà vu en d'autres circonstances.

— C'était sûrement une marque d'amour, en un sens, dis-je, de la part de votre fille, de trimballer ça dans un train pour vous le rapporter.

— D'amour, vous dites ? Filial, eh ? Je vais vous dire, elle a toujours eu dans l'idée que cet or est quelque chose de spécial, qu'il faut mettre en sûreté. Pas parce qu'il est à moi et qu'il était à mon père avant. Non, parce que ça est une valeur vraie, réelle — pas comme le papier. Le papier, ça est comme le bouchon dans le ruisseau, ça flotte, ça plonge, ça remonte et pour finir ça fout le camp dans l'égout. L'or, ça est l'or. Jamais je ne pardonnerai à Reginald ce qu'il a voulu faire : vendre ça pour aller donner des fusils à des salauds de Latinos espagnols. Non, regardez plutôt ça : toutes ces photographies dédicacées, ces petites poésies, ces bons sentiments, bons souvenirs et autres, dans toutes les langues...

Et il était vrai que ce livre d'or représentait un fameux témoignage de la reconnaissance du ventre de toutes ces personnalités de talent. Mark Hambourg, qui n'avait mangé qu'un seul poulet avant son concert à la salle du Libre-Échange, « afin de rester léger », mais pour se rattraper en en dévorant trois, après. Artur Schnabel, présent avec un hommage destiné, supposai-je, à Ludmila Jones sous la forme d'une allusion au « das Ewig-Weibliche » du *Faust* de Goethe. Lorenz Hart et Richard Rodgers, avec un vers d'une de leurs opérettes. Le pianiste Pachmann, avec une mesure griffonnée d'un *Prélude* de Chopin. La Tetrazzini dans toute sa quincaillerie, avec sa signature barrant le triple menton sur la photographie et pareille à un arpège remontant à la source de la bouche mignarde. Et aussi, de la main d'Evelyn Laye : « A la revoyure ! » Et de A. P. Herbert, une autocaricature au-dessus de ce distique : « Si par ta faute, David Jones, je me pète la panse, Ce sera joie de l'estomac te faisant révérence. » Ou encore, tracés dans une écriture tremblée d'alcoolique, ces simples mots : « Admirable en tout point », signés : « Winston Churchill ».

— Vous devez ressentir cet endroit-ci un peu comme une... diminution, non ? demandai-je.

— Ah, ça était forcé. L'air de Manchester la tuait. Et d'ailleurs, la société Kardomah avait acheté l'immeuble, que ça appartient maintenant à deux frères, deux jeunes Juifs, soit dit sans vous offenser. Et je ne parle pas des ennuis qu'on nous a faits pour la patente. Ça est dans les règles : les choses finissent toujours par se gâter. Question de degré. Ça n'est pas le tout de travailler dur, *bachgen*. On ne peut pas faire sans la chance, et elle n'est pas éternelle. Voilà, ça est comme ça est. Je ne me plains pas.

J'en avais assez. Je dis :

— Il faut que je retourne à bicyclette jusqu'à Abergavenny, pour prendre mes affaires à l'hôtel.

Non que j'eusse aucune intention de retour — je me voyais déjà obligé de dormir dans une chambre hantée, pleine d'une puanteur de poisson pas frais ou des gargouillements d'une strangulation. Au mieux, je tracerais une carte sur des draps qui auraient tenu chaud, dans le passé, à Béatrice Jones, et je serais moins *glân*, moins net que je n'en avais l'air. J'avais remarqué un téléphone sur le vaisselier gallois de la cuisine. Je passerais un coup de fil de l'*Hôtel de l'Ange* et j'invoquerais un ordre de rentrer d'urgence pour reprendre mes cours de techniques de la douleur et de l'assassinat.

TRI

Le simple soldat Daniel Jones, de la 3e section, compagnie C du 1er bataillon, régiment Royal Lancaster, 3e brigade d'infanterie, 1re division d'infanterie, 6e corps d'armée, reçut l'autorisation d'aller pêcher, à l'aube, dans le lac dit d'Albano, le poisson du cru connu des indigènes sous le nom de *coregone*. Son équipement se composait d'une béquille et de deux cordons tire-feu de canon noués bout à bout — l'une comme les autres d'emprunt — ainsi que d'un passe-lacet coudé en guise d'hameçon et d'un morceau de singe pour appât. Il attrapa trois pièces avant que le soleil fût déjà haut. Son pote Wally Squire avait allumé un feu et ils eurent tout loisir de déguster un petit déjeuner de *coregone* grillé sur la braise, avant de recevoir l'ordre de regagner les rangs pour marcher sur Rome. Le poisson changeait la vie, pour Dan Jones : apparemment, cela lui relâchait les intestins et lui permit, derrière un arbre, de déféquer pour la première fois depuis une semaine. Il était en manque de poisson. Depuis le débarquement, il avait vécu de singe, consommé nature, à même la boîte, ou en ragougnasse, la seule variante étant de mordre une bouchée de ration de fer, laquelle consistait en une barre de chocolat dur, aromatisé d'extrait de viande. Il avait été fait prisonnier aux abords de Campoleone, pas très loin sur la route de Rome, qui commençait à la tête de pont.

C'était avec soulagement que Dan avait déposé son fusil et décroché de sa ceinture ses grenades. Il en avait soupé de cette campagne de libération. Avant même l'embarquement à Naples, il flottait sur l'entreprise une odeur de défaitisme, du moins parmi certains rangs. Le chef de section, M. Hotchkiss, avait expliqué, au cours d'une petite causerie assortie d'une carte, où cela se déroulerait. C'était un homme jeune, très gentil, agent immobilier dans le civil, et convaincu à tort que sa section riait de lui parce qu'il s'était fait rosser et dépouiller de tous ses vêtements et de son argent dans un bordel de Pouzzoles.

— Sable, pins, broussailles. Ensuite, les gars, on tombe sur une rivière qui s'appelle, si cela vous intéresse de le savoir, la Moletta. De l'eau qui mouille, comme toutes les rivières, point c'est tout. Mais rivières ou pas, de l'eau qui mouille on n'en manquera pas. Les prévisions de la météo sont à peu près aussi mauvaises que possible, comme de juste et de normal dans ce genre de sauterie. Ça ne fera jamais qu'un mauvais quart d'heure à côté de ce que les Amerloques et leurs chasseurs à pied vont déguster sur la grande plage d'Anzio. De toute façon, ça ne sera du gâteau pour personne.

Le convoi naval était si long qu'il dut s'engager loin sur la mer Tyrrhénienne avant que sa tête pût voir vraiment sa queue. Les hommes, eux, regardèrent un bon coup Capri. Il y en eut qui chantèrent :

Alors ell' m' chuchota : « Il se fait tard chéri »
Et comm' je me penchais pour lui baiser la main
J'ai vu l' jonc d'or tout simple et mince comme un brin
Et c'est de là qu' j'ai dit : Adieu fini Capri.

— D'ac, dit le première classe Bates, z'avez raison d' vous en fout' plein la vue, pasqu' vous n'êt' pas près d' la r'voir, ste saloperie d'île.

Tandis que le soleil se couchait sur lui, l'énorme convoi, toutes ferrailles grinçantes, continua, cap sur le continent. Étoiles, mais zéro pour la lune. Pas un seul avion chleuh non plus — comment ça se fait-il, monsieur ?

— Ah, fit M. Hotchkiss, c'est qu'ils n'ont pas trop de tout leur matériel au mont Cassin, où nos gars et les Américains foutent la pâtée à ceux de leur ligne Gustav.

Ils étaient tous gelés et la plupart avaient en outre le mal de mer. Dan Jones se sentait crasseux, inutile, empêtré dans son sac, ses musettes, son masque à gaz, avec une envie de dormir jusqu'à la fin des temps.

— Moment d' faire un ptit dodo, dit le sergent Reckett. Tâchez d'en écraser un peu, si vous pouvez trouver la place. Débarquement dans quatre heures.

Les bâillements du réveil se figèrent en bouches bées d'incrédulité quand le ramdam commença. Jésus Seigneur bordel de pute de merde de Dieu tout-puissant ! Jamais ils n'avaient entendu rien de comparable à ce tir d'enfer fracassant des navires lance-roquettes sur les plages du débarquement. Huit cents fusées chargées chacune de près de quinze kilos de TNT, emplissant moins de sept cents secondes d'horloge d'un tonnerre de Jugement dernier, et faisant éclater l'espace avec le martèlement qui écrasait les champs de mines, les barbelés et, s'il y en avait, les Frisés attendant, tapis dans leurs casemates, l'arrivée du corps de débarquement. Puis, le vacarme cessa, à part les échos qui se renvoyaient leurs ouaouaouaoua en se heurtant sourdement à ce que l'on appelle, ils le découvriraient plus tard, les monts Albains. Dan Jones se crut devenu sourd à jamais. A la lueur des étoiles, il discernait obscurément des visages flous, hormis l'agitation muette des lèvres.

Lorsque les hommes du Royal Lancaster débarquèrent, il s'aperçut pourtant qu'il entendait vaguement, mais de la seule feuille gauche. La péniche d'assaut s'échoua sur une langue de sable, et il se retrouva, comme les autres, jusqu'au cou dans l'eau de mer de janvier. Il entendait des bondieu de foutre de putain de Christ, puis il y eut des explosions de mines terrestres — les roquettes ne les avaient pas toutes fait sauter. Bert Redway, que c'était un bon pote dans son genre, avec son cou de poulet et ses lunettes de plongée toujours sur le nez, eut un pied emporté, et Jack Unwin se répandit en arrosant puissamment d'une averse de sang et de tripes Bill Ross qui, à son tour, s'éparpilla, distribuant ses membres aux quatre points cardinaux.

Dan Jones patina et dérapa dans un champ de carnage, en s'efforçant de suivre le bras du sergent Reckett, pointé sur ce qui semblait être, dans la prélumière d'aube, des dunes. Ils restèrent à battre la semelle et à hoqueter ou vomir, pendant que les sapeurs montaient des pontons en travers de la lagune jusqu'à la côte et que les artificiers du génie installaient des petites lumières à capuchon pour tracer un chemin parmi les mines. Pas de Frisés alentour, pas le moindre, pas même dans les postes de guet en ciment. Des haut-parleurs se mirent à donner de la voix, criant des ordres, ouaouaouaoua, aussi absurdement indistincts que les annonces répercutées dans les gares. La section s'en tenait à elle-même, comme toutes les sections du monde, se serrant les coudes, gelée, trempée comme une putain de soupe et regardant les véhicules de la brigade d'assaut brimbaler vers la côte sur des chemins de treillages métalliques déroulés.

Le rugissement des avions, après avoir semé la peur, fut un réconfort. C'étaient des Spitfire, des Kittyhawk, parasol de protection au-dessus des pins parasols. M. Hotchkiss ne donnait plus signe de vie — à en croire la rumeur, tous les officiers du bataillon avaient été convoqués à une réunion d'état-major, quelque part dans le froid mouillé de l'aube, pour qu'on leur relayât les ordres du feld-maréchal Alexander, au chaud, lui, dans son manteau à col de fourrure, ou d'un des généraux ricains, celui au fourneau de pipe en épi de maïs, qui disait tout le temps : « 'coutez voir, vous. » La plage commençait à regorger d'hommes, de camions, de chars, de chenillettes-mitrailleuses. Les barges ouvraient leur énorme four carré et dégorgeaient leur chargement humain : Forestiers de Sherwood, Cavalerie écossaise, Infanterie légère écossaise du roi, West Kents, Irlandais de Londes, Écossais de Londres — tous tapant des pieds contre le froid, dans l'humidité glacée du sable, et tétant la cibiche, au point que le gris-noir de l'aube scintillait de vers luisants. Il y eut une sacrée explosion à quatre ou cinq kilomètres en mer, lorsqu'un dragueur de mines heurta un de ces engins et coula en trois minutes pile. Claquant des dents, tous, trempés comme le cul dans la soupe de la chanson, ils auraient donné leur peau du dos pour un feu et une tasse de thé. Un commandement claqua quelque part : ordre de commencer à creuser des trous de tireur. Dans ce bordel de sable, bordel, ça n'a pas de sens!

Chaque fois c'était la même chanson. Jamais le temps de sécher. Les tripes constipées, la toux, l'envie de vomir mais sans rien qui vînt. Trempés, ils le furent de nouveau en progressant péniblement, en file indienne, à travers la forêt de Padiglione, pluie battant le casque, genoux noyés par le ruissellement des bâches de tente ou des tapis de sol qui servaient de capes, pignes craquant sous les brodequins gorgés comme des éponges. Dan Jones fut détaché avec le peloton envoyé en reconnaissance — mission : repérer où se planquaient les Frisous. Le groupe s'échelonna en longeant la voie ferrée qui remontait franc nord du port d'Anzio, d'où tonnait le canon géant baptisé « Annie d'Anzio ». Il fit halte en un lieu dit Campo di Carne.

— Ça veut dire « champ de viande », traduisit M. Hotchkiss qui était de la partie. En tout cas, c'est le sens en rital. Alors, m'est avis que ça ne déparerait pas le paysage, de nous colmater la dent creuse avec un bout de bidoche.

Ils mangèrent du singe et des biscuits, et burent de l'eau écopée dans les trous schisteux qui jalonnaient la voie ferrée. De là, ils devaient continuer à marcher jusqu'à la petite gare de Carroceto.

Dan Jones toussait tant et plus et n'avait plus rien à apprendre sur la misère humaine. Ils prirent une route bordée d'arbres qui avaient perdu toutes leurs feuilles. De chaque côté, il y avait de petites fermes. Le deuxième classe « Spagh » Pirelli, dont le père, avant d'être placé dans un camp d'internement, tenait une petite boîte à bouffe dans la banlieue de Londres, à Stepney, héla des travailleurs des champs : « *Ci sono Tedeschi?* » Les hommes interrompirent leur travail à la houe et crièrent en retour : « *Niente Tedeschi!* » Ce que Pirelli commenta en déclarant à M. Hotchkiss que cela signifiait qu'il n'y avait pas de Frisés dans le secteur. Mais Aprilia, au-delà de Carroceto, montrait trois hautes tours qui avaient l'air de cheminées d'usine, et M. Hotchkiss fit remarquer que, là, il devait y avoir sûrement des Chleuhs : le débarquement ne pouvait que rencontrer de l'obstruction quelque part, et cet endroit-ci paraissait constituer une possibilité de verrou valant bien n'importe quelle autre. Lorsqu'ils sortirent de la petite gare de chemin de fer pour s'avancer, le doigt sur la détente et marchant sur des œufs, dans la rue principale de Carroceto, les Frisés leur firent savoir qu'ils étaient bien à Aprilia par le truchement d'un tir d'obus mal ajusté, mais foutrement assourdissant. Ils tournèrent les talons et, traversant la route, prirent la direction de ce qui s'appelait, à en croire la carte, la crête du Bon-Repos. Ils eurent la joie de parvenir à des grottes calcaires — leur premier endroit sec depuis qu'ils avaient touché terre. Le sergent Reckett leur annonça qu'ils avaient le droit de ramasser du petit bois, d'allumer du feu et même de se faire du thé. M. Hotchkiss ordonna au radio du bataillon, qu'il avait pris avec lui, d'entrer en rapport, sur son émetteur, avec le QG du bataillon. Les hommes toussaient comme des perdus.

— Moi, dit Bob Solomon en commençant à se déshabiller, j'ôte ces putains de fringues. Je vais me changer avec du sec, merde, et si un connard y trouve à redire, qu'il se la mette où je pense.

Le feu prit et, dans l'eau qu'ils firent bouillir, ils jetèrent du thé en poudre et sucrèrent le tout au lait concentré, dans cinq gamelles. Ils burent à petits coups, pleins de gratitude. M. Hotchkiss avait du rhum dans sa gourde à eau. Ils se passèrent la gourde avec reconnaissance. La pluie tourna à la grêle. Presque tous se mirent en devoir de piquer un somme.

— Vivement la mort, dit Joe Smedley à travers la fumée de sa cigarette, qu'on aille dire deux mots aux anges.

Le reste du bataillon les rejoignit à la tombée de la nuit. Le commandant Titterton, qui avait sous ses ordres la compagnie C, déclara à M. Hotchkiss que sa grotte pourrait constituer un QG très commode pour le lieutenant-colonel Mackintosh, et que le bataillon au complet devait bivouaquer à Campo di Carne. Le bataillon avait pour tâche de fournir un soutien à la 24e brigade des Gardes, laquelle devait enlever Aprilia. Bivouaquer signifiait creuser à la bêche et installer des tapis de sol et des capes antigaz pour s'abriter contre la grêle ou la neige fondue. Un camion de l'intendance accompagnait les véhicules du bataillon ; on put ouvrir des boîtes et manger froid, des rations M et V, viande et légumes. Il y eut distribution de rhum et tous s'entre-soufflèrent au nez des haleines sucrées. Une cantine du bataillon fut installée dans la grotte qui avait été celle du peloton un de la section trois. On raconta des histoires salées et des voix écossaises entonnèrent des chants fort peu civils, pour célébrer le débarquement triomphal des gars des hautes et des basses terres de là-bas sur le sol italien.

S'ils pouvaient tous entendre le bruit de la bataille autour de Carroceto et d'Aprilia, il y avait toute une part des combats, et non des moindres, qui restait inaudible d'où ils étaient : celle des engagements corps à corps, ou à la baïonnette, ou à la grenade. Des grenadiers, il fut fait des rondelles ou un sacré hachis. Dan Jones, dans les affres de la constipation derrière un arbre, entendit des pieds tristes se traîner à rebours d'eux le long de la voie ferrée : des prisonniers frisous, une centaine, lui précisa-t-on plus tard. Mais un Écossais devait lui préciser aussi que toute l'affaire n'était qu'un foirage complet, un bain de jus de merde et de cadavre, et sans parler de la sacrée bondieu de boue ! Cet homme avait vu trois chars allemands, des Tigre, dérouiller salement les Grenadiers. Ceux-ci avaient peut-être pris Aprilia, mais pour le reperdre, car qu'est-ce qu'il y avait comme matériel chleuh, là-bas, de l'autre côté de ces trois tours qu'on appelait « la Fabrique » !

Le commandant Titterton répéta à la compagnie C ce que le lieutenant-colonel Mackintosh avait expliqué aux commandants de compagnie, savoir que, avec Carroceto et Aprilia nettoyés de toute présence ennemie, il appartenait aux Britanniques de poursuivre la poussée le long de cette route-ci, la Via Anziate, sur six kilomètres et demi, de la gare de chemin de fer de Carroceto jusqu'à Campoleone, situé sur la voie de chemin de fer principale Naples-Rome, pendant que les Amerloques, eux, fonceraient sur Cisterna, qui se trouvait quelque part par là. Un gars de la 2e section, Southey, qui avait toujours plein la bouche des évangiles, lui fit remarquer que Cisterna était les Trois Tavernes dont parlent les Actes des Apôtres : le lieu de rencontre de saint Paul avec les chrétiens de Rome. Très intéressant, dit le commandant, qui s'en battait l'œil. Le 1er bataillon du Royal Lancaster serait tenu en réserve, le fer de lance de l'assaut principal étant entre les mains des Irlandais et des Écossais de la Garde. Dan Jones, à l'heure dite, entendit leurs semelles fouler le ballast de la voie ferrée, sous le couvert de la nuit et des nuages et parmi les coassements des grenouilles et les lointains colloques de chiens errants. Puis, la lune sortit, pleine, énorme, et les Chleuhs commencèrent la danse.

On avait installé une antenne médicale, immédiatement au sud des lignes tenues par le bataillon du Lancaster, dans le bois de Padiglione. Ce fut de la bouche d'un homme des Forestiers de Sherwood, qui avait eu une jambe emportée, que certains soldats du bataillon eurent vent de la putain de boucherie qui avait eu lieu aux environs de Campoleone. D'abord il y avait eu les tirs de mortier — des miauleurs montés sur wagons-plates-formes — et les chars. Nos gars, eux, n'avaient pas eu droit au soutien des blindés, à cause de la boue. Ensuite, la salope de pluie s'est remise à tomber et ça a été la polka des mitrailleuses lourdes. Si des gars de chez nous ont foutu le camp, quel est l'enfant de salaud qui le leur reprocherait ? N'empêche, à l'arrivée de la nuit, le bataillon du Lancaster a eu ordre de se porter en soutien du régiment Duc de Wellington et des voltigeurs de l'Infanterie royale légère du Shropshire. Les rations M et V et le rhum dans le ventre des gars du Lancaster ne les empêchaient pas de continuer à péter de froid. Après, ça a été l'enfer, avec tout qui éclatait : le ciel, la terre et la nuit noire sur nos flancs qui se perdaient, un vers la crête de Vallelata, l'autre vers la crique de Spaccomassi. Hiboux, chouettes, grenouilles, bourdonnement des fils du télégraphe et, tout à coup, devant, derrière, à gauche, à droite, partout l'enfer. Les Frisés étaient là en force et au grand complet, artillerie, mitrailleuses, chars ; et Dan Jones, de sa seule oreille encore à demi valide, entendit devant lui le floc ! mou des fusils et des grenades lâchés par les copains et tombant, flac ! dans la boue sur toute la ligne. Il ne fut que trop content d'en faire autant. De puissants faisceaux de projecteurs fouillèrent la nuit, jaillis de camions, là sur leur gauche, où on leur avait raconté que n'importe quel véhicule s'enliserait dans la mélasse, et une voix à l'accent trop distingué leur dit en anglais, dans un haut-parleur, de faire ce qu'ils avaient déjà fait. Les brodequins noyés d'eau de Dan Jones emboîtèrent le pas à ceux, inondés, d'Eddie Cassell, qui faisaient des bruits d'éponge pleine, pour passer de la voie ferrée à la route qu'ils avaient baptisée « l'imper à Popol » parce qu'elle était toute droite et mince. Puis ils reconnurent leurs propres camions, avec l'emblème de la division brillamment éclairé, mais sous la garde de Frisés, et bon nombre de morts autour, tous de chez eux et surtout de la compagnie A.

Puis tout s'éteignit et il n'y eut plus que la nuit et des voix gueulant des ordres — à part quelques meules de foin qui flambaient à peu de distance de là. Un moment plus tard, la lune surgit, éclairant comme en plein jour, histoire de mater un coup le monde avant d'être engloutie de nouveau par des nuages tout frais. On les fit prendre à droite dans le noir et marcher, pour s'arrêter finalement sur ce qui ressemblait à un territoire de ferme, à en juger par des grognements de porcs et les meuglements lamentables de vaches dont les pis leur faisaient mal de ne pas être traits à cause de l'arrivée des Frisés. Un gros projecteur les illumina une fois de plus, leur montrant, en même temps que les murs de pierre d'une cour de ferme, des visages où se reflétait, pour chacun, sa propre peur. Une voix leur parla dans leur langue pour leur dire de rester où ils étaient et de ne pas faire de bêtises, puisque, pour eux, la guerre était terminée. C'était une voix totalement inconnue. De toute façon, ils s'en fichaient ; tout le truc n'était qu'un énorme merdier, foiré de bout en bout depuis le premier jour malgré les belles paroles du maréchal Alexander : « Vous accomplissez des prodiges, mes gaillards ! », comme de Charlie Pipe-de-Maïs Lucas : « 'coutez voir ske j' dis, les gars : on sra à Rome pour l' jour d' la paye ! »

— Vous en faites pas, ça va êt' pépère, dit Eddie Cassell. Les Frisous, ils connaissent que la règle. Pas de crainte qu'ils nous fusillent ni rien.

Dan Jones eut la sensation qu'il y avait comme un défaut à la jambe gauche de son pantalon. Le guêtron s'était libéré de ses attaches et était tombé. Il ôta l'autre, à droite, et en fit don à la boue de la cour. Tous, ils ne tardèrent pas à s'allonger dans cette boue paysanne, sur les tapis de sol ou les capes antigaz. La lune parut de nouveau, éclatante, adorable. Dans le lointain, des chiens hurlèrent à sa clarté. Dans l'angle le plus éloigné de la cour, on apercevait confusément le commandant Cobbett, qui commandait en second le bataillon, et un petit groupe compact d'officiers. Autrement dit, le colonel avait dégusté pour le compte. Peu après, dans le noir revenu, la voix de M. Hotchkiss s'éleva :

— Troisième section, tout le monde présent ? Pas de manquants ?

Personne ne répondit — même pas : « On est sortis de jeu, à présent c'est les Frisés qui commandent. » En conséquence, M. Hotchkiss appela le sergent Reckett. Quelqu'un répondit que le sergent Reckett s'était barré. Mais le caporal Spencer s'avança sans se presser, de quelque part dans le noir, pour expliquer que le sergent Reckett avait été pris d'une chiasse terrible et qu'il était pour le moment hors d'état de servir. D'autres commandants de section procédaient aussi à l'appel de leur troupeau. En position d'avant-garde, la compagnie A avait contre-attaqué et perdu beaucoup d'hommes. C'était le capitaine Street qui, le premier, avait donné l'exemple de jeter les armes et de lever les mains. Il n'y avait pas vraiment le choix. Ni une seule chance, réellement. Foiré dans les règles, comme ils disaient tous.

Ils furent très peu à pouvoir rester couchés : il faisait trop foutrement froid. Ils se relevaient, battaient la semelle, battaient des bras, mais dans un espace si étroit — un bataillon presque entier dans une cour de ferme — qu'ils se flanquaient des coups entre eux. Ce fut un premier soulagement, de voir venir la pâleur de l'aube, et un plus grand encore quand deux Frisés arrivèrent, attelés à une espèce de roulante et accompagnés de deux *Kameraden*, fusil menaçant. Ils remplirent leur gamelle de soupe brûlante — de l'eau avec des débris de patates et de choux — et mastiquèrent du pain noir chleuh. L'adjudant-chef « Moche » Knott

(« moche » venant en l'occurrence de l'arabe *mush*, qui signifie : non) s'amena sur ces entrefaites et déclara :

— Rasez-vous la couenne et rectifiez la tenue ; raclez-moi aussi toute cette boue. C'est pas le moment de se relâcher. Nous avons une longue marche devant nous.

Et pour aller où, monsieur ?

— A la cité infernale, mes gaillards, avec le pape tout prêt à nous donner sa bénédiction. Et n'oubliez pas de chanter ; ne vous laissez pas abattre, montrez-leur qui nous sommes, à ces fumiers.

Ce fut le commandant Cobbett qui les fit se former comme un vrai bataillon, une fois sur la route. En tête venaient les vestiges des Gardes et de l'Infanterie royale légère du Shropshire. Le commandant Cobbett confirma que le colonel y était resté, ainsi que l'adjudant-major et divers officiers, mais assura qu'il n'y avait pas de raison, pour personne, de ressentir la moindre honte de se retrouver dans les rangs des vaincus — c'était ça la guerre. Il fit un salut du tonnerre à l'officier chleuh qui avait pris le commandement ; puis, après un demi-tour à droite, droite ! toute la colonne s'ébranla. Ils chantèrent « A toi tant que brill'ront les étoiles » et « Y avait des rats rrrats gros comm' des chats au magasin du fourrier » ; mais le cœur n'y était pas. C'étaient les Frisés les vainqueurs et, telle une sorte de confirmation ou de gage de cette réalité, le chant de guerre de la Wehrmacht monta soudain dans l'air, entonné par l'avant-garde du bataillon, toutefois dans la version de la 8e armée de Montgomery : « *Over the ether came that strain, that sweet refrain came back again : With you, Lili Marlene, with you, Lili Marlene...* »

Il faisait très frais, mais sec. Dan Jones se trouva marcher à côté du deuxième classe Shawcross, instituteur de son état dans le civil, qui racontait des choses incompréhensibles — qu'ils étaient en train de traverser de l'histoire, que cette route était celle qu'empruntaient, à leur retour, les légions, après avoir débarqué à Neapolis, comme on disait alors, pour défiler dans un triomphe ou un autre. Çà et là, un ou deux vieux paysans, au bord de la chaussée, écarquillaient les yeux devant ce long cortège de défaite et, des rangs, une voix lançait : « Perds pas l' sourire, grand-père ! » ou bien : « Y en a plus pour longtemps ! » Toutes les heures, ils avaient droit à l'exactitude méticuleuse d'une pause de cinq minutes pour pisser dans les fossés ; mais ils ne reçurent rien à manger avant d'arriver à Castel Gandolfo. Ça, commenta le puits de science Shawcross, c'était la résidence d'été du pape. Grand lac, route montante, bâtiments derrière une grille en fer. Mais ce qui retint l'attention de Dan Jones, ce fut le spectacle d'une masse d'Amerloques prisonniers, parqués au bord du lac, sous la menace de fusils allemands et même de deux ou trois mitrailleuses pointées du haut de camions. Ratissés à Cisterna et à Velletri. Un ou deux des Amerloques avaient tenté de s'évader à la nage par le lac d'Albano, mais s'étaient fait tirer comme des canards et noyés. Les Frisés déchargèrent des caisses de rations K, de singe, de viande et légumes, et même de cartouches de Lucky Strike et de Chesterfield, autant de prises de guerre qu'ils distribuèrent aux prisonniers. Puis ceux-ci essayèrent de dormir en se serrant les uns contre les autres ; mais il faisait trop foutrement froid. Et aussi une bagarre éclata entre Alliés. Bande de lopettes, c'est vous qu'êtes cause de ce merdier. Non, mais vous l'entendez, ce fumier d' Ricain ! Écrase, t'as même pas fini tes classes. Les Frisés de garde s'amusaient assez de cette confirmation de leur propagande sur les dissensions anglo-américaines. L'aube était là quand ils reprirent leur marche.

Immédiatement au sud de Rome vinrent s'agréger à eux environ quatre cents prisonniers de plus, britanniques, américains, même de pauvres bougres à la peau basanée et faisant la sale gueule, des Algériens, tous capturés dans l'offensive pour tenter de percer l'imprenable ligne Gustav. La nuit et le couvre-feu s'étaient imposés depuis un bon bout de temps déjà lorsque, sous le regard d'une lune romaine inquiète, ils défilèrent devant la Porta San Sebastiano et les Thermes de Caracalla.

— Merde, cria un rigolo, ils vont nous jeter aux putains de lions !

Car, après leur avoir commandé « Halte ! » devant le Colisée, on les poussait à l'intérieur de ce monument, à la pointe des baïonnettes, par les grilles ouvertes. Shawcross l'intellectuel bafouillait des phrases où il était question d'héroïnes de l'ère victorienne et de fièvres romaines mortelles. Ceux qui en étaient capables chièrent parmi les vestiges médiévaux entreposés qui encombraient l'arène ; mais beaucoup souffraient de constipation opiniâtre. Un jeune Amerloque appela sa maman et fut consolé : « Écrase et pionce, tes couches ont même pas eu le temps de sécher. » Au matin, on les bouscula et les poussa en troupeau, raides et ébouriffés, jusqu'à la chaussée, puis, direction nord, vers la Via Nazionale. Sur le trajet, des citoyens romains les suivaient tristement des yeux. Paroles de réconfort ou de commisération eussent été mal interprétées. Cependant, quelques hommes encore jeunes, vêtus de noir et le cou pris dans le carcan blanc des ecclésiastiques, esquissèrent plus ou moins un geste qui pouvait passer pour une bénédiction. Un petit joufflu qui avait l'air d'un balayeur de rue voulut donner une cigarette à Fred Slade. Le Frisé le plus proche se mit en devoir de le bourrer de coups de crosse. Dan Jones, Fred Slade et Jack Prothero sortirent du rang pour sauter sur le salaud, mais ils récoltèrent des insultes et se firent reconduire à coups de crosse également. Dans la colonne, quelqu'un lança d'une voix forte : « Tous en chœur, les gars, chantez ! » L'ennui était qu'ils ne savaient quoi : personne ne leur avait appris le moindre chant qui parlât de foutre la trempe aux Frisous et d'assurer la victoire définitive sur les forces du mal et de l'oppression. En revanche, un groupe entonna : « Coup' tes balloches et fais-en du ragoût », sur l'air que devait illustrer bien plus tard *le Pont de la rivière Kwaï*. « Des balloch's y a pas mieux dans l' ragoût. Qu'ça soit roup's, roustons ou balloch's on s'en fout, coup'-les j' te dis et fais-en du ragoût... »

Balloches et tout, ils durent marcher jusqu'aux Termini, qui était le nom d'une gare de chemin de fer monumentale. Une troupe de gamines en jupe et sarrau bleus, conduites en rangs par des religieuses, se moquèrent gentiment d'eux. Prothero se planta les brodequins dans un gâteau de crottin et dit : « Ou tu marches dans la merde ou on t'en bourre le crâne, et tout ce temps-là t'es dans l' noir. Autant vaudrait être un putain d' champignon. » En colonne, ils pénétrèrent dans l'immense halle d'entrée à peine éclairée, où il y avait des gens qui prenaient bel et bien des billets. Même, à un kiosque on vendait des exemplaires d'un vague torchon à bidonner des bobards. Des panneaux faisaient la réclame d'une Acqua Sacra et d'une marque de cibiches dite Nazionale; sur une affiche, quelqu'un avait barré d'une croix le slogan : *Il Duce ha sempre ragione.*

— Dites donc, on part en vacances à ce que je vois ? gouailla celui qui avait déjà fait de l'esprit au Colisée. M'man, j'ai perdu ma pelle et mon seau !

On les fit tourner à droite sous une sorte d'arche en fer décorative, jusqu'à un vaste quai, sale, interminable. Tout le long de ce quai, quelques misérables bougres de Romains balayaient des ordures.

Sur ce même quai sale et sans fin était aussi rangé un grand nombre de caisses d'emballage, numérotées au pochoir. Deux jeunes Frisés montaient la garde près d'elles avec leur fusil. Néanmoins, un officier ricain, portant les deux barrettes d'argent de capitaine sur ses épaulettes et des lunettes à monture carrée sur le nez, s'approcha pour examiner les caisses avec intérêt et, du ton funèbre dont il eût constaté un désastre personnel, dit :

— Les pirates !

Non content de quoi, il souleva de ses doigts gantés une planche disjointe et palpa l'intérieur. Un des soldats lui administra un coup de crosse sur la main. L'officier réagit en l'apostrophant, en ce qui sonnait comme de l'excellent allemand, avec toute la rudesse et la sévérité du supérieur pour le subalterne. Là-dessus, un officier frisou, en long manteau *feldgrau* et chaussé de belles bottes luisantes de propreté, s'avança vers le soldat et y alla à son tour de sa rebuffade — plus indulgente, il est vrai — pour une conduite aussi inadmissible envers un prisonnier gradé. Après quoi, avec un accent admirable, il poursuivit dans la langue dudit prisonnier :

— Permettez-moi d'assouvir votre curiosité. Ces caisses contiennent des trésors provenant du monastère bénédictin du mont Cassin. Sur les instances de l'abbé, elles vont être transportées à l'intérieur de notre Reich pour y être mises en sûreté. Vous aurez le privilège de les accompagner. Privilège qui ne manque pas d'ironie, puisqu'il n'est que trop connu que la juiverie bolcheviste internationale, sous son déguisement anglo-américain, a bien l'intention d'anéantir le centre, consacré par les siècles, de la foi chrétienne. C'est dire que vous serez en bonne compagnie pour votre randonnée à l'est. Je vous souhaite à tous *Gute Reise* !

Puis il s'en fut à grands pas raides, suivi d'un *Feldwebel*. L'officier ricain lança au dos *feldgrau* qui s'éloignait une phrase où il était question d'Adolf Hitler et de son *Arsch* — ou *arse* ou cul. Puis le train entra en gare. C'était un long convoi de wagons de marchandises — du matériel roulant italien. Sitôt qu'il se fut arrêté et eut lâché un grand soupir plein de vapeur, un caporal amerloque hurla : « OK, les gars ! », et, imité par quatre ou cinq autres, s'élança, sauta sur la voie et, de là, par-dessus les tampons et les chaînes d'attelage. Tous étaient de l'autre côté du convoi avant que les gardes aient eu le temps de mettre en joue. Mais derrière les wagons, des coups de feu claquèrent et les balles les cueillirent et les fauchèrent.

— Mollo, les gars, dit le deux-galons ricain. Connaissez l'air de Glenn Miller ? Bon, alors, compris : « Chattanooga tchou-tchou », hein ? Embarquement général.

S'il était de Chattanooga, il savait de quoi il parlait et n'avait, en un sens, pas tort.

Avec la nouvelle du débarquement de Normandie, le sens politique de la garnison de Gibraltar s'aiguisa. La guerre serait bientôt finie, estimait-on ; il devenait temps de penser à l'avenir. A la Salle des Ingénieurs, il y avait, presque chaque soir, débat politique organisé par la Société de littérature et de débats de Gibraltar, et les séparatistes cymriques, ou Fils d'Arthur, avaient le droit d'y exposer leurs vues au même titre que les communistes, les libéraux ou les zélotes — très vieille-dame-qui-a-avalé-son-ombrelle — du parti du Commonwealth. Pas de conservateurs, sauf parmi les officiers supérieurs.

L'adjudant-major Aled Rhys brandit devant l'assistance — fort loin d'être en entier galloise — un objet ressemblant à une épée de bois, en s'écriant :

— Regardez bien ceci, et ne riez pas si c'est aussi illusoire qu'un putain d'accessoire de théâtre. Car les fouilles du Breconshire nous ont enfin appris l'existence certaine de l'épée d'Arthur et prouvé qu'elle était de cette forme et de cette taille. Voyez-y donc le symbole d'un antique royaume dépouillé de ses droits, mais bien parti pour les recouvrer aujourd'hui.

Des voix bon enfant l'interrompirent : C'est quoi qu' vous voulez, vous aut' Galloches ? C'est qui qui te l'a fabriqué, ton sabre de bois, John Player ? (John Player était le sobriquet qui venait du marin barbu illustrant les paquets de cigarettes Player's, et dont le colonel du 1er Hertfordshire avait affublé un sergent du génie, en lui ordonnant de porter la barbe, conformément à une ancienne tradition régimentaire tombée depuis longtemps en désuétude.)

— Ce que nous voulons, nous les Galloches, comme vous nous appelez, c'est nous libérer de la tyrannie des oppresseurs saxons — c'est-à-dire avoir droit à notre propre Parlement à nous, notre propre gouvernement à nous avec, à notre tête, un chef élu, un président pour commencer, héréditaire, et de là, ensuite, un monarque constitutionnel, et aussi le contrôle de toutes nos putains de richesses naturelles, et notre législation galloise à nous, notre enseignement, notre armée, notre marine, notre politique étrangère, notre autodétermination, notre passeport gallois, nos gardes-frontières gallois, et que l'Anglais, le *Sais,* aille se faire foutre ailleurs, au lieu d'entrer chez nous, bordel, comme si que ça serait chez lui !

Il y eut les huées et les lazzi qui accueillent d'habitude un mauvais numéro comique. Mais Ben Griffiths, les yeux brûlant de colère dans son visage maigre et sombre, se dressa et, après avoir imposé le silence, s'écria à son tour :

— Fendez-vous la pipe, mais vous vous la fendrez de traviole, tous tant que vous êtes, tas de *Sais* arrogants et incrédules, quand viendra le grand jour. A-t-on assez ri de Hitler et de sa poignée de bandits, mais de quel côté est-il, le rire, à présent ? Et Lénine et Staline, s'est-on assez moqué d'eux ? Mais fini, maintenant, bien fini ! Pensez à nos raisons de nous battre, tout au long de ces longues années — si l'on peut considérer que sucer des oranges toute la sainte journée, c'est ça se battre —, et vous verrez que c'était à seule fin de permettre à des nations de secouer le joug de la tyrannie. Inutile d'espérer qu'un seul des partis qui voudront le pouvoir à la faveur des élections à venir, après la victoire en Europe, ne se foutra pas comme d'une guigne de l'indépendance du pays de Galles. Quel sens ont ces mots pour eux ? Si doit venir la liberté pour le pays de Galles, cela ne peut être que des Gallois eux-mêmes. Mais nous prions les Anglais, les Écossais, les Irlandais qui sont dans vos rangs de bien se rappeler que nous ne revendiquons que nos droits, avec la volonté que ceux-ci soient clairement compris des étrangers. Et ce, parce qu'il s'agit de droits de l'homme fondamentaux, que toute créature humaine et pensante se doit, au nom de la simple raison, de soutenir. Par-dessus ses frontières, la nation galloise libre tendra la main à sa voisine, aussi bien qu'à la nation sur l'autre bord de la mer d'Irlande et qu'à l'Écosse, cette Calédonie d'antan que nous rejoignons, avec un enthousiasme fraternel, dans ses propres aspirations à l'autodétermination. Car l'aube qui se lève est celle d'un nouvel âge : l'ère de la liberté pour les petites nations. Toutes ces longues années, le monde a lutté pour la liberté, mais c'est un combat qui relève de l'avenir. L'épée de bois que nous brandissons est seulement le pâle symbole du glaive étincelant qui débarrassera le corps vivant de la nation galloise du cancer saxon. La terre de nos ancêtres sera restituée à ses véritables fils et filles !

Le sergent Reginald Morrow Jones eût dû être présent, normalement, à cette réunion ; mais il était de service, en veste de sport et pantalon de flanelle, à La Línea. Le lendemain matin, en tenue coloniale kaki, il se présenta au rapport du capitaine Woodruff.

Woodruff était un petit homme et un produit de collège supérieur privé, qui parlait, pour toute langue étrangère, un français de même origine. En dépit de son appartenance au corps du Renseignement, il avait du mal à se délivrer la cervelle de la conviction que la maîtrise des langues vivantes est réservée aux maîtres d'hôtel et aux drogmans de Port-Saïd. Il rendit maussadement à Reg son salut et le pria de faire, le cas échéant, son rapport.

— Monsieur, répondit Reg, la nuit dernière, j'ai tué un Allemand.

— Sergent, si vous n'avez rien à signaler, ayez la bonté de le dire. Un de ces jours, vous pousserez trop loin vos facéties. Oui ou non, avez-vous un rapport à me faire ?

— J'ai tué un Allemand la nuit dernière, monsieur.

Le capitaine Woodruff gardait sur son bureau un petit terrier écossais qu'il appelait Pooh et qu'il gratta sous le menton. L'animal tendit le col pour l'inviter à le caresser mieux que cela, tandis que son maître disait :

— Résumons-nous. Hier soir, vous avez tué un Allemand. Vous vous êtes rendu à La Línea ; vous y avez rencontré un ressortissant de cette nationalité ; vous l'avez tué. Que penseriez-vous de coucher par écrit les détails de cette histoire et de soumettre le tout au rédacteur en chef de *la Revue du Roc* ? Titre : « Hier soir, j'ai tué un Allemand », par le sergent R. A. Jones ?

— R. M. Jones, monsieur. Monsieur, vous m'accusez de facétie et c'est vous qui n'êtes pas sérieux. Si vous désirez un rapport par écrit, vous l'aurez, couché sur le papier. Je jugeais de mon devoir de vous informer d'abord de la nouvelle, de ma propre bouche.

Le petit chien regarda Reg. Le capitaine dit :

— Vous me racontez que vous avez tué un Allemand ? Un civil allemand ? A La Línea ?

— Oui, monsieur. Il portait des vêtements civils, comme vous l'avez deviné. Sans que cela signifie que c'était vraiment un civil. Pas plus que je n'en suis un.

— Vous avez TUÉ un de ces fumiers d'Allemands ?

— Sauf votre respect. Je l'ai frappé à mort, avec un couteau de commando, dans une ruelle située derrière le bar *La Baraja*. C'est un mot qui désigne une carte à jouer, monsieur. Ce bar est décoré de grandes représentations très grossies et grossières de cartes de cette espèce, des figures du tarot, c'est-à-dire, plus exactement, le Pendu, la Maison-Dieu, ainsi de suite. Le couteau de commando dont il s'agit n'était pas l'arme réglementaire, soit dit en passant ; je l'ai acheté à un Espagnol. Quant à l'Allemand, je l'avais rencontré à l'intérieur du bar. Il a reconnu sa nationalité, après que je l'eus moi-même percée à jour à l'intonation de son espagnol et à sa prononciation du « r ». Quand je lui ai posé la question, il a répondu que, oui, il était bien allemand et que, bon, puisque nous étions là tous les deux en territoire neutre, et que nous avions marre l'un comme l'autre de cette putain de guerre, alors pourquoi ne pas boire un pot ensemble ?

— Autrement dit, vous avez trinqué avec l'ennemi ?

— Comment l'avez-vous deviné, cette fois, monsieur ?

— Sergent Jones, vous n'êtes qu'un foutu menteur !

— Capitaine Woodruff, vous n'êtes, sauf votre respect, qu'un foutu imbécile.

La main de Woodruff se crispa, arrachant au chien un grognement. Le capitaine gronda à son tour et l'animal grouilla, échappa à l'étreinte de la main, sauta de la table et détala jusqu'à un panier dans un angle de la pièce. Là, il s'aplatit et bâilla, découvrant une langue propre et une voûte palatale rose et cannelée.

— Vous voulez que je remplisse le formulaire 252 pour insulte à officier supérieur ? menaça Woodruff.

— Avec motif à la clef, je vous en prie, monsieur. Ma défense sera que j'aurai tenté de faire, selon mon devoir, un rapport en bonne et due forme sur un acte d'hostilité délibéré et de conséquence fatale sur la personne d'un ennemi du roi, et que vous, mon officier supérieur, avez exprimé, en des termes hautement diffamatoires, monsieur, votre incrédulité.

— Et comment, demanda Woodruff d'une voix soudain angoissée, comment savoir que vous dites bien la vérité, nom-dedieu ?

— Le première classe Whitcombe m'accompagnait, monsieur. Il a été témoin de l'acte, puis il a vomi. Il m'avait déconseillé de faire ce que j'ai fait, en alléguant la déloyauté du coup de poignard dans le dos. Après, et alors que l'Allemand, dont j'ai subtilisé les papiers d'identité dans sa poche — je les ai ici... (Reg tapota sa chemise kaki d'ordonnance à l'endroit de sa propre poche de poitrine.) Alors que, disais-je, cet homme gisait, rendant l'âme parmi les pelures d'orange et les préservatifs jetés là, une prostituée est entrée dans le passage en gloussant de rire, au bras d'un soldat britannique, et elle a vu, non sans horreur, un individu très blond, en civil, gargouiller son dernier souffle.

— Un de ces deux témoins vous a-t-il reconnu ?

— Ah, voilà que vous commencez à me croire, monsieur ? Bien. Fini de me traiter de foutu menteur ? La prostituée, oui, je crois. Son nom est Conchita.

— Et Whitcombe, où est-il en ce moment ?

— Au môle, où il fait un exposé sur la constitution de l'armée japonaise. Mais il confirmera la vérité de mes dires. Et vous ne sauriez traiter Whitcombe de menteur, monsieur. Il est professeur de faculté. Chaire d'études slavoniques à l'université de Durham, monsieur.

Woodruff poussa un gémissement amer.

— Aucun signe d'une présence policière, semblerait-il ?

— Non, monsieur. Pas trace de la Guardia Civil dans les parages. Ses représentants donnaient probablement la chasse, avec leurs fouets d'acier, aux enfants... ceux qui braillent en mendiant des *peniques*. C'est qu'ils la foutent mal, en un sens, ces gosses, vous savez... comme une sorte d'aveu éclatant de la misère de leur pays. Non, monsieur, pas de police. J'ai foncé jusqu'à la frontière, avec Whitcombe qui suivait en soufflant et geignant. Nous sommes passés sans une ombre de problème.

— Et ensuite, vous vous êtes rendu droit à vos quartiers, sans toucher un mot de l'affaire à quiconque ?

— C'est-à-dire, non, pas exactement, monsieur. J'ai bu deux ou trois bières à la cantine des sous-off de la trésorerie. Naturellement, j'ai raconté la chose. L'adjudant-chef de la trésorerie a fait preuve de la même incrédulité que vous, monsieur ; mais je lui ai montré l'arme, avec le sang séché dessus. Il a reconnu qu'il était du devoir d'un soldat britannique de tuer n'importe quel individu appartenant à la nation ennemie et lui tombant sous la main. L'arme est dans mes quartiers, encore tachée de sang allemand. Vous pouvez la voir quand vous voulez, monsieur.

Derrière son bureau, le capitaine se leva. Il avait l'air de ne pas se sentir bien du tout. Il alla jusqu'au panier du chien, prit dans ses bras la petite bête et la serra contre lui, comme si elle avait été l'incarnation de sa raison et qu'il eût eu peur de perdre celle-ci. Il émit divers sons gutturaux, remontant du fond du gosier — des bruits sans rapport avec ceux auxquels il recourait dans les rares circonstances où il usait du français.

— C'est un meurtre. Oui, un meurtre, nomdedieu.

— C'est exact. Mais il s'agit aussi de guerre totale, que je sache.

— Vous avez parlé de papiers ?

— Ah, oui, les papiers... (Reg les extirpa de la poche de poitrine de sa chemise.) En vérité, ils ne nous apprennent pas grand-chose, monsieur. Quelques photos de filles plus ou moins nues, découpées dans un illustré allemand, probablement pour se consoler de la solitude. Une lettre, de fille aussi, sa fiancée sans doute, dirais-je. Elle s'appelle Trudi. Elle explique qu'elle s'ennuie de lui, comme il doit s'ennuyer d'elle, certainement, et que les bombes pleuvent. C'est adressé à Wolfgang Trautwein. Mais dans la lettre cela devient « Woferl », comme dans le cas de Mozart pour les membres de sa famille et pour les intimes. Autre Wolfgang, Mozart, monsieur. Ah, et l'adresse portée sur l'enveloppe est celle du consulat d'Allemagne à Séville. Il semblerait que le malheureux Woferl ait appartenu au corps diplomatique. Cela dit, je me demande si l'on peut réellement le qualifier de civil. Pas trace de grade, il est vrai, hormis *Herr Doktor*. Mais chez eux, il suffit de passer par l'université pour y avoir droit. Comme le *Doktor* Goebbels. Ou comme je le serais, si j'étais allemand. Mais pas vous, monsieur, cela va de soi.

Le capitaine Woodruff vint se rasseoir posément derrière son bureau, sur lequel il installa précautionneusement son petit chien. Puis il dit :

— Donnez-moi ces papiers.

— Vous ne lisez pas l'allemand, monsieur.

— Je le sais, que je ne le lis pas, leur bondieu d'allemand, mais est-ce que je n'ai pas un chien et que je n'aboie pas ? (Ce n'était en fait qu'une demi-vérité.) Je veux aussi le couteau. Vous l'avez acheté à un Espagnol, dites-vous ? Était-ce dans l'intention de faire la peau à votre espèce de Trautwein ?

— Non, pas du tout, monsieur. Je l'avais acheté bien avant, alors que je mangeais un œuf au plat avec des frites. Le tout cuit dans l'huile d'olive. Achat providentiel, pourrait-on dire.

— Vous avez bavardé, dites-vous, avec votre Trautwein — il n'y a qu'un foutu idiot pour porter un nom pareil. De quoi avez-vous parlé ?

— Pas si idiot que cela, en fait — le nom, veux-je dire. Appétissant, même, mais par dérivation, en quelque sorte. Il signifie « truite au vin ». A ceci près que *Traut* n'a rien à voir avec notre anglais *trout*. *Trout*, ou truite aussi bien, se traduit par *Forelle*. En russe, pareillement.

— Sergent Jones, vous me frappez comme n'ayant plus tout à fait votre tête.

— Mon Dieu, oui, monsieur. C'est la fierté grisante du tueur. Fierté légitime, bien entendu. Notre glorieux chef de guerre, le grand Winston, approuverait ce sentiment.

— Nomdedieu de nomdedieu, jura Woodruff entre ses dents serrées. Je vous ai posé une bondieu de question, répondez.

— Pourrais-je m'asseoir, monsieur ? C'est contraire au règlement, je le sais ; mais je me sens un peu las. C'est d'avoir tué, vous comprenez ?

— Non, je ne vous permets rien du tout. Il ne s'agit pas d'une foutue petite conversation au coin du feu entre bons camarades et toute fichue question de grade mise à part. Je suis votre officier supérieur et vous n'êtes qu'un subordonné, et toute cette affaire serait menée selon le règlement en vigueur dans l'armée, n'étaient vos facéties et votre foutue tête en l'air. De quoi avez-vous parlé avec ce type ?

— Oh, de pas grand-chose. Entre parenthèses, son espagnol était meilleur que son anglais. Il m'a dit que cette guerre était trop longue, que c'était grand dommage que deux nations sœurs aient été contraintes de s'y engager, que Hitler avait vu clair à certains égards, sinon à tous, que maintenant, les bolcheviques allaient s'emparer de l'Europe et que, pour les Britanniques et les Allemands, le devoir eût été de s'unir contre les Russes. Il m'a dit également qu'une des idées brillantes de son Führer avait été de liquider les Juifs. Je lui ai rétorqué que j'avais épousé une Juive. Il a ricané et répliqué que c'était peut-être très bien pour le lit. Ensuite, il a ajouté quelques mots en anglais. Il a dit : « Une fois que tu les as baisées, tu leur coupes la gorge. » C'est là-dessus que j'ai résolu de lui trancher la sienne. Au lieu de quoi, ainsi que je vous l'ai raconté, j'ai frappé dans le dos. Jusqu'à la garde. Dans un passage mal éclairé. Derrière le bar connu sous le nom de *La Baraja*.

— Il n'est fait aucune mention dans votre, hum... dossier, dit Woodruff, de ce que votre femme est juive.

— Cela ne regarde personne d'autre que moi, monsieur. L'armée britannique n'est pas encore l'armée allemande, que je sache.

— Ne regarde personne, hein ? Vous avez tué cet homme pour

une raison hautement personnelle. C'est le meilleur argument pour votre défense.

— Défense ? Défense ? Nom de foutre, voilà que j'ai besoin d'une défense, maintenant ? Vous parlez comme si j'avais à répondre d'un crime parce que j'ai accompli mon devoir élémentaire de soldat. J'ai fait la peau à un Allemand, un point c'est tout. J'ai rapporté cet acte comme il se doit, un point c'est tout. Je devrais faire un demi-tour à droite et rompre. Après avoir salué. Monsieur.

Reg salua, mais sans bouger d'un pas. Le téléphone sonna et le petit chien sursauta, bondit du bureau et détala jusqu'à l'asile de son panier. Le capitaine Woodruff décrocha.

— Allô ?... (La voix soudain au garde-à-vous, il reprit :) Oui... Dix heures. Très bien... (Il raccrocha le récepteur.) C'était, dit-il lugubrement, le Couvent.

— Le gouverneur, monsieur ? A propos de cette histoire, monsieur ? Ils ont fait vite.

— C'était très exactement l'aide de camp du gouverneur. Il n'a pas dit de quoi il retournait ; mais nous savons à quoi nous en tenir, vous et moi. Rectifiez la tenue. Redressez votre calot. Ôtez-moi de votre poche de poitrine ce bondieu de stylo. Si vous êtes convaincu d'avoir fait acte de soldat, tâchez d'avoir l'air d'en être un.

— Oui, monsieur.

Le capitaine Woodruff donna à son petit chien quelques bouts de biscuits, après les avoir émiettés, et un peu de lait condensé en boîte, en expliquant à la petite bête qu'elle devait être un gentil petit animal, le temps de son absence. Puis, au pas, une deux une deux, il prit avec son sergent le chemin du Couvent, situé sur l'esplanade du Gouverneur. Ce n'était pas loin, mais la température estivale était tuante. Le gros rocher ressemblait à un dogue ronchon. Le capitaine Woodruff épongea son visage trempé de sueur, en faisant antichambre en compagnie du sergent, des portraits de l'amiral Rooke et du général Heathfield, ainsi que du mauvais tableau panomarique célébrant la prise de Gibraltar aux Espagnols en 1704. Reg alluma une cigarette sans se faire rappeler à l'ordre. Puis une deuxième. Il était 11 heures moins le quart quand l'aide de camp, capitaine au visage en face de lune et à la moustache mal taillée, vint annoncer que l'ON était prêt à recevoir le capitaine Woodruff. Bien qu'il ne comprît pas exactement ce que fabriquait ici ce sergent, il reconnut que le capitaine Woodruff avait probablement ses raisons de l'amener.

— Mes raisons, oui, j'en ai de bonnes, répliqua sombrement Woodruff en repartant au pas.

Dans le bureau de Mason-Macfarlane, lieutenant-gouverneur de Gibraltar, le capitaine Woodruff salua martialement et fut prié de prendre place. C'était un bureau très vaste pour un territoire aussi resserré. A cause de ces dimensions, il était frais ; de surcroît, les volets étaient fermés. L'espace clos regorgeait de reliques du Gibraltar d'antan : bronze d'un sarrasin qui aurait pu être d'époque Tarek ibn Ziad, plans de la cathédrale anglicane, de style mauresque, scènes de bataille avec la masse indifférente et fauve, à l'arrière-plan, de l'énorme lion de calcaire et de marbre statufié au repos, cloches de frégates naufragées ou sombrées. Et aussi un magot empaillé, et des perdrix, des bécasses, des pigeons de même — toute la faune du Rocher, naturalisée. Et des cactées cierges en pot. Présent aussi, le commandant Willard-Gibbons, assis. Les sièges étaient d'une élégance XVIIIe siècle inconfortable.

— Merci à vous d'être venu si promptement, dit le gouverneur. Je crois que vous vous connaissez tous les deux... (C'était un fait et le capitaine et le commandant opinèrent d'une tête prudente.) Nous aurons besoin de l'avis de Willard-Gibbons, car notre affaire paraît relever du Code civil. Quant à savoir si elle est également du ressort du renseignement militaire, j'ai mes doutes. Un rapport m'est parvenu de l'autre côté de la frontière, par des voies quelque peu détournées. Vous ne l'ignorez pas, nous avons part au maintien de la fiction que le gouverneur espagnol d'Algésiras est aussi le vrai gouverneur de Gibraltar ; à ce titre, nous attendons pour le mois prochain sa visite triomphale. Nous n'y voyons pas de mal, du moment que cela incite nos voisins à se tenir tranquilles. Mais j'ai reçu d'Algésiras notification de ce que l'on aurait, apparemment, retrouvé le corps d'un Allemand assassiné. De l'enquête menée par la police urbaine se dégage l'information que l'Allemand en question, connu de nom en ville — j'ai noté ce nom quelque part, mais n'importe —, a été aperçu pour la dernière fois en compagnie d'un des nôtres. Très embarrassant, comme vous l'imaginez. Aperçu dans un bar de la ville avec un soldat britannique — en civil, naturellement. La police n'accorde pas trop d'importance aux dires des, hum... dames de plaisir ; toutefois, l'une d'elles prétend avoir vu l'un de nos hommes retirer du corps un... poignard, mettons. Sans pouvoir le nommer, elle se dit en mesure d'identifier cet homme à vue. Le fait est que les autorités espagnoles soutiennent mordicus que c'est bien un soldat britannique, en permission de vingt-quatre heures à La Línea, qui est coupable d'un meurtre sur leur territoire national. En votre qualité d'officier de renseignements, avez-vous reçu une, hum... indication touchant cela ou quoi que ce soit d'analogue ?

— Oh, oui, monsieur, répondit sans joie Woodruff. Le nom de cet Allemand est Trautwein. Attaché au consulat ennemi à Séville. En territoire qui n'était pas le sien ; évidemment là pour espionner. Et il a bien été poignardé par un des nôtres... des miens, plus précisément. Le sergent Jones. Je l'ai amené ; il attend dans l'antichambre.

— Quel ennui, dit le gouverneur. Extrêmement embarrassant. Il a avoué, ou quoi ?

— Monsieur... Il a demandé le rapport ce matin, pour m'annoncer cela. Il est fier de son acte. C'est, dit-il, l'affaire d'un soldat, de tuer l'ennemi. En un sens, je suppose qu'il n'a pas tout à fait tort.

— En a-t-il parlé à autre que vous ?

— A toute la cantine des sergents de la trésorerie, oui. Si on le laisse faire, il s'arrangera pour que *la Chronique de Gibraltar* l'étale en première page. Je le répète : il en est fier.

A ce moment, le commandant Willard-Gibbons prit la parole. C'était un officier d'âge mûr, sans affectation particulière. Membre du barreau dans le civil, jouissant de loisirs dans l'armée, il était, à l'occasion, appelé à donner son opinion d'homme de loi, dans les domaines où Code civil et Code militaire se chevauchent et finissent par se marcher mutuellement sur les pieds.

— Si notre homme, dit-il, avait tué dans les limites d'un théâtre de guerre reconnu, il serait un héros.... Enfin, c'est beaucoup dire... un soldat qui n'a fait que son devoir, sans plus. L'ennui est que cela s'est passé en territoire neutre. Les Espagnols ont raison de l'interpréter comme l'acte d'un meurtrier. En droit international, ils pourraient exiger l'extradition.

— Gênant en diable, dit le gouverneur. Quoi qu'il en soit, la question est : qui, à présent, est, hum... chargé, mettons, d'appliquer le droit international ? Enfin... je ne vois personne qui puisse obliger à se plier à une telle exigence, ou quoi ?

— C'est que, répondit le commandant Willard-Gibbons, ce n'est pas la bonne façon dont on est censé aborder le problème, en réalité. Il faut le considérer du point de vue espagnol. Un Allemand a été tué sur le sol d'Espagne, et les Allemands, vus sous l'angle de ce pays, ont montré beaucoup de gentillesse en n'envahissant pas son territoire pour s'emparer du Rocher. Dans le cas présent, ils vont être très désagréables, et Franco va se retrouver dans le pétrin.

— Ne me dites pas, dit le gouverneur, que cette affaire va remonter jusqu'à Madrid ? Sûrement, de ce côté-là, l'on préférera ne pas l'ébruiter et la réduire à un fait divers local.

— N'y comptez pas, je le crains, monsieur. Si, comme nous l'affirme ici Woodruff, cet Allemand appartenait aux services du consulat de... d'où ? ah, oui, Séville... alors, ce consulat saura où il était et désirera comprendre pourquoi il n'est pas revenu. Et rappelez-vous que les Allemands ont barre, en quelque sorte, sur les

Espagnols, pour leur aide à la victoire de la Phalange et tout au cours de cette fichue guerre civile. Un meurtre n'est pas rien, surtout celui d'un ressortissant allemand par un ressortissant britannique en territoire espagnol. Cela fera certainement du bruit.

— Quelle solution, alors ? s'enquit le gouverneur. Livrer ce type, qui est des nôtres, et le laisser juger pour meurtre ?

— Évidemment, ce devrait être la marche à suivre, mais nous n'en ferons rien. En fait, le cas ne manque pas d'intérêt. Vous souvenez-vous de cette affaire, à Londres, en septembre 1939 ? Non, sans doute, car on ne l'a pas rendue publique. Il s'agissait d'un type qui avait pour beau-frère un Allemand et le détestait. Le beau-frère avait gardé sa nationalité allemande — passeport et tout. Nazi intégral, apparemment. Employé dans les bureaux londoniens de la Lufthansa. Avait connu et épousé la fille, sœur de notre type, et anglaise. Bref, peu après l'annonce de la déclaration de guerre, le frère a tué son beau-frère d'un coup de couteau. Naturellement ce n'était pas de jeu ; la règle est d'accorder au personnel d'ambassade, de consulat et *tutti quanti* le temps de filer. Mais le type en question a plaidé le coup porté à l'ennemi.

— Je n'étais pas au courant de cette histoire, avoua le gouverneur. Et votre type s'en est tiré ?

— On a rendu un verdict d'homicide sans préméditation. Pas de jury, cela va de soi. Huis clos. Mais il y a un recours en appel qui court toujours.

L'histoire était fable pure. Le commandant Willard-Gibbons se flattait quelque peu d'avoir un talent de conteur. Il était l'auteur d'un roman invraisemblable, dont le personnage principal était un homme accusé d'un meurtre à Detroit, et qui avait pour alibi que, au même moment, il était occupé à tuer quelqu'un à Chicago. Il y avait amplement preuve qu'il avait commis les deux meurtres, mais une égale impossibilité qu'il eût pu les commettre. Il jouait des deux cadaves l'un contre l'autre.

— La règle du jeu, reprit le commandant. C'est, vous le savez, un argument dont il faut tenir compte. Il est des choses qui, tout bonnement, ne se font pas. Je crains que le gouvernement de Sa Majesté ne soit pas très heureux d'apprendre la nouvelle de ce meurtre d'un individu en civil par un autre quidam, en civil aussi, en territoire neutre, étant donné surtout que la victime était sans arme, donc sans aucune chance vraie de pouvoir se défendre. Je ne sais pourquoi, mais cela n'a pas une franche odeur de guerre.

— Alors, que faire, encore une fois ?

— Eh bien... si ce que Woodruff dit est vrai, il s'est mis dans une situation très dangereuse — c'est de notre homme que je parle — en allant crier sur les toits son acte. Pour le moment, la police espagnole se contente de déclarer qu'un soldat britannique, en vêtements civils, a assassiné un homme qui avait le droit de se promener en territoire espagnol sans se faire molester. Je veux dire qu'elle ne connaît pas l'identité dudit soldat, mais que cela ne tardera plus, s'il continue à se vanter de son coup. Avant la tombée de la nuit, la nouvelle sera parvenue au journal de Gibraltar en langue espagnole, *El Calpense*, lequel est lu là-bas, à Madrid, en haut lieu. Après tout, la police a le droit de savoir, dirais-je, quels étaient ceux de nos hommes qui, la nuit dernière, de l'autre côté de la frontière, ont mangé un œuf frites et se sont fait racoler par une prostituée. Elle a aussi le droit de les réclamer pour les aligner, à des fins d'identification, devant des témoins... Tient-on registre de ceux qui passent la frontière ? conclut-il à l'adresse du capitaine Woodruff.

— Ma foi, oui, d'une façon. Il faut une permission. Il y a un genre de quota, veux-je dire. On ne saurait concevoir que la garnison entière s'en aille caracoler en Espagne selon son bon plaisir.

— Donc, il y a trace ? Autrement dit, nous pourrions aligner tous ceux qui ont franchi la frontière hier soir, et les amener en rangs à la police, pour qu'elle puisse voir la tête qu'ils ont ?

— Oui, ce serait possible, je suppose, répondit Woodruff. En exceptant le sergent Jones, évidemment.

— C'est son nom, ou quoi ? dit le gouverneur. Bien, bien. Tout cela est parfaitement irrégulier, cela va de soi. En somme, vous suggérez, capitaine Woodruff, que nous jouions, mettons, la comédie de complaire à la requête, prévisible à juste titre, du chef de la police de La Línea, tout en protégeant celui qui a fait bel et bien le coup ? Ce n'est guère jouer le jeu, dites ?

— Ah, j'en suis aussi conscient que du reste, monsieur, rétorqua Woodruff. Mais nous sommes censés avoir pour mission de tuer des Allemands... enfin, d'une façon, car ce n'est pas une occasion qui se présente beaucoup ici. Ce que je veux dire, c'est que nous sommes en guerre contre ces gens, tout bien compté. J'entends par là que, si le sergent Jones a tué un homme appartenant à l'ennemi, il semblerait plutôt injuste de le punir pour ce motif. Cela dit, à supposer même que nous dépêchions de l'autre côté tous les autres zèbres de chez nous qui s'y trouvaient hier soir, la police espagnole ne se hâterait que trop d'en agripper un et de le retenir, pour faire plaisir aux Allemands.

— Du strict point de vue juridique, intervint à son tour le commandant Willard-Gibbons, nous devrions éviter de mêler la guerre à cette affaire. L'Espagne est territoire neutre. Un homme plante un couteau dans le dos d'un autre. Homicide pur et simple. Jamais il n'aurait dû faire cela. Ce n'est pas la manière de conduire une guerre, veux-je dire. L'ennemi est anonyme, impersonnel, c'est là que je veux en venir. Même si Adolf Hitler en personne débarquait demain à La Línea et qu'un des nôtres se le payât, le gouvernement de Sa Majesté, voyez-vous, serait placé dans une situation des plus embarrassantes. Il y a cette histoire de neutralité, voyez-vous.

— Je ne crois pas qu'il aurait commis cet acte, dit confusément le capitaine Woodruff, s'il n'avait prononcé des paroles déplaisantes sur les Juifs.

— De qui parlez-vous ? demanda le gouverneur. Qui a prononcé des paroles déplaisantes ?

— L'Allemand, monsieur. Ce Trautwein. Il a eu des mots extrêmement désagréables, et bien plus encore lorsque le sergent Jones lui a déclaré être marié avec une Juive.

— La femme de ce sergent Jones, dit le gouverneur, est juive ?

— Oui, monsieur. Mon sentiment personnel est qu'il n'aurait jamais sorti ce couteau ni porté ce coup, si l'autre n'avait tenu des propos peu aimables sur les Juifs.

— Ah, mais alors, intervint le commandant Willard-Gibbons, c'est que nous changeons tant soit peu notre fusil d'épaule. Il n'est plus tout à fait question de tuer l'ennemi ès qualités. Votre homme a tué son Allemand pour un motif hautement personnel.

— Oui, dit Woodruff, mais ce motif hautement personnel est, en réalité, étroitement lié à celui pour lequel nous sommes censés nous battre contre les Allemands.

— Pas vraiment, objecta le gouverneur. Nous sommes entrés en guerre à cause de la Pologne. Nous n'avons pas déclaré la guerre aux Allemands parce qu'ils tuaient des Juifs. Après tout, nous n'en savions rien, ou quoi ? Naturellement, il faut les empêcher de continuer à tuer des Juifs — et le reste aussi bien, d'ailleurs. Mais, à mon avis, avoir des mots désagréables pour les Juifs n'est pas une raison de donner un coup de poignard.

— Notre devoir est de tuer de l'Allemand, dit le capitaine Woodruff. Et nous ne faisons rien d'autre... à tort et à travers, jusqu'aux femmes avec un bébé dans les bras. Cela non plus n'est pas censé être de jeu.

— Pensez-vous que nous devrions dire deux mots à votre sergent ? demanda le gouverneur. Le prier au moins de se taire ?

— Je l'ai amené jusqu'à votre antichambre, répondit Woodruff.

— Un instant, intervint de nouveau le commandant Willard-Gibbons. Une chose s'impose avant tout, et d'urgence. Interdiction jusqu'à nouvel ordre des petites virées en Espagne. La mesure peut-elle entrer en vigueur immédiatement ?

— Les ordres du jour pour la forteresse sont donnés à midi, répondit le gouverneur, tout en sonnant son aide de camp. C'est parfaitement possible. Pour plus de sûreté, vous installerez un poste de garde aux Quatre-Coins.

Le commandant Willard-Gibbons reprit :

— Mesure numéro deux : débarrasser le Rocher de ce type, aussi vite que possible. Le muter sans attendre.

— Ah, Seigneur ! gémit Woodruff. Si vous croyez qu'il est facile d'arranger comme ça une mutation ! Où allons-nous l'affecter ? Le rapatrier serait aggraver encore la situation. Songez que, là-haut, vous aurez l'ambassade d'Espagne qui harcèlera Churchill, sans compter toutes sortes d'enquêtes sur la conduite de nos relations, ici, avec... Non, excusez-moi, je vous prie, monsieur, poursuivit-il en s'adressant au gouverneur, mais ce sont vos oignons... pardonnez-moi l'expression. Le fait est que la situation promet d'être plutôt embarrassante pour tout le monde.

— Le plus embarrassant, fit observer le commandant Willard-Gibbons, est d'être ainsi réduits, par la force des choses, à la position de menteurs. De taire la vérité, s'entend. Mentir à l'ennemi fait partie des règles normales de la guerre. Mais mentir à une nation amie !

— C'est, s'enquit Woodruff, à l'Espagne que vous pensez ?

— Ces gens ont empêché les Allemands de filer droit sur Gibraltar, par la frontière française. C'est un geste plutôt amical, dit le gouverneur.

— Mon opinion... (Le commandant Willard-Gibbons suivait son idée.) Mon opinion est que la situation appelle une politique de savante inertie, face à la police espagnole. La réalité est qu'elle ne peut rien faire. Du moins tant que notre bonhomme ne prend pas le ciel à témoin de sa culpabilité.

— Culpabilité, non, pas vraiment, grommela Woodruff. En tout cas, de notre point de vue. Mais il s'est conduit comme un foutu imbécile... pardonnez-moi l'expression, monsieur.

— Je suis d'accord, déclara le gouverneur qui suivait aussi son idée, sur la mutation immédiate. Si horrible soit-il, je suppose, continua-t-il, de dire une chose pareille, il n'empêche que la seule façon dont l'affaire pourrait se résoudre, hum... proprement, serait d'envoyer votre sergent dans une zone de combats, pour qu'il y meure au champ d'honneur. Cela fermerait la bouche à tout le monde et satisferait les Espagnols.

— Nous aussi, renchérit le commandant Willard-Gibbons.

— C'est assez moche, quand on y pense, fit remarquer Woodruff.

— Hé, mais la guerre est vraiment une chose assez moche,

vous savez, répliqua le gouverneur, l'âme en paix. Ah, vous voilà, Tony, reprit-il comme l'aide de camp entrait. Il y a une décision à ajouter à l'ordre du jour pour la forteresse.

Le capitaine Woodruff dit :

— Je vais chercher notre zèbre.

Il trouva l'antichambre vide. Des murs, l'amiral Rooke et le général Heathfield le considéraient tristement. Il ne manquait plus que cela ! Il sortit dans le bruit et la fournaise, et questionna l'une des deux sentinelles en sueur. Il apprit que le sergent en question était parti dans la direction de la Grand-Rue. Fort de son expérience du Renseignement, Woodruff devina où, très précisément, dans cette artère ou l'une des rues y donnant, le sergent Reginald Morrow Jones avait pu, en particulier, se rendre. Du corps de garde du Couvent, il téléphona au bureau de *la Chronique de Gibraltar*. Il parla au sergent Shorter qui, aidé de divers caporaux, avait la responsabilité du journal. Le sergent Jones est-il là ? Oui, monsieur. N'imprimez pas un seul mot de ce qu'il raconte, c'est un ordre. Capitaine Woodruff, des services de Renseignements, en personne à l'appareil. Dites au sergent Jones de venir au téléphone, immédiatement...

Le capitaine Woodruff ravala un gémissement. Depuis le temps, son petit chien devait être en train d'inonder de pipi son beau plancher propre.

Le soir même, Reg s'envola, piquant droit sur le soleil agonisant, à bord d'un appareil de transport militaire en compagnie d'un simple soldat atteint d'une maladie de peau qui échappait au diagnostic des médecins-majors de Gibraltar, ainsi que d'un chef de pièce de l'artillerie de marine en permission ultra-exceptionnelle, d'un officier d'état-major de deuxième catégorie en route pour un stage d'officiers de sa partie, et d'énormes sacs de courrier.

Reg était fou furieux. Il avait droit à une permission de débarquement, et l'on refusait de la lui accorder. Privilège, lui avait-on déclaré, et non pas droit. On ne voulait pas le lâcher en liberté pour qu'il courût vider son sac au *Daily Mirror*, ce canard qui ne manquerait pas de publier à la une son histoire sous un gros titre : *PUNI POUR AVOIR TUÉ UN BOCHE!...* Il était plus ou moins en état de prévention. L'officier d'état-major de deuxième catégorie, qui faisait partie des services éducatifs de l'armée, avait reçu du Couvent ordre de remettre Reg au détachement militaire, réservé à cette intention particulière, entre autres fins analogues, et dont la RAF tolérait la subsistance sur l'aérodrome de Northolt, destination du présent vol.

Oui, Reg était fou furieux, parce qu'il voulait voir sa femme. Il lui avait écrit tendrement chaque semaine ; elle répondait, moins tendrement, quand cela lui chantait. En un sens, s'il avait tué cet Allemand c'était par amour pour elle. Amour plus grand oncques ne saurait témoigner homme à sa femme que d'en venir à occire un Boche, *alias* un Chleuh, à l'aide d'un poignard de commando, pour ce que le sang de ladite femme a été insulté et considéré comme juste bon à engraisser les champs d'asperges allemands. Reg continuait à délirer.

Un peu moins, tout de même, que la veille. On lui avait déclaré, par la bouche du gouverneur de Gibraltar en personne, que cela ne se faisait pas, de boire avec des inconnus dans des bars, à l'étranger, pour les poignarder ensuite dans un passage obscur. Même en pleine guerre totale, on joue le jeu. Il existait donc une différence entre guerre et assassinat ? Absolument, sans aucun doute. C'était l'essence même de la guerre moderne, de tuer à distance, anonymement et sans animosité immédiate. L'on tuait, ou exterminait sur ordre, avec une ardeur généreuse, et l'on entretenait ce même esprit de générosité en n'étant pas directement conscient des souffrances, puis de l'annihilation de la ou des victimes. L'histoire de la guerre, comme de toute civilisation — dont la guerre n'est qu'un des aspects —, n'était que l'histoire d'une distanciation croissante grâce au perfectionnement de plus en plus grand de l'anonymat. Lui-même, en tant que sergent Jones, s'imaginait-il que les vaillants équipages des forteresses volantes qui écrabouillaient de nuit, massivement, des hospices de vieillards et des maternités, eussent été capables de poursuivre leur mission héroïque, s'ils avaient pu constater de près les effets humains de leurs dévastations en regard de leurs résultats stratégiques ? Mais enfin, toute la question, cela dit, était que, aux yeux de la législation du monde non belligérant, lequel, on devait bien l'admettre, était en minorité pour le présent, lui, le sergent Jones, avait commis un meurtre qu'une justice neutre était avide de lui faire payer. C'était en raison de cette même générosité d'esprit déjà mentionnée qu'il était autorisé à prendre les airs, pour être mis hors de portée de ravisseurs espagnols impatients de satisfaire la justice de leur pays, et pour qu'il pût participer, autant que le permettait sa spécialisation, non belligérante par essence, à la poursuite, dans une zone de belligérance majeure, de cette guerre généreuse. Il avait placé les autorités du Rocher dans une position embarrassante vis-à-vis de leur voisin neutre, et causé une entorse à certaines procédures d'une administration civilisée, en imposant auxdites autorités la nécessité d'organiser sa mutation hâtive et irrégulière. L'on espérait qu'il appréciait la chose à sa juste valeur et que, d'autre part, il éprouvait des regrets.

Voilà donc comment il se trouvait voler lourdement vers le nord. Il avait très froid aux genoux et le banc de métal rudoyait ses fesses pauvres en chairs.

Mais, bientôt, tout le corps se mit à le brûler, hormis une sensation de glace dans la région du cœur — le cœur héraldique, par opposition au cœur anatomique. Très exactement sous le téton gauche. Il avait tué un homme. Un homme qui lui avait payé un cocktail — cette mixture à laquelle Juanito, le barman, donnait le nom de Spitfire : gin espagnol mordu d'acidité sévillane — et qui avait discouru aimablement sur la folie de la guerre, puis, moins aimablement, sur la juiverie, ce cancer destructeur, disait-il. Et dans la ruelle sale noyée sous la nuit andalouse, l'homme avait défait sa braguette pour pisser contre un mur, pendant que le première classe Whitcombe, contre le mur opposé, s'adonnait aussi à (le terme était plus approprié à la personne de cet érudit) la miction accompagnée d'un pet, dont il s'autorisait pour parodier Hemingway par une plaisanterie sur le « pet séparé ». Ensuite, lui, Reg, avait frappé, en plein dans la couture du milieu, le dos du blazer bleu du pisseur chleuh, lequel, stupéfait, n'en continuait pas moins à tenir son pénis, d'où s'échappait toujours gaiement le jet d'urine. Un coup, puis un deuxième jusqu'à la garde. L'homme s'était retourné, avec une toux qui faisait des bulles, pénis à l'air, et il l'avait achevé, d'un troisième coup, cette fois au cœur héraldique. Là-dessus, Conchita était apparue à l'entrée de la ruelle, avec un abruti de soldat en civil mâchant des mots imbéciles ; « Grosse bouffe, gros balèze... » Il avait pris ses jambes à son cou, avec Whitcombe qui hoquetait derrière.

Il était une fois un film — un vieux film, un des premiers parlants, intitulé *L'homme que j'ai tué* — où l'on voyait un Français, qui avait tranché la gorge à un Allemand dans l'autre guerre, l'ancienne, se rendre en visite, bourrelé de remords, au village du défunt pour y confesser son péché à la famille endeuillée. Au dénouement, il était adopté, fils subrogé, par la famille. Bref, il y avait pardon pour tout — bien que lui, Reg, n'eût pas grand désir d'être adopté par la famille Trautwein, où qu'elle fût, si elle existait encore. Puis l'idée s'était fait jour en lui qu'il avait en réalité accompli, avec du retard, ce pour quoi il s'était engagé comme volontaire dans les Brigades internationales, savoir : donner la mort sur le sol d'Espagne. Neutre, tu parles ! N'existe pas, la neutralité. Tas d'hypocrites, les Anglais. Un instant, l'air résonna du chant de ses atomes gallois et russes. Ses enfants, si jamais sa chère épouse consentait à poser, le temps d'une grossesse et d'une naissance, ses maillets et baguettes à percussion, seraient juifs, russes et gallois. Parfait ! Excellent ! Et au diable ces putains d'Anglais — pour eux il avait tué un Allemand, et il n'y avait qu'à voir comment on l'en remerciait.

A leur atterrissage, par une aube d'été anglais pluvieux, une Jeep les prit en charge — son équipement, lui et l'officier d'état-major de deuxième catégorie et futur stagiaire qui lui répétait : « Vous savez, ce n'est pas réellement mon boulot, ce truc » — et les conduisit à un ensemble de baraquements, à la périphérie du terrain d'aviation. Là, l'officier d'état-major le remit à un lieutenant ensommeillé appartenant au service des signalisations, en même temps qu'une enveloppe fermée, au sceau du commandant de la garnison du Rocher.

Le lieutenant se réveilla complètement quand il se trouva face à face avec un sergent des services de Renseignements en kaki colonial fripé, genoux nus et tout. C'était comme si un personnage d'un film d'Errol Flynn sur la bataille de Birmanie s'était matérialisé soudain, dans cette aube anglaise mouillée. Reg expliqua qu'il ne disposait que d'une seule tenue de campagne mettable, la seconde étant ressortie imprégnée d'huile et de crasse marine, un jour où il était tombé, dans la mer Méd, de la chaloupe faisant la navette entre le môle avancé et le continent. La mettable, il l'avait portée, avant cet incident, chez un tailleur, pour faire rétrécir le col trop large, et elle y était restée, aucune urgence, entre-temps, ne s'étant profilée à l'horizon du long été de Gibraltar. Le lieutenant, qui avait la gueule de bois et un furieux besoin d'une grande lampée de thé noir très fort — mais les cuistots dormaient encore —, déclara à Reg que sa tenue n'était pas réglementaire et que, pour cela, il pouvait lui porter un motif, formulaire 252 — mais cela dit sans conviction, distrait qu'il était par la lecture de la missive officielle. A la fin, plissant les yeux, il dévisagea Reg et dit :

— 'pparemment, vous avez fait quelque part un gros pâté sur la page blanche, hein ?

— J'ai seulement tué un Allemand, monsieur.

— Ah, oui, c'est tout ? Eh bien, c'est à croire que vous avez passé comme qui dirait un drôle de test et qu'on vous a jugé bon pour en tuer des tas d'autres. D'après ceci, on doit vous expédier à Portsmouth, en attente d'un transfert par mer en Normandie. Là, vous vous présenterez au rapport du chef de corps qui commande à Arromanches. Savez où c'est, ce patelin ?

— Quelque part en Normandie, je suppose, monsieur.

— Très drôle. C'est là qu'on a monté Port-Mulberry, comme on appelle ce chef-d'œuvre des ingénieurs de notre génie maritime.

Bien. En sortant d'ici, vous irez cogner à la porte du baraquement 2 ; vous réveillerez mon adjudant-chef et vous lui direz que vous ne pouvez pas vous mettre en route déguisé en foutu bronzé de la brigade indienne. A lui de se débrouiller pour débusquer, le bordel sait où, un fourrier et un magasinier.

— Je n'y suis pour rien, monsieur.

— Ce qui me frappe, sergent, c'est que vous me semblez être un satané mauvais coucheur.

— Oui, monsieur.

Le fait est que Reg ne toucha pas d'équipement neuf avant son arrivée, à bord d'un camion trois tonnes, seul véhicule disponible, et sous escorte de deux policiers militaires, à un dépôt de transit de Portsmouth. Là, l'officier d'intendance, lieutenant sorti du rang et à l'accent de Bermondsey, détenait un stock de tenues de combat, nettoyées comme neuves après récupération sur des hommes décédés d'une mort propre — par exemple de maladies sans caractère guerrier, dans les hôpitaux militaires et les salles d'urgence ouvertes dans les hôpitaux civils de la région.

Ce fut à ce moment-là que Reg, ayant jeté son dévolu sur la tenue de combat d'un adjudant-chef du régiment du Hertfordshire, qui lui allait comme un gant, résolut de se bombarder adjudant pour se récompenser d'avoir tué un Allemand. Il alla plus loin. Il décida de se séparer des deux première classe de la police militaire qui l'attendaient à la sortie du magasin d'intendance. Déguisé, il s'octroierait sa permission de débarquement, et au diable les conséquences ! Au besoin, la grande presse populaire du pays le soutiendrait peut-être. Jamais les autorités du Rocher n'auraient dû faire allusion à ses jaseries possibles à un canard — de lui-même, il n'y eût jamais pensé. Seul, il n'eût pas voulu que cela débordât des nouvelles locales, d'autant plus que *la Chronique de Gibraltar*, réputée la plus ancienne gazette d'Europe, ne passait pas du tout pour un canard.

Reg décida donc d'abandonner son sac militaire. Il le balança dans un coin du magasin d'intendance où s'entassaient déjà les bardas d'hommes en quelque sorte démobilisés par la mort. Toutefois, du fond du sac bleu, crasseux et bourré de tout un fourbi de linge sale, il dégagea deux clefs passées à un anneau : l'une était celle de la porte d'entrée de l'immeuble où demeurait Zipporah, l'autre, celle de l'appartement même. Il les porta à ses lèvres, y mit un baiser, puis les serra précieusement dans la poche, côté cœur, du blouson de sa nouvelle tenue de combat. Dans son sac à dos kaki, il prit aussi un petit carnet où figurait le numéro de téléphone de sa sœur. Il calcula qu'il ne réussirait pas à parvenir à Manchester ce soir-là, car il était déjà midi. Il se proposait de téléphoner à sa sœur, à Londres, afin de voir si elle était là et de la prévenir de son arrivée — sinon, il risquait fort de la surprendre au lit avec un inconnu. A Zip il ne téléphonerait pas : il lui ferait la surprise de sa vie avec le numéro du retour inattendu du mari soldat. En quoi il témoignait de son manque de jugeote et de perspicacité coutumier.

Il échangea son calot contre une casquette portant l'insigne mat des Services vétérinaires de l'armée. Sur un plateau, parmi un bric-à-brac d'objets récupérés, il choisit une paire de lunettes de masque à gaz, à monture d'acier. A son étonnement, il s'aperçut qu'elles lui amélioraient la vue, peut-être même à l'excès. Jamais, personnellement, il n'eût cru souffrir d'une déficience oculaire quelconque ; mais, lors de son dernier examen médical complet, le médecin-major avait déclaré que, par les temps qui couraient, on ne testait plus la vue, on comptait les yeux. A son retour du bureau où il était allé laper du thé, en guise, plus ou moins, de cocktail apéritif, le fourrier se trouva en face d'un Reg métamorphosé, qui lui expliqua que sa promotion lui avait été notifiée, sur décision des autorités de la Forteresse, le matin même de son départ du Rocher, puis, après avoir émargé en regard de la liste de ses acquisitions, prit rapidement congé.

Sur le palier de l'étage du magasin d'intendance, les deux policiers militaires d'escorte patientaient sur un banc ; l'un d'eux lisait *Blighty*, le deuxième se sondait une grosse molaire à l'aide d'un talon d'allumette. Ils virent d'un œil indifférent un adjudant, portant une tenue impeccable et des lunettes, sortir du magasin et descendre l'escalier sans se presser. Mais, une fois dehors, sous un soleil mouillé, Reg prit moins son temps. Il avait deux raisons de ne pas monter dans un train pour Londres : *primo*, il n'avait sur lui que des billets de banque de Gibraltar ; *secundo*, les gares terminales seraient pleines de gens de la police militaire à sa recherche. Et tout cela pourquoi ? Parce qu'il avait tué un Allemand ! Seule solution : la route.

Moi-même, par hasard, je me trouvais à Portsmouth ce jour-là, venu d'Aldershot où j'avais rejoint le personnel instructeur du dépôt. J'étais en permission exceptionnelle d'une semaine, que je passais avec mes parents, à la villa « Hanway », Brunel Avenue, qu'ils avaient louée. Je devais regagner Aldershot dans la soirée. Portsmouth n'était pas beau à voir. La ville avait enduré soixante-sept raids aériens — celui du mois de mai de cette année-là se révélant être le dernier. Mon père m'avait parlé de sa part dans la conception et l'élaboration de Port-Mulberry (que Reg était, je l'ai dit, censé rallier). Dix kilomètres de brise-lames et un infernal casse-tête pour les ingénieurs et les ouvriers des bassins de radoub mobilisés, autour des côtes britanniques, pour la construction des caissons nécessaires — de cinquante à soixante mètres de long chacun, et de six hauteurs différentes, entre vingt et huit mètres environ. Je n'y comprenais pas grand-chose. « ... Et peux-tu me dire pour quel camp est Dieu ? » demandait mon père. Avec cette tempête qui s'était déclenchée sans crier gare, une quinzaine après le jour J, et un mois de juin ! Du jamais vu dans les annales.

— Les Ricains surtout ont dégusté. Des tas d'amarres rompues et de coques s'écrasant sur les caissons. Dieu merci, l'ouvrage était presque achevé de notre côté et le fond de mer était plus solide... Dieu merci ! — mais de quoi avons-nous à le remercier, Dieu ? De rien. Même si j'en suis aujourd'hui à me dire : « Dieu merci, la retraite n'est plus loin ! »

Mon père, à qui le travail gardait hâle et pleine santé, bourra sa pipe Dunhill de tabac Saint-Bruno et reprit :

— La guerre sera finie dans un an ou quelque, selon moi. As-tu pensé à ce que tu feras ?

— Non. Je retournerai peut-être à l'université pour terminer ma licence. Mais je ne suis pas sûr de n'avoir pas dépassé l'âge de la philosophie.

Par là, j'entendais que j'avais plongé en plein monde phénoménal, à force de former et d'entraîner tant de parachutistes lâchés ensuite derrière les lignes ennemies avant le jour J, et de leur apprendre à trancher des gorges. Sans rapport avec le fil étroitement rationnel du rasoir nominaliste d'Ockham. Tout, plutôt, du scalpel acéré de la réalité phénoménale.

Ma mère, installée devant la table de la salle à manger, s'affairait à l'un de ses passe-temps, d'une exquise irréalité : la calligraphie sur vélin, en minuscules vénitiennes, d'épigrammes rimées de son invention. Elle faisait don de ces œuvres d'art autour d'elle, en exceptant de cette générosité ses deux enfants. Le court poème qu'elle transcrivait à l'encre de Chine, ce soir-là, courait ainsi :

Être ou ne pas être, là n'est pas la question.
Il n'est rien d'important hors de la digestion.
Car si roter de bon rôt et de bon vin est bien-être
Comment pourrait-il être encore question de non-être ?

Grassouillette, cheveux gris, variqueuse, mais toujours belle femme, ma mère dit :

— Dépêche-toi de participer à la fondation de l'État juif. Là est pour toi l'avenir. Apprends comme il faut l'hébreu. C'est ce que nous faisons, ton père et moi, en ce moment. Et je ne parle pas seulement de ces bribes d'hébreu de cuisine que nous jetions autrefois aux domestiques, à Jaffa et à Jérusalem.

Surpris, je demandai :

— Est-ce que par hasard vous envisageriez d'émigrer tous les deux en Palestine ?

L'air très britannique, entre son costume de tweed et l'arôme de son tabac Saint-Bruno, mon père lança, dans une bouffée de fumée :

— Israël est le nom, ou le sera. Il ne s'agit pas pour nous d'un geste de patriotisme juif, sauf peut-être sur le plan historique. Nous rêvons d'un pays où il fasse chaud, où l'on puisse cueillir les oranges à même les arbres de son jardin, derrière la maison. Nous en avons assez, tous les deux, du froid anglais. As-tu seulement entendu respirer ta pauvre mère?... (A l'appui de quoi celle-ci égrena un long râle, chargé de mucosités catarrheuses.) Et d'ailleurs l'Angleterre est finie, tu sais. Pour elle, avec cette guerre, les carottes sont cuites. Ta mère et moi, nous voulons vivre sur la bonne rive de la Méditerranée. La civilisation est née là-bas, en Palestine. C'est là-bas aussi qu'elle renaître. Mais c'est ta génération qui la reconstruira et, ta mère et moi, nous ne voulons pas rater ce spectacle.

— Comment peux-tu dire que c'est là que tout a commencé ? Et l'Égypte ? Et Athènes ?

— Et le monothéisme ? rétorqua mon père. Non que j'y croie... pas plus qu'au polythéisme, d'ailleurs. Les Sémites ont inventé l'art de l'écriture phonétique. Et inventé le contrat social. Ne t'y trompe pas : le nouvel Israël se nourrira des cerveaux du monde juif réuni après sa longue diaspora. Oui, sans doute cela sonne-t-il comme un coup de clairon patriotique ; mais, après tout, juifs nous sommes.

— Et athées.

— L'athéisme juif est différent de tous les autres. Même les Juifs athées ont des ressources spirituelles qu'ils cultivent avec une ferveur sacerdotale. Par exemple, la musique.

— Il fut un temps où la musique ne t'intéressait guère, dis-je.

— Ah, c'est que j'ai fini par lui trouver certaines qualités structurelles. Comme à la construction mécanique, vois-tu. J'ai entendu à la radio l'orchestre Hallé. Dans une œuvre intitulée *le Festin de Balthazar*, pour baryton et chœur. Extrêmement juif.

— Mais composé par un chrétien du Lancashire.

— Ah, il ne peut être que juif ! Et j'ai entendu Zipporah cogner comme une sourde avec ses baguettes et ses cymbales. Elle serait parfaite comme membre fondateur du futur grand orchestre symphonique d'Israël.

— Et moi ?

— Toi ? Tu pourrais enseigner la philosophie à l'université de Jérusalem. Ou entrer dans les forces armées israéliennes pour aider à leur entraînement. Leur enseigner comment écraser ces salopards d'Arabes.

— Pas de gros mots, pas de gros mots, le reprit ma mère tout en s'appliquant avec son encre.

— Sous un soleil bénin, dit mon père, se rachetant par une envolée, et un ciel du plus profond céruléen !

— A téter des oranges, ajoutai-je.

— Pourquoi pas ? Voilà une éternité qu'aucun de nous n'en a vu une seule.

Reg, le téteur d'oranges déplacé, était installé, cependant, dans la cabine d'un camion civil chargé d'une livraison de conduites de canalisation à destination de Hounslow, et racontait au chauffeur qu'il était en cavale pour avoir fait la peau à un Frisé. Quant à moi, je roulais vers Aldershot dans un train puant le débordement immonde de toilettes engorgées et le renfermé de soldats entassés et se suçant les dents. Un officier marinier saoul, qui ronflait en face de moi, eut un accès soudain d'incontinence dans son pantalon. La petite fille assise à côté de lui dit à sa mère : « M'man, le monsieur a fait pipi tout sur lui. » Veux-tu bien te taire, ma chérie. A l'arrivée au terminus, je constatai, à mon étonnement, une présence inhabituellement renforcée de policiers militaires. Je dus exhiber ma permission écrite, sans parvenir à m'expliquer pourquoi l'on me retenait plus longtemps, moi, récemment promu adjudant-chef, que tous ces simples soldats suceurs de dents. Deux d'entre eux, voyageurs sans permission, furent embarqués. Pour moi, après un examen sans fin de mes papiers en règle, on me laissa aller. De toute évidence, on en avait après quelqu'un.

Le quelqu'un en question n'avait en poche que des billets de banque de Gibraltar, hormis, fort heureusement pour lui, de la menue monnaie commune à la colonie et à la mère patrie. Il utilisa deux de ces pièces pour téléphoner à sa sœur Béatrice, d'une cabine publique de Hounslow.

— Qu'est-ce que c'est ? répondit une voix d'homme.

— Je veux parler à Mlle Béatrice Jones.

— Va te faire cuire un œuf !

— C'est son frère à l'appareil. Et c'est urgent. Qui êtes-vous, d'ailleurs ?

— Va te faire foutre !

— Commencez par y aller vous-même. Je vous dis que je suis son frère. Passez-la-moi.

— C'est ça, et tu reviens de loin, pas vrai ? Évadé du stalag X ou Z, hein ? Gros malin ! Dégage, mon pote, c'est pas ton tour ce soir.

Et l'on raccrocha net. Reg fit une nouvelle tentative. Cette fois, on décrocha sans répondre, mais il put entendre de faibles bruits de corps se livrant à des mouvements couplés plus ou moins rythmés. Ce fut lui qui raccrocha. Bien, va donc pour Manchester. Son transporteur de Portsmouth l'avait jeté près d'un bistro pour routiers, après avoir dit vouloir s'y taper du thé et une boîte de pâté de porc, avant de passer la nuit avec une femme dont le mari se bagarrait quelque part sur le Rhin, à moins que ce ne fût sur le Rhône. Reg pénétra dans cet enfer enfumé, sur l'air de « S'il t' plaît, sergent, mon ptit baiser du soir... » Personne qui aille vers le nord ? demanda-t-il. Si, un homme qui, le temps de finir de manger ses œufs réhydratés sur toast, allait reprendre le transport d'un chargement de tuiles à couvrir à destination de Newcastle, pas celui sur-Tyne, mais celui du Staffordshire. Cela ferait l'affaire. Reg essaya de changer deux ou trois de ses livres de Gibraltar. Elles suscitèrent la curiosité, mais on n'en voulut pas. Il dépensa le reste de sa petite monnaie en commandant une sorte de charcuterie de porc, dont il gava pour une part le chien de l'établissement, bâtard tacheté et trop gras, et, en préliminaire au voyage, s'enferma dans un gogue puant, où il lâcha un fil tout en déchiffrant les inscriptions sur le mur, à hauteur de ses yeux : *Winnie de Warwick est une bonne baise — La mienne a besoin d'un bon réalésage et de coussinets neufs — Ah dis donc qu'est-ce que j'aimerais la mettre...* Puis il se hissa dans une cabine inconnue et expliqua à son chauffeur inconnu qu'il était en cavale pour avoir tué un espion allemand. On ne parut pas le croire.

Aux abords de Stoke, où, lui dit le routier, il avait le plus de chance de tomber sur quelqu'un roulant vers le nord, une voiture d'état-major américaine accepta de le prendre. Il s'assit à côté d'un individu qui avait l'air d'un général à bout de fatigue et répétait sans cesse : « C'est sûr, c'est sûr... », tandis que le chauffeur fredonnait : « Bébé, m' fais pas marcher ». A Matlock, il arrêta un trois-tonnes de l'armée arborant les écussons de la région militaire Ouest, et vide à part le chauffeur, qui appartenait au train des équipages, et un deuxième classe, un avachi de l'auxiliaire de la territoriale qui dit à Reg : « Comment qu' tu les as eus, tes galons ? A force ed mentir ? » A l'aube, son cœur se prit à cogner (Ah dis donc qu'est-ce que j'aim'rais la mettre), pendant que, ayant quitté le camion devant un dépôt des transports de l'armée, à Moss Side, il continuait à pied vers Wilmslow Road et l'appartement de sa femme.

Il fut un temps où fleurissait une abondante mythologie sur le thème du soldat dont le retour prend à l'improviste son épouse. Il y a celui qui entre au bistro, trempé comme une soupe et qui dit : « Elle était dans son bain, vous comprenez. » Et l'homme à la batte de cricket — après avoir cogné trois grands coups dans la porte de devant, il a fait le tour par-derrière en courant et crie en moulinant du bras : « F'rait beau voir que j' le rate, le bougre, ça s'rait bien la première fois ! » Ou encore celui qui déclare sur un ton de reproche : « Dire qu'on était potes tous les deux. De la même équipe. Et maintenant, regarde où qu' t' es. Arrête au moins de faire ça, bondieu, pendant que j' te cause ! » Mais, la plupart du temps, et non sans raison, le soldat avait, de son épouse, une vision nostalgique : sous un tablier de cuisine à fleurs, elle l'attendait, une tasse de thé brûlant à la main.

Quant à Reg, après avoir ouvert avec sa clef la porte de l'immeuble, gravi à pas de loup l'escalier, dans la lumière blême de l'aube, enfin s'être glissé sans bruit dans l'appartement — le tout, pour ne pas troubler un sommeil éventuel —, ce fut dans le monde comique du guerrier cocu qu'il fit son entrée. Sous ses yeux, toute nue et ses belles fesses rondes se démenant vigoureusement, ma sœur, sur un inconnu aussi déshabillé qu'elle, se procurait un orgasme et en procurait un fort satisfaisant en retour, pendant que, dans l'encadrement de la porte, il restait là, bouche bée, sans même qu'on le remarquât. Puis l'inconnu donna par en dessous trois ou quatre coups de boutoir et eut un long frisson, ouvrant la bouche comme Reg, mais pour exprimer une sensation tout autre. Suivit un échange de baisers mouillés ; après quoi, Zip s'affala sur le dos, à côté de l'homme, et il y eut un grand renfort de halètements d'athlètes épuisés qui se reprennent, auxquels succéda une respiration toujours profonde, mais semblant redevenue presque normale. Ensuite, ils virent Reg.

Reg dut réfléchir à ce qu'il allait dire d'autre que : « Ah, non, pas cela ! », et demanda :

— Avec quoi te fait-il ça ? Avec son putain de piccolo ?

Mais il aperçut, sous le désordre des vêtements de ville des deux sexes, abandonnés sur le sol, l'étui noir, en faux cuir, d'un instrument de musique mystérieux, évidemment beaucoup plus volumineux. Il s'enfuit en courant. Que dire, en réalité ? Rien. Zip n'appela pas derrière lui. Pour dire quoi, d'ailleurs, au fond ? A mi-escalier, Reg se retourna et hurla :

— Pour l'amour de vous, j'ai tué un salaud d'Allemand, et c'est tout le putain de remerciement que j'en ai ? Garce ! Salope !

Il avait voulu dire « pour l'amour de *toi* », mais le pluriel, « vous » — toi et les tiens — lui avait fort justement échappé.

Dehors, il remonta la rue où, guerre ou non, un camion laitier brimbalait de sa cargaison de bouteilles. Il marchait sur la chaussée en zigzaguant, indifférent à la circulation, bien qu'elle fût nulle, hormis le camion laitier aussi débonnaire et inoffensif que le contenu de ses casiers. Il répéta un grand nombre de fois oh mon Dieu mon Dieu mon Dieu... Avec un étonnement proche de l'égarement, il découvrait que la littérature n'est pas sans rapport, après tout, avec la réalité de certaines situations humaines. *La casada infidel*. Non, c'était l'adultère vu sous l'angle de l'infidèle. *Othello. Éteins cette lumière et puis cette autre encore*. La comédie de boulevard des Français prenait la chose comme une bonne plaisanterie, en dépit ou à cause du crime passionnel. *Ô Dieu, une bête brute à qui faut discours de raison*. Mais c'était fantasme incestueux et manquement à l'étiquette du deuil de viduité. Oh mon Dieu oh mon Dieu oh mon Dieu dut faire l'affaire tout un long temps.

Il va de soi, néanmoins, que l'émotion qui le secouait n'était pas simple. Mélange de choc, de fureur, d'indignation et aussi de basse excitation. Vision de celle qui était sa femme sous l'aspect de la putain, sous les traits du désir comblé que William Blake voulait pour l'épouse. La fièvre d'agitation de ce corps adorable et l'extase thérésienne de ce visage noyé sous la chevelure noire retombée et calmée. Et son propre visage à lui à la place de celui de l'instrumentiste inconnu — tuba? trombone? —, tandis que, faux adjupète-chef, il zigzaguait dans cette rue en bandant comme un cerf. Retourner sur ses pas. Pardonner. Faisons ensemble ce que tu faisais avec cet autre. Oh, je sais bien : avec la guerre et faute d'amant légitime il fallait s'y attendre. Mais elle ne voudrait pas de son pardon. Toutes les mêmes, toujours prêtes à se trouver de bonnes raisons. Non, l'enfiler comme un gant, toute juteuse encore de l'autre, comme lui avait dit, un jour, avec un ricanement sale, un sergent artificier, le fumier! Chancelant, il s'adossa à la vitrine d'un marchand de tabac qui affichait sa pénurie de cigarettes, et il sanglota, les yeux secs. Un agent de police, qui mastiquait quelque chose en commençant sa ronde matinale, considéra cet adjudant-chef d'où sortaient des sons inarticulés de bébé malheureux, et dit d'une voix de bonté :

— Skia qui va pas, collègue?

Reg leva ses yeux pleins d'une grande souffrance aride et répondit :

— C'est ma femme.

L'agent hocha la tête, supposant comme de juste, vu les temps qui couraient, la découverte d'un coup de canif dans le contrat et non pas un décès, une mutilation ou l'épuisement d'un travail. Il dit :

— C'est un peu partout pareil en ce moment. On n'y peut rien. C'est la guerre, qu'est-ce que vous voulez. C'est ça la guerre, collègue.

Et tout à coup Reg, devant le gâchis complet de sa désertion et de la tromperie, décida de tout balancer et de s'en remettre à la première justice qui lui tomberait sous la main, quelle qu'elle fût. Il demanda :

— Le poste est loin ?

— La poste ? Ce serait pas plutôt la gare que vous cherchez ? Y a bien celle de Didsbury, plus haut, mais elle est fermée pour l'heure. Les autres sont dans le centre de la ville.

— Non. Le poste. Le vôtre.

— Ah, bon, je vois. Je vais vous y conduire.

Ce qu'il voyait, c'était une chance de s'envoyer encore une tasse de thé, tout en prêtant l'oreille aux malheurs d'un autre — moins ennuyeux que de se taper sa putain de tournée. Ils s'acheminèrent donc côte à côte. La lampe bleue était encore allumée au-dessus de l'entrée — gaspillage d'électricité. Mais Reg s'adressa au sergent de garde :

— Avant toute chose, puis-je donner un coup de téléphone à Londres ?

— Ce poste n'est pas une commodité publique, répondit le sergent, non sans ambiguïté.

Il avait le nez long, surmonté de lunettes par-dessus lesquelles il scrutait Reg d'un œil inquisiteur.

— Je paierai la communication si vous pouvez me rendre la monnaie sur ce billet de Gibraltar, dit Reg.

Il pensait : les femmes... ! Sa sœur et sa femme prises toutes les deux sur le fait. A cette heure-ci, sa sœur, jugeait-il, devait être près de se lever ou pas loin. Si le grossier salopard qui semblait être son amant du moment se trouvait encore là, il y avait toute chance qu'il fût en train de ronfler, kaput. A moins qu'elle ne l'eût mis dehors, selon sa coutume, qu'il connaissait bien, aux petites heures passé minuit, de préférence avec, pour lui, la perspective d'une bonne marche à pied avant d'avoir regagné son lit.

Le sergent de service et le bon Samaritain d'agent tournaient et retournaient avec curiosité, sans se lasser, le billet de banque et son image du Rocher.

— Je vais vous dire quoi, dit enfin le sergent. Vous me le donnez, et moi je le refilerai à mon cadet, il collectionne ce genre de truc. Comme ça vous pourrez passer votre coup de fil.

— Ça fait foutrement cher la communication, fit observer Reg.

— Dites, ça n'est jamais que de la monnaie étrangère, non ? Rien qu'un bout de papier. Bon, d'accord, allez-y. C'est personnel, j'imagine ? Tous les deux, on va vous laisser la voie libre un petit moment.

Une bouilloire chantonnait quelque part. Reg demanda le numéro de Béatrice et, après qu'une voix qui paraissait étrangère eut crié dans l'écouteur : « Non, non, je ne peux pas y croire ! », il reconnut son « Allô ? » à travers les hachures de l'électricité statique. Il en dit long, très vite et de façon assez incohérente. En fonctionnaire des Affaires étrangères, elle marqua de l'intérêt pour le problème diplomatique que posait l'assassinat, d'un coup de couteau, fût-ce par son frère, d'un ennemi en territoire neutre. En tant que sœur, elle se montra suffisamment indignée du traitement réservé à Reg, et également inquiète de sa situation présente vis-à-vis des autorités. Enfin, comme célibataire adonnée à l'amour libre, elle trouva tant soit peu amusant qu'il eût découvert son cocuage sur le vif de la vérité nue, mais, cela, elle le garda pour elle. A certain autre titre, qu'elle tint aussi secret sur le moment, elle fut, contre toute attente, rassurante. Mieux valait pour lui en passer d'abord par l'inévitable, conseilla-t-elle, et puis attendre. Cela ne durerait pas longtemps.

Reg posa l'appareil. Le sergent et son subordonné revinrent, de grandes tasses au poing. D'une cellule au fond du poste parvint un rire qui sonnait faux. Reg déclara d'une voix forte :

— Parfait, messieurs. Je suis un déserteur.

Le sergent but trois petites gorgées de réflexion avant de répondre :

— Ce n'est pas notre affaire, ça, dites. C'est une question entre l'armée et vous.

— Cela regarde la loi, non ?

— Y a loi et loi, dit le sergent entre deux gorgées. Celle de l'armée est une chose ; l'autre sorte, ça n'a totalement rien à voir. Ce qui est illégal sous un rapport ne fait ni chaud ni froid sous le second, si vous voyez ce que je veux dire. Si vous aviez dévalisé une banque ou buté une vieille dame qui sort de toucher sa pension, ça, oui, ça serait nos oignons. Mais si vous veniez à faire la peau à un copain de chambrée comme le Danny Deever de la chanson de Kipling — (Le monde est plein de surprises, songea Reg, étonné malgré tout) — ça serait un autre genre de crime. Un meurtre, oui, mais pas de la bonne sorte pour nous.

— Autrement dit, déduisit Reg non sans une pointe de virulence, il n'existe pas plus d'absolu pour le crime que pour la justice.

— Absolument, répliqua le sergent, mais sans vraiment comprendre.

— Nous, notre manuel d'instruction, c'est le Code de la police, ajouta son compagnon. Tout est là-dedans, noir sur blanc.

— Ce qu'on peut faire, reprit le sergent, sur le ton dont il eût concédé une faveur, c'est de téléphoner à la Militaire. On se rend mutuellement des petits services, comme qui dirait. A l'occasion, on ramasse un deuxième pompe saoul et on le leur repasse. Cela dit, faut reconnaître qu'ils se démènent guère pour nous. C'est pas des vrais pros ; ils sont là que pour la durée du service ou de la guerre. N'importe comment, ne coupez pas, si on peut dire, restez ici pendant que je les contacte. Désolé de pas vous offrir le thé ; mais le rationnement...

— Il peut boire un peu du mien, dit le subalterne.

Reg n'avait que trop vu les hommes de la PM en patrouille dans les rues et les gares de chemin de fer ; mais il n'avait jamais imaginé que les Pots de Merde, ainsi que la troupe les appelait, pussent avoir un terrier comme les renards ni encore moins la sorte de caserne briquée et crépie de blanc où il pénétra, peu de temps après, entre un caporal à part entière et un demi-caporal, c'est-à-dire un première classe. On le conduisit à un capitaine d'une élégance excessive, harnaché d'un baudrier d'une blancheur immaculée et de guêtrons éblouissants. Le bureau où il trônait était décoré, tel un vrai commissariat de police, de photographies d'individus recherchés, simples soldats à l'air veule et abruti pour la plupart. Personne de même grade, authentique ou emprunté, que Reg, en tout cas.

Après avoir écouté ce que Reg avait à dire, le capitaine déclara :

— Oui, je crois bien qu'il nous est arrivé hier une communication vous concernant. Vous vous êtes constitué : c'est déjà un bon point en votre faveur. Il va falloir que j'entre en rapport avec votre dépôt. Si, ajouta-t-il avec bonté, vous avez envie de prendre un petit déjeuner au mess des sergents, rien vous en empêche. Drôle de cas que le vôtre, par quelque bout qu'on le considère. A ce point, je ne crois pas avoir jamais rencontré son pareil. Bien, vous pouvez disposer ; on vous battra le rappel quand on aura besoin de vous.

Contre toute attente, Reg trouva le mess confortable et fleurant le bon renfermé humain. A l'écart du pédantisme amidonné de la loi et de l'ordre, c'était un refuge et un repos. Dans l'antichambre, un adjudant de deuxième catégorie fumait terriblement tout en écoutant la radio. De la grande musique s'en échappait du haut-parleur. Voix de baryton clamant : « Louez les dieux... ! » Par le Seigneur Dieu, le Seul, l'Unique, non, pas cela, pas *le Festin de Balthazar* ! La salope de garce. Il était le dernier à prendre un petit déjeuner si tardif, et il n'y avait qu'un planton pour le voir trembler en mangeant son bacon trop gras et son pain frit. Mais ledit planton ne pouvait voir qu'il bandait de rage amère sous la table. L'érection retomba avec la seconde tasse de thé. Lorsqu'il revint dans l'antichambre, le chœur se lamentait, gémissant que jamais cierges ni chandelles ne brilleraient plus. Il lut le *Daily Mirror*. La seule nouvelle digne de ce nom, il la trouva dans la bande dessinée (bande ! le mot était approprié) et les dernières aventures de l'héroïne, Jane, qui passait son temps à perdre ses vêtements et à défendre sa vertu. Hormis cela, la guerre continuait à aller bon train et, à Huddersfield, un caporal avait tué sa femme, laquelle avait évidemment perdu sa vertu avec ses vêtements.

Il était l'heure de la pause du matin — platée de pets-de-nonne mal soufflés et fontaine à thé qui pleurait — quand il fut cité à comparaître par un personnage à l'allure de bureaucrate et portant (mais authentiquement) le même grade que lui. Le capitaine portait, lui, le masque de l'incrédulité. Il dit :

— Vous devez vous présenter au rapport au ministère de la Guerre. Je dis bien : au ministère de la Guerre. Aujourd'hui même à 19 heures. Ne me demandez pas pourquoi. Tel est l'ordre qui est arrivé de votre dépôt. Que s'est-il exactement passé ?

— Je n'en ai pas la moindre idée, monsieur. Est-ce que, sur l'ordre, figure le nom de quelqu'un du ministère ?

— Non. Le lieu fixé est l'entrée principale. Il y a là je ne sais quel micmac aussi clair pour moi que, passez-moi l'expression, du jus de foutre. Étant du Renseignement, vous savez sûrement mieux que personne à quoi vous en tenir ; mais la procédure me paraît plutôt irrégulière. Quoi qu'il en soit, j'ai ordre de vous remettre un titre de transport, et je vous conseille de vous magner les pinceaux fissa jusqu'à London Road, si vous voulez attraper l'express de 11 h 58 pour Euston. Tel quel, et sans escorte.

— Tel quel ?

— Oui, vous avez tant soit peu brûlé les étapes, mais les galons que vous portez sont les bons... enfin, le seront à dater d'aujourd'hui midi.

Le capitaine contempla Reg avec des yeux toujours aussi grands et incrédules, puis, détournant et hochant la tête, promena son regard sur la galerie de portraits de pauvres crétins sans galons portés déserteurs.

— Très bien, monsieur Jones, reprit-il enfin, patientez un instant pour votre titre de transport... le temps de l'établir.

Monsieur Jones — seul, un adjudant-chef ou un officier subalterne y avait droit ; pour les sous-officiers c'était le zénith, pour les officiers brevetés, le nadir.

« Monsieur » Jones, donc, nanti de son titre de transport, sauta dans un autobus. Dans le compartiment du train où il prit ensuite place, ses vis-à-vis lui présentèrent le genre de tableau dont, songea-t-il, il espérait être en mesure, un jour, d'interpréter le sens. Un ecclésiastique lisait un livre intitulé *Riboule pendant une messe basse*, de Mgr Ronald Knox, évêque auteur de « policiers » ; une blonde en uniforme des auxiliaires féminines de la territoriale, type même de la juteuse, comme la troupe appelait ses pareilles, voisinait avec une gommeuse galonnée des auxiliaires féminines de la marine, la première minaudant, la seconde fumant avec un dédain de marbre ; un maître canonnier, perdu dans de sombres visions, occupait le quatrième siège. Aucun de ces quatre-là ne s'intéressait à lui. Seul, son voisin, un petit garçon, fasciné, s'acharnait à vouloir détacher avec les ongles l'écusson cousu sur la manche de son blouson militaire. Pour la peine, l'enfant reçut une tape sans conviction de sa mère, vêtue de noir.

Ainsi, dans l'après-midi finissant d'un mois d'août finissant, Reg descendit-il à la gare de Euston et prit-il le métro jusqu'à Westminster. De là, il continua à pied jusqu'à Whitehall, où il eut quelque mal à trouver la « Boîte à Guerre », comme on surnommait le ministère du même nom.

Devant l'entrée, sa sœur Béatrice l'attendait, très chic dans un tailleur beige aux épaules carrées, mais des cernes de fatigue lui creusant les yeux.

— Pourquoi toi ? Pourquoi ? demanda Reg.

— Je te l'expliquerai chez moi. Les Affaires étrangères et la Guerre mijotent ensemble un coup. Quoi exactement, tu le verras bien.

— Tu parais fatiguée, Béa.

— C'est à cause des bombes volantes. L'arme secrète ultime de Hitler. On reste éveillé, à tendre l'oreille vers le ciel. A quoi bon ? Dieu seul sait ce qu'il en sera. Si c'est pour toi, qu'est-ce que tu y peux ? Viens, j'ai une voiture de la Guere qui nous attend.

— Seigneur Dieu !

Une voiture attendait en effet au parking, avec un première classe au volant, qui éteignit vivement sa cigarette et ouvrit avec panache la portière arrière.

— C'est la voiture de service du colonel Waggett, commenta Béatrice. Le pauvre diable a perdu une jambe et fait de la neurasthénie.

Ils longèrent des décombres, empilés çà et là, œuvre des V1. Le chauffeur semblait connaître parfaitement le chemin de l'appartement de Béatrice. Il y avait un monceau de gravats de l'autre côté de la rue. Le lit de Béatrice était défait ; il portait l'empreinte d'un deuxième corps, et un caleçon masculin y traînait.

— J'ai téléphoné, mais je tombais sur une espèce de salopard qui m'envoyait me faire foutre.

— Le poète, oui. D'un certain renom, d'ailleurs. Oublie-le. Nous avons à discuter de sujets importants.

— Tu n'aurais pas quelque chose à me mettre sous la dent ? Je meurs de faim. A force d'être ballotté de côté et d'autre, tu sais... et je n'ai sur moi que des billets du Rocher.

— Il y a un reste de fromage et tout un stock de vodka.

— Un stock ? D'où le tiens-tu ?

— Nous avons un cousin de Russie à Londres. A l'ambassade. Un neveu de maman : Youra Petrovitch Choulguine. Tu as certainement entendu mère parler de lui. Tu sais bien ! Celui qui a perdu une phalange à un pouce, en 1917. Un vrai petit héros. Même, elle lui envoyait des cadeaux pour son anniversaire, bien qu'aucun ne semble lui être jamais parvenu.

Reg dévora la totalité d'un mauvais fromage à souris trop sec, avec du pain rassis. L'âpreté rêche de la vodka pure qu'il avala par-dessus le fit tousser. Les beaux yeux de Béatrice buvaient cet homme grand, mince, bronzé, avec son écusson aux gros chats en colère sur la manche, qui était son frère. Elle dit :

— Le ministère de la Guerre est plus puissant que le Rocher. Tout le monde s'est mis au garde-à-vous-et-que-ça-saute ! quand Dick Waggett s'est attelé au téléphone. Tu ne t'en douterais pas, mais l'Angleterre grouille de Russes. Ramassés en Normandie, beaucoup sous l'uniforme allemand, ou alors esclaves du STO.

— C'est quoi le STO ?

— Le Service du travail obligatoire, Organisation Todt. Cette histoire met tout le monde dans une situation impossible. Ce ne sont pas de vrais prisonniers de guerre, tu comprends. Au fond, ce ne sont que des Russes déplacés. Des Ukrainiens aussi, et même deux ou trois bergers tibétains, à ce que l'on me dit, venus accompagner leurs moutons en territoire soviétique et raflés et enrôlés de force dans l'armée Rouge, puis capturés par les Allemands. Notre ministère de la Guerre a décidé que mieux valait ramener tous ces gens chez nous et les parquer dans nos camps militaires vidés par le débarquement de Normandie. Mais ils n'ont rien de soldats, réellement, pour la plupart. C'est-à-dire qu'il y a, dans le tas, des femmes et des enfants. Et tous les jours il en débarque une nouvelle fournée. C'est dément, comme situation.

— Et en quoi cela me concerne-t-il ?

— Ces camps manquent désespérément d'interprètes. Voilà.

— C'est-à-dire que tu as fait ce qu'il fallait pour ma promotion et mon affectation à l'un de ces endroits ?

— Non, Waggett a tout fait. C'est un rapide, malgré sa jambe de bois.

— Mais toi, tu n'es même pas au ministère de la Guerre ?

— Non, seulement aux Affaires étrangères. Mais, en l'occurrence, c'est nous que cela regarde en premier. Forcément, comprends-tu ? Des Russes déplacés, et que faire d'eux ? C'est avec nous que traite l'ambassade soviétique.

— Traite comment ?

— Tu sais, le fait que l'on ait découvert, et que l'on puisse ébruiter, que des citoyens soviétiques se sont portés volontaires pour la Wehrmacht, après avoir été faits prisonniers par elle, plonge l'ambassade dans un énorme embarras. Volontaires pour lutter contre un régime pire encore que le nazisme, tu vois cela d'ici ? Ils veulent les rapatrier tous sur le sol soviétique, coupables ou innocents, engagés volontaires, enrôlés de force, esclaves du STO, n'importe.

— Esclaves du quoi ?

— Tu n'écoutes donc jamais ? Beaucoup d'entre eux ne veulent pas retourner là-bas. Par peur. Peur que Staline ne les fasse fusiller pour avoir été pollués par le contact avec le monde extérieur, et parce qu'ils pourraient se mettre à répandre la bonne parole que le paradis existe en dehors de l'Union soviétique. Moi, je dis : que ceux qui veulent rester restent ; mais le Vieux est d'une autre opinion. Et évidemment il a ses raisons.

— Qui est le Vieux ?

— Oh, la barbe ! Winnie l'Ourson, Winston, notre glorieux chef de guerre. Son idée est qu'une bonne part de nos prisonniers à nous comme des prisonniers américains sont parqués dans la partie orientale du Reich, celle qui, le moment venu, tombera entre les mains des Russes. Et Winnie pense que ceux-ci sauteront sur nos prisonniers, quand ils arriveront jusqu'à eux, pour les retenir en otages en échange du retour de leurs gens. Or, très évidemment, il faut bien dire que, de notre point de vue, le jeu du Vieux a sa part d'intérêt pour nous.

— Qui cela, nous ? Et quel intérêt ? Tu sais, j'ai encore faim. Je la saute.

— Eh bien, saute-la. Nous, c'est-à-dire toi, maman, papa. Dan est dans un stalag, près de Roggen, sur l'Oder. Nous tenons l'information, très tardive, il est vrai, de la Croix-Rouge suisse. As-tu envie d'apprendre que Dan a été transformé en otage des soviets ?

— Il parle leur langue. Je ne vois pas ce que cela changerait pour lui. Du moment qu'on lui distribuerait un peu de poisson à l'occasion, peu lui importerait d'être là-bas ou ailleurs... Il ne manque pas de poisson dans l'Oder.

— Tu n'es qu'une brute sans cœur. C'est ton frère et tu ne vaux pas le dixième de lui. Il se battait sur le front d'Italie pendant que tu suçais des oranges.

— Le monde entier a l'air de croire que c'est tout ce que nous faisons sur ce putain de Rocher. Je commence à en avoir assez de ce refrain.

— Bon, mettons que vous bouffez aussi des bananes. Je me demande en quel honneur je lèverais encore le petit doigt pour un faux frère, un salopard et un emmerdeur comme toi. Il faut croire que le sang est plus fort que tout... Écoute : le camp qui pose surtout des problèmes se trouve dans le Suffolk, près d'Ickton, à vingt kilomètres ou quelque au nord d'Ipswich. Tu as intérêt à te débrouiller pour y filer tout de suite.

— Comment fais-tu pour être si bien renseignée ?

— Je travaille au bureau Nord, spécialement chargé de ce qui concerne les citoyens soviétiques présents sur notre sol. Le pasteur de l'endroit est une sorte de spécialiste de Dostoïevski ; il le lit dans l'original. Il sait que des gens du NKGB rôdent dans le coin et passent à tabac leurs concitoyens qui vont se saouler le soir dans les bistros. Comme il s'apprêtait à ébruiter la chose et à faire un scandale, nous avons dépêché là-bas quelques cogneurs.

— Pour le cogner lui, tu veux dire ? Et c'est quoi, le NKGB, chez eux là-bas ?

— Franchement, tu ne sais donc rien de rien ? Le Narodnyï Komissariat Gossoudarstvennoï Bezopasnosti — tu n'as pas besoin de moi pour traduire, cela va de soi. Non, on n'a pas rossé vraiment le bonhomme ; on s'est contenté de lui rappeler vigoureusement l'existence de la législation sur les secrets d'État. C'est un travail délicat qui t'attend à Ickton. Dans l'intérêt de nos prisonniers à l'Est, c'est-à-dire de ton cher petit frère Dan, il te faudra faire le jeu de Staline.

— Soit. Va pour le travail délicat ; c'est tout indiqué, après le tour de garce que cette pute m'a fait.

— Quel fichu idiot tu es, Reg ! On n'entre pas comme ça chez les gens sans crier gare, même chez sa propre femme.

— Une femme mariée est censée être fidèle. Pour les maris, c'est une autre paire de manches.

— Naturellement ! Eux, ils doivent obéir à l'urgence de pulsions sexuelles auxquelles n'ont pas droit les simples femmes et, s'ils ont le plus petit remords de leur infidélité, ils ont toujours l'excuse de raconter que, en baisant, ils se disaient que c'était avec leur femme qu'ils faisaient ça. Les hommes me donnent la nausée !

— Vraiment ? Tous ? Même les unijambistes neurasthéniques ? Ça n'a pas l'air de tellement te déplaire, en l'occurrence, la nausée. Et d'ailleurs un de ces jours, tu verras, tu prendras un drôle de coup.

— C'est censé signifier quoi ?

— Tu verras, je te dis. Tu finiras par rencontrer un homme qui ne sera pas là pour te servir à quelque chose, voilà ce que cela signifie. Tu tomberas de haut, comme moi, et cela fera mal. Alors, tu apprendras la souffrance. Je vais demander le divorce.

— Tu n'es pas près de l'obtenir. On fait la queue, et elle est longue. Mets-toi au boulot. Laisse passer un peu de temps. Écris-lui pour dire que tu regrettes de lui être tombé dessus comme ça. Que c'est une leçon pour la prochaine fois. Et surtout, pas d'allusions imbéciles à un pardon. Cela dit, ne sois pas étonné si c'est elle qui demande le divorce.

— Quelles salades ! Tu me fais rire avec tes fichues bondieu de foutaises.

— Il se peut parfaitement qu'elle soit amoureuse de son joueur de tuba ou d'autre chose. Il est plus facile d'aimer ceux ou celles que l'on voit tout le temps. Un mari qui est loin, occupé à sucer des oranges ou à faire Dieu sait quoi pour l'amour de la patrie, finit par devenir une abstraction.

— Aimer, dis-tu ? Que sais-tu de l'amour ? De toute ta fichue vie, tu n'as jamais aimé personne !

— Si, toi, d'une façon. Et Dan, oui. J'ai beaucoup de mal à mettre amour et sexe dans le même panier. La sexualité est ce qu'elle est : une excitation nerveuse, suivie de l'apaisement. Oh, et puis le moment n'est pas au badinage ni aux banalités. Un officier des Transports par rail — un OTR comme on dit — t'attend avec un titre de voyage à la gare Saint-Pancrace. Quant à la confirmation écrite de ton affectation...

— Bon Dieu, dire que tu appelles ça des banalités ! Seigneur ! Une créature aussi froide que toi n'a pas de vie... C'est quoi, ce bruit ?

— L'arme secrète de Hitler. Sois tranquille, ce coup-ci n'est pas pour nous... Donc, quelqu'un de froid comme moi n'a pas de vie, dis-tu ? C'est pourtant cette froideur qui me garde en vie.

— Attends, tu verras, attends seulement.

A Aldershot, sous les couvertures militaires de mon lit, je rêvai de Béatrice — une Béatrice terriblement vivante. Si les rêves n'ont aucun sens, ce n'est pas seulement qu'ils traduisent des désirs inassouvis — non, ils sont signes d'événements qui s'accompliront, à leur heure, dans la vie réelle, sans que ce soit forcément par l'intermédiaire du rêveur. Je n'en ai jamais douté : les rêves sont en prise sur l'avenir — ce qui explique que je sois à ce point un homme dont la croissance s'est faite à partir de la trentaine.

Je commençai par rêver que, muni de faux billets de scène, j'achetais plusieurs feuilles de points textiles de rationnement, dans un bistro d'Aldershot, à un hermaphrodite louche, qui avait une moustache en brosse. La raison de cet achat s'éclaircissait dans la suite du rêve, qui sautait d'abord, sans transition, au décor d'une immense chambre à coucher d'hôtel, du type que je devais voir, bien plus tard seulement, lors d'un voyage à Rio de Janeiro. Un énorme calendrier disait que l'on était en janvier — nom qui n'était pas sans rapport avec celui de cette grande ville que j'étais prédestiné à visiter. Il y avait de la neige sur les rebords des fenêtres. J'étais entièrement nu, très bronzé. Béatrice était présente, entièrement vêtue. Elle avait l'air de se moquer de mon phallus décalotté. La chambre à coucher n'offrait pas de lit — rien qu'un très grand plaid et des fourrures cousues ; il y en avait des rayées, des ocellées, d'autres d'un blanc polaire. J'entreprenais d'arracher les vêtements de Béatrice. Elle se débattait, mais ma vigueur d'adjudant instructeur d'éducation physique de première catégorie finissait par l'emporter. Je lui ôtais de force son élégante petite veste, de style et de coupe d'une autre époque que 1944, et déchirais la blouse en dessous. Je mordais le val de chair entre les collines de son soutien-gorge, que mon rêve, recourant à la brutalité du yiddish ou de l'allemand plutôt qu'aux délicatesses du français, qualifiait de *Brüstenhalter*, et que je voyais se détacher de ses superbes seins. Mes dents, changées en ciseaux, lacéraient sa culotte de soie. Maintenant qu'elle était presque nue, je la prenais debout, forçant à grands coups sa sécheresse, qui ne tardait pas à s'irriguer. Je la possédais maintes et maintes fois, et par la voie tant buccale qu'anale, voire jusque dans l'or de ses aisselles, pour m'affaler finalement avec elle sur l'épaisseur des fourrures et dans la lenteur et presque la tendresse d'une dernière reprise. A la fin, je lui donnais les points textiles.

Sa réaction au cadeau était un regard intrigué. Elle me disait :

— Mais la guerre est finie, le rationnement aussi.

Ensuite, elle se mettait à me supplier ; elle criait qu'elle voulait être brutalisée, avilie, mordue, fouettée, chevauchée comme une bête.

— Je suis une esclave, disait-elle. Une voueuve... (Mot qui m'était inconnu et qui continue de l'être.) Il est capital pour nous de ne pas oublier que plus rien n'est rationné, maintenant. Tu peux donc me dévorer si tu en as envie.

Sur quoi, je me réveillai en sueur.

Reg, à peu près vers la même époque — du moins à ce qu'il m'a raconté —, rêva que Zip tenait sa partie dans *le Sacre du printemps* et cognait sur un jeu complet de timbales, de la basse profonde au piccolo. Quant à lui, il surgissait au fond, derrière l'orchestre, et, sur un signe d'acquiescement de la tête du chef d'orchestre — qui n'était autre, apparemment, que Stravinski en personne —, il arrachait à l'épouse infidèle ses deux mailloches à coussinet de feutre et commençait à l'en rouer furieusement. Mais elle était la plus forte et, lui reprenant les mailloches, s'en jouait sur lui, comme d'un nouvel instrument à percussion offrant une gamme de sons métalliques complète. Le public riait et c'était la fin du rêve.

Le songe de Reg n'avait, clairement, rien de prémonitoire.

PEDWAR

— Il est l'heure de se lever, dit Maria Ivanovna Sokolova.

C'était par une aube humide de janvier 1945, dans le Suffolk. Maria Ivanovna jeta un coup d'œil sur sa montre de poignet, cadeau de Reg pour le Noël anglais (et non russe), puis elle la secoua et, ayant constaté qu'elle marchait bien, secoua Reg à son tour, plus violemment. Il réagit en essayant de la prendre dans ses bras ensommeillés et en marmonnant des mots indistincts. Mais elle était l'un des deux *vratch*, ou médecins militaires, du camp et, à ce titre, elle avait, à l'aube, son premier défilé de malades, c'est-à-dire de syphilitiques incurables, de blennorragiques en mal d'analgésiques contre les effets de la miction, d'authentiques catarrheux ou dyspeptiques, d'endommagés par une bagarre ou une autre, et de tous ceux qui estimaient les lendemains de saoulerie dignes d'une attention médicale sérieuse.

Reg refusait de desserrer son étreinte autour du corps mince et élancé, finement duveté de noir. Réveillé maintenant, il déclara à la jeune femme qu'il l'aimait. Elle répondit qu'elle aussi l'aimait, mais en formulant des réserves impossibles à élucider, faute de temps. Puis elle lui administra de grandes claques en le traitant de tire-au-cul, avant de passer une chemise et un pantalon d'uniforme du Train et d'enfiler par-dessus une veste de chauffeur militaire, en cuir. Ses chaussures provenaient également des magasins de l'armée, et elles étaient trop grandes : elle devait chaque fois en doubler l'intérieur avec du papier journal de la veille. D'ailleurs, les soldats russes ne fourraient-ils pas, depuis toujours, leurs bottes ou leurs croquenots avec du papier ? La plupart d'entre eux se servaient de leurs chaussettes de l'armée britannique — qu'ils ne tardaient pas à dépareiller en en perdant une — comme de foulard de cou, de torche-morve ou d'essuie-boue pour souliers. Les cheveux de Maria, d'un noir de goudron, rejetés en arrière d'un demi-tour de tête et domptés par un élastique, disparurent sous une casquette au devant relevé avec morgue — de celles que l'on distribuait aux femmes officiers SS dans les camps d'extermination de déportées de leur sexe. Celle-ci devait être un trophée pris à une personne aujourd'hui morte.

Après une brève et tendre semonce, la jeune femme courut boire en vitesse une tasse de thé noir, additionnée d'une grosse cuillerée de gelée de pomme, à la baraque qui servait de cantine aux citoyennes et citoyens soviétiques de son grade — bien qu'il n'y eût pas ici de gradés, à proprement parler, en dehors du personnel militaire britannique. Quant à Reg, il ne quitta pas son lit étroit, dans la cabane privée, privilège de son rang. Tout en fumant une cigarette, il caressa l'empreinte du corps absent.

Ils avaient eu la même sempiternelle discussion, après avoir fait l'amour dans la demi-aube. Elle était une femme libre, lui disait-il : il ne tenait qu'à elle de rester en Angleterre si elle le souhaitait. Il lui enseignerait la langue — mieux qu'il ne l'avait déjà commencé, oui, pour de bon et avec plus de sérieux qu'elle-même n'en montrait pour le moment. Et, un jour, ils pourraient se marier.

Absurde, répliquait-elle. Elle était mariée avec Piyotr Lavretiyevitch Sokolov, ingénieur dans une centrale électrique de Sverdlovsk, et à lui elle désirait revenir. Reg avait beau répéter brutalement que Piyotr ne serait plus de ce monde, elle était sûre du contraire — son dixième sens de femme le lui disait. Quant à l'amour, il y avait celui du temps compté, et il y avait celui du plein temps, c'est-à-dire propre au mariage. Le temps compté, c'était à présent. Quand, la pénurie d'officiers du corps de Santé étant ce qu'elle était dans l'armée Rouge, on l'avait mobilisée avec le grade de lieutenant, tous deux, Piyotr Lavretiyevitch et elle, avaient compris qu'ils entraient dans une ère de temps compté et que, le mariage étant une institution bourgeoise en tout cas, les vœux de fidélité éternelle du corps avaient des chances de ne plus être, momentanément, que des salades de poètes à la Pouchkine. Quant à lui, Reg, il était, oui, un gentil garçon, plus sobre sur l'alcool que Piyotr Lavretiyevitch, et qui sentait meilleur ; n'empêche, il lui manquait, en dépit de sa mère, le cœur russe.

Mais je t'aime, moi, je t'aime, ne cessait de protester Reg, avec tous les accents de sa mère, précisément, lorsque celle-ci le saisissait violemment dans ses bras pour l'étouffer sous des baisers russes. *Y'a vas liyoubliyou*, avec ses voyelles énergiques délicatement iotacisées, sonnait plus vrai que l'anglais aux fadeurs de rengaines éventées. Ce n'étaient pas des mots ; il était très sérieux. Au diable Zipporah, qu'elle allât se faire foutre par ses maillets de xylophone ! Il ne lui avait pas écrit et elle ignorait où il se trouvait. C'était, considérait-il, une affaire bel et bien terminée, classée.

Il relut, dans la première clarté du matin, la lettre par avion qu'il avait reçue de Whitcombe, maintenant caporal à part entière. Classée aussi, la fameuse histoire espagnole. Au dire de Whitcombe, les services de Renseignements, à Gibraltar, s'étaient fait un devoir d'ouvrir une salle d'information, avec exposition de photographies des atrocités commises dans les camps de concentration — images orgueilleusement conservées par les SS et prise de guerre toute fraîche —, qui avaient fait vomir certains des hommes et contre l'étalage desquelles un des aumôniers du Rocher avait élevé une protestation. Mais on parlait beaucoup moins de règle du jeu ; il n'y avait de bon Allemand que mort. L'acte de Reg, dont lui, Whitcombe, avait été témoin, on ne pouvait plus que l'approuver. A La Línea, un homme, arrêté pour avoir tué son beau-père d'un coup de couteau, avait confessé spontanément avoir poignardé de même façon un Allemand, et l'on avait classé le dossier, après que l'assassin eut été condamné à une peine légère de prison. Le terme *provocación* avait été invoqué par la défense dans les deux cas, l'authentique comme le fictif ingénieusement fondus dans la fable d'une flambée de démence momentanée, allumée par la boisson. Aussi simple que cela.

Rasé et en tenue de combat fraîchement repassée par un Russe du nom de Postoev, naguère tailleur, Reg se rendit à ce que l'on appelait le mess des sergents, bien que, à part lui-même en sa qualité d'adjudant-chef, le personnel ne comptât qu'un trio de sergents, dont l'un caporal-chef en réalité, et un autre, fourrier de deuxième catégorie. Ce dernier, à l'entrée de Reg, murmura : « Ah ah... » sur un ton qui donnait à entendre qu'il savait ce qui se passait dans les quartiers privés de l'adjudant-chef, et ne l'approuvait pas. Un adjudant-chef avait droit à certains privilèges, mais aller jusqu'à cohabiter avec l'une des trois Russkovas du camp était courir au-devant d'histoires. Il y aurait bientôt des plaintes — sans fondement — émanant de certains de ces déplacés et alléguant le favoritisme, sous les espèces de rabiots de portions de cette viande que le personnel britannique du camp avait très vite appris à dénommer *miyahso*, et encore plus vite baptisée « miaou-bouffe ». De plus, les Russkofs mâles pouvaient se révéler de vrais fumiers pleins de traîtrise, et Reg, se réveiller un beau matin un couteau planté dans le dos. La vengeance est une drôle de chose et s'exerce de façon bizarre, disait sombrement le fourrier. Il était au courant de l'acte commis par l'adjudant-chef dans une ruelle mal éclairée de La Línea. Et ce qu'il avait fait alors à un étranger, rien n'empêchait un autre étranger de le lui faire à son tour. « On peut raconter que les Russes sont nos glorieux alliés, moi, en tout cas, plus souvent que je m'y fierais, oui, à un seul de ces fumiers ! » disait le fourrier.

Devant son thé, sa bouillie d'avoine et sa rissole de singe nageant dans la graisse, Reg apprit, de la bouche du caporal-chef Scammell, chargé de la prévôté du camp, qu'une bande de cinq Russkofs mal rasés étaient entrés par effraction dans la demeure d'une certaine Mme Levinson, veuve âgée et habitante de la petite ville, et en étaient ressortis avec cinq livres dix shillings et une pendule en or moulu. Normalement, cela eût relevé de la police municipale ; mais celle-ci avait des ordres pour fermer les yeux sur les menus délits de ces déplacés, qui n'étaient ni des soldats ni de vrais civils. Cela dit, que diable étaient-ils, au fond, à part des hébergés de passage turbulents, dans l'attente des navires qui les ramèneraient sur le sol de leur sainte mère Russie ? Impossible de les discipliner, ces salopards. Près de quatre cents des mille et quelques qu'ils étaient, au camp proche de Norwich, s'étaient fait la belle la semaine précédente et vivaient de rapines et de violences dans diverses parties du Norfolk et du Suffolk. A qui appartenait-il de rattraper ces pauvres bougres et de les castagner un petit coup, pour les ramener au sens de la décence et de la discipline ?

Le fourrier dit :

— Apparemment, y a des gars de chez eux qui se chargent d'y veiller. Y a pas plus irrégulier, et c'est égal, moi, je vous demande un peu ce que foutent et qui sont ces zèbres en chapeau et imper qui promènent des gueules de chiens méchants dans les parages. J'en ai vu trois à *La Couronne* ; ils réclamaient de la vodka — j'ai au moins piqué ce mot dans leur patois — et ils ont fait un chambard du diable parce qu'il n'y en avait pas. Ils ont fini en recrachant par terre leur bonne bière anglaise dans la sciure. Personnellement, je dois dire, moi, ça me plaît pas du tout.

— Ils se font du souci, dit Reg, récitant la leçon de sa sœur. Il y en a trop dans le tas qui ont vu de près la société capitaliste de chez nous, et ce qu'ils en ont aperçu leur plaît. Ce que nous appelons pénurie leur paraît de l'abondance. Le paradis soviétique n'a pas l'air de tourner trop rond.

Le sergent Cross, un maigre sans énergie, secoua la tête et dit tristement :

— Nous, à la maison, on a été élevés dans d'autres idées. Mon paternel est allé à Moscou, avant guerre, en voyage organisé par son syndicat. D'après lui, il n'y avait rien à redire. On ne pouvait parler d'abondance de rien, d'accord ; tout de même, la bière n'était pas chère et il n'en manquait pas, et tout ce qu'on trouvait était partagé également. C'était ça la grande idée, qu'il répétait souvent, et, avant d'y passer dans un accident qu'il a eu avec le camion, il avait l'habitude de raconter aussi que c'était ça, l'idéal pour lequel, tous, on luttait.

— Ne te fais pas d'illusions, dit Reg. Cette guerre était négative. Nous défendions le mal contre le pire, selon les mots du poète.

Les autres baissèrent le nez sur leurs assiettes vides, l'air gêné. Ils n'aimaient pas les histoires de poète, surtout venant d'un adjudant-chef.

— Allons, au boulot ! reprit Reg en se levant.

Il n'entendit pas le caporal-chef marmonner : « C'est quoi, exactement, notre putain de boulot ? »

Le matin était lugubre et froid. La plupart des hôtes du camp étaient rentrés dans les baraquements, après avoir tenté en vain de récurer à grande eau les gamelles incrustées de bouillie d'avoine. Bande de crados. Il y avait deux ou trois saints hommes authentiques parmi ces fils de la sainte Russie, qui traînaient alentour, remarquables pour leur saleté spectaculaire. Le col de son imperméable remonté, style officier, contre le froid de l'air, Reg, après avoir jeté un coup d'œil à l'intérieur sinistre de quelques baraques Nissen et observé leurs occupants, les uns se plaignant d'une gueule de bois, d'autres tapant déjà le carton parmi des exclamations éraillées, Reg, donc, s'achemina dans la boue, vers la cabane en bois qui servait en son temps d'entrepôt de munitions, afin d'aller voir comment allaient les femmes.

Il n'y en avait que deux, mais qui se partageaient cinq enfants. Des fils de fer barbelés et une sentinelle armée les séparaient des huit cents mâles. La sentinelle de faction, pour l'heure, était le deuxième classe Dawes, fort malheureux d'être là, emmitouflé dans un passe-montagne et un cache-nez de laine, les mains enfouies dans une paire de gants d'estafette motocycliste, fauchée au magasin. Fait salement froid, monsieur, dit-il à son adjudant-chef. Il avait dû croiser la baïonnette sur un Russkof tôt levé qui voulait entrer à tout prix dans la cabane. A l'intérieur, Reg trouva Vera et Yievguenia — il ignorait si elles avaient un autre nom ou un patronyme. Elles alimentaient un petit poêle avec les débris d'une vieille chaise. Les enfants, à qui l'on avait appris à l'appeler *diya-diya*, se jetèrent sur lui en réclamant à grands cris du *chokolatt*. Il leur donna un paquet de chewing-gums Wrigley à la menthe verte, cadeau de la coopérative militaire amerloque de Bury Saint Edmunds. Vera et Yievguenia étaient deux créatures d'une robustesse repoussante, dans leurs jupe et chandail d'uniforme volés à un stock ou à un autre, et les enfants, qui n'étaient pas tous d'elles, étaient les fruits d'associations avec des camarades travailleurs polonais de l'Organisation Todt. Quel fichu gâchis que tout cela ! Les deux femmes désiraient rester en Angliya, lui répétèrent-elles pour la énième fois — quand leur permis de séjour arriverait-il ? Cela ne tarderait plus, répondit-il désespérément.

Ressortant, il traversa le champ de manœuvres, où plus une âme ne manœuvrait, pour se diriger vers le QG du camp et l'unique cheminée d'où s'échappât une fumée. Une quarantaine d'individus hirsutes et mal rasés à l'état chronique, mais sans aller jusqu'à une vraie barbe, attendaient devant la porte, plus ou moins alignés par les bourrades sans espoir du caporal-chef Scammell et du première classe Crankshaw. L'ordre ne semblait avoir aucun sens pour ces gens. Ce qu'il leur fallait, c'était une bonne dose de communisme.

Le lieutenant-colonel Secker s'efforçait de comprendre quelque chose aux réclamations sans fin d'un gaillard borgne, à l'allure de brute et à l'odeur puissante, qui jurait avoir le grade de commandant dans une unité blindée — commandant Khmelkov, disait-il — et revendiquait à ce titre les privilèges, peu clairs pour l'instant, revenant à son rang. L'adjudant-major Murray, dont la connaissance de la langue russe était encore moindre que celle de son officier supérieur, vit avec soulagement l'adjudant-chef entrer et saluer, mais n'en fit pas moins observer :

— En retard une fois de plus.

— Inspection de camp, monsieur. J'ai été retenu par le contingent féminin.

— Ah, oui, le contingent féminin, dit le lieutenant-colonel Secker. Nous savons à quoi nous en tenir sur le sujet, n'est-ce pas, Murray ?

Le lieutenant-colonel avait un regard d'une fixité bleue, dont l'extrême innocence était démentie par son passé dans les services du Matériel et par certaines questions touchant certaines irrégularités, restant en partie à prouver, dans la comptabilité des avances sur achats. Son russe était le résultat de deux semaines de cours accélérés.

— Vous feriez bien de voir ce que ce, euh... *tovarichtch* pense vouloir, reprit-il.

Reg écouta longuement longtemps et, à son tour, parla longuement. Puis il dit au lieutenant-colonel :

— Bien qu'il n'y ait aucune preuve de son rang supposé, je suggère qu'il ait à témoigner de son sens des responsabilités, avant de réclamer des privilèges. Confiez-lui le commandement d'une équipe de nettoyage... et donnez-lui aussi pour équipe la bande qui attend devant la porte. Monsieur, conclut-il.

— C'est bon, expliquez-lui cela, voulez-vous ?

— C'est déjà fait, monsieur.

Le soi-disant commandant Khmelkov sortit en emplissant l'air de clameurs et de gesticulations furieuses de ses poings crasseux.

— Va te faire mettre, lui dit Reg. J'aimerais savoir maintenant, monsieur, poursuivit-il sur un autre ton, ce que signifiait précisément l'insinuation sous-entendue par votre sourire et vos paroles, il y a un instant, à propos du contingent féminin. Monsieur.

— Surveillez votre langage, je vous prie. Quoi que vous pensiez peut-être, vous n'êtes pas indispensable ici. Les instructions les plus précises vous sont parvenues sur l'étendue loisible de la fraternisation. Vous paraissez dépasser la limite, euh, permise. Nous en resterons là pour le moment, n'est-ce pas, Murray ?

L'adjudant-major, qui se tenait planté, casquette sur la tête et jonc sous le bras, derrière le siège de son supérieur, affichait un tic de la paupière, qu'il avait gagné au front. Il était en détachement de la Garde écossaise. Il tiqua donc de la paupière en regardant Reg et répondit :

— Oui, colonel.

Puis, tiquant de nouveau à l'adresse de la fenêtre, dont les vitres sales donnaient sur le champ de manœuvres, il ajouta :

— Bondieu, ils sont en avance !

Et il marcha aussitôt vers la porte, Reg lui emboîtant le pas.

Trois officiers de l'armée Rouge et un civil descendaient d'une modeste Humber, conduite par un chauffeur en uniforme des Transports militaires. Le civil avait un air vaguement familier — oui, un air familier était le mot juste, se dit Reg, ou plutôt même de famille, avec les yeux de sa mère et une phalange manquant à un pouce. Béatrice lui avait bien dit de s'attendre à le voir surgir un jour ou l'autre. Youra Petrovitch Choulguine. Sur le moment, Reg ne révéla pas son nom ni la parenté : c'eût été sans rapport avec le contexte d'inflexibilité menaçante que représentaient les trois officiers. Un des hébergés, laissé-pour-compte de l'équipe de nettoyage — laquelle s'éloignait en bourrant de tapes et de coups amicaux le soi-disant commandant —, s'écria avant de rester bouche bée :

— Sainte Mère de Jésus, vlà le tsar revenu !

C'était la première fois de sa vie que cet homme voyait des épaulettes — innovation récente de Staline — claironner les grades.

Dans son bureau, le lieutenant-colonel Secker, debout, accueillit les visiteurs, *dobriy diyen* aux lèvres et main tendue, que l'on feignit de ne pas voir. Colonel Bogoleev, commandant Limonov, lieutenant Chargorodsky, de la mission militaire soviétique à Londres. Et Choulguine, de l'ambassade, qui servirait d'interprète. Le colonel Bogoleev voulait que l'on sonnât le rassemblement de tous les ressortissants soviétiques, pour les passer en revue. En bon Russe, il n'ignorait pas que cela prendrait du temps. En conséquence, il commencerait par examiner l'état nominatif, puis par inspecter les cantonnements, les cuisines, les latrines et la salle d'information. Le lieutenant-colonel Secker prononça quelques mots et Reg dit à son tour :

— Vous n'avez pas autorité pour inspecter ce camp. Par pure courtoisie, l'on peut vous le permettre ; mais le colonel Secker entend qu'il soit bien clair que nous sommes ici en territoire militaire britannique ; que rations, habillement, solde ou paye sont de la seule responsabilité administrative des autorités militaires britanniques, et que, les autorités soviétiques ayant rejeté l'offre qu'un contingent soviétique fût formé sur le sol britannique, pour constituer, par analogie avec les Français, les Polonais et les Tchèques libres, un corps militaire nécessairement armé, toute responsabilité desdites autorités quant à leurs ressortissants ne saurait exister, tant que leur rapatriement ne sera pas un fait accompli.

Le colonel Bogoleev était de taille plus courte que Reg, mais se rattrapait sur la corpulence. Il fronça les sourcils et, sans quitter des yeux Reg, tripota l'écusson sur l'avant-bras droit du blouson militaire et exprima le désir impérieux de savoir ce que signifiait ce symbole impérial. Reg répondit :

— Il semblerait conforme aux convenances, pour un officier d'une armée alliée, d'être familiarisé avec les signes distinctifs des grades de camarades combattants alliés contre la menace du fascisme germanique.

Le lieutenant-colonel Secker dit à Reg :

— Dans l'ignorance de ce que vous lui avez d'abord raconté, je n'en ai pas moins la vive impression que vous dépassez les bornes.

— Il réclame l'état nominatif des hébergés.

Le sergent Clarke, qui portait bien son nom du fait qu'il était une sorte de clerc tenant, crayon derrière l'oreille, le secrétariat du camp, apporta de la salle des rapports une liste de quatre feuillets, tapée en caractères romains et cyrilliques. Le lieutenant Chargorodsky, qui avait l'élégance d'uniforme et de manières d'un officier du tsar et la moustache soignée allant avec, mit du temps à compter les noms. Reg précisa :

— Cette liste inclut des femmes et des enfants. Et c'est l'état nominatif original ; mais quelque cent cinquante membres de l'effectif soviétique hébergé ici ne sont plus avec nous. On ne peut parler de désertion, puisque le personnel en question n'est composé ni de prisonniers de guerre ni de membres réguliers d'une formation militaire officiellement organisée. Ce pays-ci passe pour libre, et ledit personnel y est donc libre de ses allées et venues, dans la limite des règlements édictés et appliqués par notre ministère de l'Intérieur, dénommé par nous Home Office.

Le colonel Bogoleev eut tout le temps de bouillir pendant ce discours, et Youra Petrovitch Choulguine, s'exprimant en langue étrangère avec une grande précision, mais aussi un très fort accent, expliqua au lieutenant-colonel Secker que le colonel Bogoleev était loin d'être satisfait. Déclaration d'autant plus superfétatoire que le colonel, avec une gerbe de postillons à chaque composante consonantique, affirma vigoureusement que les coupables de désertion, car c'était bien de quoi il s'agissait, quoi que pût en dire ce fonctionnaire à l'insigne impérial, seraient repris et devraient rendre des comptes.

— Nous n'ignorons pas, dit Reg, que le SMERSH est déjà à l'œuvre dans le pays.

La colère du colonel Bogoleev se changea en fureur. Pointant un index court et carré, il l'enfonça à plusieurs reprises sous le sternum de Reg. Ce dernier l'invita à cesser ce jeu, sinon, quelle que fût l'élévation de son rang, il lui collerait une pêche. Sur quoi, le lieutenant-colonel Secker suggéra que le deuxième classe Watts, qui grattait le papier à la salle des rapports et pour qui cette fonction se doublait de celle, plus ou moins, de clairon, reçût mission de sonner le rassemblement général des occupants du camp. D'ordinaire, ils réagissaient sans se faire trop prier à sa sonnerie pour la soupe et confondaient toutes les autres avec elle. Watts n'aurait donc qu'à sonner « Rassemblement pour la B », puis « Rassemblement pour la C » et enfin « Rassemblement général », en laissant aux sous-officiers le soin de rabattre le tout, dans un semblant d'ordre, en rangs sur le champ de manœuvres, mais sans oublier d'indiquer que les gamelles et les quarts qui ne manqueraient pas d'être apportés le seraient sur des initiatives prématurées, et que des officiers russes de haut rang avaient des choses à dire.

Toutefois, auparavant, les représentants de la mission militaire soviétique voulurent voir la salle d'information. Les Allemands avaient fait prisonniers un certain nombre de commissaires politiques, ou *polkoms*, et ceux-ci, imperméables à la corruption de l'idéologie nazie, s'étaient signalés comme tels à leurs libérateurs, de sorte que les autorités soviétiques de Londres pussent les employer dans les camps de personnes déplacées, au titre d'éléments de ressourcement marxiste et d'instructeurs des progrès de la guerre, c'est-à-dire des opérations sur le front de l'Est, celles qui se déroulaient à l'Ouest et dans le Pacifique étant tenues pour dépassées, capitalistes et, dans l'ensemble, sans intérêt.

Reg eut le regret d'attirer l'attention sur le fait que le *polkom* Pavel Andreiyevitch Viktorov, détaché au camp, s'était prévalu des libertés démocratiques pour s'en aller vivre, selon les dires, avec une Irlandaise, à Bungay. Ce fut alors au commandant Limonov de bouillir à son tour, dans les limites de sa maigreur qui confinait à l'émaciation. Son ébullition dura tout le temps de la visite de la salle d'information, sise derrière les installations du QG et tenue par deux occupants du camp, lesquels, à en juger par leur couche de crasse, devaient être d'une sainteté à toute épreuve.

La salle d'information était en effet convertie pour une part en chapelle. Une table, revêtue d'une couverture et décorée de fleurs en papier et d'icônes en bois fabriquées et peintes au camp même, servait d'autel. Au mur, une image de la Vierge à l'Enfant Jésus hurlait ses couleurs au pastel sur papier kraft. Reg parla avec fierté, en homme documenté, de la religiosité d'un assez joli nombre d'hébergés. Un pope orthodoxe russe venait régulièrement, de Lowestoft, officier devant une assistance fournie, dans la chapelle anglicane locale, mise à sa disposition par le pasteur anglican, qui s'était tout de suite montré extrêmement serviable : il avait même monté une petite bibliothèque russe à l'usage de ceux qui savaient lire. D'ailleurs, on pouvait voir... Le commandant Limonov promena un regard sombre sur de vieilles éditions tsaristes de Tolstoï, Dostoïevski, Gogol, Tchekhov, et retira des rayons, pour les jeter à terre, les œuvres d'auteurs exilés tels que Doubiyonkov et Badine. A brûler, déclara-t-il impérativement.

— Qui brûle des livres ne tardera pas à brûler des êtres humains, dit sentencieusement Reg, qui connaissait ses auteurs. Et veuillez ne pas oublier que ceux-ci sont la propriété du pasteur anglican de la paroisse.

Le commandant Limonov lacéra aveuglément des ongles les affiches du ministère de l'Information britannique à la louange des beautés de la campagne anglaise.

En gémissant, les représentants de la mission militaire soviétique inspectèrent les cuisines, où une version britannique du bortsch mijotait sous la surveillance d'un caporal cuisinier et de deux aides russes. C'était là, expliqua Reg, le mets préféré et invariable : bortsch deux fois par jour. Le Suffolk abondait en betteraves.

Le clairon sonna un rassemblement général aux notes incertaines, et les quatre Russes ne tardèrent pas à voir leurs compatriotes, tel un troupeau de bétail mal tenu, se bousculer et se battre à l'entrée du réfectoire, dans le tintamarre des gamelles brandies en guise d'arme. Les rabattre vers le champ de manœuvres exigea un déploiement d'énergie et de patiente lenteur. A la vue de trois officiers de l'armée Rouge gourmés ou écumant de colère, des hommes prirent le large en traînant les pieds, sournoisement. La pluie vint se mêler aussi de la partie. Parmi les miaulements du vent sous ce ciel du Suffolk, le colonel Bogoleev harangua un carré, grossièrement formé et ébréché, de sceptiques affamés. A renfort de rugissements, il clama que le maréchal Staline n'oubliait pas ses camarades d'armes et s'efforçait par tous les moyens d'obtenir leur rapatriement aussi prompt que possible. Les problèmes venaient de l'Angleterre capitaliste qui, déchirée par des grèves de travailleurs et débilitée par une inertie endémique, remettait sans cesse la fourniture de transports maritimes. Reg, hors du champ de vision du colonel étranger, mais non de son propre colonel, fit, d'un bras replié et de deux doigts en fourche, un geste vif pour indiquer que c'était là mensonges de propagande. L'assistance rétive trouva le geste à son goût : il y eut des murmures, des esclaffements et des cris, nombreux et bruyants, de mécontentement. Tu parles qu'il nous a pas oubliés, ton maréchal Staline ! Ce qu'il veut, c'est nos têtes, oui, pour les couper ! Au cul qu'il peut se les mettre, ses belles paroles de merde, et toi de même, camarade feld-maréchal ou quel que soit ton grade ! L'Angliya est une terre de liberté, elle s'occupera de nous !

— L'Angleterre ne fera rien, affirma un peu plus tard Youra Petrovitch Choulguine à Reg. Ton M. Churchill et son Anthony Eden ne demandent qu'une chose : faire plaisir au maréchal Staline tout en se débarrassant d'un fardeau encombrant. Le monde est en voie de réorganisation.

Il s'exprimait en russe. C'était un blond, aux cheveux coupés très courts et grisonnant déjà précocement. Il était assez beau, le corps ramassé et musclé, le menton charnu, les yeux très séparés et du même bleu bleu-vert que ceux de la mère de Reg, le cou un peu trop trapu. Ils étaient debout près de la Humber, sous la pluie qui ralentissait, pendant que les représentants de la mission militaire soviétique surveillaient la distribution du pécule au réfectoire : deux demi-couronnes par tête et par semaine. Certains des bénéficiaires s'en prenaient furieusement aux puissances célestes abolies, s'ils ne recevaient pas, au lieu de shillings ou de florins, la « pièce de huit », la demi-couronne qui possédait à leurs yeux une valeur mystique depuis sa condamnation à mort par la révolution du système décimal. Youra Petrovitch Choulguine avait fait cadeau à Reg de deux bouteilles de vodka, en dispensateur généreux de cet alcool à la famille Jones en général, exception faite du malheureux Dan. Il dit :

— J'avais de l'affection pour ta mère. Elle a été bonne pour moi, le peu de temps que je suis resté avec elle. Elle a fait preuve de bravoure au moment de la révolution avortée. Et ta sœur est très belle, très intelligente. Elle ira loin. Quant à toi, tu dois te maîtriser mieux. Tu te crées des ennemis. Que te proposes-tu de faire, la guerre terminée ?

— D'enseigner l'espagnol, peut-être. Je n'ai pas eu le temps d'y réfléchir réellement.

— Enseigne plutôt le russe. De toute évidence, c'est la langue de l'avenir. Et tu as une tendresse pour elle. C'est ta langue maternelle.

— Tu crois en l'avenir de la Russie ?

Reg avait posé la question, tout en la sachant idiote dans l'instant même qu'il ouvrait la bouche.

— Naturellement ! Pourtant, j'accepte le principe du duoverse, autrement dit de l'impossibilité du socialisme mondial dont rêve Trotski : le besoin, pour le système soviétique, de se définir positivement, mais aussi en fonction de ce qu'il n'est pas. L'Occident existe ; je m'y trouve en ce moment. Pas pour longtemps, toutefois.

— Retour à Moscou ?

— Oui. Poste au ministère de la Culture. Pas seulement pour la promotion de notre culture soviétique. Aussi pour la dialectique des échanges entre diversités culturelles. Le ballet, la musique, le football.

— Pas la littérature ?

— La littérature, c'est autre chose. Elle est le miroir de l'idéologie... Ah, voici les camarades officiers.

Il embrassa chaleureusement Reg sur les joues, sans se soucier de la désapprobation du colonel Bogoleev. Il semblait n'avoir rien à redouter de la mission militaire. Il monta en voiture le premier. Reg salua. Le lieutenant-colonel Secker et le capitaine Murray également — ce qui donnait un caractère de superflu au salut de Reg. Les représentants de la mission militaire soviétique exécutèrent un mime qui pouvait passer pour un demi-semblant de réponse, sans quitter leur air furieux. Ils étaient mécontents de cette visite et avaient toute chance de ne pas l'être moins lorsqu'ils inspecteraient le camp 44, aux abords d'Ipswich. Quelques hébergés exécutèrent à leur tour, à l'adresse de la voiture qui s'éloignait, divers allotropes de l'adieu du soldat.

Ce soir-là, dans la cabane de Reg, Maria Ivanovna vit avec ravissement deux bouteilles de vodka, dont une au poivre. La journée avait été dure pour elle comme pour sa collègue, la doctoresse Nozdrine. L'ordonnance de celle-ci avait avalé un demi-litre d'alcool à quatre-vingt-dix degrés et, depuis, ne cessait de tousser et de cracher par le tuyau de la pompe stomacale. A l'infirmerie de Maria Ivanovna, un de ses patients, récemment opéré pour une rupture de l'appendice, à l'hôpital militaire de Norwich, avait arraché ses points de suture, dans un accès de dépression aiguë. La dénommée Yievguenia était enceinte de cinq mois — on pouvait bien boucler à clef dans le bûcher une chatte en chaleur, cela ne l'empêcherait jamais de faire des petits. Maria Ivanovna avait grand besoin de vodka. Bientôt, nue, elle s'employa à couvrir Reg de baisers poivrés.

— Je t'aime, je t'aime, répétait Reg.

Elle aussi, elle l'aimait, disait-elle, d'un amour approprié à ce temps compté. Son visage en forme de cœur était le plus délicieux du monde ; ses cheveux d'un noir de corbeau méritaient d'avoir le parfum des grands bois.

Le deuxième classe Daniel Tetlow Jones était prisonnier au stalag B-339, près de Roggen, dont le nom polonais était Źyto, et qui était rattaché au Reichskommissariat Ostland, un bon bout à l'est de l'Oder. En dépit de son nom, tant en allemand qu'en polonais, il n'y avait pas de champs de seigle dans ses alentours. En ce mois de janvier 1945, les prisonniers n'apercevaient, par-delà les barbelés et les cages à fauves des miradors, que neige et neige encore, à perte de vue. *Schnee. Śnieg.* Très blanche et étalant très loin son extrême platitude. A l'est, on distinguait uniquement, à l'horizon, le clocher de l'église de Roggen (ou Źyto).

Ils étaient là douze cents, Américains, Britanniques et quelques malheureux bougres, laissés-pour-compte d'une colonie française ou d'une autre. L'officier le plus haut gradé était le colonel Hebblethwaite, du Royal Lancaster, la propre unité de Dan, au numéro de bataillon près. Et le commandant allemand du camp était le colonel Fresser, vieille baderne point trop méchante, qui ne s'était jamais remis des gaz utilisés par les siens sur la Somme, lors de la der des der, un jour où le vent avait brusquement décidé de changer de camp et de souffler à l'envers. En dépit, lui aussi, de son nom, il n'était pas gros mangeur. Comme Dan, il adorait le poisson. Plusieurs fois, il avait autorisé ce prisonnier à sortir de l'enceinte du camp, encadré par deux *Unteroffizieren* armés, pour aller pêcher la carpe dans l'étang municipal de Roggen. De toute façon, il n'eût rimé à rien, pour personne, de tenter l'évasion. Le comité mandaté pour l'étude de tentatives de cet ordre, et que présidait le commandant Soames, avait pondu diverses farfeluteries : tunnel sous la ceinture de barbelés, feinte de maladies graves entraînant l'hospitalisation à Roggen et, de là, ruée vers la liberté, vol du pistolet d'un *Feldwebel* pour le braquer ensuite dans le dos du commandant du camp — pures chimères ou jeux d'esprit et d'imagination pour tuer les jours. Tous savaient qu'il n'y en avait plus pour longtemps. Le colonel Fresser lui-même ne l'ignorait pas : il se tenait au courant des progrès de la guerre par liaison téléphonique avec de vieux camarades, autant que par la BBC (dont l'écoute était punie de mort). Les prisonniers se baladaient dans la neige, jouaient sans grand entrain au football sur une brève étendue de terrain déneigé, étudiaient les échecs et le bridge, apprenaient le russe. C'était Dan qui enseignait le russe — mal. Il était incapable d'expliquer les formes des verbes. Il avait tété la langue avec le lait de sa mère et il était parfaitement nul en lactoanalyse.

Ce matin du 22 janvier, Dan, justement, se leva tôt. Ses onze compagnons de baraquement dormaient, ronflaient, grognaient, criaient en rêve un nom d'épouse ou de belle-sœur. Il n'alluma pas l'électricité, interdite à cette heure-là, mais frotta une allumette et l'approcha de la mèche d'une bougie, don intelligent et prévenant, entre autres, de la Croix-Rouge. Il réveilla le feu dans le petit poêle, à l'aide de lattes provenant de caisses de la même Croix-Rouge. Puis il mangea les restes d'une boîte de pilchards, ouverte par lui la veille. Pas du vrai de vrai, mais mieux que le singe. Puis il renifla l'air confiné du baraquement et pressentit aussitôt qu'un événement insolite s'était produit. Il entendit derrière lui bâiller et soupirer le deuxième classe Shawcross. Allumant deux cigarettes, il revint en tendre une à Shawcross, qui occupait la couchette au-dessus de la sienne. En même temps, il dit :

— Y a quéqu' chose qui a pas l'air de coller tout à fait.

— Tu crois ? Je ne vois pas ce qui a pu changer. Noir sur noir et grand noir. Et neige attendant de nous accueillir de sa candeur aveuglante quand nous ôterons les volets.

— Non, y a quéqu' chose qui a pas l'air de coller tout à fait, je te dis. Écoute. T'as déjà entendu par ici ce genre de boum sourd ? Un boum qui vient de très très loin ? Et suivi d'un autre ? T'as entendu, cette fois ?

— Zéro. Que des gars qui ronflent.

— Non, non, y a des boum, boum, très très loin. Puisque moi je les entends.

Dan enfila sa capote et, une fois dehors, il entendit encore mieux. Les coups sourds semblaient rebondir sur la neige, comme décochés par le soleil qui, tout au fond là-bas, commençait juste à se dégager faiblement de son emmitouflage gris. Sur le seuil du baraquement voisin, le caporal Chester regardait.

— Y a quéqu' chose de curieux qui se passe, lui dit Dan.

Il s'avança à petits pas chancelants, sur la glace qui avait recouvert l'espace déneigé, vers le périmètre des barbelés. Pas un chat dans la cage à tigre perchée haut sur ses échasses. Il y avait long, à pied, jusqu'à la porte d'entrée du camp, et Dan tomba, merde et remerde, plusieurs fois. Parvenu à terme, il s'aperçut que la porte du camp, barrée de cinq rangées de barbelés largement espacées, était ouverte et dénuée de sentinelle. Pas d'occupants non plus dans l'espèce de poste de garde attenant. Les bougres, ils étaient partis pendant la nuit ! Oui, les Fritz avaient mis les bouts.

Sans doute les avait-on prévenus que les Russes arrivaient et ils s'étaient évacués. Il avait bien entendu un camion démarrer vers les 3 heures du matin, mais sans y rien trouver d'extraordinaire : les nazis étaient toujours fortiches pour ce qui était des allées et venues de nuit. Ravitaillement en prostituées polonaises, ou bien en quartiers de porc à la boucherie de l'Intendance située dans un patelin appelé Biegunka ou dans quelque autre bled. Il avait entendu aussi un train siffler ; cela venait de la gare de Roggen, à quelque cinq kilomètres de là ; mais cela non plus n'avait rien d'insolite.

Dan jugea qu'il était de son devoir de signaler aux quartiers des officiers que les Fritz avaient levé le pied, abandonnant ceux qui leur étaient confiés. En réponse aux coups qu'il frappa à la porte du baraquement où dormait le commandant Pilpel, un Ricain, deuxième en grade des officiers prisonniers, il eut droit à un grognement ensommeillé. Il cogna plus fort. Ce qu'il avait à dire ne manqua pas de réveiller complètement le commandant.

Il n'y eut pas d'*Appell* ce matin-là. Ce fut le colonel Hebblethwaite qui fit rassembler son monde dans la neige pour annoncer la nouvelle déjà connue de tous. Dan s'était toujours émerveillé du tas d'hommes que représentaient douze cents individus réunis. Quatre bataillons, en fait, serrés et formant le carré, avec le colonel Hebblethwaite au centre, debout sur une caisse et se tournant d'un côté puis de l'autre pour permettre à ses paroles de porter. Partout montait la buée des haleines — celle de l'orateur plus forte et plus grosse que les autres, parce qu'il s'époumonait. Les coups sourds et les faibles éclairs loin à l'est étaient les signes de l'armée Rouge en marche. Le colonel Fresser était parti sans tambour ni trompette ni adieu (du soldat ou autre), laissant son bureau vide, net et propre, fiches et dossiers emportés, portrait du Führer retourné face au mur. Quand les Allemands faisaient quelque chose, c'était consciencieusement et à fond. Le dépôt de vivres avait été vidé complètement ; les porcs du camp, embarqués de leur soue en grognant ni plus ni moins que d'habitude ; les vaches, de l'étable, sans même un meuglement. Les motocyclettes, les bicyclettes avaient disparu de leurs emplacements de stationnement délimités par des lignes blanches. Plus rien, même pas un petit mot d'au revoir.

Toutes les têtes se renversèrent en arrière, peureusement, lorsque deux avions venus du soleil bourdonnèrent et piquèrent bas. Étoiles rouges sur les ailes et la coque. Reconnaissance. Ils décrivirent deux ou trois cercles parfaits en descendant encore au-dessus de la ville de Roggen ; puis ils repartirent pour leur base.

Eh bien, messieurs, et vous soldats, on dirait que voici la fin de notre captivité. Mais Dieu seul sait ce que nous pouvons bien faire de notre liberté. Ne pas bouger d'ici et attendre les Russes ? Le problème est que les Russes ne savent pas au juste ce qu'est un camp de prisonniers de guerre ; ils aiment mieux tuer les Allemands que les dorloter ; ils ne sont signataires d'aucune des conventions internationales ; ils ignorent à quoi ressemblent leurs alliés occidentaux et ils n'auront aucune idée de qui diable nous pouvons être. Par bonheur, nous disposons d'un Union Jack et d'une bannière étoilée — nos amis mangeurs de grenouilles comme leurs petits camarades bronzés plus ou moins francisés, qui ne comprennent pas un traître mot de mes paroles, devront accepter cette protection incertaine. Remercions la Croix-Rouge d'avoir aimablement voulu nous soutenir le moral en nous envoyant ces emblèmes de nos pays. Il y a la solution de ne pas bouger, si bizarre qu'il puisse paraître de demeurer en prison étant remis en liberté. Certes, la grille est maintenant ouverte et nous pourrions nous mettre en marche et suivre les voies de chemin de fer en direction de l'ouest. Mais il ne fait aucun doute que l'armée Rouge, où que nous allions, y arriverait fichtrement plus vite que nous. Je propose que nous envoyions une escouade en reconnaissance.

Il est possible que les Choucroutes soient encore dans le secteur, colonel, fit observer le commandant américain Pilpel.

A vrai dire, ce cher vieux scrogneugneu de comédie qui s'est évaporé avait la bonté de me tenir informé de la situation sur le front. La ligne de défense allemande est apparemment installée à non loin de deux cents kilomètres à l'est d'ici, prête à se replier, au besoin, sur l'Oder. Elle est relativement mince, le Boche ayant plutôt fort à faire, en ce moment, sur le front ouest. J'imagine volontiers que Roggen doit se trouver sans garnison et que sa population a déjà été évacuée par train ou par camion, pour ne rien dire des transports familiaux. Il se peut qu'il y ait du ravitaillement dans la ville. Nos biscuits de la Croix-Rouge ne seront pas éternels, tant s'en faudra, et de nouvelles livraisons sont hors de question. Pourrais-je maintenant inviter des volontaires à se présenter ?

Dan connaissait bien Roggen, pour y avoir pêché dans l'étang municipal. Peut-être, en brisant la glace, aurait-il une chance d'attraper encore un poisson, s'il emportait sa canne à pêche de fortune. Il sortit du rang. Firent de même les deuxième classe Shawcross et Massinger, le première classe Moxley (qui se cramponnait à son petit galon, bien que celui-ci ne valût plus rien et ne lui rapportât plus un sou), Leonardino, autre première classe, un caporal amerloque du nom de Schwarz, qui connaissait le yiddish (lequel, à ce qu'on disait, n'était pas tellement différent du patois allemand parlé dans ces régions), le sergent Cobb, du Génie royal, et, à la tête du petit groupe, le lieutenant d'infanterie US Svenson — signe des temps : l'ubiquité du leadership américain se reflétait jusqu'ici.

Les hommes sous ses ordres eurent droit à du café en poudre très fort, avant de se mettre en chemin, et le caporal Forkner, originaire de la Caroline du Sud, se fendit pour chacun d'un coup de tue-chrétien, distillation de son alambic personnel, à base d'épluchures de pommes de terre essentiellement. Ils partirent, chaudement couverts, laissant dans l'air, derrière eux, un sillage de longues codas blasphématoires, au fur et à mesure de leurs dérapages sur les ornières glacées de la route.

Les champs neigeux s'étiraient jusqu'à l'horizon circulaire, sans un arbre dans le paysage. La journée promettait finalement d'être libre de nuages, sous un ciel décapé par la malveillance d'un vent de Sibérie qui mordait le moindre centimètre de peau découvert. Le soleil ressemblait à l'ampoule rouge, laissée là pour l'effet décoratif, d'un pseudo-feu de bois électrique démantibulé. A quatre ou cinq cents mètres de Roggen, il y avait un carrefour dont le panneau indicateur renversé était bien en peine de montrer la bonne direction aussi bien de Gorzów que de Schierzyna. Une chèvre, dans un champ d'un blanc absolu, leur adressa un salut sardonique. Aux abords immédiats de Roggen (ou Żyto) se trouvait un garage, propriété d'un certain Schmidt, évaporé. A l'intérieur, un tracteur en réparation, abandonné là tel quel. Puis venaient des maisons — brique brune, toit rouge sous la glace, portes closes sur des absences humaines. Un chien tacheté gambada avec une joie désespérée autour de la petite troupe. Y a rien pour toi, mon pote, fous le camp. La ville était déserte, nul doute possible. Déneigée, plaques de verglas sablées, la Grand-Rue offrait ses boutiques. Celle de Bürger promettait des *Metzelei*, mais pour d'autres temps. La *Bäckerei* Salböl ne présentait pas de pain. Une boutique de *Spielzeug* pour enfants arborait encore en vitrine des poupées aux cheveux filasse et des petits SS de plomb saluant Hitler — les Frizous étaient de formidables papas gâteau pour leurs propres enfants, à défaut de l'être pour ceux des autres.

— Pas grand-chose qui vaille le coup, ici, commenta le sergent Cobb.

Dans l'étang municipal, les carpes se livraient, sous la glace, à leurs méditations, les mêmes que celles qu'elles poursuivaient déjà au temps de la guerre de Trente Ans. Dan, tout en observant poliment du coin de l'œil le regard ahuri du lieutenant Svenson, expliqua au sergent que, selon les gardes qui l'escortaient dans ses parties de pêche, l'endroit qu'il apercevait, de l'autre côté de l'étang, était un petit *Mönchskloster*, autrement dit, d'après l'attitude de prière encapuchonnée qu'on lui avait mimée, un monastère, mais dont les moines, en majorité polonais, avaient décampé depuis belle lurette, et que l'on avait transformé en *Kriegsvorräte*, c'est-à-dire, sauf erreur de sa part, en magasin de l'armée. Quant à la petite église, là, qui y était rattachée, on l'appelait la *Kirche* Saint-Benoît. Et les moines aussi, dans le temps, étaient des religieux de ce même saint, des bénédictins, nom apparenté à celui de cette liqueur sucrée, forte et au goût d'herbes aromatiques, que pouvaient boire ceux qui en avaient l'envie et les moyens.

— Un magasin ? dit la voix rêveuse du sergent Cobb. M'étonnerait beaucoup qu'on y trouve de la becquetance.

L'ouïe aiguisée du caporal Schwarz capta ce qui ne pouvait être — il s'en déclara foutrement sûr — que des gloussements de poule. Savez pas ce que c'est qu'un poulailler, merde, ou quoi ? Le caquet venait du fond d'une ruelle étroite, entre une *Kurzwarenhandlung* (allez savoir ce que cela voulait dire !) et une maison dont l'enseigne affichait : *Zahntechniker. Zahn*, ça doit être comme *tsohn*, qu' nous disons en yiddish, nous autres, expliqua le caporal Schwarz en découvrant ses ratiches pour la démonstration.

Tout au bout de l'allée, dans l'arrière-cour d'une petite maison où pendait une corde d'étendage vide, il y avait un enclos à poules grillagé, contenant cinq de ces volailles et un cochet vernissé rouge, prêt à grimper sur l'une ou l'autre d'entre elles.

— Je crois qu'on va bouffer ces bougresses, si vous n'avez rien contre, monsieur, dit le sergent Cobb au lieutenant.

Quelqu'un savait-il tordre le cou à ces saloperies ? Le caporal Schwarz répondit qu'il connaissait la manière kasher de s'y prendre — trancher la gorge, laisser la bête se vider de son sang. Puis le lieutenant Svenson suggéra l'envoi d'un homme ou deux pour explorer le contenu du *Kriegsvorräte*.

— Bien, dit le sergent Cobb à Dan et au deuxième classe Shawcross. Allez me jeter un coup d'œil sur cette fichue boîte à sapajous.

Le deuxième classe Shawcross insista pour passer d'abord à l'église. Dan, à sa surprise, le vit plonger les doigts dans le bénitier, à peine franchi le portail, et, après avoir comme haussé les épaules, esquisser quatre signes rapides de la main, as roi reine valet. Papiste, donc. Ensuite, comme il lui emboîtait le pas, il le vit commencer à plier un genou, mais se raviser aussitôt en disant que ce n'était plus la peine, puisque les moines avaient emporté la raison de la génuflexion. L'autel ressemblait à un tranchoir nu de boucher. Sur la blancheur des murs, des rectangles sombres indiquaient l'emplacement d'images saintes, sans doute emportées aussi. Très haut au-dessus de l'autel, un vitrail dans une arche montrait un moine chauve levant deux doigts bénisseurs, à l'intention du premier comme du dernier jean-foutre venus. C'était une jolie petite église, tout de blanc proprette, excepté les six, huit, non, dix piliers barbouillés d'or. Le deuxième classe Shawcross conduisit Dan vers ce qu'il appela la sacristie — « Caisses de pinard pour la messe, qui sait ? Ou suppose que ça soit de leur formidable eau-de-vie de moine ? » Mais il n'y avait qu'une famille de souris affairées à mordiller des espèces de bouts de pain blanc, plats et ronds.

— Mignonnes bestioles, dit le deuxième classe Shawcross. La nature continue ; la guerre et la consécration n'y font rien.

Son regard observateur de maître d'école fit le tour de l'église. Au fond et à gauche de l'autel, sous une arche, une porte, elle-même en forme d'arche, retint son attention. Une tribune la surplombait, destinée à recevoir un chœur, bien que l'on ne vît pas de tuyaux d'orgue — chant grégorien seul, certainement, dans sa pureté dénuée de toute sensiblerie.

— Cette porte doit mener au clocher. Allons-y ; de là-haut nous aurons vue sur la campagne environnante et nous pourrons découvrir si nos glorieux alliés, tout ignorants et impulsifs qu'ils soient, ne sont peut-être pas déjà sur la bonne voie. Et puis, il faut que je sonne la cloche. Il le faut absolument. Les doigts me démangent de pouvoir étreindre la corde. Je faisais partie des Jeunes Sonneurs de Saint-Botolphe — permutations, variations sur huit cloches... toute la gamme, toute la gomme... Mais ici ce n'est qu'une humble petite église...

Il poussa la porte que ne retenaient ni serrure ni loquet, entra le premier et attaqua l'ascension de l'escalier en colimaçon, aux marches de pierre usées par le frottement de combien de siècles de sandales monacales ? En haut, ils trouvèrent une cloche de bronze, solitaire et trapue, de solide fonte germanique, à peine frémissante sous les vents célestes. Le deuxième classe Shawcross se saisit avidement de la corde gainée de bourre et, non sans effort, sonna. De bonheur, ses lunettes de masque à gaz s'embuèrent. De grandioses fondamentales de bronze se mêlèrent pour éveiller toute une population d'harmoniques, appelant en vain le bon peuple enfui de la ville. Mais Dan, regardant en bas, vit le sergent Cobb et le reste du groupe accourir du fond de la ruelle. Certains des hommes tenaient par le cou des volailles mortes qui se balançaient au bout de leur bras.

Et puis, arrivèrent les Russes.

— Tu as fait du propre ! dit Dan.

Un genre de Jeep roula jusqu'à l'étang et s'arrêta au bord de l'eau. Elle fut suivie d'un camion du type trois-tonnes. L'étoile rouge était peinte sur les deux.

— Mieux vaudrait descendre, reprit Dan. On dirait que je vais peut-être avoir à me servir un peu de mon russe.

Dan était incapable de reconnaître le grade de l'officier, fort utilement chapeauté d'un bonnet de fourrure piqué d'une étoile. Il avait à côté de lui dans la Jeep un gaillard — lequel, aux yeux de Dan, prit figure d'un géant russe qui eût dû être barbu alors qu'il ne l'était pas, et qui promenait un regard féroce sur le groupe anglo-américain porteur de poules. L'officier avait dégainé son pistolet. Le caporal Schwarz s'adressa à lui en yiddish, ce qui n'inclina nullement l'officier à rengainer son arme. Une petite foule de soldats, fusil au poing, vêtus de bonnes capotes grises et chaussés de grandes bottes, sautaient à terre, de l'arrière du camion. Dan éleva la voix. L'officier écouta, n'en croyant pas ses yeux, puis dit dans la même langue :

— Tu ne devrais pas parler russe.

— Qui a dit ça ?

— Tu es un soldat anglais et tu parles russe. Il y a quelque chose qui ne va pas, là.

— Ma mère est russe. Mon père, gallois. Ce n'est pas permis ?

— Je n'ai jamais rien entendu de pareil.

— Eh bien, comme ça vous l'aurez entendu.

— Que fais-tu ici ?

— Je croyais que cette guerre était la nôtre autant que la vôtre, dit Dan. Et d'ailleurs, nous la faisons depuis plus longtemps que vous. Nous venons juste d'arriver ici ; il y a un camp de prisonniers, plus bas sur cette route, et c'est là que nous sommes ; mais les Allemands sont partis en nous abandonnant derrière eux. On est tout un foutu tas, Britanniques et Américains. Qu'est-ce qu'on fait, à présent ?

L'officier s'intéressait beaucoup plus aux Allemands et au ravitaillement sur lesquels, éventuellement, mettre la main. Il ordonna à une escouade de piquer un trot jusqu'au bâtiment rectangulaire, là-bas derrière l'espèce de *tserkof*, pour voir qui ou quoi il y avait là-dedans, mais en se méfiant des trucs piégés. Après quoi, il laissa le reste de ses hommes briser les vitres des fenêtres et défoncer les portes à coups de crosse, en les regardant faire d'un air indulgent. Puis, au géant assis à côté de lui, il dit :

— *Agon. Bolshiyiy agon.*

Et là-dessus il se mit à réciter quelque chose ressemblant à de la poésie.

— *Chest' desiyat ich v vtrodzodgé*
Smuglich, spo-veselitch lits.
Po machinam! Po dorodjé!
Na Evropuu! — navalis'!

— Qu'est-ce que ça raconterait, chez eux, ce qu'il dit là ? demanda le sergent Cobb.

— Qu'il a une soixantaine de gars à la peau tannée et cavalant dans le vent ; que ça est des gais lurons, mais des vrais salopards, et qu'il leur faut sauter dans leur camion pour filer en Europe et tout casser là-bas.

— Mais ils viennent juste d'en descendre, de leur camion ; il est idiot, ce mec ; et ils y sont depuis toujours en Europe, si la Russie en fait partie comme c'est le cas ; non mais, quel con !

— Ça est de la poésie, sergent.

— Ah, bon, si c'est de la poésie !

Le sergent Cobb cracha sur la glace. Le géant russe beugla qu'il fallait apporter les débris de portes et tout ce qui avait l'air d'être du bois, avec une nourrice de *bendzine*. Tous, alors, ils virent ce que signifiait un grand *agon* à la bolcho. Un énorme souffle de feu monta soudain de l'herbe gelée près de l'étang, et Dan eut devant lui l'illustration de ce que l'officier entendait par *sposeselitch lits* : des visages couverts de noir de fumée. Sur quoi :

— Retournez à votre camp, tous, lui dit l'officier.

— Et qu'est-ce qu'on va faire pour manger ? S'entre-dévorer ?

— Crever de faim quelque temps ne vous fera pas de mal. Leningrad a bien crevé de faim.

— On n'en a rien à foutre, de Leningrad, répliqua Dan en anglais.

Comme pour lui donner raison, le sergent Cobb, le première classe Moxley et le caporal Leonardino entreprirent de griller leurs volailles sur le feu, en jetant dans celui-ci des débris de portes défoncées et de dormants de fenêtres. Bientôt, plusieurs soldats russes, les gais salopards, tout en réchauffant à la flamme les gerçures de leurs mains dénudées, entonnèrent un chant que l'on semblait leur avoir enseigné pour saluer leurs alliés de l'Ouest :

Oké Britaniya, Rossia et les Hue-Ess-Hé!

Le chant n'allait pas au-delà de la répétition de cette unique phrase. Le deuxième classe Shawcross remarqua que c'était en mineur — ce qu'il jugea de mauvais augure. Il trouvait curieux que ces Russes préférassent un feu en plein air à une flambée à l'intérieur de, par exemple, l'école maternelle devant laquelle ils étaient passés, ou de ce qui paraissait être la mairie, sur laquelle flottait encore le drapeau au swastika, avant qu'une demi-douzaine de hardis et costauds lurons à l'étoile rouge eussent grimpé sur le toit pour l'arracher. De grands boy-scouts, en réalité, ces Russes, mais dissimulant manifestement de fichues réserves de brutalité. Tournant le dos à tout le monde, Dan laissa filer sa ligne de fortune dans le trou d'eau libre et noire qu'il avait ouvert, à grand fracas de talon, dans l'étang pris par la glace. Il avait apporté de l'appât — un peu de pilchard plus ou moins en purée — enveloppé dans une page de la bible du baraquement. Des Russes, poussant des clameurs de triomphe, revenaient avec un ravitaillement plus substantiel : un porc, découvert dans une arrière-cour et qu'ils avaient eu la délicatesse de tuer en coulisse, à coups de crosse de fusil. Ils le soulevèrent à grands cris pour le faire rôtir sur le feu. Et le géant s'en fut charger sur une épaule une caisse de vodka extirpée de la simili-Jeep. Tout était prêt pour une sorte de fête à laquelle les alliés de l'Ouest n'étaient pas sûrs d'être invités — et pourtant, merde, ils étaient arrivés les premiers ! Dan rapportait de l'étang deux carpes et un brochet. Le géant les lui arracha sans autre cérémonie pour les mastiquer crus, en recrachant une pluie de minuscules fragments d'os.

Puis, les hommes qui étaient allés en maraude au monastère revinrent en signalant, à ce que traduisit Dan, que les Fritz n'avaient rien laissé d'utile derrière eux, excepté de grandes caisses en bois renfermant des icônes, des bouts de papier, des affûtiaux. Ils avaient ramené deux de ces caisses à titre d'exemple. Ils firent sauter les lattes du dessus et les jetèrent dans le feu avec de la paille à emballer, que les flammes dévorèrent en un clin d'œil, tandis qu'ils extrayaient et montraient deux ou trois crucifix, un calice et une large épée rouillée, que celui qui la tenait fit aller et venir dans son fourreau de bois vermoulu, en ricanant et mimant un coït. L'officier jeta un regard indifférent sur une pile de papiers jaunissants. Le deuxième classe Shawcross, à leur vue, manifesta plus d'intérêt.

— De la musique ! dit-il. Et plutôt ancienne. Seigneur Dieu... *Der Hausfreund... Singspiel...* Wolfgang Amadeus Mozart ! Donnez-moi ça.

Mais l'officier ne voulait pas lâcher le lot. L'heure d'un bras de fer avait sonné. Le lieutenant Svenson dit à Dan :

— Expliquez à cet officier que tous les biens allemands de cette ville sont, en exécution du présent avis, requis par ce groupe que je commande. Nous sommes arrivés ici les premiers. Sur ordre de l'officier supérieur commandant notre camp, nous avions mission de chercher et de confisquer tout bien abandonné par l'ennemi.

Dan traduisit à sa guise. L'officier russe répondit longuement. Dans la bouche de Dan cela donna :

— Ça qu'il me dit de vous dire, ça est que, ici, ça est leur front et pas le nôtre, et que nous sommes des prisonniers de guerre et pas des vrais vous-savez-quoi avec leurs armes. Il dit que nous sommes sortis de la guerre et que nous ferions bien de rester en dehors. Il dit qu'il attrape tout ce que les Allemands ont oublié et laissé, et que ça est pour l'envoyer à leur base ou à ça qui revient au même. Et il dit aussi que nous ferions mieux de rentrer au camp et de nous mettre à avoir faim.

— Merci beaucoup, dis-lui.

Dan s'exécuta. L'officier russe accusa réception par une inclination de tête fort polie. Le deuxième classe Shawcross ne semblait guère le prendre pour un gradé particulièrement digne de confiance. Il lui trouvait un air point très franc du collier. Il n'aimait pas sa manière de tripoter toutes ces partitions manuscrites comme s'il n'y avait vu qu'un tas de saletés nazies, bonnes à jeter au feu. En le regardant feuilleter les feuillets jaunis, le deuxième classe Shawcross aurait juré qu'il avait aperçu au passage le nom de Ludwig van Beethoven, calligraphié de main et de plume de maître, ainsi que les mots *Skizze eines Klavierkonzerts*. Il dit au lieutenant Svenson :

— Sûrement, vous vous rappelez ces caisses d'emballage qui ont fait le voyage avec nous. J'ai comme un sentiment qu'elles sont ici. Souvenez-vous : on les a débarquées en même temps que nous. C'est du butin nazi en passe de devenir butin soviétique.

— Nous n'y pouvons pas grand-chose, répondit le lieutenant Svenson. Ça regarde les huiles en haut lieu.

— Mais, nom de Dieu, regardez ce qu'il fait !

L'officier russe s'apprêtait à allumer une *papirosa*, marque Canal de la Mer Blanche, avec un coin de partition musicale. Le deuxième classe Shawcross bondit. Des fusils furent braqués.

— Oh, bondieu de Seigneur Jésus !

— Je pense que nous ferions bien de déblayer le terrain, dit le sergent Cobb. J'ai peur que nous ne soyons indésirables.

— Oui, déclara un peu plus tard le colonel Hebblethwaite à son escouade de reconnaissance, lorsque celle-ci eut rejoint le camp. Je pensais bien qu'il arriverait un incident de ce genre. Il semble que nous soyons prisonniers de nos valeureux alliés, pour le moment. Rien ni personne ne nous empêche de sortir de ce trou, certes ; mais pour aller où ? Quant aux vivres, vous n'avez qu'à voir : cela a été vidé ici en tas, comme une poubelle.

Il montrait une petite montagne de boîtes de conserve de viande, sur la glace, devant les quartiers des officiers.

— Je n'ai pas tiré grand sens, poursuivit le colonel, des discours des officiers et des hommes qui ont eu la bonté de nous rendre visite. L'inverse est également vrai, bien entendu.

Dan examina une des boîtes, clairement d'origine américaine

sous l'étiquette soviétique maladroitement collée par-dessus la marque de fabrique. Puis il fit ce commentaire :

— Viande de porc, ça est écrit ici, monsieur. Ma mère disait toujours que pour rien au monde un vrai Russe ne mangerait du porc si on n'y met pas du laurier. Personnellement, je dirais que les Ricains n'ont rien à foutre de fourrer du laurier là-dedans ; ce qui fait que les Russes nous refilent la camelote. Monsieur.

— Je vois. Pas si charitables que cela, après tout... Bien, nous ferions mieux de nous remettre au chaud, en quelque sorte. Demain, comme a dit quelqu'un, est un autre jour.

Le lendemain matin, Dan fit des rissoles de porc pour les douze occupants de son baraquement. Saleté de temps sans changement. Les coups sourds et les lueurs fauves à l'est se rapprochaient. Le colonel Hebblethwaite s'abstint de convoquer le rassemblement. Vers midi, cependant, tous se retrouvèrent dehors pour regarder sautiller sur la glace une Jeep montée par deux officiers russes.

— Sacré culot, plutôt, dirais-je, fit remarquer le colonel Hebblethwaite. Utiliser les Jeep américaines sans même en reconnaître l'origine ! Et coller partout des étoiles rouges sur le fichu truc. Fabriqué à un Stalingrad quelconque. Voyons un peu ce qu'ils veulent.

L'officier russe, tout en jetant parfois un coup d'œil en coin à Dan, qui s'était présenté comme faisant fonction d'interprète, s'adressa au colonel Hebblethwaite — lequel ne comprenait goutte. C'était un homme grand et gros, dont les yeux essayaient de se rejoindre au-dessus d'un énorme nez, et qui avait un teint violacé — vraisemblablement un alcoolique à la russe.

Dan écouta jusqu'au bout, puis expliqua :

— Monsieur. Ils ont deux mille prisonniers allemands en marche sur cette route, et ils veulent les mettre dans le camp. Il dit que nous devons vider les lieux. Monsieur.

— C'est absurde. Nous avons requis cette propriété boche au nom de nos deux nations. Il peut voir les drapeaux.

L'Union Jack et la bannière étoilée s'étalaient, accrochés à une bande des barbelés de l'enceinte, comme une lessive mise à sécher. Dan traduisit pour l'officier russe, que cela parut amuser et qui répondit, cette fois à l'intention de Dan :

— Comme vous êtes, peut-on supposer selon toute probabilité, un fantassin exercé et, de plus, d'origine russe, vous avez droit à une place dans la poussée glorieuse de l'armée Rouge à l'ouest. J'imagine que vous parlez l'américain aussi bien que la langue britannique ?

— Oh, mais non, répliqua Dan, moi je reste avec mes potes. Merci tout de même pour l'invitation.

De son côté, le colonel Hebblethwaite demanda :

— Où, exactement, s'attend-il que nous allions ? Veut-il que nous marchions vers le nord, le sud ou Dieu sait quoi, dans ce froid terrible, pendant qu'un troupeau de prisonniers allemands resterait blotti sous nos couvertures ?

Dan traduisit et eut droit en retour à une longue réponse, qu'il résuma ainsi pour son colonel :

— Monsieur, le sud est la direction que nous sommes censés prendre. En allant vers le nord ou l'ouest, nous tomberions en pleine bataille.

— Et jusqu'où, au sud, pour l'amour du Ciel ?

Le Russe fit l'économie de la traduction. Dan, en revanche, interpréta sa réponse :

— La mer Noire, monsieur, où que cela puisse bien être.

— Tonnerre de Dieu tout-puissant ! explosa le colonel. Ce type est-il fou ? La mer Noire, c'est le bout du monde !

Dan reprit :

— Il dit, monsieur, que ça est sans discussion. Ordre de l'armée Rouge. Nous devons dégager demain matin, à la première heure.

— Bon Dieu Seigneur ! Le bonhomme est cinglé... Vous avez entendu, Pilpel ?

— Je crois que le mieux serait de jeter un œil sur la carte, colonel. J'ai l'impression que cela représente en effet un sacré bout de chemin.

Dans le baraquement de Dan, tout le monde s'attroupa autour d'une carte de l'*Encyclopédie Pear*, ouvrage entre une douzaine de volumes (y compris une bible, une compilation de prières et de cantiques à l'usage spécial des prisonniers de guerre, un dictionnaire élémentaire de cuisine et un précis — de désignation hautement suggestive — intitulé l'*Homme seul et l'amour*) envoyés par un vague organisme de charité privé.

Le deuxième classe Shawcross suivit du doigt sur la carte un itinéraire possible :

— Nous sommes à peu près dans ces parages, que je sache. Bien plus bas au sud qu'on ne le croirait, à voir là dehors ce paysage de froid à glacer les burettes d'un singe en cuivre. De vrai, il suffit de regarder la Lettonie, l'Estonie et le reste : il gèle à vous péter le scrotum, par là-haut.

Poussant pour tâcher de regarder, certains se plaignaient. Hé ! tire de là ta cafetière. Merde, tu permets que je châsse un peu, oui ? Tu bouches toute la vue, avec ta sacrée putain de grosse patate...

— Sud-est, en réalité, poursuivait le deuxième classe Shawcross. Częstochowa, Lvov, Tarnopol, Podolsk. Le temps qu'on atteigne la mer Noire, tout sera vert, il fera chaud et merveilleusement beau.

Ça fait encore une paye de neige avant qu'on soit sortis de l'auberge. Des bondieu de kilomètres de ste merde blanche, oui, que ça fait.

— Il faut examiner la chose d'un autre œil, dit Shawcross. Imaginez qu'on parte de Land's End, de la pointe extrême de la Cornouailles, pour aller jusqu'à John O'Groats, tout au nord-est de l'Écosse : ça ne représente jamais que la même distance, un petit millier de kilomètres, quoi, à quelques centaines près... de plus, évidemment.

Les ignorants de la bande recevaient la première leçon de géographie de leur vie. De pauvres bougres cherchaient la petite bête, comme au comptoir d'une agence de voyages. Et les trains, ils marchent pas ? Des clopes, oui, tous foutus en l'air. Et pour le fric, merde, comment qu'on fera ?

Le colonel Hebblethwaite rendit une visite inopinée à leur baraquement. Le commandant Pilpel l'accompagnait. Tous se mirent au garde-à-vous.

— Repos, soldats, repos. Jones... où est Jones ? Ah, vous voici, Jones. Pas banal que vous parliez le russe, dites ? Unique dans ce camp, que je sache. Dans ces conditions, il s'impose à l'évidence que vous devez rejoindre les rangs du premier groupe, n'est-ce pas ?

— Le premier groupe ? Pourquoi des groupes, monsieur ? s'enquit hardiment le deuxième classe Shawcross.

— Il est clair que nous devons accomplir cette longue marche en formation réglementaire : par sections sous les ordres d'officiers subalternes, assistés de sous-officiers. La section du QG marchera en tête, sous mon commandement personnel. Et nous aurons besoin des services d'interprète de Jones.

— Moi je veux aller avec mes potes, rétorqua Dan, sans se buter pour l'instant.

— Eh non, c'est impossible, j'en ai peur. Vos services sont trop précieux pour être, hum... gaspillés.

— Nous autres potes, on marche ensemble, répliqua Dan, cette fois carrément buté.

— J'ai conscience, dit le colonel Hebblethwaite, que la vie de camp de prisonniers a tendance à encourager un certain relâchement des normes régulières de la discipline militaire. Quoi qu'il en soit, dorénavant le maintien de ces normes sera essentiel à notre survie. Vous avez reçu un ordre, Jones, et j'attends de vous qu'il soit obéi. Rassemblement général aux premières lueurs du jour, demain matin, ainsi que vous le savez, avec équipement complet, à l'exclusion de tout superflu, qui sera laissé ici. Nous avons une longue randonnée devant nous.

Il sortit martialement. Avant de le suivre, le commandant Pilpel adressa à la ronde une caricature de salut militaire, accompagnée d'un sourire sardonique.

Les occupants du baraquement se laissèrent aller à quelques exclamations. Bougre de vieille andouille. Il peut se la mettre au cul, sa merde de discipline militaire. Ainsi de suite. Mais le deuxième classe Shawcross prit la parole :

— Bon. Il ne reste qu'une seule chose à faire, sauf erreur : prendre une marche sur l'ennemi, dans le langage de ces messieurs. Décamper en douce au coucher du soleil. La lune était presque pleine, la nuit dernière. Grâce à elle, nous pourrons faire un bon bout de chemin. Gagner de l'avance. Qu'est-ce qu'on a à en foutre, de la discipline militaire et d'écoper un motif ? La guerre est comme finie. La mer Noire va être pleine de bateaux n'attendant que nous, pour nous ramener au pays, dans nos foyers et ce qui s'ensuit. Votre avis sur le sujet serait le bienvenu, caporal.

Ces derniers mots s'adressaient au première classe faisant fonction de caporal sans la solde Moxley, seul sous-officier du groupe, même si c'était façon de parler plutôt théorique. L'homme était jeune, avec un long visage qui ne brillait pas d'un excès d'intelligence. Mais il s'y connaissait en moteurs à combustion interne ; pour cela, on l'avait promu première classe et le reste, de simple chauffeur du Train qu'il était — chacun savait qu'il n'y avait pas plus bas dans l'armée. Sa réponse fut :

— Tôt ou tard, ils vous rattraperaient. Ces bougres-là ne vous ratent jamais au tournant.

— Donc, toi, tu proposes qu'on marche avec la grande formation ?

— J'irai avec vous parce que vous êtes mes potes. Mais je ne veux pas du commandement. Dieu sait ce qui m'a pris de garder cette merde de galon.

— Ah, c'est le genre de chose qu'on traîne comme un chien boiteux la patte, dit le deuxième classe Shawcross. Alors, on commence à emballer ?

A l'entendre, cela devenait une excursion de groupe. Le deuxième classe Buckley dit :

— Ça m'a tout l'air de promettre un sacré long bout de chemin.

Dans sa tête, il avait la vision de quelque chose comme une marche forcée de Manchester à Liverpool. Peu d'entre eux étaient capables d'imaginer que cela pût dépasser les quarante-cinq kilomètres de règle, avec une bonne grande tasse de thé bien chaud et une inspection des pieds à l'arrivée. A aucun l'on n'avait appris à déchiffrer une carte sous l'angle d'une illustration de la souffrance humaine.

Dans le Suffolk, le lieutenant-colonel Secker convoqua une réunion générale de l'état-major du camp, hormis le deuxième classe Dawes, qui montait une garde fort peu efficace sur les femmes.

— La situation, déclara-t-il, a été définie avec une entière clarté. Une clarté que vous, monsieur l'adjudant-chef, qualifieriez probablement d'effrayante. Pas un seul de nos hébergés n'a le droit de se porter candidat à un permis de résidence en Grande-Bretagne. Tous doivent se préparer au rapatriement. Il s'agit d'ordres au plus haut niveau, n'admettant pas la moindre exception.

La réunion se tenait dans le bureau du commandant de camp lui-même. Tous les présents restaient debout, sauf l'adjudant d'Intendance de deuxième catégorie Brophy, autorisé à s'asseoir à cause de son invalidité de la jambe gauche. Même le capitaine adjudant-major, raide comme toujours, et jonc sous le bras, derrière le siège de son chef. La fenêtre était à demi ouverte pour laisser s'évacuer la fumée de cigarette et s'insinuer l'air d'un printemps précoce. L'adjudant-chef — Reg — éleva la voix :

— Avec votre permission, monsieur, je dirai que cette situation est totalement irrégulière. Toute personne étrangère se trouvant sur le sol britannique a le droit de solliciter l'autorisation d'y résider, et même sa naturalisation. Aucune législation ne fait exception pour les Russes.

L'adjudant-major, qui avait étudié toute l'affaire en détail et n'en revenait pas, dit :

— Il semble que ce ne soit pas sans rapport avec Yalta, vous savez... cette conférence qui coupe l'Europe en deux camps. Staline obtient tout ce qu'il veut du moment qu'il reste de son côté de la grande ligne de partage des eaux, pourrait-on appeler cela en quelque sorte... Pardon, mon colonel, vous alliez dire quelque chose.

— Merci, Murray. J'allais ajouter simplement que, dans la mesure où les soldats que nous sommes ne sont pas en position de remettre en question les, hum, édits, hum, édictés, dirai-je, à l'échelon ministériel — ou plus précisément, même, si je puis me permettre le mot, premier-ministériel... Winston Churchill, pour parler net, veut que le rapatriement devienne effectif aussitôt que des navires britanniques seront disponibles pour procéder à, hum, audit rapatriement. Or, il apparaît que des navires britanniques sont, en effet et enfin, disponibles. Certains ont déjà ramené à

Mourmansk des personnes sujettes à cette mesure. Nos pensionnaires, les hébergés de ce camp, ont leur place retenue, si l'on peut dire, sur le *Duchess of Bedford*, en partance de Liverpool le... oui, c'est bien cela : le 14 mars. Destination, apparemment, Odessa.

— Odessa ? s'exclama Reg, n'en croyant pas ses oreilles. Mais c'est au diable vauvert, la plus longue route possible ! Pourquoi Odessa ?

— Vous en savez autant que moi, monsieur l'adjudant-chef. C'est un port russe, et les Russes ne paraissent pas tellement soucieux ni pressés de voir leurs gens de retour, du moment que ces mêmes gens ne traînent pas non plus en territoire britannique. Le fait est, je crois, qu'un très grand nombre de prisonniers de guerre britanniques et américains, internés dans des camps en Allemagne orientale, ont été libérés par les Russes et concentrés à Odessa. On leur rend leurs gens, ils nous rendent les nôtres. Les deux sont liés. Monsieur l'adjudant, dit-il à l'intention de l'invalide de l'Intendance, je suppose que notre demande de fournitures d'habillements militaires est déjà satisfaite ?

— En partie, monsieur. Cela représente un sacré paquet, dirai-je avec votre permission, monsieur. C'est plus que n'en touchent les nôtres... enfin, je veux dire : quatre paires de brodequins par tête, avec deux capotes, quatre caleçons longs, six paires de chaussettes...

— C'est l'attribution requise par les autorités soviétiques, monsieur l'adjudant. Elles tiennent à ce que leurs gens débarquent avec le maximum d'équipement et, vraisemblablement, je suppose, de chic, histoire de faire honneur à l'Union soviétique, pour ainsi dire.

— En ayant l'air de soldats britanniques, monsieur ?

— Il a été question, à un moment, de teindre le kaki en gris, bleu ou autre ; mais Winston Churchill a tapé du poing sur la table. Ces soviets devraient être bien heureux, déjà, d'obtenir de nous quelque chose.

— Fichtrement heureux, monsieur.

— Monsieur, intervint le caporal-chef Scammell, je ne vois pas comment nous allons pouvoir cueillir tous ceux qui se sont fait la malle... qui se sont enfuis, je veux dire, monsieur. C'est vrai : ça fourmille de Russkofs dans la région, et ce n'est pas plus notre boulot que celui de la police civile de leur courir après.

— Je ne l'ignore pas, sergent, mais les Russes s'en chargent eux-mêmes. Ils se sont montrés d'une assez grande efficacité dans la, hum, cueillette.

— C'est une position absolument indéfendable dans le cadre de la législation britannique, protesta Reg. Aucune force de police étrangère n'est en droit d'opérer sur notre territoire.

— Voir Yalta, dit l'adjudant-major.

— Mais enfin, le KGB est chez nous, et le SMERSH, et...

— Qu'est-ce que ce smersh dont vous avez plein la bouche tout le temps? demanda le lieutenant-colonel Secker.

— *Smert' shpionam*, c'est-à-dire « mort aux espions ». Apparemment, tout individu est considéré comme espion, dès lors qu'il est en position d'être corrompu par le luxe capitaliste. On l'expédie sans autre procès. Dieu sait pourquoi ce genre de chose n'est jamais sorti dans la presse... Je veux parler de cette histoire qui est venue à nos oreilles : celle des cinq cadavres découverts près de Bungay...

— Secret d'État, trancha le lieutenant-colonel Secker. Il est des choses qui ne doivent pas parvenir à la connaissance de notre grand public. Après tout, nous sommes toujours en guerre.

— Une guerre qui sert d'excuse au gouvernement britannique pour fermer les yeux sur ce qui n'est qu'une belle saloperie d'assassinat, dit Reg, rouge d'indignation.

— Prière de garder pour soi ses sentiments personnels, murmura l'adjudant-chef.

— Bien, nous disions donc, enchaîna le lieutenant-colonel Secker. L'essentiel — et ceci descend en direct du plus haut lieu possible —, l'essentiel, je dis bien, est que ces gens à notre charge ne soient pas, hum, instruits de leur destination. Pas jusqu'à ce qu'ils soient embarqués pour de bon. Défense absolue de faire la moindre allusion à un rapatriement forcé, pas même lorsque nous les mettrons dans le train de Liverpool. On leur annoncera qu'ils sont transférés dans un autre camp, parce que l'on va avoir besoin de celui-ci pour un gros arrivage de prisonniers de guerre allemands. Ils découvriront la vérité une fois sur le quai d'embarquement... (Du regard, il fit le tour de son petit état-major, puis poursuivit :) Toute cette affaire est des plus bizarres. Mais il nous faut jouer le jeu. Parfait, pour le moment, rompez. Sauf vous, monsieur l'adjudant-chef ; vous restez.

Reg attendit. Son officier supérieur le considéra avec une extrême sévérité et dit :

— Je n'ai pas voulu aborder ce sujet devant vos collègues, euh, subalternes, monsieur l'adjudant-chef. Mais votre connaissance de la langue russe et vos sentiments, bien trop clairs, sur cette histoire font de vous un risque pour la sécurité du secret.

Reg devint tout rouge et dit :

— Entendez-vous par là que je suis susceptible de désobéir aux ordres et de ne pas cacher la vérité ?

— Exactement. La délégation militaire soviétique a fait des remontrances à notre ministère de la Guerre à propos du choix de ses interprètes dans les camps. Elle prétend qu'ils ne témoignent pas d'une sympathie suffisante pour les modes d'action et de pensée soviétiques. Qu'ils sont même juste à l'opposé, pour certains cas, dont le vôtre. Nous avons très mauvaise cote, voyez-vous. L'on va nous affecter une paire de véritables Russes... non pas des réfugiés tsaristes ou de leurs descendants, non — des gens de la mission militaire, qui ne savent pas un traître mot de notre langue, mais débordent de la leur. Quant à vous, monsieur l'adjudant-chef, vous changez d'affectation. Avec effet ce jour même.

— Tout bonnement ?

— Nous vivons en des temps très étranges, monsieur l'adjudant-chef. Le risque que vous représentez pour la sûreté de l'État entre en compte à dater de cet instant. Murray, pourriez-vous avoir la bonté de faire entrer ces deux personnages.

L'adjudant-major disparut dans la salle des rapports.

— Pas même une chance de dire au revoir à quiconque ? demanda Reg, un tremblement dans la voix.

— Surtout pas... Ah, entrez !

Un sergent de la police militaire et un de ses collègues, un première classe, tous cuirs blancs astiqués et écusson luisant sur la casquette, saluèrent avec une ostentation affectée.

— Le sergent Clarke aura, je pense, rempli vos titres de transport. Parfait, donc. Je signerai les papiers pendant que vous aiderez l'adjudant-chef à rassembler son équipement.

— Quelle est ma destination ?

— Le dépôt de transit numéro 6, Marylebone, Londres. Je regrette la nécessité de cette escorte, Jones ; mais nous vivons en des temps très étranges.

— Vous m'en avez déjà prévenu, monsieur.

— Oui, et je persisterai, avec votre permission. Merci pour votre assistance dans certains domaines — j'imagine que vous me suivriez sur ce point, Murray, n'est-ce pas ? — et vous me voyez navré de ces événements. La différence entre nous, Jones, grade et expérience mis à part, est que je garde pour moi mes sentiments. Bonne chance.

— Bonne chance, souhaita en écho l'adjudant-major.

Reg salua, exécuta un demi-tour parfait et sortit dignement. Il feignit d'ignorer la présence de l'escorte qui l'accompagna jusqu'à ses quartiers. Ce fut seulement lorsqu'ils furent montés tous trois dans l'omnibus qui desservait Ickton, sur son parcours d'escargot d'Ipswich à Londres, que Reg se mit à jurer et blasphémer. Le sergent de la PM montra de la sympathie — ils étaient seuls tous trois dans le compartiment — et s'enquit :

— Alors, chef, qu'est-ce qui est arrivé ?

Il avait parlé sur le ton de la fraternité du mess. Reg répliqua :

— Vous en avez une idée, vous ?

— Non, pas la plus petite. On nous a convoqués d'urgence, tous les deux, pour nous annoncer qu'on était chargés de ce boulot. Vous conduire à ce dépôt de transit et y faire signer la décharge.

— Et aussi veiller à ce que je ne m'enfuie pas ?

— Ma foi, oui. Ça entre dans le boulot. Vous ne nous feriez pas un coup pareil, dites, chef ?

— On me repincerait tout de suite. Deuxième fois que je manque de pot.

— Parce que vous avez déjà eu des ennuis, chef ?

— La première fois, pour avoir tué un Allemand. Cette fois-ci, c'est pour vouloir empêcher tout un tas de Russes de se faire liquider.

Le sergent de la PM pressentit qu'il se trouvait mêlé à des histoires au sujet desquelles il était imprudent de pousser plus avant l'inquisition. Il offrit à Reg une méchante cigarette, une Troupe. Son première classe et lui ne lâchèrent pas leur homme d'une semelle à la descente du train au terminus. Il en alla de même dans le métro, jusqu'à Marylebone.

Au dépôt de transit numéro 6, l'adjudant-chef de service, celui-là même qui m'avait exhorté, moi qui vous rapporte ces événements, chers lecteurs, à être de retour à 23 h 59 dernier carat, informa Reg, sur le ton civilisé convenant au dialogue entre deux hommes de même rang, que, le lendemain, il aurait à conduire un groupe à Avonmouth et, là, embarquerait sur un transport et rejoindrait Gibraltar avec ce même groupe. Pas question de sortie en attendant. Un sergent de la prévôté se grava scrupuleusement dans la mémoire les traits et l'aspect général de Reg, avant qu'on lui permît d'endosser son sac et de monter jusqu'à la chambre nue qui lui était allouée — chambre individuelle, conformément à son grade.

Là, il ôta sa casquette de service en campagne, se peigna à la galloise — avec ses doigts écartés —, s'assit sur la triple galette fauve sale du lit, posa un coude sur les quatre couvertures empilées au carré et acheva de fumer sa Troupe, cadeau d'adieu et de soulagement du sergent de la PM. Puis il tenta d'établir un plan. Une chose était sûre : il ne retournerait pas à ce bordel de bled de Gibraltar. Non, il serait à Liverpool pour le départ du *Duchess of Bedford*, dans une semaine. Il empêcherait Maria Ivanovna Sokolova de monter à bord. Elle s'entêtait dans son innocente conviction que son pays natal lui ouvrirait les bras tout grand à son retour, et que Piyotr Lavretiyevitch Sokolov l'attendait à Sverdlovsk, en bonne santé et plein d'amour. Elle se refusait à accorder crédit aux instances de Reg, quand il lui affirmait que, aux yeux de son maréchal Staline qui faisait mimi comme cochon en foire avec cette autre truie de Winston Churchill, les citoyens soviétiques corrompus par le contact avec l'Occident ne pouvaient être innocentés d'une sorte de trahison. L'exil temporaire, même involontaire, n'aurait pas manqué d'altérer en eux la vision soviétique du monde. Bref, il n'y avait aucune différence entre leur condition de simples captifs et esclaves, et celle des traîtres avoués qui avaient fait défection dans le camp nazi. Pour tous ces hommes et toutes ces femmes, ce qui était grand ouvert, c'étaient les portes des centres de travail forcé ou des camps de la mort. Maria était sourde et aveugle à ces considérations. Elle avait soigné les blessés dans un camp, puis, par force, dans l'autre, fidèle à son serment d'Hippocrate, lequel transcende factions, idéologies, voire nations. Par modestie, elle considérait que, dans une Russie presque aussi encline à susciter des héros qu'à punir les traîtres, il y avait une chance qu'on la jugeât comme ayant atteint à un certain degré, si humble fût-il, d'héroïnisme. Va pour les baisers, mais écouter les conseils, non.

Reg revint en bas. Il désirait passer un coup de téléphone au ministère des Affaires étrangères. L'adjudant-chef du dépôt l'informa que, à son grand regret, ce n'était pas autorisé. Reg maudit et blasphéma — à part soi, toutefois. Il se retrouvait dans la même situation qu'à son retour de Gibraltar, à ceci près qu'il était habillé plus chaudement et avait monté en grade, détail qui, tout compte fait, lui conférait quelques privilèges. Il n'avait pas eu droit, alors, à une perme de débarquement ; cette fois, c'était la perme d'embarquement qui lui était refusée. Les forces armées de Sa Majesté ne le traitaient pas bien du tout. D'ailleurs, au point où il en était, au diable Sa Majesté ! Et encore plus les suppôts et les fonctionnaires de Sa Majesté, qui avaient appris des Russes le mensonge et l'hypocrisie, et des Allemands la cruauté sans merci et l'efficacité. L'efficacité impitoyable des ordonnancements de la journée qui s'achevait le stupéfiait. Rien de commun avec l'aimable ineptie du rond-decuirisme britannique. Il n'éprouvait plus le moindre sentiment de loyauté envers le pays et le roi. Ses allégeances se situaient ailleurs — restait à discerner où exactement, et cela prendrait un peu de temps.

Il ne voulut pas toucher à la tambouille tiède du réfectoire et tenta d'aller dîner dehors. Mais les gens de la prévôté sourirent tristement. A 4 heures du matin, il se leva de son lit d'insomnie ; ce fut seulement pour se heurter à la relève de la garde. Après le petit déjeuner, il essaya de filer en douce par les cuisines ; mais le sergent de la prévôté, le même que la veille, ne l'entendait pas de cette oreille. Résigné pour le moment, le matin venu, il se présenta au rapport de l'adjudant-chef, avec son équipement, à 8 heures pile.

On lui présenta en retour le groupe qui lui était confié : cinq sergents des services éducatifs de l'armée, tous sous la coupe d'une épouse — ces dames étaient là, dans la rue, devant l'entrée principale, et agitaient la main. Au total, dix paires d'yeux mouillés. Il y avait aussi trois jeunes enfants qui, eux, avaient les yeux secs et indifférents. Les cinq hommes avaient eu la bonne planque dans l'armée métropolitaine. Reg ne les plaignait pas du tout. L'affectation de l'un d'eux lui paraissait relever de la plus haute excentricité : il avait pour destination les îles Malouines, *via* Gibraltar, Suez, Aden et Le Cap, et il emportait trois sortes d'habillement, pour les zones tempérée, tropicale et polaire. A part le groupe de Reg, il y avait un troupeau de sapeurs du Génie, commandés par deux officiers subalternes, et enfin un quatuor de PM, dont un adjudant de deuxième catégorie. Huit yeux sévères restant braqués sur Reg.

Le petit contingent pour Gibraltar fut d'abord transporté en camion jusqu'à la gare de Paddington. Reg détenait des titres de transport pour six. Non sans espoir, il découvrit que le train à destination d'Avonmouth n'était pas un convoi purement militaire. Il contenait aussi de joyeux compagnons, d'origine indéfinissable, affectés spéciaux des chantiers de la marine, de retour d'une visite à leurs épouses évacuées ; et également de banals civils, lecteurs de journaux et travaillant dans des emplois ou des affaires, civils comme eux, à Bristol ou autres villes de l'Ouest.

Avant Reading, Reg se rendit aux toilettes. L'adjudant de deuxième catégorie de la PM l'accompagna jusqu'à la porte. S'échapper par la fenêtre du lieu était impossible. A Avonmouth, l'air marin était aussi étouffant que dans une cellule de prison. Les officiers du navire de transport firent attendre la petite troupe : elle monterait après tout le monde. Un bataillon d'infanterie au complet devait embarquer en priorité. En gravissant la passerelle, Reg repassa mentalement ses diverses nages. La mer promettait d'être froide.

En perme de quarante-huit heures, j'arrivai à Londres le lendemain du départ de Reg. Au terminus, ma feuille fut étudiée de près par la PM — ce qui semblait indiquer qu'un nouvel adjudant de première catégorie errant (à moins que ce ne fût le même qu'auparavant) vagabondait peut-être encore en liberté, malgré toutes les dispositions prises. L'objet principal de ma venue à Londres était une entrevue, consécutive à une missive que j'avais reçue et qui portait pour toute signature le mot « Aleph », première lettre de l'alphabet hébreu. Mais son expéditeur s'y présentait comme un de mes anciens instructeurs, de ceux qui m'avaient formé aux méthodes de torture et d'assassinat, lors de mon stage en Galles du Sud. Il désirait me revoir. Tel était aussi le désir de deux de ses collègues d'alors, désignés respectivement sous les appellations de « Beth » et « Ghimel ».

L'entrevue eut lieu dans une maison de Goodge Street, mal rapetassée des dégâts commis par une bombe. La sombre émaciation de ces trois personnages, qui avaient l'air de cristallisations d'amertume politique, constituait en soi une sorte de marque d'identité distinctive. S'ils avaient sauté à cloche-pied de l'anonymat au pseudonymat, c'était en attendant le jour proche qui les verrait, menaçaient-ils ou promettaient-ils, se faire connaître sous leurs vrais noms.

J'eus droit, de la part d'Aleph, à une longue conférence sur la déclaration Balfour et son engagement de créer un Foyer national juif en Palestine, ainsi que sur la traîtrise des Britanniques comme des Arabes et l'imminence de l'aube où éclorait un État sioniste. A l'entendre, j'avais un rôle à jouer dans la formation d'une espèce de corps de police, identifié sous le vocable de « Mossad ». Je n'en dis pas plus long.

On verra peut-être une certaine ironie dans le fait que, au sortir de cette entrevue, je me rendis droit à une chambre dans un établissement d'accueil de l'Association des jeunes chrétiens. Mais jusqu'à quel point étais-je juif, et que signifiait pour moi ce terme ? Une chose est sûre : je ressortis aussitôt pour aller manger un steak de cheval non kasher dans un restaurant de Soho, puis boire un verre à la *Taverne Fitzroy*. A cette dernière, je tombai sur Béatrice Jones. Très à son aise dans cette atmosphère de tabagie, d'homosexualité, de pseudo-littérature, et aussi élégante que le permettait (refrain de rigueur, chaque fois) l'austérité du temps de guerre, elle était assise devant un demi de bière amère, en compagnie d'un homme que je pris d'abord pour son frère Dan déguisé en GI. Mais il avait le teint trop bistré, le nez trop important, l'air trop subtil et alphabétisé pour Dan. C'était un Juif de New York, qu'elle me présenta sous le nom de Irwin Roth. Diplômé de l'université Columbia, il avait refusé toute promotion afin de pouvoir écrire *le* grand roman de cette guerre, sous le seul angle possible : celui du simple combattant militant et martyr. Voilà pourquoi, lui-même, il restait simple première classe. Cela dit, il n'était pas à court d'argent, car son père faisait partie d'une société d'agents de change new-yorkaise très connue. (Cela, Béatrice devait me le confier une autre fois.) Personnellement, je le voyais mal écrivant *le* grand roman de cette guerre, quand son unique expérience de l'armée se limitait, jusqu'alors, à la vie de camp aux États-Unis et en Grande-Bretagne, avec une petite traversée à bord du *Queen Mary* entre-temps. Mais, à l'écouter, son unité était censée participer, d'ici une semaine ou deux, à la dernière phase de la libération de l'Europe.

— Prenez un verre, me dit-il.

Un détail me frappait, au point, même, de me scandaliser : l'attitude de Béatrice à l'égard de ce trop simple soldat représentait une vraie révolution, bouleversant de fond en comble sa vie sexuelle. Elle, la froide utilisatrice d'hommes, paraissait enfin en proie à un sentiment qui avait tout de l'amour physique. Je pouvais en lire les signes. C'était visible dans sa façon de contempler cet homme, de boire je ne savais quelle promesse dans ses yeux, d'être heureuse de se sentir grossièrement enlacée et pressée contre lui lorsque, devant l'imminence de l'heure de la fermeture, ce fut la ruée vers le comptoir. Sa montre s'était arrêtée, et ce fut pour elle une excuse pour lui saisir le poignet, comme pour y prendre le pouls de la passion et y lire un temps qu'il détînt en propriété exclusive — alors qu'elle n'avait nul besoin de savoir l'heure. Le corps de ce garçon, son odeur, ses gestes, ses mouvements devaient émettre des signaux sexuels secrets qui trouvaient en elle une décodeuse avide. Puis, je pensai à Reg et à ma sœur Zip — elle dont l'infidélité demeurait à mes yeux, à ce stade, dénuée de preuves visibles. Y avait-il, dans cette famille russo-galloise, une sorte de graine, de germe, qui cherchât son épanouissement chez les Sémites ? Si oui, alors, pourquoi ce refus de moi ? N'étais-je pas à souhait brun et juif d'aspect, et bien mieux fait physiquement que ce Roth et simple première classe new-yorkais ? Où peut-être n'étais-je pas assez exotique ? Peut-être suffit-il à une femme de dire, comme c'est si souvent le cas : « Ce n'est pas mon type » — façon de déclarer : « Il n'appartient pas à la catégorie d'individus qui, le moment venu, s'il arrive jamais, ce dont je doute, se révélera le seul, l'unique spécimen doté de toutes les affinités électives désirables. »

Je me souviens d'avoir lu un jour, dans un commentaire des Actes des Apôtres (Dieu seul sait le pourquoi de cette lecture : peut-être, en passant, la curiosité de découvrir comment un Juif peut devenir chrétien) —, lu, disais-je, que Dieu avait choisi Saul, *alias* Paul, pour son énergie destructrice, dont Il avait besoin. La conversion de Saul n'était pas véritable : il ne fit demi-tour sur le chemin que pour affronter un nouveau jeu de convictions théologiques. Au reste, il demeura le même. Peut-être la conversion de Béatrice était-elle analogue. L'énergie sexuelle restait fidèle à elle-même ; c'était le mode de stimulation qui avait changé. Et ce, peut-être du jour au lendemain, sur une sorte de chemin de Damas.

Auparavant, c'était elle qui donnait les ordres érotiques et, étant donné la docilité mise à leur exécution, elle eût pu s'en épargner la peine. Les femmes ont besoin de céder. Devoir commander à un partenaire sexuel de la forcer à céder constituait un effort de volonté anormal. Pourtant, un tel renversement des choses n'eût pas dû, au fond, me surprendre. L'essentiel était la satisfaction sexuelle, et elle prenait à témoin le monde entier — ou ceux des buveurs présents dans ce bar que cela intéressait — qu'elle l'obtenait. Jamais cela ne lui était encore arrivé, et c'était cela, bien évidemment, qui m'avait porté un coup. Mon rêve d'Aldershot me revenait à la mémoire : janvier, la chambre à coucher sans lit, où je réduisais cette fille de glace à l'état d'esclave pantelante. Avais-je, hors du temps, tenu le rôle de l'homme qu'il lui restait à rencontrer ? Je demandai, sans que, ni l'un ni l'autre, ils comprissent pourquoi :

— Depuis combien de temps vous connaissez-vous, tous les deux ?

Ce fut le simple première classe Roth qui répondit :

— Oh, depuis une quinzaine de jours, n'est-ce pas, Tricie ?... (Pour nous autres, elle avait toujours été Béa.) Mais on croirait que c'est depuis tellement plus longtemps. Drôle que vous posiez cette question. Je me trouvais dans cette, ha ha ! hostellerie, de... comment s'appelle ce patelin déjà ? Gloucester, oui — prononcer Gloster —, quand entre un type, et tout de suite je suis sûr de l'avoir vu quelque part. Et, lui, il a le même sentiment. Nous essayons de tirer cela au clair. Il était britannique et n'avait jamais mis les pieds aux États-Unis, tout comme pour moi c'est la première fois, depuis l'époque où j'étais encore tout gosse, que je viens en Europe. Je me suis demandé si je ne le confondais pas avec un de vos acteurs de cinéma. Mais non, pas du tout. Je n'ai aucune envie de croire en la métempsycose ; pourtant, c'est un phénomène qui se produit, j'imagine. Peut-être nous autres, Américains, sommes-nous plus profondément ancrés dans l'Europe que nous n'aimerions l'avouer. Vous savez bien : « Cet océan où chaque espèce trouve aussitôt sa ressemblance », comme dit votre poète du XVIe ou XVIIe siècle, Andrew Marvell, si je ne m'abuse ? Ou, sinon la ressemblance, l'autre moitié de la créature idéale selon Platon.

Sans nul doute il avait des lettres. Béatrice était suspendue au moindre phonème exotique — oh, tout relatif, l'exotisme, étant donné l'appartenance new-yorkaise — qui tombait de ses lèvres.

Puis vinrent l'heure de la fermeture et ses suites. Il dut chercher un taxi pour rentrer à Hounslow. Il en trouva un sans trop de peine, du fait qu'il était américain, donc prêt à offrir le quadruple de la somme marquée au compteur — « Et merde, quelle importance ! » En passant, il déposerait Béatrice chez elle — mais, bon, n'étant qu'un simple première classe, il n'avait sans doute pas de permission de nuit. Faible consolation, et d'aussi brève durée que le renvoi d'aigreur qui me remonta de ma dernière bière amère, bue trop vite. Profondément ancrés dans l'Europe... Aussi profondément que, de toute évidence, ils le seraient, l'étaient même déjà, à coup sûr, dans le lit de Béatrice et l'un dans l'autre. Finalement, elle me faisait pitié, elle naguère si royale dans sa demande, et aujourd'hui, en un sens, esclave. Étais-je amoureux d'elle, ou l'avais-je été ? Oui, je suppose, même si, parce qu'elle était femme, il y avait en elle quelque chose du fameux châtaignier. Je pouvais maintenant dire de l'amour : et merde, quelle importance ! — bien que le monde demeurât plein de surprises. Je regagnai à pied mon foyer de jeunes chrétiens.

Si le simple soldat Roth avait projeté de passer la nuit avec Béatrice, ou s'il avait eu la perme de nuit qui l'y eût autorisé, une frustration l'y eût attendu. Car, dans sa chambre, Béatrice, toute chaude encore, je le présume, d'un baiser de bonne nuit prolongé, pendant que le compteur du taxi cliquetait et que le moteur tournait au ralenti — Béatrice, donc, eut elle-même un coup au cœur en trouvant son frère Reg, nu hormis une couverture enroulée autour de lui, et qui lampait de la vodka pour combattre un rhume. Assis par terre et courbé sur le petit radiateur à gaz, il leva des yeux larmoyants de fièvre vers sa sœur à son entrée. La proprio, atchoum, lui avait donné la clef, apitoyée par son ét... tatchoum, merde et merde. Son uniforme, ses brodequins, ses sous-vêtements séchaient, mais fort mal.

— Pour l'amour du Ciel, dit Béatrice. Encore toi !

Entre les éternuements et la toux, Reg expliqua que, avec une hâte et une efficacité diaboliques, on l'avait dépêché, de son camp de Russes attristés et furieux, pour l'affecter de nouveau à Gibraltar, sous prétexte qu'il représentait un risque pour la sûreté de l'État. Les citoyens soviétiques rapatriés seraient emprisonnés, ou fusillés, ou les deux ; le sachant, il était jugé susceptible de fomenter une rébellion.

Béatrice s'assit précautionneusement sur les draps de lit emmêlés et dit :

— Qui t'a prévenu ?

Il brûlait d'impatience de conter ses aventures depuis Avonmouth, mais répondit :

— Cela crevait les yeux, bondieu, avec leur saloperie de SMERSH qui rôdait alentour pour liquider ceux qui s'évadaient. Un petit assassinat par-ci par-là, dans une combe, un bois ou les toilettes d'un bistro, passe, c'est dans l'ordre des choses. Cela devient un peu moins facile s'il s'agit d'exterminer un plein camp de bonshommes, personnel militaire britannique inclus. Les moins analphabètes de mes Russes étaient très éloquents, très bien informés. Ils savaient à quoi s'en tenir, parce qu'on leur avait tout dit. Si tu es fait prisonnier, tu deviens un ennemi. Avec un peu de chance, c'est la Sibérie tout droit. Sinon, ce sera une saison en taule, puis une balle dans la nuque. Je parie que notre ministère des Affaires étrangères, lui aussi, sait parfaitement à quoi s'en tenir.

— Nous sommes au courant de certaines choses, mais pas de tout. Des rapports nous parviennent. Ce ne sont pas vraiment nos affaires. Nous ne sommes pas responsables des citoyens soviétiques.

— Même, atchoum, saleté de rhume, sur le sol britannique ?

— Voir Yalta.

— Encore ce putain de patelin ! Yalta, toujours Yalta, où diable que cela se trouve... Oh ! là ! là ! dans quel état je suis ! Affreux. J'ai barboté, tu sais... dans le canal de Bristol... une vraie saloperie. Pas nagé depuis des années, et me voilà à patauger et à nager la brasse indienne dans le mazout, les saletés et la merde...

— Raconte.

— Une fois à bord du *Duchess of Bedford*, je n'avais plus le choix. On m'a fourré dans une cabine, avec un maître canonnier. Je suis poursuivi par les maîtres canonniers. A croire que c'est toujours le même. Muet comme une carpe. Dieu se cacherait sous ce déguisement, que cela ne m'étonnerait pas de lui, le bougre ! Le bateau n'a pas levé l'ancre avant minuit. Extinction des feux et hamacs pour les pauvres cons de simples troufions. Mais pour les galonnés comme moi, liberté totale de mouvement. Ce qui a fait que j'étais là quand le pilote a quitté le bord. Seulement, impossible d'utiliser son échelle : remontée trop vite. Alors, j'ai sauté du haut du pont A, juste comme le remorqueur repartait, et ses hommes m'ont repêché. Il s'est ensuivi tout un palabre entre eux, pour savoir s'il fallait héler le navire afin de m'y ramener. Mais ils ont jugé que le mieux était de résoudre le problème une fois rendus au port. Au fond, cela faisait mon affaire. Disons qu'ils avaient seulement sorti de l'eau un homme en train de se noyer — ce qui était fort près de la vérité, car le froid me donnait la crampe. Au port, le pilote avait une espèce de bureau où brûlait un feu, et on m'a permis de me sécher un peu. Tu peux voir l'état de mes vêtements, entre le mazout, le cambouis et autres saloperies. Atch... tchoum. Merde de merde. Un transporteur qui allait de Bristol à Ealing m'a pris avec lui ; mais quand je lui ai raconté ce qui s'était passé, à la seule idée de prêter la main et de rendre service à un déserteur, il s'est fichu en rogne et m'a fait descendre avant d'arriver à Swindon. Et comme personne ne voulait me reprendre en stop, avec l'allure que j'avais, j'ai dû marcher un bon bout. J'ai fini par atteindre Hammersmith dans un camion de l'armée, conduit par une très gentille fille des auxiliaires féminines. Et voilà. Atchh. Merde ! Tchoum !

— Bien. Et alors ?

— Il faut que j'aille à Liverpool.

— Comme ça, tout de suite ?

— Non. Pas tout de suite. A temps pour leur espèce de bateau du 14 mars.

— Je vois. A toi tout seul, tu vas empêcher l'aboutissement d'une procédure dans laquelle deux gouvernements, le nôtre et celui de ces gens, marchent la main dans la main — c'est bien cela ? Tu as perdu la tête, de toute évidence.

— Il y a une personne en particulier qui ne doit pas monter à bord. Les autres, je n'y peux rien.

— Une femme, de toute évidence aussi.

— Elle est médecin. Et trop désarmée pour vivre. Seigneur, où vais-je chercher des mots aussi stupides ! N'importe, c'est la vérité. J'ai besoin de vêtements civils.

— Je vois ça. Un adjudant-chef aurait peut-être du moins une chance d'empêcher des soldats britanniques de tirer sur des Russes récalcitrants. Un anonyme en civil avec un mauvais rhume n'arrivera même pas jusqu'au quai.

— Tu sembles être parfaitement au courant de ce genre d'affaire. Ce n'est pas la première fois que cela se produit, c'est ça ?

— Il y a déjà eu certains problèmes. Des suicides, également. C'est une sale histoire ; mais il faut que nous puissions ramener ici nos prisonniers de guerre, sains et saufs.

— C'est ce bondieu de Dan que tu as en tête ?

— Naturellement. Les camps à l'est ont été libérés. De cela nous sommes sûrs en tout cas. Et nous sommes aussi en mesure de procéder au rapatriement des nôtres, à partir des ports qu'ils peuvent atteindre — peu importe lesquels et sans l'aide des Russes, cela va de soi —, à bord de nos propres transports, du moment que nous aurons d'abord rempli ceux-ci de Russes déplacés. Défense à un navire d'accoster là-bas s'il est vide.

— Donc, nous obéissons à Jojo Staline ?

— Cela m'en a tout l'air. Demain, je porterai ton uniforme à nettoyer ; il y a un teinturier polonais au coin de la rue. Et je verrai ce que je peux faire pour te procurer des frusques civiles.

— Tu marches avec moi, alors ?

— Pas vraiment, non. Je reconnais seulement que tu as je ne sais quel rôle branque à jouer dans cette dinguerie générale, et je ne vois aucun moyen de t'en empêcher réellement. Mais tu as intérêt à ce que le travail soit sans bavure. Pour remonter vers le nord, voyage en civil. Ensuite, reprends l'uniforme. Et Dieu te vienne en aide si tu te fais pincer.

Le lendemain après-midi, les frusques de Reg consistaient en un pantalon de flanelle grise, une chemise bleue, une cravate rayée d'ancien d'Eton, un pull-over de cachemire et une veste de sport fauve. Le tout, assez seyant. Béatrice avait inventé une fable à l'intention d'un de ses collègues des Affaires étrangères, en invoquant une permission inattendue de son frère, lequel, en arrivant, était tombé dans un cratère de bombe plein d'eau de pluie sale et n'avait rien à se mettre, en attendant que son uniforme revînt du nettoyage. C'était aussi proche de la vérité que n'importe quoi d'autre, en l'occurrence. Le collègue avait fait un saut jusqu'à son appartement de Bayswater, à l'heure du déjeuner, et avait rapporté les nippes, que Béatrice avait fait suivre à son adresse à elle, par porteur spécial. Quoi de plus simple ? Que n'eût pas fait un homme pour Béatrice.

Reg sortit et s'acheta un rasoir, mais eut quelque mal à trouver des lames. Pour la seconde fois, il avait perdu tout son équipement. Il entra hardiment dans un salon de thé et mangea une tarte dite aux fruits, en réalité à la purée de navets, tout en buvant du thé, faible. Dans la soirée, il ressortit, seul, et alla au cinéma. On donnait un film américain, avec Tyrone Power dans le rôle d'un déserteur de l'armée britannique, affublé d'une casquette de service en campagne pas très réglementaire, et qui, pris dans un bombardement hyperréaliste, une nuit de blitz sur Londres, se faisait cueillir par des policiers militaires en uniforme de fantaisie, dans un terminus de chemin de fer inidentifiable, voie 4. Béatrice avait pris de son côté ses dispositions. Il coucha par terre, toussa toute la nuit et, le matin venu, acheta un grand flacon de Tonique pulmonaire Owbridge, qu'il vida en entier. Deux jours de suite, il dormit comme du plomb dans le lit de Béatrice qui, faute de parvenir à le remuer, fut contrainte de le remplacer sur le plancher.

Plus ou moins guéri de son énorme rhume, mais amaigri, hagard, les yeux un peu fous, son uniforme propre empaqueté dans du papier brun, il voyagea en train, de Euston à Liverpool.

Le *Duchess of Bedford* devait partir de l'embarcadère Nord, dit aussi du Prince. Reg, de nouveau en uniforme d'adjudant-chef de première catégorie — il s'était changé dans une cabine de toilettes publiques, moyennant une pièce de un penny — et ses vêtements civils enveloppés sous le bras, supposa que le convoi des condamnés serait un train de bateaux qui ne se rangerait pas trop loin du quai. Mais comment être sûr de rien, avec toutes ces nouvelles astuces apprises par le gouvernement et ses suppôts, ces derniers temps, sur la manière de traiter des alliés malmenés par le destin ? Entretenir jusqu'au bout l'illusion, chez ces déplacés méfiants, que l'on devait les transférer dans un nouveau camp ; s'arranger pour qu'ils arrivent à l'une des gares terminus de la ville ; là, les pousser dans des camions bâchés ou des cars aux vitres noircies, puis à bord du navire, comme un troupeau...

Il atteignit les quais sans encombre, en glissant sur le pavé mouillé et se faufilant entre les rames immobiles de wagons de marchandises, garées sous la pluie fine. Il découvrit un quai de chemin de fer gardé par une section du régiment des Écossais de Liverpool en tenue de combat. Audacieusement, il se présenta au sous-lieutenant commandant l'unité, comme étant là en qualité d'interprète — son écusson des services de Renseignements pouvait passer pour une confirmation de ce dire —, et s'enquit de l'heure à laquelle on attendait le convoi. C'était déjà le crépuscule. Le vent de mer et les mouettes, dont l'haleine et le caquet rauque, respectivement, parlaient jadis d'aventure, étaient porteurs pour lui d'un tout autre message. Le *Duchess of Bedford* était à quai, éclairages réduits pour les seules équipes de travail. Oui, on attendait bien un train, mais quand ? Dieu le savait. Quant à lui, Reg, et à son interprétariat, on n'en espérait pas tant, dit le sous-lieutenant ; il fallait croire que quelqu'un avait fini par se remuer les puces : personne ici ne parlait un mot de cette foutue langue. Ils prirent donc leur attente en patience et en fumant. Le sous-lieutenant ne se sentait pas bien dans sa peau. Il chercha à tirer les vers du nez de Reg. Sûrement, on n'allait tout de même pas leur demander, à ses hommes et à lui, de se servir de leurs armes contre ces pauvres bougres ? Tous, ils devaient en rêver, de la revoir leur sainte mère Russie, non ? C'était un sous-lieutenant jeune, candide et faible de la poitrine. Jamais encore il n'avait eu à remplir un boulot de ce genre, ni tiré un coup de feu sous l'empire de la colère ou de tout autre sentiment. Et il s'agissait d'alliés, non ? « Et qui règlent leur compte aux Fritz pour nous, vite fait, par-dessus le marché. »

Un buffet ambulant de l'Armée du Salut fit son entrée sur le quai, avec thé et sandwiches pour la troupe. Les bouches étaient encore pleines quand on signala l'arrivée du convoi. Locomotive et tender, pistons expirants, nuages de vapeur. Bon, c'est pas tout ça, maintenant à nous, les gars ; s'agit de les faire sortir de là-dedans et de les mettre en rangs ; ensuite, colonne par deux, en avant marche, et à bord.

Reg sauta dans le train le premier et, tout en répétant : « *Gdiye Doktor Sokolova?* », parcourut à grands pas des couloirs vides d'hommes. Ils restaient tous serrés les uns contre les autres dans les compartiments bourrés. Vêtus de capotes neuves dont ils avaient négligé d'astiquer les boutons, chaussés de brodequins, guêtrons non passés au blanc, ils agrippaient farouchement contre eux leur sac d'équipement regorgeant de provisions de l'armée.

Pour rien au monde ils ne sortiraient de là-dedans ; ils avaient flairé dans l'air la mer depuis longtemps déjà ; on les avait trompés, mais ils s'étaient très vite doutés que ce serait de la triche. Derrière Reg, le sous-lieutenant s'écria : « Nom de Dieu, c'est pas vrai ! », sans répondre au caporal qui le suivait en demandant s'il fallait faire descendre ce tas de connards à la pointe des baïonnettes. C'était la première fois que le sous-lieutenant voyait des Russes. Quelle mauvaise farce, que de déguiser ces pauvres bougres en semblants de soldats britanniques quand, même en un million d'années, jamais ils n'arriveraient à avoir l'air d'être nés dans ces îles.

— Allons, allons, dehors, tous, dehors, répétait le sous-lieutenant.

Mais le ton manquait d'autorité ; ils refusaient tous de bouger. Et pas de Dr Sokolova, nulle part. Avait-elle enfin vu clair, pendant que lui, Reg, était impuissant à lui faire signe ? Un sergent et deux hommes, sans arme, marchaient à la rencontre de Reg en venant de l'arrière du convoi. Oui, ils avaient pris livraison du troupeau à Ipswich, mais Dieu seul savait ce qu'ils étaient censés en faire, sauf d'empêcher qu'il en saute du train quitte à se casser une patte. Un médecin ? Si vous suivez par là jusqu'au fourgon de queue, vous tomberez sur quéqu' chose qui ressemble à une putain d'infirmerie. Comme pour renforcer la pagaille, on avait éteint les lumières dans le train. Reg entendit un coup de feu derrière lui. Putain de merde, pas fait exprès, dit une voix, c'est parti tout seul. Des Russes commençaient à sortir, à présent, dans un concert de lamentations aiguës, soutenues par la basse des injures. On pouvait voir confusément des poings frapper les soldats, eux-mêmes bien trop désorientés pour riposter par une menace de la baïonnette ou de la crosse.

Dans le fourgon du chef de train, Reg enjamba des corps prostrés ou gisant sur le dos. Puis, de faibles ampoules se rallumèrent et il distingua Maria Ivanovna, vêtue d'une chemise et d'un pantalon de tenue de combat, et désespérée de ne pouvoir soigner les blessés. Un homme s'était ouvert les veines avec un tesson de bouteille ; un autre, le crâne, en se le cognant de rage impuissante contre une paroi de wagon. Maria Ivanovna était entièrement démunie de tout. Un troisième homme s'était tranché la gorge et achevait calmement de perdre la vie. Partout, des gémissements, des appels — maman ! —, des blessures indistinctes dans l'entassement des corps. Elle reconnut Reg. Où étais-tu ? Pourquoi es-tu parti ? Suis-moi, je te sors d'ici, dit Reg pour toute réponse. Le sous-lieutenant et son sergent arrivaient. Bondieu de bordel de Dieu tout-puissant, mais qu'est-ce qu'on leur a fait, à ceux-ci, monsieur ? Le sergent ne comprenait pas. Ils furent bientôt éclairés tous les deux lorsque des membres de la délégation militaire soviétique surgirent pour donner un coup de main à l'embarquement. Un commandant, un capitaine et tout un groupe de sans-grade, mais en uniforme. Et aussi des civils — des policiers de leur putain de Secrète soviétique sur le sol britannique. Reg se mit à crier et à cogner aveuglément, quand ils commencèrent à tirer par les pieds des blessés qui hurlaient. En entendant ses invectives ordurières, ils cognèrent en retour et en tout irrespect. Reg saisit dans ses bras Maria Ivanovna pour la protéger, mais ils la lui arrachèrent.

L'air marin du dehors lui emplit les poumons et il distingua de petites lumières. Le troupeau montait, poussé à bord, hormis un homme qui, ayant empoigné une baïonnette, s'y était embroché en tombant et quelques autres qui, par terre, ruaient, l'écume aux lèvres, en proie à ce qui avait l'air d'une crise d'épilepsie simulée, ainsi que trois échappés qui, en courant, avaient réussi à atteindre le bord du quai et à se jeter à l'eau, si l'on en jugeait par des bruits de barattement. Les blessés qui gémissaient et même un homme qui semblait déjà mort furent redressés, poussés debout et insérés de force dans la masse des indemnes, puis portés par la presse sur la passerelle et jusqu'au pont.

Reg, vociférant des mots dans la langue de sa mère, se retrouva propulsé dans le tas, identifié comme Russe rapatrié, tant au parler qu'à la tenue de combat, les chats en colère de ses écussons aux manches passant inaperçus ou étant interprétés comme un brin d'enjolivure capitaliste. Il se retrouva sur le pont, toujours emporté dans le mouvement. La sirène du bateau dominait maintenant le vacarme et donnait à la scène l'allure d'une séquence d'un vieux classique d'Eisenstein : poings brandis et gueules grandes ouvertes sur du muet. Un officier britannique en casquette sursauta et parut se douter que cet adjudant-chef n'était pas à la bonne place dans la figuration ; mais deux personnages de la mission militaire soviétique l'empêchèrent farouchement de s'interposer. D'un recoin de sa mémoire, Reg vit jaillir avec une netteté lumineuse un flash-back de sa cavale d'Avonmouth, mais comme la projection d'un plan appartenant à un film à venir, et avec un doublé du saut par-dessus bord. Cette vision l'incita à accepter son embarquement forcé, ce qui ne l'empêcha pas de boxer et d'abreuver de jurons anglais un individu qui, offrant toute l'apparence d'un agent du NKGB, s'avisa de lui demander où était passé son sac d'équipement et voulut le bourrer pour la peine de l'avoir perdu, non sans lui avoir arraché au préalable le paquet contenant les effets de l'ancien d'Eton et miraculeusement intact, qu'il serrait toujours sous un bras. Puis on le fit dégringoler un escalier intérieur, suivi d'un second, le temps d'apercevoir le visage effaré d'un steward en veste blanche tachée, puis d'être souffleté par une forte bouffée d'odeurs puissantes, à écœurer l'odorat le plus endurci — relents avariés d'huile chaude, de vomi, de poisson frit. Pour finir, il plongea dans un espace clos qu'il reconnut comme étant celui qui, sous les ponts, devait servir de quartiers de nuit à la troupe — à ceci près que manquaient les hamacs à suspendre aux crochets du plafond et que l'entassement humain y était criminel. En vrais Russes, ses compagnons sortaient peu à peu de leur phase d'hystérie pour tomber dans celle de la sombre acceptation de la condition humaine, des pleurnicheries, de la récitation d'un chapelet invisible, de la maigre consolation des reconnaissances réciproques. Beaucoup d'entre eux, sinon tous, remettaient Reg maintenant. Certains n'avaient pas fait partie de son lot. Ceux qui en avaient fait partie passaient au fur et à mesure par tout un jeu complexe de réactions à son égard : traître d'Anglais, Anglais trahi par les siens, ami, petit père, espion, indic, crapaud baveux à la solde des soviets, chacal capitaliste. Des ongles étaient prêts à le griffer ; d'autres, cernés de deuil, tendaient vers lui un désespoir nourri par les siècles. Il leur criait, absurdement, qu'il était logé à la même enseigne qu'eux. Il tenta d'ouvrir l'écoutille — ils étaient bouclés, pas question de sortir.

Il en fut question lorsqu'un colloque braillard de sirènes de bateaux et de remorqueurs, là-haut, eut noyé le concert des gémissements, des lamentations, des prières à un *Bog*, ou Dieu, depuis longtemps frappé d'interdit, et que, à quelque quatre milles marins de la côte, on ouvrit les panneaux et les autorisa à monter respirer l'air. Là-bas derrière, sous une lune ennuagée, se dessinaient les docks, le Liver Building, la vieille cité dans son délabrement et sa liberté. Reg se fraya un passage dans un escalier et, parvenu en haut, se heurta à un officier de la marine marchande. « Pas le droit de monter ici, camarade. » Reg lâcha un juron. « Désolé, mon vieux, vous prenais pour un de ces types. » Reg demanda où se trouvait la cabine de l'officier qui commandait la troupe. Saurais pas dire, mon vieux ; mais tenez, lui le saurait probablement. Reg se retourna, nez à nez avec un individu de son grade. Tous deux s'inspectèrent d'un regard surpris, comme s'ils s'étaient respectivement vus dans un miroir déformant. Reg déballa tout. L'homme, qui appartenait au Régiment de la Reine et semblait, à voir son visage buriné, mûr pour la retraite, se trouva être l'adjudant-chef du bord et dit, d'une voix cassée et râpée par les goudrons du tabac :

— Pas notre affaire. J'ai déjà fait deux fois le voyage et les ordres sont stricts : ne nous mêler de rien. Les Russkofs veillent eux-mêmes — si l'on peut dire — sur les leurs. Jamais, en vingt et un ans de service, je n'aurais pensé finir de la sorte. Nous comptons pour zéro, tout le temps de cette foutue traversée à l'aller ; ce n'est qu'au retour, une fois les nôtres embarqués, que je recommence à fonctionner. Nous ne serions pas ici, n'étaient nos prisonniers et les prisonniers américains. Vous devez porter dans votre cœur Jojo Staline, d'avoir été, vous, adjudant-chef de première catégorie dans les armées de Sa Majesté, malmené par ces bandits de Russkofs. Ce sang que vous avez sur la figure, ne le lavez pas, ne l'essuyez pas ; il faut montrer cela au Vieux.

Il entendait par ce terme l'officier qui commandait la troupe, vers la cabine duquel il se dirigeait justement. En chemin, Reg demanda si le navire faisait escale à Gibraltar. Non, apprit-il à son soulagement ; la première escale était Gênes.

L'officier qui commandait la troupe était en effet un vieil homme las, et de la pâleur de ceux qui avaient passé la guerre dans les forces métropolitaines. En manches de chemise et bretelles civiles, il était assis devant une bouteille de rhum de la marine et un verre déjà englué de cet alcool. Il écouta Reg jusqu'au bout, puis dit :

— C'est leur manière d'être. Quant à nous, nous n'avons qu'à la boucler. Nous faisons les morts jusqu'au retour. Alors, le navire redevient britannique. Jamais, non, jamais je n'aurais imaginé, même dans mes rêves les plus dingues... ! Nous les nourrissons, nous les habillons, nous soignons leurs blessures, leurs chaudes-pisses, et ces autres cocos ne trouvent rien de mieux à nous dire que ce sont eux les patrons, ni de mieux à faire que de se comporter en conséquence. Histoire de nous punir de ne pas avoir ouvert assez vite le deuxième front. Et rien ne sert de se plaindre... Bon, si je comprends bien, vous venez vous ajouter en surnombre à notre effectif ; mais on trouvera moyen de vous utiliser. Vous n'aurez qu'à engueuler les camarades dans leur patois, chaque fois qu'ils en feront autant pour moi.

— Que vont devenir tous ces blessés traînés de force à bord ? demanda Reg, tandis que l'officier se versait une rasade, d'une main qui tremblait. Monsieur ? ajouta-t-il.

— Le charcuteur du bord s'en occupe. Nous ne tolérons pas de brutalités russes dans ce domaine... enfin, lui, du moins, ne les tolère pas. Mais, d'après ce qu'on me dit, un médecin russe a embarqué, en plus. Une femme médecin, le croiriez-vous ? Elle n'est pas la seule de son sexe ; elles sont six montées à bord ce matin. Et des gosses également. Sans compter un marmot clairement en chemin. De ma vie je n'ai rien vu de pareil. N'approchez pas des femmes : vous attraperiez un coup de baïonnette dans les tripes. N'approchez d'aucun de nos invités soviétiques. Trouvez-vous une cabine et n'en bougez pas. Je vous ferai appeler à la prochaine visite du commandant Kalanchenikoff ou Dieu sait quel est son nom. Jamais, non, même dans mes rêves les plus dingues...

Le première classe faisant fonction de caporal sans la solde Moxley, chef nominal du groupe composé des deuxième classe Addle, Buckley, Cresse, Crossbow, Evans, Gough, Handley, Jones, Knighton, Shawcross et Timpson, n'était toujours pas sorti, avec ses compagnons, du sol polonais à l'heure où le *Duchess of Bedford* levait l'ancre de Liverpool. Ils ne s'étaient jamais doutés que la Pologne pût être un pays aussi foutrement vaste. Tous ils s'étaient certainement attendus à ne rencontrer partout que neige, vaches crevées et cadavres humains, et ils découvraient d'immenses étendues, où des unités soviétiques s'activant à leur besogne de nettoyage et de maigres files de prisonniers fritz, au visage mangé par des barbes sans espoir, mettaient pas mal d'animation.

Le deuxième classe Shawcross avait eu l'idée d'emporter le grand drapeau britannique — décroché des barbelés du camp où il offrait le spectacle pathétique d'une triple crucifixion. Et il le déployait chaque fois qu'apparaissait le moindre élément d'armée soviétique, parfaitement chez lui dans la neige et prêt à tirer sur tout ce qui n'était pas de l'armée Rouge et avait donc une chance d'être de l'ennemi, quitte à vérifier ensuite si tel était bien le cas. Peu de ces gens avaient déjà vu l'Union Jack ; les autres l'admiraient, même après avoir tiré dedans, le plus souvent sans intention de tuer ses porteurs, les deuxième classe Buckley et Gough, qui le tenaient grand ouvert comme un drap séché au vent que l'on va plier. N'importe, du moment que cela avait un air de drapeau.

Un camion soviétique de passage s'arrêta, fit monter la petite troupe et la transporta de Zemniak à Kapousta, sauf erreur sur les noms. L'important, pour eux, était de prendre un maximum d'avance sur les sections du colonel Hebblethwaite, avec sa fichue marche en formation dont il les avait menacés, bien que Dieu seul sût comment un régiment avançant en formation pouvait se sortir des ornières et fondrières gelées et des congères vierges de cette fin d'hiver polonais. Les Russes allaient jusqu'à leur donner leurs conserves de viande de porc américaines, devant lesquelles leur palais prolétarien faisait, si l'on peut dire, la petite bouche, faute de feuille de laurier, et ils leur révulsaient le gosier avec leurs giclées de tord-boyaux à même le bidon. Ce dont la petite troupe avait besoin, c'était une grande tasse de bon thé britannique bien brûlant. Car si les Russes étaient chez eux dans la neige, il n'en allait pas de même pour le première classe Moxley et ses camarades.

La première nuit, dans leur lente progression sur le ruban blanc de la route qu'ils avaient prise, observés par l'œil fixe d'une lune de style nouille, ils avaient trébuché, glissée, dérapé, juré merde et merde de pute borgne, tout en reconnaissant qu'il fallait s'obstiner, attraper le plus d'avance possible sur le colonel Hebblethwaite. Au point de l'aube, ayant couvert à peine cinq kilomètres, ils arrivèrent à un village abandonné, Cetkika ou quelque chose comme ça. Ils se permirent d'en écraser, une heure ou deux, dans une étable qui puait le fumier de vache accumulé et fermenté. Puis, le flair avisé du première classe Moxley, expert en mécaniques à combustion interne, le conduisit à un camion, plus ou moins en état, mais sans carburant et évidemment planté là par les Fritz dans leur retraite. La route descendait un peu et ils purent dévaler en roue libre sur un kilomètre et demi ou deux, jusqu'à une voie de chemin de fer unique, où ils trouvèrent une draisine qui dormait. Ils actionnèrent le lourd balancier avec leurs faibles forces et parvinrent en roulant ainsi à une gare de campagne en ruine, qui portait un nom du genre de Smoutny. La voie unique y mourait, s'étranglant en une sorte de nœud de métal torturé et noué à la diable. A Oustep, ils tombèrent sur des humains, de vrais Polonais délivrés du joug nazi et qui, s'ils ne comprenaient rien au russe de Dan Jones, réagirent bien à l'Union Jack, déterrèrent quelques poulets et poules congelés sous la neige et préparèrent une potée, agrémentée de touffes d'herbe folle et de deux ou trois pommes de terre gelées pour tout légume. C'étaient des paysans — un vieil homme et sa femme, qui avaient la tremblote, avec deux fils à l'air de jumeaux et aux yeux brillant de convoitise devant les capotes militaires britanniques. Quel réconfort, de se serrer autour d'un feu de bois, dans une cuisine de ferme, même si elle n'avait plus de mur de façade, et de mastiquer des morceaux de volaille dure baignant dans une assiette d'eau chaude. Le deuxième classe Shawcross calcula qu'ils avaient fait un petit peu plus de soixante-quinze kilomètres et qu'il devait en rester le décuple avant la frontière ukrainienne. Il avait arraché et emporté toutes les cartes de l'*Encyclopédie Pear*. Il fallait continuer franc sud-est, en ouvrant l'œil pour repérer des noms comme Glogow et Legnica, bien qu'il pensât que ces endroits, selon ses estimations, étaient encore à une foutue distance. Ils mirent à sécher brodequins et chaussettes devant le feu. Les pieds du première classe Moxley ne sentaient pas la rose. Cette odeur forte, expliqua-t-il — le deuxième classe Shawcross déclarant préférer le terme fétide —, était de famille. Ils avaient tous dans leur sac à dos un rechange de chaussettes et de chaussures et, bondieu, ils en auraient salement besoin. Déjà, les barbes poussaient dru.

A leur départ d'Oustep (si tel était bien le nom), il se mit à neiger. Sous leurs pieds, le sol gelé se recouvrit bientôt d'une couche molle traîtresse. Merde, c'est pas possible, jamais on n'y arrivera, bondieu de foutre, geignit le deuxième classe Cresse, tout en peinant et glissant ni plus ni moins que les autres. Mais le deuxième classe Shawcross le menaça du colonel Hebblethwaite et de ses histoires tordues de discipline militaire. Il fallait endurer encore au moins vingt-cinq kilomètres de cela ; après quoi, on pourrait souffler un peu quelque part. Non que la route parût mener où que ce fût : partout ce n'était que neige, arbres morts, soleil occlus. Ils constataient l'extraordinaire vertu qu'il peut y avoir dans le simple fait de se forcer à marcher tous au pas et même à chanter « Y a des rats rats Gros comm' des bondieu d' chats Dans l' magasin d' ce putain d' fourrier ». Tout de même, on trébuchait et glissait trop.

Quand se montrèrent les décombres d'une ferme, près de Poziomka, ils n'en pouvaient presque plus, trop épuisés ne fût-ce que pour ramasser les débris de meubles brisés épargnés par les combustions des Fritz ou des camarades alliés, et allumer un feu dans la seule dépendance — peut-être naguère la laiterie ? — qui eût encore un toit. Mais quand le deuxième classe Crossbow se plaignit que son pied gauche était mort, le deuxième classe Shawcross se secoua et, complètement réveillé, fit une grande flambée. Ils ne manquaient pas d'allumettes ; en revanche, leur petite provision de cigarettes ne tiendrait pas longtemps et la nourriture allait poser un problème. Ils mirent la main sur une boîte munie d'une étiquette marquée *olej* — qui a le même sens, bien que le mot soit autre, expliqua Dan, que le russe *maslo* : huile. Peut-être le produit était-il buvable ou pourrait-il servir à frire quelque chose dans la poêle qui traînait là. Ils en burent chacun une petite gorgée, après l'avoir dégelé près du feu. Presque tous en eurent des haut-le-cœur. La mère du deuxième classe Evans avait coutume de lui donner à boire de l'huile d'olive, tous les hivers, contre la toux, et cela avait un goût fruité assez écœurant, mais ce n'était rien en comparaison. Ils achevèrent les restes du porc mis en boîte à Chicago et étiqueté russe. De tourner la petite clef logée par les Amerloques sous le fond de la boîte les emplit de gratitude pour la prévoyance et la sollicitude des gens de l'Illinois. Puis ils ranimèrent le feu après avoir vu que l'énorme pied de table, rond et en chêne massif, jeté sur les flammes refusait de se laisser mordre par elles sous sa couche de vernis noir. Ils dormirent. Dan rêva d'une autre équipée — celle qui l'avait conduit, cahoté, assoiffé, par Florence, Bologne et Trente, en Autriche et, de là, en Allemagne. Le chemin de la prison avait demandé moins d'effort à l'entrée que n'en exigeait la sortie.

Au matin, Dan fit provision d'appât pour la pêche : une araignée et sa toile, pleine d'une réserve de mouches, et de menus restes du porc de conserve. Sa canne et sa ligne de fortune saillaient de son sac à dos comme une antenne de radio dressée vers le ciel. Ils peinèrent sur une route gelée, parallèle à une rivière, gelée aussi — peut-être un affluent de ce fleuve dont le nom ressemble à « odeur ». Mais l'eau était trop prise pour que l'on pût crever la glace à coups de talon. Par chance, il y avait plus loin une grande mare au centre d'un village désert — Cauczuck ? Caoutchouk ? Encore un de ces noms de merde à la manque ! — et, pendant que les autres furetaient en quête de ce que les Fritz, les Polonais ou les camarades auraient pu oublier, Dan brisa la glace sans trop de mal et pêcha. Malheureusement, l'étang semblait renfermer uniquement des épinoches. Les autres revinrent sans ravitaillement. En revanche, le première classe Moxley, avec son nez au vent, dénicha un camion agricole à ridelles, sans bâche et en souffrance de réparation, mais sans gros problème, à condition que l'on trouvât de l'essence quelque part. Il avait entendu raconter que les gens, par temps de grave pénurie de carburant, cachent des bidons pleins sous les lits. Avec une joie à la mesure de la trouvaille, il déterra, sous un monceau de décombres — peut-être de ce qui avait été un hangar —, un bidon carré, à demi plein d'un liquide à l'odeur atrocement nauséabonde — rien à voir avec celui dont on se servait au pays, mais de l'essence tout de même. Le première classe Moxley le versa dans le réservoir et parvint à mettre en marche le moteur, non sans force tours de manivelle ni protestations qu'il allait se coller une hernie. Grâce à quoi, ils parcoururent dans les dix-huit ou vingt kilomètres, jusqu'à ce que, la route escaladant une colline, le moteur rendît l'âme dans une quinte de toux.

Ils avaient fini par oublier la guerre, sauf en tant que source de misères ne présentant aucun lien avec un danger immédiat — du moins durant ces derniers jours de leur épuisante progression vers le sud. Mais voici qu'ils entendaient de nouveau de fortes explosions, accompagnées d'éclairs jaunes à l'orient, pour leur rappeler que l'on se battait toujours. Des Fritz devaient tenir encore à Skrzypce, à Przekroczenie ou autres putains de noms, et on nettoyait ces nids de résistance. Peu après, ils durent admettre qu'ils côtoyaient même la guerre d'un peu trop près, à la vue d'hommes en uniforme *feldgrau* qui se traînaient comme eux en gravissant une colline, sous la conduite d'un officier toussant à fendre l'âme. Eux-mêmes, ils se trouvaient alors dans un creux ou une plongée de terrain, où ils s'abritaient contre le vent qui venait de se lever. Attention, prudence, les gars, dit très inutilement le première classe Moxley ; mieux vaut planquer notre Union Jack. Sur quoi, le deuxième classe Crossbow annonça que, cette fois, son pied gauche était raide gelé ; à peine s'il le sentait encore, ste saloprie. Saute dessus, saute dessus, Fred ! Le deuxième classe Crossbow sauta à cloche-pied dans la neige, mais pas moyen d' le réveiller, ce putain d' pied. Les deuxième classe Addle et Buckley durent le porter à demi jusqu'à un truc qui avait l'air de ce qu'il ne pouvait pas être : un abri pour une halte de cars. Là, on lui ôta brodequin et chaussette. La couleur de ses orteils, tout bleu, rouge et violet, ne plut à personne. Le deuxième classe Shawcross lui frictionna le pied à en attraper une suée et parut rétablir la circulation. Toutefois, la couleur ne vira pas au rose qu'eût voulu la logique. Ils étaient complètement rendus, tous, mais pas plus avancés pour ça — onze à craindre maintenant d'avoir à trouver quelque part un machin ou un autre qui pût servir de civière — une vieille porte ou Dieu sait —, car le deuxième classe Crossbow se plaignait à présent que le pied droit lui donnait la sensation d'être presque aussi mort que l'autre. Il ajouta — et c'était à croire que la buée de son haleine traçait les mots dans l'air au fur et à mesure :

— C'est bon, mes salauds ; si vous croyez que j' vois pas, rien qu'à vos regards, qu' vous pensez pas que j' m'en tirerai... C'est question de circulation, voilà tout, et c'est chose courante dans la famille. Si j' pouvais m' les tremper dans un baquet d'eau brûlante, i' s' sentiraient mieux.

Tous, ils eurent la vision brouillée, mais paradisiaque, d'une cuisine bien close, avec une grosse bouilloire noircie sur un feu. Le première classe Moxley déclara :

— T'en fais pas, Fred, ça ira. C'est moi qui t' le dis.

— Caporal Moxley, déclara à son tour le deuxième classe Shawcross, gravement, vous méritez votre galon. Vous avez fait preuve de qualités de chef remarquables, jusqu'ici, durant cette portion de ce qui ressemble à une randonnée sans fin.

Les yeux des autres montraient qu'ils ne comprenaient rien à ses paroles. Il poursuivit :

— J'ai le sentiment que, si nous nous guidons avec suffisamment d'ardeur sur une certaine odeur de printemps dans l'air, nous atteindrons plus vite que nous ne le pensons un sud sans neige. *Thalassa, thalassa!* C'est ce que les anciens Grecs appelaient une anabase.

Cette fois, ils le regardèrent comme s'il était devenu fou, et le première classe Moxley choisit cet instant pour dire allons-y.

A la nuit tombante, ils arrivèrent à un village qui ne paraissait pas entièrement abandonné. Il consistait en une seule rue entre de petites maisons, humbles, mais encore nickel. Planté au milieu de la chaussée, le première classe Moxley, plein de la confiance que lui avait exprimée le deuxième classe Shawcross, héla d'une voix forte une façade :

— Y a-t-il encore ici un habitant de cette maison ?

Dans l'instant, trois hommes, vêtus de l'uniforme que la petite troupe savait être allemand, surgirent d'une des demeures, mains en l'air. Ils ouvrirent de grands yeux devant les douze hommes avec leur Union Jack, leurs capotes kaki, mais sans armes, et ils baissèrent les mains — du moins jusqu'à hauteur de la bouche et en faisant mine de mastiquer avec leurs mâchoires mal rasées.

— Nous sommes dans la même situation que vous, leur dit le première classe Moxley. Rien à briffer ni rien de rien d'autre.

Le deuxième classe Shawcross traduisit :

— *Wir auch haben nichts zu essen.* Vous nous en voyez désolés, messieurs, ajouta-t-il.

Là-dessus, le deuxième classe Crossbow dit :

— Mettons de l'eau à bouillir.

Les Fritz les conduisirent à une des petites maisons qui paraissait se réduire uniquement à une cuisine. Un feu brûlait dans une grille, tout près de laquelle un autre Allemand, trop mal en point pour pouvoir bouger, gisait sur le sol en terre battue. Il y avait aussi, à portée, une casserole noire, de bonne dimension. Le deuxième classe Shawcross en examina attentivement l'intérieur.

— Bondieu, dit-il, regardez un peu ces petits squelettes... Ces gens ont mangé de l'immangeable.

Malgré quoi, il sortit en emportant la casserole pour aller la vider et la nettoyer dans la neige. Puis, l'ayant encore remplie de neige, il revint la poser sur le feu. Ils burent tous lentement de l'eau chaude dans les quarts, avant de permettre au deuxième classe Crossbow de tremper ses pieds nus dans la casserole. Les yeux avisés du deuxième classe Shawcross remarquèrent que les Fritz avaient en leur possession quelque chose qui leur manquait, à ses camarades et à lui : des couteaux. Un couteau est une arme et les prisonniers de guerre sont, par définition, désarmés. Il s'ensuivit une brève lutte pour disputer ces objets, et les Britanniques eurent ainsi droit à leur premier corps à corps avec l'ennemi. Les Fritz, qui avaient jeté leurs fusils pendant leur retraite, quelque part entre Klopot et Spodnie ou autre saloperie d'endroit, versèrent des larmes sur la perte de leurs couteaux. Le deuxième classe Shawcross, à la vue de ceux-ci, n'avait pas eu spécialement dans l'idée l'amputation des orteils gangrenés du deuxième classe Crossbow. Il voyait loin et ses pensés étaient d'ordre comestible : il songeait au dépeçage d'un cadavre de cheval conservé dans la neige ou d'un chevreuil innocent, mais bien vivant, dans un vallon verdoyant.

Le commandant Machouk dispensa des paroles de réconfort à ses compatriotes, par l'intermédiaire du micro et des amplificateurs du bord. C'était dans les eaux liguriennes, à l'approche de Gênes.

— Camarades, dit-il, compagnons de combat dans la lutte contre le fascisme, cette version extrême du capitalisme, cause des souffrances de notre patrie et face à laquelle nous nous sommes dressés, seuls, pendant tant d'années si nombreuses qu'elles échappent au calcul, je vous sens pleins d'une appréhension déraisonnable qu'il est de ma volonté présente de liquider. Il en est parmi vous qui craignent d'être châtiés pour des crimes qu'ils n'ont pas commis. Ce n'était pas un crime d'être fait prisonnier pendant la bataille. Pas plus que ce n'en était un de se trouver pris sans le vouloir dans l'engrenage de la machine de guerre fasciste. Peut-être ceux d'entre vous qui, dans un accès de folie ou d'aberration momentanée, se sont ralliés de leur plein gré à la cause du fascisme ne seraient-ils pas sans raison, à première vue, de croire leurs craintes fondées. La trahison est ce qu'elle est : affaire à ne pas prendre à la légère. Mais notre glorieux chef de guerre nous a donné l'assurance que tous, innocents et coupables également, vous êtes absous du passé et encouragés à tourner vos regards vers l'avenir. L'œuvre de reconstruction aura besoin de tous les bras. Bâtir une Union soviétique neuve, dont les réalisations stupéfieront le monde capitaliste, exige de tous un labeur sans relâche.

» Nous allons faire escale au port italien de Gênes, pour y recueillir cinq citoyens soviétiques qui, en proie à l'appréhension que j'ai décrite, s'étaient jetés par-dessus bord lors d'un précédent voyage de rapatriement. On les a repêchés et le consulat d'URSS à Gênes a veillé sur eux comme une mère poule sur ses poussins. Au port turc d'Istanbul, nous embarquerons sept autres concitoyens égarés, qui avaient tenté, de même, de toucher terre prématurément. Eux aussi, ils ont reçu réconfort et toutes assurances des autorités soviétiques. Vous avez déjà pu juger de la façon dont, quelle que soit cette névrose de crainte que vous êtes encore quelques-uns à nourrir, la patrie a pris soin de vous. Vous avez eu droit à des vêtements chauds, à des cabines confortables. Si la nourriture n'est pas ce qu'elle devrait être, la faute en incombe à la marine marchande britannique. Mais bientôt vous mangerez le bortsch, vous boirez le kvas du sol natal. Songez aux camarades qui, sur le front, continuent leur avance rapide vers Berlin ! Songez à leur héroïsme, à leurs souffrances ! Que ne donneraient-ils pour être dans votre uniforme et vos brodequins neufs, quand bien même cet habillement sort des usines du capitalisme. Dure fut la lutte, mais nous voyons enfin le bout du tunnel. *Niye zabudem! Niye prostim! Krov za krov!*

Ayant écouté ce discours grâce au système de transmission publique du bord, Reg estima fort peu rassurante la péroraison. Ni oubli ni pardon. Le sang pour le sang. Il était confiné dans sa cabine, en compagnie de son sosie par le grade : l'adjudant-chef Noakes, lequel gisait la plupart du temps sur la couchette du haut en souffrant le martyre d'un ulcère au duodénum, mais consentant à l'escorter jusqu'aux poulaines et retour. La marine, l'armée et les autorités soviétiques du bord étaient tombées d'accord pour claquemurer ainsi Reg. C'était sa faute si trois hommes s'étaient jetés à l'eau dans le golfe de Gascogne et n'avaient dû leur salut qu'aux efforts de matelots furieux et grommelants, mais ne rechignant pas au courage ; sa faute encore si un autre passager avait tenté de se trancher la trachée-artère à l'aide d'un couteau de table, avec le résultat que tous les Russes mangeaient maintenant uniquement à la cuiller ou avec les doigts.

La proposition du commandant Machouk, de débarquer Reg à Gênes pour le remettre aux mains des autorités britanniques, était jugée raisonnable par l'officier commandant la troupe du bord ; mais il avait dû s'élever contre elle pour le principe : l'armée britannique en faisait assez pour les Russes sans avoir à leur obéir en matière d'affaires relevant de son seul pouvoir de décision.

Avant d'être séquestré, Reg n'avait revu qu'une fois Maria Ivanovna — au poste des malades, auquel il avait aidé à conduire la Soviétique Yievguenia, après l'avoir croisée sur le pont, alors qu'elle prenait l'air sous la garde d'un jeune soldat de l'armée Rouge ressemblant à une asperge à lunettes. A la vue de Reg, elle s'était jetée sur lui en poussant les hauts cris et clamant que c'était lui le père, que ça y était, le travail commençait, elle allait accoucher. Il se révéla qu'il n'en était rien, mais que, en effet, un enfant avait toute chance de naître, peut-être quelque part en mer de Marmara.

Au poste, Reg et Maria avaient pu se parler brièvement. Elle lui avait déclaré :

— Ton geste était très russe. Braver les lois et le jugement de tes compatriotes par amour pour moi, on croirait du Pouchkine ou du Lermontov. C'était héroïque. Nous nous écrirons des lettres comme de bons amis, mais nous ne nous reverrons plus jamais. C'était une idylle en des temps mauvais ; aujourd'hui, tout est fini.

— Tu n'y es pas du tout, avait répliqué Reg. Ce n'était pas simplement histoire de te serrer encore dans mes bras, même si cela y entrait pour une part, naturellement. C'était surtout à cause du péril que tu cours. Moi-même, je ne suis pas en danger : on ne me fusillera pas, ne me jettera même pas dans une prison militaire. D'ailleurs, la guerre est presque finie. Mais, au camp comme sur ce bateau, leur instinct n'a jamais trompé ces pauvres gens. Ils redoutent le pire et tout indique qu'ils n'ont pas tort. La seule pensée que tu puisses te retrouver enfermée à la Loubianka où Dieu sait où, par un caprice de ce fou de Staline, m'est intolérable. Je te veux saine et sauve en Angleterre.

— Sans Piyotr Lavretiyevitch ? Il te reste beaucoup à apprendre sur l'amour. A présent, je te prie de t'en aller ; je dois m'occuper de cet homme qui a essayé de s'arracher un œil.

— Ô innocence, sainte innocence ! cria Reg aux parois blanches et à la Méditerranée à travers le hublot.

— Et puis, sauve, je le serai quoi qu'il advienne, reprit Maria Ivanovna. Je suis devenue la maîtresse du commandant Machouk.

— Oh, mon Dieu ! Juste pour la traversée ?

— Pour la traversée et pour le temps qu'il faudra ensuite, au besoin.

— Juste Dieu ! Infidèle, en plus !

— En Union soviétique, nous ne reconnaissons qu'une seule espèce de fidélité. Le capitaliste anglais que tu es ne pourra jamais comprendre.

— Oh, mon Dieu Seigneur !

Durant les longues nuits d'insomnie, tandis que l'adjudant-chef Noakes geignait dans ses rêves ulcéreux sur la couchette du dessus, Reg se masturbait devant l'icône imaginaire d'une Maria Ivanovna nue — icône qui, comme il eût dû s'y attendre, ne se modulait que trop aisément en celle de ma sœur, son épouse. Parfois, l'une et l'autre se greffaient sur la vieille estampe du festin de Balthazar, mais pour la dépouiller de toute extravagance érotique et la réduire à l'état de simple page de la bible familiale, empreinte d'une sainteté toute domestique.

En fait, Reg était à la dérive, sans point d'attache — à la mer plus qu'en mer. L'avenir qu'il voyait était vide. Il s'en consolait en se disant que, à la réflexion, après six années de guerre, la plupart des hommes n'en voyaient pas de plus plein. Au cours d'un de ses délires, au bord immédiat de l'orgasme, il eut une vision du Très-Honorable Winston Churchill — nœud papillon, chapeau melon édouardien, rictus fendu par l'indécence du bâton de chaise de La Havane, doigts obèses haut levés en un signe que la troupe prenait pour l'antique bras d'honneur romain (dans l' cul mon pote !), mais en lequel la classe dominante lisait le « V » de la victoire, et le Dr Goebbels, celui de *verloren* et autres participes passés de défaite. Reg, lui, eût aimé l'enfoncer, ce gros cigare, braise ardente et tout, dans le gosier du Vieux. Le fumier, il avait banqueté avec Staline et, comme lui, pourléché ses gros doigts boudinés en se gavant de cochon de lait, et rigolé grassement en découpant l'Europe en putains de morceaux. Reg jugeait de son devoir d'adresser une lettre à la grande presse populaire sur la complicité britannique dans une entreprise russe de carnage. Mais il savait qu'on ne la publierait jamais. Et puis, s'il avait commis quelques traductions de poèmes de Lorca en anglais, il savait aussi que jamais non plus il n'avait eu vraiment la main pour la prose. Dans l'idée de passer l'amertume de son âme, il s'essaya à quelques vers sur le papier à lettres mince et ligné de l'adjudant-chef Noakes. Il y était question des ravages d'un glaive nommé « Amor ». Cela se révéla exécrable, et il froissa et jeta les feuillets.

L'adjudant-chef Noakes, sachant que, au complet, son compagnon s'appelait Reginald Morrow Jones, s'était mis à le surnommer, selon son humeur, tantôt Végétal, tantôt Vaginal Marrant — soit en raccourci Végé ou Vagi. Végétal correspondait dans son esprit aux endives qu'il faisait pousser dans le jardinet, puis blanchir dans la cave de la moitié de maison jumelle où il espérait se retirer bientôt. Aux abords du détroit de Messine, il dit à Reg :

— C'est foutrement idiot, de te garder bouclé tout le temps là-dedans, merde. Toi et moi, on monte faire un tour sur le pont.

— Comment va l'ulcère ?

— Il grogne, et puis brusquement il te fout des coups de poignard. Je me le ferai charcuter au retour. Je mériterais un galon ou une médaille pour la peine ; c'est la guerre qui est cause si j' l'ai.

Ils montèrent jusqu'au pont B. Le navire négociait la faille entre la Calabre et la Sicile. Une brise de printemps s'en payait à cœur joie.

— Charybde et Scylla, murmura Reg.

— Qui ça ?

— Scylla était une monstresse à six têtes et douze pieds, qui aboyait comme une chienne et avait des têtes de louve qui lui poussaient par le corps. Charybde vivait sur la rive d'en face, sous un figuier, et avalait la mer comme un médicament, trois fois par jour, puis la recrachait. Cette jolie paire était censée vivre à cet endroit.

— Où as-tu pris ces conneries ?

— Chez Homère. Et chez Ovide. C'est cela que l'on appelle une éducation classique. Pourquoi prends-tu cet air de vinaigre ? A cause de ton ulcère ou de ce que tu penses de l'éducation ?

— L'éducation, j'en ai reçu, moi aussi. En temps de paix, tu dois décrocher des certificats de l'armée, si tu veux monter en grade. Mais jamais on ne m'a appris ce genre de conneries.

— Sans elles, nous ne pourrions pas nous faire une image juste des temps que nous vivons. Représente-toi bien cela : des monstres à six têtes à qui il en pousse d'autres avec des gueules de loup, comme un tas de tétines en surnombre.

— Je vois ça... comme quand tu as trop mangé de fromage à dîner.

— Notre vie à tous ressemble aux cauchemars d'une indigestion de fromage.

— T'as parfois des idées branques, Vagi-Végé.

Mais, alors qu'ils voguaient cap sud-est sur la mer Ionienne, l'adjudant-chef Noakes se réveilla d'un mauvais rêve en hurlant. Reg ne dormait pas ; lâchant son pénis, il demanda :

— Tu as mal ?

— Des putains de monstres à six têtes et un loup me mordaient aux tripes. Tu n'aurais pas dû me raconter toutes ces histoires. Passe-moi du feu, que je me grille une cibiche.

Ils traversèrent le canal de Corinthe, puis zigzaguèrent entre les Cyclades dans la mer Égée. Les Grecs avaient inventé le *nec plus ultra* en fait de monstres, laissant à des temps ultérieurs le soin de les concrétiser. Ils avaient aussi inventé la logique. Mystérieusement, les deux allaient de pair... Reg se pencha par-dessus la lisse du couronnement de la poupe et regarda bouillonner le sillage. L'adjudant-chef Noakes, *alias* Charlie, était intrigué : ses tripes, dit-il, allaient infiniment mieux depuis que cette espèce de loup avait mordu dedans. Survint le commandant Machouk, qui ordonna à Reg de retourner dans sa cabine. Reg riposta qu'il n'avait pas à recevoir d'ordres de bolcheviques qui n'étaient que des assassins. A cette allégation contre le bolchevisme, le commandant Machouk eut un méchant sourire, qui n'était pas de bonne publicité pour la dentisterie soviétique, puis il répéta son ordre, tout en donnant une légère poussée à Reg. Celui-ci lui dit :

— Camarade commandant, ce que vous voyez là, ce sont les îles de la Grèce où Sapho la brûlante fit et chanta l'amour. Vous, de la Grèce, vous ne tenez qu'un alphabet défiguré, une perversion de la dialectique socratique et une logique au service de la prolifération de monstres. Vous souillez ce paysage hellénique. Ôtez-vous de ma vue avant que je vomisse.

Au comble de la fureur, le commandant Machouk voulut, cette fois, frapper Reg. Mais l'adjudant-chef Noakes était depuis trop longtemps dans l'armée britannique pour tolérer qu'un sous-officier de ladite armée pût recevoir une rossée des poings d'un étranger dont, en outre, le brevet était d'une légitimité douteuse — il était d'âge assez avancé pour avoir vu le tsar en visite officielle à Londres. Il dit donc :

— Arrêtez ça, nom de foutre, ça vaudra mieux.

Le commandant Machouk recula d'un pas, comme devant le tsar en personne. Il sourit d'un air obscène et entendu, en homme au courant de la jalousie sexuelle de Reg. Ses lèvres formèrent d'abord silencieusement, deux fois, le mot *revnivi*, au souvenir de confidences sur l'oreiller à propos d'une carence britannique dans l'acte par excellence, puis, presque aussitôt, proférèrent des menaces, tandis que, le sourcil furieux, il brandissait de nouveau les poings. Il ferait, promit-il, jeter Reg en cabane, s'il existait un lieu de ce genre à bord, vu le ramollissement général de la marine marchande britannique.

— Fumier à six têtes ! dit Charlie Noakes.

Et Reg :

— Je l'aurai au tournant ! Je me servirai de lui.

— Quelle idée branque mijotes-tu encore ?

— Je descendrai à terre à Odessa. Je découvrirai ce qui s'y passe.

— Ce qui s'y passe ? Je vais te le dire, moi. On leur joue des airs de fanfare, et puis ils doivent quitter tout l'habillement militaire que nous leur avons donné. Ensuite, en rangs et en avant marche, au pas et vêtus de loques, avec des bouts de vieux pansements ou de bandages autour des orteils. Après ça, c'est aux nôtres d'embarquer, du moins on l'espère. Pourtant, ça pourrait être pas mal, Odessa, avec ce grand escalier, tu sais, qui descend vers le port.

— J'irai à terre.

— Tu ne pourras pas. Ordre des Russkofs.

— Je parle leur langue, non ? Le monde a le droit de savoir ce qui se passe là.

— Ça, c'est leur putain d'affaire. Reste en dehors, mon vieux potof de Vagi-Végé. Ne va pas te lancer dans des trucs et des machins que tu regretterais vite. C'est des drôles de temps que ceux que nous vivons.

— Monstrueux, tu veux dire.

— Là, vois-tu, pour une fois je serais pas loin de te suivre.

Le printemps était arrivé, quand enfin Dan, le frère de Reg, et ses compagnons de marche, après avoir traversé péniblement la Pologne, à moins que ce ne fût la Prusse-Orientale aux confins de la Tchécoslovaquie, atteignirent la frontière ukrainienne. La petite troupe s'était encore réduite. Elle avait été retenue longtemps à Wczoradj, ou à Djoutrfo, ou n'importe, à cause de la septicémie qui empoisonnait le sang du deuxième classe Crossbow. Le deuxième classe Shawcross hésitait diablement à amputer les orteils morts du malheureux ; tout son courage l'avait lâché en même temps que ses tripes, qui ne parvenaient pas à digérer une soupe de ramilles de hêtre.

On avait installé le deuxième classe Crossbow et ses gémissements sur un vieux sofa crasseux, dans une ferme délabrée où, tout au long des nuits noires, des rats détalaient, rongeant et griffant les ténèbres. Il y avait bien une trappe dans la cuisine, mais sans rien pour l'appâter, hormis, éventuellement et en puissance, les orteils morts du malade — sinon, ils auraient pu se mijoter une espèce de ragoût de rat. Tout de même, le cadavre pourrissant d'un rongeur, qu'ils repérèrent à l'odeur sous une commode, servit à amorcer la ligne de Dan, lequel, rôdant sur les bords d'un petit cours d'eau, y découvrit un trou dans la glace, ouvert par la chute d'un sapin que le vent avait déraciné. Dan s'y gela toute une grande heure, mais en rapporta un semblant de vandoise et une couple de chevesnes. Ils firent bouillir le tout, tête, nageoires, écailles, vessie, intestins, pour en confectionner une soupe — dont le deuxième classe Crossbow ne voulut pas. Dans son délire et entre des geignements, il parlait d'un cheval à bascule que son papa menuisier lui avait fabriqué, quand il était tout petit ; mais, disait-il aussi dans ses divagations, une patte de devant s'était défaite et son papa mort n'était plus là pour la remettre... Il semblait ne plus en avoir pour bien longtemps. D'autre part, le deuxième classe Evans avait des ennuis qui ressemblaient fort à la dysenterie, et le deuxième classe Timpson, le visage couvert de plaies, que, pute borgne, c'était pour le moins pas beau à voir.

Un moment, ils craignirent que la colonne des formations régulières partie du stalag ne les rattrapât. Puis, ils finirent par l'espérer. Ils avaient envie d'ordres émanant d'officiers au sujet du deuxième classe Crossbow — besoin du capitaine Morley, le médecin-major, qui faisait sûrement partie de l'avant-garde. Mais la route du sud-est demeura leur pleine propriété, à part, de temps en temps, une file de traînards fritz, retardataires de la déroute, ou, plus rarement, un camion militaire russe roulant dans la mauvaise direction. Peut-être la très grande majorité de leurs compagnons de stalag était-elle toujours là-bas, au chaud, d'autres dispositions ayant été prises pour les prisonniers allemands, et se gobergeait-elle, jusqu'à une bienheureuse constipation, de conserves de porc dédaignées des Soviétiques. A moins qu'un convoi russe ne les eût tous emmenés à l'ouest, à la rencontre de l'avance anglo-américaine, pour un rapatriement par bateau ou par avion. Ou alors, peut-être étaient-ils à Moscou, sous la protection de leur ambassade, à se gaver de caviar à pleine cuiller en écoutant les nouvelles de la fin de la guerre... s'ils n'étaient, après tout, simplement morts.

Un matin, au réveil, ils s'aperçurent que le deuxième classe Crossbow avait cessé de vivre. Un rictus d'extrême souffrance lui barrait le visage. L'enterrer promettait d'être un sacré boulot : il eût fallu un marteau piqueur pour creuser la glace et la terre en dessous. Ils l'abandonnèrent sous un monceau de vieux sacs, dans l'arrière-cour de la ferme, non sans avoir retiré sa plaque d'identité rouge — pour les archives ou une personne ou une autre, histoire de montrer qu'il avait bien rendu l'âme. Ils auraient dû tenir une sorte de service funèbre devant le corps ; mais aucun d'eux n'avait de religion à ce point. Le deuxième classe Shawcross improvisa une manière de prière :

— Dieu tout-puissant, si tu existes, fais que cet homme repose en paix. Il a eu son compte de l'autre espèce de camelote. Et si, encore une fois, tu existes et que tu entendes ces paroles, fais que ceux d'entre nous qui ont survécu jusqu'ici puissent aller jusqu'au bout.

Il ajouta, citant le poète Housman et un de ses chants de la Grande Guerre :

— *Il était là le jour où croulèrent les cieux,*
Là quand jusqu'en ses fondements céda la terre,
Et dans sa foi fidèle à l'appel militaire
Ayant perçu son dû il a fait son adieu.

Gauchement, et à tout hasard, les autres dirent : « Amen ! » Puis ils reprirent le chemin.

Dzeladzo, Rdza, Stal, Miedz — les noms importaient peu, quand et où, même, existait encore un nom. Sûrement, pensait le deuxième classe Shawcross, penchant son front plissé sur la minuscule carte d'une Europe centrale toute froissée entre ses doigts crevassés — sûrement ils ne devaient plus être bien loin de quelque grand centre de vie civilisée, fût-il en ruine, tel que Brzeg, voire, pourquoi pas ? Cracovie. Cela faisait, voyons — il avait barré les jours au fur et à mesure sur son calendrier letton —, six semaines, oui, qu'ils marchaient. Ils en étaient à leur seconde paire de chaussures. Leur ration de liquide avait toujours été plus que suffisante pour leur fournir sans peine le plus clair des brouets : neige bouillie sur des feux nourris, en égale abondance, de débris de meubles et d'huisseries. Mais les aliments solides semblaient les éluder. Dan Jones avait beau pêcher, les étangs et les ruisseaux donnaient maigre provende. Ce fut avec une joie presque apathique que, près de Nyssa certainement, ils remarquèrent une bosse dans un champ de neige. Ils en dégagèrent un cheval congelé. Armés des couteaux arrachés aux Fritz, leurs doigts faibles piochèrent et taillèrent dans la croupe ; puis, ils emportèrent la chair et le gras durcis comme pierre jusqu'à une grange solitaire perdue à l'horizon. Après avoir trébuché longtemps sur la blancheur éblouissante, ils allumèrent leur feu et grillèrent la viande. Le deuxième classe Gough était le porte-sel — il en avait trouvé un gros morceau compact, probablement destiné aux langues des vaches, dans une étable, passé Kciouk ou n'importe, à quarante ou cinquante kilomètres derrière eux. Ils mastiquèrent la viande, dont le goût douceâtre remontait sous le salé, tout en buvant de la neige fondue tiède. Ils se sentaient maintenant plus pleins, mais vaguement nauséeux. Sans leur laisser le temps de s'assoupir près du rougeoiement et de l'odeur âcre des braises, le deuxième classe Shawcross voulut les distraire avec des contes des frères Grimm. Mais ils se montrèrent scandalisés par le dénouement très peu disneyen de la fable de Blanche-Neige, où la méchante reine est forcée de danser avec des souliers de fer rougis à blanc, jusqu'à ce qu'elle tombe, morte, aux applaudissements de la noce.

Là-dessus, à la surprise générale, le deuxième classe Dan Tetlow Jones se mit à parler d'Attila le Hun.

— Ça pourrait bien être par ici, dit-il, qu'il vit la pointe de la lame qui sortait de terre, et qu'il déterra l'épée... celle qui donne la victoire dans toutes les batailles à l'homme qui la tient. Et sur l'acier il fit comme qui dirait écrire ou marteler, avec un clou, la lettre A, pour montrer que c'était l'arme d'Attila et de personne d'autre. Et, avec ces hommes sur leurs chevaux, il envahit toutes ces régions-ci, de la même façon que les Russes à présent. Mais jamais il n'arriva jusqu'en Angleterre, qu'on appelait Bretagne en ce temps-là. Ensuite, l'épée passa aux mains du roi Arthur qui, lui, était un Gallois, et le A ne signifia plus Attila. Mais l'épée, ça est celle-là que nous avons vue, la fois où il y a eu ce Russe qui l'a prise, rappelez-vous, dans l'espèce de truc en bois servant comme qui dirait à l'abriter, et qui s'amusait à la faire aller et venir dedans. Ça est les Russes qui l'ont, maintenant. Mais le A n'a plus de sens.

Le deuxième classe Shawcross observait Dan avec la plus vive curiosité.

— Où as-tu appris ces choses sur Attila le Hun ? demanda-t-il.

— Dans une espèce de bouquin qu'avait mon père. Un livre écrit par un type qu'il avait connu à l'hôpital, pendant l'autre kermesse, la première. Même que Reg, mon fumier de frère, a reçu son nom de lui... de ce type qui a écrit le livre, vu que mon paternel l'a jamais oublié. Il nous en lisait des pages, quand nous étions gosses, mon frère et moi.

— Et tu dis l'avoir vue, cette épée ?

(Ces mots accompagnés d'un sourire.)

— Toi aussi, tu l'as vue, dit Dan. Même que le A, dessus, m'avait frappé. Seulement, ça a mis du temps à m'entrer là-dedans jusqu'à faire le rapprochement.

— Les épées, dit le deuxième classe Shawcross, cela rouille et finit par tomber en miettes. Non, cela ne survit pas, les épées.

— Celle-là, tu l'as vue comme moi.

A cet instant, le deuxième classe Evans sortit pour vomir dans la neige. Son initiative donna au deuxième classe Handley le cœur de le suivre pour en faire autant. Ils avaient mangé trop vite et trop de viande plus roussie et brûlée que rôtie ou grillée, et le sel n'avait pas eu raison de la douceâtrie. Après avoir vomi, le deuxième classe Evans fut repris de chiasse et dut aller s'accroupir, frissonnant, cul nu, dans le froid et le noir du coin le plus éloigné de la grange. Il ne cessait pas de répéter : Ah bondieu de bondieu de merde... Alors, le deuxième classe Shawcross prononça des paroles d'une telle violence que les autres prirent peur. Peur de voir cet homme perdre la raison, lui dont on eût dit pourtant qu'il en avait à revendre.

— Oui, Dieu de merde est bien le mot ! Écoute, toi là-haut. J'ai sonné la cloche en ton honneur un nombre incalculable de fois. J'ai mangé de ta substance sous l'espèce du pain. Je me suis interrogé sur ton existence — savoir si c'est toi notre création ou nous tes créatures. A présent, oui, je suis certain de ton existence. Seul, un maître divin peut être capable d'inventer toute la souffrance du monde. Mais maintenant que nous te connaissons dans tes œuvres, nous exigeons une théophanie : montre-toi, nom de Dieu, et apporte-nous mort ou réconfort ! Tu nous as conduits du sol de l'Italie aux terres du Hun. Aujourd'hui que nous marchons vers le sud, dans l'espoir d'y trouver le soleil, le printemps et des campagnes verdoyantes, partout règne toujours le Hun. Attila, c'est le petit père, comme le rappelle dans ses radotages étymologiques le mari cocu d'une certaine Frieda, future épouse Lawrence, et Atta est le tout-grand. Alors, ô Atta, *alias* Abba ou Papapersonne, comme dit Blake, sors en gloire de tes nuées, environné de tes foudres ! A quoi bon continuer à te dissimuler, ravalé dans un bout de pain sans levain ? Si nous devons continuer à vivre, envoie-nous un signe !

Le deuxième classe Knighton, jeune gars natif du Shropshire, l'interrompit à ce moment-là :

— Gaffe, Shawky ! Ne l'induis pas trop en tentation, là-haut. C'est pas que je sois spécialement bigot, Dieu sait. Tout de même, y a des limites.

Mais le deuxième classe Shawcross poursuivit :

— Si, au contraire, nous devons mourir, envoie-nous un autre signe, et que ce soit que le glaive de ta sacrée bondieu de colère me frappe ici même et à cet instant, moi qui ne suis ni humble ni ton serviteur !

Mais Dieu n'était pas dans le ciel de plomb. Il s'était dissimulé dans la carne du cheval gelé et, tout au long de cette nuit sans fin, il tortura, tenailla, poignarda, vida jusqu'à l'épuisement les entrailles de ces hommes.

En pleine mer de Marmara, ainsi que l'avait prophétisé Maria

Ivanovna, un nouveau citoyen soviétique salua le monde de ses petits poings combatifs. Dans la rade d'Istanbul, le navire passa une nuit à l'ancre, et une chaloupe amena à bord d'autres citoyens soviétiques, plus âgés et aussi moins pugnaces. Une centaine ou quelque de leurs compatriotes, souffrant du mal de mer, furent convoqués en assemblée sur le pont pour les accueillir, ce dont ils s'acquittèrent sans que le cœur y fût vraiment, certains, même, en faisant le salut fasciste. En mer de Marmara, ils avaient dansé sur des lames courtes ; maintenant, ils entraient chez eux, dans des eaux perpétuellement calmes, et chaudes, sous un ciel d'une douceur marxiste où brillait un soleil stalinien, cependant que, au passage, le vent leur soufflait aux narines, par bâbord, de faibles et légères senteurs d'agrumes. Midiye, Igneada, Akhtopol. Des civils tchèques, cloîtrés durant la traversée, débarquèrent à Bourgas, après avoir vidé petit verre après petit verre de vodka avec le commandant Machouk et le capitaine Chepydzine, et leur avoir multiplié les invitations cordiales à rendre visite à la Tchécoslovaquie, de la part du gouvernement dont ils allaient devenir des fonctionnaires de deuxième ou troisième rang.

— Invités ou pas, nous serons au rendez-vous, lança le commandant Machouk dans un ricanement de ses dents gâtées, tandis que les Tchèques agitaient la main sur le quai.

Reg qui, un pont au-dessus, contemplait la terre surprit ce propos, à l'insu de l'officier soviétique.

Il avait eu l'occasion d'inspecter la cabine du commandant Machouk, sur le pont A. Pendant une des harangues chaleureuses de celui-ci sur la radio du bord — harangues maintenant régulières et toujours pleines d'une passion de revanche sanglante et de visions de l'édification des splendeurs à venir. Le steward en veste blanche, dont le commandant, avec un autocratisme pourtant officiellement flétri et mort, avait exigé les services attachés à sa personne, entre autres pour faire son lit et repasser ses uniformes, s'était ouvert à Reg, sans se faire prier, de ses sentiments — peux pas l'encaisser, la peau de vache, avec ses manières de dictateur, disait-il. Reg avait même essayé le bonnet de fourrure et la capote d'hiver de l'officier, rangés dans le placard de la cabine en raison de la clémence printanière, et vérifié qu'ils lui allaient raisonnablement. Il s'en accommoderait plus tard. Il avait examiné avec intérêt d'autres biens du commandant Machouk, acquis pour la plupart à Londres — une boîte de préservatifs Durex (dont quelques-uns déroulés et flasques, mais soigneusement mis de côté, par ladre économie, pour usage ultérieur), une bouteille de whisky Black & White, denrée rare, alors, pour les indigènes britanniques, un chandail en shetland de Fairisle, un cake aux fruits de Dundee, un pot en céramique de confiture d'oranges Keiller. Il y avait aussi les doubles au papier carbone des listes des pauvres bougres promis à un proche débarquement au paradis : on les avait divisés en groupes de vingt, probablement pour plus de facilité dans le processus. Comme résonnait la péroraison du commandant Machouk : « *Krov dza krov!* », Reg avait jugé plus sage de s'esquiver et de regagner sa cabine, où l'on ne tarderait pas à apporter ce qui était qualifié de thé-repas : breuvage très foncé et cake de munition.

Varna, destiné à s'appeler bientôt Staline ; Mangalia ; Constantza. Dans ce dernier port, un autre groupe de Tchèques descendit à terre, composé, selon toute hypothèse, de membres en puissance d'un gouvernement (ou d'une opposition) de rechange. Puis, ce furent Soulina et les bouches du Danube, le fleuve, en propre, d'Attila. Par une aube somptueuse, ils prirent à bord un pilote et, avec une prudence de vieille femme, pénétrèrent dans la baie où se déverse le Dniestr. Là, sur la courbe de l'aimant, gît Odessa.

Charlie Noakes, dont les douleurs ulcéreuses avaient repris force, ne put s'empêcher d'admirer à travers ses geignements, avec Reg, le grand port fondé par les Grecs, ruiné par les révolutionnaires russes, restauré à la vie par la prescience économique de Staline.

— Salement chouette comme endroit, pas à dire, monologua l'adjudant-chef Noakes. Marrant tout de même, que ça fasse partie de la Russie, non ? Au fond, ça ressemble plus à Naples, boîtes à putes et *vino*, tu sais ? Vise-moi cet escalier qui plonge jusqu'à la mer ! Et la bonne femme, t'as vu ? Celle qui descend les marches avec une voiture d'enfant...

Il y avait un navire de guerre ancré dans le port, ainsi qu'un transport marchand que l'on était en train de charger, semblait-il, de vieille ferraille. Le *Duchess of Bedford* avait l'air de répugner à souiller ses jupes en les trempant dans des eaux prolétariennes. Non sans donner des signes d'agacement, il se résigna à se ranger par force à quai. Haussières ; poupées d'amarrage ; bruns et noirauds à moustache, Ukrainiens, Tartares, Dieu savait quoi. Un long alignement d'entrepôts s'étirait derrière des voies de tramway. Venue de l'intérieur de la ville ou des terres, une odeur que l'on eût dite de pain pourri flottait dans l'air.

— Bien, dit Reg.

On ne voyait, pour l'instant, pas de passagers plus ou moins effrayés s'apprêtant à débarquer. La passerelle était mise uniquement pour des fonctionnaires en civil et trapus, et deux ou trois officiers en uniforme — tous montant à bord comme chez eux, avec des airs de propriétaires du navire, bande de salopards.

— Bien, répéta Reg.

Mais, cette fois, il descendit jusqu'à sa cabine, pour revêtir la capote et se coiffer du bonnet de fourrure du commandant Machouk. La matinée était chaude et l'espèce de gros porc n'avait pas commencé à empaqueter. Toutefois, il aurait vite fait de s'apercevoir de ce qui manquait. Reg, mal déguisé en commandant russe — entre le bord du bonnet et celui du col remonté de la capote, son visage laissait entrevoir ce mélange de gravité et de fougue propre aux Celtes, et le blanc de craie de ses guêtrons faisait un contraste éclatant avec le kaki du pantalon —, Reg, donc, se dissimula dans un passage ouvert du pont, à l'endroit où la passerelle tenait par une ligature hésitante entre Russie et Angleterre. Sur le quai, une fanfare militaire, venue d'une caserne d'Odessa, s'était rangée, sous les ordres d'un chef à l'aspect de poitrinaire et tenant une énorme baguette. Piccolo, clarinettes, cornets à piston, trombones, bombardon et, surtout, deux grosses caisses. Reg remarqua autre chose qui, d'abord, l'intrigua : dans le ciel, un trio d'avions de chasse volait bas en décrivant des cercles. Leur vacarme menaçait de noyer, le moment venu, le tapage de la fanfare. S'y ajoutait le grincement assez proche de ce qui semblait être une scierie. Bruitage d'accueil très mitigé.

La fanfare attaqua un morceau qui devait être le nouvel hymne soviétique. Finie *l'Internationale*, entre autres manies absurdes du Komintern. Les deux grosses caisses parvenaient tout juste à se faire entendre par-dessus le bourdonnement aérien. Puis, les vingt premiers rapatriés, gros paquet d'équipement britannique sous le bras, furent poussés vers et sur la passerelle. Le commandant Machouk, *slava Bogou*, n'était pas en vue : sans doute s'affairait-il dans l'entrepont, avec le capitaine Chepydzine, à faire l'appel des autres lots. Les individus chargés de donner l'impulsion au troupeau paraissaient tous appartenir au groupe monté à bord. Reg respira à fond deux ou trois fois.

Il prit encore plusieurs grandes respirations avant de marcher d'un pas décidé jusqu'à la passerelle, puis de s'y engager à la suite des vingt premiers rapatriés, maintenant placés sous la conduite d'un jeune soldat à lunettes et sans grade. Se retournant, il vit que les vingt suivants s'apprêtaient à descendre à leur tour. Il eut l'impression d'images du désespoir, peintes sur ces visages hâves, barbus, résignés. Il pressa le pas. On dirigeait le premier lot vers l'entrée béante de l'entrepôt désigné par un A. Il suivit le mouvement en même temps qu'il entendait de grands cris en provenance du pont, là-haut. Le jeune deuxième classe à lunettes hésita.

— Occupe-toi de ton boulot, ptit gars ! aboya Reg, sans avoir la moindre idée de ce que pouvait bien être ce boulot.

L'authenticité de la voix de commandement russe tranquillisa le jeune soldat ; il fit demi-tour pour aller prendre la tête du deuxième lot à destination de l'entrepôt B. Comme Reg approchait de l'entrée du A, les deux lourds battants de l'entrée se rabattirent, lui claquant presque au nez. Les trois avions tournaient dans le ciel ; la scierie grinçait ; la fanfare, visiblement, soufflait une tempête de cuivres muets, avec roulements de tonnerre silencieux à l'avenant. Par un mystère des harmoniques aiguës on entendait le chapeau chinois tintinnabuler un air de fête.

Pressentant maintenant ce qui se passait, Reg se jeta à gauche du hangar géant de l'entrepôt A et se mit à courir le long d'un mur interminable, tout en notant distraitement au passage les obscénités tracées à la craie — une esquisse grossière de pénétration anale, le mot *KAL...* —, et finit par déboucher sur le spectacle auquel il s'attendait : derrière le hangar, un camion que l'on chargeait de tenues de combat britanniques, de brodequins, de paquets de sous-vêtements de laine gris et même d'un tintamarre de quincaillerie, couteaux, fourchettes, cuillers. Le tout effectué par une corvée de soldats sous le commandement d'une grande gueule de sous-off. Par les portes arrière du hangar dérivaient des rubans paresseux de fumée. Des corps — une vingtaine ? — gisaient, nus, sur le sol. Il n'y avait pas que des cadavres. Debout, deux hommes titubaient. La tuerie semblait confiée à des adolescents — au maximum quatorze ans — dans des uniformes trop grands. Ils avaient pour chef un officier subalterne, qui rectifia la position à l'apparition de Reg, puis lança l'ordre de recharger les armes encore chaudes, avant de s'embrouiller dans des excuses : pas le genre de travail pour des jeunots, il en convenait, mais il leur faudrait bien commencer l'instruction un jour ou l'autre ; grand besoin de se faire la main, visaient encore à côté. Un autre groupe de garçons au visage poupin, sans armes, s'attela aux cadavres pour les tirer dehors. L'un des morts ressuscita et ils le lâchèrent vivement. On se décida à l'achever. Deux balles, à bout portant.

A cet instant, et comme Reg était près de hurler des insultes au ciel d'Ukraine, il se sentit empoigné par-derrière. C'était le commandant Machouk, fou de colère du vol de ses frusques. Deux hommes en uniforme et au grade indistinct l'accompagnaient. Sur un ordre qu'il leur cria, ils assenèrent deux ou trois coups de crosse sur le crâne de Reg, maintenant dépouillé du bonnet à poil. De ce fait, Reg exécuta en quelque sorte une brusque sortie de scène, pour plonger béatement dans la coulisse d'une nuit universelle.

Lorsqu'il revint à lui, il avait un mal de tête aveuglant, de tendres bulbes lui sortaient du cuir chevelu, et il eut la révélation que les transports de la marine marchande ne se contentaient pas d'avoir un mitard : ils étaient aussi dotés d'un cabanon capitonné. Prévoyance de la part de quelqu'un — prescience qu'il pousserait de hauts cris en martelant des poings. Un minuscule secteur de son cerveau, où vivait encore, comme un faible rougeoiement d'allumette dans le vent, un pâle vestige de raison, lui dit qu'il était en passe de devenir fou.

Si ce livre était un roman, et non le compte rendu de faits historiques, l'on se fût fait un bonheur de retrouver ici Dan, le frère de Reg, gravissant, après une longue attente sur les marches de l'escalier monumental d'Odessa, la passerelle du *Duchess of Bedford*, semelles perdues d'usure et barbe de patriarche au vent, pour être accueilli à bord, à défaut de fanfare soviétique, par la perspective du retour, si long qu'il dût être, au pays natal. Mais, pour le moment, Dan et la petite troupe réduite de ses compagnons pénétraient seulement tout juste en Ukraine, où bourgeonnait un printemps précoce, et dont les hommes et les femmes parlaient une langue que Dan lui-même parvenait à peine à comprendre. Beaucoup de temps passerait encore avant que ses camarades et lui, avec les quelque mille autres dont ils vinrent grossir les rangs — sans que le colonel Hebblethwaite fût du nombre —, s'étonnassent des avions de chasse tournoyant dans le ciel et d'un tintinnabulement de clochettes lointaines, comme de l'étrange lenteur que mettait le navire britannique qu'il voyait là, à quai sous leurs yeux, à les recevoir à son bord.

Le capitaine Eisenaug, de la branche psychiatrique du service de Santé des armées de Sa Majesté, invita Reg, vêtu de bleu hospitalier, à l'accompagner pour une petite promenade parmi les pâles narcisses du parc du château de Cranford, près Salisbury, dans le Wiltshire.

— Vous découvrirez, disait-il tout en marchant, que le monde extérieur n'est pas seulement horreur et carnage. Écoutez les oiseaux — quelle douceur dans leurs chants !

Il avait des yeux qui démentaient son nom : loin de la dureté métallique que suggérait celui-ci, ils étaient d'un violet de rêve. Son accent tudesque légèrement chantant ne manquait pas non plus de charme, avec les consonnes latérales qui sonnaient clair et se prêtaient aux notes hautes du *Heldentenor* wagnérien. Son départ de Vienne avait à peu près coïncidé avec celui de Sigmund Freud.

Sans être juif, il était adversaire déclaré de la psychiatrie aryenne prônée par le frère du feld-maréchal Goering — ce qui faisait aussi de lui un opposant à Jung. Il n'était pas convaincu que Freud eût réponse à tout, ce qui n'avait pas empêché ce dernier de se porter personnellement garant de son intégrité professionnelle et de son apolitisme, lorsqu'il avait sollicité la naturalisation britannique. Il s'était ensuite engagé et on l'avait admis comme médecin généraliste avec grade de lieutenant pour commencer ; mais, les services de Santé militaires acceptant à contrecœur que l'âme ait droit à une existence propre, en dehors du sens reconnu au terme par le corps des aumôniers, on lui avait accordé de concentrer ses efforts sur une sorte de psychiatrie très éclectique. L'étiologie des troubles de Reg, par exemple, excluait toute cause qui eût pris sa source dans aucune scène primaire œdipienne. Reg pouvait bien avoir toutes les envies du monde de tuer Winston Churchill et Anthony Eden, cela ne faisait pas d'eux des succédanés du père. Non plus que de Joseph Staline, tant s'en fallait. Il appelait Reg Reginald et ne s'adressait pas à lui en le qualifiant de sergent — grade auquel on l'avait ravalé. Et il le priait de lui dire docteur, non monsieur comme à l'officier qu'il était.

— Ainsi donc, poursuivait-il maintenant, c'était le même rêve ? Plus vivace et plus net, seulement ?

— Moins un rêve que la manifestation, sous forme de dramatisation, d'une intention.

— Cela raterait à tous les coups, Reginald.

— Je me présente à l'entrée comme envoyé par la maison Winsor et Newton, ses fournisseurs attitrés, pour livrer des couleurs à aquarelle. Je trouve le vieux porc dans son jardin, en train de gâtifier devant ses poissons rouges. Je lui enfonce dans le lard un couteau.

— C'est de la vengeance.

— De la vengeance, oui.

— La vengeance devrait toujours rester à l'état de rêve. Elle n'avance à rien dans la vie réelle. L'idée qu'en a le christianisme est la bonne, quoi que vous puissiez en penser. La vengeance m'appartient, dit le Seigneur. Elle signifie tout un enfer d'éternité passé à ressasser les torts causés et à comprendre que c'était mal. Naturellement, l'enfer n'existe pas ; mais le mot fournit une excellente image du châtiment. Le malfaisant doit comprendre qu'il a commis le mal. S'il n'en vient pas à la conscience de cela, il n'y a rien à faire de lui. Le supprimer est inutile. L'État se charge de le venger à son tour, et le cycle continue, de sorte que la vengeance perd tout sens. La haine est en vous, Reginald.

— Oui, elle y est, et pour toujours.

— J'aimerais vous prier de bien vouloir vous demander s'il est possible de haïr, ou d'aimer aussi bien, quelque chose qui appartient au passé. Par exemple, peut-on aimer une femme qui est morte ? Ou pouvez-vous haïr en toute justice Attila le Hun ?

— Dans une de ses incarnations vivantes, certainement. Staline, disons. Je hais Staline.

— Et, en conséquence, vous souhaiteriez le tuer ?

— Évidemment ! Mais jamais je ne pourrais parvenir jusqu'à lui. Alors que Winston Churchill ou Anthony Eden, si.

— Il n'en sortirait rien de bon. Vous pourriez donner toute la publicité que vous voudriez à ce que vous jugez être des crimes de leur part, rien n'empêcherait d'autres d'en fausser l'image pour les présenter comme des actes de bonne volonté. Il se trouve que, en l'occurrence, tous deux ont eu tort de croire que renvoyer chez eux des Russes expatriés, en les vouant à une mort probable, était une condition du rapatriement des prisonniers de guerre alliés. Mais on pourrait considérer qu'il n'y avait aucun crime à se mettre en tête que le bien-être et la sécurité de ces prisonniers justifiaient la restitution de Russes déplacés à leur gouvernement. D'autant que ce gouvernement est notre allié. Staline est un ami.

— Les justes n'ont pas d'amis.

— Franchement, pensez-vous que ce soit vrai ? Vous tenez-vous pour être le seul qui ait le droit de parler au nom de la justice ? Êtes-vous toujours aussi incapable de voir qu'il y a là une sorte de paranoïa ?

— Je m'en doute. Je suis ici parce que je suis fou.

— Dérangé. Et sans que ce soit aucunement votre faute. Et c'est un dérangement auquel il peut être remédié. Il n'est plus nécessaire de vous attacher ni de vous alimenter de force. Vous allez mieux. Vous mangez de nouveau et vous avez bon sommeil.

— Long, pas bon. Trop de cauchemars.

— Les cauchemars sont des soupapes de sûreté. Nous en avons tous. La guerre est terminée en Europe, mais nous n'en avons pas fini avec les cauchemars à venir, tant s'en faut. En allemand, le mot pour cauchemar est *Alpdrücken*. Je rêve de hautes montagnes qui m'écrasent lentement de leur masse. Je m'éveille en sueur et m'interroge alors sur la façon dont ce que nous appelons le *Traumsystem* s'ingénie à nous torturer à ce point, quand nous dormons sans défense. Mais telle est la nature, et il est vain d'aller contre elle. Les chiens, les chats s'agitent et tremblent quand ils sont la proie de cauchemars. Oui, il faut accepter le cauchemar.

— Vous conseillez d'accepter la méchanceté de ce monde ? La normalité consiste-t-elle à ne pas s'en soucier ?

— Oh que si, il faut s'en soucier, il faut changer les choses.

Mais pas par des actes de vengeance. Il est une façon plus raisonnable de dominer la pulsion de vengeance : c'est de la convertir en autre chose. En allemand, il existe un mot : *Demütigung*... humiliation, diriez-vous. Humilier, dans notre langue, c'est *erniedrigen*, autrement dit : abaisser. Si vous songez au maréchal Staline dépouillé de son uniforme et exhibant, contre sa volonté, à la place Rouge pleine de monde, une bedaine et, un peu plus bas, un pénis tout ridé et ratatiné, cela, c'est de la *Demütigung*. Si vous lui dérobez quelque chose qui lui soit précieux, alors vous le *erniedrigen*. Les Alliés ont eu raison de tourner Hitler en ridicule comme un personnage caricatural.

— Oui, mais pour mieux fermer les yeux sur son infamie.

— Le croyez-vous vraiment ? N'éclate-t-elle pas aux yeux du monde entier, maintenant, cette infamie ?

— Avec quel retard ! Après avoir eu tout le temps de s'inscrire dans les actes, gémit Reg. Quand va-t-on me laisser sortir d'ici ?

— Si nous vous laissons sortir, où irez-vous ?

Reg n'avait pas de réponse à la question.

— Droit chez votre femme ? Pour accomplir sur elle votre premier acte de vindicte ? reprit le médecin.

— Elle n'a rien fait, si ce n'est de m'humilier à mes propres yeux. Je n'aurais pas dû voir ce que j'ai vu. Mieux vaut ne pas voir.

— C'est la seule réponse à la vie : ne pas en voir trop. Un de vos penseurs, Edmund Burke, a dit qu'il faut essayer de vivre dans l'agrément.

— De *mes* penseurs ? Non. C'était un Anglo-Irlandais.

— La race tient-elle une telle place aux yeux de l'homme que vous êtes ? Ne trouvez-vous pas qu'elle nous a fait à tous assez de mal ?

— Dieu merci, je ne suis pas anglais.

— Oh, allons, allons, c'est en anglais que nous parlons tous les deux. C'est une excellente langue, presque aussi expressive que l'allemand. Pour ma part, Dieu sait, plus cela va, plus je deviens anglais ! Je ne peux plus vivre sans mon thé et mes *Jause*. Même si l'Angleterre n'est plus qu'une nation destinée à occuper à l'avenir un strapontin dans les affaires du monde, elle nous a inculqué de bonnes coutumes. Ne serait-ce que la tolérance.

— La tolérance du mal et de toute la saloperie, oui !

— C'est une chance à courir, si l'on est tolérant. Et vous avez en vous cette capacité de tolérance. A mon avis, vous êtes prêt à vous réconcilier avec votre femme. Et c'est bien.

Une femme en uniforme des services de Santé de l'armée traversait la pelouse, au pas relevé d'une jument de race. Elle portait un calot aux galons de lieutenant et, par-dessus une chemise et un pantalon kaki, une blouse blanche. Sa longue chevelure noire ondulait derrière elle comme une oriflamme sous la brise de ce début d'été. Reg la suivit des yeux. Les cheveux sont en réalité l'oriflamme de la féminité, et elle était consciente de la liberté des siens comme d'un symbole de la fin de la guerre — consciente aussi de leur valeur thérapeutique probable, dans ces pavillons pleins de mâles déprimés.

— Si nous nous asseyions ? proposa le capitaine Eisenaug.

Il était en tenue de combat, avec la casquette et même un jonc. Tous à jouer les petits soldats. Il ôta sa casquette. Précocement chauve ; court de taille et tendance à la graisse ; yeux violets derrière les grosses lunettes de masque.

Ils prirent place sur un banc de bois, près d'un réservoir à eau de pluie. Le capitaine Eisenaug reprit :

— Votre femme m'a écrit.

— Comprenez, dit Reg. En l'absence de renseignements précis, tout le maléfique de l'affaire ressort encore plus. Les a-t-on tous liquidés ? Et *elle* ? Et les femmes, les enfants, y compris le nouveau-né ?... J'ai la frousse de lui écrire. Si elle ne répond pas, comment interpréter ce silence ?

— Oubliez cela. Il vous reste à le passer aux profits et pertes de cette guerre. Celle dont vous parlez a rejoint les autres, et le mieux est de ne pas en douter du tout. Elle n'était qu'un succédané de votre femme.

Il répéta :

— Votre femme m'a écrit.

— C'est-à-dire que vous avez écrit le premier.

— C'est tout naturel. Elle est la personne la plus proche de vous. Elle a le droit de savoir ce que vous êtes devenu, où vous êtes. Elle propose de venir vous voir. Qu'en dites-vous ?

— C'est à moi de présenter d'abord des excuses. Elle, jamais elle n'en fera.

— Pourquoi vous en ferait-elle pour ce que vous vous êtes permis de voir ? C'est d'avoir vu qui n'était pas de mise.

— Nous entrons dans la nouvelle ère en aveugles.

— C'est une façon de présenter la chose. N'est-ce pas volontairement myopes qu'il conviendrait de dire ? Tous tant que nous sommes, nous devons vivre, ou nous y efforcer. Il faut tenter de vivre, comme a dit un poète français... Peut-être est-ce à vous de lui écrire ?

— J'ai déjà essayé. J'ai déchiré la feuille. Il semble que j'aie du mal à manier l'anglais... J'avais écrit une lettre en russe. Dans l'écriture courante que m'a enseignée ma mère. Et puis, j'ai eu la frousse de l'expédier. L'adresse n'est pas à proprement parler celle d'un minuscule point perdu sur la carte de Russie. Non, Sverdlovsk, aux bons soins de son mari. Déchiré celle-là aussi. Non, pas de lettre. Dites-lui de venir.

— C'est déjà fait, dit le médecin.

Une semaine passa avant que ma sœur Zipporah se présentât au château de Cranford. C'était par une journée détrempée ; les feuillages chuintaient sous le vent gorgé d'eau. Les femmes ont à un point si absolu le sens de se mettre dans le ton qu'elles ne manquent jamais de tirer avantage des changements extérieurs. Zip avait maigri : ses rondeurs méditerranéennes s'étaient apparemment infléchies pour concéder des angles plus anglais. Elle avait laissé pousser très long ses cheveux couleur noir de fumée — Reg le constata lorsqu'elle ôta le chapeau de pluie assorti au rouge hardi de son imperméable. Il en avala sa salive. Les mains, crispées sur le sac dont il lui avait fait cadeau deux ans auparavant, étaient toujours les mêmes instruments puissants de la percussionniste ; mais les doigts semblaient manquer d'assurance en tripotant la surface mouillée de la matière plastique.

— Me voilà, dit-elle.

La voix n'était plus celle d'une jeune fille. Reg, debout dans sa tenue bleue d'hôpital et sa robe de chambre d'intendance triste, mit un baiser sur une joue humide de pluie. C'était le genre de baiser que j'eusse pu donner.

— Me voilà aussi, dit-il stupidement. Si nous allons à la salle de séjour, nous pourrons prendre le thé.

L'idée n'était pas bonne. Trois ou quatre autres patients étaient installés à la table proche de la fenêtre et regardaient sombrement tomber la pluie. La radio jouait un air dont les paroles étaient : « Ça y est, m' v'là reparti pour un grand coup d' cœur... » Un des malades attablés souffrait d'un tremblement terrible : quand il buvait, un de ses compagnons devait lui tenir sa tasse de thé. Tous étaient des cas relevant de ce qu'une orthodoxie éculée qualifiait de syndrome commotionnel. Pour le capitaine Eisenaug, qui savait, les racines du mal étaient d'ordre infantile et sexuel.

— Non, dit Zip. Non... d'ailleurs je n'ai pas envie de thé.

Ils revinrent dans la chambre à quatre lits. Elle était vide et, là, Reg la prit dans ses bras.

— C'est mieux, dit-elle.

— On nous raconte, dit Reg, que nous ne sommes qu'à l'aube d'un monde nouveau. Le Japon sera KO pour le compte avant la fin de l'année. Je t'aime, tu sais.

Elle eut un grand sourire et répondit :

— Je ne vois pas très bien le rapport.

— Oh, je veux dire, nous deux, mariés pour de vrai. Le monde est censé sortir enfin de l'adolescence... Il n'y a personne d'autre, dis ?

— Il y en a eu pas mal, si tu tiens à savoir la vérité. Tous de la famille, d'une façon... enfin, tous de l'orchestre. J'envisage de le quitter... l'orchestre. Histoire d'accorder un peu de repos à mes poignets.

— C'était la guerre. C'est ça, non ?

— Possible. J'imagine, oui. En un sens.

— Je fais partie d'une catégorie qui sera libérée relativement bientôt. En novembre je ne serai plus dans l'armée.

— Et d'ici, quand dois-tu en sortir ?

— Ce ne sera plus long. Je pense être guéri.

Il se mit soudain à pleurer amèrement.

— Pardon, pardon, pardon, dit-il en s'essuyant le nez avec la manche de sa robe de chambre.

— C'était une mauvaise passe, dit Zip.

— Oh, oui, oui, tu peux le dire. Mais maintenant, c'est fini, bien fini.

La tête renversée vers le plafond, il sanglota de nouveau, violemment. Elle lui tapota le dos, puis le prit à son tour dans ses bras. Son imperméable faisait un bruit de fort papier froissé.

— Qu'est-ce que tu attends pour enlever ce foutu truc ? demanda-t-il entre ses sanglots.

— Je ne voulais pas trop agir comme si j'avais été chez moi... trop présumer des choses.

— Tu peux présumer tout ce que tu veux. La présomption, c'est de mon côté qu'elle était. Je t'aime vraiment, tu sais.

— Tu l'as déjà dit... Il va falloir que tu cherches du travail, j'imagine. J'imagine aussi qu'on doit vous accorder un congé de libération payé, pour vous permettre de chercher.

— Oui, c'est exact. Je peux enseigner l'espagnol quelque part... Tu ne vas tout de même pas t'arrêter pour de bon de faire bing bong avec tes trucs, dit ?

— Pour de bon, non. Ces trucs, comme tu dis, représentent un trop gros investissement. Mais c'est agressif, comme sorte d'activité. J'ai pensé que nous pourrions peut-être faire un enfant, ou autre chose, est-ce que je sais ?

Il sourit à travers ses larmes :

— Autre chose ?

— Nous fixer, pour quelque temps. Oui. Ça... et un enfant.

— Un petit Russo-Hébraïco-Gallois. Combinaison intéressante. Nations unies. Puis il répéta encore :

— Je t'aime vraiment, tu sais.

— Parfait, alors... que tu m'aimes, je veux dire. C'est parfait. Je crois que je boirais volontiers une tasse de thé, maintenant.

— Il va être froid.

— Insiste pour en avoir du très chaud. Prends-le sur toi. Impose-toi. C'était une mauvaise passe.

— Une mauvaise passe, oui, ô combien.

Là-dessus, elle ôta son manteau de pluie, qui était d'un rouge à hurler.

PUMP

— Au fond, peut-être est-ce uniquement fait pour cela, dit Reg à son frère.

Ils avaient pris place côte à côte dans le car qui assurait un service rarissime entre Gilwern et Abergavenny. Le sac contenant la recette de la semaine reposait sur les genoux de Dan. Ils étaient en route pour déposer l'argent sur le compte, à la District Bank, Grand-Rue. C'était un samedi matin et le mois de juin était très avancé. Reg reprit :

— Enfin quoi, que veux-tu qu'on en fasse d'autre que des cauchemars ?

— Moi, non... D'abord, j'en ai pas, répondit Dan. J'en ai jamais eu. Sauf quand j'étais tout petit. Et alors je voyais des femmes en colère qui criaient, avec plein de dents dans la bouche ; et parfois y avait aussi un serpent qui parlait.

— Ce que je veux dire, c'est que, lui, il présente cela comme une sorte de partie de plaisir.

Dan ne comprenait pas.

— Le mal, ce n'est pas d'en tirer un livre, poursuivit Reg. D'ailleurs, ni toi ni moi, nous n'en serions capables.

— Même si je le pouvais, je n'en aurais pas envie. Je lui ai tout raconté et il écrivait au fur et à mesure. Après, il a dit qu'il modifierait un peu pour en faire une histoire rien qu'avec des Ricains. Vu qu'il en est un... Y en a que pour lui, avec elle ; ça est vrai, merde, quand il est là, elle est baba d'admiration.

Il roulait des yeux furieux.

— Il est temps qu'elle se range, dit Reg.

Mais Béatrice avait toujours son poste aux Affaires étrangères, pendant que son Irwin Roth, son Juif de New-York, était à Cambridge, à lécher les bottes de F. R. Leavis, professeur éminent et critique estimé, et à écrire, durant ses amples loisirs, le grand roman de guerre américain. GI libérés d'un camp de prisonniers quelque part en Pologne. Stein, soldat de première classe, dur comme la pierre de son nom, entreprend la longue marche de Lvov à Tarnopol, Kichinev et Odessa. En route, il sème ses compagnons, telle une cosse mûre ses pois. Macaulay, mort en délirant, après qu'on l'a amputé de quatre doigts gelés, à l'aide d'un couteau de poche ; Bergman et Hanks, partis pour fourrager dans une ferme en quête de vivres, et rossés à mort par des Ukrainiens enragés et xénophobes. Prison à Podolsk pour tous les survivants. Seul évadé : Stein. En interludes, retours en arrière avec multiples coucheries passées, complaisamment décrites dans le style de John Dos Passos. Irwin Roth n'avait pas mis les pieds hors d'Angleterre : une bonne pneumonie lui avait épargné le débarquement de Normandie ; ensuite, un certain Hoffmann, général de corps d'armée et ami de son père, lui avait assuré la sécurité d'un poste dans les services de Propagande, avec mission d'extraire, d'un monceau de documents photographiques sur la tragique farce de Theresienstadt, un album avec commentaire en prose à la clef. La guerre de Dan n'avait, en elle-même, pour celui-ci, ni valeur ni sens — non plus que sa connaissance du russe. Mais les deux rendaient le plus grand service à Roth.

— Il s'en tirera pas, dit Dan.

C'était de leur père, à Reg et à lui, qu'il voulait parler. Le vieil homme finissait de tousser sa vie, dans sa chambre et son lit au-dessus du bistro. Les clients l'entendaient et secouaient la tête, en buvant leur ration de bière. Pauvre bougre, la toux est meilleure, ça est que je dirais. Ça est du cœur qu'il partira, oui, le cœur qui lâchera. Vingt jours durant sur une barque à tous vents, faut dire, y a d' quoi vous user. Le *Titanic* que ça était. Ah, on peut dire qu'on en a traversé, des mauvaises passes ! C'était la vérité, de quelque façon qu'on le prît. Dan dit encore :

— Ça est quoi qu'il va advenir de la mère ?

— J'ai dans la tête, répondit Reg, de m'occuper du bistro pour un temps. Je suis juste bon à ça, en réalité. Respirer l'air pur, en manches de chemise, et penser le moins possible. Je n'ai pas envie de penser.

Guéri, il continuait à être agité de tremblements — à moins que ce ne fût peut-être l'effet des cahots du car.

— Penser, dit Dan, ça n'a jamais rien valu à personne.

— Les salauds, dit Reg en tremblant. Les putains de fils de pute.

— Pour ça qui est d'être des fils de pute, y a pas de question, dit Dan. Ça est ici qu'on descend.

Laissant les verdures et les chants d'oiseaux à leur protestation éclatante du cycle éternel en regard duquel cette guerre n'avait jamais rimé à rien, ils étaient maintenant en ville, où les vitrines des boucheries n'offraient que des tranches de bœuf de conserve et les bureaux de tabac n'affichaient que leur manque de cigarettes. Mais, à la banque, l'argent rentrait et sortait, quand bien même, dehors, on ne trouvait rien à acheter. Il y avait quelque chose d'apaisant pour Reg dans la sonorité des doubles voyelles, qui sont la version galloise des diphtongues. Et les filles de Galles avaient le cou d'un laiteux délectable. Au guichet, Reg et Dan se rangèrent derrière un homme en blouse verte d'épicier, qui alignait des piles de billons.

Soudain, une voix galloise dit :

— A regret ça est que je l' demande, mais haut les mains tout le monde !

Il y eut des rires.

— Écoutez, ça est pas une plaisanterie, merde, alors faites ce que j' dis. Vous aussi, mémère, haut les mimines.

Ils étaient deux, à ce que virent Reg et Dan, et ils portaient le genre de masques que les gamins achètent pour jouer les hors-la-loi redresseurs de torts ou les saints de la légende dorée du grand banditisme. Ils étaient armés de fusils Lee-Enfield, resquille de la démobilisation (« L'ai lâché et l'est tombé par-d'ssus bord, m'sieu. — Oh, bon, ça va, n'importe, la guerre est finie »). L'un d'eux brandissait le sien, l'autre avait le doigt sur la détente.

— Ça sera pas long. Dépêchez-vous, la ptite, passez la monnaie.

Du coup, Dan se mit en devoir d'extirper furieusement du sac les cinquante livres en billets de banque qu'il contenait, pour les fourrer dans la poche de droite de son costume, cadeau de l'État aux démobilisés.

— Ah, non, pas d' ça, dit un des hommes. Pas d' jeu ça est. Envoie par ici, comme j'ai dit à la ptite.

La jeune caissière, ronde comme une petite pomme, qui tenait le guichet où attendaient Reg et Dan, ouvrait de grands yeux gris effrayés en répétant : « *Duw, Duw*... oh mon Dieu, mon Dieu. » Comme elle poussait sous le guichet les rouleaux de billons de l'épicier, l'homme reprit :

— Non, garde ça. Nous, ça est le gros qui nous intéresse.

A ce moment, le directeur de l'agence, dans un costume qu'il ne devait à aucune démobilisation, parut sur le seuil de son bureau et promena un regard sévère sur la scène.

— Ça est toi, le chef, ici ? Ça est un hold-up, comme on dit. File-nous tout ce que t'as et y aura pas d' problème.

La douzaine de clientes et de clients qui étaient là n'en revenait toujours pas. Les images des films connus, sur des sujets analogues, ne parvenaient pas à coller avec la réalité, surtout avec celle d'un samedi après-midi d'été à Abergavenny. Une fille en costume de bain sur un calendrier souriait de tout l'éblouissement de ses dents aux deux voleurs, confirmant par là même leur irréalité. Celui qui s'était tu jusqu'alors ôta le doigt de la détente et parla à son tour.

— Pour votre bien à tous ça est, qu' nous faisons ça. Si seulement vous pouviez arriver à l' comprendre ! On ne veut de mal à personne, non, rien que l'argent, ça est tout.

Il avait une voix de basse qui eût été très utile dans une chorale paroissiale.

— Nous sommes une maison d'affaires sérieuse, dit le directeur de l'agence. Je n'ai que faire de vos petits jeux.

— Ah, un jeu ça est ? chanta la voix de basse.

L'homme épaula et visa la fille du calendrier. Elle perdit à grand bruit les dents, le nez et l'œil gauche.

— Tireur d'élite j'étais, tireur d'élite je reste. Vu ? Passe la monnaie.

De la fumée et une odeur d'œufs au bacon flottaient dans l'air. Une petite fille agrippée à la jupe de sa mère se mit à pleurer. L'oreille droite de Dan résonnait de la détonation. Il dit d'une voix forte :

— On sort d'en prendre, putain d' merde. Six ans de ce truc. Espèce de fumiers, foutez le camp, bondieu, sinon je vais devenir mauvais.

— Pas de grossièretés, dit le premier qui avait parlé. Surtout pas devant des dames et une gentille petite *plentyn* par-dessus le marché. Vous n'êtes plus dans l'armée et ça est l'aube de l'indépendance de la Galles.

L'égalité des syllabes dans l'unité tonique du mot clef, « indépendance », réveilla tout un théâtre dans la mémoire de Reg.

— C'est donc cela ! Je ne pensais pas que vous étiez sérieux. Prenez ce que vous voulez et finissons-en. On vous rattrapera ; on retrouvera trace des billets. N'importe comment, vous n'empêcherez ni mon frère ni moi de sortir, et dans l'instant même, et d'ameuter la rue en criant à l'assassin.

— Cette fois, écoute bien, toi. Je ne suis pas un tueur ; ça serait mal, et une erreur. Mais estropier, ça, oui, je peux. Ça te dirait, de te retrouver estropié, là, d'un coup ? Allons, un peu de bon sens.

— Oh, pour l'amour du Ciel, finissez-en, dit Reg, en faisant mine de vomir.

— Il nous faut aussi un sac... Un truc pour emporter, dit l'autre au directeur qui alignait deux billets de cent livres sur le comptoir (mieux valait en finir, c'était vrai, l'assurance paierait). On a oublié ce détail. On est nouveaux dans la partie. Normal.

— Attrape ! dit Dan.

Il lança la vieille sacoche éraflée et usée. L'homme à la voix de basse la reçut en plein sur la *clust*, ou esgourde, gauche, mais sans que cela fît mal. La basse gronda, menaçante :

— Toi, on t'aura à l'œil désormais, ne t'y trompe pas. Comme un ennemi de la liberté du peuple gallois. On te surveillera, ça est sûr.

Puis, quand tout ce qui devait entrer dans la sacoche y eut été jeté — peu de chose, en vérité, à côté des millions que c'eût été dans un de ces fichus films de hold-up —, il dit encore :

— Cette fois, on file. *Diolch* à la compagnie, et vive la Galles éternelle !

Sur quoi ils s'esquivèrent, laissant les clientes et clients, ahuris, se regarder entre eux en clignotant des yeux comme à la sortie d'un cinéma. La femme à l'enfant finit par ouvrir la bouche et demander ce qu'on attendait pour faire une loi, et le directeur de l'agence dit : « Oh, ce ne sont pas les lois qui manquent, madame Evans ! » Reg et Dan sortirent au grand soleil et virent les deux hommes, fusils en bandoulière, démarrer sur une motocyclette. L'occupant de la selle arrière brandit la sacoche à bout de bras dans l'air d'Abergavenny, comme en signe d'une victoire qu'un public admiratif ne pouvait que saluer. Un agent de police, qui sortait d'une boutique des Crémeries Réunies en tenant à la main une bouteille de lait rationné, pour le thé du commissariat, suivit d'un regard indulgent le sillage bleuté et pétaradant.

— Bonne chose de faite, dit Reg à Dan, en tirant d'une poche de son pantalon deux billets de une livre. Et ne viens pas me parler de vol, après avoir vu comme moi ce que nous avons vu.

— Tu les as piqués dans la sacoche pendant que je regardais ailleurs ?

— Non, au guichet, le fait est. C'est un peu de rab, gratis. De quoi nous payer une chope ou deux à *L'Ange*. Il y a deux heures d'attente pour le car.

— T'es qu'un sale voleur. Tu volerais au père son dernier soupir, s'il te laissait faire.

— Tais-toi. C'est indécent de parler de dernier soupir dans son cas.

La nouvelle du hold-up de la banque était déjà parvenue jusqu'au comptoir de *L'Ange*. Que voulez-vous, on ne peut pas s'attendre à revoir des temps normaux du jour au lendemain. Ces jeunes, on a fait d'eux des criminels et des pécheurs, en leur apprenant le meurtre et la fauche, comme ils disent. Tant mieux pour eux si ça leur réussit ; les banquiers s'en mettent plein les poches, et d'ailleurs les assurances sont là pour un coup.

Dan et Reg étaient arrivés à temps pour éponger le fond du tonneau de bière amère — faut attendre à mercredi pour la prochaine livraison, qu'ils osent appeler ste portion de rien. Mais Gwen, qui servait au comptoir, leur dit :

— Vous devriez tâter de ça. De l'hydromel, ça est son vrai nom.

Reg admira la pureté cristalline de la voyelle palatale haute. Vin de miel, eau ou liqueur de miel. Un homme de haute taille, au visage empourpré d'une fine cartographie de ruisselets veineux et aux mollets pris dans des jambières de cuir, dit, d'une voix policée de lettré :

— De vrai, c'est la boisson nationale des Gallois... ou c'était. Le nom exact devrait être *meddyglyn*, liqueur se disant *llyn* et *meddyg* venant de *medicus* : guérisseur.

— Tiens donc, ça est-il un fait ?

— De quoi elle guérissait, Dieu seul le sait. Mais qu'elle n'enivre pas est une vérité reconnue depuis longtemps... Cela ressemble un peu à un vin blanc de table sec, pour ainsi dire.

Soudain, Dan prit la parole :

— Un pays fait pour des héros, qu'on disait, putain de merde. Avec les poissons qui se battent entre eux sur les grèves pour mordre à l'hameçon et du charbon en pagaille qui demande qu'à sortir de terre, quand aujourd'hui tous les âtres sont vides, et les poissonneries, fermées !

La fougue de cette éloquence qu'il n'avait jamais soupçonnée chez son frère emplissait Reg d'admiration. Un homme qui revenait du fond de la salle, tout en rangeant dans un étui de similicuir ses fléchettes récupérées sur la cible, dit à son tour, en même temps qu'il serrait l'étui dans une poche intérieure :

— N'avez qu'à vous en prendre au gouvernement travailliste que vous avez porté au pouvoir.

— Lui et moi, on aurait été bien en peine de l'élire, vot' putain d' gouvernement, riposta Dan en englobant son frère d'un mouvement de tête dans la protestation. On était trop occupés à gagner cette saloperie de guerre. Ça qui est pas le cas de tout le monde.

— Parce que vous m'accusez d'être un sale embusqué ?

— Pas de politique ici, dit le patron. Et pas de grossièretés non plus... (Il était en manches de chemise et gilet.) C'est pas une raison, parce que les temps sont difficiles, pour ne pas garder sa respectabilité, les uns comme les autres.

Dan et Reg vidèrent encore deux petits verres d'eau de *meddyglyn*. Puis ils échangèrent quelques phrases en russe. L'homme aux jambières de cuir écouta attentivement, en opinant parfois de la tête. Le patron du bar dit à la fin :

— J'ai jamais entendu ce genre de gallois-là, que j'sache. Et je n'apprécie guère les gens qui se servent d'une langue étrangère pour parler d'autrui.

— Nous discutions d'affaires privées, répondit Reg. Pas de politique, pas de gros mots, pas de bière non plus, et maintenant pas de russe. Chouette bistro que le vôtre.

— Alors, ça fait comme ça que vous êtes des Russes, tous les deux ? demanda un vieil homme, édenté du haut. Faut dire, ça est pas ça qui manque, dans le coin. Même qu'y en a une qui tient un bistro pas loin d'ici, et un sacré beau brin de femme que ça était, avant qu'elle se soit mise à prendre du lard.

— Doucement, dit Reg. Vous parlez de la femme que nous adorons.

— Ah, ça serait votre mère, donc ? Tout s'explique alors, normal. Voyez-vous ça. Paraît que ça est là-bas qu'est l'avenir, à en croire ce qu'on raconte.

— Un avenir de tyrannie et d'assassinat, dit Reg avec force.

— Affaire d'organisation, dit l'homme aux jambières, après avoir pris une gorgée de jus de citron sucré industriel, en grimaçant comme s'il avait avalé du vinaigre. Pas d'omelette sans casser des œufs, c'est forcé. L'organisation, voilà ce qui manque à ce pays. Est-ce que nous ne sommes pas tous là à nous moquer des lois ?

— De l'organisation, Hitler en avait, dit Reg, la chaleur de la colère montant en lui. Tellement, même, qu'il a voulu s'en servir pour rayer toute une race de ce monde. Et quelle race ! Celle des mères et pères fondateurs de la foi dont la flamme vit jusque dans la plus minable des petites chapelles.

— Pas de politique, mais pas de religion non plus, dit le patron, tout en se taquinant une dent du fond avec une allumette épointée. La pute ! reprit-il, violant sa propre règle, après avoir marqué une surprise peinée.

— Un peu trop malins qu'ils sont, les Juifs, dit l'homme à l'étui à fléchettes. On s'est battus pour les défendre, et aujourd'hui, allez seulement faire un tour chez eux, vous verrez : gin et whisky à gogo ça est. Non que j'aie rien contre eux...

— J'aimerais bien voir l'inverse, dit Reg.

— Et alors, comment ça est censé que j' devrais prendre ça ? A chacun son opinion.

— J'ai des envies de meurtre, bondieu, oui, de meurtre, dit Reg, toutes dents dehors.

Dan lui retira de la main son verre d'hydromel avant qu'il le broyât, et il dit :

— Ça est *balnoy* que t'es. Oui, t'es pas encore guéri, Reg. Viens, on s'en retourne.

— Ça est cette guerre, dit le vieil homme. Faudra longtemps avant que l'on s'en remette.

— Il faudrait d'abord qu'elle soit finie, et nous en sommes loin ! cria Reg.

— Emmenez-le d'ici, dit le patron à Dan. Ça est plus fort qu'on ne penserait, ste boisson. Faites-lui avaler une tasse de café — si on peut dire — au salon de thé tout près, *Chez Tante Megan*, ça s'appelle.

Dan ne comprit pas grand-chose au discours que lui tint son frère, tandis qu'ils marchaient côte à côte vers Gilwern.

— Il avait beau jeu, le psychiatre fritz, avec toutes ses salades. Les petits oiseaux qui chantent, les narcisses qui sortent, la vie qui est foutrement belle. Et le passé qui est le passé et, toi, tu es censé te caler pépère dans un fauteuil devant un avenir tout beau tout rose, une fois passée l'éponge. Et toute la chiennerie que tu as endurée, alors, cela aura servi à quoi ? Au grand roman de guerre américain que ce fumier qui n'a pas bougé son cul d'un centimètre pendant ce temps-là est en train d'écrire. Et de même toutes les souffrances que j'en ai vu d'autres endurer. De la politique, voilà tout ! Y compris le putain de gouvernement que nous avons maintenant et qui chante *l'Internationale* et crie : « Vive Jojo Staline ! » Mais que faire, putain de merde ? Que faire, putain de bondieu de merde ?

Reg avait crié cela au car qui arrivait, tandis que Dan agitait son bras levé — car on était en pays de Galles où, aux arrêts de car, on faisait signe au conducteur.

— Moi, je le sais, ce que je vais faire, dit Dan, comme ils prenaient place tous les deux, derrière une femme qui serrait sur son cœur une cage renfermant un perroquet guttural et à l'œil mauvais. Je me paierai ma poissonnerie à moi. Dès qu'on pourra retrouver du poisson. Faut regarder les choses en face. Le père va mourir. Y aura de l'argent quand il sera plus là. Et toi, ça qui te reste à faire, ça est de retourner apprendre dans les livres, pour pouvoir enseigner.

Le perroquet fit « Hahahaha ! » et sa maîtresse dit : « Veux-tu bien te taire, Coco. »

— Je reprendrai le bistro, dit Reg sombrement. Et Zip et moi, nous aurons un enfant qui naîtra au bon air du Breconshire. Si nous le pouvons. Si ce n'est pas moi qui suis stérile, c'est elle. Je suppose que nous ferions bien d'aller consulter un médecin.

— Moi, dit Dan, je vois pas pourquoi les gens auraient envie d'avoir des enfants. J'en veux pas, en tout cas. Ça n'a pas de sens. Pas plus que de se marier, tant qu'à faire.

— C'est défaut de libido chez toi, et ça ne devrait pas exister dans ton cas. Il n'y a pas plus exemplaire ni stimulant que le poisson pour la sexualité. Qui dit religion dit fertilité. Jésus-Christ était un poisson.

La femme jeta autour d'elle un regard scandalisé. Dan laissa la folie de son frère s'envoler par la vitre à demi ouverte et s'en aller se perdre parmi les ormes et les haies. Le perroquet pencha la tête vers Reg, un œil clos, l'autre venimeux.

— On descend ici, dit Reg en se levant.

— On n'est pas arrivés, rétorqua Dan.

— Je veux voir les fouilles avec les vestiges d'Arthur. C'est par là.

Reg montrait la direction du doigt. En même temps, il cria au chauffeur de s'arrêter.

— Mais ça fait un fichu bout de chemin, dis donc. On sera en retard.

— Bah, ils garderont le dîner au chaud.

Le chemin vicinal courait à l'étroit entre les feuillages d'été qui, un peu plus tôt, caressaient ou raclaient au passage les vitres du car. La barrière qui donnait accès au champ inculte — pré était plus exact — avait perdu deux de ses traverses et était sortie de ses gonds. Un vieux cheval gris tirait sur une touffe d'herbe. Dan maugréait en trébuchant sur les mottes. Le vent d'est fraîchissait et un nuage en forme d'Afrique cachait le soleil.

— Je me demande bien ça qu'on en a à foutre, bougonna Dan. Et d'abord, à qui ça appartient-il ?

— A personne. A tout le monde. Comme un dolmen. Comme les menhirs de Stonehenge.

Il n'y avait pas grand-chose à voir. Des vieilles pierres ; la curieuse fente dans le contrefort d'un mur en ruine ; le nom de Reg dans l'inscription GLAD ART REG.

— Y avait une fille, à la coopérative militaire, qui s'appelait Glad, dit Dan. Et y a des gens du nom d'Art. Ça fait trois noms avec, dans le nombre, le tien.

Les ruines étaient dans un creux profond, idéal pour les amoureux pendant les nuits d'été. Les tiges acérées des houppes d'herbe étaient secouées par un vent qui ne faisait guère penser à un après-midi d'été.

— Cela aussi, c'est sexuel, dit Reg. Ce vagin qui attend l'épée. Tu n'as pas pu voir ce que tu dis, poursuivit-il. C'est la force de l'imagination ou je ne sais quoi. Mais ce qui m'intrigue, c'est que, sauf tout le respect dû à un bien-aimé frère, tu ne sois pas mieux fourni pour ce qui est de l'article en question.

— Je te dis que j'ai vu ce truc avec un A dessus comme dans le livre du père, s'entêta Dan farouchement. Il brillait à cause du feu que les Rouges avaient allumé, dans cette ville dont j'ai oublié le nom, et Shawcross, qui avait de l'instruction, même si ça l'a pas empêché d'être sur la trajectoire d'une balle des fils de pute, Shawcross a dit qu'on avait fait presque tout le chemin avec, depuis cet endroit d'Italie où on s'est bagarrés pour de vrai — une amusette, qu'on nous disait, tu parles ! — jusqu'à l'autre bled, celui des moines, où les Rouges l'ont trouvé et sorti. Et maintenant, c'est eux qui l'ont, mais personne sait où ils l'ont mis, vu que, conclut-il, du ton dont on annonce la découverte d'une vérité, ça est sacrément grand, la Russie, foutrement, je dirais même.

— C'est du mont Cassin qu'il parlait, dit d'une voix rêveuse Reg, et cela se raccorderait avec l'autre livre. Les bénédictins, la maison royale d'Angleterre... Elle tombe dans des pattes impies, puis dans d'autres qui ne valent pas mieux. Instrument de carnages barbares, elle est purifiée de la souillure par un roi chrétien qui ferraille contre de nouvelles hordes sauvages — celles qui ont donné les Anglais d'aujourd'hui —, puis elle échoit aux mains d'autres barbares. Et il se peut qu'elle ait séjourné ici même, dans cette gaine de pierre, si c'est bien la vraie. Celui-là seul qui fut et sera a pu l'arracher de là. A moins qu'il ne s'agisse d'une supercherie...

A cet instant, Dan dit :

— Dans le noir, ça fait une lueur. Comme un de ces cadrans de montre, tu sais.

— Quoi ?

— Je dis qu'en passant, l'autre nuit, du car j'a vu la lueur. Ça est la même chose avec les poissons.

— Tu n'es toujours pas remis, Dan. Pas plus que moi. Mais je ne m'attends à rien, surtout pas à voir une lueur.

— Moi, ça va bien dans ma tête, protesta Dan agressivement. Y a que dans le côté où j'ai reçu le coup de baïonnette que j'ai mal. Mais seulement quand il va pleuvoir. Comme aujourd'hui. En me levant ce matin, je savais qu'il pleuvrait. Je sens la pluie dans mon corps, comme d'autres dans l'air avec le nez.

— Moi, je n'ai pas d'odorat, dit Reg. Ça, c'est une des choses que j'ai perdues, et bien, celle-là. Mon nerf olfactif en a pris un sale coup en Espagne, putain de pays ! Que ça sente la rose ou le chou, mon nez ne fait plus de différence. A chacun ses blessures. Curieux, comme elles sont sensibles aux changements de temps, hein ?

Il gardait les yeux fixés sur la fente du fourreau dans son immuabilité de pierre. Il poursuivit :

— De la vie, il y en a dans les corbeaux qui tournent dans le ciel et les vaches couchées dans l'herbe. Mais cette saloperie de nez, zéro, plus de réaction, mort. Zip pourrait bien se payer de puer de la bouche tant qu'elle voudrait, pour ce que j'en saurais jamais... !

— T'as pas le droit de parler comme ça de ta femme. C'est une gentille fille, et elle en vaut dix comme toi, espèce de sale voleur.

Mais l'agressivité du ton était factice, liée avant tout à des souvenirs d'anciennes inimitiés entre frères — et encore, plus mythiques qu'historiques.

— Et d'ailleurs, ajouta Dan, la rose chou, ça existe.

— Bon, disons les égouts bouchés, alors.

Le ciel, entièrement gris maintenant, se mit à pleurnicher.

— Qu'est-ce que je t'avais dit ! J'avais mal, ce matin. Et en plus faudra qu'on se tape tout le reste du trajet à pied. T'es un beau fumier.

Le vieux cheval, qui était un élément de la nature, n'était nullement ému par la pluie. Seul, l'homme, parce qu'il ne fait pas partie de la nature, réagit dramatiquement aux changements de temps. L'animal continua de mâchonner son herbe, tout en regardant Reg et Dan, dans leur costume de démobilisés, se hâter en direction de la barrière. La chance les rattrapa sur le chemin vicinal sous la forme du Dr Lewis. Dans sa petite Morris, à laquelle l'État octroyait une ample allocation d'essence, étant donné la profession prioritaire de son propriétaire, il était en route pour une visite à leur père, son patient.

— Dépêchez-vous de monter, dit-il. Et toi, Dan, tu vois cet essuie-glace en panne ? Alors essuie le mouillé avec un mouchoir sale, si tu as ça sur toi.

Pendant que Dan utilisait à cette fin sa cravate de démobilisé, le médecin continua :

— J'avais promis de passer plus tôt, mais pas moyen. La faute au dernier-né de Mme Pritchard, une fois de plus. Ce gosse est une encyclopédie vivante des maladies infantiles. Cela ne l'empêche pas de profiter et d'avoir un appétit monstre. N'avez pas beaucoup dormi tous les deux, hein, à en juger par vos yeux de poisson mort ? Vous savez, cette toux lui fait plus de mal qu'à vous. Je ne vous apprends rien en vous disant qu'on devrait le transporter.

— Vous le connaissez, dit Reg, de la banquette arrière. Il a horreur de l'hôpital. Combien de temps lui donnez-vous ?

— Huit ou dix jours, guère plus. Il sera content de partir, si vous voulez mon opinion. Il a beau tousser et cracher, il y a quelque chose qui refuse de sortir. Cela tire sur le cœur, qui fatigue et qui finira par lâcher. Je vais lui administrer une drogue qui le fera dormir.

— Pour toujours ? demanda Dan.

— Je n'irai pas jusque-là. J'ai foi en la théorie de l'euthanasie ; mais, dans la pratique, mon vieux fond de calvinisme wesleyen se met dans le chemin. Tu ne tueras point, et ainsi de suite.

— Cela veut dire quoi, votre grand mot ?

— Euthanasie ? La bonne mort, je crois bien. C'est du grec.

— Les Grecs, on les a jamais vus, dit Dan, sauf un des Ricains qui se disait de là-bas. Poppadopolous, qu'il disait aussi s'appeler — que ç' a jamais été un nom. Mais les Grecs sont des menteurs s'ils racontent que la mort est bonne. Y a pas de bonne mort et y en aura jamais.

— Et ton truc dans le côté, comment est-ce que cela va ? s'enquit le Dr Lewis.

— Les fils qui recousaient ont comme qui dirait fondu, et je crois que ça est tout guéri à présent, à part le petit trou d'où il continue à suinter de l'eau. Ces salauds ont raconté qu'on était des Allemands, et un des autres fumiers m'en a filé un coup, avec un grand sourire sur sa sale gueule. Ils ont dit que j'étais sûrement un Allemand pour parler si bien le russe, vu que les Allemands étaient de gros malins qui apprenaient la langue pour retourner les Russes contre la Russie.

— Dan, dit Reg avec un soupir, ne nous remets pas ça. Tous tant qu'on est, on ne l'a déjà entendu que trop souvent.

— Eh bien, moi, je te le dis, t'as pas fini de l'entendre encore et encore, espèce de sale voleur, dit Dan, retrouvant son agressivité. Y en a que trop qui demanderaient pas mieux d'oublier quel genre de bande ça était. Je te jure qu'ils l'entendront, ceux-là, jusqu'à tant qu'ils en aient la nausée. J'en ai raté, des bateaux, là-bas, à cause que cette saloperie voulait pas guérir, et même quand j'ai été à l'hôpital ils ont continué à dire que j'étais un Allemand. J'avais plus mon livret, je pouvais rien leur montrer, expliqua-t-il au Dr Lewis. Et ils prétendaient que j'avais très bien pu piquer quelque part l'uniforme que je portais.

— Oui, oui, dit le Dr Lewis d'une voix apaisante. Quelle terrible affaire, ne m'en parle pas. Ah, ajouta-t-il non sans soulagement, nous y voici.

Il y avait un vieil homme, en manteau de pluie et casquette, assis devant l'établissement, avec sa chope, sous la pluie qui diminuait. Un orme égouttait ses feuilles dans la bière ; mais l'homme préférait de toute évidence l'humidité extérieure à la sécheresse de la toux, à l'intérieur. Par la fenêtre du haut ouverte, l'écho n'en parvint pas moins, même affaibli, jusqu'au trio à sa descente de voiture.

Derrière le comptoir, Zip était en train d'emmailloter dans une serpillière les leviers des pompes à bière. Comme ils entraient tous les trois, elle dit :

— C'est l'heure, on ferme, messieurs.

Il n'y avait que deux clients, deux gars de ferme au rictus et aux yeux paillards. La beauté de Zip ne pouvait que trop attirer ce genre de sourire et de regard. Venant d'en haut, la toux résonnait fort, maintenant.

— Je vais lui administrer quelque chose, dit le Dr Lewis.

Zip se dirigea hardiment vers les gars de ferme dans la salle et attendit qu'ils eussent vidé chacun leur verre jusqu'à la dernière goutte. Ils la regardaient en ricanant et l'un d'eux dit :

— Alors, on donne pas un petit baiser comme coup de l'étrier ?

Reg fut prompt à réagir. Il s'avança et dit :

— Dehors, tas de fumiers d'embusqués ! Pendant que vous faisiez semblant de travailler à votre bondieu de terre, des types qui vous valaient cent fois s'en allaient engraisser les pissenlits pour mieux les bouffer par la racine.

— Ça va, mon pote, du calme, on était affectés spéciaux.

Mais ils se levèrent et sortirent, non sans ricaner de la toux.

A la cuisine, Ludmila Jones, toujours aussi belle avec ses yeux bleu-vert Baltique, bien qu'elle eût épaissi et grisonnât, salua le médecin, mais accueillit ses deux fils d'un air courroucé.

— Vous êtes retard, dit-elle. Ce sera tout desséché.

— On a été volés, expliqua Reg. On a été retenus à la banque. Sous la menace de fusils.

Le Dr Lewis sourit des lèvres — la plaisanterie était un peu grosse.

— C'est la vérité, dit Dan. Mais ce qu'il dit pas, ce fumier de voleur, c'est qu'il a piqué deux billets à la caisse.

— Pas de fumier ici, je ne veux pas entendre, dit Ludmila Jones.

— Un hold-up, hé ? dit le Dr Lewis. Sans rire ?

Zip entra à son tour en disant :

— Je n'aurais jamais imaginé que *petrouchka* soit du persil. Pour moi, *Petrouchka* a toujours été une musique de ballet avec une formidable partie pour les timbales. Et voilà que j'apprends qu'il pousse du *petrouchka* dans le jardin, là dehors.

— Il raconte, dit Ludmila Jones au Dr Lewis, qu'il veut qu'on l'installe au jardin. Il refuse de rester alité plus longtemps. Il parle de son père qui est mort dans son lit en salissant tout. Il dit qu'il veut s'allonger au jardin, sur un tapis de sol de l'armée il appelle ça, et avec des vieux manteaux sur lui. Oui, il raconte qu'il veut mourir en plein air.

— Ne parlons pas de cela, il n'est pas encore mort, dit le Dr Lewis. Déjeunez tranquillement. Je vais monter le voir et lui faire une petite piqûre. Est-ce que son estomac a gardé le lait ?

— C'est lui qui ne garde plus rien du tout. Il envoie promener la couverture et il essaie de se lever pour aller s'allonger au jardin.

— Il n'y a qu'à le laisser faire, dit Reg. Il crie qu'il veut de l'air.

Sédatif respiratoire, se répétait en lui-même le Dr Lewis. Il avait toujours eu un faible pour ces idiotismes de métier qui donnent un aspect d'abstractions aux sinistres réalités de la mécanique humaine, lorsqu'elle grince et grippe avant de caler pour de bon. Il administra à David Jones, gris et décharné sous la courtepointe en patchwork, une seule dose de 0,06 g d'hydrochlorine de diacétylmorphine. Il repasserait vers la fin de la soirée pour en administrer autant. David Jones, dysphonique autant que dyspnéique, remua la tête.

— Vous ne tarderez pas à vous sentir mieux, dit le Dr Lewis.

Mais, à elle seule, il ne l'ignorait pas, la dose pouvait être fatale.

— De l'air... dehors, croassa David Jones.

A son tour, le Dr Lewis opina du chef. Pourquoi pas ? Ce n'était pas dans les règles, mais la température extérieure était douce.

Ainsi donc, sur un tapis de sol et sous deux ou trois couvertures, plus la courtepointe en patchwork, David Jones fut-il allongé à l'abri, au pied du mur du jardin, et invisible de la pissotière pour hommes grâce à un vieux rouleau à gazon et à plusieurs étages de casiers à limonade vides. Sans aucun doute il pleuvrait — il ne se passait guère de jour sans pluie, en Galles du Sud. Mais Reg et Dan montèrent de la cave les deux parasols de table, cadeaux en prime, dans les années trente, d'une firme disparue depuis et qui cherchait à lancer une boisson douce appelée Limorange — ce qui, à l'œil plus qu'à l'oreille, faisait penser à un nom de ville française. L'armature de ces parasols était en métal et ils étaient dotés d'un pied que l'on pouvait enfoncer dans le sol comme un pieu.

Le vieux ne voulait pas de compagnie. Il désirait être seul à digérer le passé. Survivant du *Titanic* et d'une grande guerre. Mais survivant bon à quoi ? A faire un mariage bizarre avec une beauté russe, et cela dans la municipalité de Brooklyn ; à engendrer trois enfants bizarres qu'il ne comprendrait jamais ; à tenir, à Manchester, un restaurant qui n'avait jamais rapporté autant qu'il l'aurait dû. Il avait bien nourri les gens, ce qui n'était pas peu — pas plus qu'il ne s'agissait de gens de peu. Le magazine *Picture Post* avait publié en son temps un article sur le restaurant, avec une photo où on le voyait lever son verre à une actrice prestigieuse, aujourd'hui morte de n'avoir plus pu respirer, et dont le nom était Tallulah Bankhead. Sur la même photo, on voyait aussi Noel Coward écraser sa cigarette dans le dessert auquel il n'avait pas touché, et Charles B. Cochran, « Cocky » pour les amis, enlaçant d'un bras Evelyn

Laye et, de l'autre, Jessie Matthews, tous trois devant des assiettes plus ou moins pleines. Mark Hambourg, qui adorait manger là, lui avait enseigné la recette du homard flambé au Pernod et accommodé à la sauce Cardinale. On servait aussi le jambon dit « en croûte », plat favori du violoniste Szigeti — si tel était bien son nom. Prendre un jambon de taille moyenne, l'attendrir, le mettre à cuire dans un bouillon de poule au marsala ; couper en tranches à l'os ; recouvrir chaque tranche de purée de marrons en boîte et d'amandes pilées, puis enrober le tout de pâte feuilletée. Il n'avait jamais pu passer maître en prononciation française, et il disait *Kraut*, à l'allemande, pour croûte, quitte à se faire moquer. Les plats russes étaient les plus grosses réussites. Comment s'appelait donc cette douceur où entraient des cerises noires, des tranches de mandarine, des fraises et des blancs d'œufs battus en neige, puis qu'on montait sur une crème glacée à la vanille, et qui était l'entremets préféré du tsar et de la tsarine, ou de Raspoutine, ou de qui d'autre ?

La maison de grès de Brooklyn avait été vendue ; mais tout l'argent était revenu à elle, à sa femme. Les pièces d'or serrées dans la soupente du grenier, un gouvernement de voleurs l'avait forcé à les échanger contre du papier. En revanche, il avait toujours son or d'Australie... pour ce que ça pouvait bien valoir à présent ! C'était illégal de le posséder, lui avait-on dit — mais illégal pourquoi ? se demandait-il. Le caillou était depuis bien longtemps dans la famille, et il avait envie de l'avoir avec lui, maintenant, sous le drap et les couvertures. C'était le genre de chose qui gagne à attendre, dit-on — mais à quoi bon, si cela ne pouvait se convertir ni en biens ni en terre ? Une chose à étreindre et à baiser des lèvres comme un objet précieux, mais inutile, un symbole de l'inaltérable, de l'immuable, au même titre que Dieu, qui n'existe pas. Il demanderait à l'avoir avec lui, comme une épouse indifférente et sans réaction sous les draps, et il s'y cramponnerait dans le spasme de la fin qu'il prévoyait.

Il sentait la toux revenir en même temps que la clarté d'esprit que la piqûre avait momentanément engourdie. Il toussa et se dit que, dehors, les oiseaux devaient pencher de côté leur petite tête inquiète, comme à l'écoute d'une bête inconnue et peut-être dangereuse.

A distance relativement faible du village de Gilwern, Aled Rhys, Ben Griffiths et un ex-deuxième classe du nom de Tom Probert siégeaient en conclave dans une ferme tombant en ruine, pour laquelle ils payaient un loyer dérisoire. Elle servait de quartier général à l'aile du mouvement auquel ils appartenaient et qui, plus ou moins assuré dans ses fins, hésitait dans sa stratégie. C'était pour cette raison que, assis autour d'une table de cuisine, tous trois démobilisés — leur costume le disait —, ils écoutaient Terence MacMahon.

MacMahon, fait rarissime pour un Irlandais, avait épousé, à Liverpool, une jeune Galloise, alors qu'il était employé dans un magasin de cycles. Il avait commis auparavant, à Carlow, dans son pays natal, un acte criminel dont il se refusait à parler, et avait échappé à la justice à bord d'un bateau en partance de Rosslare. C'était au début des années trente. Après s'être dépensé pour la cause de l'unité de l'Irlande, il vivait maintenant en homme tranquille à Llanelly, en Galles, où il avait son propre magasin de cycles. Bien qu'il eût au moins cinquante ans, il avait encore une bonne part de ses cheveux roux. Ce trait, joint à un teint dont la pâleur de lait était rebelle à tout hâle, était signe, plus encore que son verbe, d'une nature enflammée. Il n'avait pas oublié le gaélique irlandais, mais devait se contenter à présent de le lire. Et, parfois, le fait que la langue cymrique comme sa langue natale avaient divergé de leur souche commune l'irritait fort. Il avait le plus grand mal à comprendre le gallois.

— L'histoire, disait-il en ce moment, prouve et prouvera toujours que la liberté n'est pas le genre de chose que l'on puisse mendier en se traînant à deux genoux. Oh, bien sûr, il ne manque pas de bouches pleines de beaux et grands discours sur les droits de l'homme. C'est le propre des individus les moins enclins de tous à les accorder et les respecter. Réclamer un transfert de pouvoir qui se fasse pacifiquement, c'est radoter en tendant à l'aumône un chapeau que l'on n'a même pas. Ce qui a commencé par la violence doit se poursuivre dans la violence. La liberté est un bien que l'on prend de force et qui ne se quémande pas. Vous faites complètement fausse route, dans votre affaire. Oui ou non, avez-vous déjà eu recours à la violence ? Si oui, comme tel est bien le cas, n'êtes-vous pas alors tenu de l'exercer ?

— La violence ? répéta Tom Probert sur un ton dubitatif (il fumait la pipe, laquelle convient mieux au contemplatif qu'au révolutionnaire). Oh, tu veux dire : faire violence à la propriété, si ce dernier mot peut s'appliquer à de l'argent en banque ? Le mouvement a besoin de finance, et ce genre de moyen de s'en procurer ne fait de mal à personne. L'eau que l'on tire du puits, disons, est aussitôt remplacée par celle qui vient de la nappe phréatique — des compagnies d'assurances en l'occurrence. Les gens ont peut-être un coup de peur, mais personne ne pâtit vraiment.

— Rhys, dit MacMahon, c'est bien toi qui as raconté cette histoire de la vieille dame tombée morte d'une crise cardiaque dans le hold-up de la banque de Coleford, non ? Quand tu brandis un revolver, c'est-à-dire un instrument de mort, c'est aussi de la violence, et dans ce cas-ci, que tu le veuilles ou non, tu t'es collé sur les bras une sorte de meurtre.

Aled Rhys, qui gardait encore trace de son hâle méditerranéen, sauf sur le dôme de sa calvitie, naguère caché sous le calot ou la casquette militaire, répondit :

— Nous devons faire connaître nos buts. Cela entraîne la nécessité de nous procurer irrégulièrement de l'argent pour imprimer la brochure dont Tom a rédigé le texte, et aussi pour insérer des publicités dans les journaux. Les républicains irlandais n'ont pas agi autrement, en leur temps. Nous sommes un mouvement honorable et nous n'aimons pas les tactiques déshonorantes ; mais, une fois que nous aurons fait connaître nos buts, nous serons plus qu'honorables. Souvenez-vous que nous nous appelons les Fils d'Arthur — ce qui nous confère un titre bien supérieur à tous ceux dont les Irlandais ont jamais pu se targuer — et que nous reprenons les armes pour le combat que *lui,* jadis, il n'a pu gagner. Nous ne sommes pas en mesure de le bouter le Saxon hors d'Angleterre — pas encore, pas de notre vivant —, mais, putain, rien ne nous empêche de tenter le coup de le bouter hors de Cymru.

— Sais-tu que tu es dingue, dit MacMahon, avec toutes tes jolies phrases sur l'honneur et le déshonneur ? Ces mots-là n'ont pas de sens ! A ta place, je m'en tiendrais à ce petit boulot que tu as et je mènerais une gentille petite vie. Pas la plus petite queue d'un seul de tes rêves n'a une chance de voir le jour ! Peux-tu me dire qui a envie de mettre les Anglais à la porte du pays de Galles, après tant de mariages et d'intermariages ? Les Gallois qui sont montés sur le trône d'Angleterre — les infâmes Tudors, ce déshonneur ! — étaient aussi gallois que toi, mais ils se proclamaient saxons. Non, oublie tout cela, crois-en l'avis d'un homme à qui l'on n'a plus rien à apprendre sur la lutte à mort contre ces rusés fils de pute.

— Mais alors, répliqua Ben Griffiths, à quoi aurait servi de gaspiller des milliards en argent et des millions de vies humaines, dans cette bagarre dont nous sortons tout juste, n'étaient la liberté d'autodétermination et les droits des petites nations ? Ce ne sont pas les révolutions qui ont manqué à travers les siècles, et il y en a des tas qui ont réussi.

Griffiths n'avait rien perdu de sa maigreur ascétique ni du feu sombre de ses yeux.

— Il y a eu, reprit-il, la française et puis la russe. D'immenses révolutions toutes les deux. Nous, c'est plus de *dé*volution que nous parlons. Et si c'est là un rêve, alors il en va de même pour toute l'histoire de l'humanité.

— La violence, dit MacMahon en secouant la tête, il n'y a jamais eu que cela. Il n'existe que deux solutions : faire peur à la puissance occupante, ou se contenter de la lasser et de l'user. Si vous l'effarouchez trop, en tuant le roi ou une princesse aimée du peuple, elle se retourne contre vous de toute sa force. Mais les bombes dans les bureaux de poste et les cinémas, le flingage d'un ministre de deuxième rang — après quelques années de ce régime, vous devenez aussi une force avec laquelle il faut compter, à une table ou une autre de négociation. Mais, vous, les Galleux, que diable voulez-vous, au fond ? Tracer une frontière avec contrôle des passeports, de Cardiff à Rhyl ou Dieu sait où, pour couper votre foutu pays du reste du monde, pendant que vous vous forgeriez une constitution et que vous éliriez un président ? Une gallification des industries, qui sont toutes des multinationales, soit dit en passant ? Bannir la langue anglaise et imposer le gallois obligatoire ?

— Nous, nous disons : le *cymraeg*, rétorqua Aled Rhys. L'autre mot signifie étranger. Galles, c'est « pays de l'étranger ». L'étranger, c'est le Saxon.

Dans sa bouche, les consonnes fortes du cymrique ressemblaient à des coups de couteau, comparées aux balles dum-dum du parler de l'Irlandais.

— L'usage de la langue n'a pas tellement d'importance, poursuivit-il. Pas plus qu'il n'en a en Irlande, en tout cas. Et isoler le pays par des frontières ne signifie pas couper les communications. L'américain est la langue dominante aujourd'hui, et il est permis de l'employer en y mettant l'accent cymrique.

— Le ricain, langue nationale de la république de Cymru ! railla MacMahon.

— A propos, justement, dit Tom Probert, comment les Fils d'Arthur pourraient-ils penser en fonction de l'idée de république ? Arthur était un *dux*, un général, romain ; mais il était aussi *rex*, roi. ART REG — vous avez lu ces deux mots gravés dans la pierre des ruines que la Luftwaffe a eu l'amabilité de mettre au jour, à moins de quinze kilomètres d'ici. C'est à un roi chrétien que nous pensons, pas à un président laïc.

— Où allez-vous chercher cette foutue imbécillité ? s'écria MacMahon. Qu'avez-vous en tête ? Une sorte de Conseil uni, avec des sectes calvinistes qui passeraient leur temps à s'entre-poignarder dans le dos ? Allons, un peu de bon sens ! Gouverner n'a rien à voir avec la religion. Les gens de Genève en ont fait l'essai, et qu'est-il sorti de leurs histoires de prédestination ? Des montres et des horloges à coucou ! Le roi Arthur, s'il a existé le moins du monde, s'est battu, au nom du christianisme romain, contre des envahisseurs païens. Ne me racontez pas que vous voudriez convertir les Gallois au catholicisme. Vous arrivez beaucoup trop trard — trop tard pour sucer dans la plaie le venin que fut la réforme d'Henri Tudor, huitième du nom.

— Les principes chrétiens et rien de plus, dit Tom Probert. En ce sens, nous ne sommes ni des communistes sans Dieu ni des fascistes de même acabit. Et nous ne doutons pas que la lutte sera longue. De plus, pensons-nous, nous ne sommes pas sans savoir qu'il faudra répandre le sang, inévitablement, mais sans excès.

— Non, pas de sang ! protesta Aled Rhys. Ou alors, uniquement pour la défense des droits. Nous mettrons le Saxon en face de ce que les Français appellent un fait accompli, et nous verrons bien alors ce qui se passe. Nous proclamerons publiquement, par voie de presse, de tracts et de brochures, ce que nous comptons faire. Ensuite, nous passerons à l'action.

— Et c'est quoi, exactement, pour vous, l'action ? demanda MacMahon avec un sourire.

C'était la voix, oui, cette voix galloise, ou cymrique, qu'il ne parvenait pas à prendre au sérieux. Des voix qui chantent alors qu'elles voudraient être agressives. Foutu pays avec son peuple de chanteurs, oui, c'était cela toute l'histoire. Pays d'*Eisteddfodau* — de jeux floraux entre bardes banquetant et joutant de la voix.

Ce fut Ben Griffiths qui répondit, après avoir pris une profonde respiration :

— Nous avons déjà un prince de Galles qui nous attend... D'accord, tu peux rire ; n'empêche que c'est la vérité.

MacMahon réagit vivement.

— Tu veux dire que le roi et la reine de Grande-Bretagne et d'Irlande du Nord ont fait ce qu'il est dit d'Anne et de Joachim dans leur foutue bible : qu'ils ont engendré un fils, contre toutes les lois de la probabilité de notre génétique de foutre ? Fourre-toi dans la tête qu'il ne peut pas y avoir deux princes de Galles, mon gars ; il n'y en a qu'un : le fils aîné du monarque britannique.

— Écoute-moi ne serait-ce qu'une petite seconde, dit Griffiths, et arrête tes gausseries d'Irlandais, veux-tu ? C'est indécent à la fin et ça n'avance à rien. Le nôtre, de prince de Galles — pas le leur, qui ne compte pas —, on peut le définir comme un homme prêt à se faire élire et couronner. De pure souche cymrique. Voilà. Donc, parlons du prince de Cymru, et de son indépendance, sur des terres n'appartenant qu'à lui...

— Et finançant le mouvement ? ironisa MacMahon, l'interrompant. Soit. Tu l'as trouvé ? Où cela ?

— C'est lui qui nous a trouvés, répondit Aled Rhys. Tu as entendu parler des aciéries Cadwallader ?

— C'est entièrement nationalisé, l'acier, à présent, dit MacMahon. Ou en tout cas la loi sera votée sitôt qu'ils se seront mis d'accord sur les compensations... Bien, je vois. Ce type, votre Cadwallader, empoche le fric de l'État socialiste et le réinvestit dans le nationalisme gallois... pardon, cymrique. Un vieux connard, branque sur les bords, à la recherche d'un passe-temps innocent, c'est ça ?

— Ni vieux, ni branque, ni connard, répliqua Ben Griffiths. Le vieux est mort l'an dernier. Le fils a hérité. Tout ce qu'il y a de plus légitime, et âgé de vingt ans seulement. Passé à côté de la guerre. Rêve d'aventure. Licencié de l'université de Galles... de Cymru. Adore et cultive le gallois... le cymrique, la langue comme la littérature. Et il a pour prénom Arthur !

— Évidemment, pour une coïncidence... !

— Non, ce n'est pas tout. Il y a toujours eu dans la famille un fond très fort de dévotion au passé de la Cymru, dit Aled Rhys. C'était forcé, avec un nom historique pareil : Cadwallader ! J'ai fait sa connaissance pendant une perme de débarquement, si tu veux tout savoir. Dans un bistro de Newport, pour ne rien te cacher. Nous avons fini par causer.

— Causer ! dit MacMahon. Tu m'étonnes ! Tout ça n'est que foutu bla-bla, et vous seriez les premiers à le reconnaître, si vous vouliez bien cesser un peu de rêver. Et ensuite, qu'est-ce que vous faites ? Vous le couronnez au château de Caernarvon, et vous proclamez que la Galles, la Cymru, sera dorénavant une principauté indépendante, comme Monaco avec son Monte-Carlo ? J'aurais pensé que vous voyiez plus grand, dans vos radotages.

— Une principauté peut être aussi une monarchie, rétorqua patiemment Tom Probert. L'Arthur des origines était en fait duc. Et un duché peut être une monarchie. Au Lancashire, on lève son verre au duc de Lancastre, qui est également le roi. Ce dernier titre ferait plutôt prétentieux dans notre cas. Mais notre prince est en droit de le revendiquer, au nom du passé et pour l'avenir, du jour où il aura sorti l'épée de la pierre.

— L'épée ? Quelle épée ? Et quelle pierre, bordel ? Écoutez, moi, je me tire, dit MacMahon, sans toutefois en rien faire pour le moment. Des mecs dingues, Dieu sait que j'en ai rencontré en mon temps, même à l'intérieur de l'IRA. Si j'ai plaqué le truc, c'est en partie à cause de ces enragés avec l'écume aux lèvres. Et il y a eu aussi, impossible de l'oublier, le coup de la lettre et de ce gosse qu'ils avaient chargé de la mettre à la poste... mais bon, qu'importe ! Rendez la vie impossible aux Anglais tant que vous voudrez, ils le méritent, les salauds ; mais laissez tomber le reste. Aller couronner je ne sais quel foutu prince pour le faire présider à je ne sais quelle foutue table ronde — Christ miséricordieux, quelle absurdité !

— Les vrais Britanniques, dit solennellement Aled Rhys, c'est nous. Les Celtes brythoniques. Le Saxon, voilà l'ennemi. Tu ne connais pas la langue cymrique, que je sache ; mais le premier vers de poésie cymrique qui ait survécu à travers les siècles est celui-ci : *Gwyr a aeth Gatraeth gan wawr*, c'est-à-dire : « Au point de l'aube les hommes d'armes prirent le chemin de Catterick » — et tu sais du moins que Catterick est dans le Yorkshire. Notre propos n'a rien d'extravagant. Nous ne sommes pas des hommes d'armes allant attaquer le Saxon chez lui, mais nous avons droit à un royaume libre que, pour le moment, nous qualifierons de principauté — ce qui est son vrai titre, même pour le porc saxon. Pour la restitution de la totalité de l'île à ses propriétaires de droit, nous avons le temps, quand bien même ce serait un millénaire. Le premier chant cymrique dont le titre nous soit connu est *Unkeynyaet Prydyn*, et il a trait à la monarchie de Bretagne. Ces tempes reviendront, et peut-être ces fous de Fils d'Arthur dont tu te moques seront-ils célébrés dans les mémoires par un autre chant, qui aura résonné sur les monts et les collines de Cymru, et dans les grasses vallées qui sont aujourd'hui au Saxon.

— En attendant, ironisa de nouveau MacMahon, vous flanquez des crises cardiaques aux vieilles femmes qui vont retirer à un guichet leurs misérables sous.

— Tes généralisations sont injustes, dit Aled Rhys.

Et Tom Probert, sur son ton doctoral :

— Les ordres ne spécifient pas tel ou tel mode d'appropriation. Nous avons un officier chargé de la direction des opérations, que je me garderai de situer exactement, et de qui relève un certain type d'action regrettable, nous l'avouons, mais, sans conteste, nécessaire. Les jeunes hommes auxquels il assigne des missions de cet ordre n'offrent pas toujours les garanties de moralité les plus élevées ; mais ils sont tenus sous contrôle rigoureux. Ils redoutent les conséquences de l'indiscipline ou de la cupidité. Ils ont droit à leur part, qui est honnête. Ils sont les premiers — avant nous-mêmes — à voir la couleur de l'argent. Pour l'heure, nous n'avons pas le traître sou qui nous permettrait de payer l'impression d'un millier de brochures.

— Écrites par vous ?

— Écrites par moi.

MacMahon promena son regard sur les signes évidents de maigreur budgétaire : l'antique cuisine aux lattes de plancher couvertes de poussière et brisées, l'évier en pierre au robinet à sec, le calendrier du garage Jones datant de l'avant-guerre, la table bancale et poisseuse de crasse, ces Gallois eux-mêmes dans leur défroque de démobilisés...

— Eh bien ! fit-il. Vous vous êtes engagés sur la voie de ce que l'État qualifiera de crime, en dépit de tous vos grands mots, de toutes vos belles exigences de rigueur et autres foutues absurdités... Et ça, c'est Excalibur, je parie ?

Il désignait de la main la grossière épée de bois posée comme un glaive de justice au milieu de la table.

— Le *cleddyf*, dit Tom Probert. Le vrai reviendra. La rumeur nous est parvenue qu'on l'a promené à travers le monde et qu'il se trouve on ne sait où. Mais il reviendra, tout comme Arthur, pour se lever haut, au nom du droit et de la justice.

— De la couille en barre, et gros comme ça ! dirais-je avec votre permission, dit MacMahon sans attendre celle-ci.

— C'est votre droit.

Saler et poivrer abondamment le steak sur les deux faces. Mettre beurre et huile dans une grosse poêle en fer et saisir vivement la viande des deux côtés. Vider la graisse et le jus et bien égoutter la poêle. Arroser le steak de cognac et flamber. Les flammes de l'enfer que ça était, moins l'enfer. Le soufflé à l'armagnac et à la Bénédictine, ah ! ça oui, ça était un des péchés mignons de la contralto aux gros seins. La Bénédictine brûlait gaiement — ce qui n'était pas juste ni gentil pour les bénédictins. Ils étaient incombustibles, eux. Ils étaient forts, quand on pensait à la façon dont ils avaient déménagé tous ces vieux trucs sur leurs charrettes, pour les sauver du feu... Le filet, entier, dans les douze cents grammes ou pas loin, et on l'arrosait d'un fond de jus de bœuf, allongé de vin rouge et relevé d'une cuillerée à thé de sauce diable, comme on appelait cela — du moins les gens de la partie, Lea et Perrins ça était... Et salade Waldorf. Céleri, pomme, noix, hachés menu et servis à la mayonnaise. Aucune de ces futilités ne figurait parmi les mets du festin de Balthazar : la table y croulait sous des Israélites à la broche, tandis que des concubines nues, filles de Babylone, se vautraient aux pieds du roi, ô toi roi le roi des rois ô roi puisses-tu vivre à jamais. Et pourtant, le temps de la fête ne serait pas écoulé que...

Ce que David Jones serrait entre ses faibles mains, ce n'était pas le pénis roide et congestionné qu'il emportait jadis avec lui en s'enfuyant vers les docks de Cardiff ; non, c'était l'or familial. Et il y avait beaucoup de monde autour de lui, en ce moment — les uns courbés, d'autres tout droits en sorte que, lui, il avait vue sur les trous noirs des narines. Ce n'était pas que de la famille. Des clients étaient là, plantés, chope à la main, venus voir le pauvre vieux bougre souffler la veilleuse. Fini de tousser en tout cas. Il réclama Béatrice.

— Je suis là, papa.

Oui, elle était là, avec celui qu'elle avait épousé, encore un juif, un Ricain au teint bistré et avec un accent new-yorkais — David Jones s'y connaissait en accents de New York. Le sang gallois s'était mêlé au sang russe et serait mêlé un jour de sang juif. Mon Dieu, il n'y avait pas de mal à cela ; peut-être même y avait-il du bon. Après tout, l'humanité entière n'est qu'une seule et même chair, et toute chair est herbe, herbe tu es, à l'herbe retourneras. Il sentait l'odeur estivale du foin dans l'air. Une grive n'en finissait pas de babiller, et son cri semblait lui dire : « Dévisse, dévisse... » Drôle. A Blackwood, dans le temps, il y avait un type, un David comme lui, mais d'Angleterre, à qui on avait expliqué que, selon la coutume, on devait lui donner un surnom ; et il avait dit que ça lui était bien égal, du moment qu'on n'y mettait pas de vice. Du coup, on l'avait surnommé Pas-de-Vis.

— Qu'est-ce qui te fait rire, papa ?

— Pas de vice à dévisser, répondit-il mystérieusement.

Mais il ne mourut pas tout de suite. Il tomba dans un sommeil paisible, qu'une grosse pluie, dans l'après-midi, ne troubla pas. Lorsque le Dr Lewis passa faire sa visite, les vieilles mains serraient fort l'or, mais l'étreinte n'avait rien de la *rigor mortis*. Le Dr Lewis estima que, tout bien compté, maintenant ou plus tard... Il injecta donc une double dose d'hydrochlorine de diacétylmorphine dans le vieux bras flétri. Normalement, cela devait faire l'affaire.

A présent, c'était autour de la table de la cuisine que se tenait réunie une petite foule, pendant que Mme Bowen, en haut, s'occupait de la toilette du mort. Reg et Dan avaient ramené le cadavre dans le lit où il n'avait pas rendu l'âme. David Jones n'avait rien sali, hormis le vieux tapis de sol de l'armée. Il avait passé l'arme à gauche en soldat, sur la fin de l'averse, comme les oiseaux reprenaient leurs chants.

Les autres avaient pris place autour de la table ; tous, ils buvaient du thé très fort, à l'exception d'Irwin Roth, qui venait juste d'épouser Béatrice. Quand il avait demandé du café, la veuve lui avait répondu rudement qu'il n'avait qu'à s'en faire lui-même : il trouverait du soluble café-chicorée Camp dans le bocal, là. Il opta pour un verre de gin tiède. Au milieu de la table trônait l'or avec ses impuretés. Sans que, à travers tant d'années, on l'eût jamais raffiné pour le couler en lingot. Reg racontait :

— Il a fallu se battre un peu. On aurait cru qu'il tenait à l'emporter dans l'autre monde.

— Toi, en tout cas, dit Dan, tu l'emporteras ni dans ce foutu monde ni ailleurs, espèce de sale voleur.

Ludmila Jones, encerclant des mains le cylindre de sa grande tasse de thé chaude, déclara :

— Ce genre de langage n'est pas bien. Il n'est bien en aucune circonstance, mais absolument pas bien du tout en ce moment, avec votre père couché là-haut, mort.

Mais elle ne regardait rien ni personne.

— Vous devriez faire analyser et titrer ce truc, dit Irwin Roth. Cela représente un solide paquet de fric que vous avez là.

— De plus en plus solide avec le temps, dit Béatrice. Et destiné à ne jamais être liquéfié, dans la mesure où j'ai voix au chapitre.

Sur quoi la voix de la mère s'éleva :

— Ce sera à votre mère de décider.

Cette fois, son regard alla de son gendre juif à sa belle-fille juive et retour. Irwin Roth reprit :

— Tout dépend de ce qu'il dit dans son testament, vous ne croyez pas ? Il a peut-être laissé des instructions sur ce point.

— Vous êtes juif, dit Ludmila Jones, et vous pensez tout le temps à l'argent.

— Mère, ce genre d'affirmation est infamant et insultant, protesta Béatrice. Tu as des idées terriblement stéréotypées sur les juifs.

— Laisse courir, dit Irwin Roth. L'argent est bien la dernière de mes pensées.

— Sauf par le biais du grand roman de guerre américain, plaça Reg.

— C'est une autre affaire. Même s'il ne devait pas s'en vendre un seul exemplaire, pour moi ce n'en serait pas moins une obligation de l'écrire.

— La souffrance, ce fumier qui me sert de frère a été obligé, lui, de l'endurer d'abord.

— Qui c'est que tu traites de fumier, fumier toi-même ? dit Dan.

— Nous ne voulons pas de cela, trancha Ludmila Jones. Pas de fumier, ni de salaud, ni rien. Les dernières paroles de votre père ont été : « Quelle sorte de famille ça est donc que nous avons élevée ? » Voilà ce qu'il a dit.

— Jamais cela n'a été ses dernières paroles, dit Reg.

— Cela a toujours été ses paroles, les premières comme les dernières, et tout le temps. Si cela n'a pas été les toutes dernières, c'est parce qu'il n'avait plus assez de force pour des dernières paroles. Pauvre homme. Mon pauvre mari.

Ses yeux étaient secs et, à la façon dont elle but les dernières gouttes de son thé très fort, elle semblait lever sa tasse à la vie qui continuait.

A cet instant, Zip s'enhardit jusqu'à demander :

— Qu'attendons-nous, assis autour de cette table ?

— Toi qui es juive, tu ne le sais pas ? répondit Ludmila Jones. Vous êtes tous ici pour savoir ce que mon pauvre mari a laissé. C'est à son argent que vous en avez, tous tant que vous êtes.

Il y eut de bruyantes protestations, sauf de la part de Reg, qui dit :

— Le fait est que mon frère, ici présent entre autres, meurt d'envie de savoir s'il lui revient quelque chose. Depuis le temps qu'il parle de son désir d'ouvrir sa propre poissonnerie... Le reste d'entre nous n'est pas follement intéressé.

— Salaud ! lâcha Dan, furieux d'être découvert.

— Nous avons déjà pleuré le défunt, continua Reg nonobstant. L'heure est venue de ce que l'on appelle le panégyrique, qui, je suppose, ne sera pas prononcé lors de la cérémonie funèbre. Notre père avait coutume de dire qu'il était un homme chanceux. C'était un survivant. Il nous a transmis sa chance — faveur qu'il tint toujours pour impossible : il s'attendait plutôt à tout le contraire. Malgré cela, pas un seul de nous qui ne soit encore en vie. Toute la question est, j'imagine, de savoir si nous avons survécu à une fin particulière quelconque. Il est mort jeune. Mais ce n'est pas de grandir et de grossir comme un arbre qui fait que l'on s'en trouve mieux. Qu'est-ce que la jeunesse, qu'est-ce que l'âge ? La vie peut-elle se quantifier exactement ? C'était un brave homme, qui ne fit de mal à personne ; son souvenir restera longtemps honoré. Est-il quoi que ce soit de plus que je puisse dire ? Je ne le pense pas. Amen.

— D'abord l'argent, dit Ludmila Jones. Je suis sûre que vous voulez savoir à quoi vous en tenir ; donc, je vais dire. Tout est légué à moi, qu'il nomme chère épouse dans le testament écrit de sa main. Il faut prévoir ce que M. Owen appelle droits de succession, et ils doivent aller à l'État. Quand on meurt, on doit payer pour sa mort. C'est la loi. Tout le reste me revient. Votre père a dit que vous êtes *da i ddim*...

— Hein ? fit Irwin Roth.

— Cela signifie des bons à rien, traduisit Béatrice.

— Mais il a dit aussi qu'il faut prendre soin de Dan. Donc,

Dan aura poissonnerie. Béatrice est mariée avec un Juif, donc elle n'a besoin de rien. Reginald est marié avec une Juive, mais il est forcé de travailler. Bien qu'il ait reçu bonne instruction en espagnol, il dit il ne veut pas enseigner l'espagnol. Très bien. Il doit faire même chose que son père, et comme il dit il y est tout prêt, c'est affaire de transmettre chose dont j'ai oublié le nom.

— La licence, dit Reg. Mais la licence passe à la veuve.

— Ah, mais non, dit la mère. Je ne veux pas rester ici. Moi, je vais à Saint-Pétersbourg. Tante morte et oncle Boris très vieux. J'ai rempli mon devoir ici, on n'a plus besoin de moi. A Pétersourg, si.

Il y eut un brouhaha d'étonnement. Dominant ce babil, la voix claire de Béatrice s'éleva :

— Mère, mais ce n'est plus du tout Saint-Pétersbourg. C'est devenu Leningrad. Il y a eu une révolution, enfin quoi, bon sang, tu y étais, en plein dedans... en tout cas au moins à la répétition générale. La Russie est communiste, aujourd'hui ; ce n'est plus un pays libre. Tu détesterais y vivre — rien à manger, police secrète, brutalités, camps de la mort...

— Je vais tout de même. Russie est Russie. Mais de temps en temps je reviendrai voir mes enfants.

— Une fois que tu y seras, dit Béatrice avec force, tu n'en sortiras plus jamais. L'idée que puisse se répandre dans le monde libre la vérité sur l'énorme gâchis qu'est la Russie des soviets ne plaît pas du tout, là-bas. C'est tout le sens du carnage qu'ils ont fait des malheureuses victimes de Yalta. Les grilles sont barrées et verrouillées.

— J'ai passeport de sujette britannique.

Reg n'avait pas cessé de grincer des dents pendant tout ce temps. A la fin il dit :

— Reste en dehors de ce pays de merde, tu entends ? C'est moi le chef de famille, maintenant, et c'est un ordre que je te donne. Je ne permettrai pas à ma mère d'aller en enfer.

— Russie est Russie. Je suis sujette britannique, mais seulement à cause de ton père. A présent que ton père s'est en allé, je redeviens russe. Mais je garde passeport.

— Tu le perdras, dit Béatrice en secouant farouchement la tête. Ils te le retireront. Ils diront que tu es citoyenne soviétique et que tu n'as aucun droit à un passeport étranger. Bon sang, au ministère, je travaille au département des Affaires russes ; je sais ce qui se passe là-bas !

— D'abord nous mettons en terre votre pauvre père, et après, moi, je vais Cardiff voir consul russe.

Elle jeta à Reg un regard aigu de ses yeux bleu-vert froid Baltique et ajouta :

— Toi, tu ne dis pas à ta mère ce qu'elle fera. Je suis femme libre.

— Mais, nom de Dieu, il n'en restera rien de ta foutue femme libre, une fois que tu seras dans leur Utopie stalinienne !

— Reginald, je te répète que je ne veux pas de foutu, et à toi, Dan, que je ne veux pas ni de fumier ni de salaud.

— Et ce précieux métal, qu'allez-vous-en faire ? s'enquit Irwin Roth. Tout ce que vous en verrez, c'est qu'il sera confisqué dès que vous franchirez la frontière. Plus personne, en dehors des États quels qu'ils soient, n'est autorisé à détenir de l'or. Jadis, lord Byron avait accoutumé de galoper de-ci de-là avec de l'or dans un coffre. C'était une vraie monnaie internationale... et la belle époque. Tout cela est mort... en plus de lord Byron, bien entendu.

— Oui, les juifs aussi faisaient cela. Goldberg et Goldstein — je me souviens de ces noms, quand j'étais petite, à Pétersbourg. Et à Brooklyn c'étaient les mêmes. L'or, oui, non, je ne sais pas ce qu'il va devenir.

Sur quoi, elle se mit à parler rapidement en russe. Irwin Roth et Zip se retrouvèrent hors de jeu. Ils entendaient revenir sans cesse un mot : *zolato*, renvoyé en écho, *zolato, zolato*, entre ses enfants et elle. Ils en déduisirent que cela désignait sans doute l'or. Puis, Dan s'écria avec une sorte de sauvagerie :

— Moi, ça que j'en dis, ça est : maudit soit ce caillou ! Maudite soit cette saloperie de caillou qui ne nous a apporté que vol et disputes ! Jetez-le à l'eau dans l'Usk, voilà ça que j'en dis.

Irwin Roth, qui était versé dans la musique, avait écouté cette sortie avec un vif intérêt. Il y entendait la malédiction lancée par le nain Alberich sur l'or du Rhin. Tous les mythes finissent par se concrétiser, tôt ou tard, dans la vie quotidienne. Il reprit alors la parole :

— J'ai gardé mes contacts avec l'armée de l'air américaine. Nous pourrions le faire passer par-dessus la Manche et le convertir en devises sur le continent. Cependant, le meilleur endroit est Tanger. On dit que les prix de l'or y sont les plus élevés du monde... Ou encore Bombay. Quoique ce soit un peu trop loin, j'imagine.

— Et ensuite ? demanda Béatrice. Que fait-on des dirhams, ou des roupies, ou je ne sais quoi d'autre ? Je vais vous le dire : on s'en sert pour racheter de l'or. Moi, je prétends qu'il faut faire de ce caillou ce qu'on en a fait jusqu'ici : l'envelopper bien proprement et sûrement, puis le fourrer en dépôt dans un coffre-fort.

— Tu n'as pas l'air d'avoir l'intelligence de l'argent, rétorqua Irwin Roth. A quoi sert du métal mort ? Celui-ci, depuis le jour où on l'a sorti de la mine, est demeuré, pardonnez l'expression, assis sur son cul — du moins d'après ce que tu m'as dit — sans rien faire. L'or est la seule monnaie vraie. Dépensez-le !

— C'est-à-dire convertissez-le en monnaie qui ne soit pas vraie, dit Béatrice.

— Je vous prie de m'excuser, dit soudain Zip.

Elle s'était déjà levée et elle était toute blanche.

— Qu'y a-t-il ? demanda Reg d'une voix anxieuse. Est-ce à cause de quelque chose que l'on a dit ?

— La dame de Shalott, dit Zip en ouvrant la porte qui donnait sur l'escalier.

— O Seigneur !

Béatrice aussi avait compris. Elle fit la grimace à son frère qui continuait ses ô Seigneur.

— Chaque chose en son temps, dit-elle pour le consoler. Il arrive que ce soit très long.

— A propos de temps, dit la mère en jetant un coup d'œil à la pendule murale, c'est l'heure d'ouvrir. Les gens meurent, mais on continue boire. C'est loi de vie.

— Irwin et moi, dit Béatrice, nous allons rejoindre Abergavenny et attraper le premier train du matin. Nous nous reverrons plus tard, sur le lieu de sépulture ancestral. Pauvre papa. Et quant à ce truc-là, fais ce que je t'ai dit.

Elle embrassa tout le monde à tour de rôle. Pendant qu'Irwin faisait des gestes d'au revoir, Dan dit à sa sœur :

— Viens par ici au jardin.

Il la saisit farouchement par un de ses bras nus.

— Oh ! là ! là ! quelle violence et où est l'urgence, petit frère ?

Dehors, près d'un rosier mort, Dan dit :

— Quoi ça est qui t'a prise d'aller te marier avec ce merdeux ?

— La raison est que je l'aime, Dan, et que, lui et moi, nous allons vivre heureux, ensemble, dans l'autre... enfin non, je veux dire : au Nouveau Monde. Mais rien ne presse pour le moment. Je reste aux Affaires étrangères pour une année ou quelque de plus ; lui, il est à l'université de Cambridge. Après, nous irons vivre à New York et je mènerai une vie régulière. Il est temps que je me range.

— Il te vaut rien de rien du tout.

— Tu es jaloux, c'est ça ? C'est indigne de toi, Dan. Il ne se passera pas de jour que je ne pense à toi dans ta poissonnerie, ni que je ne sache que tu es mon frère chéri, que j'aime plus que tout au monde.

— Tu viens juste de dire que c'est ce merdeux que tu aimes.

— C'est qu'il y a amour et amour, pas ? Amour entre frère et sœur et amour entre mari et femme.

— Et en plus il est laid, ce merdeux.

— Pas vraiment. Il n'y a pas de laides amours, et autres âneries de ce genre, tu sais bien ? Ne t'inquiète pas, Dan. Je serai toujours là pour toi, si tu as besoin de moi. Et puis je ne te manquerai pas tellement. Tu t'es très bien sorti de la guerre, et tout seul, et maintenant tu vas vendre du poisson. Pourvu que l'on en trouve à vendre. Et nous, à présent, nous devons attraper le car.

— Je n'aime pas que tu sois mariée avec ce merdeux.

— Il y a comme cela des choses qui exigent que l'on prenne un parti et que l'on s'y tienne, Dan. Comme toi pour ta poissonnerie... Lâche-moi, veux-tu.

En octobre 1946, je retournai à l'université de Manchester pour y achever ma licence. Mon directeur d'études, F. D. Ashley, se fit prier pour m'accorder la permission de rédiger un diplôme d'études supérieures sur un sujet d'éthique : « Quels fondements autorisent l'hypothèse que la vie puisse être sacro-sainte dans un monde qui s'ingénie à l'ôter ? » Cela, sous le couvert d'une critique de Schopenhauer et de son « Über die vierfache Wurzel des Satzes vom zureichenden Grunde » (*De la quadruple racine du principe de raison suffisante*), que je prétendais avoir lu dans son impossible allemand. Le thème que j'avais choisi était, supposais-je, dépassé. La philosophie était devenue moins un champ de spéculation sur la réalité qu'un jeu d'arguties chicanières autour de la signifiance. La métaphysique, particulièrement à Cambridge, était rabaissée, voire tournée en ridicule comme une façon parfaitement vaine, pour la pensée, de totonner. Quant à l'éthique, fort peu des professeurs de philosophie se montraient prêts tant à discuter des systèmes existants qu'à en proposer de nouveaux. Mais, à l'université de Manchester, l'ombre de Samuel Alexander, avec sa théorie de l'espace-temps comme seule unité fondamentale du processus cosmique, continuait à rôder et, à la faculté des lettres, son buste, œuvre du sculpteur Epstein, tenait, aux amoureux qui se donnaient rendez-vous à ses pieds, de longs discours muets sur l'instant ponctuel et les valeurs.

Ma thèse — comme Ashley refusa de le reconnaître — se rapportait avec plus de pertinence à l'ère de la bombe atomique et au dévoilement de la vérité sur l'holocauste juif que tout ce que les philosophes de profession, et aussi bien les théologiens, étaient capables ou désireux d'offrir. L'époque était à l'évasion, et où trouver évasion plus magistrale que dans le positivisme logique ? Ce que suggéraient les cent et quelques pages de mon diplôme était que le caractère sacré de la vie humaine, par opposition à la vie en général, dérivait de la réduction de l'idéalisme au solipsisme. Le mécanisme de préservation de la vie, installé au plus profond de l'individu (en fait, la *Wille* de Schopenhauer), engendrait une *Vorstellung* si puissante de la nécessité, pour lui, de survivre, qu'il était prêt à l'étendre à la vie humaine en général — tout en étant également prêt, soit comme individu, soit comme collectivité, à justifier le meurtre, au singulier ou en masse (la guerre), en fonction de la survie. L'intellect s'employait contre les instincts ; mais c'était à lui aussi que l'on en appelait pour leur justification. D'un point de vue solipsiste, nous savons que la seule preuve de l'existence du monde extérieur ne peut se trouver que dans l'expérience que nous avons de lui. Que l'on vienne à appliquer cette conviction à un monde de solipsistes, et le meurtre n'est rien de plus, en un sens, qu'une pichenette effaçant d'un coup, comme on mouche une chandelle, océans et galaxies. La vie humaine vaut ce qu'est censé valoir l'univers dans sa représentation (*Vorstellung*) de l'expérience qu'elle a de lui. Toutefois, la vie humaine n'est que trop aisément engendrée — sorte de rejet, apparemment inconséquent, d'un spasme, lui-même effet machinal de moteurs inconscients. La Nature montre la même insouciance à répandre la semence qu'à éteindre la vie, et nous sommes ses enfants.

Dans le temps que j'écrivais ce mémoire, je reconnaissais volontiers qu'il entrait une bonne part de la pensée du marquis de Sade dans mon argumentation. Les tremblements de terre sont le fait de la Nature, tout comme la capacité de l'homme de créer la bombe atomique et les chambres à gaz. La valeur de la vie n'est qu'une sorte d'illusion schopenhauérienne alimentée par le mécanisme de survie. Pour vivre, s'il le faut, dans un monde de meurtre, il nous appartient de modifier nos névroses à cet égard. L'expérience est ce qu'elle est, non ce qu'elle devrait être... Cette conclusion devait plus à Wittgenstein que je n'en avais conscience.

Un matin, dans mon logement de Rusholme, devant l'œuf solitaire de mon petit déjeuner, allocation unique pour la quinzaine (il y avait pléthore d'humains sur la planète, soit autant d'assassinés en puissance, mais pénurie de nourriture), un matin, donc, je lus dans les journaux, non sans amusement, la nouvelle du couronnement d'un prince de Galles sur le site arthurien de Gilwern. La cérémonie était traitée comme une plaisanterie innocente, tant par le grave *Times* que par le populaire *Daily Mail*. Ce dernier avait imprimé une photographie du prince : Arthur Cadwallader, souriant assez sottement sous une couronne qui avait tout d'un accessoire de scène. Il n'y avait pas foule pour l'événement, qui s'était déroulé sous la pluie, comme on pouvait s'y attendre en Galles du

Sud. On avait prononcé des discours, à la fois en gallois et en anglais, pour une Cymru indépendante, avec invitation, pour tous les bons Cymro et Cymraes constituant globalement la nation connue sous le nom de Cymry, à unir leurs forces et à s'atteler à la renaissance d'un patriotisme millénaire, en désobéissant aux lois de l'Anglais. Chose, jugeai-je, ne présentant guère de difficulté, le fort des Gallois n'ayant jamais été de comprendre les lois et édits d'aucun gouvernement, aussi bien local que national, et encore moins de leur obéir. Il convenait, avait dit le prince, de refuser le paiement des impôts. Les réservoirs cymriques ne devaient plus être autorisés à fournir en eau le Gloucestershire. Le *Daily Mirror* voyait une bonne blague dans la déclamation d'un poème patriotique gallois par une Russe, propriétaire d'un bistro du voisinage. Il me sembla discerner, à l'arrière-plan de la photographie du couronnement, la silhouette de Reg Jones, le visage noyé dans l'ombre par le col et les épaules remontés d'un manteau de pluie. Donc, il fallait croire que la famille Jones, y inclus ma sœur Zip, était, sinon compromise, à tout le moins en rapport avec les Fils d'Arthur.

J'achevai mon petit déjeuner, prêt maintenant à affronter le courrier du matin. Avec lui, mon esprit passa à l'indépendance d'un autre territoire. De Tel-Aviv, mon père m'écrivait :

*La colline de la Source, à moins que ce ne soit du Printemps — lequel des deux je n'en suis pas sûr, mais c'est ce que signifie en tout cas Tel-Aviv —, s'est développée de façon stupéfiante depuis notre dernière visite (faute de souvenirs, évidemment tu ne pourrais en juger). Si Jaffa a gardé son allure de Moyen-Orient, Tel-Aviv, cela ne fait aucun doute, a pris énormément à l'Europe contemporaine. Ta mère et moi, nous employons activement notre temps à nous emplir les narines de l'odeur des oranges non exportées, et sommes fort agréablement installés dans un appartement de l'annexe de l'*Hôtel du Roi Salomon, *donnant sur le terrain de* kaduregel *(de football pour toi) — le temps de chercher et de trouver un petit chez-nous dans la partie des faubourgs qui abonde en vergers. Les loyers sont diablement élevés, mais nous nous y attendions. J'ai bien l'impression que, finalement, je ne suis pas près de prendre ma retraite. Le port de déchargement par allèges, construit à Tel-Aviv, comme tu le sais, à cause des difficultés désormais historiques faites à l'utilisation des facilités du port de Jaffa, va être agrandi, et je suis chargé, en principe, d'établir le rapport sur les devis des travaux, grâce à un certain M. Weingartner, dont tu te souviens peut-être — il vivait à Trafford Park et est venu prendre le thé une ou deux fois, à l'époque.*

On ne peut pas dire que la vie ici soit tout à fait paisible, entre le Groupe Stern, qui déteste les Anglais encore plus que les Arabes, et, naturellement, les Arabes eux-mêmes, qui ont une peur bleue de la patrie juive en préparation, et qui lancent des bombes et coupent des gorges, en gage de leurs actions futures, du jour où l'existence de l'État d'Israël deviendra officielle. Ta mère et moi, nous sortons peu le soir et sommes très prudents pendant la journée. Nos pensées vont beaucoup plus à nos aimés vivant sur le sol anglais qu'à nous-mêmes. Peut-être, quand tu auras fini tes examens, pourrais-tu envisager de te porter candidat au premier poste de professeur vacant à l'université d'ici. Les Israéliens auront grand besoin de philosophie et je retire tout ce que j'avais coutume de dire sur la stérilité de la pensée pure.

Non seulement nous pensons beaucoup à ta sœur, mais nous nous faisons énormément de souci à son sujet. Bien que je ne croie pas que son mariage soit une réussite, je ne serai pas assez stupide pour prétendre qu'elle n'aurait jamais dû épouser un goy. Reg, je le sais, en a vu de dures pendant la guerre — deux guerres, pour être exact —, et cela excuse les incohérences de son comportement et ses accès de malveillance. Il n'empêche que rien, dans le mode de vie qu'il impose à notre pauvre Zipporah, ne saurait mériter notre approbation. La formation de ta sœur est celle d'une musicienne; elle a dû mettre au garde-meubles, à Manchester, tout un lot d'instruments de musique extrêmement coûteux, qui se rouillent actuellement sous la poussière, sans compter que les garde-meubles sont tout sauf gratuits; en plus, elle est forcée de mener l'existence d'une espèce de serveuse de bar, dans un endroit perdu du pays de Galles. Et enfin il semble qu'il y ait des querelles incessantes, où l'on se jette à la figure des accusations mutuelles de fertilité défaillante — comme si le fait d'engendrer un enfant était une façon de prouver quoi que ce soit. Israël aura grand besoin de naissances; mais la Grande-Bretagne, entre l'éclatement de son empire et la préférence que manifesteront les habitants de ses anciennes colonies pour l'émigration vers la patrie de leur ancien oppresseur, plutôt que d'avoir à affronter la menace de l'oppression sous l'indépendance, a peu de chances d'être un désert démographique, dans l'avenir qui nous guette tous. Ta mère t'envoie ses tendresses les plus affectueuses. Ses bronches vont infiniment mieux, grâce à la sécheresse et à la chaleur de l'air. Tendresse aussi de ma part. A un de ces jours, très prochain, une lettre de toi. Papa.

Cela datait d'avril 1947. En mai de la même année, je dus soutenir mon diplôme devant un jury d'examinateurs extérieurs à l'université de Manchester : le Dr Schwarzkopf, le professeur Ridgway, M. Stockwell, un Arabe dont je ne parvins jamais à saisir le nom, et un Gallois kantien à tout crin du nom de Griffith-Jones.

Ces personnalités n'aimaient pas ma thèse : à leurs yeux, elle constituait moins une critique de Schopenhauer qu'une tentative sournoise de prêcher une doctrine subversive et hautement inhumaine. J'étais bien d'accord avec eux sur ce point ; mais cela me faisait une belle jambe ! Apparemment, mes autres épreuves écrites étaient satisfaisantes — bien que le Dr Griffith-Jones exprimât l'opinion que ma connaissance et ma compréhension des catégories kantiennes étaient imparfaites. Et l'Arabe se montra surpris de mon ignorance de l'aristotélisme islamique. Quant au Dr Schwarzkopf, dont le soleil illumina soudain la trogne constellée de points noirs, il psalmodia des phrases sur les *Grundlinien der Philosophie des Rechts* de Hegel. Sur quoi, le Dr Griffith-Jones se lança dans un distinguo entre Hegel et l'hégélianisme, autrement dit Kant, Fichte et Schelling — et je me retrouvai simple spectateur d'une âpre et chaude chamaillerie en allemand autochtone d'une part, et en allemand infléchi de gallois, de l'autre. J'eusse pu tout aussi bien m'esquiver sur la pointe des pieds incognito. Mais, lorsque le Dr Schwarzkopf, d'excellente humeur après avoir défait le Dr Griffith-Jones sur une question d'interprétation de je ne sais quel terme de la *Phänomenologie des Geistes*, s'épanouit en souriant comme à un signe de connivence complice en me voyant opiner de la tête, je sus que j'avais probablement décroché mon diplôme. Le temps était venu de commencer à éplucher les pages d'annonces du supplément « Éducation » du *Times*.

Elles contenaient, ces pages, des informations sur les postes vacants dans les écoles, lycées et universités, dont quelques-uns au pays de Galles — région où la formule consacrée : NI VISITES NI DÉMARCHES ADMISES, doit être prise à contre-pied de la lettre. Quoique je n'eusse pas de moyen de me faire pistonner sur place, j'envoyai une lettre de candidature au poste de maître assistant en philosophie au *Coleg* ou *College* ou faculté de Saint-Asaaf (Asaph, en réalité, bien que c'eût pu être aussi Assa ou Asa) d'Aberdare. C'était une faculté de théologie ; mais, pensais-je, en Galles du Sud la qualité de juif ne devait pas jouer contre moi. Je postulai en même temps pour d'autres vacances ; quoi qu'il en fût, la seule convocation à me présenter que je reçus vint d'Aberdare. Il me semblait assez clair que les jeux étaient déjà faits, et le poste, pourvu, et que les dossiers des candidats non pistonnés n'étaient considérés que dans un pur esprit d'équité (formule à prendre, bien entendu, à contre-pied de la lettre). Le tribunal de l'inquisition devant lequel je comparus se composait du recteur de l'université, d'un conseiller municipal, d'une ménagère armée d'un cabas, et enfin de l'évêque tenant du siège épiscopal de Llanelwy (chose normale, saint Asaph lui-même en ayant été le tout premier occupant). Le conseiller municipal me demanda si j'avais mon diplôme de fin d'études secondaires. Je répondis que j'avais poursuivi bien au-delà. L'évêque désira savoir ce que signifiait pour moi « philosophie ». Il se satisfit de ma réponse : l'amour de la sagesse. Le recteur fit montre de sa connaissance des catégories de la logique — laquelle, déclara-t-il, avait une grande importance dans les études théologiques. Sur quoi l'on en vint à s'enquérir de ce que je savais de l'étude de la théologie. Rien, répondis-je, puisque j'étais juif et agnostique. Mon peuple avait souffert, fit remarquer la ménagère. Après cette observation, j'eus le droit de me retirer. La poste revint à un M. Davies, qui n'était pas présent.

Du moins l'université de Saint-Asaaf me remboursa-t-elle le billet d'aller et retour que j'avais pris à Manchester. Elle subventionna ainsi un saut que je fis jusqu'à Gilwern, pour y aller voir ma sœur.

J'arrivai dans l'après-midi, entre l'heure de la fermeture et celle de la réouverture du soir, et par une journée de juin infecte. Par la porte de derrière ouverte, j'aperçus Reg et Zip assis à la table de la cuisine et pignochant d'un air lugubre dans une tourte. Ils levèrent des yeux sans étonnement à ma vue. Exactement comme ils eussent fait à la cafétéria de l'université, autrefois, en me voyant arriver à la sortie d'un cours, pour boire un café. Zip me demanda même si j'en voulais une tasse. On ne m'offrit pas à manger. Quand j'expliquai que je débarquais d'Aberdare, Reg demanda, sans forcer le ton sur la bienvenue :

— Tu restes, non ?

Il était en manches de chemise, image du parfait bistrotier. Zip, vêtue d'une robe paysanne à petites fleurs toute tachée, avait déjà le teint rose des femmes de la campagne — bien que les légères rides froncées au-dessus de ses yeux n'exprimassent nul bonheur rural. Le regard de Reg semblait divaguer étrangement.

— Alors, c'est vous qui tenez la maison, tout seuls comme des grands ? dis-je. Désolé que tu aies perdu ton père, Reg. C'était un brave homme, un peu perdu en ce monde. Et quant au départ de ta mère... Zip me l'a annoncé par lettre. Elle semblait laisser entendre que c'est pour le moins une excentricité.

— Nostalgie, dit Reg. *Hiraith*. Mais elle se cramponne à son oseille capitaliste. La Gosbank, là-bas, est tout heureuse d'accueillir ses sterling.

Il me considéra brièvement sans plaisir et reprit :

— Te voilà donc universitaire. Mes plus cordiales félicitations.

— Te voilà donc cabaretier, répliquai-je. Félicitations réciproques. Noble corps de métier. As-tu jamais lu Fothergill ? Son *Journal d'un tenancier d'auberge* a connu un énorme succès de librairie... Et toi, te voilà épouse de cabaretier, ajoutai-je, faisant sur Zip l'essai de cette qualification, comme un coiffeur celui d'un nouveau style de coiffure.

Cela ne lui allait pas. Elle dit :

— Musicienne. J'y reviens. La nature ne m'a jamais destinée à être...

Je crus qu'elle allait dire : une épouse.

— ... mère, acheva-t-elle.

— Et je te cogne et je te tintinnabule, dit Reg dans un demi-ricanement. Avec un petit tour à la maison quand ça vous chante. Je n'aurais pas pensé que les choses en arriveraient là.

— Explique, dis-je à Zip.

— Ce n'est pas du tout histoire que ça me chante ou pas, répondit-elle. Mais quand je ne travaille pas, j'ai bien le droit d'étudier mon art.

— Timbales, cymbales et compagnie. Un art, oui, un art, ricana Reg.

— Il s'agit de l'Orchestre du Sud-Ouest, poursuivit Zip à mon adresse. Tout un tas de réfugiés et de prisonniers de guerre qui ont décidé de rester ici. Subsides du Conseil des Arts, comme on appelle cela aujourd'hui. Le pain et les pommes de terre sont rationnés, mais la nation peut toujours faire son plein de musique. Etheridge m'a demandé de prendre la section percussion.

— Qui est cet Etheridge ?

— Jack Etheridge, second hautbois dans l'orchestre Hallé. Quand il a eu son accident à la lèvre, il s'est reconverti comme chef. Comme il est de Bristol, je pensais que tu le connaissais.

— Ma foi, dis-je, voilà du moins une bonne nouvelle, je suppose... bien que ce ne semble pas être l'avis de Reg.

— Tout va de travers, dit celui-ci. Je m'imaginais que nous pourrions nous installer pour de bon. Mais il faut croire que les jours où l'on pouvait mener une vie tranquille sont bien finis.

— Tu veux dire que nous sommes tous des PD ?

— Si tu entends par là des personnes déplacées, oui, c'est assez cela.

— Le cœur de Reg s'est envolé pour la sainte Russie et y est resté, dit Zip.

— Ta gueule avec ta sainte Russie ! cria violemment Reg. De toute façon, elle est morte.

— Est-ce de ta mère que tu parles ? demandai-je sous le coup, conscient en même temps de la stupidité de la question.

— Non, répondit Zip pour lui. Non, de la petite amie qu'il s'était prise, à l'époque où j'étais censée l'avoir laissé tomber. Il l'a su par une lettre du mari veuf, envoyée « ABS Ministère de l'Étranger », et dans laquelle cet homme le remerciait de sa gentillesse.

— Le salaud me le paiera !

Reg donna un grand coup de sa fourchette dans la table de cuisine, à la planter de toutes ses dents dans le bois nu.

— Le mari ? dis-je.

— Lui et toute la bande ! L'assassin, le sale porc !

— O Seigneur ! dis-je. Tout cela est fini, bel et bien.

— Fini ? Ah ! mais non ! Non seulement ça ne l'est pas, fini, foutredieu non, mais il s'en faut tant soit bordel de foutre que ce soit près de l'être !

— Si cela vous dit que j'aide à servir au comptoir, ou à mettre en perce les tonneaux, ou à autre chose, proposai-je, j'y suis prêt. Pour quelque temps, en tout cas. Je cherche toujours un poste. J'imagine que l'on doit pouvoir trouver le supplément « Éducation » du *Times* à Abergavenny ?... Et comment va le reste de la famille ?

— Dan, répondit Zip, a sa petite poissonnerie à lui, à Netherbury.

— Et c'est où ?

— Quelque part. Sais pas. Un trou sûrement pas gai, rien qu'à en juger par le nom. Quant à la belle Béatrice, elle est toujours aux Affaires étrangères, et elle couche toutes les fins de semaine avec son homme de lettres de mari. Disons qu'eux sont des PP, des personnes placées.

— Béatrice, dis-je avec une certaine amertume.

— Je sais, je sais, se hâta de reprendre Zip. Je vais à Cardiff demain, continua-t-elle. Il y a réunion de l'orchestre. Mes instruments à cogner et à tintinnabuler, comme dit Reg, devraient arriver par camion ordinaire. Reg fait des histoires pour casquer. Eh bien, qu'il aille au diable ! conclut-elle, mais non sans douceur.

— Nous vivons de rien ou pas loin, se plaignit Reg d'une voix geignarde. Je pensais retirer quelque chose de la mort du père, et qu'est-ce que j'ai eu ? Le local et une licence de débit libre du choix de ses fournisseurs, c'est-à-dire, expliqua-t-il à l'intention de l'ignorant que j'étais en la matière, sans la représentation préférentielle d'aucune marque. Et cela, quand il n'y a presque pas de bière qui sort des brasseries, que les attributions d'alcools et spiritueux sont dérisoires et que le seul profit que l'on fasse vient de la vente des sandwiches.

— Que je prépare, compléta Zip. Mais plus pour longtemps. Cela dit, il y a un fort passage de gosiers assoiffés et d'estomacs qui ne demandent qu'à remplir un creux, après la visite du site arthurien. Même des Américains. Surtout des Américains.

— Et voilà pourquoi, dit Reg, j'ai étudié l'espagnol et le catalan !

— C'est à toi de jouer, rétorquai-je. Personne ne te force à rien.

— Si. C'est le désir de m'évader du reste qui m'a forcé à cela. Le désir d'un retour à l'innocence. Et voilà maintenant que ma mère m'écrit qu'elle a vu l'épée !

Le rapport n'était pas évident. Mais il reprit :

— Et où ? A Leningrad. A l'Ermitage. Exposée entre autres butins ramenés d'Allemagne orientale. Dan avait raison ; l'encyclopédie du père aussi ; tout comme le bouquin de ce Morrow dont on m'a donné le nom. A Leningrad, il y a quelqu'un qui affirme que c'est le glaive d'Attila — le A gravé dessus le prouve —, miraculeusement — non, pas miraculeusement, car ces fils de pute sans Dieu ne croient plus aux miracles — sauvé en tout cas. Mais aussi désaffecté, profané. Le glaive du Hun.

— Cela m'a tout l'air d'une histoire de fou, dis-je.

— Parce que tu peux parler encore de folie après tout ce que nous avons dû subir ? Et si, à cause de cette offense à Dieu qu'est la bombe atomique, cela venait à être la fin du monde, demain, parlerais-tu encore de folie ? C'est tout ce qui est fou qui passe aujourd'hui pour normal, oui !

— Comment, demandai-je, ta mère se trouve-t-elle de vivre dans une Russie sans Dieu ?

— Ses lettres ne sont guère bavardes. Il y a la censure... Écoute, dit-il en se tournant vers Zip, je vais monter m'allonger un peu. Profites-en pour épancher ton âme souffrante dans le giron de ton grand chéri de frère.

Et il gagna l'escalier en traînant les pieds dans ses pantoufles, comme un vieillard.

Quand il eut disparu, j'embrassai ma sœur, avec un sentiment de remords, ou presque, de ne pas l'avoir fait plus tôt, et je dis :

— Donc, cela n'a pas marché très fort.

— Nous avons essayé de faire un enfant, répondit-elle, mais cela n'a rien donné. J'ai une forme de rejet. Et puis, il dit que j'ai déjà assez d'enfants avec mes timbales et mon carillon. En un sens, il n'a pas tort. On ne peut avoir les deux à la fois... pas vraiment, veux-je dire. Je suis un peu malheureuse de l'abandonner à lui-même. Mais je ne pense pas qu'il restera bien longtemps ici. Il y a un lycée à Bridgend qui cherche un professeur d'espagnol. C'est une langue qui semble plaire aux Gallois.

— Alors, il ne vivra plus ici, et toi non plus ? Cela signifie-t-il que vous allez vous séparer pour de bon ?

— Je n'en sais rien. Franchement je n'en sais rien. Non, d'une façon, je ne pense pas. A nous d'essayer que ça marche, tu ne crois pas ? Il a énormément souffert, tu sais, en pensant à moi. Moi, non, je n'ai pas eu mal. Et de savoir que mes doigts vont de nouveau toucher, tenir les mailloches, que je vais recommencer à compter deux cents mesures, est un repos.

— Au fait, je n'ai jamais vraiment compris quelle est la différence entre un timbalier et un percussionniste. Cela ne va pas représenter un peu une déchéance pour toi ?

— A vrai dire, le timbalier est là en permanence et Jack Etheridge s'est déniché un réfugié juif excellent, un certain Apfelbaum, qui s'était tiré de Dresde quand la bande de crétins et d'assassins d'outre-Rhin s'est mis dans la tête d'aryaniser la musique allemande. La percussion, on en a seulement besoin pour les trucs modernes. Ce qui veut dire que je rentrerai dans le circuit, appelée par d'autres ensembles, s'ils décident de mettre au programme *Ein Heldenleben*, ou du Benjamin Britten, ou je ne sais quoi d'autre. En même temps, j'aurai une espèce de contrat avec ceux du Sud-Ouest, pour faire les remplacements aux timbales, chaque fois que ce type, cet Apfelbaum, sera pris ailleurs. C'est comme cela que ça fonctionne à présent. Ce n'est pas riche.

— Histoire d'augmenter les rentrées familiales ?

— Si l'on veut. Mais je ne donne pas longtemps avant que Reg commence à s'agiter au sujet de cet or qui dort à la banque sous le nom de sa mère. C'est devenu une sorte d'obsession pour lui. Tous les matins, il regarde les cotes de l'or dans le journal et aligne des tas de chiffres. Il dit qu'il y en a pour un paquet, alors que c'est là à ne rien faire.

— Pauvre Reg.

— Mon Dieu, oui, c'est assez mon sentiment, quand je pense à lui.

Ce soir-là, je tirai de la bière et rendis de la monnaie. Il ne vint pas des masses de clients. Morne existence pour Reg et Zip, je m'en rendais compte. Des vieux qui ne buvaient pas plus d'un demi par tête, et le faisaient durer. De jeunes gars de ferme qui jouaient aux fléchettes. Dieu, la médiocrité des gens, quand j'y pense ! Passez-les à la mitraillette, et qui donc pleurerait leur disparition de ce monde ? Pourtant, il semblerait que la nature se fasse une loi de permettre aux médiocres de survivre, alors que les individus de talent sont voués à la misère et à la faim ou à la boucherie. Que de talents partis en fumée à Auschwitz ! songeais-je.

Le désir des médiocres de persévérer dans leur médiocrité me fut confirmé avec l'entrée d'un couple, manifestement inconnu du maître et de la maîtresse de céans, et qui demanda, en s'attendant, manifestement aussi, à ne pas obtenir satisfaction dans un endroit où personne ne devait savoir ce que c'était, deux Martini secs. Ils faisaient bien la paire, mari et femme ou homme et compagne. Ils donnaient l'impression de s'être très bien tirés de la guerre — citadins en voyage, trouvant amusant, entre deux étapes, de franchir le seuil du bistro d'un village dont ils ignoraient le nom et s'en moquaient bien, car même si, finalement, le patron connaissait le Martini sec, ils n'y remettraient jamais les pieds. Ils respiraient la prospérité. L'homme était replet, quelque peu violacé autour du nez ; la femme, pâle et asthénique. Quand ils réclamèrent deux autres Martini secs, Reg fut contraint d'avouer qu'il manquait de gin. L'homme réagit en disant :

— Encore un truc sur lequel le trust des longs nez a mis le grappin.

— C'est des Juifs que vous parlez ? dit Reg avec une politesse maîtrisée. Eh bien, je vous en présente trois qui ne trustent rien du tout. En revanche, si vous, chers madame et monsieur, dans trois secondes pile vous n'avez pas pris la porte et le premier tournant, mon poing aplatira pile vos jolis petits nez aryens. Oust, foutez-moi le camp !

Peut-être n'était-ce pas la manière indiquée de tenir un bistro. Les familiers du lieu, au son de cette voix qui s'élevait contre l'antisémitisme, ne furent pas fâchés : cela mettait un brin d'animation. En même temps, ils regardaient Reg avec des yeux lourds de réprobation. Pas des façons, non, pour un patron de bistro.

Après la fermeture, pendant que nous lavions les verres, je dis à Reg :

— Trois, hein ?

— Question de solidarité, répondit-il. Qu'est-ce qui m'empêche d'être juif aussi bien qu'autre chose ? Bon, d'accord, je manque de qualification, puisque j'ai toujours mon prépuce et que je ne suis pas bar-mitsva ; mais que sont les Juifs, après tout ? Un peuple chassé de chez lui, réduit à la diaspora, comme les Gallois durent se réfugier dans leurs montagnes, privés de foyer et de patrie. Souffrance et spoliation.

— Les Juifs retrouveront bientôt leur foyer et leur patrie, répliquai-je. Non que je veuille m'en mêler — je n'entends me définir en fonction d'aucune race ni d'aucune nation.

Puis, une image refit surface dans ma mémoire et je demandai :

— Au fait, c'est bien toi que j'ai vu dans le journal, sur une photo de cette histoire absurde, ce couronnement d'un pseudo-prince de Galles ?

— La mère et moi, nous avions monté une espèce de buvette

pour l'occasion. Bière en bouteilles — interdit par la loi, mais pour ce que la loi signifie par ici ! — et sandwiches à la mousse de poisson, plus des gâteaux gallois sortis du four de Mme Evans. Absurdité, dis-tu, mais, et la vôtre, d'histoire : la patrie juive ? Si les Anglais sont le genre d'enfoirés que l'on a vus ce soir, alors, à la porte les Anglais !

— Tu es sérieux ? Tu t'es inscrit à ce parti ?

— Le parti ? répéta Reg avec un rire amusé, c'est-à-dire sardonique. Tiens, jette plutôt un coup d'œil là-dessus.

Il y avait, derrière le comptoir, un numéro du *Western Mail* du jour, très mouillé et ouvert sur une annonce d'un quart de page où un dragon de légende caracolait au-dessus de ces phrases :

Notre pays s'appelle CYMRU. Et quel bel et aimable pays, que CYMRU! Rien de commun avec Galles, qui, dans la langue saxonne, signifie « terre de l'étranger ». Luttez pour une CYMRU libre, gouvernée par ses propres dirigeants! Refusez l'obéissance aux lois anglaises, la levée des impôts anglais! Grève contre l'envahisseur! Luttez pour les droits de la CYMRU!

Le tout, signé : *Arthur, prince de Cymru.*

— Oh ! là ! là ! Seigneur ! dis-je. C'en est comique.

— Vois-tu, dit Reg, sur un ton réfléchi, nouveau chez lui, et le regard ailleurs que sur le verre qu'il essuyait. Vois-tu, je suppose qu'il doit toujours y avoir un semblant de comique dans les revendications des petites nations — Gallois, Basques, Catalans et autres — aux yeux des fondateurs d'empires. Mais c'est sans espoir. Impossible d'avoir le dessus. La seule chose qu'il y ait de bien dans le nationalisme gallois, pardon : cymrique, c'est qu'il donne l'occasion, de temps à autre, de botter le cul des Anglais. Ils sont tellement pleins d'eux-mêmes, les fumiers. Et bande d'assassins qu'ils sont, par-dessus le marché.

— Si c'est aux victimes de Yalta que tu penses...

— Oui, à elles, entre autres choses.

— Mais ce n'est pas aux petites gens qu'il faut s'en prendre. Ce n'est pas leur faute, jamais. Si ce que veulent les nationalistes gallois, c'est faire flamber une gargote de poissons-frites parce que le propriétaire est anglais — parfaitement, j'ai lu cela dans le *Daily Mirror* —, ils se trompent complètement d'adresse. L'ennemi numéro un est toujours le gouvernement. Et si, par un hasard qui ne se produira jamais, vous veniez à avoir ici votre propre gouvernement, ses hommes auraient la même gueule que les voyous abrutis de Westminster aujourd'hui.

— Non, il aurait le visage de la Cymru.

— Alors, tu es vraiment du côté de ces gens ?

— Je ne suis du côté de personne.

Il avait du mal avec le verre qu'il essuyait ; c'était celui de la dame au Martini, et elle y avait, avec son rouge à lèvres, enroulé sur le bord une sorte de véronique tenace. Avec une grimace mauvaise, Reg cracha dedans, puis le passa de nouveau à l'eau, avant d'ajouter :

— J'ai seulement le sentiment d'avoir à m'acquitter de quelque chose.

Je pensai qu'il avait dans l'idée : tuer. Je dis donc :

— Tu es quitte, tu as déjà tué.

— Oui, et c'était étonnamment facile.

— Cela n'a fait de bien à personne.

— Oh que si, et même énormément de bien. En outre, tu sais parfaitement pour qui je l'ai fait.

Il chercha des yeux Zip. Mais, abandonnant la plonge sans un mot ni un bruit, elle était montée se coucher.

Je restai là un peu plus d'une semaine. Je couchais dans le lit qui était autrefois celui de Béatrice. Une faible odeur de sa présence déshabillée semblait persister dans la chambre, et il en résulta une ou deux tumescences douloureuses. Je vis à peine ma sœur : elle était partie pour Cardiff, où elle assistait aux répétitions du premier concert que devait donner le nouvel orchestre dans la grande salle de l'hôtel de ville. Elle était descendue, à l'entendre, chez le second violon, qui avait un appartement juste à l'orée de Cathays Park. L'orchestre, à ce que je comprenais, avait déjà donné d'autres concerts, parfois même sur les ondes, sous sa forme première ou, disons, classique — autrement dit, alors qu'il était en mesure de jouer Mozart, Beethoven et Brahms, sans être encore prêt à aborder des œuvres réclamant les cymbales et le glockenspiel. Un concert sans la participation de chœurs manque toujours d'attrait pour les Gallois ; la Société chorale de Glamorgan devait donc chanter *Vers le pays inconnu*, de Vaughan Williams, et *Bienheureuse paire de sirènes* de sir Hubert Parry. Quant à l'orchestre, bien qu'il fût recruté dans le Sud-Ouest, il affichait très haut le nouvel internationalisme de l'Europe des réfugiés. Chez lui dans Kodály et sa suite de *Háry János* (percussions à gogo dans ce morceau), il était quelque peu mystifié par la *Rhapsodie galloise* de sir Edward German.

Vivre avec Reg n'était pas des plus faciles. Je payais ma pension en aidant au comptoir et en préparant, entre de grosses tranches de pain, des sandwiches au pâté de porc et au maquereau-serpent, ces derniers puissamment fournis en persil et relevés au vinaigre de malt. Mais je me promenais, à l'aventure des champs et des chemins de campagne, en dehors des heures d'ouverture, dans l'émerveillement de l'inutilité de la luxuriance des sycomores et, tel Roquentin, dans l'écœurement d'une telle fécondité. Je visitai plusieurs fois le site arthurien et, un jour, m'y trouvai submergé par un groupe d'Américains qui, fidèles à leur fonction de touristes, mitraillaient avec leurs appareils de photographie le contrefort et sa fente en fourreau. Ils n'étaient pas ravis de l'Angleterre : trop de pluie et rien qui ne fût rationné. Ils étaient impatients d'arriver à Paris. Médiocrité, médiocrité, *überall* médiocrité. Et puis, un petit homme, un Gallois, surgi, semblait-il, du néant, sauta légèrement dans le creux où se trouvaient les ruines celto-romaines et s'adressa à ces citoyens du Nouveau Monde.

— Je suis la voix de la Cymru libre, celle que vous appelez Galles, et je demande à l'Amérique d'apporter son aide à notre combat pour nous libérer du joug de l'Anglais. Vous aussi, vous avez lutté et vaincu lors de votre guerre de l'Indépendance...

Les quatre syllabes du mot s'étaient détachées, uniformément accentuées à la galloise — cela sonnait comme un mot attrapé dans le dictionnaire et répété sans être bien compris, et c'était loin d'évoquer un chant de liberté dans la réalité de la vie. Mais le petit homme poursuivait :

— Nous avons besoin de votre argent, besoin que vous répandiez la nouvelle de notre combat parmi les fils des peuples libres. Et leurs filles aussi, cela va de soi. Le moindre geste sera une aide et aura droit à notre gratitude, que traduira la beauté de ces mots anciens : *Diolch yn fawr* ! Et je suis chargé de vous dire également que le nom même de votre pays est gallois. Car le nom Amérique vient de *ap Meuric* dans notre langue, qui signifie : fils de Maurice, et Richard Ameurik fut celui qui investit le plus d'argent dans la seconde expédition de John Cabot vers le Nouveau Monde, en 1498.

C'était du neuf pour moi comme pour les Américains. Certains d'entre eux marmottèrent : « Sans blague ! » — façon comme une autre d'exprimer une absence de doute. Même, la solide apparence de fait établi, date et tout à l'appui, en poussa quelques-uns à plonger la main dans la poche revolver de leur pantalon pour en extraire la liasse de rigueur et, de la liasse, un billet, que ne manquait pas de cueillir la main avide du petit Gallois. En déposant ma propre obole, deux pièces d'une demi-couronne, dans sa paume, je lui demandai où il avait pris ses informations. Il répondit : « Sources personnelles. » Pas une seconde je ne le pris pour un représentant de la confrérie arthurienne — non : simple étudiant piquant au passage un brin d'argent facile, à des fins hautement matérielles. Qui pouvait prendre au sérieux ce mouvement nationaliste ?

Pourtant, il se trouvait des hommes de la sorte, et je fis leur connaissance la veille de mon départ. Ce soir-là, comme, Reg ayant fermé à clef l'établissement, nous nous attelions tous les deux à la plonge, il y eut, dehors, un vacarme de coups dans la porte et de voix, comme de quelqu'un de très saoul.

— Seigneur Dieu, encore eux ! jura Reg.

Mais il ouvrit à des hommes qui, à en juger par son salut de la tête, si froid fût-il, étaient bien connus de lui. Il s'agissait, ainsi que je le découvris, de vieux camarades d'armes et de son époque de Gibraltar, accompagnés d'un jeune homme aux yeux fous, qui se présenta lui-même aussitôt. Il était complètement ivre et il déclama :

— Çà, rendez hommage à votre prince légitime, et au diable le Saeson et ses foutues lois scélérates sur le débit de l'alcool ! Mais que vois-je ? Un inconnu ? Hors d'ici, l'ami, car ceci est consistoire ou synode légitime des fils de ce sol, et il est clair que vous n'avez rien d'un Cymro.

Puis, en criant : « *Rhyfel! Rhyfel!* », il passa derrière le comptoir, sans que Reg l'y eût invité, et entreprit de se tirer, d'une main tremblante, un demi de bière galloise amère, blonde et légère. *Rhyfel*, je devais l'apprendre par la suite, signifie : guerre.

Les autres avaient relativement peu bu. Reg dit :

— Vous avez devant vous mon beau-frère et vous êtes ici chez moi. S'il y a des ordres à donner, c'est à moi de le faire. Videz ce verre, Votre Altesse de mes deux ; posez votre argent anglais sur ce comptoir, et ensuite ayez la bonté d'aller vous faire encaldosser ailleurs.

Des trois anciens compagnons d'armes, l'un, qui était chauve, alla s'asseoir pesamment contre le mur, à gauche de la cible à fléchettes, puis dit à Reg :

— Nous sommes en route pour Tredegar, et l'intention de cette visite est purement amicale. Tu fais montre d'une extrême légèreté ; mais tu as toujours été le même. Cela dit, il est une chose que, toi seul, tu peux faire, et nous venons te prier, une fois de plus, de t'exécuter.

— Connerie, dit Reg. Tu ferais mieux, continua-t-il à mon intention, d'aller te coucher. Comme dit Son Altesse des deux qu'il n'a pas : c'est affaire entre Gallois.

— Un peu moins de grossièreté, dit le prince de Cymru. Mort, reprit-il en levant son verre, oui, mort à l'étranger parmi nous et à l'étendard au dragon qui flotte sur notre beau pays !

Après quoi, il but avidement en répandant la moitié de sa bière.

Je les laissai là et montai me coucher. De la chambre, j'entendais, venant d'en bas, des voix fortes lancer des paroles indistinctes. Il y eut aussi des bruits de verre brisé. Enfantillages gallois. Au matin, notre petit déjeuner en tête à tête, thé et pain frit, se déroula en silence, jusqu'à ce que j'eusse demandé à Reg de quoi il retournait, la veille. Enfantillages gallois, me confirma-t-il. Mais il ajouta en secouant la tête :

— Seul, seul, seul. Je vais demander à la petite Megan.

— Qui est la petite Megan, en dehors du fait qu'elle est fille, galloise et de petite taille, évidemment ?

— Elle habite au village, chez sa *modryb*, sa tante, qu'elle soigne. Je ne peux pas la payer beaucoup, mais je n'aurai besoin d'elle que le soir.

— Je ne peux pas dire que ton prince de Cymru m'ait fait grosse impression, repris-je après un silence.

— Il fait partie de l'enfantillage. Commode comme figure de proue, et parfaitement disponible. Mais je subodore la manigance : il y a de la victime dans l'air ; attends que la bande lui ait soutiré son fric ! C'est une sacrément grosse partie qu'il a à jouer, le gamin. Réveiller le souvenir de l'assassinat de notre *dux* et dénoncer très haut, devant le tribunal du monde, l'Anglais, l'infâme meurtrier. Mais, là, ce n'est plus à lui de jouer. Si tu ne te grouilles pas de boire ton thé, tu vas rater le car.

Je regagnai donc Manchester pour lire que j'étais reçu à ma licence et me remettre à la recherche d'un poste. Je finis par en trouver un : de maître d'éducation physique dans un des établissements de renfort ouverts d'urgence, avec vocation — en raison de l'expansion démographique du pays et de la pénurie d'enseignants dans les écoles primaires — de former les démobilisés, hommes et femmes, désireux de se reclasser dans la pédagogie. On m'autorisait à donner aussi, subsidiairement, des cours d'histoire de la philosophie occidentale — bien que l'administration académique considérât que cela relevât plutôt d'un clinquant culturel : qu'est-ce que l'école primaire peut bien avoir à faire d'Aristote ? Lors de l'interrogatoire que je dus subir de la part du principal et de deux représentants de l'Inspection de Sa Majesté, je suggérai que le trouble jeté dans l'esprit des enfants par la découverte fabuleuse du monde est d'ordre philosophique et que, de toute façon, les éducateurs avaient eux-mêmes besoin d'être éduqués. Que rien, dans le civil, ne me qualifiât pour la fonction d'instructeur physique ne fut d'abord pas à mon avantage ; mais, mystérieusement, le diplôme de licencié sauva la mise : lorsque je ne porterais pas de survêtement de sport, j'aurais loisir d'arborer, de droit, la toge magistrale, tandis que la plupart de mes collègues, eux, pour avoir ce privilège, devaient en passer par la gracieuseté d'une cotisation de cinq livres sterling à une organisation professionnelle. Et voilà !

Je logeais dans un minuscule appartement qui faisait partie d'un pavillon dortoir pour étudiants. Mes repas, que je prenais au grand réfectoire commun, étaient gratuits. Ce collège, à l'origine camp de l'armée américaine, n'était pas loin de Bolton, distant lui-même de quelque cinquante kilomètres de Netherbury — où Daniel Tetlow Jones avait sa poissonnerie. J'emmenai une équipe de rugby jouer contre le quinze d'une usine de Preston, localité voisine, et, après le match qui eut lieu sur le terrain de Netherbury, nous allâmes tous, en sueur, dans un bar, descendre des bières et jouer en chœur les mâles et les durs.

Et là, solitaire au comptoir, se tenait Dan. Les autres clients gardaient leur distance par rapport à lui ; à l'odeur, je les comprenais. Dan empestait le vieux poisson. Le poisson, il en avait pour ainsi dire la peau cousue, tout comme son tablier rayé et souillé de minces faufilages de sang et d'applications ténues de boyaux. Il ne me reconnut pas. Lentement, péniblement, je dus lui rappeler nos rencontres précédentes et même notre parenté par le mariage. Je lui demandai comment allait sa sœur. Il répondit :

— Elle s'est mariée avec l'affreux Ricain, et elle vit dans un endroit, lui dans un autre. Elle travaille pour les Russes, ou contre, parce qu'elle sait le russe. Moi aussi, je le parle.

— Cela, je le savais et je ne l'ai pas oublié.

Un homme maigre, en manteau de pluie sale et au sourire figé, fit son entrée, saluant, salué. C'était manifestement le bouffon du lieu ; il exécuta un bref numéro comique en feignant d'être asphyxié par l'odeur de Dan. Celui-ci marmonna une phrase où je saisis seulement les mots « fumier de merde ». M'adressant aux étudiants de mon équipe aussi bien qu'aux clients les plus proches, je déclarai :

— L'odeur du poisson est bonne et sacrée. C'est d'un poisson à l'odeur infecte que, dans les Apocryphes, Tobie se sert pour chasser le démon Asmodée. Et Jésus-Christ lui-même est un poisson.

Le tenancier grommela que les allusions à la religion étaient interdites dans son établissement. Dan finit de vider la chope que j'avais commandée pour lui et s'en fut sans le moindre au revoir. Sûrement il lui manquait une case, et de taille, même ! Un crapaud, vouant un culte à la princesse descendue des hautes sphères célestes sur un rayon de lune. Drôle de famille — à faire froid dans le dos, tous...

Six années durant, on avait expédié, par cargaisons entières et sans leur demander leur avis, des citoyens britanniques à divers bouts du monde. Le temps était revenu de solliciter l'autorisation de voyager, c'est-à-dire d'acheter à l'État la permission de brandir un document lui appartenant en propre, savoir un passeport.

De la page intérieure du document à reliure roide, un Juif à moustache noire fixa d'un regard sans gaieté le fonctionnaire de l'immigration qui le dévisageait, à Boulogne-sur-Mer, tandis que le même Juif moustachu, mais à trois dimensions et terriblement réel, souriait en face de lui, à la perspective d'un beaujolais, de Gauloises, d'un coq au vin et d'un asile momentané, loin de l'austérité britannique.

A mon retour, après avoir dépensé la maigre allocation de devises étrangères autorisée, et pris un peu de poids, je fus bien content de posséder le fameux passeport. Au collège, un télégramme m'attendait, arrivé le lendemain de mon départ en vacances : MÈRE DANS ÉTAT GRAVE VIENS PÈRE. Le contrôle des changes n'avait pas à s'en mêler : je resterais dans la zone sterling. Je dus seulement arracher à l'économe une avance en liquide, pour pouvoir me précipiter à Londres et voir comment parvenir le plus rapidement possible à Tel-Aviv.

Un moyen était de gagner Le Caire par avion de la BOAC, puis Haïfa par le train. Mais mes informateurs, à Londres, avaient des doutes sur la sécurité de ce dernier tronçon du trajet : la voie ferrée y avait été minée et il en avait coûté de lourdes pertes en vies humaines à la garnison britannique en partance. C'était l'œuvre de terroristes, au nord de Rehovot. L'on me conseillait l'avion jusqu'à Chypre, par Paris, Rome et Athènes. De Chypre, voir quel moyen de transport par mer serait disponible, de Larnaka ou de Famagouste.

L'appareil à turbopropulsion, de type bombardier modifié, avait à son bord des passagers cypriotes turcs aussi bien que grecs, ces derniers en majorité. Les deux groupes se lançaient mutuellement à la figure, à satiété, des chants de défi. Les *keravnos* et les *gök gürlemesi* s'entrechoquaient ; les éclairs de haine et de mépris jaillissaient des yeux noirs et s'entrecroisaient dans la clarté et la pureté de l'air à cette altitude. Seuls, un Roméo turc et sa Juliette grecque, perdus dans les bras l'un de l'autre quand ils ne mangeaient ou ne fumaient pas, témoignaient silencieusement de la stupidité des exécrations culturelles.

Ma mère, ma mère... Il était grand temps de savoir jusqu'à

quel point je connaissais, dans quelle mesure j'avais vraiment vu, dans quelles limites j'aimais ma mère. J'avais soif et je buvais avidement le thé tiède que l'on m'offrait, mais j'étais incapable de toucher aux bouchées de viande morte sur leurs brochettes. L'hôtesse, honnête jeune fille des comtés avoisinant Londres, avec l'accent patricien à l'avenant, souffrait au milieu de ces mâles à peau bistre qui sifflaient et gloussaient. Son coq de service, un chef steward au cou épais et à l'air d'ancien de la marine, veillait et tapait sur les palpes crasseux tendus pour coller comme des ventouses à la jupe ou au chemisier de la malheureuse. Ma mère. Le rythme sur lequel je me martelais de ce mot le cœur pour l'en pénétrer de bons sentiments valait une masturbation. *État grave*, mais quel état, quel degré de gravité ? Pendant que l'appareil, après trois ravitaillements en carburant, survolait le golfe d'Antalya, la plupart des passagers avaient fini par s'abandonner à un sommeil bruyant — commencé à l'aube, le vol approchait de son terme alors que le soleil s'était déjà couché dans un aveuglement de lumière. Mais ils ressuscitèrent dans le tumulte et les cris, dès que s'amorça la descente sur l'île en forme de ce mollusque nommé buccin. Et cela tourna au pugilat, lorsqu'il s'agit d'extirper des casiers à bagages les paquets et les valises en carton, et même en véritable bagarre sur le tarmac de la piste. La nuit était sans lune ; la police de l'aéroport balaya des faisceaux de ses torches électriques les belligérants. Guerre, guerre, guerre. *Harb. Polemos*. Et aussi *rhyferl*, sans parler de *milchamah*. Mot hébreu malencontreux par son évocation d'homonymes en d'autres langues, avec leur connotation d'allaitement et de nourrice. En Palestine, c'était la guerre.

Je passai la nuit dans un hôtel sordide de Nicosie — bien que la brise qui agitait les citronniers d'un jardin miaulant de chats en rut tempérât les odeurs. Je ne parvins pas à fermer les yeux, à cause du bruit incessant en bas : chants, danse, fracas d'assiettes brisées. Au frais de l'aube et tandis que le jour jubilait déjà à la pensée de la chaleur terrifiante qu'il allait engendrer, j'avalai un café grec ou turc, épais, très sucré, et un gros morceau de pain azyme accompagné de confiture d'abricots, puis pris le car de Famagouste. Il regorgeait de femmes amères, enchâlées de noir, et d'ancêtres masculins crachant un jus brun ; il y avait aussi de la poulaille en cage et un jars gris qui parcourait l'allée entre les sièges, d'un pas solennel de magister.

Un vapeur grec, l'*Avrio*, chargeait de la fonte en gueuses et des sacs de grain à destination de Beyrouth. On m'octroya, moyennant un prix excessif acquitté en sterling, une place de pont, parmi une population au teint et aux cheveux sombres, et qui puisait dans des sacs à comestibles pour en sortir un *gögüs* ou un *stithos*, à moins que ce ne fût un *tsadye*, du pain blême et sale en tout cas, et qui, fendu en deux, était accommodé à l'intérieur d'une sorte de pâte d'anchois, dont même la brise de mer n'arrivait pas à chasser la puissante odeur. Je mangeai du chocolat qui fondait dans les doigts et deux oranges. A Beyrouth, lorsque je montrai mon passeport, le fonctionnaire de l'Immigration cracha par terre et me désigna d'un geste vague une direction qui pouvait être celle de la gare de chemin de fer. Le train qui me conduisit d'abord à Acre, puis à Haïfa, n'avait pas été nettoyé. Au sein de cette humanité brune et malpropre, la seule civilisation digne de ce nom s'était développée parmi les dieux autochtones ; ceux-ci avaient ensuite été délaissés et remplacés par des déités abstraites, à la grand-honte de la mer Intérieure. Le car de Tel-Aviv était civilisé, bien que l'on y pérît de chaud. Certains des passagers portaient d'honnêtes vêtements occidentaux et lisaient des journaux en hébreu. Un jeune homme s'efforçait de se débrouiller du vocabulaire d'un petit livre en allemand. Une femme s'adressa à sa fille en yiddish et lui promit une *gelroirenes* ou une *glidah* à l'arrivée à Tel-Aviv. Mais la fillette pleura très fort en ne voyant pas de marchand de glaces aux entours de l'arrêt du car.

L'appartement de mon père était situé dans le secteur commercial de la ville, loin des citronneraies, au troisième étage d'un énorme immeuble neuf et laid, à l'escalier de ciment sans tapis. C'était une fournaise ; on y étouffait. Le mobilier correspondait à mes souvenirs d'Angleterre — adapté au froid du nord, non à une fin juillet de Méditerranée orientale. C'était là l'une des bizarreries de la nouvelle patrie : trop d'ashkénazes qui importaient leur confort pelucheux, dans l'inconscience qu'Israël était un climat tout autant qu'une idée. Sur ce sol, le bédouin était chez lui, à l'aise, tandis que le Juif se plaignait, *oÿ oÿ*, dans la grande chaleur. Mon père portait un pantalon de grosse serge, lâchement serré à la taille, et uniquement, d'autre part, une chemise rayée point trop nette et pendant hors du pantalon par-derrière. Cela me fit un coup lorsque je m'aperçus qu'il portait aussi la *yarmoulka* (quel parcours, depuis le *yagmourlouk*, ce manteau de pluie des Turcs, jusqu'à cette coiffure séculière d'Ukraine et de Pologne, pour arriver ici !). Elle semblait résumer, cependant que mes premiers mots étaient pour parler de ma mère, toute l'errance misérable de notre siècle.

— Elle était déjà morte, répondit mon père à ma question, quand je t'ai envoyé ce télégramme. Il faut graduer les émotions. Tu as mis passablement de temps à arriver.

J'expliquai. Il reprit :

— Non, ce n'est pas de maladie qu'elle est morte. C'est une saleté de bombe qui l'a tuée. Elle était fille d'Israël ; elle avait bien le droit d'aller visiter la Ville sainte... Il y a eu violation de la trêve, et où étaient-elles, alors, les fameuses forces de cette foutaise de Nations unies ?

— As-tu télégraphié aussi à Zipporah ?

— Non. Je n'avais pas envie qu'elle fît encore une fausse couche. Et je ne veux pas d'elle ici : ce n'est pas un endroit pour une femme. Pour ce qui la concerne, sa mère est toujours en vie. Et jure-moi sur la tête de la défunte que tu ne la détromperas pas. Venu le jour où j'estimerai qu'il est temps que votre mère ne soit plus, c'est moi qui le lui annoncerai. En attendant, c'est ma façon de la garder en vie. La malheureuse victime, oui, et de quelle sanglante connerie !

— Donc, tout est fini ? dis-je. Les funérailles et le reste ?

— Oui, naturellement. Selon les rites de l'orthodoxie qui sont la règle de cet État laïc. *Kaddish* et tout. Écoute, ô Israël, foutu pays... Tu voudrais voir la tombe, j'imagine ? Demain. La canicule est pernicieuse aux cadavres. La décomposition était déjà très avancée lorsqu'on l'a identifiée, grâce à son sac à main. Ses doigts le serraient si fort que l'on a eu toutes les peines à les faire lâcher prise. Oui, bien sûr, c'est tout fini. Le président en personne s'est déplacé pour l'enterrement, en souvenir d'une vieille amitié, datant de Manchester, avec ton grand-père... Bref, tu vas penser que tu as fait un voyage pour rien. Tu changeras d'idée.

Faute de comprendre, je dis :

— Tu n'as pas l'air bien, et il y a de quoi. Te nourris-tu, au moins ?

— Si je me nourris ? Dans ce fichu pays ? C'est lui qui te bouffe. Et tout vif, même ! Mais je bois, ça oui. Pas du whisky. Personne ne peut se payer ce luxe. De l'arak. Mot que tu trouveras dans leur sacré Coran, lequel défend d'y toucher, cela dit. Tôt ou tard, ils finiront bien par m'avoir, les salauds, mais je m'en paierai un d'abord. Araq signifie sueur. Eh bien, d'accord, ils sueront. Oui, ils le sueront, leur bondieu de sang !

J'étais resté debout assez longtemps sur le tapis ridiculement épais. Je finis par m'asseoir près de la table ronde vernie. Avant sa mort, ma mère s'était attelée à une de ses inscriptions décoratives : d'un crayon léger, elle avait tracé sur le parchemin les caractères d'un de ses petits poèmes facétieux — on eût dit l'âme du texte attendant de s'incarner dans l'encre de Chine. Cela devait sécher très vite sous ce climat, pensai-je. Mais il fallait convenir que, pour ce qui concernait ma mère, l'encre avait, d'un coup, tari et séché à jamais. J'aurais voulu, pour l'amour de mon père, ne pas avoir les yeux secs. Je déchiffrai l'ombre de poème :

Pour l'enchantement de nos yeux l'orange luit,
Pendant tel un lampion dans le vert de la nuit,
Ou telle une pomme d'Adam brillante d'or.

Ève, plus qu'on ne croirait se morfondant, mord
De l'amertume vive l'acide fruit.

— Pauvre, pauvre maman, dis-je. Pauvre peuple juif, condamné et damné.

— Nous ne sommes pas plus condamnés que damnés. Ce pays est la terre qui nous a été promise.

— En échange d'une nouvelle méthode pour massacrer les innocents ? Tu n'as rien à faire ici, papa. Tu ferais mieux de rentrer avec moi.

— Du diable, tu pourrais au moins pleurer et m'imiter : te cogner la tête contre le mur ! C'était ta mère : elle t'a mis au monde, elle t'a nourri et aimé tendrement, et toi, tu restes assis sur cette chaise, avec tes fichus airs de cynisme !

— Oui, répliquai-je en allumant une Gold Flake, elle m'a mis au monde et donné son lait. Mais, ensuite, ma sœur et moi, nous nous sommes retrouvés comme deux orphelins. Non par ta faute, je le sais : tu devais aller là où le voulait le travail. Mais si je pleurais, ce serait sur toi. Rentre avec moi, je te le répète, cela vaut mieux.

— Rentrer où ? Je suis chez moi, ici. Et je n'ai que faire de tes fichues larmes de pitié. Je m'en tirerai tout seul.

— Nous ferions bien de trouver un endroit où manger quelque chose.

— Tu viens ici pour apprendre la pire de toutes les nouvelles, et tu n'as qu'une idée : manger !

— Les héros d'Homère pleurent leurs compagnons d'armes morts, puis ils mangent. Après quoi, ils recommencent à pleurer.

— Garde pour toi tes fichues âneries d'écolier.

— Comment peux-tu dire cela ici ? Sur cette terre de classicisme ?

— Non, tu es dans un pays moderne, né du sang répandu. Sans héros. Rien que des victimes. Mais les héros viendront. Passe-m'en une.

Il voulait parler d'une Gold Flake. Il tira une grande bouffée, soupira, me regarda et reprit :

— Ça a bien marché pour toi, la guerre, hein ?

— Bien, si l'on veut, en ce sens que j'en suis sorti indemne. Mal, en un autre sens, puisque je n'ai rien fait d'héroïque. Mais j'ai aidé à former des héros.

— As-tu jamais tâté de cette saleté ?

Il s'agissait de l'arak. Il ramenait la bouteille du buffet d'acajou, dont je me souvenais parfaitement.

— Non, et je n'ai aucune envie de commencer.

— Comme tu voudras.

Il but au goulot de la bouteille. Le texte sur l'étiquette était rédigé en anglais, en hébreu et en arabe. Il frissonna.

— Atroce. Une vraie saloperie, tu n'as pas tort... Bon, reprit-il en me considérant d'un regard plus affectueux. Je t'ai tout de même fait venir jusqu'ici, de sacrément loin. Tu as l'air en bonne forme, mon garçon. La forme éblouissante de celui qui n'a jamais frappé personne dans un coup de colère ni autrement. Il y a ici des gens qui aimeraient bien te dire un mot ou deux.

— C'est impossible : je ne connais personne dans ce pays.

— Quel genre de contrat as-tu, là où tu es ?

— Pourquoi cette question ?

— Quel genre de contrat ?

— Il s'agit d'un établissement de secours ; c'est-à-dire que le contrat prend fin avec l'expiration du programme d'urgence. Rien de permanent. Le genre d'endroit où l'on lit le supplément « Éducation » du *Times* à la salle des professeurs, pour les annonces de postes permanents vacants... Pourquoi vouloir me voir ? Pour m'offrir une place de professeur de philosophie quelque part ?

— J'avais dit quelque chose comme cela dans une lettre, non ? Que les Juifs avaient grand besoin de philosophie ? Non, personne n'a dans l'idée la philosophie. Et tu as raison : nous ferions mieux d'aller manger quelque chose. Il n'y a pas de sens à se laisser crever de faim. Cela t'est égal de manger kasher, j'espère ?

— Pas de sang dans un pays de sang. Ce truc que tu portes, cette *yarmoulka* ou je ne sais, cela signifie-t-il ce que je pense ?

— Prononce le « r » plus franchement. Oui, cela signifie exactement ce que tu penses. Comment définir un Juif, si ce n'est par sa religion ? Le ver s'est mis dans le fruit avec la diaspora et la dispersion de notre semence.

— A t'entendre, on croirait que tu parles du péché d'Onan.

— Oui, de cela aussi, tu n'as pas tort. Allons-y, je connais un petit endroit, juste passé le coin de la rue... mais kasher, je te préviens.

Les fenêtres des appartements en rez-de-chaussée étaient larges ouvertes à la grande chaleur du soleil couchant, et la musique de Kol Israël luttait avec les nouvelles en hébreu de Kol Hierushalayim. Rue bruyante d'une cité bruyante. Le restaurant s'appelait *La Dvorah*. Une énorme abeille bariolée et souriante était peinte sur la glace de la vitrine, elle-même badigeonnée en blanc, au reste, comme celle d'une boutique. A l'intérieur régnait un furieux vacarme, percé par les hurlements de petits enfants que l'on forçait à manger. Eh oui, ainsi allait et continuait la vie, et c'était de cela qu'avait besoin mon père. Il salua lugubrement — *schalom!* — le patron, qui ressemblait à un jésuite défroqué. Puis, nous mangeâmes des olives noires, suivies de poulet trop bouilli et d'une fadeur suave, pour terminer par une salade d'oranges sucrée et un café, obligatoirement noir.

— Je n'ai jamais rien compris aux règles de la diététique, dis-je. Pourquoi n'ai-je pas droit au lait ou à la crème dans mon café ?

— Cela a à voir avec l'histoire du veau qui a besoin de cuire dans le lait de sa mère, répondit mon père.

— Ni vu ni connu, dis-je.

— Tout cela prend son sens avec le temps. Tu t'en apercevras après avoir passé un mois ou deux ici.

— Mais je ne vais pas rester.

— Demain, tu causeras avec ces gens. Ils t'attendent, et ils savent tout de toi.

— Comment diable, pour l'amour de Dieu ou de Jéhovah ?

— *El*. Ici, on dit *El* pour Dieu. Je t'expliquerai la chose. Il y avait un homme, mêlé aux questions de sécurité, qui est venu avec Chaïm Weizmann à l'enterrement...

Il s'interrompit pour boire une gorgée de la triste mucosité noire, puis poursuivit :

— La conversation avec lui a fini par rouler sur l'origine de la famille, et ton nom a été prononcé. Cet homme avait l'impression de te connaître, mais il a dit qu'il s'en assurerait en consultant les fichiers. Tu n'en reviendrais pas, de tout ce qu'on a mis en fiches, ici. Te souviens-tu d'avoir suivi un certain entraînement, pendant la guerre, sous les ordres de certains civils ?

— Seigneur, c'est donc eux ? T'a-t-il parlé, en passant, d'Aleph, de Beth et de Ghimel ?

— Non, il n'a jamais été question d'alphabet hébreu. J'ai promis de téléphoner quand tu serais ici. Je le ferai demain matin à la première heure. Sais-tu comment se dit — comment nous disons — « demain » dans ce pays ? Eh bien, c'est *machar*. Voilà un bon mot, un mot fort, pour toi. Il sonne comme un appel aux armes et à un avenir rude.

— L'appel s'adresse-t-il à moi ? Autant te dire que ce n'est pas le genre d'incitation que je sois enclin à écouter. J'ai eu mon compte de guerre. Vas-y, ne te gêne pas. Mais, moi, je ne veux pas voir ces gens.

— Si, tu les verras. Question de simple courtoisie, ne serait-ce que cela. Rien ne t'y oblige, c'est vrai ; mais tu ferais mieux de penser à ta mère. La pauvre petite... Reprenons du café.

— Je n'aime pas le café noir. Tu es sûr qu'il n'existe pas une astuce kasher pour le blanchir un peu, sans offenser le Lévitique ou je ne sais quel autre livre sacré ?

— Fais-moi grâce de tes plaisanteries. Tu pourras mettre du lait le matin. Je te préparerai moi-même ton café. Je me suis habitué à boire le mien *aruchat boker*, en célibataire.

Sur quoi, prenant le plafond, ou El, à témoin, il s'écria :

— Maudits soient-ils, les salopards !... Pauvre petite fille, elle qui n'avait jamais fait de mal à une mouche ! ajouta-t-il, le regard revenu sur ses restes de salade d'oranges.

Personne dans la salle ne ressentait la moindre gêne de ses malédictions ni de ses sanglots. C'était un pays de lamentations publiques ; il y avait même tout un livre sur ce thème.

Nous retournâmes à ce qu'il appelait la maison. Je grimpai quatre à quatre l'escalier en ciment, pendant qu'il se hissait tristement derrière moi, se servant de la rampe en fer comme d'une béquille. Tout essoufflé, il me conduisit à une pièce aussi exiguë et privée d'air qu'un cagibi à balais. Il y avait là un lit bas, à roulettes, avec une seule couverture, ultra-mince — comme une sorte d'avant-goût d'austérités militaires à venir. J'ouvris la fenêtre dans la limite du possible. D'en face me parvenaient les harangues, inintelligibles pour moi, de Kol Hierushalayim. Je dormis d'un profond sommeil, comme protégé par Jéhovah Seigneur des Armées.

Le lendemain matin, après le café au lait promis et un gâteau au miel rassis, je me rendis, conduit par mon père, sur la tombe de ma mère. C'était dans un cimetière minuscule, cerné par le vacarme de la ville et situé non loin des bureaux du journal *Palestine Post*. L'inscription en hébreu dans la pierre ne me surprit pas. L' « épouse bien-aimée de » était enterrée sous les envols courbes des incises, stylisations de la toison de l'agneau. Un bouquet d'œillets de poète, tout desséché, était posé là — de la veille, précisa mon père. Il eut un sanglot, puis dit, d'un ton alerte :

— Tu as rendez-vous tout de suite. J'ai téléphoné pendant que tu ronflais encore... Au fait, aurais-tu des végétations ?... On est à l'œuvre de très bonne heure, ici.

— Où, le rendez-vous ?

— A la maison. Ils pourront boire de l'arak, ou du café, ou autre chose. Je tiens à être présent.

— Pour apporter de temps en temps les exhortations morales d'un veuf dans le chagrin ?

— Ce n'est ni drôle ni gentil. Un père a des droits.

Les trois hommes qui arrivèrent sur le coup de 10 heures du matin étaient incontestablement Aleph, Beth et Ghimel — à ceci près qu'ils s'étaient méditerranéisés depuis que je les avais perdus de vue. Les personnages kafkaïens, sinistres et vêtus de noir pauvre que j'avais connus en Angleterre étaient ici en pantalon de sport de flanelle, sandales et chemise blanche ouverte sur des sternums velus de poil noir hirsute. Aleph, à moins que ce n'ait été Ghimel, m'accueillit d'un sonore : « *Schalom*, monsieur l'adjudant-chef. » A quoi je répondis :

— Bonjour, messieurs. Vous avez devant vous un civil et un licencié ès lettres.

— Félicitations, dit Beth.

Il avait changé d'accent, passant du réfugié d'Europe centrale à l'Israélien distingué. Il me semblait me souvenir d'une bouche aux dents gâtées, alors qu'il ne manquait rien aux mâchoires maintenant. La Palestine, je le savais, produisait en masse des prothèses souriant de toutes leurs dents — autant que de *tombac* et de *heisheh* (pour ce que cela peut bien être).

— Dites-nous ce que vous croyez savoir.

— A propos de quoi ?

— De la courte histoire de votre pays.

— Mon pays est l'Angleterre.

Mon père secoua tristement la tête et alla prendre dans le buffet la bouteille d'arak. Les autres aussi secouèrent la tête, mais sans tristesse. Mon père sortit en traînant les pieds, pour aller faire du café. Je repris :

— C'est bon. D'Israël, je ne sais pas grand-chose. Je n'ignore pas que c'est un État sioniste laïc, dont la naissance officielle date du jour où, en 1948, prit fin le mandat britannique sur la Palestine. Le j'ai oublié combienième mai. Ensuite, les Nations unies ont déclaré que la Palestine serait divisée en huit ou neuf morceaux, sauf erreur. Mais les Juifs ont commencé à s'infiltrer partout où ils n'auraient pas dû. Dans toute la Galilée, tout le Néguev...

— Non, pas tout, nasilla Aleph d'une voix doctorale. A l'est, jusqu'au golfe d'Akaba.

— Ce que je sais de façon sûre, dis-je hardiment, c'est qu'il y a plus d'un demi-million de réfugiés arabes qui se sont enfuis, pris de panique à la suite du massacre des habitants de j'ai oublié quel patelin, par j'ai oublié quelle organisation, à laquelle le groupe Stern a prêté la main. Et que des villages arabes ont été évacués de force pour faire de la place à des immigrants sionistes.

— Pas si mal, dit Beth. Six cent mille est plus près de la vérité. Et le massacre a eu lieu à Deir Yasin, non loin de Jérusalem. Quant à l'organisation à laquelle vous faites allusion, c'est l'Irgoun Zvaï Leoumi.

Cela me rappelait un peu trop mon oral de licence à Manchester. Je dis :

— Je ne suis pas ici pour décrocher un diplôme ou un poste. Comme n'importe qui en Angleterre, je moissonne ce que je peux dans la presse.

— Qui est en grande majorité antisioniste, dit Beth.

— Je décèle, enchaîna Aleph, une intonation de pitié pour les Arabes dans votre voix. Les Arabes, je vous prie de vous le rappeler, ont tué votre mère. Les Arabes n'ont jamais accepté la déclaration Balfour en faveur d'un Foyer national juif, et pas un seul pays arabe, jusqu'à présent, n'a admis la création et l'existence, *de jure* ou *de facto*, de l'État d'Israël. Cependant, avec leur illogisme habituel, les Arabes admettent en revanche l'idée que les Juifs vivant sur leurs territoires sont maintenant des étrangers, bons à être jetés dehors, avec confiscation de tous leurs biens, ou même à être persécutés avec plus de brutalité encore. Ne vous y trompez pas : l'Arabe, voilà l'ennemi.

— On en a déjà fait l'éblouissante démonstration, dis-je. Les petits agriculteurs et leurs familles, voilà l'ennemi. Le petit Arabe qui boule dans la poussière d'Israël, voilà l'ennemi. Je suppose qu'il est encore un peu trop tôt pour s'attendre à l'installation de camps d'extermination ?

Mon père, qui revenait, avec la cafetière et les tasses, geignit et secoua la tête comme pour la faire choir de sa tige ligneuse.

— Ne poussez pas trop loin, dit Beth. Israël fait tout son possible pour sa population d'Arabes autochtones. A Jaffa, vous trouverez même un quotidien en langue arabe publié par des Juifs : *El Yom*. Et l'arabe va être enseigné dans nos écoles. Mais les États arabes ont fait vœu d'anéantir le nôtre. Cela dit, de notre côté la riposte est prête. Ou le sera.

Ils tournèrent tous leur regard vers moi, comme si j'avais détenu la réponse, et Aleph dit :

— Vous avez fait des études de philosophie, à ce que dit votre père.

— Oui, et je continue.

— Il y a deux philosophes allemands que j'ai moi-même étudiés de très près. Kant d'abord, qui distinguait entre le phénomène et le noumène. Le noumène, ou *Ding an Sich*, ou encore chose en soi, est la réalité. Mais nous ne pouvons l'appréhender qu'à travers les phénomènes.

— Je sais tout cela. Où est le rapport avec le fait de tuer des Arabes ? Je me sens mal à mon aise quand on enveloppe la philosophie d'une odeur de poudre.

— Soit. Pensez maintenant à Hegel, qui enseignait que la réalité voire la divinité ont leur fondement dans l'État. Les phénomènes que nous visons avec l'affirmation de l'État sont sans aucun rapport avec les noumènes, du moins le présumons-nous. La mort violente d'un enfant jouant dans la poussière est un phénomène qualitativement différent de la sauvegarde de l'État ; mais la sauvegarde de l'État n'est pas sans lien avec ce genre de phénomène.

— C'est de l'hitlérisme pur, rétorquai-je.

— Nous considérons que Hitler n'a jamais étudié la philosophie... pas plus qu'il n'avait le genre de cerveau capable de la comprendre. Cela dit, il avait d'autres qualités...

Non, pensai-je, il est inconcevable que ce petit sourire entendu soit un gage d'admiration contrainte ! Mais Beth avait déjà enchaîné :

— Il n'en reste pas moins que certains intellectuels, de ses disciples, ont donné dans ce type de justifications métaphysiques, touchant l'extermination de notre peuple. L'essentiel est, si possible, de ne pas voir l'acte... Ce que j'essaie d'expliciter, c'est que notre attitude doit être philosophique, non pas sentimentale.

Cette fois, mon père opina du chef tout en servant le café.

— C'est ce que je lui ai dit. Israël a besoin de philosophie.

— Rien n'est plus vrai ! se récria Ghimel. Mais, ajouta-t-il aussitôt, il a d'abord besoin d'une force de combat bien entraînée.

Ses labiodentales crachaient comme un chat en colère dans l'air poussiéreux du petit salon. Se tournant ardemment vers moi, il poursuivit :

— Vous ignorez tout de la puissance militaire de ce pays. Au total, hommes et femmes aussi bien : une centaine de milliers de soldats, c'est tout, même s'il y en a d'autres en puissance. Instructeurs venant d'Europe orientale, hongrois principalement. Si l'on peut parler d'instruction. Mais enfin il n'en faut pas plus pour rejeter chez eux les Égyptiens. C'est à la Haganah que je fais allusion. Équipement surtout en provenance de Tchécoslovaquie. Quoi qu'il en soit, nous ne regardons plus vers l'Europe orientale — comment le pourrions-nous, quand elle est sous la griffe d'un empire de sans-Dieu et d'antisémites ? L'antisémitisme ne date pas seulement d'hier ; il n'a pas été inventé par les nazis.

— Figurez-vous que je l'ai toujours soupçonné, répliquai-je.

Ils eurent tous le même regard attristé par mon sarcasme et prirent le temps de boire un peu de leur *kavah*, additionné d'une petite dose de *chalav*. Puis Aleph posa sa tasse en bonne porcelaine tendre anglaise et dit :

— Le nom a déjà été prononcé, mais je vais le répéter : Irgoun Zvaï Leoumi. Si l'on y ajoute le Groupe Stern, on dispose d'une force de frappe assurant une sorte d'ouverture préventive. Le Groupe Stern sera bientôt déclaré hors la loi, toutefois. C'est foncièrement une bande de gangsters prêts à tuer n'importe qui. Je dis bien : n'importe qui. S'il est une leçon que vous avez dû retenir, de l'instruction que vous avez reçue de nous en son temps, c'est que les batailles sont du gâchis. Et Israël ne peut se permettre le luxe de gaspiller ses forces. Il faut décapiter le mille-pattes, non pas lui arracher une à une les pattes. Le tout est de frapper les arrières. De frapper de terreur l'ennemi dans la personne de ses chefs. Assassinat est le mot. Ne riez surtout pas de l'égorgement des nouveau-nés égyptiens, ni des fameuses plaies, ni du sabotage des sources d'énergie. La Bible n'est pas un si mauvais manuel militaire.

Je n'avais pas la moindre envie de rire.

— Tout cela n'est jamais que l'extrapolation nationaliste des discours que vous nous teniez pendant l'autre guerre, fis-je observer.

— Oui, au temps où l'on vous instruisait dans l'art de former d'autres hommes à des techniques d'assassinat fort peu civiles. Vous avez l'occasion de pouvoir reprendre, après avoir subi vous-même une période de réinstruction, cette activité de formation, et ce, aux mêmes fins : la survie de notre peuple.

— Il s'agit d'un autre degré d'engagement que celui de votre... de notre peuple à l'époque dont vous parliez.

— Très juste, dit Beth. La question est infiniment plus claire à présent. C'est la survie d'une nation au milieu d'autres. Nous avons de braves garçons, de braves filles, figues de Barbarie autant que fruits pâles de l'immigration.

— Figues de Barbarie ? C'est-à-dire ?

Mon père ne fut que trop heureux de fournir l'explication :

— C'est à cause du mot *sabra*, qui désigne les Juifs nés sur ce sol, et qui vient de *saber*, lequel — veuillez me corriger si je me trompe, messieurs — désigne lui-même le fruit en question.

Étymologie hébraïque impeccable, reconnut le signe de tête de Beth.

— Vous voudriez que je m'occupe de terrorisme ? demandai-je.

Ils sourirent — le terme n'avait pas encore pris tout le mauvais renom qu'il a acquis par la suite. Je poursuivis :

— Semer la terreur chez l'ennemi, lancer des cocktails Molotov sur les cafés du Caire, envoyer des lettres et des paquets explosifs à des chefs politiques et autres de l'Islam... des choses de ce genre, quoi ?

— Oh, nous ne sommes plus aussi naïfs qu'autrefois, répondit Aleph avec un calme qui ne manquait pas d'ambiguïté. Le poste qu'on vous offre, crois-je être en mesure de vous dire, comporte rang de capitaine à part entière, avec possibilité de promotion rapide au grade de commandant, sur la base d'un contrat de trois ans, renouvelable. Libre à vous de signer aujourd'hui, si vous le souhaitez.

— Il n'est pas question que je signe quoi que ce soit, répliquai-je.

Et, me tournant vers mon père, je lui dis :

— Tu as essayé de m'attirer dans le piège de l'esprit de vengeance. Moi, ce que je veux, c'est un peu de paix dans l'existence.

Aleph, Beth et Ghimel eurent le genre de moue dont le mutisme n'en modèle pas moins une obscénité sur les lèvres. Et mon père gémit, à l'adresse, semblait-il, d'un petit scorpion brun qui venait juste de sortir de derrière la lourde bibliothèque d'acajou.

CHWECH

Cette fois, je crois que nous y voici enfin.

La scène, en tout cas, nous transporte à Leningrad, où Ludmila Jones, à son extrême surprise, venait d'ouvrir la porte de son appartement, 32 Ulitsa Mizintchikova, à son fils Reginald. Elle s'exclama :

— *Iya niye ponimayou!*

— Mais j'ai écrit, protesta Reg. De là-bas. Et je t'ai envoyé une carte postale de Moscou.

— Je n'ai rien eu.

On sentait qu'elle avait presque oublié son anglais.

— La Russie des soviets réserve son efficacité aux techniques de liquidation des êtres humains.

— Sois prudent dans tes paroles, dit sa mère. On ne sait jamais qui peut écouter.

Il y avait, sur le palier de l'étage du dessous, un vieil homme tout voûté, dont la chemise était sans col sous un gilet sans boutons ou peu s'en fallait. Tenant à la main une cruche très évasée, la tête renversée vers le haut, sa bouche édentée large ouverte, il observait cet inconnu élégamment vêtu.

Reg entra et sa mère referma la porte. Donc, c'était cela. Cela, la Russie soviétique intime. Un petit salon carré, avec sa fenêtre donnant sur le canal Fontanka et ses eaux libres de glace, à cette saison. Un fauteuil à bascule, rescapé de l'époque prérévolutionnaire. Une table de fabrication plus récente, aux pieds grêles et fragiles, recouverte d'un grossier jeté à motifs floraux. Sur le sol, deux tapis d'un rose malade. Une porte ouverte sur un minuscule couloir, sur lequel prenaient une cuisine qui ne fermait pas et deux autres portes, closes — de chambres, pouvait-on supposer. Reg, insensible aux odeurs, songea tristement que devait régner sur le lieu un remugle immémorial de vieux chou, de graine d'anis et de fumée rancie de *papirosi*. Mais pas pour lui, non, fini pour lui ; c'était comme lire du russe dans une traduction. Une toux résonna à travers une des portes — toux de vieillard, forte, irrémédiable. Ludmila appela : « *Diyadiya* Boris ! » La porte s'ouvrit sur le tousseur, qui sortit et s'avança à petits pas branlants, dans un pyjama anglais usé, sur lequel était passé, en guise de robe de chambre, un manteau de pluie. Ainsi donc, c'était lui le fameux grand-oncle Boris, lui en chair et en os, cet homme qui disait maintenant :

— *Bore da. Ydych chi wedi codi eto? Ydw.*

— Seigneur Dieu ! dit Reg.

— J'apprends gallois à oncle Boris. Cela l'occupe.

— Seigneur Dieu, répéta Reg.

Le grand-oncle Boris avait l'âge de Dieu et le même aspect — celui d'une tête-de-loup hérissée de poils gris sale, au-dessus d'une barbe de patriarche malpropre, mais portant la marque impure de la main et de l'industrie humaines, avec la jaunissure brunâtre des goudrons du tabac soviétique.

Le vieil homme alla s'asseoir dans le fauteuil à bascule et, tout en se berçant, considéra d'un œil bénin son petit-neveu avant de dire :

— *Rydw i'n edrych yn well, on'd ydw i?*

— *Ydych, yn wir*, dit sa nièce. Reginald ne parle pas le gallois. Il faut que tu lui parles en russe.

— Il ressemble à sa photographie, dit le vieil homme. Où sont les autres enfants ?

Ludmila demanda :

— Comment vont les autres enfants ?

— Dan, répondit Reg, se donne beaucoup de mal pour vendre du poisson, et Béatrice est toujours au ministère des Affaires étrangères... Tu ne me demandes pas comment il se fait que, moi, je sois ici ?

Puis, il embrassa sa mère, la surprise qu'elle avait eue, de le voir, n'ayant pas encore permis ce geste.

— Assieds-toi, assieds-toi, dit Ludmila. Qu'as-tu apporté ?

— Du thé anglais. Du Twining's Breakfast.

Et Reg tira la boîte en fer carrée d'une poche de son manteau de pluie, qu'il avait posé sur une des chaises de table.

— Du bon thé anglais, mon oncle, dit Ludmila. Nous allons boire du bon thé anglais.

— Il a sur lui, dit le vieil homme, des bons vêtements anglais.

— Oh, tout ce qu'il y a d'ordinaire, protesta Reg. Marks and Spencer's. Confection.

— Marx ? Qu'est-ce qu'il raconte à propos de Marx ?

Reg prit une chaise et s'assit, puis dit :

— Je suis ici en raison de ce qu'on appelle des échanges culturels. Nous avons reçu le Dynamo de Moscou, qui nous a montré comment on joue au football, et aussi le Bolchoï, qui nous a montré ce qu'est la danse. Moi, j'accompagne l'Orchestre du Sud-Ouest et une société chorale du Glamorganshire. On ne les considère pas chez nous comme étant d'un très haut niveau artistique, mais c'est dans l'ordre des choses, puisqu'on ne saurait en rien porter atteinte au sens qu'a la Russie soviétique de sa supériorité artistique sur l'Occident. Je suis venu en qualité de mari d'une des instrumentistes et, également, d'interprète. Nous avons donné un concert dans la grande salle du Conservatoire de Moscou. Staline était présent. Ici, nous devons passer à la Salle des Concerts de Leningrad.

— Le camarade Staline, répéta le vieil homme, la voix pleine de respect. Le camarade Staline t'a parlé ?

— Il s'est adressé à nous tous. Il a dit : « *Muzika massam* », et tourné le pouce de la main gauche vers le sol pour signifier qu'il ne jugeait pas notre musique digne des masses. Tout de même il a déclaré que la percussionniste principale était très jolie, tout comme son toucher du carillon dans *Kartinki s Vistavki*. Naturellement, maman, tu vois à qui il faisait allusion ?

— A cette fille juive qui est ta femme, oui. Où est-elle en ce moment ?

— A l'hôtel Astoria, dans notre chambre. Elle dort. Le voyage, de Moscou jusqu'ici, a été plutôt fatigant.

— Et Béatrice, comment cela va-t-il avec son juif de mari ?

— Maman, je n'aime pas cet antisémitisme. On croirait que ton retour au pays natal n'a fait que l'exacerber... Au fait, cela te plaît-il de l'avoir retrouvé, ton pays natal ?

Ludmila s'apprêtait à aller à la cuisine pour faire du thé. Elle s'arrêta, aussi rebondie qu'au temps faste de l'abondance galloise, mais dans la maturité de sa beauté — ses pieds charmants dans leurs vieilles mules, sa chevelure d'or gris nouée à la diable sur la nuque, son corps noyé sous une robe informe et lâche, bleu roi (ou révolution) fané, semé de petites pâquerettes. Tenant haut levée la boîte de thé en provenance de Mincing Lane, elle répondit :

— Tu ne peux pas comprendre. C'est chez moi.

— Il y a suffisamment à manger ?

— Cela viendra. Il n'y a jamais eu suffisamment à manger.

— Nous ne te manquons pas ?

— J'espère que Dan va bien. Vous autres deux, vous êtes *da i ddim*, comme disait toujours votre pauvre père.

— Mais, toi, tu nous manques.

— Il faut que je veille sur l'oncle Boris.

Elle disparut dans la cuisine. Le vieil homme dit :

— Hé, ma foi, c'est une bonne fille. Je n'ai plus très long à aller.

— Ces *papirosi* ne te font pas de bien.

Le vieil homme avait tiré de la poche de son manteau de pluie robe de chambre un paquet froissé de Troïka. Il en alluma une à l'aide d'une allumette soufrée, grattée sur un ongle de pouce dur comme la corne. Il toussa, puis répondit :

— Ça fait remonter le flegme. Il vaut mieux que ça dégorge, comme disent les plombiers.

— Chez nous, on raconte que le tabac est en train de tuer notre roi.

— Ça va plus vite avec les révolutions. Si ça doit me tuer aussi, ça n'a pas d'importance. J'ai traversé de l'Histoire dans ma vie. Nous avons mangé des cafards pendant le siège de la ville. J'ai survécu.

— Trop d'autres y sont restés.

— Ils ont donné leur sang. Elle se remariera.

— Pardon ?

— Ta mère. Elle n'est pas vieille. Ce type, Gregor, et elle se voient. Il est aussi veuf qu'elle est veuve. C'est lui le chef cuisinier de l'hôtel *Metropol*.

— Encore un cuisinier. Quel manque de classe et d'ambition ! Pourtant, vous avez un grand homme dans la famille.

— Il n'y a plus de grands hommes. C'est pour ça qu'on a eu la révolution : pour faire place nette des grands hommes. C'est de Yourotchka que tu parles ? On ne le voit pas tellement, Yourotchka. C'est un homme très occupé à Moscou.

Reg ne lui divulgua pas que Youra Petrovitch Choulguine se trouvait précisément à Leningrad pour le moment, mais plus pour très longtemps — non plus, d'ailleurs, qu'en Union soviétique. Il se passait des choses qu'il n'avait aucune envie non plus de confier à sa mère, laquelle, à cet instant, revenait de la cuisine en apportant le samovar et une assiette de petits gâteaux secs nommés zéphyrs et durs comme pierre, confectionnés de sa main. Les verres de *zarfim* terni étaient déjà disposés sur la table.

— Dieu te bénisse, petite fleur, dit le vieillard.

Quand Béatrice Jones s'était rendue à Gilwern pour voir son frère Reg, elle avait mis des lunettes de soleil très sombres, bien que cet astre fût un visiteur rare en Galles du Sud, particulièrement sur le tard de l'hiver. Elle boitillait aussi un peu. A part cela, elle était toujours aussi belle, très droite et élégante dans un tailleur bleu clair contrastant avec des bas bronze, et emmitouflée dans un manteau de vison blanc, acheté grâce à un gros cadeau d'argent, à son mari, de son beau-père — celui-ci étant convaincu que son fils avait épousé non pas une *shiksa*, une goyette, mais une fille de la race élue.

Il était 3 heures et demie de l'après-midi. Elle trouva Reg assis à la table de la cuisine, en train de lire *Don Quijote* dans le texte original en castillan. Une jeune fille lavait la vaisselle du déjeuner en chantant : « Cœur jaloux, ô cœur jaloux, cesse de battre... » Reg regarda sa sœur et demanda :

— Il a remis cela ?

— Il a eu droit strictement à la pareille, et même en mieux. L'enflure est presque partie.

Elle ôta les lunettes de soleil pour montrer, puis les remit et reprit :

— Il est terriblement à cran, et nerveux, et agressif. Il a fini d'écrire son roman et n'est pas sûr de ce qu'il vaut. Je lui ai conseillé de s'en débarrasser en l'envoyant de toute façon.

— Le salopard. Et toi, tu le trouves bon ?

— Il est long, c'est en tout cas certain. Mille deux cents pages tapées à la machine. La bagarre est venue d'une dispute à propos du titre. J'essayais de le convaincre que *J'en appelle au Ciel* était trop prétentieux. J'y ai réussi, non sans qu'il ait mis en miettes la cafetière. Le café ne lui vaut rien du tout ; cela le rend agité et irritable. Le titre définitif, qui est de moi en vérité, est *le Baptême des innocents*.

— Ce n'est pas très juif.

— Disons que c'est semi-définitif, si tu veux. Les éditeurs américains sont maniaques comme des vieilles filles, en matière de titres. J'ai insisté pour qu'il y ait une dédicace à Daniel Tetlow Jones.

— Ce n'est que justice. Le sale voleur !

La jeune fille, rondelette et les cheveux inégalement blonds, se mit à tortiller des hanches en fredonnant : « Si j'avais su que tu venais, je t'aurais fait cuire un cake... » Elle ne ratait rien de ce qui se disait. Elle plaça même, avec son effronterie galloise, un petit commentaire :

— Ça est qu'il est pas le seul, ah les hommes !

— Merci bien, Megan, dit Reg. Je suis sûr que votre bonne tante vous réclame à grands cris. Je vous revois à 5 heures.

Elle lui lança une œillade.

— Deux plus un fait un de trop. OK, à la revoyure.

— Meg, cette personne est ma sœur, Madame Roth.

— Ah, vot' sœur ça est? rétorqua Megan en appréciant d'un regard connaisseur la tenue de Béatrice. Ce manteau, ça est drôlement chouette qu'il est. Doit avoir coûté une jolie petite somme.

— Merci, Megan.

Roulant les hanches, la jeune fille sortit sur une reprise de « Cœur jaloux, ô cœur jaloux... ».

— On fait mumuse à des choses défendues, ici? s'enquit Béatrice.

— Zip a la bonté, ou la discrétion, de téléphoner pour s'annoncer, quand elle revient à la maison. Façon de me rappeler ce que j'aurais dû faire moi-même, cette fameuse fois. Non, pas de mumuseries... pas vraiment.

— Ce n'est pas uniquement une visite de, comment dire?... sœur à frère que je te fais. Ta ration de whisky irait-elle jusqu'à m'octroyer un petit verre? Sans eau de Seltz.

— Le prix est devenu le seul rationnement, dit Reg en se levant.

Il rapporta du comptoir une bouteille de Johnnie Walker et deux verres, tout en disant :

— Je ne comprends pas pourquoi tu continues de vivre avec ce type. Je suppose que cela doit titiller en toi un masochisme latent...

Et cela, en même temps qu'elle disait de son côté :

— Au moins, Zip fait ce qui lui plaît. Quel ennui ce doit être pour une femme, de vivre ici.

Puis ils se demandèrent pardon mutuellement et Reg permit à Béatrice d'expliquer pourquoi elle n'était pas venue uniquement en sœur.

— Insinuerais-tu que l'Orchestre du Sud-Ouest doit être inscrit au catalogue des médiocrités britanniques? demanda-t-il, lorsqu'elle eut fini.

— Ah, tu voudrais le défendre parce que tu es marié avec sa percussionniste? Mettons qu'il est novice, que c'est encore un diamant brut et que son chef est indistinct. Ne crois pas que ce soit mon opinion — je ne connais rien à la musique —, c'est en tout cas celle de Mallory, du Conseil des Arts. Toute une chaîne assez compliquée de services gouvernementaux se mêle de ce programme d'échanges culturels; les Affaires étrangères doivent absolument y mettre leur grain de sel. Tu suivras le mouvement comme interprète. Ils ne te permettront d'interpréter rien du tout, mais il faut leur montrer qu'il n'y a pas qu'eux qui savent le russe.

— Pourquoi moi? se récria Reg. C'est impossible. On m'expulserait, à peine arrivé. Je ne pourrais même pas obtenir de visa. Et puis, j'ai le bistro à tenir.

— Tu ne songeais pas à le laisser tomber ?

— J'y ai songé, oui. Mais un coup d'œil au tribunal de l'inquisition que tu dois affronter pour avoir droit à un poste dans un lycée m'a suffi. Enfin, trois coups d'œil. En plus, je me voyais déjà poursuivi en justice pour avoir calotté un gamin. C'est l'égalité pour tous, aujourd'hui, les mômes y compris. Je me sens bien mieux comme je suis. Si tu y penses : proprio, il y a de la fierté à pouvoir porter ce titre. Et quant à la Russie, je serais capable de me mettre à cogner sur les Russes. Mes clients ici se sont habitués à mon mauvais caractère. Même, ils aiment cela. Façon de meubler leurs soirées.

— Il faut que tu ailles là-bas, insista Béatrice. Tu te souviens de Youra Choulguine ? Celui dont le patronyme est Petrovitch ?

— Notre espèce de cousin, oui... Oh, je commence à y voir clair. Celui qui est au ministère de la Culture soviétique ? Et c'est son idée à lui, ton imbécillité d'échange culturel ?

— Cela va de soi. Mais le motif culturel n'en est pas forcément la cause première.

Elle lui en dit plus, et Reg finit par demander :

— Comment es-tu sûr que ce soit bien cela ? Et, si oui, pourquoi le ferait-il ?

— J'ai une raison d'en être sûre : notre code. C'était pendant la guerre, et cela a commencé comme une plaisanterie. Je lui avais dit un jour, plus ou moins en riant, que, si jamais l'envie lui venait de se tirer, il n'aurait qu'à m'envoyer une lettre de souvenir amical en y répétant trois fois le mot *petrouchka*. A la première que je reçus et où il était question de persil, je crus que c'était seulement une façon de réveiller une plaisanterie idiote. Puis il y en a eu une autre, où le persil revenait quatre fois. Et avec une allusion au fait que je ne paraissais pas prendre au sérieux l'importance du persil, et pourtant, ajoutait-il, le persil n'est pas simplement une herbe à garniture : il est en réalité excellent pour la santé ; il pousse très bien dans la région de Moscou, à cause de la richesse et de l'humidité de la terre végétale : « Essaie le persil avec le poisson ; on raffole de cela chez nous. Et tâte du persil avec la vodka. » Il terminait même par les mots : *carum petroselinum*.

— Comment se dit persil en latin ? persifla Reg. Maintenant je le sais.

— Comment se dit tête de cochon en grec ?

— Tout cela est absurde !

— *Petrouchka*, dit la mère de Reg en tirant au samovar une tasse de thé Twining fort et noir. Ta petite idiote de femme croyait que c'est un morceau de musique.

Reg avait sursauté : il avait seulement pensé au persil, sans prononcer le mot. « Son chef prend sa retraite l'année prochaine, avait encore expliqué Béatrice. Il s'agit d'une certaine Mariya Ivanovna Chvernika. Personnage redoutable, semblerait-il ; sœur du Chvernik du Politburo. Du jour où elle part, il perd sa protectrice. Or, il a une peur bleue de Staline, ce qui n'a rien d'étonnant. Il a commis l'erreur grossière d'avoir été envoyé en poste chez les méchants, à l'Ouest. On ne devrait pas avoir de mal à l'intégrer dans une chorale galloise. »

La mère de Reg buvait à petites gorgées son thé additionné d'une cuillerée de confiture de groseilles à maquereau. Ses lèvres russes étaient vigoureuses et bien modelées. Le vieil homme lampa bruyamment sa tasse, puis toussa. Reg dit :

— Alors, est-ce que je peux te l'amener en visite ici ?

— Ta petite Juive ? Elle ne parle pas un mot de russe, et moi je ne comprends plus beaucoup l'anglais et pas du tout l'hébreu.

— Elle ne parle pas l'hébreu. Tu n'as approuvé aucun des deux mariages, n'est-ce pas ?

— Vous n'en ferez jamais qu'à votre tête, tous les deux. Moi, je ne dis rien, je ne fais rien ; je suis chez moi, à présent, dans mon pays, dans ma maison, et je m'occupe de l'oncle Boris.

— Il faut que vous veniez au concert tous les deux, demain soir.

— L'oncle Boris ne sort pas le soir. L'air de la nuit est mauvais pour sa poitrine... Qui donc veille sur l'établissement, pendant que tu es ici ?

— Pourquoi t'inquiéter de cela ? Une jeune fille qui s'appelle Megan et une dame du nom de Gwen, une ancienne employée de *L'Ange*, à Abergavenny, qui a rendu son tablier après s'être battue avec son patron parce qu'il lui faisait des avances. Tout se passera sans problèmes, là-bas — pour l'intérêt que tu y portes, d'ailleurs !

— C'est une affaire réglée. Mais ton père était un brave homme.

— Est-ce que je l'ai jamais nié ? Quand aurai-je l'honneur d'entendre parler d'un beau-père russe ?

— Je lui ai touché deux mots de Gregor, dit le vieil homme, de sa voix oppressée.

— Il est moins bon cuisinier que ton père. Mais il fait la cuisine pour les gens. Moi, j'ai l'oncle Boris.

— Plus pour longtemps, petite rose de ce monde. Il faut que tu ailles, demain, écouter la musique qui a fait tout ce chemin pour venir d'Angliya. Et Gregor peut t'accompagner.

Reg consulta la montre à son poignet : 3 heures et demie d'un après-midi de printemps à Leningrad.

— Je suis heureux de te trouver en bonne santé et heureuse, maman, dit-il. J'ai à faire ici. Je ne suis pas en vacances.

— Merci pour le thé anglais, dit la mère.

Reg avait rendez-vous, perspective Nevski, avec Youra Petrovitch Choulguine, sous le troisième *yabloki elektritcheskikh svetov* en partant de l'extrémité nord. Pommes de lumière — œuvre de Pavel Nikolaevitch Yablotchkov (et *yablotchko* signifiant « petite pomme »).

Lorsqu'il arriva, Youra Petrovitch, qui faisait visiblement les cent pas, lui tournait le dos. Il pivota et se montra vêtu d'un costume gris, de belle usure, mais de belle coupe, rapporté de Londres, et ne parut certain d'avoir reconnu Reg qu'après que celui-ci lui eut adressé cavalièrement une parodie de salut, qui ne pouvait en aucun cas être russe. Reg, lui, l'avait reconnu ; en outre, il avait une photographie de lui dans une poche. Youra Petrovitch avait les joues plus rouges, frottées comme des pommes, que naguère, en 1945. A croire que le ministère de la Culture était une ferme collective implantée en plein Moscou. Il ne semblait ni harcelé ni harassé. Son chapeau, de fabrication russe, était enfoncé bas, presque à toucher les oreilles — signe, comme l'enseignaient les films d'espionnage, de haut et puissant fonctionnariat. Ses yeux, du même bleu-vert que ceux de la mère de Reg, étaient comme imbibés des eaux de la Neva. Sa poignée de main était solide. Il dit :

— Il y a beaucoup de monde, ici ; mais c'est sans importance.

La première partie de sa phrase se vérifiait au nombre d'habitants de Leningrad — les hommes, mal fagotés, chemise sale ouverte sur le cou, les jeunes filles en robe étriquée à l'économie, et toutes frisottées — qui prenaient l'air de l'après-midi au bord de la rivière.

— Nous aussi, nous allons arpenter la promenade.

Ils entamèrent donc leur lente patrouille, et Reg dit :

— Donnant donnant. As-tu aperçu, ou même entraperçu, nos diplomates transfuges ?

— Cela ne concerne absolument pas mes services.

— Quand Béatrice m'a mis au courant, reprit Reg, cela m'a étonné que tu aies pu attendre tout ce temps. J'ai eu l'impression que tu te trouvais menacé d'un danger immédiat.

— Parle moins fort. Elle t'a instruit de l'ensemble de la situation ?

— Elle m'a parlé des vicissitudes de ta protectrice, madame Chvernika, oui. Tu voudras bien me pardonner si j'affiche un certain scepticisme.

Youra Petrovitch interrompit net son pas de sentinelle pour regarder Reg dans les yeux et rétorqua :

— Je crains de ne pas très bien comprendre.

— Ce n'est pas mon affaire et, franchement, je m'en fiche éperdument. Mais il me semblerait naturel que même notre ministère des Affaires étrangères soit contraint d'envisager l'hypothèse qu'il s'agisse d'un coup monté. Tu sais bien quoi : désinformation et tout et tout.

— L'espionnage n'est pas mon métier, si c'est à cela que tu penses.

— N'importe. J'ai sur moi, dans une poche, un passeport britannique établi au nom de B. R. Lawrence. C'est une petite plaisanterie confidentielle entre ma sœur et moi. Un poème de Robert Browning intitulé *Monologue du cloître espagnol*. Oublie cela... Nos Affaires étrangères disposaient déjà d'une photo d'identité de la bonne dimension, pour passeport. Elle datait de la guerre, mais tu n'as pas tellement changé.

— Toi, tu as maigri.

— C'est la faute de votre saloperie de tyrannie stalinienne. J'ai été témoin de ce qui s'est passé à Odessa.

— Les temps ne sont pas drôles, mais cela ne date pas d'hier, dit Youra Petrovitch. Le Vieux se fait vraiment vieux. Il n'en a plus pour longtemps. Il tombera net d'une crise cardiaque, un jour où il fera claquer le fouet. S'il le pouvait, il exterminerait le monde entier.

— Sûrement, cela ne sera pas si simple, dit Reg. Il mérite ses propres anges exterminateurs.

— Le passeport, peux-tu me le donner maintenant ?

— Ce serait dangereux, tu ne crois pas ? Je suis certain que l'on nous surveille tous les deux, non ? Le type aux yeux perçants, là... celui en imperméable répugnant de saleté, tu ne l'as pas remarqué ?

— Tu as peut-être raison. Cela te prouve mon innocence.

— Je te demande encore pardon d'avoir fait montre de scepticisme. Tu n'aurais pu mieux organiser la chose. Un orchestre accompagné d'un chœur mobilise à lui seul tout le paquebot-poste *Saltykov* ; un des membres du chœur oublie les règles de la circulation en vigueur sur le continent et se fait renverser dans Moscou par une Zis officielle. Si quelqu'un s'amuse à contrôler, à l'embarquement à Leningrad, le compte y sera. Tu te retrouveras à Tilbury sans le plus petit ennui.

— C'est à Helsinki que je dois débarquer. Là, je demanderai le droit d'asile à l'ambassade de Grande-Bretagne. N'oublie pas qu'il s'agit d'un navire soviétique.

— Parle plus bas.

— Personne n'écoute.

— Bon, dit Reg. Maintenant, à mon tour. Je te rends un service, tu dois en faire autant pour moi. Je veux qu'un certain objet soit enlevé du musée de l'Ermitage, pour m'être remis en mains propres.

Youra Petrovitch, les yeux plus bleu-vert que jamais et la bouche dévoilant les prouesses relatives de la dentisterie soviétique, demeura dix bonnes secondes médusé par le sérieux manifeste de Reg. Un jeune couple qui passait avec nonchalance gloussa stupidement de rire. Un homme d'un certain âge, à l'allure d'hidalgo et d'intellectuel raffiné, hocha gravement la tête, croyant comprendre que des propositions d'ordre sexuel et inacceptable venaient d'être faites.

— Tu plaisantes ! dit enfin Youra Petrovitch.

— Ah ? Crois-tu vraiment ? L'État soviétique expose actuellement un objet d'une valeur historique exceptionnelle, que vous avez piqué au IIIe Reich agonisant, celui-ci l'ayant lui-même soustrait à l'ordre bénédictin à la garde duquel il avait été confié. Et cet objet est en sus propriété britannique.

— Veux-tu dire que ton gouvernement t'aurait demandé de commettre un délit de cette gravité à l'égard de l'Union soviétique ?

— C'est à toi de le commettre, sauf erreur, non ? Quand je dis britannique, j'entends la Britannie, pays qui a cessé d'exister. Disons qu'il s'agit peut-être d'un acte de restitution — geste romantique et très personnel de ma part.

— C'est de la folie ! Le vol d'une propriété d'État entraîne la peine de mort immédiate.

— L'État ? Qu'en as-tu à foutre de plus que moi ? Il y a tout de même une forme de justice qui transcende les expédients banals et futiles de la politique. Nous quitterons ensemble l'Union soviétique en emportant l'objet en question, emballé en sécurité avec toute une batterie d'instruments à percussion. Je pense qu'il serait même possible de persuader des contrôleurs un peu naïfs que c'en est un, dans le tas. En fait de percussion, jadis il a frappé des ennemis, et à mort.

— Je boirais bien quelque chose, marmotta Youra Petrovitch. C'est de l'épée d'Attila que tu parles ?

— Une épée, oui, avec, c'est sûr en tout cas, un A gravé dans le métal. Et un fourreau en bois. Elle est toujours exposée, comme tu le sais aussi bien que moi. Je l'ai vue ce matin, très tôt. Tout ankylosé encore, à ma descente de train. Il faut couvrir trois ou quatre verstes de parquets ou de marbres pour arriver à l'exposition du butin de guerre, après avoir défilé devant les œufs de Fabergé et les toiles des impressionnistes. Mais il est là. Et toi, en ta qualité de fonctionnaire du ministère de la Culture, tu n'as qu'à présenter ta carte avec une lettre tapée à la machine sur papier ministériel, et annoncer au conservateur en chef que certains de ces objets doivent être transférés à Moscou. En raison d'une urgence sur laquelle tu n'es pas libre de fournir des explications, il y a en particulier un de ces objets que tu dois prendre avec toi sur-le-champ. Contre un reçu, bien entendu.

— Je crois qu'il faut que je m'assoie.

— Le généralissime Staline, continua Reg, tout comme le grand et affreux Lavrenti Pavlovitch Beria seront fous de colère, cela va de soi. Mais uniquement contre moi. Car, sitôt de retour en Angleterre, j'endosserai l'entière responsabilité et te laisserai en dehors du coup. Inutile de confondre les problèmes. Tu n'es pas un voleur — rien qu'un traître... pardon, je veux dire : un transfuge.

— Je refuse de t'aider.

— Intéressant. Loyauté ? Peur ? Les deux ? Cela donne à ta défection une allure hautement suspecte, tu ne trouves pas ? Je m'en bats l'œil, cela dit. Tout ce qu'il m'en coûte, c'est de balancer ton faux passeport dans la Neva.

— Ce serait quand ?

— J'aime mieux cela. Le jour de notre départ. Le *Saltykov* lèvera l'ancre à 18 heures exactement. Après le déjeuner devrait nous laisser suffisamment de temps.

— Je ne m'attendais pas que les choses prissent ce tour.

— Non, je n'en doute pas. Que veux-tu, tout a son prix. La liberté est une des dernières denrées gratuites en ce monde. Il fut un temps où c'était un paradoxe ; mais le siècle en administre la preuve.

— *Iya niye ponimayou.*

A l'Astoria, Reg et Zip avaient une chambre immense et sans confort, décorée d'appliques murales que l'on ne pouvait éteindre qu'en retirant des douilles les ampoules, et équipée avec un téléphone qui débitait des phrases que l'on pouvait prendre pour une diatribe de dément, mais, autrement, se refusait à fonctionner, ainsi que d'un lit à deux places, tout bossué, avec deux maigres oreillers et des draps de fil tout juste ourlés. C'était le début des nuits blanches de Saint-Pétersbourg et il n'y avait ni volets ni stores.

Cette nuit-là, ils dormirent mal, et le bout de sommeil que Reg parvint à attraper fut rompu par les bourrades que sa femme lui administra dans les côtes.

— Tu parlais en russe en dormant, lui dit Zip. Tu as même appelé quelqu'un. Un nom qui ressemblait à quelque chose comme Maria.

— En russe, dis-tu ? Et un nom ? C'était inconscient.

— Je n'arrive pas à fermer l'œil. Passe-moi une cigarette. J'ai l'impression, tu sais, d'être vraiment en milieu étranger... parmi une foule d'étrangers hostiles.

— Tu ne crois pas que tu exagères un peu, dis ? Ouââôou... Ouââ, ouagadougou... Trois cents choristes gallois des deux sexes et un orchestre de quatre-vingt-dix personnes, cela représente un beau matelas d'amis pour te protéger.

— Un matelas ! Parlons-en ! Tu as tâté celui-ci ? Et la couverture ! Je m'arrangerais bien d'une vraie, tellement on gèle ici, la nuit. C'était le nom de cette fille que tu as prononcé. Quand verra-t-on réellement la fin de cette guerre, peux-tu me le dire ?

Après lui avoir donné une cigarette, Reg en avait allumé une pour lui. La râpe de la fumée réveilla un mauvais goût dans sa bouche. Il dit :

— J'ai des brûlures d'estomac. Quatre heures à attendre ce dîner et, quand il arrive, c'est immangeable... A Moscou, poursuivit-il, j'ai fait la connaissance d'un dénommé Piyotr Lavretiyevitch Sokolov. Vivait naguère à Sverdlovsk. Travaille maintenant dans les services d'électricité de la capitale. Il est venu me voir après le concert.

— Oui, et puis ?

— Il m'a dit que Maria Ivanovna était morte, de mort naturelle, pendant le rude hiver de 1947. C'est sans doute pourquoi elle a profité du sommeil pour se glisser dans mon esprit. Selon lui, on lui avait assigné un poste d'officier de santé dans un camp de prisonniers, dans les environs de Yarensk. Elle est morte d'une mauvaise grippe. Il affirme avoir vu le rapport médical et le certificat de décès.

— Oui, et alors ?

— Je ne le crois pas. Ou plutôt, je ne crois pas ce qu'il croit. C'est un petit bonhomme maigre, avec des lunettes bricolées. Je me demande ce qu'elle pouvait bien lui trouver.

— Comment savait-il que tu es qui tu es ?

— Mon nom figure sur les programmes... mais c'est vrai, j'oublie que tu ne lis pas le cyrillique. Penser que nous apportons la culture à ces porcs. Oh, ils l'ont eue, la malheureuse !

— Le peuple n'y est pour rien. Ce n'est pas lui, jamais. Et il serait temps que tu oublies cette femme.

— Je l'ai déjà fait et cela se fera de nouveau. C'est quelqu'un que j'ai connu et pour qui j'ai eu une tendresse, voilà tout. Jamais cela n'a été de l'infidélité à ton égard, au fond. Rien que de la tendresse pour une personne. Mais qu'ils aient pu faire cela, et qu'ils continuent... ! Que sommes-nous donc ? Rien ? Des créatures juste bonnes à être rayées des contrôles ?

— Harry ne voit pas de raison pour que nous soyons autre chose. Sa thèse de doctorat était là-dessus. Et, maintenant, il apprend aux Israéliens à liquider les Arabes.

— Une nuit, j'ai rêvé que c'était toi. On ne peut pas nous reprocher de rêver ce que nous rêvons. Le rêve est le fait d'un autre moi. Et des moi, nous en avons à revendre. Rien d'étonnant si nous avons parfois la trouille du sommeil. Peur de l'autre moi qui mène alors la danse. L'Histoire entière n'est faite que de celle de ces autres moi. Pas ceux qui mangent et font l'amour et jouent de la musique. De grâce, Seigneur, délivre-nous de nos autres moi !

Zip le connaissait bien, maintenant. Elle lui pardonnait beaucoup de choses. Elle dit :

— Ouaou, ouadagoudou... on répète à 10 heures ce matin. Les Russes ont des cuivres qui rendent des sons grêles, presque fêlés. Fanfares à droite et à gauche de l'orchestre. Nous aurions dû amener les nôtres.

— Nous remplissions déjà trois Britannia de la BOAC, tels quels. Je prononcerai une brève allocution.

— Je sais. Tu es ici pour cela... Oh non, ne me dis pas que tu veux ajouter autre chose, en plus de la présentation de l'orchestre et des explications du programme ? Surtout pas ! Ils t'enfermeraient à la Loubianka ou ailleurs.

— Il faut que les gens sachent ce qu'est censée raconter cette musique, en vérité. Les lettres de feu sur le mur...

Retrouvant sa belle humeur, il écrasa sur le sol sa cigarette, puis prit sa femme dans ses bras, non sans s'accorder le temps d'une citation :

— « Et dans la même heure qu'ils festoyaient... »

— Arrête ! dit Zip. J'ai besoin d'un peu de sommeil, sinon j'aurai une tête à faire peur au diable lui-même, ce matin.

— Sûrement pas. C'est impossible. Et je sens que le moment est venu.

— Qu'est-ce que tu racontes ?

— Il arrive que l'on ait comme cela l'intuition que c'est le bon moment.

Ils dormaient tous les deux comme du plomb, quand la porte de la chambre résonna sous des coups vigoureux. Reg se réveilla, rêvant le sens d'un rêve, et dans un geste protecteur serra contre lui sa femme nue. Zip ouvrit sur la lumière matinale de grands yeux noirs qui ne parvenaient pas à s'y retrouver.

— Ils ne nous auront pas, toi pas plus que moi, dit Reg. Ne bouge pas, ne dis rien. Fais comme si nous n'étions pas là.

Mais une voix au fort accent de Glamorgan, qui était celle d'une des sopranos, réclama nommément M. Jones. Il zigzagua jusqu'à la porte, enroulé dans la toge de l'unique drap de lit, et montra dans l'entrebâillement un visage soulagé. Elles étaient trois, en réalité, jeunes et furieuses du thé faible et du boudin ranci de leur petit déjeuner. Elles exigeaient que Reg se plaignît à la direction de l'hôtel.

L'architecture de Leningrad est belle. Ils avaient espéré donner le concert dans ce que l'on appelait encore le palais de l'Assemblée de la noblesse, dont la façade est de Rossi. Mais la grande salle de musique de la ville, qui abritait le Philharmonique, contenait plus de spectateurs et avait une meilleure acoustique.

Reg resta en haut de l'escalier d'entrée, à observer les gens qui, de bric et de broc, émergeaient de la bruine de printemps. Ces habitants de Leningrad s'habillaient avec un goût atroce, mais avaient l'air enthousiaste, inoffensif, voire aimable. Zip avait raison : le peuple n'y est jamais pour rien ; il est tout juste bon pour le dépotoir ou l'assommoir. Il vit arriver sa mère, plus élégante que les autres femmes, parce que ses vêtements étaient venus de l'Ouest avec elle. Un homme d'âge mûr, trapu, bâché jusqu'aux yeux d'une casquette de rabatteur de book louche, l'accompagnait et donna à Reg une accolade de beau-père anticipé. Reg n'en éprouva aucun remords de ce qu'il se proposait de faire pendant que l'orchestre jouerait *Kartinki svystavki*, autrement dit *Tableaux d'une exposition*, suite pour piano de Moussorgski orchestrée par Ravel.

— Il espère, lui dit sa mère, qu'on va jouer de la musique douce.

— *Muzika massam*, dit Reg.

Gregor, le cuisinier en chef, fut ravi d'entendre cela. Il n'avait absolument rien du père de Reg, à part l'odeur d'huile de friture à bout de course, les yeux inquiets de qui doit avoir l'œil sur une batterie de casseroles, et la légère morgue de l'autorité conférée par des responsabilités. Reg les laissa trouver leurs places, puis descendit l'allée centrale du parterre, du haut de sa petite morgue, lui aussi. Le chœur ne ferait son apparition qu'après l'entracte ; mais l'orchestre s'était déjà installé devant les pupitres, grinçant de la corde ou mugissant bas du cuivre, dans l'attente du *la* officiel. Reg gravit les degrés latéraux de la scène et, par-dessus les violons et les vents, adressa un signe gai, de la main, à Zip. Adorable dans son profond décolleté noir, elle répondit par un bref coup de baguette sur le rebord d'un tambour. Orchestre du Sud-Ouest mon œil, oui ! Majorité d'ashkénazes déplacés, avec, noyés çà et là dans la masse, quelques spécimens d'Anglo-Saxons, exemptés de souffrance comme de tout sentiment de culpabilité, fils de paysans au teint vermeil parmi une troupe de tragiques, de hantés et d'arrogants.

Reg vint prendre place à proximité du pupitre du chef d'orchestre. Dans son costume de ville plus très neuf, il se sentait assez pareil à un délégué ouvrier au milieu de cette collection d'habits à queue, si rouillé que fût le noir de beaucoup d'entre eux. Loin derrière lui, les timbales roulèrent — *sol sol sol mi* bémol —, promesse de victoire, et le trombone basse, que tenait un nain de Poméranie, péta une note fondamentale. Devant lui, il avait le Tout-Russie des soviets, assis et emplissant la salle jusque dans ses recoins. Il était sûr que sa voix d'adjudant-chef porterait. Un microphone qui pendait haut au-dessus de sa tête garantissait une portée bien plus lointaine encore : le concert était transmis en direct sur les ondes de la radio. Le premier violon, Meir Gillon, fit une entrée non applaudie et, en réponse au *la* du hautbois, racla des quintes que les autres violons reprirent en écho. Puis, le chef, Jack Etheridge, marcha vivement jusqu'à son estrade, arborant un sourire hésitant et salué par les applaudissements réservés d'un public russe soupçonneux, qui ne craquerait la noix de l'éloge, entre ses paumes calleuses, qu'après avoir jugé de quoi ce pingouin était capable.

Et, enfin, Reg se leva et prit la parole.

— Camarades, concitoyennes et concitoyens d'un monde tout à la fois libre et non libre, l'orchestre que vous voyez ici et qui a été fondé en Grande-Bretagne se compose d'orphelins rescapés de la tempête hitlérienne et de personnes nées sous une sorte de liberté. Son programme débutera par un tribut à un Londres mort depuis longtemps et appartenant à un âge où cette grande cité était la tête d'un empire capitaliste, récemment démantelé par les socialistes qui nous gouvernent. L'œuvre en question est une ouverture intitulée *Cocagne* — mot qui désigne un pays imaginaire, tout d'oisiveté et de luxe, *Kokenje* — ainsi appelle-t-on en moyen bas allemand un petit gâteau. Une légende voulait que les maisons de ce pays fussent faites de ces petits gâteaux. Le mot est très proche de notre vocable anglais *cockney*, mais sans qu'il y ait aucune parenté entre eux. *Cockney* est le nom que l'on donne à la classe ouvrière anglaise, et il signifie « œuf de coq », ce qui, l'on ne sait pourquoi, sous-entend un certain mépris pour le prolétariat de la capitale...

A travers ses lunettes ivres des lumières de la rampe, Etheridge abaissa un regard méfiant sur Reg : celui-ci ne s'était pas étendu aussi longuement, dans son allocution moscovite.

— Voici donc *Cocagne*, ouverture, de sir Edward Elgar, conclut Reg.

Alors, la baguette d'Etheridge s'éleva à demi, se suspendit l'espace d'une seconde, puis battit un levé et signifia aux violons d'attaquer sur les notes basses, *sol* et *la*, de leur anacrouse, cependant que, parmi l'auditoire, frémissait un murmure de questions sur la nature éventuelle d'un œuf de coq. Après quoi, ce même auditoire prêta une oreille patiente à la pompe royale, à l'écho lointain d'une fanfare de l'Armée du salut et à l'apothéose fracassante de la grande ville. Il applaudit du bout des doigts, s'étonnant peut-être que la musique capitaliste pût paraître convenir assez bien à un défilé triomphal sur la place Rouge. Puis, se levant de nouveau, Reg dit :

— La partie tranquille, au milieu, est une évocation de Karl Marx au British Museum, en train de méditer sur l'idée de profit.

De là, il sauta à l'annonce du Moussorgski, orchestration de Maurice Ravel, puis s'esquiva de l'estrade avant que le premier trompette commençât, *si* bémol majeur, la « Promenade ».

Il y avait une station de taxis devant la salle de concert ; mais Reg dut faire la queue sous la bruine qui continuait à tomber. Une bonne quinzaine de minutes s'écoula, avant qu'il pût ordonner à un chauffeur, visiblement en proie à une crise de profonde dépression, de le conduire 32 Ulitsa Mizintchikova. Entouré des vapeurs bleues de ses nombreuses cigarettes et de sa mélancolie, l'homme déclara consentir à l'attendre cinq minutes. Il en coûta plus de trois avant que le grand-oncle Boris vînt ouvrir la porte — il tenait à la main le roman de Gorki qu'il était en train de lire au lit. Affaire urgente, lui expliqua Reg, tout autant que secrète : il allait déposer un objet d'une certaine valeur dans la chambre de sa mère, mais elle ne devait en aucun cas en avoir connaissance avant son départ à lui, Reg, le lendemain. Il mettrait ledit objet dans un tiroir, si elle en avait un. Le vieil homme toussa oui, oui, en opinant aussi de la tête et marmonna une phrase sur la grandeur de Gorki. La chambre de Ludmila était pitoyablement petite et fonctionnelle — sa misérable commode était un bâtis grossier de planches en bois vert et de clous. Le tiroir du haut renfermait des reliques de Manchester et de Galles du Sud : photographies et documents attachés avec de la laine à tricoter. Reg trouva ce qu'il voulait, donna l'accolade au grand-oncle Boris, qui dégageait une odeur affreuse, et, lui ayant fait ainsi son adieu, courut retrouver le chauffeur, qui attendait toujours, mais se plaignit d'être arrivé au bout de sa provision de *papirosi*.

De retour dans la grande salle, Reg vit le chœur en place — hommes en noir, femmes en blanc, sous un marteau et une faucille géants sur fond rouge —, cependant que l'orchestre regagnait ses pupitres. Aux deux ailes, les cuivres d'emprunt de Leningrad penchaient des fronts sourcilleux sur leur partition. Reg fut bientôt à même de reprendre la parole.

— Le texte de cette œuvre est emprunté au Nouveau Testament, qui est la première partie, et aussi la plus massive, d'un livre que vous avez cessé officiellement de connaître. Mais vous pouvez vous en tenir à sa signification séculière et en ignorer les allusions à Dieu et aux dieux. Les Juifs vivent, retenus en esclavage dans l'antique Babylone, sous le pouvoir despotique d'un certain Balthazar. Il est, de nos jours, des esclaves dans des pays moins anciens, gouvernés par des tyrans moustachus ou, aussi bien, rasés de près. Mais, pour les tyrans, l'heure de l'expiation ne peut être différée éternellement. Le message écrit sur le mur annonce que la pesée de la balance a accusé les manquements des despotes. Le compositeur de cette musique n'est pas juif — les plus antisémites d'entre vous seront heureux de l'apprendre. Non, c'est un agnostique, et qui vient de la même partie de la planète que moi. Son message est universel. Ce message, c'est : liberté ! Puisse le monde se soulever contre ses oppresseurs et lutter pour se libérer !

Il s'était attendu à un silence terrible, suivi de murmures et de grondements. Or, les mains se mettaient à battre, voire, des voix, à crier des approbations. Seigneur Dieu ! ces gens étaient des opprimés, et ils n'avaient même pas conscience de leur condition. Le tyran à moustache était pour eux Hitler, mort et bien mort depuis des années dans son bunker de Berlin, et le combat pour la liberté devait se livrer pour eux ailleurs qu'en Russie soviétique... Reg faillit clamer : « Maudit soit votre Staline, qui a tué la femme que j'aimais ! » Mais certaines images surgirent dans son esprit, qui l'en empêchèrent — le sourire épanoui de Churchill, l'élégance gominée d'Anthony Eden, sa femme Zip, derrière lui en ce moment même, au milieu de sa batterie de cuisine (et à laquelle il conférait, pour la circonstance, la connaissance du russe), enfin le caractère mélodramatique de toute malédiction.

Il descendit de l'estrade, applaudi par des voix et des mains, et sortit, la tête basse, empruntant le couloir aux murs jaune pâle qui menait aux loges des artistes. Il s'enferma à clef dans une *oubornaiya* et s'efforça de vomir. Il avait conscience de la congestion d'un organe sans rapport avec la situation. Le premier trombone, plus proche qu'il ne l'aurait cru, donna le *si* bémol aux barytons et aux ténors qui, dans une dissonance calculée, entonnèrent le chant : « Isaïe dit alors : “Les fils qui seront nés de toi, on te les ravira pour en faire des eunuques dans le palais des rois de Babylone. Crie donc, lamente-toi, car le jour du Seigneur est proche...” »

Rien, décida-t-il, assis sur le siège risible et tout en essuyant la sueur de son front, absolument rien n'existe en ce monde, qui ne soit ambiguïté. Les habitants de Babylone, dont faisaient aussi partie les Juifs, en ce temps-là, adoraient les idoles d'or, de bois, de cuivre — bien que les instrumentistes de Leningrad parussent déprécier le métal divin en le ravalant à de la ferblanterie —, et ils jubilaient, ces Babyloniens, de blasphémer de la sorte. L'instrument de percussion qu'il escamoterait dans vingt-quatre heures était estampillé d'un A — soit, dans la notation musicale en vigueur au Moyen Âge, un *la*. Le *la* donné par le hautbois pour l'accord préliminaire de l'orchestre était dénué de toute ambiguïté, en ce qu'il n'était rien de plus que cela : un simple *la*. Mais, organisés, les sons deviennent discours et font entendre thèse et antithèse. Il n'était plus si sûr, tout compte fait, de la vouloir, cette putain d'épée.

Il ne reparut pas sur l'estrade pour annoncer l'exécution, par les chœurs seuls, de chants des folklores gallois et anglais, que suivrait — joué par l'orchestre au grand complet, cette fois, pour soutenir à plein cette sorte de défi patriotique dont l'allusion et le sens allaient de soi — l'hymne *Genedlaethol Cymru*. Sa mère, songeait-il, se paierait une bonne pleurniche nostalgique à cette audition.

Il songea aussi qu'il ne la reverrait plus jamais.

La défection à l'Ouest de Youra Petrovitch Choulguine parut assez sincère — même si le genre exact des ennuis qui avaient nourri ses appréhensions demeura longtemps douteux. Ce qu'il avait tâté de la bonne chère rationnée de l'Occident décadent ne représentait pas, en soi, une raison suffisante, car, à l'ambassade d'URSS, il avait agi, après tout, sur instructions. Qu'il eût reçu mission d'espionner les agissements lesbiens de Mariya Ivanovna Chvernika — laquelle était plus que l'amie de l'épouse de l'ambassadeur de Chine (cette dernière, à cause de l'atavisme culturel dû à son origine chinoise, étant également portée à la gousserie) et refilait de temps en temps à la dame de menus secrets de la politique extrême-orientale de Moscou, soutirés à son frère, Chvernik, lui-même membre du Politburo et voué, l'heure venue, à une balle dans la nuque — et que l'on se méfiât déjà de lui à ce poste, en raison même de la confiance qu'on lui avait accordée, non, cela ne semblait guère plausible.

Quoi qu'il en fût, il était vrai que sa fonction au ministère de la Culture servait de couverture à sa surveillance du diplomate britannique Potts qui, passé à l'Est, dirigeait le *Soviet News*, publication périodique à destination du monde anglophone, et que l'on suspectait de transmettre à l'Ouest des informations codées, par le canal de traductions libres d'œuvres de Pouchkine. Peut-être était-il vrai aussi qu'un étalage d'homosexualité feinte avait été pris par ses supérieurs pour l'affichage d'un penchant réel, ou dénoncé comme tel par ses propres subalternes. En tout cas, quel que fût le message tracé en lettres de feu sur le mur, Choulguine avait su le déchiffrer à temps. Il avait des renseignements à communiquer à l'Occident sur les intentions de l'Union soviétique concernant l'enclave insulaire de Berlin-Ouest. On le considéra comme trop important pour une Grande-Bretagne sur le déclin, et Washington ne tarda pas à le réclamer.

Un message de félicitations, en termes très discrets, fut transmis à Reg par sa sœur, de la part du patron du MI6, le bureau Espionnage des Renseignements de l'armée : Reg s'était acquitté de façon exemplaire de son rôle dans le transfert de Choulguine à l'Ouest. En fait, il n'y avait pas de quoi en faire une histoire : c'est seulement dans les romans et les films d'espionnage que l'on abat le transfuge à l'instant où il franchit la passerelle d'un bateau ou d'un avion.

Ce message de Béatrice fut son dernier acte avant qu'elle quittât le ministère des Affaires étrangères pour s'envoler avec son mari et s'installer à New York.

Quant au vol commis à l'Ermitage — et ce, sans difficulté, tant il allait de soi que, seul, un imbécile à tendances suicidaires eût pu être capable d'une telle tentative —, Reg autant que l'Union soviétique gardèrent le silence à ce sujet pendant plusieurs mois. Reg avait ses raisons bien à lui. L'Union soviétique, de son côté, n'avait aucune envie de perdre la face. Reg ne prévint même pas sa femme de ce qu'il détenait. A la vue du vieux fourreau de bois avec la langue de métal nu qui en sortait, le tout débarrassé d'un emballage de gros papier brun, Zip accepta sans discussion la version qu'il en donna : qu'il s'agissait d'une relique de la Russie tsariste, achetée, moyennant des livres sterling tant convoitées là-bas, à l'un des grands magasins d'antiquités de l'État soviétique. Quelque chose comme, tu sais bien, une espèce d'icône.

Ce fut lorsque Zip s'absenta pour une tournée de son orchestre dans le Nord que, le soir de son premier jour de solitude, après l'heure de la fermeture, il manipula, avec un infini respect et une certaine crainte, l'épée Caledvwlch, si c'était bien elle. Elle avait parcouru un long chemin à travers le temps et l'espace. Le roi Arthur, s'il avait jamais existé, l'avait brandie contre l'envahisseur saxon, au nom d'un empire chrétien menacé par la barbarie teutonne. Aujourd'hui, c'était la main de Reg, et elle seule, qui la tenait. A la caresser, il sentit monter en lui une vague de désir charnel qui, si elle eût pu répondre assez bien à une représentation du festin de Balthazar dans une bible des familles, s'accordait mal avec un objet issu des mains de l'artisanat humain, mais n'offrant guère de rapport avec un art représentatif — pour ne pas dire avec aucune forme d'art.

L'épée était presque à demi aussi haute que lui. Elle ne tranchait plus de la taille ; mais la pointe restait acérée. L'âge et les applications d'huile et de graisse avaient obscurci son éclat — Reg se demanda s'il serait raisonnable de tenter de lui rendre son luisant avec un chiffon imbibé d'un produit ménager. Aussi bien, même si un rémoulage avait une chance de lui ôter un peu de son aspect de bande de terre rongée et dentelée sur les bords par des ébréchures de mer, l'ancienneté même d'une antiquité méritait le respect. Le « A », ou aleph, avec ses empattements de fleurs stylisées et son panache feuillu, apparaissait nettement sous un certain éclairage ; mais l'acier sembla tressaillir dans un sursaut de photophobie, lorsque Reg braqua sur lui le faisceau d'une torche électrique. Ce qu'il fallait éviter absolument, c'était de céder à la superstition devant cette épée, de voir en elle quelque chose de vivant, de l'imaginer renfermant un pouvoir, une force tangible dont, au contact, on recevait la décharge. Ce n'était, après tout, qu'une très vieille pièce de métal forgé. Le fourreau de bois ressemblait tout bêtement à un tronçon d'aulne creusé à la gouge. Il ne portait aucune marque distinctive et n'était certainement pas la gaine protectrice d'origine.

Reg dormit avec la lame nue sous son oreiller. Elle ne lui donna pas de cauchemar — même pas le moindre rêve ordinaire, à l'exception du souvenir ressuscité d'un vieux film de Hollywood sur les chevaliers de la Table ronde, qu'il avait vu un jour. Bref, ayant rapatrié de son long exil Caledvwlch, tout ce qu'il était capable de faire, c'était de *le* couver (pourquoi le masculin de « glaive » semblait-il mieux lui convenir et s'imposer ?), en savourant un triomphe facile sur deux hordes successives de barbares pillards... Pourtant, non, minute ! — restait le problème de l'autre fourreau : celui des fouilles, creusé dans la pierre. Oui, restait à accomplir un acte de pénétration d'une extrême importance mythique. Et, là, Reg était pris d'une sorte de terreur religieuse. Ce que les hommes désignent sous le mot de coïncidence participe-t-il, en réalité, d'un dessein divin ou diabolique ? Collocation, collocation ! Ce qu'il avait là, était-ce plus qu'une simple vieillerie d'acier mangée de rouille ?

Il choisit une nuit de pleine lune pour emprunter la bicyclette du frère de Megan. Caledvwlch, attaché sur le guidon, roula sans protester et, lorsque Reg rangea la bicyclette contre la barrière brisée du champ, il eut le sentiment que, dans sa dextre, le glaive buvait avidement la clarté brillante tombant du ciel, qu'il n'avait pas vue depuis tant de siècles. Reg estoqua par trois fois l'orbe lumineux au-dessus de l'horizon, puis, la pointe levée vers les étoiles, marcha en trébuchant parfois à travers les bosses et les trous du pré, jusqu'au creux où se trouvaient les fouilles. Une chouette hulula et l'horloge de l'église, au loin, sonna minuit. *Eldritch* — que signifiait Eldritch ? Il sauta dans la large excavation et fut en présence de l'inscription GLAD ART REG gravée dans le contrefort de pierre. Il avait l'impression qu'il eût dû réciter une prière ou entonner une incantation. Mais il balaya la superstition derrière lui et inséra la pointe du glaive dans la fente du fourreau de pierre, sans qu'il lui vînt d'autres associations que sexuelles.

La lame pénétra sans peine et à fond, jusqu'à ce que la traverse de métal faisant croix et qui avait reçu l'ornementation de la garde chevauchât l'ouverture. L'ajustement était étonnamment étroit, ne laissant place à aucun jeu : il ne faisait pas de doute que l'un avait été destiné à l'autre. Et puis, à l'étonnement plus grand encore de Reg, pour ne pas dire à sa terreur, il constata qu'il ne pouvait plus dégainer le glaive. Un seul homme au monde, *rex quondam et futurus*, possédait la grâce de ce pouvoir... Absurde ! Mais Reg avait beau y mettre toute sa force, la lame restait tenacement prise dans la fente.

Il s'assit par terre, couvert de sueur, sous la lune déclinante, et respira profondément un bon nombre de fois. Puis, il essaya de nouveau. Il finit par découvrir que, en imposant une légère torsion à droite à la croix de métal, le glaive sortait avec une aisance et une douceur infinies. Il y a toujours une explication à tout, se dit-il, et la réalité ne recèle pas de mystères. Pourtant, lorsqu'une chauve-souris en vol lui frôla presque la tête, une peur lui pinça le cœur : et si Merlin était vivant ? Merlin, s'il avait jamais existé, était peut-être un maître de génie dans l'invention des artifices. Il devait y avoir, dans les profondeurs du fourreau de pierre, un système d'accrochage. (Eldritch — royaume ou pouvoir mystérieux des fées et des elfes ?) Une très légère torsion latérale suffisait pour dégager la lame de l'emprise. Cela paraissait incroyable, tant la chose relevait d'un sommet d'ingéniosité technologique sans aucun rapport avec les débuts du haut Moyen Age. Reg se mit à trembler en saisissant à deux mains Caledvwlch. Le clair de lune montrait-il bien une minuscule perforation tout près de la pointe ? Une dent métallique, fine et aiguë comme une pointe d'aiguille, pouvait y entrer et faire verrou. Cela s'inscrivait assez dans le domaine du possible, sans que l'on eût à recourir aux magies de l'Eldritch.

Sur le chemin du retour, avec Caledvwlch sur le guidon, il roula moins droit et de façon moins assurée, et, après avoir refermé à clef la porte de derrière de la maison par laquelle il était rentré, il le plaça debout sur une chaise de la cuisine. Le glaive tomba aussitôt sur le sol, avec un bruit de ferraille, mat et plat. Reg le releva tendrement en murmurant des excuses : s'il devait devenir un objet domestique familier, ce ne pouvait être qu'un objet d'un ordre supérieur, et vivant — quelque chose comme un chat birman ganté. Mais ce n'était pas un animal domestique ; c'était un accessoire — un complément, un appendice — royal. Et sa masculinité ne faisait pas de doute : tout se passait comme si le système des genres anglo-saxons, égaré sur la route du temps, avait éclaté pour ne plus réserver les catégories du sexe qu'à une classe d'objets inanimés — aux navires, entre autres, le féminin — et à ceci, cela ou quoi que l'Histoire et la mythologie avaient exalté et singularisé hors de toute catégorie. Si Siegfried usait du « il » en parlant au ou du glaive Nothung, c'était à cause du genre grammatical : *Degen* est masculin, alors que *Schwert* est neutre. A Caledvwlch manquait-il, comme à Nothung, quelque chose ? Mais quoi ? Reg lui fit, à haute voix, la lecture de pages du livre catalan que Don Quichotte idolâtrait : *Tirant le Blanc*, et qui commence ainsi : « En l'honneur, à la louange et à la gloire de Notre Seigneur Jésus-Christ et de sa glorieuse et sainte Mère, la Vierge Marie, Notre Dame... » La pendule de la cuisine sembla renforcer son tic-tac, et la Galles du Sud protestante tout entière frémir à cet exorde papiste. Mais Caledvwlch avait beau être un morceau d'antiquaille inerte, il paraissait boire ce discours comme une huile bienheureuse. Et quant à Reg, les mots sonnaient en lui le réveil de son instabilité, étouffée pour un temps sous le morne prosaïsme du métier dont il avait hérité. Il refusait de se tenir pour fou. Mais Zip, au retour de sa tournée dans le Nord, retrouva ses doutes du temps de guerre : son mari avait-il bien tous ses esprits ? Car il lui raconta toute l'histoire.

— Tu sais, dit-elle, tu devrais voir quelqu'un... réellement, je t'assure.

— Mais qui ? Un archéologue ? Dis-moi, est-ce que, seul, le présent existe ? Sainte Hélène était-elle folle parce qu'elle avait découvert la vraie Croix ? Car c'est exactement ce que c'est... ce qu'*il* est. Tu es, poursuivit-il en s'adressant à Caledvwlch, ce que tu es, n'est-il pas vrai ?

— Débarrasse-moi la maison de ce fichu truc. Fais-en cadeau à un musée.

— Il y était déjà, dans un musée, en terre impie. Et il a dormi trop longtemps dans une cellule de moine. Aujourd'hui, il vient consacrer le lit de nos noces.

— Au nom du Ciel, qu'est-ce que c'est encore que cette histoire ?

— Sa place est sous l'oreiller.

— Lui ? *Ça*, je veux dire ? Oh non, sûrement pas. Écoute, tu l'as volé, ce truc, volé, tu entends bien ? On aurait pu nous fourrer en taule, toi, moi, toute la fichue bande.

— Cela, un vol ? Ce sont les Russes, les voleurs. Ils ont ramené tout un tas de butin d'Allemagne et ils ont trouvé un nom pour cela : réparations légitimes. Mais, lui, là, c'est autre chose. Les bénédictins l'avaient en dépôt pour le peuple de Bretagne, et ils ont oublié cette mission. A présent, c'est moi qui en ai le dépôt et la garde pour ce même peuple, en toute conscience de ce que c'est... de ce qu'*il* est, oui, *il*, je dis bien.

Il courba la tête devant Caledvwlch pour solliciter son pardon. Zip dit :

— Si c'est la propriété du peuple britannique, rends-le-lui... Donne-le au roi, au Premier ministre, à quelqu'un de responsable.

— Pour qu'il le restitue aux Russes avec les plus humbles excuses ? Et d'ailleurs, il ne s'agit plus du même peuple de Bretons. Que des Anglo-Romains osent se qualifier de Bretons est une insulte aux Celtes romans !

— Alors, donne-le aux Gallois.

— Ils ont fondu dans les Anglo-Normands. Les Gallois ne forment plus une nation.

— Alors il y a cette équipe de cinglés et de braillards, tu sais bien, ceux qui font les fiers-à-bras, qui attaquent les banques et tuent les vieilles dames en leur flanquant des crises cardiaques. Tu n'as qu'à le leur donner à eux.

— Ah, non, non et non ! De quel droit prétendent-ils représenter cette Britannie qui était l'avant-poste de la chrétienté romaine d'Occident ? Ce n'est rien d'autre qu'une bande de têtes brûlées sans foi ni loi, qui se sont lancées dans cette entreprise pour, comme ils disaient à Gibraltar, s'occuper l'esprit. Non, non ! Caledvwlch reste avec moi, comme le symbole d'une foi et d'une chevalerie qui revivront, du jour que le monde aura recouvré la raison.

— Heinrich Himmler, ce salaud et ce criminel, parlait aussi de chevalerie, quand il s'agissait, dans son idée, d'exterminer les Juifs... Eh bien, bonne compagnie, tous les deux, et bien du bonheur !

— Du bonheur ? Pourquoi parles-tu de bonheur ? Quelle raison y a-t-il là d'être heureux ?

— Couche avec ! cria Zip. Oui, couche avec ton espèce de fichu truc mangé des mites. Sodomise-toi avec lui. Mais je te préviens : ou il sort d'ici, ou ce sera moi.

— Toi ? Mais tu n'es jamais là. Toujours à cogner tes cymbales et tintinnabuler ton triangle, avec ce tas de youtres expatriés !

Zip était demeurée debout jusque-là, giflant parfois du plat de la main la table de la cuisine, pour donner plus de force à ses paroles. Cette fois, elle s'assit et regarda Reg les yeux dans les yeux.

— Youtres, hein ? Répète-le en russe, pour finir de ressembler à ta mère.

— Je ne pensais pas ce que j'ai dit, protesta Reg, d'un air de chien battu tout à coup. Je ne sais ce qui m'a pris... Je l'accrocherai au mur. Je l'enfermerai dans le placard, avec la bible de la famille. Je regrette d'avoir prononcé ces paroles.

— Nous donnons un autre concert à Cardiff, la semaine prochaine. J'irai le remettre au consulat d'URSS.

— Ose seulement, et je t'écharpe avec !

Puis, conscient de la contradiction dans les termes, il rectifia :

— Non, jamais je ne ferais cela. Ni toi ce que tu dis. Je le mettrai à la cave, avec les tonneaux de bière et les toiles d'araignée. Je le rangerai hors de ta vue... ce truc, ça, tu entends, je dis *ça*. De toute façon, ça n'est rien, absolument rien, ajouta-t-il en mentant.

Très justement, elle rétorqua :

— Tu n'es qu'un menteur. Et quand tu ne mens pas, tu me caches les choses. En plus, tu es un sale antisémite.

— Non, ce n'est pas vrai. Je t'aime tant, tu me manques tant quand tu n'es pas ici, dit-il, tendant les bras, mais sans désir apparent de l'y prendre. J'espère réellement que c'est vrai, ce que je t'ai dit au lit, dans cette chambre, à Leningrad.

— C'est quoi, cette vérité ? C'était quoi, ce que tu as dit ?

— Il faut faire très attention dès que l'on se met à préciser les choses ; car les dieux entendent tout et vous contrecarrent aussitôt... Je parle de cette fois où j'ai dit que c'était le bon moment.

Zip poussa un grand soupir et frappa du poing Caledvwlch, qui gisait sur la table. La lame se rebiffa sous le coup, et le rendit, mais du plat et sans méchanceté.

— Quand je lis mes notes sur la partition et que je compte les silences, tout se tient, c'est du solide, je sais où je suis. Avec toi, il m'arrive aussi parfois de savoir où je suis ; et puis, l'instant d'après, non, je ne sais plus.

— Tu n'as besoin de savoir qu'une seule chose pour ce qui me concerne : que je t'adore. Viens au lit ; il reste une heure avant que je rouvre.

— Tu ne vois donc pas ce qu'il y a d'abominable à dire une chose pareille ?

— Je le descendrai à la cave et il y restera... ce machin, je veux dire, tu n'auras plus à le revoir.

Lorsque Zip partit pour Cardiff, pour répéter, puis jouer en concert *Guide de l'orchestre à l'intention d'une jeune personne*, de Benjamin Britten, et (triangle au troisième mouvement uniquement) la *Quatrième Symphonie* de Brahms, Reg s'empressa de remonter Caledvwlch de la cave, de lui faire ses excuses pour l'humiliation et de le masser longuement à l'huile de paraffine. A voix haute, il lui lut des chants de *Le Morte Darthur*, de sir Thomas Malory. Quelle chose étrange, qu'un instrument de légende appartenant en propre à cette histoire trônât là, dans un fauteuil, devant lui. Cela faisait penser à l'empereur Constantin lisant les évangiles tout en chevauchant, un des clous de la vraie Croix rivé au marteau dans le mors de sa monture.

Cela dit, il y avait bien, incontestablement, une minuscule perforation dans l'acier de la lame, à quelque deux centimètres et demi ou trois centimètres de l'estoc. Il savait au moins une chose que sir Thomas Malory ignorait. Plus, même, beaucoup plus. Il détenait dans sa main la vérité démythifiée — elle l'attendait deux fois par jour, aux heures de la fermeture. Megan aux hanches dansantes n'était, elle, nullement impressionnée. Elle chantait : « Les marins de la crevette rentrent au port. » Une fois, elle demanda :

— A quoi ça sert ?

C'était une question sans réplique.

Deux mois après le retour de Leningrad, Zip sut qu'elle était enceinte. Aménorrhée et nausées matinales. Mieux valait consulter, pour la confirmation clinique ; mais elle n'en doutait pas : il y avait cette sensation que le corps devient pareil à un navire dont l'équipage a reçu l'ordre d'appareiller et réagit en conséquence. Tout à l'arrière de son esprit, dans un espace jusqu'alors fermé et secret, mais ouvert pour la circonstance, une sorte de personnel de bureau s'était installé, calendrier accroché au mur. Elle annonça la nouvelle à Reg, devant l'œuf à la coque mollet du petit déjeuner qui lui donnait envie de vomir. Reg se mit à danser.

— Voilà ce que je voulais dire, s'écria-t-il, quand je parlais du bon moment. Les pères aussi ont leur grossesse, à leur façon. Ce devait être l'air de Leningrad ou la vodka au poivre. Ou autre chose...

(L'autre chose couvait en silence son ressentiment, en bas, parmi les barils de bière.)

— Tu n'as pas envie de t'allonger, ma chérie ? Je vais te faire du café frais. Annule tous tes engagements, tu entends ? Fini le tambour et les cymbales !

— Ne dis pas de bêtises. D'après ton espèce d'encyclopédie, cela prend deux cents soixante-quatorze jours ou quelque.

— Mais l'heure n'est plus à cela : l'enfant est déjà là. Toutes ces percussions vont le traumatiser !

— Parce que toi, tu es sûr que c'est un garçon ? Cela fait aussi partie de ta révélation de Leningrad ?

— Épicénie, genre commun... Le vieux rêve d'une génération enfin sans tache, qui n'hériterait d'aucun de nos péchés.

— Une sorte d'Israélien ? dit Zip, soudain très droite sur sa chaise. Un enfant juif. Sais-tu tout ce que cela signifie ? C'est comme si le père n'existait pas. Je ferais bien d'écrire cela à ma mère, même si, de son côté, elle ne m'écrit jamais. La nouvelle aura une importance folle pour eux, là-bas.

— Laisse tomber tes timbales et ton tympanon. Tout de suite. Écris. Envoie ta démission.

— C'est absurde ! Nous jouons à Londres, à l'Albert Hall par-dessus le marché, dans deux semaines. Le grand coup, avec tout le ramdam : *Petrouchka*, plus le *Boléro* de Ravel, avec ses vingt minutes de timbalerie non-stop. Cela se passera très bien.

— Je te l'interdis !

— Arrête tes sottises !

J'entendis ma sœur se démener de la timbale et de la cymbale, et tripledoublecrocher. J'étais à Londres pour affaires, autrement dit pour terrorisme — capitaine en bourgeois et nanti d'un passeport britannique. Je dirigeais une opération : prendre toutes dispositions pour loger une bombe à retardement dans l'ambassade d'Irak. Je ramenai Zip à mon hôtel, tout près de Grosvenor Square (l'établissement, très couru par les équipages d'El Al, avait été la cible d'attentats à la grenade à main, lancée par des Arabes palestiniens inefficaces). Elle mangea un bifteck presque sanglant, que je commandai au service en chambre. Je lui fis remarquer qu'il n'était pas kasher. Elle me regarda avec des yeux ronds et répondit :

— Je vois ça. Vous donnez tous dans l'orthodoxie, maintenant. Est-ce que le cheval est interdit par le Lévitique ou je ne sais trop quoi ? Parce que c'en est sûrement.

— « Venez vivre au beau soleil d'Israël, où l'on n'a pas à nourrir les Allemands affamés »... Soyons sérieux. Papa aura envie de voir son petit-fils. Papa serait tellement plus fou de joie encore, si tu pouvais lui offrir une figue de Barbarie.

— Je sais, je sais. Il m'a écrit. Mais c'est à notre mère que, moi, j'avais écrit. Pourquoi ne m'a-t-il rien dit à son sujet ?

Nous y étions : impossible d'abuser une femme.

— Elle l'a quitté, c'est cela ?

— J'ai peur qu'elle ne nous ait tous quittés.

— Oh ! mon Dieu, dit-elle en repoussant l'assiette avec la viande de cheval. Depuis quand ? Comment cela ?

Je mentis et dis :

— Le cœur. C'est papa qui a eu l'idée de ne pas te bouleverser... pas tout de suite. Il ne voulait pas te voir faire comme moi, qui me suis précipité là-bas.

— Alors, c'était cela, la raison de ton voyage ? Rien d'une révélation soudaine à la Reg ?

Ses yeux restaient secs. Comme moi, elle n'avait pas tellement bien connu notre mère. L'absence n'est pas tant une sorte de mort qu'un genre d'inexistence.

— Donc, papa est livré à lui-même. Seul à se traîner à la cuisine dans ses pantoufles et à se faire son triste café...

C'était d'une vérité !

— Et tu vis avec lui ?

— Je le vois assez souvent ; mais je suis tenu de vivre à la caserne.

— J'aimerais tant ressentir quelque chose... Tout de même, c'est un coup. Jamais ils ne s'étaient séparés. Il doit prendre cela très mal.

— L'idée d'avoir un petit-fils lui a fait beaucoup de bien. Il irait mieux encore si tu étais là-bas. Mais tu dois vivre ta propre vie. Et tu as Reg.

— Reg est complètement fou.

— Depuis que je te l'entends dire !

— Non, il l'est pour de bon. Il parle à son espèce de fichu sabre comme si ce truc était un mélange de progéniture et de sainte Trinité.

— De sabre ? Qu'est-ce que c'est que cette histoire ? Raconte.

Elle raconta et je dis :

— Il n'a jamais manqué de courage. Mais que diable l'a-t-il pris ?

— J'ai regardé à « bébé » dans leur encyclopédie familiale, tu sais. Naturellement, il n'y a rien. Mais le volume s'était pour ainsi dire ouvert tout seul sur « Bénédictins »... Maison royale d'Angleterre, mont Cassin... Reg n'en finissait pas de débiter des inepties à propos d'une mission qui incomberait à sa famille. Et il n'a que le mot « solide » à la bouche, quand il est bien ce que je connais de moins solide au monde. Toujours à descendre à la cave, pour voir si ce truc va bien !

— Tout a commencé avec l'Espagne, tu ne crois pas ? Aller se battre pour quelque chose de pur et de sacré, mais sans savoir exactement quoi. Les valeurs éternelles, l'oreille absolue... S'il est fou, c'est une folie du genre de celle de Don Quichotte. En réalité, c'est un Juif, j'imagine.

— Lui, un Juif? Tu tiens à me faire rire!

Le trope était suprêmement impropre. Elle poursuivit :

— Une chevalerie chrétienne pour bouter hors les barbares et les païens.

— C'est-à-dire les sarrasins et les profanateurs des Lieux saints. N'oublie pas que c'est un poète chrétien qui a écrit *la Jérusalem délivrée*.

— Pauvre maman, pauvre papa, dit Zip par association avec Jérusalem, grâce à cette magie qui est un des pouvoirs de la femme. On aurait pu me prévenir. Et toi, jure-moi que c'est la vérité, quand tu dis que c'est du cœur qu'elle est partie. Il y a des journaux ici aussi, tu sais. On y parle de victimes de bombes arabes à Tel-Aviv. Rien à voir?

— Elle est morte à Jérusalem. Toute mort a pour cause un arrêt du cœur. Elle a eu une frayeur mortelle, littéralement. Et papa s'est pris de remords. Une zone de guerre n'est pas un endroit pour une femme. Raison de plus pour qu'il n'ait pas eu envie de te voir accourir comme moi.

— Alors, tu es un combattant, en permission ici?

— Non, non, pas vraiment. Et d'ailleurs, de toute façon, je ne suis pas un combattant, à proprement parler. J'apprends à d'autres à se battre. Tactique du commando. Fabrication d'explosifs artisanaux et autres choses du même genre. Ce qui n'empêche pas que j'aie accompli en personne une ou deux missions. La presse n'a rien dit du débarquement de Ras Burun, par exemple. Non, ici, je dois m'occuper d'un petit boulot au numéro 21 Queensgate. Terrorisme, comme on appelle cela. C'est-à-dire flanquer la trouille du diable à l'ennemi. Ne m'en demande pas plus.

— Je n'en avais nullement l'intention. As-tu entendu parler de Chaïm et Deborah Kishon?

— A en croire les noms, il ne s'agit pas d'Arabes.

— Très juste. Ils jouent à quatre mains, sur deux pianos. Bartók a écrit un truc pour pianos et percussion. Et il y a aussi le concerto de Ravel pour piano solo et orchestre, dont Chaïm a fait un arrangement pour leurs quatre mains et instruments de percussion. Ils commandent également des œuvres originales. Ce n'est pas un mauvais calcul. Benjamin Britten écrit quelque chose pour eux.

— Ce n'est pas une mauvaise idée pour toi non plus, dis-je. Envisagerais-tu une nouvelle carrière, juste au moment mal choisi? Celui où la nature est la plus forte.

— Oh, il y a tout le temps. Le temps de faire une tournée en Israël, par exemple. Ils me le proposent.

— C'est la guerre, là-bas.

— Il y en a eu une ici aussi, figure-toi, répliqua-t-elle. Avec bombes et tout.

— Papa serait ravi. Et que fais-tu de Reg?

— Reg n'a rien à voir là-dedans. Maintenant, il n'y a plus que moi et ce que je porte à l'intérieur de moi. Reg a son bienheureux Excalibur à qui faire des discours. Je suis sûre qu'il couche avec en ce moment même. Il ne cesse de répéter que, lui aussi, il a son instrument à percussion. Fou, je te dis. Je crois que je vais jeter par la fenêtre cette viande de cheval. Est-ce que les gens de Grosvenor Square ont des chiens?

Ce qui devait arriver arriva, ainsi qu'Aled Rhys le démontra clairement, une nuit, après la fermeture, à Reg.

— Comment le sais-tu? Qui te l'a dit? lui demanda Reg, au comble de l'agitation.

Aled Rhys n'était pas en compagnie de ses précédents associés. Il y avait là un homme sombre et très brun, un métis de la baie des Tigres, dont Reg n'avait pu saisir le nom, et un jeune homme qui s'appelait Terry MacMahon — en dépit de ce nom irlandais, dû à son père, il parlait avec l'accent gallois.

— C'est toi-même qui as tout raconté à Megan Pritchard, répondit Aled Rhys. Elle croyait que c'était une blague; mais son frère Tom, non. Tom est des nôtres. Tout comme toi.

— Quel idiot j'ai été, et je suis! Non, je ne suis pas des vôtres.

— Tous les bons Gallois doivent être avec nous, dit l'octavon ou le quarteron de la baie des Tigres.

— Je priais pour que cela arrive, dit Aled Rhys. Tu étais prédestiné à remplir cette mission pour nous. Ton frère connaissait l'endroit. C'est fou, ce qu'on peut apprendre par un innocent!

— Et tes autres acolytes, où sont-ils? s'enquit Reg, retranché derrière le comptoir comme à l'abri d'un rempart, une chope à demi lavée à la main. Où est ce putain d'idiot que tu appelais le prince de Cymru?

— Ne t'en fais pas pour lui, dit Aled Rhys. Les deux autres ont laissé tomber. C'étaient de grandes gueules pleines de mots; mais pour l'action, zéro. N'importe, c'est en marche.

— Autrement dit : deux ou trois attaques de banque de plus, et une boîte aux lettres plastiquée à Llanfynydd?

— Tu lis les journaux, à ce que je vois. Montre-nous ça, qu'on le voie un peu.

— A quoi bon ? Pourquoi aurait-ce un sens pour vous ?

— Pas de salades, veux-tu, dit Terry MacMahon.

— Ce n'est pas du tout ce que vous pensez, dit Reg. C'est juste un bout de vieille ferraille que j'ai acheté à Leningrad pour deux livres et quelques ; et même si c'était ce que vous croyez qu'il est, que c'est, je ne vois pas en quoi cela vous donnerait le droit d'entrer ici comme chez vous en demandant à le voir.

— Ce n'est pas seulement voir qu'on veut, répliqua Aled Rhys. Où est-elle ?

Il se leva de la banquette à dossier, sise sous la fenêtre et à la vitre de laquelle, sous le vent de nuit, cognaient les branches d'un groseillier. Reg brandit le verre à demi lavé, à la façon d'une arme.

— Je t'interdis de passer derrière ce comptoir, si c'est ce que tu as dans la tête, dit-il. Sinon, foutredieu, je t'attaque en justice pour violation de propriété privée.

— On n'a pas envie de se battre, dit l'homme de la baie des Tigres, qui s'était levé aussi. On a déjà assez d'ennemis contre qui se bagarrer, sans chercher des crosses à un compatriote gallois.

— Vous n'avez pas grand-chose d'un Gallois, je trouve, rétorqua Reg. Vous m'avez plutôt l'air d'un putain d'Arabe.

— Tiens, tiens, on est raciste, hein ? Ma mère a apporté un peu de sang arabe, d'Afrique orientale, c'est vrai ; mais mon père était un Celte pur sang et il m'a expliqué tous les torts faits aux Celtes comme lui.

A cet instant, Terry MacMahon, qui était resté assis sur une chaise couverte d'une poussière de craie, sous la cible aux fléchettes, intervint.

— Écoutez-moi. Le public a besoin qu'on lui montre quelque chose, d'accord ? Il ne sert à rien d'aller de droite et de gauche en parlant d'une Cymru libre, si on ne donne rien à voir aux gens. Un drapeau, c'est très bien ; mais Aled il dit que vous avez le sabre du roi Arthur. Moi, j'ai bien rigolé quand il m'a raconté ça ; mais c'est égal, c'est des trucs qui tiennent le coup, ça, comme les menhirs de Stonehenge. Tu brandis ce sabre à un meeting, tu te débrouilles pour que ça passe dans la presse, histoire de montrer aux Sais qu'on en veut, c'est ça le truc, non ? C'est énorme... un des coups les plus fumants qu'on ait jamais vus, et tu le gardes pour toi tout seul !

— Faites de lui, faites-en quelque chose de public, dit Reg, et les Russes le récupéreront. Je m'institue son protecteur.

— Alors, tu finis par l'avouer ? s'écria Aled Rhys. C'était tout mensonge, quand tu nous racontais que ce n'était qu'un vieux bout de fer. Tu as Caledvwlch et tu l'as profanée en l'imbibant avec toi de vapeurs de bière, dans ton arrière-cuisine ou je ne sais où. Le peuple de Cymru a un droit sur elle. Toi, ce que tu fais est aussi malsain que la masturbation. Remets cette épée aux représentants légitimes de la Cymru libre.

— Et qui me dit que c'est bien ce que vous êtes ? cria Reg, car la simple mention du nom véritable de l'arme l'avait frappé au cœur, comme d'entendre le diminutif tendre réservé à un être cher dans l'intimité, prononcé par quelqu'un dans un urinoir public. Qui me dit que vous êtes partisans d'une Galles libre ? C'est ce que prétend aussi Plaid Cymru, le parti dit gallois, laissez-moi rire ! Et les députés gallois que les votes du peuple envoient siéger à Westminster, sont-ils ou non l'expression démocratique de la Galles ? Vous me donnez l'impression de n'être qu'une bande de brutes, qui aiment la violence pour elle-même. Si vous êtes des défenseurs du peuple gallois, alors mon cul en est un autre.

Aled Rhys secoua tristement la tête et dit :

— Sceptique, cynique et grossier avec cela. Les petites nations du monde se soulèvent contre leurs oppresseurs, et toi, tout ce que tu trouves, c'est de parler de ton cul. Pose ce verre ; tu ne verseras pas le sang tant que je serai là. Prends-le-lui, Terry.

Terry MacMahon se leva, saisit son siège par le dossier et, ensemençant le sol d'un fin nuage de craie, leva haut la chaise, marcha droit sur Reg et la rabattit de sorte qu'un pied arrière frappa violemment, à en briser le poignet, la main qui tenait le verre. Il n'y eut pas de lutte. Le verre vola en éclats ; Reg jura et empoigna de la main gauche un fausset à tonneau en métal, dans un bac de l'évier. Un autre pied de chaise en eut raison.

— A quoi bon, tu vois bien ? dit Aled Rhys. Nous passerons quand même. Un peu de bon sens t'aurait épargné cet accident. Pas plus que toi, nous n'aimons la violence.

Reg eut beau tenter encore de barrer le chemin de la cuisine, qui était plongée dans le noir — bourré de coups, il fut repoussé à l'intérieur.

— Il doit y avoir un commutateur par ici quelque part, grommela Terry MacMahon en tâtant dans l'obscurité. Ah, je l'ai !... On l'a ! dit-il encore, comme un flot de lumière, inondant le désordre de la cuisine, en détachait, gisant en plein milieu de la table, Caledvwlch dans son fourreau de bois.

La table était tout à lui, hormis un livre ouvert — *Le Morte Darthur*, de Malory. Reg se jeta en avant pour saisir l'épée et la protéger, mais trébucha, et l'homme de la baie des Tigres, le devançant, s'en empara. Aled Rhys, avec les précautions exigées par l'approche d'un chien endormi, mais que l'on sait enragé, s'avança vers la table, souleva délicatement le fourreau et en dégagea l'épée, qui brilla d'un éclat maussade, mat et huileux à la lumière électrique. Reg jura, tandis que les trois autres — comme il s'imposait — retenaient respectueusement leur souffle.

Puis, Aled Rhys pointa l'épée vers le plafond et dit :

— Si c'est bien là ce que je n'ai nulle raison de croire que ce n'est pas, alors voici la relique la plus sacrée du monde pour le peuple de Cymru. De cette arme, il pourfendit l'envahisseur saxon, pour la défense du christianisme romain.

— Mais toi, dans quelle foi fus-tu élevé ? railla Reg. Dans un putain de méthodisme calviniste bon teint ?

— Il y a une seule Église et j'y appartiens, dit Terry MacMahon. Ma mère s'est convertie en épousant mon père. Mais là n'est pas la question. Il s'agit de la liberté d'une nation.

— La question, gronda furieusement Reg, est que l'objet sans prix que vous tenez là, vous allez le vendre au plus offrant. Osez prétendre que tout ce que vous avez toujours eu en vue dans cette affaire de nationalisme, ce n'est pas l'argent !

— On persiste dans son cynisme ? dit Aled Rhys, en feignant par plaisanterie de porter un coup d'estoc à Reg. Bien sûr, l'argent y a sa place et le mouvement en manque ; mais jamais aucun de nous ne songerait une seule seconde à...

— Si ce truc est vraiment ce que tu crois, l'interrompit l'homme de la baie des Tigres, ça vaut un sacré paquet, j' te l' dis.

— Ceci, répliqua Aled Rhys, tournant la pointe de Caledvwlch vers la fenêtre et la demi-lune montante, est trop précieux pour que l'on y pense et en parle en de tels termes. C'est un miracle ! Quinze siècles de sommeil au plus noir de l'ombre — et protégé par quels enchantements ? Voyez comme elle rayonne doucement...

— Des clopes, dit impatiemment Terry MacMahon. C'est un vieux bout de fer, mais c'est aussi ce que tu crois. Une épée, ça sert à tuer, non ? Ça va faire mal et l'ennemi aura de quoi gueuler. Pour une fois les gens se diront qu'il se passe quelque chose.

Béatrice, assise dans l'appartement de la 69ᵉ Rue Ouest, dixième étage, lisait l'illustré intitulé *Time*. Son mari avait arraché certaines pages du numéro, acheté par lui-même, car il ne désirait pas qu'elle prît connaissance de la critique de son roman, dont le titre était devenu en fin de compte, par la grâce de son éditeur, *Du sang sur la neige*. Ladite critique présentait l'œuvre comme un roman à suspense aux ressorts fatigués, plutôt que comme une épopée guerrière. Le livre, disait — *in cauda venenum* — le rédacteur de *Time* (sûrement un snob et un coincé de la HSP VSOP), volait bas, surtout venant après *les Nus et les Morts* de Norman Mailer. Il manquait de conviction. Ce M. Roth, l'auteur, battait la grosse caisse d'une prose hyperlittéraire pour noyer l'irréalité de son récit. Que le monsieur en question eût passé la guerre attaché à son siège dans la carlingue d'un bureau, laissant aux illettrés le soin d'aller au combat, n'était peut-être pas un argument à sa place dans ces colonnes ; mais le caractère de seconde main des aventures rapportées dans le livre n'était que trop manifeste. Les géographies polonaise et ukrainienne de M. Roth n'offraient aucun rapport avec aucune carte connue ; ses nazis et ses Russes sortaient tout droit de bandes dessinées comiques ; ses personnages américains relevaient de stéréotypes. Son roman se cassait la figure dans les neiges d'un verbiage faulknérien. Les rots de colère de M. Roth devant les souffrances du simple combattant n'étaient que factice outrancier. Norman Mailer, avec ses pastiches de Dos Passos, servait une fin esthétique ; ceux de M. Roth n'étaient là que pour faire le poids de papier. C'était réussi en ce sens que son livre était d'une lourdeur double : indigeste, mais sans rien de nourrissant. Et, de même, si Mailer avait fait un malheur en librairie, il avait fait aussi, mais en un sens inverse, celui de M. Roth. La neige de celui-ci n'était que litière de cellulose. S'il voulait devenir un auteur, le mieux, pour M. Roth, était d'attendre la prochaine guerre...

La critique ne surprit pas Béatrice. Elle avait forcé le bureau de son mari pour lire les coupures de presse communiquées par l'éditeur. Seules les notices puisées directement au prière d'insérer étaient élogieuses. Du même coup, elle put juger de la façon dont le nouveau roman en cours progressait. C'était l'histoire d'un bloc d'or brut — comment il était échu à une famille et se changeait en une sorte de malédiction pour elle. Béatrice acquit la certitude absolue qu'Irwin se trompait de vocation. Mais quelle importance, au fond ? Le père accordait au fils d'amples moyens de subsister une année entière tout en essayant de conquérir ses galons d'écrivain — à la condition expresse que, s'il échouait, il prendrait une situation dans le cabinet paternel.

En fait, Irwin se révélait très difficile à vivre. Béatrice n'avait d'autre activité que de superviser les travaux ménagers de la *shvartse*, la noiraude qui venait tous les jours et chantait faux devant l'évier de la cuisine. L'appartement était bourgeois et spacieux. Il résonnait de leurs disputes nocturnes. Béatrice servait de punching-ball à Irwin, qui passait sur elle son sentiment de frustration littéraire. Après quoi, apaisé, il la rongeotait dans le grand lit conjugal aux draps rouge sang, puis exigeait que, à son tour, elle lui gnougnoutât l'os.

Avec un mouvement d'humeur, elle changea de position dans le fauteuil réglable Bach-Bentz et feuilleta les pages d'ouverture de *Time*. L'écran curviligne de la télévision montrait Ray Milland dans *le Poison*. Irwin faisait sa tournée des bars, comme chaque soir. Elle ne croyait pas pouvoir le supporter encore bien longtemps. Dans l'illustré, un court article de la section « Affaires étrangères » était consacré au nationalisme gallois. Il y était fait allusion à une histoire bouffonne d'épée extraite d'une pierre. Apparemment, on l'avait extirpée non sans mal, faute de la présence du roi Arthur pour donner la vigoureuse traction qui eût réussi d'un coup d'un seul. Le Gallois ivre qui s'était présenté, en anglais, comme le successeur légitime d'Arthur s'était étalé face contre terre. A mourir de rire, la cérémonie était à la hauteur de la clameur mort-née revendiquant l'indépendance du pays de Galles. Celui-ci faisait, depuis longtemps (une note pédantesque, en bas de page, rappelait la date exacte), partie de la Grande-Bretagne, et l'avait confirmé de lui-même en donnant la dynastie des Tudors à la monarchie britannique. Toute l'affaire se résumait en une parodie piteuse — avec la part typique de romantisme à la galloise — des revendications, probablement justes, par contre, de l'IRA en faveur de l'unité de l'Irlande.

Irwin rentra tard, ivre. Il marmonna quelque chose, dit : « Salut », tituba jusqu'à la salle de bains où, à entendre ce qui s'ensuivit, il sembla rendre l'âme dans une longue et bruyante agonie. Il réapparut au salon, portant des indices de vomi sur son mince pull-over turquoise à col roulé, et essaya de mettre du Brahms sur le tourne-disque. Il ressuscita quelque peu avec le début des *Variations sur un thème de Haydn*, tandis que les instruments à vent luttaient pour se dégluer d'une pâtée sonore, en sautillant d'une rayure à l'autre. Ranimé, il réclama à souper. Il y avait, répondit Béatrice, du poulet froid dans la glacière. Quand donc se déciderait-elle à apprendre à faire la cuisine ? demanda-t-il. Elle et son poulet de merde ! Avec un accent et un vocabulaire qui n'étaient pas les siens, il lui commanda de grouiller son cul de goyesse et de se mettre au lit pour se faire baiser, et cette fois pour de bon. Sur quoi, il s'affala sur le tapis pour le compte, pendant que l'aiguille du phonographe moulait du grain dans une des rayures en répétant à satiété, absurdement, le même iambe sonore. Béatrice étendit sur le corps une couverture légère et alla se coucher.

Qu'est-ce qui l'avait prise ? Peut-être la nature, lassée à la longue de ses airs de reine dans sa façon de traiter la vie sexuelle, lui avait-elle dépêché les effluves qui lui inspireraient la soumission. Irwin l'avait excitée — l'excitait encore, quand il n'était pas ivre. Mais ses cours d'économie lui avaient enseigné la loi de la diminution des revenus. Les Américains paraissaient croire que les rapports sexuels suffisent au mariage et que toute nouvelle excitation des sens appelle et justifie le divorce. Le divorce, elle pouvait l'obtenir sans peine ; mais, précisément, c'eût été trop facile, en un sens : façon de se défiler pour ne pas jouer vraiment le jeu. Jusqu'à ce que la mort vous sépare — tel avait été le point de vue, en la matière, de sa mère comme de son père, et elle en avait hérité sans le remettre en question. D'ailleurs, sa mère ne s'apprêtait-elle pas à répéter ce serment, dans un pays où le divorce était un aspect du cynisme marxiste face à une institution de la bourgeoisie ? Béatrice avait beau ressembler à une rose d'Angleterre, son sang russe prenait beaucoup plus d'assurance à New York, dans cette grande ville où se publiaient des journaux juifs dans la langue slave de là-bas. Elle avait soif d'activité et, de Washington, lui étaient venues des avances discrètes, probablement sur l'incitation de Youra Petrovitch Choulguine, à l'effet qu'elle pourrait se rendre utile. Mais elle avait reçu une proposition bien plus attrayante du Pr Namier de l'université de Manchester, avec l'offre d'un poste de maître de conférences assistant, spécialisé dans l'histoire de l'URSS — et ce, sur son sol natal même.

La question, touchant son côté russe, était qu'il n'avait rien de juif, ne portait pas la moindre marque des lamentations de l'exil. Le sentiment de frustration que lui laissait son état d'épouse de romancier raté était en quelque sorte surimposé : elle n'éprouvait pas, en soi, dans sa personne, la moindre frustration. Elle avait tâté du mariage et n'y avait pas pris tellement goût. Tâté de New York aussi, qui n'était pas vraiment l'Amérique et qu'elle jugeait encore plus provincial que Manchester. Elle avait besoin d'indépendance, mais l'argent lui manquait...

Elle entendit Irwin grogner et tituber en venant se coucher. Il chercha à tâtons le bouton de l'électricité, puis répandit ses vêtements sur le sol. Nu, velu, il montra orgueilleusement à Béatrice son phallus congestionné et tenta de le lui enfourner par-derrière. Elle se débattit et frappa, fort. Non et non, elle commençait à en avoir plus qu'assez de cette histoire.

Bien après Béatrice, je lus le numéro de *Time*, à Tel-Aviv, au mess des officiers. Naturellement, je pensai à elle. Puis, dans le *Times* de Londres — édition acheminée par poste aérienne —, je lus un article sur ce que représentait, du point de vue de l'éthique, un vol au musée de l'Ermitage de Leningrad. Le problème du vol de trésors nationaux, pris en général, était, disait l'article, d'une extrême subtilité. En l'occurrence, que l'épée volée et son fourreau eussent ou non une valeur historique authentique n'était pas, au fond, la question, même si les examens de laboratoire prouvaient que le fourreau, du moins, était d'origine très ancienne. Au passage, l'auteur faisait allusion au point d'éthique soulevé, au siècle dernier, par le transfert au British Museum, sur l'initiative de lord Elgin, d'une partie des frises du Parthénon. Le vol au détriment d'un État souverain était-il du même ordre que le vulgaire cambriolage ou le larcin de fruits dans un verger ? Les nationalistes gallois s'enorgueillissaient de proclamer publiquement qu'un antique trésor des Britanno-Romains venait d'être repris à une Russie qui le revendiquait uniquement au titre de prise de guerre. Le gouvernement soviétique, lui, n'avait pas assez de mots durs pour la voyoucratie occidentale ; il exigeait du gouvernement britannique que le ou les voleurs fussent contraints de rendre compte de leur acte. En attendant, il retenait en otages certaines œuvres d'art de la National Gallery, envoyées à Moscou sur la base d'un programme d'échanges culturels amicaux, lequel avait tout juste servi à prouver, une fois de plus, la mauvaise foi des Occidentaux. Il semblait à l'auteur de l'article, un dénommé P. J. Trevelyan, que le gouvernement britannique se devait d'accéder aux exigences soviétiques, mais en rejetant, naturellement, toute part de responsabilité collective dans le vol. L'acte isolé d'un individu irresponsable ne saurait être regardé sous un jour politique ; mais un vol est un vol aux yeux du monde entier ; il fallait donc appeler l'appareil de la justice et les forces de l'ordre britanniques à recouvrer, au besoin par la contrainte, ce qui était la propriété d'un État ami, avec l'hostilité duquel nul gouvernement sain d'esprit ne pouvait souhaiter avoir maille à partir.

Le *Daily Mail* était d'un sentiment différent. De pair avec les autres organes de la presse populaire, il faisait tout un plat du retour d'Excalibur sur le sol britannique, bien que l'ensemble de ladite presse — mais en particulier le *Daily Mail* — semblât estimer que le roi Arthur eût régné plus spécifiquement sur les Anglais. Il convenait donc d'exposer l'épée à l'intérieur de l'abbaye de Westminster, pour permettre au peuple de lui rendre hommage — le peuple de Grande-Bretagne, s'entendait, et non seulement du pays de Galles.

Toute cette histoire me frappait par sa parfaite absurdité. Mais, alors, que penser de la signification, pour le peuple israélien, de la croyance tenace en l'existence de l'Arche d'alliance ? Le coffre sacré, en *shittim* ou bois d'acajou, renfermant les deux Tables de la Loi, avait fait, sur les épaules des Lévites, le tour de Jéricho assiégé. Puis, les Philistins s'en étaient emparés et l'avaient placé sur l'autel de Dagon, à Ashdod. Repris à l'ennemi, il était devenu le noyau sacré de la foi, à l'abri dans sa coquille du temple de Salomon. Cela dit, il restait le signe extérieur de la grâce intérieure d'un peuple sur pied de guerre perpétuel et brûlant d'une grande ferveur religieuse. Pouvait-on en dire autant de l'épée Caledvwlch ?

L'épée Caledvwlch frappa un grand coup dans les faubourgs de Newport (en gallois Casnewidd ar Wysg), dans le sud-est du pays de Galles. Edward Golightly, patron d'une entreprise de démolition de navires au rebut et incontestablement anglais, un jour où, dans Saint Woolos Avenue, il descendait de sa voiture, fut enlevé par quatre hommes masqués dont l'accent autochtone ne laissait pas de doute. Il crut d'abord à une plaisanterie. Il avait pris des vacances en Italie, pays où l'enlèvement est un commerce de tradition immémoriale ; mais jamais il n'eût pensé que ce négoce pût être exercé dans la paisible Galles du Sud. On l'allongea, les yeux bandés, à l'arrière d'une familiale, qu'il avait bien remarquée garée près de sa maison, mais sans y prêter autrement attention, et, après avoir roulé fort longtemps, on l'extirpa de là, toujours aveuglé, et le poussa, jusqu'à ce qu'on lui permît de cligner des paupières dans une cuisine malpropre, éclairée par une seule ampoule nue et se balançant dans le courant d'air d'une vitre brisée.

Les quatre hommes gardèrent leurs masques et l'un d'eux expliqua :

— Ça est forcé, tu comprends ? On n'a pas envie que tu saches qui on est, normal, non ? Des fois que tu te mettrais à gueuler au charron à quoi qu'on ressemble, une fois qu'on t'aura relâché.

— C'est-à-dire quand ?

— Ça ne devrait pas trop traîner, on espère. Selon comme ta ménagère se dépêchera de cracher. Ça est pour la bonne cause. Notre devise à nous, ça est : la Galles aux Gallois !

— Combien ?

— Celui qu'est le chef il a dit dix mille. Mais ça est, qu'il dit, sans compter avec le marchandage. Si peu que ça soit, ça est toujours ça pour la cause.

— Elle refusera de payer, dit M. Golightly (il avait la cinquantaine et une voix un peu essoufflée d'asthmatique). Quelle garantie aura-t-elle, si elle paie ? J'ai déjà entendu parler de ce genre d'histoire, mais dans d'autres pays, jamais chez nous.

— Jamais chez nous, d'accord. Ça est que nous, on débute dans le truc. Mais y a pas à s'en faire, elle paiera. Quoi ça est que tu dirais d'une gentille tasse de thé ? Désolé de pas pouvoir t'offrir à dîner ce soir, comme ça est l'habitude pour ceux de ta classe. Juste des biscuits, et encore, y en a pas gros, comme tu vois.

— Il est une chose qu'il serait bon que vous sachiez en tout cas, dit M. Golightly. Je suis diabétique.

— Tu veux dire que tu peux pas mettre de sucre dans ton thé ?

— Je veux dire que j'ai absolument besoin d'insuline, si vous savez ce que c'est.

— Tu sais de quoi il parle, toi, Jack ?

— Y a le plus jeune des Roberts qui souffre de la même chose, et je sais qu'on a parlé de piqûres pour lui. Ça s'obtient en pharmacie, non ?

— Uniquement sur ordonnance.

— Ça est dommage. Mais on peut pas faire venir le docteur, tout de même, dis ? Ça foutrait tout en l'air.

— Dans ce cas, vous aurez un cadavre sur les bras, dit M. Golightly.

— Ça est pas ce qu'on veut et on n'a pas besoin de ça. Normal, non ? D'ailleurs, minute : pourquoi on te croirait sur parole ?

— Vous aurez tôt fait de découvrir que c'est la vérité.

— Alors, ça ferait qu'on se serait trompé dans le choix ? Qu'est-ce que t'en penses, Jack ?

— Y a qu'à lui remettre le bandeau sur les yeux, à ce type, et puis on le ramènera là où on l'a pris. Ça est mal barré pour un premier coup, faut croire. Mais bon, on peut pas gagner à chaque fois.

On aurait pu déduire de l'incident que les Gallois ne sont pas vraiment doués pour la violence. Pourtant, ils apprenaient vite.

Le Dr Lewis, qui, ce jour ouvrable-là, se trouvait être l'unique client de Reg à l'heure du déjeuner, passa une remarque sur le compte rendu, dans les colonnes du *Western Mail*, de la mise à sac d'une boutique de prêteur sur gages, à Tredegar. Le propriétaire, juif, avait tenu tête aux voleurs en se servant comme d'une massue d'un alligator empaillé, mais pour s'écrouler finalement, sous le coup d'un infarctus. Puis le médecin ajouta :

— Vous n'avez pas tellement bonne mine. M'est avis que je devrais vous prescrire un tonique.

— Moi ? Non, je vais très bien.

— Et, moi, je répète que vous n'allez pas bien. Personne ne va bien. Aucun de nous ne sait plus où diable il en est. Nous sommes incapables de voir dans l'avenir et nous faisons du roman avec le passé. Nous vivons à l'ère atomique, sans qu'aucun de nous sache ce que cela signifie. Nous nous payons des tas de petites guerres, tant la perspective d'une grande nous fiche une peur bleue. Trop de petites nations veulent leur indépendance, à cette époque où seules comptent deux grandes puissances. Votre espèce de geste était bien trop romantique, dans sa stupidité, pour être pris au sérieux. Qui se soucie du roi Arthur, à supposer même qu'il ait existé ? Vous vous êtes fabriqué l'image d'une sorte d'Hercule michelangélesque taillant en pièces les païens avec sa grande épée, au nom d'un Empire romain christianisé. Mais quel monde de cynisme, que cette chrétienté d'alors, avec tous ses évêques qui se chamaillaient et des empereurs convaincus que le Christ était le dieu Soleil ! Sans compter que l'Empire craquait sur toutes les coutures, miné de l'intérieur par l'inflation, l'efféminement des mœurs, les révoltes d'esclaves. Il ne pouvait que périr, comme les Barbares ne pouvaient que prendre la suite. C'était dans l'ordre logique de l'Histoire.

» De toute façon, les Barbares se sont christianisés. Tant et si bien que le roi Arthur avait beau s'escrimer, c'étaient des coups d'épée dans l'eau qu'il donnait. L'œuvre historique des Celtes se limite à une seule chose : ce sont eux qui ont enseigné la bonne parole aux Teutons. Sinon, les Celtes de Britannie n'étaient pas plus fichus de se gouverner eux-mêmes que ceux d'Écosse et d'Irlande — prédestinés qu'ils étaient, par nature, à devenir des peuples de sujets, tous, avec leur romantisme brumeux et crépusculaire, leurs prêchi-prêcha et leurs roucoulis sur fond de harpes discordantes. Quant au roi Arthur, qui n'a d'ailleurs probablement jamais existé, c'était sans doute une épave de la syphilis, que l'on devait hisser sur sa vieille rosse mangée du mythe, et qui s'en allait cracher ses poumons dans des batailles perdues d'avance, il le savait. Pouah !

— La syphilis n'existait pas en ce temps-là, fit observer Reg.

— Mettons qu'il était rongé par un mal quelconque, et en tout cas cocu. Et que sa quête du Saint-Graal et de la lance sacrée n'avait d'autre raison, pour les autres comme pour lui, que la croyance que ces deux reliques pouvaient peut-être servir à guérir l'impuissance et faire pousser les moissons.

— Eh bien, pour un discours... !

— Oh, les salades de prédicateur, ça me connaît, à l'occasion. Qui donc, croyez-vous, a forgé l'épée d'Attila, ou d'Arthur, ou de n'importe lequel de ces saligauds de sabreurs ? Les Celtes ! Après avoir volé la terre et flanqué dehors leurs prédécesseurs, ils furent spoliés à leur tour et n'eurent d'autre ressource que d'extraire et de travailler le fer pour les nouveaux possesseurs du sol, leurs maîtres. Et ils sont toujours là, petits, trapus et noirauds, à fabriquer des bicyclettes au Pays Noir. Les Huns étaient pires que les Celtes ; ils vivaient de pillage, de sang d'étalon, de lait de jument, incapables de rien faire de leurs dix doigts, sauf de brandir l'épée de Mars, de violer, de saccager tout. Et voici que les Fils d'Arthur, comme ils disent s'appeler, agitent une épée ébréchée, au nom d'une cause qui relève de la pantalonnade pure — et quand ? A notre époque, où il n'y a de vrai débat, de véritable antagonisme, qu'entre les Ricains et les Russes ! Que diable vous a-t-il pris de faire cela ?

— Il faut des romantiques.

— Mais voyons danc ! Tout comme il faut des bronchiteux et des syphilitiques. Et vive la tuberculose qui nous a donné les derniers poèmes de Keats ! Vive la vérole sans laquelle la *Neuvième*

Symphonie n'eût pas existé ! Écoutez bien ce que je vais vous dire : le romantisme finit toujours dans la frustration et vire immanquablement à la violence, au terrorisme pour le terrorisme. L'IRA peut continuer *ad vitam aeternam* ; elle a un long passé historique derrière elle, et elle est la patronne de tous les taxis de Belfast. Mais le pays de Galles, Dieu nous préserve ! Que veulent-ils, nos bons Gallois ? Imposer une langue tout juste bonne pour des *eisteddfodau*, des joutes de poésie et de chant folkloriques, moyennant quoi on se bouche les yeux devant la grande, la vraie bagarre de ce temps ? Car, ne vous plaise ou déplaise, la vraie querelle de notre époque est entre l'individuel et le collectif. Et par collectif j'entends non seulement l'État omnipotent, mais les trusts et cartels internationaux, et le salopard d'assassin qui m'inonde d'échantillons gratuits de produits pharmaceutiques.

Le Dr Lewis en était à son troisième whisky. Il poussa son verre sur le comptoir pour qu'on lui remît cela.

— C'est vous qui êtes mal parti, dit Reg en le servant, l'œil sur la mesure transparente.

— Moi, mal parti ? Je guéris du moins les malades, autant que je le peux. Je soigne des corps qui abritent les âmes d'individus. Les corps, c'est chou vert et vert chou. Les âmes, non. De nos jours, on va nous marteler des âmes qui ne seront que des copies conformes d'un archétype fixé par décret des grands collectifs. Que l'on prenne l'Amérique ou la Russie, le bonhomme est le même ; il n'y a que le couvre-chef qui diffère. La question est de savoir de quel modèle sera l'âme dont on nous dotera tous. Mais, quelle qu'elle soit, elle mangera son avoine dans la main de l'un ou de l'autre des deux Moloch.

Le Dr Lewis s'interrompit, puis demanda de but en blanc :

— Votre femme, elle s'en donne toujours avec les baguettes et les cymbales ?

— Je ne vois pas le rapport, répondit Reg, entre elle et Moloch et le reste.

— Il n'y en a pas... Enfin, si, il y a rapport entre tout ; le problème est d'arriver à mettre le doigt dessus. Elle va garder l'enfant. Elle peut continuer jusqu'à la dernière limite, du moment qu'elle ne prend pas son gros ventre pour une timbale.

— Même si elle allait en Israël ?

— Et qu'est-ce qui l'en empêcherait ? dit le médecin. Le soleil et les oranges lui feraient tout le bien du monde, et je ne vois pas de raison pour elle de ne pas avoir l'enfant là-bas. D'ailleurs, poursuivit-il après avoir jeté un regard quelque peu divergent à Reg, un brin de soleil ne vous ferait pas de mal, à vous non plus. Pourquoi, au lieu de vous cramponner à ce bistro, ne passez-vous pas la main à quelqu'un qui aime vraiment le métier ? Il serait temps que vous retourniez dans le monde.

— A faire quoi ? Enseigner l'espagnol ?

— Est-ce que je sais ? Ou le *ladino*. Ou le *judezmo*. Le monde ne se borne pas à un bistro gallois. J'imagine que vous trouveriez désopilant que je finisse par assister votre femme dans sa parturition parmi des orangeraies ?

— Je ne comprends rien à ce que vous racontez. Serait-ce à dire que vous songez à aller exercer là-bas ? Le pays est bourré de médecins juifs. Que diable y ferait-on d'un Gallois ?

— Moi, gallois ? Je veux bien que je me sois assimilé le patois et que, dans mes bottes de caoutchouc, j'aie couru ce sol détrempé comme si ç'avait été ma terre natale ; mais le nom de mon père était Levi. Lewis lui sembla la meilleure approximation des sonorités dont fut nourrie son éducation... C'est bon, inutile de m'exhiber vos molaires plombées ; je suis médecin généraliste, pas dentiste.

L'épée Caledvwlch fut exposée en public pour la première et la dernière fois à la salle Glendower, sise dans les jardins de Sussex, près d'Edgware Road. C'était un lieu de rassemblement commode pour les Gallois de Londres : de la place pour deux mille personnes, une scène assez grande pour accueillir une des chorales galloises de la capitale. Des tuyaux d'orgue dorés saillaient au fond de la scène et, aux cintres, pendaient les drapeaux poudreux de régiments de Galles. L'hommage solennel à l'épée Excalibur avait fait l'objet de suffisamment de publicité, par voie d'affiches et de prospectus jaunes distribués dans les rues, pour prouver à l'évidence qu'il ne s'agissait pas d'une cérémonie à l'intention exclusive des Gallois. On ne payait pas de droit d'entrée. D'où une affluence relativement plus réduite que l'on ne s'y attendait — la gratuité cache toujours une attrape.

Lorsque, aux accents de l'hymne gallois, *Mae hen wlad fy nhadau*, qu'aucune voix ne reprit dans la salle, une dizaine de personnes vinrent occuper les sièges rangés sur le devant de la scène, Reg, à sa surprise, nota qu'il ne connaissait aucune d'elles. Tous ces hommes, supposa-t-il, devaient appartenir à la sphère supérieure des Fils d'Arthur, le cerveau directeur, jusqu'alors secret, dont des individus tels qu'Aled Rhys étaient de simples agents de transmission et d'exécution. L'une des personnalités portait une djellaba arabe et des lunettes de soleil très foncées. L'épée elle-même n'était pas encore exposée. C'était la vedette de la fête ; on lui ménageait une entrée triomphale.

Les Gallois de l'assistance frétillèrent à la perspective d'un régal d'éloquence, en voyant un très vieux monsieur, en costume gris un peu flottant, se lever difficilement de sa chaise, pour s'approcher du pupitre réservé aux orateurs avec sa batterie de microphones. Personne ne savait qui il était, mais les photographes de presse n'y allèrent pas moins consciencieusement de leurs flashes. Le vieillard se présenta comme étant le Pr Griffiths, de l'université de Cardiff. Lorsqu'il prit la parole, sa voix n'avait ni la cadence ni l'accent un peu chantant du pays de Galles.

— Ce que j'ai à dire, déclara-t-il, n'a pas de portée politique. Les revendications de certains secteurs du peuple gallois en faveur d'un retour de la principauté de Galles, ou de Cymru, à son ancien statut d'indépendance, avec ses propres dirigeants, ne m'intéressent nullement. L'amalgame de la Galles et de l'Angleterre est, à mon avis, de si longue date qu'aucune reculade, aucun retour à cet ancien statut ne saurait être jamais considéré comme réalisable. Pour moi, je vois dans cette revendication, comme dans celle, apparentée, des nationalistes écossais, un cri du cœur celte — la demande que l'apport des Celtes à la civilisation occidentale reçoive la considération qu'il mérite, que le passé celte de ces îles soit honoré, tout de même que le passé celte du continent auquel nous appartenons.

» Le point que j'aimerais souligner ici est que le passé est un courant de vie qui ne cesse jamais de nourrir le présent, et que l'on doit chérir n'importe quel fragment tangible du passé comme un symbole de cette richesse nutritive. L'épée Caledvwlch, ou Excalibur, vient, à ce qu'il appert, de sortir des brumes du mythe pour prendre une forme substantielle, concrète, solide, qui affirme la réalité du passé en tant que force vitale agissant sur le présent, voire sur l'avenir. Si cette épée, que vous serez bientôt à même de voir de vos propres yeux, est vraiment Excalibur, nous n'avons, bien évidemment, aucun moyen de le savoir. Il semble que ce soit un produit de l'industrie humaine, forgé au Ve siècle avant la naissance du Christ. Les archéologues de l'Union soviétique, dans leurs spéculations, sont prêts à reconnaître en lui le glaive du dieu Mars, que le roi des Huns, Attila, découvrit préservé dans la tourbe des marais du Danube. Mais cela procède de la devinette romantique, au même titre que l'antique légende selon laquelle l'épée, d'abord transmise au général romain Aetius, revint ensuite à Ambroise, pour finir entre les mains du chef, ou *dux*, celto-romain des Bretons. Nous n'avons, je le répète, aucun moyen de connaître la vérité en la matière ; mais tout élément pouvant confirmer que le passé est quelque chose de plus qu'une trace écrite ou que la forme floue d'une vision de rêve ou d'une rêverie doit être tenu pour bienvenu...

Des murmures coururent parmi l'assistance : les précautions de la Science ne font pas de bonne éloquence ni, en conséquence, de bon divertissement. Une voix, derrière Reg, grommela :

— Y a qu'à le montrer, ce foutu truc, fiston, qu'on puisse se faire nous-mêmes notre idée, merde, quoi !

Mais le professeur Griffiths avait déjà repris :

— Nous vivons en des temps où deux grandes nations sont conjointement engagées dans la destruction du passé. Les États-Unis comme l'Union soviétique rêvent d'un avenir radieux que le passé ne saurait, pour le corriger ou l'infléchir, ligoter de ses tentacules. Peut-être l'autoriserait-on, ce passé, à survivre comme matériel de musée et matière à distractions cinématiques, mais à seule fin d'étonner et d'être raillé, moqué dans des contrefaçons, admis comme un exemple du mauvais goût criard, de l'ignorance, du déni de la science et de l'hygiène, que l'avenir doit effacer par son rayonnement.

» Cependant, retenez bien ceci. Le présent n'est qu'une ligne indéfinissable entre le connu et l'inconnu. L'avenir, si radieux soit-il, n'existe pas encore, et cette ligne du présent n'a pas d'épaisseur calculable. Peut-être le paradoxe est-il que ce que nous pouvons attendre, espérer de l'avenir, c'est une connaissance et une compréhension plus larges du passé. Une lutte gigantesque, terminée depuis peu seulement, a bousculé, avec cette impatience et cette rapidité sans mesure propres aux guerres, l'avenir et l'a fait avancer en produisant, entre autres, des armes que la paix, cette indolente, eût sûrement préféré réserver à un futur purement mythique. Du fait de cette guerre, toute une partie d'un passé jusqu'alors inconnu s'est vu littéralement déterrer — tels, dans le Breconshire, ces vestiges archéologiques qui se sont révélés être ceux d'une fortification celto-romaine, bien que leurs inscriptions arthuriennes paraissent relever du domaine de l'anachronisme, ou tels encore ces temples de Mithra et ces thermes romains amenés au jour, avec l'aide très involontaire de la Luftwaffe, dans cette même ville de Londres où nous voici assemblés. Il n'est jusqu'à cette épée qui ne soit sortie des flammes et des fumées de la guerre.

» Je m'en tiendrai à cela pour le moment. Gardez votre scepticisme devant l'objet de votre venue ici, quand vous le verrez. Mais honorez le passé dont il est un symbole. Les Celtes parmi vous y puiseront un encouragement, espérons-le, à approfondir l'étude de leur héritage, donc à pouvoir d'autant mieux mesurer l'étendue de la contribution qu'il a apportée, et continue d'apporter, à la civilisation inorganique qui nous entoure.

Il se rassit, maigrement applaudi. Une partie du public en profita pour se dégourdir le séant. Les sièges en bois ne faisaient pas de gracieuseté aux jambons secs et aux fémurs de ces garçons laitiers gallois. Sur son fauteuil de troisième rang d'orchestre, Reg se retourna pour jeter un coup d'œil sur l'auditoire — un millier ou quelque de femmes et d'hommes, honnêtement vêtus à bon marché, habitués avec le temps à souffrir sous des gouvernements imbéciles et incapables, peu convaincus par le misérable clinquant dont les régalait une fois par an le festival de Bretagne, survivants d'une longue guerre qui avait entraîné un pseudo-égalitarisme avec fort peu de chose à se partager, avides de tout ce qui pouvait rendre le moindre son d'absolu — quand bien même cette épée d'Arthur n'aurait d'autre sens à leurs yeux que de réveiller en eux, comme un fantôme de superstition, la croyance que, si personne dans le présent ne se souciait ni ne s'occupait d'eux, peut-être quelqu'un du passé s'en chargerait-il.

Mais, à son tour, un homme gras, dont les verres de lunettes se goinfraient des lumières de la salle, prenait place derrière les microphones pour passer au gavage politique. Il ne donna pas son nom et son parler était celui d'un démagogue gallois. Il se cala les mains sur les hanches, sous sa veste ouverte qui montrait une poche de gilet riche en stylographes. Il dit :

— *Diolch yn fawr* à M. le professeur Griffiths pour son savant discours, qui nous fournira à tous matière à penser, un jour ou l'autre, dans l'avenir, quand nous aurons loisir de nous payer ce luxe. Pour le moment, c'est l'action, surtout, qui nous intéresse, et cet acte d'hommage est notre façon de préluder à tout un programme d'action énergique. Que l'on ne s'y méprenne pas : nous, Fils d'Arthur, famille qui ne cesse de s'élargir rapidement, tant dans ce pays que de l'autre côté des mers, nous avons l'intention de restaurer l'indépendance de la Cymru, de rendre les richesses minérales de ce sol — à peine explorées à ce stade — à qui elles appartiennent de droit de naissance, de remettre ses vertes campagnes aux mains calleuses des francs tenanciers nés parmi elles, de permettre à ses eaux de couler dans des lits ou des canaux cymriques, au lieu d'être détournées au bénéfice du voisin étranger, avec lequel nous ranimons notre juste querelle.

» S'il est des oreilles anglaises qui nous écoutent, ce soir, qu'elles s'ouvrent toutes grandes et retiennent que nous nous engageons ici — finies les menaces creuses ! — à mener un harcèlement qui n'aura de cesse qu'avec la réalisation de notre rêve. Les belles paroles ne suffisent plus. La démocratie parlementaire est une farce qui ne mène à rien. Sur l'épée du roi d'antan et à venir, comme il a été dit de lui, nous faisons serment de déloger l'étranger et de le contraindre à partir, et ce, par des actes d'agression légitime sur son propre sol. Personne ne vivra en sécurité en Angleterre, nous le jurons, car ceci est une déclaration de guerre. Non pas l'entrée en jeu massive d'armées, de navires de bataille et de bombardiers, non, mais celle du poignard qui frappe dans l'ombre, des explosifs les plus puissants qui pulvérisent les lieux les plus humbles — bref, l'implantation de la peur jusqu'à ce que le peuple de la rue anglaise crie à ses dirigeants élus : « Assez ! Assez ! Accordez sa liberté à la Galles ! »

Du fond de la salle, une voix au fort accent irlandais lança :

— C'est des conneries, tout ça ! Commençons par foutre les Anglais à la porte de l'Ulster !

— La cause celte est une cause commune, répliqua le gros homme. Nous devons lutter ensemble contre l'Anglais et son outrecuidance. Nous apprécions à sa juste valeur l'aide de l'Irlande, comme celle de nos frères séparés de nous, dans les lointaines Amériques. Libérer les petites nations esclaves, telle est la devise de notre époque !

— Quoi ça est que ce putain de bougnoule vient foutre ici ? cria une voix galloise.

— S'il vous plaît, pas de ces insultes racistes ici ! Il est tout ce qu'il y a de plus normal que notre cause soit entendue, dans sa justice, jusqu'au Moyen-Orient. J'invite M. Ibrahim ibn Mohammed Séoud à vous dire quelques mots.

Ibrahim ibn Mohammed Séoud n'ôta pas ses verres fumés pour s'adresser aux microphones. Il parla peu, en s'exprimant dans un anglais très raffiné ; mais nul romantisme absurde ne vint colorer le peu qu'il dit.

— Le fléau du colonialisme est moins celui de l'oppression, déclara-t-il, que celui du gâchis. Les trains et les navires britanniques se sont nourris de charbon gallois ; mais la Galles n'est pas seulement faite de simples gisements carbonifères. Exploiter des minerais nouveaux, qui sont une richesse des monts et des collines de Galles, sied mieux à l'ère nucléaire, la nôtre, où nous vivons, que de racler les fonds de filons houillers proches de l'épuisement. Que l'on me passe une brève parenthèse de mythologie populaire ; mais nous, gens des nations arabes, regardons depuis toujours le peuple gallois comme descendant de la tribu perdue des Ismaélites, ou des Kahtaniotes, qui émigra vers le nord, pour s'installer sur une terre hors d'atteinte de la parole du Prophète. Peut-être faut-il y voir une fable sans fondement historique ; cependant, il ne faut jamais mépriser de telles fables. Il est certain que le combat des Arabes de Palestine trouve son parallèle dans la lutte des Gallois. Le cimeterre et le glaive sont forgés dans le même métal. Vive la Galles libre et prospère !

Cette courte allocution reçut des applaudissements d'une

vigueur condescendante, dira-t-on. L'homme qui prit la suite derrière le pupitre continua à battre des mains en s'avançant. Il garda le même anonymat que son prédécesseur gallois ; mais son costume gris bien coupé, sa minceur pleine de ressort, la distinction de son visage d'homme mûr, l'abondance de ses cheveux d'un gris d'acier, soigneusement coiffés — tout en lui respirait une autorité d'une sorte qui parut à Reg suprapolitique. Il débuta par ces mots :

— Ne vous laissez pas décevoir par l'aspect de l'épée Caledvwlch. Elle est vieille ; elle a enduré des siècles d'usure naturelle. Elle a l'air de ce qu'elle est : une arme qui a frappé de taille et d'estoc, et qui, en retour, a souffert des ébréchures. Il eût été facile de concevoir un genre d'objet purement emblématique et décoratif, comme celui qui, sur l'ordre du roi d'Angleterre, a honoré les défenseurs de Stalingrad. Cette épée a été, elle, portée dans les batailles. Et le courage qu'elle symbolise a marqué aussi l'acte auquel elle doit sa délivrance et son retour. Nos frères cymriques qui s'en sont emparés, à la barbe même de ses ravisseurs russes, n'ont pas agi dans un esprit d'inimitié. L'âme de la nouvelle Cymru ne brûle pas, à l'égard du peuple russe ni de son gouvernement, d'une hostilité qui serait indigne d'elle. Les Russes ont commis une erreur en ne reconnaissant pas de valeur historique à une relique qui, à leurs yeux, n'était rien de plus qu'une dépouille, entre mille autres, prise à un ennemi qui était aussi le nôtre. Les Russes sont un peuple d'entêtés, souvent lents à apprendre leurs leçons. Mais viendra le jour où ils sauront, et ce sera aussi celui où ils pardonneront. Je vais vous dire une chose...

— Et moi, je vais vous en dire une autre ! cria Reg, dressé soudain et sans que sa voix d'adjudant-chef eût besoin d'amplification. C'est un seul et unique Gallois qui a arraché le glaive Caledvwlch aux Russes, et cet homme n'est autre que moi. Ensuite, il a été brutalement soustrait à ma garde par un de mes anciens compagnons d'armes, qui se disait un des fondateurs des Fils d'Arthur. Aujourd'hui, je me rends à une expropriation qui n'est, je le reconnais, que justice. Pourtant, si je vois clairement à présent à qui revient en propre Caledvwlch, il est une autre justice que je revendique, une justice qui est bien le moins : que le mot « courage », au lieu d'être attribué à de vagues « frères cymriques », le soit à l'homme qui accomplit l'exploit. Je monte à la tribune.

Pendant tout ce discours, il avait vu se tourner vers lui, dans les rangées proches, des bouches bées exprimant le doute et l'étonnement. Maintenant, certaines s'ouvraient encore plus grand pour crier l'approbation, tandis que d'autres se pinçaient de scepticisme. Il y eut quelques battements de mains. Sans y être invité, Reg se dirigeait déjà vers les quatre marches de côté menant à la scène et les gravissait.

— Quel est votre nom ? s'enquit l'orateur interrompu.

— Reginald Morrow Jones. Ce nom figure sur le passeport que j'ai dans cette poche, avec un visa récent pour l'URSS. Le transfuge Youra Petrovitch Choulguine, si vous vous donnez la peine de lui téléphoner à Washington, district de Columbia, se fera un plaisir d'attester que je suis en effet celui qui, avec sa complicité, a dérobé le glaive Caledvwlch au musée de l'Ermitage de Leningrad. Je crois avoir le droit de participer à votre cérémonie d'hommage. Que l'on nous montre ce que nous sommes tous venus voir !

Le plus gros de l'auditoire salua ces mots par de bruyants applaudissements. Sur un haussement d'épaules résigné de l'orateur interrompu, les lumières baissèrent dans la salle et, sur scène, l'orgue émit de nobles accords, qui n'avaient rien de spécifiquement cymriques. Puis une trappe s'ouvrit au centre de la scène, et un jeune homme, vêtu de brun modeste, gravit lentement des marches invisibles. Il portait un objet oblong, de grande taille et recouvert d'un drap noir. De la place où il se tenait, Reg voyait un homme en manches de chemise jouer des manettes et des boutons du rhéostat, tandis que, sur scène, la lumière se concentrait sur le jeune homme qui, avec un respect religieux, s'avançait maintenant, tenant toujours son fardeau, vers le milieu de la rampe. Là, d'un vif tour de main, il fit voler le drap noir et leva très haut Caledvwlch, ou Excalibur, ainsi dévoilé (ou dévoilée).

En dépit de l'avertissement de l'orateur interrompu, nombreux furent ceux qui, dans l'auditoire, firent entendre leur déception, voire des rires, à la vue du long morceau de métal ébréché et piqué, nu sous la lumière crue impitoyable. Le passé est toujours moindre qu'on ne l'imaginait. L'orateur interrompu invita d'une voix forte l'assistance à se lever, comme pour l'alléluia. Beaucoup obéirent. Alors, il s'écria :

— De tout son mutisme d'acier, l'épée d'Arthur vous appelle à jurer de lutter pour la renaissance d'un pays jadis fort et libre, et qui, de nos jours, dépérit dans l'esclavage. Avec nos amis, nous vaincrons !

Sur quoi, une bombe explosa au fond de la salle. Des femmes crièrent.

Après une très courte passe de lutte avec le porteur de l'épée, plus costaud qu'il n'y paraissait, Reg leva la jambe droite et visa du pied les testicules. Le jeune homme grimaça une grosse moue de douleur et ne se fit plus prier pour lâcher l'objet confié à sa charge. Il y eut l'éclair, le bruit et la fumée d'une autre explosion près d'une sortie de secours. Tout le monde tourna le dos à Reg et, parmi la confusion qui régnait sur scène, il fila comme un voleur. Une voix irlandaise hurla :

— Dehors les Anglais !

Deux bras tentèrent d'arrêter Reg par une prise de rugby. Il entreprit alors d'utiliser Caledvwlch comme l'arme qu'elle (ou il) était. Il contourna un piano droit couvert de poussière et un empilement de chaises pliantes. Devant lui, une porte marquée EXIT était obligeamment ouverte. Dans le couloir où il s'élança, un sergent de la police cria à deux subordonnés de ne pas bouger de là où ils étaient. Il y avait aussi des civils à chapeau et vêtus de sombre ; Reg fut certain que se trouvait parmi eux le commandant Machouk, d'amère mémoire. Le sergent pria Reg de lui remettre l'objet qu'il tenait. Il n'avait pas l'air très heureux des ordres qu'il exécutait ; Reg montra les dents et lança un coup de pointe. Un des simples agents le saisit à bras-le-corps par-derrière. Se débattant et poussant toujours des pointes, il cria, en russe, qu'il agissait sur des ordres directs de Moscou et que tous ces sous-fifres de l'ambassade avaient intérêt à dégager le passage — tout indiquait que Caledvwlch viendrait allonger la liste des victimes de Yalta. Il déconfit l'agent qui le maintenait en se coulant hors de l'étreinte et se jetant face contre le sol non balayé du couloir, puis en roulant sur le côté. Un gros soulier noir de civil se rabattit sur ses côtes, mais il allongea une estocade aveugle. Caledvwlch perça l'étoffe gris anthracite d'un pantalon et le bas de la jambe en dessous. Cette fois, il eut droit à une grêle de coups de pied sur les poings, les poignets et ses mains cramponnées à la garde nue de l'épée. Le sergent émit une bouillie de mots où il était question d'une limite à tout, vu qu'ils étaient censés ne pas faire de vagues dans cette histoire de transfert de bien propre qu'ils devaient opérer. Pas de violence, surtout !

Reg se vit donc autorisé à se relever, tout poussiéreux, puis invité, d'ordre du ministère de l'Intérieur, à remettre entre les mains de ces messieurs ici présents ce qu'ils réclamaient comme leur propriété — et assez de bêtises comme ça. Suivit encore un bruit d'explosion quelque part ; mais le sergent ordonna de ne pas s'en occuper — c'était l'affaire des collègues chargés d'intervenir dans la salle. Reg déclara qu'il se rendait et fit mine, en allant même jusqu'à s'incliner, de confier aux soins de celui qu'il avait pris d'abord pour le commandant Machouk, mais qui n'était peut-être qu'un frère ou un cousin dudit, l'arme dont la pointe dégouttait d'un filet de bon sang russe. Puis, changeant apparemment d'avis, il se fendit brusquement, visant un gilet dont le porteur se hâta de reculer. Sur quoi, et tout en menaçant à regret le sergent, il s'aperçut que le couloir s'emplissait de Fils d'Arthur que la police ne parvenait pas à contenir. Suivit un fort tumulte d'éloquences diverses et violentes, qu'il n'eut ni le loisir ni l'envie d'écouter. Il était sûr qu'un des hommes de l'ambassade venait de sortir un pistolet. Ah, non, monsieur, pas de ça, pas ici ! dit une voix. Déjà il s'élançait en trébuchant. L'air frais frappa son visage brûlant ; puis il sentit cette fraîcheur sur sa nuque, lorsque, manquant de tomber, il se retourna en brandissant l'arme. Le couloir coudait ; une porte ouverte donnait sur la rue ; il entendit les voix de passants dehors. Se dégageant de la mêlée, il se mit à courir, échappa au plaquage volant d'un agent, renversa une grande poubelle odieusement pleine, inondant d'un flot d'ordures, du même coup, le chemin de la poursuite, et trouva enfin la nuit, l'air libre, quelques marches brisées et la voiture qui attendait.

Une voiture décoré du caducée des médecins sur son pare-brise jouit du privilège de narguer les limites de vitesse et les injonctions guindées des feux de la circulation. Comme ils prenaient à droite dans Marylebone Road et filaient vers la gare de Euston, le Dr Lewis, ou Levi, dit :

— Romantique jusqu'au bout, hein ? Temps de vous ranger, maintenant. Jouissez de la vie tout votre possible, même s'il n'y a pas tellement de raisons d'en jouir. J'espère que les Russkofs, eux, jouissent de la *Mise au tombeau* de Van der Weyden l'Ancien, de la *Madeleine* de Van der Weyden le Jeune et de l'*Exhumation de saint Hubert* de Dieric Bouts. Ils vont pouvoir s'en rincer l'œil à perpétuité, maintenant, j'imagine. Mais depuis le temps, ça a toujours été une sacrée bande d'antisémites.

S'il y avait un rapport, il échappa à Reg.

Chaïm Weizmann, premier président de l'État d'Israël, approchait de quatre-vingts ans, n'était pas en bonne santé et s'apprêtait à mourir dans les une ou deux années qui venaient. Il avait des choses à dire à l'Assemblée générale des Nations unies, au Congrès de Washington, à sa bonne vieille université de Manchester ; mieux valait donc qu'il se dépêchât de s'en acquitter. Que je me trouvasse invité à l'accompagner, comme chef de sa garde du corps personnelle, était moins un hommage à mon dévouement et à mon efficacité qu'un geste en mémoire de sa longue amitié pour mon grand-père. Il était prêt à voyager en première classe sur un vol commercial d'El Al ; mais on jugea plus digne d'une nouvelle nation souveraine de lui fournir un avion personnel, orné des insignes présidentiels sur son fuselage. Et c'est ainsi que, avec mes quatre hommes (dont un immigrant originaire de Llanelly, comté de Caernarvon, pays de Galles), j'eus droit à un trajet confortable à l'arrière de l'appareil, où je sommeillai, feuilletai des illustrés, *Time, News-*

week, contemplai la mer de crème fouettée des nuages, d'un blanc douteux, acceptai les plateaux de nourriture kasher et le gin londonien servis par l'hôtesse *sabra*.

Elle appartenait à l'espèce nouvelle, pour ainsi dire délardée, des femmes d'Israël : sans une once de sensualité sur elle — rien des châtaigniers, cauchemar de Roquentin. J'avais formé, comme instructeur, des filles de son genre, d'un sérieux extrême et peu enclines au batifolage, et je les avais admirées sans les aimer. Je n'avais pas eu, en Israël, une vie amoureuse très riche. L'amour y était un luxe superflu, comme Kant ou Hegel. Parfois, j'avais des élancements de nostalgie et je rêvais d'une salle de cours de philosophie, de la paix d'une banlieue verte, d'un amour légitime prenant son temps dans un lit conjugal, d'une femme fredonnant, dans le matin et l'odeur de café frais, pendant que je me raserais. Malgré ma solde d'officier en campagne et le confort suffisant du mess et de quartiers séparés, je me disais que je ne renouvellerais pas mon contrat.

Weizmann avait insisté sur le fait qu'il ne s'agissait pas d'une visite officielle et que son arrivée aux États-Unis devait être aussi discrète que possible : Israël avait assez d'ennemis susceptibles de se féliciter des cibles faciles offertes par le cérémonial d'un cortège au ralenti sur le tarmac, et il ne fallait pas alourdir gratuitement le fardeau des forces de sécurité américaines. Cela fit que, seuls, à l'atterrissage à Idlewild, nous accueillirent un fonctionnaire du département d'État et, bien entendu, l'ambassadeur d'Israël. Nous passâmes comme un courant d'air par les formalités d'entrée et l'on nous conduisit droit à des voitures dont la taille et la somptuosité diminuaient selon le rang ; puis, sous escorte de motocyclistes de la police et par le Queens, à Manhattan, nous fonçâmes sur l'hôtel *Plaza*, qui donne sur Central Park et où nous descendîmes. Là, dans ma chambre, sise à une ou deux portes de la suite présidentielle, un homme, que je pris pour l'armurier de l'ambassade d'Israël, me remit cinq Barak calibre 45, avec des étuis à bretelle, pour mes hommes et moi-même. Officiellement, à cause de la susceptibilité des Américains devant le port d'armes par les étrangers, nous étions censés assumer nos fonctions sans être armés.

En fait, cette visite aux États-Unis fut relativement paisible. Au gratte-ciel des Nations unies, un Arabe échauffé cria des phrases où revenait le mot *djihad*, avant d'essayer de tirer sur Weizmann ; mais ce furent les forces de sécurité américaines qui l'abattirent. A Washington, l'accueil fut formidable et sans problème. Weizmann se proposait de passer le week-end au Connecticut chez son vieil ami Aaron Rapaport, l'historien des sciences. Le lundi matin, nous étions supposés nous envoler directement pour Ringway, l'aéroport de Manchester, sans passer d'abord par Heathrow. Weizmann avait plus d'affection pour Manchester que pour Londres, qui restait associé dans son esprit à l'antisionisme et à de fausses promesses. La causerie qu'il devait faire à l'université de la grande cité industrielle était pour lui une marque de tendresse nostalgique.

L'on considéra qu'il serait aussi encombrant que peu discret d'emmener des gardes du corps israéliens au Connecticut : deux ou trois Américains tranquilles, peu voyants, veilleraient dans les bois alentour. Cela signifiait que, mes hommes et moi, nous serions de campo pour la fin de semaine. Je tapotai affectueusement la liasse de dollars dans ma poche revolver et sortis dans Manhattan. C'était un soir de printemps ; toute aventure serait la bienvenue, dans les limites de la raison.

Je tombai sur Irwin Roth dans un bar de la 57e Rue Ouest. Je ne l'avais rencontré qu'une seule fois auparavant, dans le Londres du temps de guerre ; mais j'avais vu sa photographie — type génie au signe sombre et doux — au dos de son gros mauvais roman. Juché sur un tabouret, il s'employait à expliquer, à des inconnus qui s'employaient à boire, qu'il était le grand Irwin Roth. Il leur disait aussi que le roman de Norman Mailer, *les Nus et les Morts*, n'était que de la merde. Le barman, lui, s'employait à le prier de la boucler.

— Irwin Roth, dis-je, permettez-moi de vous offrir un verre. C'est bien le moins, pour preuve de la haute estime où je tiens une entreprise littéraire aussi stupéfiante.

Il se tourna vers moi avec la gratitude enfantine de l'auteur raté et répondit qu'il accepterait volontiers un whisky écossais avec de la glace.

— Le fait est, poursuivis-je après un *Cheers!* trop britannique pour ne pas susciter l'ironie dans un angle obscur du bar, oui, le fait est que nous nous sommes déjà vus une fois à Londres. Vous étiez avec une de mes ex-condisciples d'université, que vous avez d'ailleurs fini par épouser.

— Une condisciple ! railla-t-il, en se livrant à une imitation imbécile de mon accent. N'étiez qu'un de ceux qui la niquaient, quand ce n'était pas elle qui les baisait — toute une armée ! Je n'ignore rien de son distingué curriculum vitae d'étudiante. Cuniculum d'écudiante, dirais-je plutôt.

On reconnaît toujours le mauvais auteur à sa façon de rire de ses mauvais jeux de mots. Je gardai mon calme pour répliquer :

— Vos paroles sont inqualifiables. Elle était très belle et ne peut que l'être encore, sans aucun doute. Autrefois, j'ai eu à son égard de très honorables aspirations. Je vous félicite d'avoir gagné là où j'ai perdu.

— Écoute voir, toi, riposta-t-il, d'une voix qu'il voulait lourde d'une basse menace. Épargne-moi tes salades et ta littérature à la flan. Honorables aspirations ! Va te faire voir, mon bon, et toutes tes foutaises avec toi. Elle s'est taillée... Je la connais, votre Angleterre, avec ses gentilles petites parties de jambes en l'air, où on se fait caramboler en prenant des airs de dame, sous les pommiers en fleur ou derrière les rideaux de chintz. « C'était merveilleux, chéri » — lèvres sucrées et charmants bruits de tasses. Mais non non, pas de faunes noirs et velus, fi donc ! Pas anglais, ça, pas distingué du tout. Pas touche aux mimiches de la dadame... ô mon Dieu ! de grâce, pardon... à son petit baba, veux-je dire ; non, pas toucher je vous prie. Et ne venez pas me chanter vos histoires de sang et d'ancêtreries ; c'est à la culture qu'on juge au bout du compte. Et ô combien distinguée, dans sa sous-qualité, cette culture de dadame, avec mademoiselle Mitford et monsieur le Pasteur qui viennent prendre le thé ma chère sous vos pommiers de foutre en fleur...

— Gaffez votre langage, j'ai dit, intervint le barman.

— Enfin quoi, est-ce vrai, oui ou non ? Vous n'êtes qu'un tas d'anémiques, tous tant que vous êtes. Avec le charme de la décadence, soit. Mais que le grand vent noir velu vienne à souffler, et pfft ! fini, plus personne.

Calmement, je dis :

— En tant que Juif et qu'officier de l'armée israélienne...

— Là-bas aussi ça vient, la pourriture, avec l'importation. Mouchetures de mycose sur les oranges de Jaffa. Je t'ai dit de m'épargner tes salades. Je crois que je vais reprendre la même chose.

— Cette fois, vous vous le paierez. Sur votre paquet de droits d'auteur. Vous et votre superbombe d'épopée à la gloire de l'héroïsme et du vrai cran cent pour cent américains...

Son regard scruta mes yeux, de la même couleur que les siens, en y cherchant l'étincelle du sarcasme.

— Et moi, c'est la peau de ton cul que je pourrais me payer pour te la revendre, dit-il enfin. Elle a foutu le camp, je t'ai dit. C'était trop lui demander. Les réalités de la passion, mon cher, pouah, quelle horreur ! Partie en emportant ses mignons petits dessous et son Pouchkine dans l'original. Tu devrais lire Pouchkine avec moi, chéri, il est si passionné. Tellement byronien, tellement civilisé... Oh, elle reviendra, et ce jour-là, je te le dis, elle sera tringlée à en perdre sa jolie petite cervelle de dadame, baisée jusqu'à ses délicates petites oreilles, et cela avant même qu'un de ses mignons petits nougats ait eu le temps de franchir le seuil de ma porte.

— Où, demandai-je, s'est-elle taillée ?

— Du diable si j'en ai la plus petite putain d'idée. Elle a parlé de payer son passage comme une grande dame, en travaillant. Je lui en foutrai plein le cul, moi, quand je la travaillerai.

— Monsieur Roth, dit le barman d'une voix à la fois tendue et calme, ça fait plusieurs fois que je vous répète de vous gaffer. Ce bar est un endroit respectable et les gens qui le fréquentent n'aiment pas entendre ce genre de charre.

— D'accord, collègue, je saurai me tenir comme une dame. Je fleurerai bon les pommiers en fleur et toute la merde à l'avenant.

— Où est-elle ? insistai-je.

— On a la nostalgie des jours anciens d'escudanterie, hein ? Ah, ah, baiser sous les mûriers ou les sycomores ! C'est une sacrée grande ville que celle-ci, mon petit ami. Elle a dit que du moment que son vieux popa gallois l'avait fait, lui, pourquoi pas elle ? Mariage naufrage, elle a dit. Oh, très poétique. Titan de la littérature en perdition. Pas besoin de ma saloperie d'aide pour faire son chemin.

— Je veux savoir où.

— Et moi je veux un autre du même.

— Ça suffit comme ça, monsieur Roth, dit sérieusement le barman. A votre place, je me calerais quelque chose de solide dans le buffet. C'est pas bon, tout ce liquide sur un estomac vide.

— En rang pour la bouffe comme tout le monde, c'est ça. Par ici, la queue pour la cantine. *Maachol*. Ou bien est-ce *pichtcha* ?

— L'un est de l'hébreu, l'autre, du russe, répondis-je.

Puis, dans une petite illumination, l'idée se fit jour et me traversa la cervelle, et je repris :

— Serveuse… elle travaille comme serveuse, c'est cela ? Dans un restaurant quelque part ?

— Baiser dans la puanteur de la graisse chaude, marmonna plus que n'articula Roth. Baiser à en foutre la danse de Saint-Guy à toute la batterie de cuisine… Vas-y, poursuivit-il, dégage. Va-t'en la construire, ta Jérusalem nouvelle, va-t'en baiser kasher et bouffer de l'Arabe…

Puis, *ex abrupto*, comme entrait un nabot, chauve, barbu, à lunettes, chemise sale et veste en velours de coton :

— 'lut, Ralph. « Tendre agneau, qui t'a créé ? »

Le nouveau venu lui répliqua de ficher la paix à Blake. Enfin un écrivain qui n'avait pas honte de s'afficher comme raté ! Roth, lui, s'habillait en sorte d'être paré à l'apparition du premier photographe de la presse littéraire qui se présenterait, lui-même en quête du premier génie au signe sombre et doux, et à succès, qui l'attendrait !

Je payai et sortis, salué par le silence et le mépris. Une fois dehors, comme j'hésitais sur le bitume surchauffé, la grand-rue me rappela à l'ordre : oui, New York est une sacrée grande ville.

Je rentrai à l'hôtel *Plaza* pour passer en revue les noms de restaurants russes. Je ne connaissais que *Le Salon de Thé Russe*, près de Carnegie Hall ; mais je finis par me souvenir que mon adjudant, Jascha Grossman, avait projeté de s'octroyer à loisir un repas solitaire, aux frais du gouvernement israélien, au restaurant de l'hôtel, et qu'il était natif de New York. Quand je le découvris, il en était à son second plat d'artichauts de Jérusalem à la vinaigrette. Le nom de Grossman, avec la connotation de vulgarité qu'il suggère, lui allait bien : sueur et huile vinaigrée perlaient aux poils d'une barbe mal rasée qui le dénonçait comme étant de campo. Mais ses yeux étaient pleins du deuil de l'exilé non encore installé dans la calme indifférence de celui qui a trouvé dans le nouvel Israël un foyer et une patrie.

— Des restaurants russes ? dit-il avec son accent de gosse de Brooklyn. Y en avait une pagaille, autrefois, dans le secteur de ma naissance. A Manhattan, ce ne sont pas des Russes qui les tiennent. Figurants costumés et balalaïkas, tu vois ça d'ici ? Mais attends une seconde, reprit-il tandis que l'on enlevait l'assiette d'artichauts ravagés. Le mieux est de regarder dans les pages jaunes. Si tu avais envie de faire un tour en taxi, je t'accompagnerais volontiers, mon commandant, mais mon devoir, comme qui dirait, est ici.

Je remontai dans ma chambre et j'épluchai les pages jaunes. S'il avait existé jadis un *A la Perspective Nevski*, il avait disparu. Il y avait un *Bifshtiyeka*, un *Ptchela*, un *Sviyokla*, et aussi un *Chez Ivan*. Je téléphonai à toutes ces adresses, aux frais de mon gouvernement, en arguant d'un cas d'urgence : retrouver une serveuse de restaurant du nom de Béatrice, ou Béa, ou Tricie, dont le frère venait juste de débarquer à New York, porteur d'un message important. Jeune, jolie, blonde. Pas une seule réponse courtoise. La plupart du temps : « Écoutez, m'sieu, on a autre chose à faire... Elles ont toutes sortes de noms, j' peux pas les connaître toutes... C'est pour réserver ? Non ? Alors j'ai pas de temps à perdre... » Je téléphonai au *Koukhniya*. Une voix demanda si je voulais parler de la fille qui tenait la cuisine. Oui, peut-être. Et je sautai dans un taxi qui me fit traverser le pont pour aller à Flatbush.

Toute l'astuce du nom du restaurant — *Koukhniya* veut dire cuisine — était que celle-ci, précisément, était exposée en pleine vue. On eût dit un autel derrière lequel officiait une prêtresse, assistée d'un clergeon. On voyait le bortsch sortir de la marmite et la cuiller de bois appliquer aux *agouriyets* sa gifle de crème sure. Et la prêtresse en blanc était bien Béatrice, cheveux pris dans un bonnet, joues et bras rosis par le feu, très occupée.

Mieux valait ne pas semer le désordre. Je m'assis et commandai. Le restaurant était bondé ; je dus partager la table d'un obèse, type courtier en assurances, et d'un jeune garçon, d'évidence son fils, qu'il bourrait de soupe de betteraves, au déplaisir du malheureux enfant. Je pouvais me permettre d'attendre Béatrice : je l'avais retrouvée. Je commandai du poulet à la Kiev et une bière. Le poulet à la Kiev, qui tenta, au découpage, d'éclabousser de beurre ma cravate aux couleurs de l'université de Manchester, était étique. La nourriture est une sorte de langage temporel, un lien entre générations pour qui n'existe pas de Grande Mutation Vocalique. C'était la femme qui avait préparé cette nourriture qui, maintenant, établissait le contact : elle était debout près de moi, abandonnant je ne savais quel dessert russe aux soins de son acolyte — et elle disait :

— Il n'est pas possible que ce soit toi, et pourtant si.

— Oui, il est possible que ce soit bien moi, et même on ne peut plus moi. Assieds-toi.

— Jamais à la table d'un client, non. Pour une coïncidence... !

Elle sentait légèrement la graisse de cuisine.

— Ce n'en est pas une du tout. Je te cherchais.

— Comment as-tu su ?

— On finit toujours par trouver la personne que l'on cherche, pour peu que l'on se serve de son imagination. Ton mari a parlé d'un naufrage, et cela, c'est la part de la chance dans l'histoire. C'était dans un bar.

— Le bar va de soi. Il était ivre, non ?

— Ivre, oui. Il a vaguement parlé de passage payé en travaillant à bord d'un navire qui regagnerait son port d'attache. Il a dit aussi que tu rentrerais repentante et que tu aurais droit à une copulation en règle, sur le paillasson de sa porte.

— Je ne reviendrai pas, ni repentante ni rien. J'ai déjà mis de côté une centaine de dollars.

Il y eut un retour de flamme sur l'autel culinaire.

— La maison ferme dans une heure, dit-elle. Je te verrai à ce moment-là.

Et ses ravissantes jambes la portèrent en hâte vers ce qui flambait. A ma table, le petit garçon faisait suivre son bortsch, qu'il n'aimait pas, de *marodjhenopiye*, qu'il adorait. Ce n'était qu'une glace à la vanille, coiffée d'une *schliyapa* à peu près invisible.

A la fermeture, Béatrice sortit du restaurant, vêtue d'une robe-chemise orange unie. J'avais arpenté le trottoir en fumant cigarette sur cigarette — la fumée de tabac faisait tousser le petit garçon. Elle était environnée de la même très légère odeur de graisse de cuisine. Elle me dit partager un appartement avec une jeune fille, sous-bibliothécaire à l'université de Long Island. Sa colocataire serait là ce soir : elle s'était disputée avec son petit ami. Peut-être, suggéra-t-elle, valait-il mieux, pour parler librement, nous réfugier dans un bar. Je dis :

— Je t'emmène, nous allons au Plaza. Ne crains rien, pas de traquenard, pas d'ardeurs affamées d'amour. Tu pourras dormir dans le lit du président, si tu veux. Il est absent pour le week-end.

— Le lit de quel président ?

Je lui expliquai tout et déclarai pour finir :

— Garde tes cent dollars. Il y a autant de place que l'on veut à bord de l'avion présidentiel. Et le vieux Chaïm aime bien les jolies filles qui parlent le russe.

— C'est une histoire de fou. A quel titre m'accepterait-on ?

— Comme ma fiancée, mettons. Laquelle, soit dit en passant, va divorcer d'avec qui ?

— Je pensais bien que cela cachait un piège !

— Non, ce ne sera pas pour de vrai, ni durable. Mais le fait que je dise voici ma fiancée et que tu ne le contredises pas t'aidera peut-être, sait-on jamais, à faire entrer l'idée vraie dans ta tête. Et quoi de plus adorable au monde, ajouterai-je avec ta permission.

— Que l'idée ou que ma tête ?

— Les deux.

Du bras, j'arrêtai un taxi. Le chauffeur, dont la plaque d'identité affichait le nom de l'auteur des *Fiancés*, Manzoni, était bavard en diable. Jugeant par nos accents, il demanda si par hasard nous n'étions pas dans le show-biz. Lui, il était doué pour les marionnettes, dans le temps — ses grosses pattes lâchèrent le volant pour nous faire la démonstration, comme nous roulions sur le pont —, mais c'était le genre de truc qui ne disait plus rien aux gens. Nous feignions de l'écouter, et Béatrice refusait de me laisser lui prendre la main. Dans le salon d'entrée du Plaza, les regards l'accompagnèrent sans dissimuler l'admiration et, dans l'ascenseur, un Arménien à la tête privée de cou et à la respiration en feu la serra de plus en plus près. Quand nous fûmes dans ma chambre, j'ôtai ma cravate et sonnai pour commander deux grands gin-tonics, puis lui demandai ce qui l'avait prise de faire une chose pareille.

— Je croyais possible de fonder un contrat de raison sur une chimie irrationnelle. Le châtiment était inévitable. Vie sexuelle et amour ne sont pas la même chose.

— Qui a jamais dit le contraire ? répliquai-je. Mais la vie sexuelle peut devenir un poème de tendresse... avec la routine du mariage se dissolvant pour laisser entrevoir un minuscule coin d'absolu.

— Tu parles encore comme un lycéen.

— Merci à Dieu ou El d'avoir préservé mon innocence ! Ce qui n'est pas le cas pour toi. Avoue : tu ne serais pas tombée amoureuse de lui, s'il n'était pas juif. Il y a dans les gènes de ta famille quelque chose qui a soif de métissage. Eh bien alors, je te présente un autre Juif, qui s'était proposé bien avant celui-là.

— Je voudrais me remettre au travail. C'est pour cela que j'ai fait ces économies. Pas seulement pour revenir à un bercail qui n'en est pas un.

Il y avait une grande lassitude dans ses yeux. J'imaginai leur beauté, un matin où je me serais réveillé le premier pour les voir s'ouvrir. Pour l'instant, louchant très légèrement, ils observaient les miens qui, j'imagine, devaient luire d'un franc désir prédateur. Elle reprit :

— Mais qu'ont-ils donc dans la peau, tous ? Lui, il ne cessait pas de me répéter : au diable l'amour selon Moïse, notre idée n'est pas de peupler le désert.

— Mais il y a encore un désert à peupler.

— Tu me vois en mère juive, moi ? Ou en mère tout court ? C'est simple : je n'ai pas l'instinct de cela. Je veux me remettre au travail.

— Je ne resterai pas là-bas, tu sais. Ce que je veux, c'est enseigner la philosophie quelque part où l'on ne fasse pas sauter de bombes. Je voudrais un peu de paix.

— Jamais tu ne l'auras, la paix. Pas plus que personne. Nulle part.

Elle bâilla, et ce fut un geste d'intimité en quelque sorte — c'est-à-dire qu'elle ne couvrit pas le bâillement du dos de la main ni ne demanda pardon. Elle dit seulement :

— C'est la chaleur qui est tuante, plus que le travail.

Puis elle se ressaisit, prit un air soucieux et poursuivit :

— Je ne peux pas laisser tomber ces gens comme ça. Sans préavis ni rien.

— Téléphone tout de suite. Ou demain matin. Le lit présidentiel t'attend. Je vais demander que l'on monte la clef.

— Ça ira très bien ici.

Et elle s'affala sur mon lit, tout habillée, si sommairement que ce fût, et tout en envoyant voler ses chaussures. Il y avait la même qualité d'intimité dans cet acte que dans le bâillement précédent. Cela dit, il ne contenait nulle invite. J'étais promu, ou dégradé, au rang de frère. Ce fut donc moi qui gagnai le lit présidentiel. Dans mon carnet, je trouvai le numéro où téléphoner dans le Connecticut. J'obtins au bout de la ligne un Chaïm Weizmann quelque peu amolli par le vin. Voilà qui est bien soudain, me fit-il observer. Non, pas à proprement parler, dis-je. Simple réconciliation après l'éloignement d'une brouille, le tout finissant par des fiançailles. Une camarade d'université à Manchester, et une *shiksa*, oui, mais à demi russe et parlant une des langues de la diaspora. Félicitations de votre président, et d'accord, pas d'objection.

Les bagages de Béatrice étaient aussi sommaires que sa robe. Ensemble, nous allâmes les chercher à Brooklyn. Janice, sa compagne de chambre, les yeux encore trempés de larmes, sans doute à la suite d'une chamaillerie avec son petit ami, n'en finit pas de répéter eh ben ça alors, devant la brusquerie de la chose ; puis, pendant que Béatrice ramassait ses livres, elle me poussa férocement dans un coin de leur petit salon, sous une affiche de corrida fixée au mur, et m'intima d'avoir à être gentil pour sa copine. Je répondis que je lui servais de frère, en quelque sorte. Arrête ton charre, petit frère (façon de parler neutre dans sa bouche, et sans ironie), les hommes, je connais ça. Si seulement je pouvais en dire autant, répliquai-je ; si seulement je pouvais dire que je connais quelque chose à quoi que ce soit au monde...

Si seulement mon esprit ne s'était pas écarté de ma mission, au cours de ce bref voyage ! J'étais payé par le gouvernement israélien pour veiller sur le président — mais, après tout, quoi de moins périlleux qu'un retour au pays ? Béatrice trôna à côté de Weizmann, dans la cabine aménagée à l'avant, pendant que, avec mes hommes bâillant d'ennui, je faisais salon à l'arrière, près des toilettes (ou *beth kavod*). Quatre fois, durant le vol, Weizmann rendit visite à celles-ci (ah, la vessie des vieux ! nous dit-il plaisamment en riant, la quatrième fois) et, à chaque occasion, il prit le temps de me féliciter : elle parlait un russe meilleur que le sien ; elle témoignait d'un bon sens remarquable en économie politique ; *shiksa* ou pas, quelle acquisition pour une république encore dans les langes !

L'avion se posa à Ringway, l'aéroport de Manchester. C'était le printemps, je le rappelle, et un crépuscule civil descendait avec nous. (Le crépuscule est « civil » lorsque le soleil est à plus de six degrés au-dessous de l'horizon et que la lumière ne permet plus les travaux extérieurs. Le crépuscule plus profond est dit « astronomique ».) Tous trois, Weizmann, Béatrice et moi, nous nous retrouvions « chez nous ».

Le président avait insisté sur le caractère privé de sa visite : nul besoin d'accueil officiel dans une ville qu'il connaissait mieux que ses fonctionnaires consulaires ou municipaux. Le vice-chancelier de l'université avait fait en sorte que trois limousines de location l'attendissent pour le conduire, avec sa suite, à l'hôtel Midland, et une sorte d'hôtesse réservée aux visiteurs d'importance nous guida jusqu'à ces voitures, en nous facilitant les formalités de la douane et de l'immigration. Ses hauts talons martelaient impérieusement le sol et semblaient découper un passage entre les petits nœuds de voyageurs avec leurs bagages à main. Nous traversâmes en cortège l'élégance du grand hall d'accueil et de ses lustres, Béatrice et Weizmann emboîtant le pas à notre guide, une blonde aux mèches folles et à l'allure de veuve chic dans son tailleur noir, les autres, c'est-à-dire nous, mes hommes et moi, fermant la marche et fort peu vigilants, en dépit des armes que nous avions touchées par faveur spéciale à l'ambassade, à Washington.

Nous ne vîmes pas l'homme au teint basané braquer un pistolet, entre ses mains jointes et tendues comme en un geste de supplique. Il se tenait près de l'entrée, pour faciliter sa fuite en chaussures de tennis. Béatrice, elle, le vit. Elle poussa vivement Weizmann, qui tomba de tout son poids. Elle reçut coup sur coup trois balles et exécuta autant de pas de danse rapides, à reculons, sur le rythme des détonations : trois percussions sèches, à la Zip, mesure à trois-quatre, *allegro moderato*. Des gens crièrent. Pas elle. Au bout de sa danse, elle s'affala sur Weizmann.

— Donc, maintenant c'est une république ? dit Reg sarcastiquement. Et vous n'avez que faire de l'emblème royal que, de toute évidence, vous venez chercher... Ah, à propos, je vous présente le nouveau propriétaire. Llewelyn Price, vous avez devant vous Aled Rhys et deux de ses associés. Comme ce ne sont pas les mêmes que la dernière fois, j'ai peur de ne pas connaître leurs noms. Tous Fils d'Arthur, au cas où vous auriez entendu parler de cette organisation. Ce ne sont pas du tout de bons clients. Ils s'amènent toujours à l'heure de la fermeture.

Llewelyn Price pointait sur une liste les bouteilles de spiritueux rangées sur l'étagère. Il tourna la tête et l'inclina. C'était un petit homme à la mine austère, aux joues rasées de près et bleuies par les poils de barbe, et aux manières de pasteur. Il avait fait, ce soir-là, avec un des piliers de la maison, une partie de fléchettes, qu'il s'était appliqué de tout son sérieux à gagner haut la main pour bien prouver qui était le patron, et son score s'alignait sur le tableau noir avec la régularité sans bavure d'une numérotation d'hymnes ou de psaumes.

— On serait mieux dehors, dit Aled Rhys.

— Tu as l'intention de me dérouiller dans le noir ?

— Ne dis pas de bêtises.

Ses deux compagnons auraient pu être n'importe quoi — turcs, peut-être. Pendant un bon moment, personne n'ouvrit la bouche. Nulle trace de culture galloise ne vint donc s'inscrire fugacement dans l'humidité printanière de l'air cendré de lune. Ils restèrent tous les quatre plantés sous le feuillage bavard du grand arbre, dans la lumière crue et dure qui venait des ampoules du bar. Un des deux associés faisait sombrement sauter du bout de l'ongle des petites écailles d'écorce du tronc. Reg sortit une pipe et l'alluma.

— Voilà du nouveau, dit Aled Rhys. Je t'ai toujours connu comme un fumeur de cigarettes.

— Les cigarettes sont en train d'achever le roi. Encore un de ces usurpateurs hanovriens. Disons que c'est une forme de loyalisme tordu, de ma part.

— Tu as raison, oui, au sujet de la république. Nous ne sommes pas près de la voir, mais la lutte doit continuer.

— La lutte ? C'est-à-dire voler les vieilles dames et faire sauter les boîtes postales juste au moment où un malheureux gosse, entre mille autres, y glisse sa lettre au père Noël ?

— Il faut continuer.

— Et aux mains de qui sera le pays de Galles ? Des propriétaires des concessions minières ? J'ai lu récemment, dans le *Times*, un article d'un géologue. On y parlait de gisements d'uranium au Colorado, au Congo belge, à Joachimsthal et, incroyable mais vrai, chez nous, aux Brecknock Beacons.

— Nous voulons récupérer ce truc.

— Truc, dis-tu ? Pourquoi ? Pour le restituer aux Russes ?

— Tu as reçu une visite d'eux ? Ou de la police ?

— Un type en civil est venu me tenir des discours très sérieux. Il avait un accent bizarre. De l'Ulster, dirais-je.

— Il nous faut ce truc. La nouvelle Cymru a besoin d'autant d'amis qu'elle peut en rassembler. Où est-il ?

— Si c'est une trempe que vous voulez me flanquer tous les trois pour m'arracher cette information, nous ferions bien de ne pas rester à portée d'oreille du nouveau propriétaire. L'endroit des fouilles celto-romaines serait tout désigné.

— Nous n'aimons pas la violence, mais nous pouvons l'employer au besoin.

— Je n'en attendais pas moins de vous. Mais je vais vous dire une chose : il ne quittera pas ce pays avec moi. Il demeurera sur le sol auquel il appartient : celui du Lloegr, sur lequel Arthur régna jadis.

— On y va, on l'assaisonne ? demanda un des Turcs ou des Macédoniens.

— Pas forcément, Ianto. Il n'y a qu'un seul endroit où ce machin puisse se trouver.

— Je t'écoute, dit Reg.

— Tu le sais aussi bien que moi. Nous l'aurons... Bon,

reprit-il après un bref silence. Alors, comme ça, on va quitter le pays ? Dégoûté de l'après-guerre dans ces îles ? Y a de quoi, bondieu, faut dire. Et pour aller où ? Chez les Ricains ? Pour une des dernières perles coloniales de l'Empire ?

— Rejoindre ma femme, dit Reg. La paquetage est prêt ; les bagages, expédiés en avant-garde. Pas grand-chose. Étonnant, de voir le peu que j'ai pu accumuler. Tout parti, sauf une seule chose. Pas ce que tu crois. Quelque chose qui appartient à l'héritage familial plutôt que national. D'ailleurs, comment pourrait-on parler de national, quand la nation n'existe plus ?

— Ce sont les premières paroles sensées que je t'entends prononcer.

— Nation, dit le deuxième Turc ou Albanais. Conscience nationale. Capital national. Culture nationale... (L'accent aurait pu être eurasien.) Assemblage de gens ou de peuples réunis pour former un État. J'ai fait des études.

— Je vois cela, dit Reg, impressionné. Nation repliée sur elle-même n'est pas mal du tout non plus, comme expression.

— J'ai entendu parler de ton cynisme, et je pense que ce serait une bonne chose de t'avoiner un petit coup, rien que pour t'apprendre... Si tu n'y vois pas d'objection, ajouta l'homme avec un semblant d'inclinaison respectueuse à l'adresse d'Aled Rhys.

Celui-ci haussa les épaules. Au même instant, le nouveau propriétaire parut sur le seuil et annonça à Reg qu'on le demandait au téléphone. Urgent. De l'étranger.

— Quand tu auras fini ton téléphonage, dit le fort en étude des nations, ne reviens pas avec un instrument de poids pour te défendre. Tu as beau être cynique, tu as de l'éducation et tu ne peux que reconnaître le bien-fondé du rite, du moment qu'il faut que la justice passe.

Reg regagna le bistro.

— Et ils t'ont battu ? demandai-je.

— Ils voulaient seulement me faire peur. J'avoue que je mourais assez de trouille, quand j'ai pris le récepteur.

Nous prenions l'air en marchant, avant le petit déjeuner, parmi les ruines romaines qui entouraient le kibboutz proche de Césarée. On m'avait envoyé surveiller l'entraînement rudimentaire des kibboutzniks au maniement d'armes. La côte était tout près et des terroristes avaient déjà effectué un débarquement, échappant à la détection par les radars, à l'aide de canots pneumatiques.

— Ah, les nations repliées sur elles-mêmes ! dit Reg tout en shootant dans un débris de poterie romaine. Il faut que je te montre quelque chose. L'espèce d'écrivain qui séjourne ici, tu sais, le Ricain, c'est lui le premier qui me l'a montré. Son petit nom est Saul. Rien à voir avec celui des Actes des Apôtres. Non, je veux parler du type auquel David jouait de la harpe. Nous devons trouver un prénom pour notre petit ou petite *sabra*. On peut dire que cela a été un miracle, si l'on veut. Une putain de bombe dans un putain de studio à la radio. Et elle qui était derrière son carillon, juste à ce moment.

— Pendant que j'étais en voyage.

— Je le sais, bondieu, que tu n'étais pas là. Parti poser des bombes en Syrie ou ailleurs. Les bombes, il n'y a plus que ça aujourd'hui, hein ? Mais, ici, la nation assiégée et repliée sur elle-même, ce n'est pas pour de rire comme avec nos Celtes, qui font seulement joujou... Tiens, regarde ça...

Il donna un coup de pied dans un gros morceau de grès taillé à arête vive. Il était grossièrement creusé au ciseau, à un endroit, et on lisait clairement, gravé aussi au ciseau, dans le creux, l'inscription REG ART.

— Crois-tu que cela signifie qu'il serait également passé par ici ? reprit-il Cela paraît impossible.

— Cela veut probablement dire REGULUS ARTIFEX ou quelque chose de ce genre, répondis-je. Le nom d'un esclave qui a survécu. Il n'y en a pas eu tellement. Pathétique, au fond, comme une sorte de désir de s'affirmer aux yeux de la postérité. Le nom — voilà peut-être la seule sorte d'immortalité que nous ayons sous la main.

— Comment l'appeler, cet enfant ? Moi-même, tout bien pensé, comment est-ce que je m'appelle ? Y a-t-il en hébreu l'équivalent de Reginald ? Et Jones, je suppose que cela donnerait ben Yokanan ou quelque chose comme cela ?

— Tu ne peux pas te métamorphoser en Juif, ce n'est pas moi qui te l'apprendrai, dis-je. Il y a déjà Zipporah, cela suffit.

— Plus de Zip, à ce que je vois ? Fini ? dit-il. Irrévérencieux. Évidemment nous sommes ici en terre mosaïque.

— Ah, mais non. Tu oublies que Dieu n'a jamais permis à Moïse de voir la Terre promise.

— Plutôt salaud, Dieu, dit-il, non ?

Sur quoi, il leva les yeux vers le ciel sans nuage, comme pour voir si, là-haut, un poing allait lancer les foudres du châtiment. Puis son regard revint se poser sur les rangs d'orangers, et il dit :

— Les mandarines sont excellentes. Les bananes aussi. Ce Saul Machin-Chose, il m'a fait remarquer l'analogie chevaline : fleurs pareilles au sexe dressé de l'étalon, feuilles semblables à la crinière.

— Combien de temps comptes-tu rester ? demandai-je.

— Jusqu'à ce que Zip... pardon, Zipporah se soit suffisamment reposée. L'idée de cultiver les oranges me plairait assez ; mais je suis sensible à l'appel de la grande ville. J'apprends à lire l'espagnol en caractères hébraïques. Curieux, cette nostalgie qu'ont les séfarades de leur exil ibérique.

Tous, il faut que nous ayons la nostalgie de quelque chose. C'est George Herbert qui parle, je ne sais où, de la lassitude qui nous ramène dans le giron de Dieu... Dieu notre patrie, comme dit Wordsworth. Ah, que ne crois-je en Dieu !

Reg consulta de nouveau la pureté intense du ciel. Dieu, apparemment, se souciait comme d'une guigne de la négation de son existence : il savait, lui, qu'il existe, et cela lui suffisait. L'espoir et la charité étaient, bien entendu, une autre paire de manches. Je repris :

— N'empêche que les philosophes sont forcément des sceptiques. Ou du moins les candidats à l'enseignement de la philosophie.

— Et ton père ? Il ne va pas être déçu ? Que tu renonces à la vendetta, veux-je dire ?

— Mon père va se remarier avec une veuve, charmante et dodue, de Cracovie. Tout ira bien pour lui.

L'air embaumait. Reg le huma, mais en vain ; sa perte du sens olfactif le privait de bon nombre des plaisirs esthétiques de la terre d'Israël. Même l'herbe embaumait le zeste d'orange. En revanche, une odeur de cordite, âcre et forte, semblait planer du côté du nord.

— Elle est entrée dans l'enseignement, depuis, dit-il. Vous serez ensemble. Vos spécialités se chevauchent.

— Le fait est que je n'ai jamais eu beaucoup de chance, ici, tu sais, dis-je. Nous ferions bien d'aller prendre le petit déjeuner.

Nous revînmes en trébuchant parmi les vestiges de Césarée : membres brisés de petites divinités abolies, formidable masque en pierre d'une Tragédie courroucée, fronton corinthien écroulé d'un bloc. Avant d'entrer au réfectoire, Reg me demanda :

— Comment l'appellerais-tu, toi ?

— Je n'en sais rien. Je pensais que c'est un des tourments exquis de la paternité comme de la maternité. Nommer cet enfant... Gare ! Il en aura pour la vie à le porter, ce nom.

(... Ou, me dis-je, jusqu'à ce que des balles ennemies l'expédient dans une autre vie.)

Il y avait pour le petit déjeuner du thé très fort dans des verres cerclés de *zarfim*, des œufs sur le plat, des portions de fromage de chèvre, des olives noires, des tomates très fermes et des sardines très salées. Une discussion très intellectuelle était en cours, entre

Saul (pourquoi son nom m'a-t-il déserté ?) et un goy suédois, flanqué d'une femme aux cheveux aussi noirs que ceux de Zipporah. Zipporah elle-même ne participait pas aux repas en commun. Elle avait bien assez à faire d'être une jeune mère dans les quartiers des couples mariés. Mais, un de ces jours, elle aussi enseignerait — professeur de percussion au conservatoire de Jérusalem. Tous, nous faisions une fin comme professeurs. Avec deux traitements, Reg et Zipporah pourraient s'offrir le luxe d'une bonne d'enfants. Il n'y avait pas pénurie dans la profession, en Israël : les petites « figues de Barbarie » exigent autant de soins que les oranges.

— Et le bout de fer, dis-moi, qu'est-il devenu ? demandai-je à Reg.

Il me le raconta.

SAITH

Au milieu de la rue, trois chats, dont un tacheté, se repaissaient, en grognant et montrant les dents, des têtes et des abats de poissons. C'était Vendredi Saint. La fumée d'un entrepôt de marchandises en feu, à quelques rues de là, obscurcissait le soleil couchant. Le bruit courait que cet entrepôt recelait une bombe non explosée. Il y avait grève des pompiers. D'ailleurs, on se demandait bien qui foutre n'était pas en grève, apparemment. L'électricité était coupée et, dans le petit frigorifique de Dan, une moitié de flétan luisait férocement, en passe de putrescence. Mais, avec ou sans électricité, c'était tout le commerce qui était pourri. Les petites boutiques ne pouvaient rivaliser avec la concurrence des grandes chaînes de magasins. Seuls les bistros se portaient bien. Ce jour-là, ils étaient restés ouverts sans interruption, comme pour le marché hebdomadaire du jeudi ; car Netherbury se prévalait jalousement d'une très ancienne charte octroyant à ses habitants le droit, blasphématoire, de célébrer dans la ripaille et le vomi la mort du Christ.

Une bougie à la main, Dan s'enfonça dans les ténèbres de sa réserve et en ressortit, tenant le demi-flétan qui protestait de toute son odeur. Autant le donner aux greffiers, les pauvres petits bougres. Il le trancha en trois morceaux sur son comptoir gluant et lança le tout aux miauleurs affamés. De la craquette à mimi, les poissonniers des grands magasins appelaient ce genre de chatteries. Sur le comptoir de Dan, des gendarmes et des bouffis narguaient dédaigneusement de leur fumaison et de leur salaison la nature et ses putréfactions. Mais personne ne voulait d'eux.

Sur les pavés glissants de la rue, Dan vit arriver son frère. Reg avait sur le dos un manteau de pluie et portait une sacoche en cuir, évidemment pesante. Il dit :

— Soif. A en crever. Comme le Mauvais Riche réclamant pour sa langue la fraîcheur du doigt de Lazare trempé dans l'eau.

— Comment as-tu fait, entre la grève des chemins de fer et le reste ? demanda Dan.

— Un coup de chance des plus curieux. A Newport, je suis tombé sur un ancien camarade d'armes, un adjudant-chef qui se trouvait à bord de cette saloperie de bateau de la mort, avec son chargement de viande humaine sur pied pour Odessa. « Parole, mais c'est ce vieux Virginal Morrow, alias Vagi-Végé ! » — tu vois ça d'ici ? Il avait la voiture de son fils, avec ses deux petits-enfants dedans. Ensuite, à Cheltenham, j'ai pu attraper le dernier car pour le Nord. Et, à Stoke, un transporteur m'a pris en stop. Après quoi, huit, neuf kilomètres à pied. D'où la soif. Prends ça, veux-tu, le poids me tue. Et ferme la boutique. J'ai la dalle sèche.

Au bar de *La Couronne*, une partie des bougies plantées dans une coulée de leur cire s'éteignirent au vent des deux entrants, qui se firent maudire. Tandis que les yeux clignaient et que les regards se battaient avec la pénombre, certains nez gardaient tout leur flair, et il y eut des mélomimodrames de dégoût à l'endroit de l'odeur de poisson invétérée de Dan. Reg paya les deux bières et, trébuchant sur un ivrogne terrassé invisible dans le noir, ils gagnèrent un banc à dossier dans un angle obscur.

— Ah, ça va mieux, pantela-t-il après avoir bu d'un trait la moitié de sa bière.

— Quoi ça est qu'y a là-dedans ? demanda Dan.

— Comme si tu ne le savais pas !

— Tu n'as jamais été qu'un sale voleur, et tu continues.

— Non, pas cette fois-ci, mentit Reg, sale voleur qu'il était. Notre mère m'a remis la clef à Leningrad. Ce sera pour Béa et pour toi. Il y en a pour un fameux paquet, aujourd'hui.

— Comment va-t-elle ? s'enquit Dan, ne pensant pas à leur mère.

— Tu n'as pas reçu mon second télégramme ?

— Si, juste avant la grève des postiers. Comment va-t-elle ?

— Toutes les blessures par balle étaient périphériques, c'est-à-dire qu'aucun organe vital n'était touché. Coude, poignet, épaule. Elle a eu de la chance. Toute la presse a parlé d'elle. Tu n'as pas vu les journaux ?

— Je les lis pas. Ça est que des mensonges.

— Tout de même, c'était un terrible choc ; elle est toujours sous calmants. A ce qu'on m'a expliqué au téléphone, elle ne cessait pas de réclamer un certain Dan. C'était peut-être le délire. En tout cas, je t'emmène.

— Où est-elle ?

— Dans une clinique superchic de Didsbury. Le tout, aux frais du gouvernement israélien... Pourquoi cette espèce de gros lard, là-bas, nous regarde-t-il tout le temps en se bouchant son énorme patate de groin ?

— Tu oublies toujours que ton nez ne sent plus rien.

— C'est juste. Blessure de guerre, en quelque sorte. Fine équipe de blessés que nous faisons, et pas des moindres ! A propos, comment va ton trou ?

— Ça continue à suinter.

— Regarde-moi ces fumiers : un tas d'insignifiants ennoblis, si l'on peut dire, par la lumière flatteuse des bougies. Des marchands de plastique !

Rougeoyant des bajoues, la bande des soiffards vidant chope sur chope avec de gros rires.

— Le maigre, là, il a une boutique de jouets. Il a aussi la tremblote, comme tu vois, dit Dan.

— Bondieu, mais c'est lui, c'est ce type ! Comment diable... ?

— Qui ça ? Comment quoi ?

— Non, je me suis trompé. J'avais le sentiment d'être suivi. Ils ont juré qu'ils mettraient la main dessus. C'est quoi, cette lueur ?

— Ça ? Ça est l'incendie dans l'autre rue. On attend qu'il s'éteigne tout seul. Y a pas un putain de mec qu'est pas en grève, dans cette putain de ville. Comment est-ce qu'on y va, à ton endroit ?

— Par la route. Dieu ne coupe pas sa lumière... à supposer que ce soit bien lui qui l'ait faite. Il y a une sacrée lune de Vendredi Saint, ce soir. On fera du stop ici et là. A toi la tournée, cette fois.

— Le tiroir-caisse est presque vide. Tu seras forcé de payer encore ce coup.

Reg se leva et alla au comptoir, où une espèce de malbâti, vêtu d'un costume ridiculement bien coupé, lui demanda comment il pouvait supporter une foutue puanteur pareille. Que ne supporterait-on d'un frère, dans les limites du raisonnable ? La chlorophylle, ça existe, non ? C'est de ça qu'il a besoin. Reg paya en répliquant qu'il enviait les chanceux qui pouvaient encore sentir les odeurs.

— Pourquoi ça est qu'on appelle ça le Vendredi Saint ? demanda Dan à son frère quand celui-ci se fut rassis.

— Parce que, ce jour-là, on a cloué un Juif sur une croix et que les gens ont bien rigolé en le regardant crever.

— Ça a dû être une sacrée journée, et ça est pour ça, alors ?

— Écluse ta jatte et filons d'ici. C'est Vendredi Noir que l'on devrait dire, en réalité ; mais l'épithète est réservée au lundi. Tous les lundis sont noirs. Dans un État bien gouverné, c'est le lundi qui devrait être jour du Seigneur. Mais, alors, c'est le mardi qui serait noir. On perd à tous coups. « Nous avons le monde entier pour hôpital, riche en donations de milliardaires ruinés », ajouta-t-il.

C'est une citation d'Eliot, qui, lui-même, avait volé la formule à une cantate de Bach : « *Die ganze Welt ist ein Krankenhaus.* »

— Ça est qui, cet Eliot ? dit Dan. Et l'autre con aussi, pendant que tu y es ?

— Peu importe. Allons-y, en route.

Ils quittèrent le bar *via* les chiottes extérieures. La lune, à deux jours d'être pleine, s'était levée. A l'intérieur du gogue, dans le réduit exigu, à une seule place et sans clef ni targette, un homme s'efforçait en geignant. Illuminé par la lune, le robinet d'un lavabo de pierre en plein air gouttait. Au-dessus, une main avait tracé à la craie sur la brique : « HOMME SANS SAVON ABANDONNE TOUTE ESPÉRANCE ». Reg et Dan cheminèrent cahin-caha sous l'astre mort, jusqu'à l'alignement de petits commerces parmi lesquels se trouvait la petite poissonnerie. Des chats, gavés de flétan gâté, et vautrés sur le pavé, digéraient et faisaient la toilette de leurs grimpants de fourrure, en attendant les occupations de la nuit. Une vieille femme renaudait devant la porte. Voyez pas que c'est fermé partout, la ptite mère ? Alors, bouclez-la vous aussi. Mais Dan ouvrit tout de même. La vieille voulait une paire de gendarmes pour le thé de son gendre. Dan servit, puis fit tinter la monnaie dans la poche de son pantalon souillé d'écailles et de menus vestiges de boyaux. Reg dit :

— Tu ne peux pas venir dans cette tenue. Mets quelque chose de décent.

— J'ai mes habits de démobilisé, répondit Dan, de la nuit de l'escalier menant à sa chambre (une horreur, Reg n'en doutait pas). Et t'as dit que je dois descendre aussi le sacré truc ?

— Oui, ça aussi. Il prend la route avec nous.

— Je serai content quand j'en serai débarrassé. St' une vraie saloperie. Ça luit dans le noir comme un hareng pourri. Et en plus ça parle.

— Ça parle ? Tu dis bien qu'il parle ?

— En se balançant au bout de ste corde où il pend. Il dit « *tad bach* », ou quéqu' chose comme ça.

— « Petit père ? » dit Reg. Intéressant. Magne-toi, bondieu.

Dan redescendit bientôt, portant Caledvwlch enveloppé dans son tablier rayé tout crasseux de poissecailleries.

— Ça ira, approuva Reg.

Dan verrouilla la porte. Prendre la route signifiait emprunter d'abord, sur trois bons kilomètres, ce que Netherbury appelait sa Grand-Rue, et qui s'annonçait comme un parcours infernal. Dan ronchonnait à cause du poids de la sacoche. Le fardeau de Reg, dans le tablier rayé, était léger.

— Et tu comptes en faire quoi ? demanda Dan.

— Il est à moi. J'en ai la garde. Je disposerai de lui à ma convenance.

— Il est à toi, tu dis ? Alors, maintenant ça est toi Attila, ou Arthur, ou le diable sait comment s'appelait ce putain de gars ? Et les livres du père, qu'est-ce que tu en as fait ?

— Son encyclopédie est bourrée d'informations fausses. Il y a dedans un article de trois pages sur l'anthropophagie, avec des recettes des indigènes de Nouvelle-Guinée. Et on y raconte que deux pièces de Shakespeare, l'une intitulée *Qui ne me connaît ne connaît personne*, l'autre, *À prendre ou à laisser*, jugées perdues toutes les deux, sont déposées dans une banque d'Austin, au Texas. On y raconte aussi que Beethoven a composé une dixième symphonie, avec un solo de piano inclus dans le dernier mouvement.

— Et ça est pas vrai ?

— J'ai donné le tout au Dr Lewis, comme il dit s'appeler. La bible familiale est déjà partie, elle est là-bas. Elle me rendra peut-être service pour la traduction, quand je me mettrai à l'hébreu... Tu crois que ces deux types, là derrière, nous suivent ?

— On ferait mieux de filer par cette ruelle.

La petite rue prenait entre une boutique de dépositaire de journaux, exhibant en vitrine des illustrés de nus, et une enseigne de coiffeur, avec son bâton blanc spiralé de rouge et pareil, au clair de lune, à une stylisation de bras blessé sous des pansements ensanglantés. Le clair de lune lui-même était souillé de fumée. Ils dévalèrent la ruelle jusqu'au canal Stanley tout au bout, avec un panorama de cheminées d'usines mortes, sur l'autre rive. La lune sale leur permit de voir un vieillard debout au gouvernail d'une péniche chargée de déjections humaines. Comme la péniche approchait de l'écluse, deux jeunes hommes surgirent sur le pont et entamèrent une série de mouvements de danse apparentés plutôt à des contorsions.

— Y avait ça qu'on appelle un ferry qui traversait le grand fleuve, là-bas, dit Dan, quand on est entrés en Ukraine. Le vieux bougre sur cette péniche, il ressemble un peu à celui du ferry qui nous a pris pour des Allemands et qui nous a livrés aux Rouges. Ça est à ce moment-là qu'on a essayé de faire rip comme je t'ai dit.

— N'y pense plus, Dan, pour l'amour du Ciel, oublie tout ça. Pense plutôt au bon vieux temps. C'est vrai, quoi, ce n'était pas si mal. Tout un gratin de gens qui aimaient la bouffe. Mais c'est vrai aussi que tu n'as pas connu ça. Jack Troy qui jouait les travestis, Julie Falcon, la soprano. Les jongleurs grecs. Lavinia Ennis, qui dansait en cache-sexe, avec des papillons de strass sur les seins. Et le fameux Zeno qui sciait les femmes en deux et faisait tourner de l'œil les gens dans les salles, à cause du sang artificiel. Et le père, sérieux comme le pape, au milieu de ses casseroles et de ses marmites. Et sir Oliver Ardgour, le juge, qu'on avait surnommé le Père la Potence et qui trônait à sa table comme Minos aux enfers. On les avait tous.

— Non, ça était pas trop mal comme temps, dit Dan.

Derrière eux retentirent le boum, puis l'écho mat et sourd d'une explosion. Sous leurs pieds, les grandes dalles de pierre vibrèrent.

— Bondieu, fit Reg.

— Ça y est, cette fois. Depuis le temps qu'ils le disaient, que ça péterait un jour... Écoute, ici ça est plein que de saletés et de boue, on ferait mieux de regagner la rue.

Au débouché de la ruelle, entre une conserverie de tripes et une fabrique de corsets tombant en ruine, ils scrutèrent prudemment les lieux, au cas où on les aurait suivis. Personne. Puis ils s'engagèrent de nouveau dans la rue interminable et noire, où des entreprises et des commerces en faillite avaient cédé leurs locaux à des services d'État — ministère de la Famine, de la Mésinformation, du Chômage, de l'Évacuation des inutiles. Un énorme chien blond-roux jaillit du cadre noir d'une porte ouverte et leur barra le chemin de ses aboiements en zigzag. Reg sortit de sa gaine de toile Caledvwlch nue ; mais le chien montra les dents et gronda, comme furieux de la tricherie de cet os de métal. Dan fit tournoyer à bout de bras la lourde sacoche, sans résultat. Reg ramassa alors une grosse poignée d'un mélange d'ordures et d'emballages de cigarettes et de chips vides, et la lança. Le propriétaire du chien sortit à son tour en se dandinant : il mastiquait, une serviette tachée nouée en bavette autour du cou. Il dit :

— Bruce ! Ici ! Rentre, la rue ne t'appartient pas tout entière.

Du fond de leur lit de graisse, ses yeux perçaient d'un regard fixe les deux frères voyageurs. Il reprit :

— Vu le journal ?... Non, bien sûr, puisqu'y en a pas aujourd'hui, à cause que c'est Vendredi Malsain, comme dirait mon paternel s'il était pas à six pieds sous terre. D'ailleurs, pour ce qu'y a à y lire. Rien que scandale et adultère, quand c'est pas la politique. Entre les fillettes qu'on retrouve au fond des bois, leur petite culotte arrachée, les garçons qui vous sortent un couteau et la police qu'est un ramassis de criminels. Quant à la politique, ils se valent tous, d'un côté comme de l'autre, si vous voulez mon avis. Moi, je m'en tiens au foot. C'est pas que, moi-même, je pousse le ballon ; j'avais quinze ans, que j'étais déjà trop gras pour cavaler de droite et de gauche... Couché, Bruce ! Le nourrir celui-ci, tenez, rien que ça est un problème. Que ce soit un parti ou l'autre, ils se foutent bien que ces pauvres brutes de bestioles crèvent la faim. Ça finira par mal tourner, vous verrez, c'est moi qui vous le dis. Tous à se mettre plein les poches d'argent qu'est pas légal. Bon, c'est pas tout ça, vous me tenez là à jacter, et faut bien qu'on mange, non, même si leur pâté de merde c'est que d' la croûte avec des vents dedans.

Il rentra, tirant par le vieux collier usé le chien, qui se tordait le cou pour continuer à montrer les dents aux deux frères et à gronder. Il se mit à pleuvoir.

— Seigneur Dieu, dit Reg.

Ils regardèrent dégringoler en rangs serrés et obliques les flèches d'eau sale. Le ciel, maintenant sans lune, semblait un bouillon de colère. Ils s'abritèrent sous l'auvent d'une boutique.

— C'est quoi, ces trucs dans la vitrine ? demanda Dan.

— Des préservatifs, mon bien cher frère. Conçus exprès pour frustrer la semence humaine, en sorte d'éviter la surpopulation de la planète et de permettre aux gens ordinaires de se payer la télévision et une voiture. Ah, justement en voici une, de voiture !

Le conducteur ne réagit pas au pouce poissecailleux que levait Dan. Le suivant non plus — lequel, à leur stupéfaction, était au volant d'une Rolls Silver Ghost. Rapide et silencieux, le fantôme argenté leur glissa sous le nez. Dan grogna furieusement :

— Y en a qui sont pleins aux as. Y en a qui ont ramassé plein d'oseille, pendant que nous on se battait pour eux. T'as vu le couple à l'arrière, ce qu'il se faisait comme chouteries ? La femme d'un type avec le mari d'une autre. Et quand les cendriers débordent de mégots, ils changent de roulotte. On a fait fausse route quelque part, mais où ça, bondieu de foutre ?

— Tu tiens le gros paquet, là.

— Gros, tu parles ! Une putain de tonne que ça pèse. La vraie oseille, ça pèse rien.

— La pluie diminue, dit Reg.

C'était un fait. Bientôt la lune polluée coula un regard timide sur un continent de nuages. Ils reprirent leur chemin à travers la ville profanée et sautillèrent par-dessus l'eau qui giclait. Sur leur gauche s'étendait un cimetière démesuré. A leur étonnement, ils virent qu'un enterrement de nuit s'y déroulait.

— Des torches, juste Ciel ! s'exclama Reg. Des lanternes ! Quel corps a bien pu pécher à ce point contre la lumière, qu'il doive aujourd'hui descendre sous terre au plus noir de la nuit ?

— Tu te souviens quand j'étais tout gosse ? dit Dan. On avait allumé un feu sur une tombe du cimetière Sud. On n'avait qu'une petite boîte d'allumettes de deux sous, et y en avait du feu là-dedans ! Tu pourrais mettre le feu au monde entier rien qu'avec une de ces boîtes d'allumettes. Mais le vent soufflait toujours du mauvais côté... Pourquoi ? s'écria-t-il tout à coup, violemment. Pourquoi ça est qu'ils font des choses pareilles? Pourquoi ça est qu'ils tuent des putains d'innocents?

— *Malitia* en latin, marmonna Reg. *Malus*, pour finir. Le mal, c'est-à-dire. Je me demande s'il y a parenté avec *malum* : pomme. Saveur du mal. Pareille à un bon goût de pomme.

— Ces deux autres... m' rappelle pas les noms, dit Dan. S' sont mis en l'air parce qu'ils n'en pouvaient plus. Au bout du rouleau qu'ils étaient. Les pauvres gars.

— N'y pense plus, Dan, s'il te plaît, essaie d'oublier. On dirait que la lune est plus propre maintenant.

Reg dégagea Caledvwlch de son enveloppe rayée et le leva haut pour que la lumière l'embrasât. Mais le métal était terne, mort. Toutefois, telle une apparition magiquement évoquée par le moulinet, une vieille automobile Ford surgit et, sans qu'ils eussent à brandir le pouce, s'arrêta. Dan considéra gravement le vieil homme assis au volant et dont la lune éclairait l'imperméable fripé, les lunettes cerclées d'acier, les cheveux blancs et les lèvres minces entrouvertes en un sourire un peu idiot. De ce sourire s'échappaient des mots où il était question d'œuvre de charité corporelle.

— Vous, je vous remets, dit Dan. L'école de Flaxfield Street, cours élémentaire, c'était vous le maître.

— Vous étiez dans ma classe? Eh bien, dites, cela ne date pas d'hier. Allez-y, montez tous les deux. Je ne peux pas vous mener loin. Turton, ça vous va?

— Merci, dit Reg. C'est sur le chemin.

— Vous m'avez donné le fouet, une fois, dit Dan après s'être installé à l'arrière, sans malice dans la voix. Ça a fait foutrement mal.

— C'était voulu. Tu étais du genre pas commode à tenir, qu'il me souvienne. Vous, je ne vous ai jamais touché, poursuivit le vieil homme en tournant la tête vers Reg.

— Vous n'avez pas pu me faire la classe. J'étais dans une autre école, mixte.

— Oui, oui, je vois ça d'ici. Les petites filles qui mouillent leur culotte et les parties de touche-pipi pour un petit sou dans les rangées du fond. J'ai toujours préféré les petits garçons... trop, même, ont fini par décider les autorités. Bah, il faut de tout pour faire un monde.

— En tout cas, ça a fait foutrement mal, répéta Dan, toujours sans malice.

— C'était uniquement dans l'intérêt de la discipline. Je n'ai jamais été un sadique. Je prenais mon plaisir, mais j'y allais avec prudence. Beaucoup de prudence, et j'y mettais beaucoup d'affection aussi. Vous, vous ne donnez pas là-dedans? demanda-t-il à

Reg, qui secoua la tête. C'est quoi, ce long machin phallique sur vos genoux ?

— Une arme.

— Je vois... Vous savez, malgré toute la charité que peut inspirer la nuit du Vendredi Saint, je crains de devoir vous déposer ici. J'ai l'estomac fragile et je ne peux pas supporter l'odeur puissante qui se dégage de votre ami, derrière.

— C'est le poisson, dit Reg. Et c'est mon frère.

— Splendide ! Et bon voyage... Désolé que ça vous ait fait si foutrement mal.

Ils n'avaient pas encore atteint la rase campagne, bien que les magasins et les alignements de maisons identiques se fissent plus rares. Trois boules de cuivre terni et une vitrine pleine de babioles et de colifichets hideux criaient l'existence d'un prêteur sur gages. Une affiche de cinéma, dont les lambeaux battaient au vent de pluie, exhibait un géant nu, aux pectoraux pareils à des tambours nègres et à tête de gorille, qui précipitait des créatures hurlantes dans un ravin. Des têtes à la bouche figée dans un cri flottaient sur une rivière de sang.

— Dieu Dieu Dieu ! gémit Reg.

Ils passèrent devant une chapelle wesleyenne désaffectée et transformée en salle de bingo. Un mur de brique, la crête hérissée de tessons de verre, se perdait au loin. L'enceinte d'un asile de fous mis au vert. La surface de brique était emplâtrée d'affiches électorales, où s'étalaient des visages au sourire indigne de confiance. Plus loin, une publicité vantait Madame Zelda, diseuse de fortune. Reg brandit l'épée contre les cris déments qui s'échappaient d'une fenêtre ouverte derrière des barreaux, mais sans parvenir à les exorciser. Ils arrivèrent à une partie de la route que l'on goudronnait, et Dan trouva l'odeur rafraîchissante et salubre. Le rouleau compresseur était immobile et froid, les pelles, sans défense — les ouvriers avaient déposé les outils depuis la veille, Jeudi Saint. Des coassements de grenouilles montaient d'un fossé proche, invisible, mais dénoncé par une odeur putride. Ils faisaient enfin leur entrée dans la campagne. Solitaire, un bistro ou une auberge se dressa ; des arbres nus la côtoyaient. Ici, le printemps était en retard, les feuilles, au ralenti. La pluie recommença.

— Une chope ferait pas de mal, dit Dan. Combien d'argent as-tu ?

— Ce qu'il faut. Ce qu'il faut pour nos billets de train pour Manchester, la grève finie, et me permettre de continuer tout seul vers le sud. Et ce qu'il faut pour deux grandes bières et peut-être un pâté en croûte industriel au hachis de tripes véreuses.

Ils entrèrent dans le bistro.

— Et deux demis, deux, ça marche, dit la tenancière, aussi décharnée que blasée. C'est passé l'heure et le nouveau sergent de police est une peau de vache. J'ai pas envie qu'on me retire ma licence, pas vrai ?

Mais elle leur servit sans trop se faire prier deux chopes de bière amère, éventée ou presque. Il y avait sur le comptoir un bocal d'anguilles au vert en gelée. Gâterie londonienne, comme la patronne, à en juger par son accent. Reg et Dan se partagèrent un pâté en croûte au porc, qui avait un goût de vieux journal. Un ancien matelot de la marine marchande, d'après sa casquette et sa barbe d'ours gris, était assis au coin du feu agonisant et monopolisait la conversation. Dan dit tout bas en désignant du menton un des auditeurs du marin :

— Tu vois le gars qui a une tache noire sur la pomme ? Cancer de la mâchoire que ça est. Je le connais, ça est un fumier. Un spécialiste : il vole le plomb sur le toit des églises. Et l'espèce de petite frappe avec lui, celui-là est voleur à la tire les jours de marché. Il fait les poches aux paysans saouls et pleins d'oseille après qu'ils ont vendu leurs cochons à demi crevés et le ventre déjà bouffé des vers. Terrible, de vivre dans une saloperie de monde pareille.

Le matelot, cependant, racontait :

— Gibraltar, que je dis. On venait de le quitter, cap sur Ceuta. Y a personne ici qui connaît Gibraltar, plus que probable ?

— Si, moi. J'y ai été, dit Reg.

— Bon, alors vous saurez de quoi je parle. On avait dû ramasser les gars pour les ramener à bord. Saouls perdus comme des vaches, tous, et traînant une vérole ou une chtouille attrapée au boxon...

— Il n'y a pas un seul boxon, pas plus à que dans Gibraltar.

— Qui c'est qui raconte, vous ou moi ?... Bon, que leur dit le capitaine, d'accord vous en avez salement bavé, entre cette guerre et la mer cruelle — c'était un type qu'avait de la lecture —, mais rappelez-vous ce que vous êtes, qu'il dit, bande de salopards et d'abrutis. Des citoyens britanniques, que vous êtes, et que vous devriez en être fiers. Mais vous êtes là à vous conduire comme des brutes d'animaux et de bêtes des champs. Servez-vous de votre caboche pour apprendre un peu et lire la Bible. La Bible, il en était dingue ; il en gueulait des morceaux entiers au vent dans les gréements. Toujours est-il que, dans le moment qu'on s'est payé une de leurs mines magnétiques, il s'est mis à brailler que c'était le jugement de Dieu qui descendait sur nous, comme c'est écrit dans Matthieu, chapitre six, quinzième verset. Sur la route de l'Atlantique Nord que ça s'est passé. On l'a encore vu dans l'eau, criant des citations du Livre des Révélations, et puis il a coulé. Tout ça pour vous dire que la Bible, c'est du flan.

— Alors, ces verres, ça vient ? réclama une voix.

— Ça cocotte dans le coin, que c'est pas peu dire, fit observer le voleur de plomb en lorgnant Dan d'un air soupçonneux. On s'est déjà vus, non ?

— Pas sur un toit d'église, en tout cas.

— Vous aussi, je vous connais, reprit l'homme en s'adressant à Reg.

— Cela va sans réciprocité, répondit Reg.

— Z'êtes encore un de ces petits malins qu'aiment les mots à coucher dehors, hein ?

A cet instant, la porte s'ouvrit, livrant passage à un agent de police. C'était un homme plutôt jeune et maigre, très grand, avec une fine moustache à la rasta ou à la gangster. Il dit :

— Ça sera un demi pour moi, la ptite dame, vu que je suis en service. C'est bon, ayez pas peur, poursuivit-il à la cantonade. Y a toutes sortes de délits, des gros, des petits et aussi des qui n'en sont pas, comme de boire en dehors des heures permises. Du moins tant qu'y a pas de brigadier en vue, et le mien est au lit avec la grippe.

— Des qui ne sont pas des quoi ? demanda Reg.

— Et vous, qui êtes-vous ? répliqua l'agent. Qu'est-ce que vous transportez là ? Et lui, qu'est-ce qu'il charrie dans cette sacoche ?

— Effets personnels, répondit Reg. Voyageurs de nuit. Brosses à dents, pyjamas, sous-vêtements de rechange. Ravi de la rencontre. Temps que nous partions, maintenant.

— M'ont l'air de peser salement lourd, vos sous-vêtements. Tout d'un poids mort, même, je dirais, vu comme ça. Allez, ouvrez-moi ce truc. Oui, vous, Toto la schlingue.

— Ah, mais non ! dit Reg en dénudant Caledvwlch. Gardez vos distances.

— Te mets pas dans ton tort, fiston. Refuser d'obtempérer à un représentant de la loi, c'est contrevenir à la loi. Vous êtes tous témoins.

— Pas moi, dit le voleur de plomb d'église. J'ai rien vu.

— Cette fois, on est bons pour les avoir à nos trousses, dit Dan, fonçant le premier vers la sortie.

En trois longues foulées bleu marine, l'agent leur barra le chemin. Reg poussa une pointe menaçante. Dan fit tournoyer la sacoche et visa bas. L'agent beugla de douleur, tout le corps refermé sur la brûlure fulgurante, les deux mains dans la fourche.

— J'aurais pas dû faire ça, reconnut Dan. Tout ce qu'on voulait, ça était sortir d'ici. Ça est vrai, y a qu'à voir, ajouta-t-il en ouvrant la porte. On n'en demandait pas plus.

Ils coururent un petit moment sous une pluie grasse.

— Cela signifie que nous voilà en quelque sorte en cavale, dit

Reg. Du point du vue technique, s'entend. Car il est probable que ce type ne fera pas grand-chose pour nous rattraper.

Il cessa de courir, à bout de souffle, et revêtit de nouveau Caledvwlch de sa robe à raies. Il n'y avait ni signe ni écho de l'agent sifflant comme un furieux, du seuil du bistro.

— Je crois qu'il va falloir trouver un endroit pour la nuit où pioncer, dit encore Reg.

La campagne rase, trempée, misérable, finit par céder la place à un village sans trace d'auberge, mais au sud duquel se dressait une imposante demeure, réquisitionnée ou achetée par le ministère des Pensions.

— Ah, moyen de transport possible, dit Reg.

Mais le car arrivait, en ronflant, de la mauvaise direction. L'éblouissement de ses phares frappa les deux frères en plein dans les yeux, tandis que, grinçant de tous ses pneus, il s'arrêtait brusquement devant la grille de la demeure. De sa carcasse sortirent, en chancelant ou tâtonnant, des monstres, auxquels deux infirmières, en cape bleue et coiffées d'extravagants bonnets où étaient brodés les mots « Hôpital de l'Espérance », prêtaient l'aide de leur charité.

— Oh, mon Dieu, dit Reg. Regarde ce qui nous a ratés de peu.

Mutilés de guerre, gueules cassées, grands brûlés, aveugles, manchots défilaient en franchissant la porte de la grille. Reg et Dan s'étaient dissimulés derrière un orme. Le car rugit et s'en fut. La pluie ne diminuait pas. Mouillés jusqu'aux os, en silence ils pataugèrent en direction du sud et ne s'arrêtèrent que devant un bâtiment ressemblant à une grange et qui se révéla servir d'abri à deux tracteurs agricoles et ouvert à tous les vents de nuit.

— Cela fera l'affaire, dit Reg.

Derrière les tracteurs étaient entassés des bâches huilées, des jerrycans de vingt litres, un vieux cric rouillé.

— On sera au sec en tout cas, ajouta Reg.

Dan se taisait. Ils s'assirent sur du ciment rugueux, dos à un mur de ciment bas. Ils ne parvenaient pas à dormir. Dan dit, à la fin :

— On appelait cette route l'imper à Popol. Il faisait exactement le même temps qu'ici. Et le boucan ! Un vrai massacre...

— N'y pense plus, Dan, oublie tout cela.

L'horloge d'une église, au loin, sonna douze coups. Reg reprit :

— Ce n'est plus Vendredi Saint. C'est Samedi Saint, maintenant.

Sa chaussure pleine d'eau heurta quelque chose de léger et de mobile. Ses doigts lui dirent que c'était du bois. Puis ils lui apprirent que c'était un jouet d'enfant, un petit cheval à roulettes.

— Et le grand lac gelé, et ce type avec ses quatre gosses, tous morts de faim. Ça était en Ukraine.

— N'y pense plus, Dan.

A force de volonté, Reg tomba dans un mauvais sommeil. Il se réveilla, tiré d'un rêve confus plein de géants russes par l'éclat d'une lune à un demi-pouce d'être pleine et qui inondait de sa coulée d'argent le tablier mat des tracteurs. Des bruits de gifles mouillées venaient du dehors. Dan avait disparu ; ce devait être lui. Reg se leva en geignant et trouva son frère nu sous la lune, en train de se doucher à l'eau de pluie d'un tonneau qui fuyait.

— Ce n'est pas Dieu possible ! jura Reg.

— Je fais partir le poisson, tu vois pas ? Comme ça, on pourra plus dire que ça schlingue.

— Tu vas attraper une putain de crève, oui, dit Reg.

Mais ce fut lui qui éternua.

— Tu ferais mieux d'allumer du feu dans le coin là-bas, dit Dan en désignant du bras un espace de un mètre carré ou quelque entre le mur et la roue de droite de l'un des tracteurs. Au moins on se sécherait tous les deux.

C'était de bonne logique ; l'ennui était de trouver de quoi faire flamber le feu. Le vent avait poussé dans l'angle des brindilles de branches et de paille. Il y avait aussi une ou deux pages déchirées d'un vieux *Daily Mirror*, pleines d'empreintes de doigts huileux. Reg s'en débrouilla du mieux qu'il put, y portant maintes fois la flamme de son briquet Zippo. Il se souvint du petit cheval de bois, alla le chercher, le démembra, en alimenta le feu. Cela ne donnait pas une flamme bien haute. Un bout de toile de sac graisseux fit lentement étoupe, avec de la fumée. Reg pataugea jusqu'à une haie, où il trouva du combustible plus substantiel : des branchettes abritées de la pluie et ce qui ressemblait à un vieux nid de grive. Ainsi nourri, le feu suffisait pour sécher leurs souliers. Et Dan tâcha de s'essuyer avec l'envers de sa veste et en s'aidant, faute d'en avoir un lui-même, du mouchoir de poche de Reg.

Quand Reg consulta la montre à son poignet, il était 4 heures du matin, à peu de chose près. Son ventre gronda et celui de Dan y fit écho. Mieux valait se remettre en route. Le feu mourut, sans que Dan eût besoin de l'écraser du pied. Quant à savoir si l'odeur de poisson s'en était allée, Reg était bien empêché de le dire.

Après un long bout de route, ils arrivèrent à une maison abandonnée, mais que quelqu'un s'était évidemment appropriée. La plupart des ardoises s'étaient envolées et le toit montrait ses voliges. Les fenêtres étaient brisées ; la porte n'existait plus. La maison était nichée au milieu d'herbes folles géantes et d'une débandade de buissons. Quoi qu'il en fût, de l'intérieur parvenait le nasillement d'une guitare pincée et, de l'une des fenêtres béantes, s'échappait vers la lune un peu de fumée bleue.

Les deux frères durent enfoncer dans le chiendent et l'ivraie avant de pénétrer dans la maison. Ils virent un âtre où du papier journal et des débris ressemblant à des fragments de chaise s'employaient courageusement à prendre feu. A même le plancher devant cet âtre, trois créatures jeunes et crasseuses, deux du sexe masculin, la troisième de l'autre sexe, étaient assises. L'un des jeunes hommes grattait sans relâche le même accord à six cordes en *mi* majeur. Le trio leva vers les deux arrivants des yeux vagues, n'exprimant ni crainte ni bienvenue. Mais un individu plus âgé, en pantalon de velours et la poitrine nue et poilue sous un blouson de soldat, surgit de l'obscurité d'un chambranle privé de sa porte. Il adressa un signe de tête à Dan et Reg, puis dit, sans force de conviction :

— Repentez-vous.

— De quoi ? s'enquit Reg. Dites, cela vous serait-il égal si nous nous approchions de ce feu, pour nous sécher un peu ? La nuit a été longue et mouillée.

— Viendra l'aube, et le soleil brillera sur le repentant. Nous courbons tous le dos sous le poids des péchés de ce monde.

La jeune fille qui semblait avoir, sous la crasse, des cheveux paille, bâilla très ouvertement. Elle portait un vieux pantalon des auxiliaires féminines de la territoriale et une veste fourrée plutôt seyante, boutonnée jusqu'au menton — et volée sans nul doute.

— Se retirer de la société. Cultiver l'humilité. Vivre comme les oiseaux.

— Ça est-il que j'ai une odeur ?

En réponse à la question de Dan, le barbu s'interrompit, huma puissamment l'air, puis dit :

— Je sens comme une odeur de poisson. Y aurait-il de la nourriture dans cette sacoche ?

— Hélas ! soupira Reg.

— Soit donc. Chante-nous quelque chose, Geoffrey.

Le guitariste pinça son accord en *mi* majeur et psalmodia plutôt qu'il n'entonna :

— *Ce que l'on a fait de la lumière*
La lumière n'en a pas voulu,
Alors on a creusé une tombe
Où elle s'est couchée à jamais.

Surpris dans l'inconscience du parjure,
Gâchée la grâce d'un ultime aveu

Épuisé le recours aux derniers restes
De parole qui pourrissent dans l'air,

Nous allons cerveaux sans vie écrasés sous
Une éternité en éternel à-venir
Plus morte que hornblende saignée de son âme,
Comme autrefois nous écrasaient les éthers infinis.

— Mais, dit Reg, c'est l'enfer, cela.

— « Et qu'est ceci sinon l'enfer, et je n'en suis pas sorti », répliqua le chanteur, citant Marlowe.

Il était moins barbu et long-chevelu que non rasé et non tondu depuis longtemps.

— C'est tout le résultat de votre éducation et de votre instruction ? demanda Reg. Au fait, c'est quoi, la hornblende ?

Ce fut l'autre jeune homme qui répondit :

— Formule : $CaNa\ (Mg, Fe)_4\ (AL, Fe, Ti)_3\ Si_6\ O_{22}\ (OH)_2$. Minéral appartenant au groupe des amphiboles. De même que l'amiante — de la forme négative du verbe grec *sbennunaï*, qui signifie éteindre.

— Non, protesta Reg en frissonnant. Non, pas tout cela pour en arriver là.

— Ce n'est pas l'enfer, dit le barbu plus âgé. Nous sommes tous passés par là. Notre voie est la quête du feu purificateur.

— Pas brillant, votre feu, fit remarquer Dan.

— Et vous vivez comment ? s'enquit encore Reg.

— D'aumônes. Les bénédictins qui vivent un peu plus bas sur la route nous donnent la primeur du lait de la traite matinale, avec une miche de pain de leur four. Nous cueillons des herbes comestibles, que nous cuisons dans un poêlon de terre.

— Ça est comme nous, dit Dan, quand nous sommes partis du camp de prisonniers à travers la Pologne. Seulement, nous, on y était forcés, tandis que, vous autres patates, ça est parce que vous le voulez bien. Ça n'a pas beaucoup de sens.

— Un camp de prisonniers ? Ah, bon, je vois. Soldat, hein ? Nous abjurons la violence.

— Alors, dit Reg, rien à protéger ?

— Qui dit protéger dit être enclin à attaquer... Dilys, c'est l'heure de ta prophétie du matin.

— Prophétisez la fin de la grève des cheminots, railla sardoniquement Reg.

— Écoutez ! dit la jeune fille, élevant un index sale à l'ongle rongé jusqu'au vif, tandis qu'un coup de sifflet, au loin, semblait annoncer un train laitier. Je prophétiserai quand j'aurai mangé, pas avant.

— Moi, je m'en vais, dit Dan. Ça pue trop, ici.

— Non mais, vous l'entendez, celui-là ! ricana le guitariste.

— Des bénédictins, vous avez dit ? demanda Reg.

En même temps, il empoignait Caledvwlch.

— Des bénédictins anglicans. A quatre, cinq kilomètres d'ici sur la même route, répondit le barbu. Mais n'allez pas mendier chez eux et casser notre organisation.

Dan et Reg s'en allèrent. L'aîné dit au bout d'un instant :

— D'après la carte, comme je me la rappelle pour l'avoir consultée lors d'une excursion, quand j'étais à l'école, il devrait y avoir un lac dans le coin.

— Ces benêdictons, dit Dan, ça est les mêmes que ceux dans le livre du père ?

— Pas tout à fait. J'ignore s'ils ont à voir avec le mont Cassin. Je ne pense pas qu'ils aient le moindre droit sur le glaive. Non. Des profondeurs il est venu, aux profondeurs il retournera.

— Branque, dit Dan.

L'aube du Samedi Saint laissait entrevoir la possibilité qu'elle émergeât des abîmes de la nuit, alors qu'ils atteignaient leur ultime village. La lune se couchait. A l'entrée de la petite agglomération, les lumières brûlaient dans le bureau du chef de la minuscule gare de chemin de fer. Un commissionnaire charriait en bâillant des bidons de lait vers un camion. Un train était venu et reparti ; d'autres trains en feraient autant. Les deux frères avaient froid et Dan frissonnait. La sortie du village donnait sur une pente couverte d'un bois épais. L'air était plein, sauf pour Reg, d'une odeur d'humus mouillé et de végétation fongoïde. Les oiseaux dormaient encore.

— Il faut descendre par là, dit Reg, montrant le chemin.

Dan suivit en grommelant. Ils avancèrent, trébuchant sur les mottes d'herbe et les branches mortes. Bientôt, ils arrivèrent au bord d'eaux noires et froides, où frémissait la lune couchante. Pensant à d'autres eaux — celles d'une longue marche à travers l'Europe orientale, Dan dit :

— Comme lac, y a mieux. Vrai, on dirait plutôt un étang.

— Il faut toujours que tu quantifies ! Pourtant, tu disais que tu pourrais mettre le feu au monde entier avec une boîte d'allumettes de deux sous. Cela fera l'affaire. Mais d'abord quelques mots... « Lors, sire Bedivere s'en fut. Il alla quérir le glaive, et sans effort il le tint haut et marcha ainsi jusqu'au bord de l'eau et, là, noua la ceinture autour de la garde, et puis... » Arthur parlait de la richesse de son glaive, mais regarde cela, regarde ce qu'il est devenu...

Reg avait dégagé l'épée du tablier de poissonnier.

— Regarde-la, reprit-il, cette pauvre merde toute terne et rouillée. Au trou !

Cependant, il balança. Dan, lui, n'hésita pas. Il dit :

— D'accord.

Il ouvrit la sacoche de cuir et en extirpa, de dessous une chemise propre et sa trousse de toilette de soldat, le gros caillou avec son métal jaune toujours prisonnier de sa matrice grossière. Puis, révélant une science du cricket insoupçonnée de Reg, avec une force étonnante il lança par en dessous la masse à un tiers de chaîne — soit six bons mètres — du bord, droit dans l'eau, où elle coula comme du plomb — ou de l'or.

Reg en resta le souffle coupé. A la fin, il parvint à bégayer :

— Par le saint nom du Christ et par tous les anges de l'enfer, pourquoi diable… ?

— Écoute, dit Dan sauvagement. Autant dire que ce truc ça est une mauvaise plaisanterie, et bougrement lourde en plus. Si ça est de l'argent, moi j'en veux pas. Parce que en fait ça en est pas du tout. Ça continuera toujours à devoir en être, mais ça sera jamais le bon jour. Quand tu attendrais que je meure, même alors ça en serait pas, de ton argent de merde. Ça doit tout le temps en devenir, mais tu peux courir. Ça est-il que je vais trimballer partout ce truc en attendant qu'il devienne de l'argent ? Ça est ça qu'elle voudrait, *elle*… oui, elle qui est censée savoir tout sur la question. Mais moi je lui dis merde, au caillou ! Au diable !

Reg médita ces paroles tandis que les oiseaux commençaient à pépier.

— Nous t'avons toujours sous-estimé, Dan, dit-il enfin.

Sur quoi, Dan s'écria, d'une voix presque surexcitée :

— T'as vu ? Un poisson ! Si j'avais apporté ma ligne, on aurait pu se payer un sacré petit déjeuner. Bon, reprit-il de but en blanc, sur le ton dont il eût donné un ordre, à ton tour, et ensuite nous attraperons le train.

Reg saisit Caledvwlch par le milieu et lança. L'épée tournoya trois fois dans l'air mouillé, puis retomba à plat sur la face de l'eau pour s'y enfoncer sans même faire naître une bulle.

— Seigneur Jésus, elle a crié ! laissa échapper Reg d'une voix étranglée.

— Rien du tout, oui, je t'en fous ! Nib de nib et des clopes. Pas plus qu'elle a jamais relui comme un hareng pas frais ni dit même tout bas « petit père » en gallois de merde. Y a beau temps que Merlin est plus de ce monde et qu'il a emporté la magie avec lui. Allons voir un peu ce que ça en est des trains pour Manchester.

— Bref, dis-je à Reg, pendant que, fumant tous deux la pipe, nous digérions notre petit déjeuner en marchant parmi les orangers et les mandariniers privés d'odeur pour mon compagnon. Bref, rien... pas de bras gainé de samit blanc surgi mystiquement des eaux, ô merveille, pour la saisir au vol.

— Une jeune fille, vêtue d'une longue chemise de nuit blanche, se noyait par désespoir d'amour, et sa main se tendit une dernière fois, sous les étoiles pâlissantes, pour agripper ce qu'elle prit pour une solidité... Une branche de saule rebroussée et brandie un instant par un coup de vent... Non, rien du tout. Elle a coulé comme sa nature le voulait, trois petits tours et ouste. Amen. Rideau. *Consummatum est*.

— Plutôt minable, non, en fait de vengeance sur les hordes d'assassins ?

— Ce cycliste acrobate dont je t'ai parlé autrefois avait raison : on ne peut pas se venger du passé. La loi ne vaut rien. La justice non plus. Il y a toujours une différence de qualité entre le crime et le châtiment. Et, de plus, le crime est au passé, le châtiment, au présent... Entre les deux court une rivière qui ignore le temps. Le Léthé charrie l'oubli dans ses eaux.

— Tout cela m'échappe, dis-je.

— J'avais besoin de tenir dans mes mains un fragment du passé romantique pour découvrir qu'il était mangé de rouille. J'avais besoin de me faire aux temps modernes.

— Nous y sommes on ne peut plus, ici, dans les temps modernes, répondis-je.

Je me retins d'ajouter : « Tant cela baigne dans le passé. » Des échos de rafales parvenaient du champ de tir, au nord. Puis, il y eut le grondement sourd d'une explosion : bazooka, roquette.

— « Ainsi tout le jour résonna le tumulte de la bataille », citai-je ineptement. Cela continue. As-tu lu dans le *Jerusalem Post* le petit entrefilet sur tes nationalistes gallois ?

— Tu veux parler du complot éventé ? Enlever le prince Charles — les crétins ! Il n'y a qu'ici que ce n'est pas de la comédie. Et pourtant, toi, tu vas te tirer ?

— On ne peut pas se battre éternellement. Toi-même, tu devrais pouvoir te permettre de respirer un brin en paix, à présent, Reg. Tu as tué de sang-froid ton ennemi, tu as vu de près le mal, tu as touché de ta main celle d'un roi qui n'a jamais existé, tu as servi de la bière, tu as engendré un petit Juif — que veux-tu de plus ?

Il haussa les épaules. Il n'en savait rien. Son désir, je pense, était négatif : ce qu'il aurait voulu, c'était qu'on ne lui eût pas réservé de vivre en ce siècle. Ou alors, comme nous tous, il rêvait d'une réalité qui transcendât le temps — la sorte de chose que j'allais enseigner, en reprenant la défroque civile des mornes monotonies de Manchester. Les vestiges romains que nous enjambions pour ne pas trébucher et tomber nous apprenaient tout ce que l'on doit savoir de l'impossibilité de jamais venger l'injustice. Et ces agrumes qui nous entouraient survivraient aux ruines, tout comme aux lois de Moïse. Dommage que Reg eût perdu le sens olfactif.

Lugano, juillet 1987

Achevé d'imprimer en février 1993
sur presse CAMERON
dans les ateliers de B.C.A.
à Saint-Amand-Montrond (Cher)
pour le compte des éditions Grasset
61, rue des Saints-Pères, 75006 Paris

N° d'Édition : 9035. N° d'Impression : 93/099.
Dépôt légal : février 1993.

Imprimé en France

ISBN 2-246-43641-9

[illegible]
[illegible]
[illegible]
[illegible]
[illegible]
[illegible]

[illegible]
[illegible]
[illegible]
[illegible]